D1161597

AU BORD DE LA RIVIÈRE

Michel David

AU BORD — DE LA — RIVIÈRE

TOME 4. CONSTANT

Roman historique

www.quebecloisirs.com

UNE ÉDITION DU CLUB QUÉBEC LOISIRS INC.

Avec l'autorisation des Éditions Hurtubise inc.

© 2012, Éditions Hurtubise inc.

Dépôt légal – Bibliothèque et Archives nationales du Québec, 2013
ISBN Q.L. : 978-2-89666-217-3
(Publié précédemment sous ISBN 978-2-89723-022-7)

Imprimé au Canada par Friesens

C'est le réveil de la nature
Tout va revivre au grand soleil
Oh ! la minute libre et pure
De la campagne à son réveil
Autour de toi l'instant proclame
L'amour, la foi, la liberté
Ô fils du sol ouvre ton âme
Comme tes yeux à la beauté.

Alfred DesRochers
Le réveil rural

Les principaux personnages

Xavier Beauchemin : époux de Catherine Benoît et père adoptif de Constance (1 an)

Évariste Bourgeois : forgeron et commissaire scolaire

Télesphore Dionne : propriétaire du magasin général, commissaire scolaire, époux d'Alexandrine et père d'Angélique (21 ans, amie de cœur de Hubert)

Samuel Ellis : cultivateur âgé de 50 ans, marguillier et époux de Bridget (ménagère du curé)

Thomas Hyland : maire du village, marguillier, tanneur, cultivateur et propriétaire de la scierie

Antonin Lemoyne : homme engagé de Xavier Beauchemin, âgé de 18 ans

Hormidas Meilleur : époux d'Angèle Cloutier, marguillier et facteur

Rang Saint-Paul

Laurence Comtois : fille d'Ubald Comtois

Agénor Moreau : bedeau et père de Delphis

Eudore Valiquette : notaire nouvellement établi à Saint-Bernard-Abbé, président du conseil de la fabrique et conseiller municipal

Autres

Armand Beauchemin : cultivateur de Sainte-Monique, frère de Baptiste et époux d'Amanda

Mathilde Beauchemin : sœur de Baptiste, religieuse sous le nom de sœur Marie du Rosaire

Célina Chapdelaine : orpheline de 20 ans, prise en charge par les sœurs Grises de Sorel

Josaphat Désilets : curé de Saint-Bernard-Abbé

Conrad Farly : vicaire remplaçant

Omer Letendre : notaire de Sainte-Monique

Bérengère Mousseau : ménagère et belle-mère d'Ulric Martel

Eugène Samson : docteur de Saint-Zéphirin

Chapitre 1

Un retour remarqué

En cette fin d'après-midi de juillet, l'air était doux, comme immobile. Pas la moindre brise ne venait faire onduler les jeunes épis d'avoine dans le champ des Beauchemin, situé en face de la maison, entre la rivière et le chemin étroit du rang Saint-Jean.

Assise sur la galerie de la grande maison en pierre, Marie Beauchemin équeutait les dernières fraises de la saison en compagnie de sa bru Eugénie. À plusieurs reprises, la veuve de Baptiste Beauchemin tourna la tête vers la porte moustiquaire de la cuisine d'été.

— Veux-tu bien me dire ce que Bedette a à bretter comme ça ? demanda-t-elle à l'épouse lymphatique de son fils Donat, enceinte de huit mois. Je lui ai demandé d'aller voir à ce que les confitures brûlent pas sur le poêle. Ça prend pas une éternité pour faire ça, bonyenne !

La petite femme bien en chair jeta un coup d'œil à sa bru à l'air endormi, replaça une mèche blanche qui s'était échappée de son chignon et se leva en s'essuyant les mains sur son tablier. Au moment où elle ouvrait la porte pour aller s'enquérir de ce qui empêchait sa fille cadette de revenir les aider, un cri en provenance de l'intérieur de la maison l'incita à se précipiter dans la cuisine d'été.

— Qu'est-ce qui se passe encore, Bedette ? cria-t-elle, le cœur battant la chamade.

AU BORD DE LA RIVIÈRE

La porte qui séparait la cuisine d'hiver de la cuisine d'été s'ouvrit avec fracas sur une Bernadette Beauchemin au bord de la crise de nerfs.

— Maudite vermine! cria la jeune institutrice aux yeux pers, dont le chignon défait avait libéré son épaisse chevelure brune.

— Est-ce que je vais finir par savoir ce qu'il y a? lui demanda sa mère en élevant la voix.

— Je suis montée une minute dans ma chambre pour aller me chercher un mouchoir, répondit Bernadette, la voix haletante. Et quand j'ai ouvert la porte, trois chauves-souris se sont jetées dans mes cheveux. Je pensais devenir folle…

— Où est-ce qu'elles sont passées? s'enquit sa mère.

— Je le sais pas, m'man. Ça vole, ces cochonneries-là.

— Comment ça se fait qu'elles sont entrées dans la maison? Est-ce que ce serait pas parce que t'as encore laissé ta fenêtre de chambre ouverte? fit Marie, mécontente.

— Elles peuvent être entrées par n'importe où, se défendit la jeune femme en retrouvant progressivement son calme.

— Bien oui! C'est bien connu que les chauves-souris passent au travers des murs, fit sa mère, sarcastique. Là! Tu vas laisser faire les confitures, prendre un balai et les retrouver dans la maison. Tu vas t'organiser pour les faire sortir. Il est pas question qu'elles restent là.

— Est-ce que quelqu'un pourrait m'aider? demanda la jeune femme, l'air misérable. J'ai peur de ça, avoua-t-elle.

— Je vais voir si Ernest peut venir te donner un coup de main, mais j'ai pas engagé le garçon d'Elzéar Gingras pour qu'il perde son temps à chasser les chauves-souris, prit la peine de spécifier sa mère avant de sortir de la maison et de se diriger vers la remise où son fils Donat et son employé travaillaient à réparer l'essieu de la voiture à foin. J'ai besoin d'Ernest une couple de minutes, annonça-t-elle à son fils aîné en pénétrant dans la remise.

— Vous tombez mal, m'man, fit le jeune cultivateur trapu au visage taillé à coups de serpe. On n'est pas trop de deux pour réparer cette maudite waggine-là.

— Ça peut pas attendre, déclara sa mère d'une voix sans appel en faisant signe au maigre adolescent au visage plein de tics de la suivre. Ta sœur a laissé entrer des chauves-souris dans la maison. J'attendrai pas qu'elles me fassent des dégâts partout.

Donat, résigné, poussa un soupir d'exaspération et fit signe à Ernest d'y aller.

Tout le problème résidait en ce que la ferme appartenait à sa mère alors qu'il était celui qui l'exploitait. Comme ne cessait de le lui répéter chaque jour sa femme Eugénie, il fallait absolument que sa mère se donne à lui. S'il parvenait à la convaincre, tout serait clair. Il serait l'unique maître des lieux et, en échange, il prendrait soin d'elle jusqu'à la fin de ses jours. Tant et aussi longtemps que la situation demeurerait inchangée, sa mère dirigerait tout sur l'une des plus belles terres de Saint-Bernard-Abbé et il ne serait qu'un employé non rétribué. Il ne voulait pas harceler sa mère et il savait, au fond, que la démarche n'aurait des chances d'aboutir que le jour où sa sœur Bernadette et son jeune frère Hubert seraient mariés. Cependant, il acceptait de plus en plus mal son statut, lui, un marguillier, le président de la commission scolaire et l'un des organisateurs du parti conservateur dans la région.

— Prends un bout de planche, commanda-t-il à Ernest au moment où l'adolescent s'apprêtait à suivre Marie Beauchemin. Les chauves-souris vont se tenir au plafond et tu vas en avoir besoin pour les faire descendre de là.

Ernest entra dans la cuisine d'été sur les talons de sa patronne.

— Va rejoindre Bedette dans le haut côté, lui ordonna celle-ci, et fermez bien la porte et la fenêtre de chaque pièce après l'avoir fouillée. Moi, je dois m'occuper des confitures sur le poêle, il manquerait plus qu'on les laisse brûler. Il sera pas dit qu'on va avoir passé la journée à ramasser et à équeuter des fraises pour rien.

Bernadette, rassurée par la présence de l'adolescent, monta à l'étage en sa compagnie. Ils firent le tour des quatre chambres à coucher sans trouver la moindre trace des chauves-souris. Ils descendirent au rez-de-chaussée en examinant soigneusement la cage d'escalier.

—En tout cas, elles peuvent pas être dans la chambre de ma mère. La porte était fermée, dit Bernadette. Elles peuvent juste être dans le salon ou dans la cuisine d'hiver.

La chance finit par leur sourire. En pénétrant dans le salon, ils découvrirent les chauves-souris suspendues dans une encoignure du plafond, la tête en bas, immobiles, comme si elles s'étaient endormies.

—Les v'là! déclara Ernest, content de voir enfin arriver la fin de cette chasse un peu ridicule.

—Attends donc, toi! s'exclama Bernadette. On va ouvrir la fenêtre et je te garantis qu'elles vont sortir par là.

La jeune femme ouvrit les deux battants de la fenêtre et s'avança bravement, armée de son balai.

—Bouge pas, Ernest. Elles m'ont fait tellement peur, c'est moi qui m'en occupe, ajouta-t-elle, menaçante.

Elle assena un violent coup de balai dans l'encoignure où se tenaient les chauves-souris. Immédiatement, deux d'entre elles se mirent à voleter à travers la pièce, mais la troisième, frappée de plein fouet, tomba sur l'épaule de la fille de Marie Beauchemin, ce qui lui fit faire un saut de carpe accompagné d'un cri strident. Par contre, les deux autres découvrirent la fenêtre ouverte et fuirent avant qu'on parvienne à les frapper de nouveau.

—Ma foi du bon Dieu, veux-tu bien me dire ce que t'as à crier comme un cochon qu'on égorge? fit sa mère en entrant dans le salon.

— Elle est tombée sur moi, répondit sa fille en lui montrant le cadavre de la petite bête à ses pieds.

— Puis après, t'es pas morte ! fit Marie. Ernest, ramasse-la et jette-la dehors, ordonna-t-elle à l'employé.

Le jeune homme obéit et jeta le cadavre de la chauve-souris par la fenêtre avant de la refermer. Au moment de retourner à son travail, la maîtresse de maison scruta la pièce et repéra immédiatement une tache de sang au plafond.

— Tu peux retourner travailler avec Donat, dit-elle à Ernest. Toi, Bedette, tu vas me nettoyer cette tache-là, ordonna-t-elle à sa fille.

Sur ce, elle retourna dans la cuisine d'été surchauffée par le poêle à bois qu'il avait fallu allumer pour faire cuire les confitures de fraises.

— Les confitures sont prêtes, annonça-t-elle à sa bru en demeurant derrière la porte moustiquaire. Viens t'occuper de la paraffine pendant que j'ébouillante les pots.

— On pourrait bien attendre après le souper, madame Beauchemin, fit Eugénie d'une voix languissante.

— On va se débarrasser de ça tout de suite, répliqua sèchement sa belle-mère. Après le souper, je veux m'occuper des plates-bandes.

Eugénie se leva péniblement, la silhouette arrondie par l'enfant qu'elle portait, et elle entra dans la maison sans enthousiasme.

❧

Le train en provenance de Montréal ralentit, puis vint s'immobiliser près du quai de la gare dans un nuage de vapeur. Le chef de gare, un drapeau à la main, sortit précipitamment du petit bâtiment rouge. Il esquissa à peine une grimace en entendant le grincement strident des roues torturées par les freins.

Le bruit réveilla la petite fille d'un an et demi endormie dans les bras de sa mère. Catherine adressa un sourire plein de tendresse à sa fille qu'elle serra encore plus fortement contre elle pour la rassurer pendant que Xavier se levait pour prendre leur valise déposée dans le filet, au-dessus de leur tête.

Catherine leva les yeux pour regarder amoureusement celui qu'elle avait épousé trois jours auparavant.

Le fils de Baptiste Beauchemin était un jeune homme athlétique mesurant plus de six pieds et d'une force peu commune. Son visage à la mâchoire énergique était surmonté par une chevelure noire bouclée. Elle l'aimait autant pour sa douceur que pour son courage et sa générosité. Il l'avait épousée elle, la fille-mère à la réputation perdue, insensible à la désapprobation des habitants de Saint-Bernard-Abbé. Plus encore, en ce dernier jour de leur trop court voyage de noces à Montréal, il avait poussé la bonté jusqu'à lui faire la surprise d'adopter Constance, l'enfant à laquelle elle avait donné naissance avant de le rencontrer. Restait à savoir maintenant comment les gens allaient réagir en les voyant revenir de leur voyage de noces chargés d'un enfant.

Quand elle avait fait part de son inquiétude à Xavier quelques minutes plus tôt, celui-ci s'était contenté de lui répondre :

— Ça regarde pas personne. Constance, c'est notre fille, et il y a rien à redire là-dessus.

La grande jeune femme mince au chignon blond, un peu rassérénée, l'avait remercié d'un sourire plein de reconnaissance.

Le couple et l'enfant descendirent sur le quai en bois. Ils étaient les seuls voyageurs à quitter le train. Ce dernier reprit lentement de la vitesse et s'éloigna en laissant derrière lui un panache de fumée.

— J'espère qu'Antonin a pas oublié qu'on revenait aujourd'hui, fit Xavier en regardant autour de lui à la recherche de l'adolescent de dix-huit ans qui travaillait avec lui depuis plus de deux ans.

Il allait s'adresser au chef de gare quand il aperçut Antonin Lemoyne en train d'immobiliser son boghei près de l'édicule qui servait de gare. Le jeune homme s'empressa de descendre de voiture pour se porter à la rencontre de Xavier et de sa femme, la figure illuminée par un grand sourire.

— Vous avez fait bon voyage ? demanda-t-il en regardant avec curiosité la petite fille que Catherine tenait par la main.

La jeune madame Beauchemin l'embrassa sur une joue en lui assurant qu'ils avaient fait un très beau voyage. Antonin rougit.

— Et toi, je suppose que t'as pas haï ça jouer au patron tout seul sur ma terre, plaisanta Xavier en lui donnant une bourrade affectueuse.

— C'était ben d'agrément, dit en riant l'adolescent. Et qui est cette belle fille ? demanda-t-il en désignant Constance qui suçait son pouce en le fixant.

— C'est Constance, notre fille, répondit Xavier sur un ton plein de défi. On vient de l'adopter.

— Est-ce que je peux la prendre ?

— Tu peux toujours essayer, répondit Catherine avec un sourire.

Antonin tendit les bras à la petite fille qui s'avança vers lui, pleine de confiance. Il la souleva, plaqua un baiser sonore sur l'une de ses joues rebondies et se dirigea vers le boghei, suivi par son patron et sa femme.

— J'ai l'impression que Constance et moi, on va ben s'entendre tous les deux, dit-il en tendant l'enfant à Catherine après qu'elle eut pris place dans la voiture avec son mari.

Il monta sur le siège avant et reprit les guides pour mettre l'attelage en marche.

À leur arrivée à la maison, au bout du rang Sainte-Ursule, Antonin arrêta la voiture près de la galerie de la maison neuve qu'il avait construite avec Xavier. Il laissa descendre la petite famille avant de poursuivre son chemin jusque devant l'écurie.

Sans aucun effort apparent, Xavier souleva sa femme et sa fille dans ses bras et leur fit franchir le pas de la porte avant de les déposer au milieu de la cuisine.

— T'es chez vous ici dedans, déclara le fils de Baptiste Beauchemin à sa nouvelle épouse. Ça, c'est ta cuisine. Pendant que je vais aller donner un coup de main à Antonin à faire le train, essaie de nous préparer quelque chose à manger.

Sur ces mots, il s'empara de leur valise et la laissa sur leur lit avant de changer de vêtements et de quitter la maison. Laissée seule avec Constance, Catherine installa sa fille dans leur lit pour une courte sieste et retourna dans la cuisine où elle se mit en devoir de dresser le couvert et d'explorer le garde-manger.

Ensuite, elle se dirigea sans la moindre hésitation vers le puits creusé au centre de la cour pour aller en retirer le seau dans lequel les deux hommes avaient dû placer ce qui restait de viande depuis la fonte de la glace utilisée pour la conserver pendant l'hiver. Elle ne découvrit que deux pièces de bœuf et un petit jambon. Elle prit le jambon et rentra dans la maison en se promettant de le faire cuire durant la soirée.

Elle pénétra ensuite dans la petite remise voisine, certaine de trouver dans le coffre des briques de lard entreposées dans de la saumure. De retour dans la cuisine, elle alluma le poêle avant de se mettre à éplucher des pommes de terre. Elle eut même le temps de préparer un pudding avant que les hommes rentrent pour souper.

— Ça fait ben longtemps qu'on n'a pas aussi ben mangé, déclara Antonin pour taquiner son patron à la fin du repas.

— Peut-être, mais tu vas voir qu'une femme, ça fait autrement plus de vaisselle sale à laver, par exemple, se moqua Xavier en lui montrant du pouce tous les plats à nettoyer.

—À trois, ça devrait pas être si long que ça, rétorqua l'adolescent en adressant un clin d'œil à Catherine.

—Ayez pas peur, c'est pas un travail pour les hommes, affirma Catherine en riant. Je m'en occupe.

—À soir, on va faire une exception, annonça Xavier, sérieux. J'aimerais aller montrer la petite à ta famille. On va laver la vaisselle tous les deux, Antonin et moi, pendant que tu la prépares.

Tout le temps où Catherine fit la toilette de sa fille, elle sembla en proie à une certaine nervosité que son mari finit par remarquer.

—Qu'est-ce qu'il y a ? lui demanda-t-il, intrigué.

—Je sais pas si c'est une si bonne idée que ça d'aller montrer la petite à soir chez ma mère, répondit-elle dans un souffle.

—Pourquoi pas ?

—On aurait peut-être pu donner à ma mère et à mon frère le temps de s'habituer à l'idée, avança-t-elle d'une voix incertaine.

—Ils ont pas à s'habituer, déclara-t-il d'une voix soudain plus dure. Constance, c'est notre fille, et ils ont rien à dire.

Antonin rangea les linges qui avaient servi à essuyer la vaisselle et s'esquiva quand Xavier refusa son offre d'atteler Prince.

—C'est à côté, on peut bien y aller à pied, dit-il en prenant Constance dans ses bras.

Sa femme jeta un rapide coup d'œil à l'ordonnance de son chignon avant de le suivre avec une évidente réticence. Le couple marcha quelques arpents sur l'étroite route en terre. Après avoir dépassé le rideau d'arbres qui séparait les deux fermes, ils aperçurent la petite maison blanche de Laura Benoît, faisant face à la rivière qui coulait de l'autre côté du chemin. Cyprien Benoît et sa femme étaient assis sur la galerie aux côtés de Laura, occupée à tricoter, quand Xavier et sa femme entrèrent dans la cour.

Si Xavier avait voulu faire une surprise aux Benoît, il pouvait se vanter d'avoir réussi au-delà de toute espérance. Dès que la maîtresse des lieux aperçut sa fille tenant un enfant dans ses bras, elle quitta précipitamment sa chaise berçante et descendit les trois marches de la galerie.

— Bonsoir, m'man, la salua Catherine en s'avançant pour l'embrasser sur une joue.

Xavier l'imita. Sa belle-mère se laissa embrasser. Elle semblait avoir perdu momentanément l'usage de la parole.

— D'où est-ce qu'elle sort, cette enfant-là ? finit-elle par demander d'une voix étranglée après un long silence.

— C'est Constance, notre fille, répondit son gendre sans la moindre hésitation.

— C'est pas…

— Oui, m'man, reconnut sa fille d'une toute petite voix. Xavier a décidé qu'on devait l'adopter.

— Mais qu'est-ce que le monde va dire ? demanda Laura.

— Le monde dira ce qu'il voudra, déclara sèchement Xavier. La petite, c'est notre fille, et ils sont mieux de s'y habituer, ajouta-t-il, l'air menaçant.

À ce moment-là, Laura Benoît se rendit compte que Constance lui souriait et elle ne put s'empêcher de la prendre dans ses bras.

— Mes pauvres enfants, j'espère que vous le regretterez pas, ne put-elle s'empêcher de dire en serrant l'enfant contre elle.

Cyprien et sa femme n'avaient pas esquissé le moindre geste pour se rapprocher des visiteurs. Xavier nota le fait et ne s'en étonna pas. Il existait une antipathie naturelle entre lui et le couple qui avait tout fait pour chasser Catherine de Saint-Bernard-Abbé.

Les visiteurs, debout au milieu de la cour de la ferme, parlèrent durant quelques minutes avec la mère de Catherine.

— Venez donc vous asseoir sur la galerie, les invita Laura.

— Ce sera pour une autre fois, madame Benoît, refusa Xavier. Là, je pense qu'il est temps d'aller coucher la petite. En plus, le voyage nous a pas mal fatigués. On va se coucher de bonne heure.

Sur ces mots, le jeune couple et l'enfant quittèrent les lieux.

Après leur sortie de la cour de la ferme, Laura retourna sur la galerie, mécontente de l'accueil que son fils et sa bru avaient réservé aux nouveaux mariés.

Cyprien, un jeune cultivateur de vingt-six ans, semblait dépourvu de cou tant il était massif. Il avait en commun avec sa femme Marie-Rose, une petite noiraude, un air naturellement malcommode.

— Vous auriez pu venir leur parler, leur reprocha la maîtresse de maison. Toi, Cyprien, c'est ta sœur.

— Vous êtes pas obligée de me le rappeler, m'man, répliqua le jeune homme d'une voix cassante. Elle a jamais arrêté de nous faire honte dans la paroisse.

— Et c'est à qui cette enfant-là ? demanda Marie-Rose à sa belle-mère.

— Une petite fille qu'ils ont adoptée à Montréal.

— J'espère que c'est pas la petite bâtarde qu'elle a eue ? fit Cyprien, hors de lui.

— Ça, c'est pas de tes affaires, Cyprien Benoît, le rembarra sèchement sa mère. Puis, avise-toi pas de dire une affaire comme ça devant ton beau-frère parce que j'ai bien l'impression que tu vas le regretter.

— Mais c'est la bâtarde ! s'exclama Marie-Rose, horrifiée. Ça, c'est le pire ! Tout un scandale ! On n'a pas fini de se faire montrer du doigt dans toute la paroisse.

Sa belle-mère lui jeta un regard si méprisant que la jeune femme n'osa pas continuer. Cependant, dès qu'elle se retrouva seule avec Cyprien dans leur chambre à coucher, elle ne cessa de dire du mal de sa jeune belle-sœur qui avait eu le culot de ramener à Saint-Bernard-Abbé le fruit de son péché. Sa grogne était motivée en grande partie par le fait qu'elle ne parvenait pas à avoir d'enfant après quatre ans de mariage.

— En tout cas, le Xavier Beauchemin est un beau sans-génie, déclara-t-elle avant de souffler la lampe. C'est pas demain la veille que le monde de Saint-Bernard va arrêter de rire de lui dans son dos. Aller adopter l'enfant que sa femme a eu avec un autre, il y a de quoi faire rire toute la paroisse.

❦

Le lendemain matin, Catherine eut du mal à réveiller Xavier quand elle entendit Antonin descendre l'escalier qui menait aux chambres à l'étage.

— Blasphème ! j'ai jamais aussi mal dormi, se plaignit le jeune marié en passant une main dans son épaisse chevelure noire. J'ai passé la nuit à me réveiller parce que j'avais peur d'écraser la petite en me tournant dans le lit.

— Moi aussi, je me suis réveillée souvent, lui avoua sa femme en sortant de la pièce derrière lui.

— Aujourd'hui, Antonin et moi, on va lui faire un lit qu'on va installer dans un coin de la chambre. Je pense que t'as reçu assez de toile en cadeau de noces pour lui coudre une paillasse.

— Je vais faire ça après le déjeuner, lui promit Catherine en se mettant en devoir d'allumer le poêle.

À la fin de l'avant-midi, le lit était fabriqué et installé dans la chambre des maîtres. Catherine avait déjà rempli de paille un sac de toile et se chargeait maintenant de confectionner un oreiller avec les plumes des canards abattus les années passées. L'après-midi fut occupé à cueillir les fraises et à les faire cuire.

— Ça me fait rien, les hommes, déclara Catherine en riant, mais on n'aura pas plus que quatre à cinq pots de confiture.

— Derrière la grange, on a planté pas mal de plants ce printemps, lui apprit Antonin. Cette année, c'est sûr, ils ont rien produit, mais attends l'année prochaine, tu vas en avoir à plus savoir quoi en faire. Là, cette année, c'étaient des vieux plants qu'on avait plantés dans le jardin.

Après le souper, Xavier eut à vaincre encore une fois la résistance de Catherine pour la décider à l'accompagner avec la petite chez sa mère, dans le rang Saint-Jean.

— Constance est notre fille et on va la montrer, déclara-t-il sur un ton sans appel. T'as pas honte d'elle, j'espère ?

— Non, mais j'ai peur que ta mère fasse une crise en la voyant, lui avoua-t-elle. T'as vu comment on a été reçus par mon frère et sa femme, hier soir ?

— Eux autres, ils m'empêchent pas de dormir, déclara Xavier sans ambages. Si ma mère a envie de faire une crise, elle la fera, ajouta-t-il, mais ça changera rien. Constance est une Beauchemin à cette heure, qu'elle le veuille ou pas. À part ça, j'y vais pas seulement pour leur montrer notre fille. Je veux savoir qui a été élu aux élections.

La veille, Saint-Bernard-Abbé avait tenu ses premières élections municipales pour se doter d'un maire et de deux échevins. Le parti des Irlandais avait présenté Thomas Hyland comme candidat à la mairie, ainsi que Samuel Ellis et Eudore Valiquette, prétendants aux postes d'échevins, pour affronter Anatole Blanchette, secondé par Donat Beauchemin et son beau-frère, Rémi Lafond. Xavier était impatient de savoir si le parti de son frère avait remporté cette élection.

Antonin alla atteler Prince au boghei et remarqua le peu d'entrain de Catherine qui s'apprêtait à monter dans la voiture auprès de son mari.

— Ça va ben aller, lui chuchota l'adolescent au moment où Xavier mettait le véhicule en marche.

En cette soirée de juillet, on aurait juré que la nature cherchait à faire oublier aux gens de la région le printemps maussade qu'elle leur avait offert. La voiture longea tout le rang Sainte-Ursule en soulevant un léger nuage de poussière derrière elle. Le hasard voulut que Bridget Ellis aperçoive le jeune couple alors qu'elle était occupée à couper des pivoines devant sa maison. Elle resta si surprise de voir les jeunes mariés avec une enfant qu'elle en laissa tomber ses ciseaux.

Plus loin, le curé Désilets lisait son bréviaire, comme à son habitude, en faisant les cent pas sur le parvis en bois de la chapelle quand le boghei de Xavier passa devant le presbytère en construction et la chapelle. Le prêtre âgé d'une quarantaine d'années arborait d'épais favoris poivre et sel. De taille moyenne, il avait de petits yeux noirs fureteurs dissimulés en partie par des lunettes à fine monture de métal.

Xavier ralentit et salua son curé en soulevant poliment sa casquette. Le prêtre fut si étonné du spectacle qu'il avait sous les yeux qu'il en oublia être parvenu à l'extrémité du parvis et faillit tomber en bas des cinq marches. Il se rattrapa à la toute dernière seconde.

— Ah ben, batèche! ne put-il s'empêcher de dire en refermant sèchement son livre de prières, j'aurai tout vu! Si c'est pas narguer le monde, ça, je me demande ce que c'est!

En colère, il pénétra dans la chapelle, la traversa et entra dans la sacristie où il habitait depuis un an.

Arrivé en haut de la pente abrupte, Xavier fit ralentir encore plus son attelage et descendit prudemment. Angèle et Hormidas Meilleur étaient assis sur la galerie de leur petite maison située au pied de la côte.

— Bon, on est chanceux. Le père Meilleur vient de voir la petite, dit Xavier à sa femme. On peut être certains que tout Saint-Bernard va être au courant demain quand il va avoir fini sa tournée.

La voiture longea ensuite la forge d'Évariste Bourgeois ainsi que le magasin général de Télesphore Dionne situé en face de la petite école à un étage où enseignait Bernadette Beauchemin. Xavier aperçut le propriétaire du magasin général en train de discuter sur sa galerie avec Paddy Connolly. Ces derniers tournèrent la tête dans sa direction et il les salua en soulevant, encore une fois, sa casquette.

Le couple traversa le pont et tourna à droite pour emprunter le rang Saint-Jean qui suivait les méandres de la rivière Nicolet. Le fils de Baptiste Beauchemin connaissait bien chacun des fermiers du rang où il avait vécu durant les vingt premières années de sa vie.

La ferme du gros Tancrède Bélanger était suivie de celles de Rémi Lafond, son beau-frère, d'Ernest Gélinas, de Gratien Ménard, de John White et de Conrad Boudreau, voisin des Beauchemin. Toutes les maisons et les bâtiments étaient construits du côté gauche de la route, face aux champs qui les séparaient des eaux tranquilles de la rivière. L'unique exception était la demeure neuve de Constant Aubé, l'ex-petit ami de Bernadette Beauchemin. Le jeune homme était meunier et cordonnier de son état. Originaire de la région de Québec, il avait acheté un lot de Conrad Boudreau le printemps précédent sur lequel il avait fait construire un moulin à farine au bord de la rivière ainsi qu'une maison et divers petits bâtiments, à faible distance de la route.

—Je trouve donc dommage que Bedette se soit pas accordée avec Constant, ne put s'empêcher de dire Xavier en passant devant la maison du meunier. C'est un bon gars. Il boite peut-être, mais il a une tête sur les épaules et il est toujours prêt à rendre service.

—Tu y peux rien, lui fit remarquer Catherine.

—Je le sais ben, mais ça me fait quelque chose, lui avoua son mari. Moi, je suis certain qu'il est revenu s'installer à Saint-Bernard parce qu'il pensait marier Bedette. En tout cas, je peux te dire que je l'aime pas mal plus que Liam Connolly, le mari de Camille. Lui, on sait jamais trop comment le prendre.

Catherine garda le silence.

Le conducteur fit entrer le boghei dans la cour de la ferme des Beauchemin et vint l'immobiliser tout près de la galerie où étaient assis Donat, Eugénie, Bernadette, Emma et son bébé ainsi que sa mère. Tout le monde se leva en reconnaissant les nouveaux mariés.

À la vue de l'enfant que Catherine tenait dans ses bras, Eugénie lança un regard incrédule à son mari et allait dire quelque chose quand sa belle-mère lui ordonna abruptement:

— Attends!

Xavier descendit de voiture et prit Constance dans ses bras pour permettre à Catherine de descendre à son tour. Sentant la situation tendue, Emma s'empressa de descendre la première de la galerie.

— Seigneur! Votre voyage de noces a été court, leur dit-elle en embrassant sa belle-sœur et son frère sur une joue.

Les autres membres de la famille n'eurent guère le choix de l'imiter avec plus ou moins de réticence.

— C'est à qui cette belle fille là? demanda Bernadette en tendant les bras pour prendre Constance.

— C'est notre fille, répondit Xavier. On l'a adoptée avant-hier. Elle s'appelle Constance.

— Est-ce que c'est ta fille ou une pure étrangère que vous avez adoptée? demanda Marie.

— Ma fille, madame Beauchemin, répondit l'épouse de Xavier, les joues rougies par un sentiment de honte.

— Ta fille! s'exclama une Eugénie éberluée.

— Non, notre fille, fit Xavier sur un ton cassant.

Le visage de Catherine était devenu soudain très pâle. Il était évident que la jeune mère était angoissée. Elle s'attendait à une explosion de la part de sa belle-mère. Il y eut un court moment de gêne entre les gens présents avant que Marie se décide à prendre l'enfant des bras de sa fille cadette. Immédiatement, Constance se colla contre elle, ce qui eut pour effet de rendre le sourire à la grand-mère.

—Venez vous asseoir sur la galerie, invita-t-elle les visiteurs. On a encore une bonne heure avant que les maringouins deviennent trop achalants.

—C'est vrai qu'on va être mieux, reconnut Xavier en poussant sa femme doucement devant lui.

—J'espère que ce petit ange-là aura jamais à payer pour ce qui lui est arrivé, laissa tomber Marie, l'air sombre en regardant l'enfant qu'elle pressait contre elle.

—M'man, je vois pas pourquoi ça lui arriverait, déclara Xavier, nettement soulagé par l'accueil de sa famille. Constance a maintenant un père et une mère, comme tous les enfants. On va l'aimer et on va l'élever.

—Puis, m'man, gardez-la pas pour vous toute seule, intervint Bernadette, apparemment charmée par la fillette blonde qui lui adressait des sourires à distance.

Quand la jeune institutrice lui tendit les bras pour la prendre, Constance se lova plus étroitement contre sa grand-mère par adoption, refusant de quitter son giron, ce qui eut l'air d'attendrir encore plus Marie Beauchemin.

Pour sa part, Catherine s'était emparée de Marthe, sa filleule aux traits mongoloïdes, et elle s'était mise à la bercer, visiblement très heureuse que sa fille soit acceptée chez les Beauchemin.

—Est-ce que je peux savoir comment se sont passées les élections ? demanda Xavier à son frère qui venait d'allumer sa pipe.

—Je sais pas si je dois te le dire, se moqua Donat. T'étais même pas là pour voter.

—Envoye ! lui ordonna son jeune frère.

—Ben, Hyland a été élu maire et les conseillers sont le notaire Valiquette et le mari d'Emma. Il est pas avec nous autres à soir parce qu'il est en réunion avec le maire et le notaire.

—Et toi ?

— Moi, j'en ai déjà plein les bottes avec ma besogne de marguillier et de président de la commission scolaire. Surtout que cette année, je vais avoir à m'occuper de deux écoles avec des maîtresses pas faciles à vivre.

— Aïe, toi! protesta Bernadette.

Donat faisait allusion à la seconde école qui allait ouvrir à l'automne dans le rang Saint-Paul. La commission scolaire avait acheté la maison d'Hormidas Meilleur, qui n'en avait plus l'usage depuis son récent mariage avec la veuve Cloutier, pour la transformer en école où l'institutrice, Angélique Dionne, allait enseigner dans les deux langues.

— En plus, je dois m'occuper des élections. Il faut pas oublier que les élections fédérales commencent dans deux semaines, le 20 juillet, et dureront jusqu'au 12 octobre.

— Dans notre comté?

— D'après Lemire, nous autres dans Drummond-Arthabasca, ça va être le 14 août.

— Et on va s'organiser pour enfin sacrer dehors Sénécal et sa clique.

— C'est là qu'on a une surprise, reprit Donat avec un large sourire. Il paraît que Sénécal ne se représente même pas. C'est un nommé Tessier que les libéraux vont présenter à sa place.

— C'est qui, ce gars-là?

— Quand j'ai posé la question à Lemire, il m'a dit qu'il le connaissait pas pantoute.

— Bon, de toute façon c'est un Rouge et on va le battre, déclara Xavier avec assurance. Et où est passé Hubert? s'enquit-il. Dites-moi pas qu'il est encore en train de veiller avec la belle Angélique Dionne.

— Bien non, fit son frère. Tu l'as manqué de peu. Il est reparti pour Dunham à matin. Il paraît que le cousin de Télesphore Dionne lui a dit qu'une couple de mois de plus à sa fromagerie lui feraient pas de tort pour apprendre le métier comme il faut. Et si je me fie à ce qu'il m'a raconté, le père d'Angélique lui a demandé de s'informer de tout le matériel qu'il faut pour ouvrir une fromagerie.

— Blasphème ! Le bonhomme a l'air sérieux quand il parle d'en ouvrir une à Saint-Bernard ! s'exclama Xavier.

— On le dirait, répliqua Donat. Remarque que j'aurais bien plus aimé que Hubert reste sur notre terre pour me donner un coup de main, mais on dirait que son idée est faite. Il veut être fromager.

Au moment où le soleil se couchait dans un ciel rougeoyant annonciateur d'une belle journée chaude pour le lendemain, les Beauchemin virent passer le boghei de Paddy Connolly. Celui-ci longea les fermes de Joseph Gariépy, d'Antonius Côté et d'Éloi Provost avant d'arrêter sa voiture près de l'écurie de son neveu, Liam Connolly. Le petit homme âgé d'une cinquantaine d'années détela sa bête sans se presser et la fit entrer dans l'enclos avant de se diriger vers la maison où Camille venait de terminer la récitation de la prière du soir en compagnie de ses quatre enfants adoptifs. Pour sa part, son mari était demeuré sur la galerie à fumer sa pipe.

Camille embrassa chacun des enfants et leur souhaita une bonne nuit avant de revenir prendre place dans sa chaise berçante sur la galerie avec une chemise à repriser au moment où son pensionnaire arrivait au pied des marches qui menaient à la galerie.

— Je vous dis que ça va jaser en jériboire dans la paroisse, déclara Paddy, la mine toute réjouie.

— Qu'est-ce qui se passe, mon oncle ? lui demanda Liam, curieux.

— Ben, j'ai vu passer Xavier Beauchemin et sa femme…

— J'espère que c'est pas ça qui va faire jaser, mon oncle, se moqua Camille, qui n'aimait pas particulièrement ce pensionnaire désagréable qu'elle supportait de plus en plus difficilement.

— Pantoute, ma nièce, répliqua Paddy. Ce qui va faire jaser, c'est que la femme de ton frère portait un enfant dans ses bras… Je veux ben croire que je suis juste un vieux garçon et que je connais pas grand-chose au mariage, mais il me semble que ça prend plus que trois jours de voyage de noces pour avoir un petit, même de nos jours, ajouta-t-il, sarcastique.

— Vous avez dû mal voir, laissa tomber Camille.

— Dans ce cas-là, je suis pas tout seul à avoir mal vu, répliqua l'homme tiré à quatre épingles en affichant un air satisfait plutôt déplaisant. Télesphore Dionne était avec moi et il a vu la même chose.

— Si c'est ce que je pense, intervint abruptement Liam, ce serait ben écœurant.

Camille se borna à hausser les épaules et à reprendre son travail de couture après avoir jeté un regard sans aménité à son mari.

À les voir l'un à côté de l'autre, il était évident que l'harmonie ne régnait pas entre ces deux êtres qui s'étaient épousés moins d'un an auparavant.

La fille aînée de feu Baptiste Beauchemin avait épousé le veuf de trente-huit ans beaucoup plus par amour pour ses quatre enfants que pour lui. L'homme de taille moyenne solidement charpenté avait cependant belle apparence, mais il était parvenu à dissimuler en grande partie à sa future femme un caractère à la limite du supportable. Nerveux et violent, Liam Connolly était souvent la proie de colères incontrôlées. De plus, il faisait montre d'un manque de sensibilité et de générosité qui rebutait sa jeune femme.

Camille était loin d'être stupide et n'était pas sans savoir que la plus grande source de mésentente entre elle et son conjoint venait de son manque d'enthousiasme au lit. Après neuf mois de vie commune, elle n'était pas encore parvenue à lui pardonner de l'avoir violée sans ménagement le soir de leur mariage. Depuis, elle avait en horreur l'accomplissement de son devoir d'épouse et ne pouvait s'empêcher de faire preuve d'une passivité propre à susciter la rancune chez Liam. En fait, elle préférait protéger les enfants de la violence de leur père, les nourrir et les habiller convenablement plutôt que de satisfaire ce dernier… que cela lui plaise ou non.

Le pire était sans doute la façon dont il avait accueilli, à la mi-avril, l'annonce de sa première grossesse. Il s'était mis en colère, lui imputant l'entière responsabilité de ce cinquième enfant dont il ne désirait pas la venue.

Quelques minutes plus tard, Paddy, incommodé par les maringouins, décida de monter à sa chambre. Dès qu'il eut disparu à l'intérieur de la maison, Liam dit à sa femme :

— Si c'est ce que je pense, ton frère est un maudit beau niaiseux.

— Avant de s'énerver, il va falloir d'abord être bien certains que c'est ce qu'on pense, reprit-elle d'une voix neutre. Si c'est ça, je crois que Xavier vient de prouver à Catherine qu'il l'aime vraiment et qu'il a du cœur.

— Voyons donc ! protesta-t-il, surpris.

— Et je te garantis que je serai pas la seule de la paroisse à penser ça, ajouta Camille en se levant. Bon, j'ai promis aux enfants d'aller aux framboises demain matin de bonne heure. J'entre me coucher.

Liam ne dit rien. Il la laissa se retirer dans leur chambre sans esquisser le moindre geste de tendresse. S'il avait envie d'elle au moment de se coucher, il la réveillerait sans ménagement.

⟿

Deux jours plus tard, Camille rendit une courte visite à sa mère à la fin de l'après-midi. La jeune femme trouva sur les lieux sa sœur Emma avec ses trois enfants, ainsi que Bernadette et Eugénie. Les femmes étaient occupées à trier des framboises cueillies le matin même.

— Bonne sainte Anne, mais t'es rendue comme monsieur le curé! s'exclama Bernadette avec bonne humeur. Tu fais tes visites de paroisse l'après-midi quand le monde normal travaille.

— Toi, l'haïssable, tiens-toi tranquille! lui ordonna son aînée en plaquant un baiser sur l'une de ses joues. Non, je venais juste voir comment vous allez. Avec le jardin à entretenir et l'ordinaire à faire, je trouve jamais une minute pour venir vous voir. Mais là, je vois bien que vous autres, vous avez pas grand-chose à faire. Trier des framboises, on fait ça pour s'amuser.

— Je suis certaine que t'es déjà allée aux framboises avec les petits, intervint sa mère.

— Vous vous trompez pas, m'man. On y est allés hier. On en a ramené assez pour faire six pots de confiture.

— As-tu encore des nausées chaque matin? lui demanda Eugénie dont l'accouchement était prévu pour la fin du mois de septembre, soit un mois avant celui de sa belle-sœur.

— Non, ça a arrêté depuis une semaine, déclara Camille.

— As-tu dans l'idée d'aller voir le docteur Samson? fit sa mère.

— Pourquoi je ferais ça, m'man?

— Parce qu'avoir son premier petit à trente ans, ça se peut que ce soit plus difficile. En tout cas, à mon avis, ce serait une bonne précaution à prendre.

— M'man a raison, confirma Emma.

— Il paraît que Xavier et Catherine sont revenus de Montréal avec un petit? demanda Camille, impatiente de changer de sujet de conversation.

En réalité, c'était là le but premier de sa visite à la maison familiale.

— Oui, une petite fille qu'ils ont adoptée, répondit Marie d'une voix neutre.

— Elle s'appelle Constance, ajouta Bernadette. Elle est belle comme un cœur, précisa-t-elle avec enthousiasme.

— Est-ce que c'est la fille de Catherine ?

— T'as bien deviné, confirma Eugénie. La petite est belle comme tous les enfants du péché.

— Dis pas ça, la réprimanda sèchement Emma. Catherine m'a expliqué ce qui lui était arrivé et c'est loin d'être sa faute…

— En tout cas, Xavier et elle ont l'air à bien l'aimer, cette enfant-là, conclut Bernadette.

— C'est peut-être là ce qu'il y a de plus important, dit Camille, le visage assombri. J'ai l'impression qu'un enfant doit sentir s'il est désiré ou pas.

Marie scruta le visage de sa fille aînée et eut, encore une fois, l'intuition que l'enfant qu'elle portait n'était pas particulièrement souhaité par le père.

En fait, si la nouvelle du retour de voyage de noces du jeune couple avec un enfant fut largement commentée dans les foyers de Saint-Bernard-Abbé, elle ne souleva cependant pas la réprobation générale tellement crainte par Catherine.

Chapitre 2

L'accident

Le dimanche suivant, une bien mauvaise surprise attendait Donat Beauchemin. Le curé Désilets termina en effet son long prône par la lecture d'un mandement de monseigneur Langevin de Rimouski, publié le premier juillet et adopté par la plupart des évêques du Québec.

— Il est dorénavant défendu au clergé de la province de chercher à influencer les électeurs pendant une campagne électorale, tonna le prêtre du haut de la chaire. Par le fait même, vous comprendrez que je ne peux appuyer l'un ou l'autre parti, ajouta-t-il avec une légère note de regret dans la voix.

En ce second dimanche du mois de juillet 1872, beaucoup d'hommes présents dans la chapelle de Saint-Bernard-Abbé échangèrent des regards stupéfaits. C'était à n'y rien comprendre. Le clergé avait toujours soutenu aveuglément les conservateurs depuis le début de la Confédération parce qu'il jugeait le parti plus respectueux de l'Église et des valeurs familiales. Par ailleurs, les autorités ecclésiastiques ne s'étaient jamais gênées pour comparer les libéraux à des suppôts de Satan avec leurs idées modernes et leur façon de contester le pouvoir des prêtres sur le peuple.

— Maudit torrieu, par exemple! ne put s'empêcher de s'exclamer à voix basse un Donat hors de lui.

— Chut! lui intima sa mère.

Le jeune cultivateur secoua la tête. Il avait du mal à imaginer quel effet cette neutralité allait avoir sur la campagne qui allait commencer. Il tourna la tête vers Samuel Ellis, assis dans le banc voisin en compagnie de sa femme Bridget. Il serra les poings à la vue du petit sourire triomphant affiché par l'organisateur irlandais des Rouges dans Saint-Bernard-Abbé et Sainte-Monique.

À la fin du service religieux, le fils de Baptiste Beauchemin s'empressa d'aller rejoindre quelques ardents supporteurs des Bleus dont faisaient partie ses beaux-frères Rémi Lafond et Liam Connolly.

— Ça, ça part mal des élections en baptême ! ne put-il s'empêcher de déclarer en arrivant près du petit groupe rassemblé au pied du parvis de la chapelle.

— Je suis pas certain pantoute que ça va avoir tant d'effet que ça, dit Rémi d'une voix mesurée. Moi, je connais pas ben des hommes de Saint-Bernard ou de Sainte-Monique qui se laissent influencer par ce que dit le curé dans le temps des élections. La plupart votent toujours du même bord de père en fils.

— Je le sais ben, reconnut Donat, mais je pensais à tous les avertissements que donnent d'habitude les curés à ceux qui votent pour les Rouges. C'est tout juste s'ils disent pas que c'est un péché mortel de voter pour eux, ajouta-t-il avec un ricanement.

— Ben, on se débrouillera sans l'aide de monsieur le curé, intervint Liam.

— Est-ce que tu vas encore avoir besoin de nous autres ? demanda Xavier en faisant référence à l'aide que Liam et lui avaient apportée à Donat lors des dernières élections provinciales.

— Beau dommage ! accepta le jeune cultivateur.

— Ce coup-là, on va s'organiser pour surveiller notre bagosse, poursuivit Rémi, faisant allusion au fait qu'on avait trafiqué leur alcool la fois précédente avec du séné, ce qui avait rendu passablement malades de nombreux partisans.

— Inquiète-toi pas, s'empressa de le rassurer Donat avec un sourire. Hier, Lemire m'en a apporté trois petits barils et il y a personne qui va être capable d'y toucher.

Un peu plus loin, Camille s'était approchée de ses deux sœurs qui étaient en conversation avec leur nouvelle belle-sœur.

— Est-ce que ça te dérangerait si je passe voir votre petite cet après-midi ? demanda-t-elle à Catherine.

— Pantoute, ça va me faire plaisir de te la montrer et de te faire visiter notre maison.

À ce moment-là, aucune des femmes du petit cercle ne remarqua le changement soudain qui s'opéra dans le visage de Bernadette Beauchemin. Ses traits s'étaient figés lors-qu'elle avait aperçu son ex-amoureux, debout près de son boghei dans le stationnement de la chapelle, en compagnie de Laurence Comtois, la fille aînée d'Ubald Comtois, un veuf du rang Saint-Paul. Le père de la jeune fille était en grande discussion avec un voisin quelques pieds plus loin. Elle eut beau le fixer durant plusieurs minutes, le meunier ne tourna pas une seule fois la tête dans sa direction.

Son dépit devint si apparent que sa sœur Emma finit par s'en rendre compte et regarda dans la même direction qu'elle.

— À te voir, on dirait que t'étais pas encore au courant que Constant Aubé était revenu de Québec, lui dit sa sœur à mi-voix pendant que leur mère parlait avec Camille et Catherine.

— C'est pas bien important, déclara l'institutrice en adoptant un air indifférent.

— Je te dis ça juste parce que Rémi lui a parlé hier au magasin général. Il se demandait si notre meunier avait dans l'idée de tout vendre pour retourner vivre avec ses frères à Québec.

— Puis?

— Il a dit que c'est pas pantoute son intention. À ce que je vois, on dirait même qu'il est pas mal moins gêné qu'avant, poursuivit Emma en désignant du menton Laurence Comtois.

Bernadette n'eut pas à commenter parce que Donat venait d'approcher le boghei. La jeune fille et sa mère montèrent et la voiture se dirigea vers le haut de la côte du rang Sainte-Ursule.

Durant le court trajet qui séparait les membres de la famille Beauchemin de la ferme du rang Saint-Jean, il régna un lourd silence dans le véhicule. Marie réfléchissait à ce qu'elle allait servir au dîner pendant que Donat, l'air sombre, se demandait si Anthime Lemire, le grand organisateur Bleu du comté, tiendrait parole. Lors de son passage à la maison, la veille, le gros homme avait tacitement promis au jeune organisateur le poste d'inspecteur des routes de Saint-Bernard-Abbé si leur candidat était élu à la mi-août.

Pour sa part, Bernadette broyait du noir. Après plus d'un an de fréquentations, la fille cadette de Marie Beauchemin avait éconduit son amoureux sous le prétexte d'avoir besoin de réfléchir, de souffler, comme elle lui avait dit sans ménagement. Après tout ce temps, elle se demandait encore si elle l'aimait.

Constant Aubé était conscient de ne pas être le plus beau, et sa boiterie causée par un accident alors qu'il était enfant n'arrangeait rien. Il avait toujours été assez timide avec les filles, même si les gens de la paroisse étaient unanimes à lui reconnaître des qualités de cœur et une générosité remarquables. De plus, il savait lire et écrire et ne manquait pas d'habileté autant comme meunier que comme cordonnier, métiers appris auprès de son grand-père décédé. Avant son départ, Bernadette le considérait comme un ami qui lui prêtait des romans.

Après près d'un an d'absence, à la stupéfaction de tous, le jeune homme était revenu à Saint-Bernard-Abbé, avait acheté un lot dans le rang Saint-Jean et y avait fait construire un moulin à farine sur le bord de la rivière ainsi qu'une maison. Alors, Bernadette s'était empressée de l'attirer dans le salon familial, sans toutefois lui dire qu'elle l'aimait. De fait, cet amoureux transi ne suscitait guère le respect de la jeune institutrice qui savait jouer de sa séduction pour obtenir de lui tout ce qu'elle désirait. Elle se savait belle et attirante et ne se privait pas de jouer de la prunelle.

Depuis le début de leur relation, il avait toujours fait ses quatre volontés et l'avait gâtée. Après son renvoi, le jeune meunier avait disparu durant près d'un mois. Une rumeur persistante circulait dans la paroisse comme quoi il n'avait pas l'intention de revenir à Saint-Bernard-Abbé et qu'il allait charger son ancien patron, Thomas Hyland, de vendre sa maison et son moulin.

Un peu plus tôt, sa sœur Emma venait de lui apprendre qu'il était revenu depuis quelques jours.

Les sourcils froncés, elle se demanda pour la centième fois depuis deux semaines si elle n'avait pas fait une fausse manœuvre en le congédiant aussi cavalièrement deux mois auparavant.

Au début du mois de juin, elle s'était mis dans la tête que le séduisant Amédée Durand, inspecteur scolaire, était amoureux d'elle et n'attendait qu'un petit encouragement pour devenir son cavalier officiel. Elle avait renvoyé Constant pour faire de la place à son nouveau prétendant. Malheureusement pour elle, le jeune célibataire avait déjoué sans mal ses projets et avait feint de ne pas les remarquer. Lors de sa dernière visite à son école, il s'était limité à remplir avec zèle sa charge et il avait accordé au moins autant d'attention à Angélique Dionne, appelée à enseigner au début de l'automne dans la nouvelle école du village.

Bref, très dépitée, elle était forcée de constater qu'il ne lui restait plus qu'à jouer de son charme pour attirer, encore une fois, le meunier dans son salon, ce qui, selon elle, n'allait pas être particulièrement difficile. N'était-elle pas l'une des plus belles filles de Saint-Bernard-Abbé?

—Dites donc, vous deux, avez-vous perdu un pain de votre fournée? finit par leur demander Marie, intriguée par le silence prolongé de ses deux enfants.

—Bien non, m'man, répondit Donat en sortant de ses réflexions.

—Et toi, Bedette? insista sa mère.

—J'ai rien. Il y a juste que je trouve les dimanches bien ennuyants à me bercer toute seule dans la balançoire, comme une belle dinde.

—Ça, ma fille, tu l'as bien cherché, laissa tomber abruptement Marie au moment où le boghei s'arrêtait près de la galerie. Si t'avais meilleur caractère, t'aurais encore un cavalier.

—Si vous parlez de Constant Aubé, m'man, il vient plus veiller parce que je lui ai dit que j'étais fatiguée de le voir, pas parce qu'on s'est chicanés.

—C'était une bien bonne idée, lui fit remarquer sa mère d'une voix acide en descendant de voiture. À cette heure, tu te ramasses le bec à l'eau. Tant pis pour toi.

—Vous saurez, m'man, que s'il revient pas me voir, c'est parce que je le veux pas, se vanta Bernadette, le rouge au front. J'aurais juste à claquer des doigts et il reviendrait en courant.

—Si c'est comme ça, ma fille, dépêche-toi de claquer des doigts, rétorqua sa mère, l'air narquois. Moi, j'ai l'impression que ton Constant va finir par regarder ailleurs, et plus tôt que tard, à part ça.

Quelques minutes auparavant, Xavier venait de monter dans son boghei en compagnie de Catherine dans l'intention de rentrer à la maison quand il vit apparaître Agénor Moreau, le vieux bedeau.

—Maudit! je te cherche depuis cinq minutes, s'écria le vieil homme un peu à bout de souffle.

— Ben, vous m'avez trouvé, monsieur Moreau, répliqua
Xavier sur un ton plaisant.

— Pars pas tout de suite, lui ordonna le bedeau. Monsieur
le curé aimerait te dire deux mots.

— Qu'est-ce qu'il me veut?

— Je le sais pas pantoute.

— Il veut me voir tout seul?

— Il m'a rien dit.

— Si c'est comme ça, viens avec moi, Catherine, dit le
jeune homme à sa femme en descendant de voiture. J'espère
que ce sera pas trop long, cette affaire-là. Moi, je meurs de
faim. J'ai rien mangé depuis hier soir.

Xavier entra dans la chapelle en compagnie de sa femme
et alla frapper à la porte de la sacristie. Josaphat Désilets, le
visage fermé, vint ouvrir au jeune couple.

— Bonjour, monsieur le curé, le salua Xavier. Le bedeau
vient de me dire que vous voulez me voir.

— En effet, reconnut le prêtre sans esquisser le moindre
sourire.

— C'est à quel sujet?

— Tout d'abord, j'aimerais savoir si ce qu'on raconte sur
toi et ta femme dans la paroisse est vrai.

— Ça dépend, laissa tomber le cultivateur du rang Sainte-
Ursule, immédiatement sur ses gardes.

— On raconte partout que t'aurais adopté l'enfant que ta
femme a eu hors des liens du mariage. Est-ce que c'est vrai,
cette histoire-là? demanda l'ecclésiastique, sur un ton sévère.

— En plein ça, monsieur le curé, répondit Xavier en
adoptant une attitude de défi.

— Et toi, ma fille, t'as laissé ton mari faire une chose
comme ça? s'indigna Josaphat Désilets en adressant à
Catherine un regard rempli de désapprobation.

Catherine, le visage pâle, se contenta de baisser les yeux.
Xavier sentit la moutarde lui monter au nez et il crispa les
poings.

— Ma femme a rien eu à voir avec ma décision d'adopter le bébé, affirma-t-il d'une voix tranchante. En plus, j'ajoute que ça regarde pas personne. Si j'entends une langue sale de Saint-Bernard dire un mot contre ma femme ou la petite, je vais lui faire regretter d'être venu au monde.

Une telle rage semblait habiter son paroissien que Josaphat Désilets, apeuré, décida de changer de ton.

— Veux-tu bien me dire qui t'a conseillé de faire une affaire comme ça ?

— Personne, monsieur le curé. Je pense être assez grand pour conduire ma barque tout seul.

— T'aurais pu au moins en parler avec ton curé, non ?

— Je vois pas pourquoi, laissa sèchement tomber Xavier.

— Pense à l'exemple que ça donne aux jeunes filles de Saint-Bernard.

— Ma femme va élever sa petite comme toutes les mères. À mon avis, il y a juste les mangeux de balustres qui vont crier au scandale, dit le jeune cultivateur d'une voix rageuse.

— Bon, c'était tout ce que j'avais à vous dire, conclut le prêtre, mécontent de voir que son intervention n'avait servi qu'à braquer l'un de ses paroissiens contre lui.

— Merci, monsieur le curé, fit Xavier en entraînant sa femme vers la porte.

Durant le trajet qui les ramena à la maison, le jeune homme parvint à dédramatiser la situation et à rassurer sa femme.

— T'as pas à t'énerver avec ce qu'il vient de dire, lui conseilla-t-il. J'ai l'impression qu'il parlait juste en son nom. Là, je pense lui avoir rivé son clou et il va nous sacrer patience pour un bout.

— Tu crois ? demanda-t-elle d'une voix hésitante.

— Je te le dis. Ça a dû le fatiguer toute la semaine, cette affaire-là, ajouta-t-il en ricanant.

Cet après-midi-là, Liam Connolly conduisit sa petite famille à la dernière ferme du rang Sainte-Ursule. Le mari de Camille se composa un air aimable quand il fit entrer son boghei dans la cour de la ferme de son jeune beau-frère.

Quand sa femme lui avait appris au retour de la messe qu'ils étaient invités par Xavier et Catherine, il avait d'abord refusé catégoriquement d'y aller.

— Tu peux pas leur faire cette insulte-là, lui avait fait remarquer Camille. Si j'y vais toute seule, ils vont croire que t'as quelque chose contre eux.

Liam n'avait finalement accepté l'invitation qu'après le repas.

— Moi, j'irais ben, s'était excusé Paddy Connolly, mais j'ai besoin de ma sieste après le dîner.

— Ça tombe bien, mon oncle, avait rétorqué du tac au tac sa nièce par alliance. Je pense que vous étiez pas invité.

Camille n'était pas près d'oublier que l'oncle de son mari avait eu le culot de faire une allusion désagréable sur le passé de la nouvelle mariée lors de la réception qui avait suivi le mariage. L'effronté avait été à un doigt de se faire corriger par Xavier.

Les jeunes mariés attendaient visiblement la visite des Connolly, assis à l'ombre sur la galerie, Constance installée entre eux dans une espèce de gros sabot berçant en bois.

Dès l'arrivée des visiteurs, les maîtres des lieux se levèrent pour les accueillir.

— Descends, Camille, avec les enfants, lui ordonna son frère. Je vais aller aider Liam à dételer.

Pendant que les deux hommes se dirigeaient vers l'écurie, Catherine entraîna sa belle-sœur et ses quatre enfants vers la galerie. Elle souleva Constance pour la présenter aux nouveaux venus. Camille ne fut pas avare de compliments sur la beauté et l'air en santé de l'enfant qu'elle voulut à tout prix prendre dans ses bras.

— Avec ses cheveux blonds et ses belles joues roses, on dirait un ange ! s'exclama Camille en installant la petite fille sur ses genoux.

— Monsieur le curé nous a obligés à passer le voir à matin, avant de rentrer, murmura Catherine à sa belle-sœur.

— Pourquoi ? lui demanda Camille.

— Il était pas content pantoute qu'on ait adopté la petite sans lui en avoir parlé. Il dit que c'est un bien mauvais exemple pour les filles de la paroisse.

— J'espère que vous vous êtes pas laissé faire ?

— Tu connais Xavier.

— Tant mieux, parce que si tu veux avoir mon avis, ça le regarde pas pantoute, déclara Camille, l'air convaincue.

Catherine la remercia de son appui en lui adressant un sourire chaleureux.

Antonin sortit de la maison au même moment et salua les visiteurs. Depuis le temps qu'il vivait avec Xavier, les Beauchemin le considéraient comme un membre de la famille. Le jeune homme s'esquiva ensuite durant quelques instants, le temps de transporter sur la galerie deux longs bancs pour que tout le monde puisse s'asseoir.

Xavier avait entraîné Liam à l'intérieur de sa grange pour lui montrer quelque chose et il semblait peu pressé de revenir prendre place sur la galerie. Pour sa part, son employé s'était empressé de s'installer aux côtés d'Ann et, après un court moment de gêne, il questionnait l'adolescente sur l'école, que lui-même n'avait jamais eu la chance de fréquenter.

Tout en parlant avec Catherine des soins qu'un enfant exigeait, Camille surveillait du coin de l'œil sa fille aînée et éprouvait de la difficulté à ne pas sourire devant les airs charmeurs qu'elle adoptait pour répondre aux questions du garçon de dix-huit ans.

Finalement, les deux hommes revinrent des bâtiments et s'installèrent un peu à l'écart sur la galerie pour parler plus à leur aise de la future campagne électorale et du rôle qu'ils entendaient jouer aux côtés de Donat.

— Mais il faudra pas que ça nuise à notre besogne sur notre terre, finit par dire Xavier, l'air sérieux. C'est ben beau aider les Bleus à se faire élire, mais c'est pas ça qui va nous faire manger cette année.

— C'est en plein ce que je me dis, lui confirma Liam.

Au milieu de l'après-midi, Catherine servit du gâteau et du sucre à la crème à ses invités avant que Liam annonce qu'ils devaient rentrer pour faire le train. Au moment du départ, Xavier et Catherine promirent de rendre visite aux Connolly dès qu'ils le pourraient.

Sur le chemin du retour, Camille s'étonna d'entendre son mari vanter tout le travail exécuté par Xavier et son homme engagé.

— Ton frère a cette terre-là depuis moins de trois ans et on dirait qu'il y est depuis une quinzaine d'années. Sa maison et ses bâtiments sont d'aplomb et il a défriché déjà presque la moitié de sa terre.

— C'est vrai qu'il a toujours été pas mal travaillant.

— Disons que le jeune qui travaille avec lui a pas les deux pieds dans le même sabot, lui fit remarquer son mari. Il paraît qu'il est pas manchot pantoute et la besogne lui fait pas peur.

Camille tourna légèrement la tête pour voir de quelle façon Ann percevait ce qui venait d'être dit au sujet d'Antonin. La jeune fille de quatorze ans avait rosi tout en se gardant bien de dire un mot.

À leur retour à la maison, tous allèrent changer de vêtements. Quand Liam et ses deux fils eurent pris la direction des bâtiments pour soigner les animaux, Camille se mit à la préparation du souper avec l'aide d'Ann et de Rose.

— Tu trouves pas qu'Antonin est pas mal fin ? demanda-t-elle à l'adolescente en déposant devant elle les pommes de terre à éplucher.

— Pourquoi tu me dis ça ? fit Ann.

— Tout simplement parce qu'il avait l'air de te trouver à son goût, déclara Camille avec un fin sourire.

— Voyons, Camille, ça fait juste deux ou trois fois que je le vois, se défendit Ann, rouge de confusion.

— C'est normal qu'il te trouve à son goût, laissa tomber celle qu'elle considérait comme sa meilleure amie. T'es une belle fille. Mais vous êtes encore pas mal jeunes.

— C'est certain, reconnut sans enthousiasme la jeune fille.

Une dizaine de jours plus tard, à la fin d'un après-midi nuageux, Camille finissait de désherber son jardin avec l'aide de Rose et d'Ann. Il faisait chaud et humide et pas la moindre brise n'agitait le feuillage des érables qui bordaient la cour de la ferme. Toutes les trois étaient coiffées de leur large chapeau de paille et leurs bras étaient protégés par les longues manches de leur robe en cotonnade.

— Est-ce qu'on arrête bientôt, Camille ? demanda la petite Rose. J'ai soif.

— Tu peux aller boire à la maison, on n'en a plus pour longtemps, répondit sa mère adoptive en soulevant son chapeau pour essuyer la sueur qui coulait sur son front.

La fillette de sept ans quitta le jardin et se dirigea vers la maison.

— On arrête dans cinq minutes pour aller s'occuper du souper, dit-elle à Ann. Ton père vient de commencer le train.

Au moment où elle se remettait au travail, un cri poussé par Duncan la fit violemment sursauter.

— Bon, qu'est-ce qui se passe encore ? demanda-t-elle à haute voix en se relevant précipitamment en même temps qu'Ann.

Le garçon de dix ans à la tête rousse venait de quitter l'étable et se dirigeait en courant vers elle.

— Camille, viens vite ! P'pa a reçu un coup de pied d'une vache, cria-t-il, paniqué. Il est à terre et il a pas l'air d'être capable de se relever.

— Où est Patrick ?

— Il est en train de nourrir les chevaux.

Camille courut vers l'étable, suivie de près par Duncan et Ann. Dès son entrée dans le bâtiment, elle aperçut le seau renversé au milieu d'une flaque de lait et les deux pieds de son mari qui sortaient de l'un des six ports aménagés pour recevoir chacune des vaches.

Elle se précipita vers Liam étendu par terre, entre le muret et la vache qui le regardait paisiblement, comme si elle n'était en rien responsable de l'accident qui venait d'arriver. Le petit banc à trois pattes utilisé pour la traite avait roulé plus loin. Camille donna une tape vigoureuse sur l'arrière-train de la bête pour la forcer à s'écarter un peu et entreprit d'aider son mari à sortir de là.

Liam, le visage livide, eut besoin de son aide pour se remettre sur pied. Il le fit en jurant comme un charretier.

— La Christ de calvaire de vache ! Elle m'a donné un coup de pied sur le bras au moment où je lui lavais le pis. L'enfant de chienne, elle a fait exprès ! ajouta-t-il en serrant son bras de son autre main. En plus, je pense que je me suis fait mal à l'épaule en tombant, calvaire ! Attends que je revienne, ma maudite, je vais te tuer, conclut-il, en proie à une colère noire.

Camille ne dit rien. Elle entraîna son mari à l'extérieur. Dès qu'ils se retrouvèrent à la clarté du jour, la jeune femme vit tout de suite que Liam avait le bras droit fracturé. Un os pointait sous la peau.

— T'as le bras cassé, annonça-t-elle à son mari. Il va falloir aller à Saint-Zéphirin chez le docteur Samson.

— C'est pas vrai, sacrement ! s'insurgea-t-il.

— Ann, va dire à Patrick d'atteler pendant que je m'occupe de ton père, et dis-lui de mettre une toile dans la voiture. Viens-t'en à la maison, je vais essayer de bander ton bras, sinon tu vas souffrir pendant le voyage, expliqua-t-elle à Liam. Tu changeras pas de chemise, ça va te faire trop mal, décida-t-elle en lui ouvrant la porte de la maison.

Avec d'infinies précautions, elle parvint à lui bander le bras et à le déposer dans une sorte d'attelle confectionnée avec une grande serviette. Cela ne se fit pas sans que son mari, au bord de la perte de conscience, ne l'abreuve d'insultes parce qu'elle le faisait souffrir involontairement.

— Christ! On dirait que mon autre épaule me fait aussi mal que mon bras, se plaignit-il quand Camille, imperturbable, lui tendit un cruchon de bagosse.

— Bois ça, lui ordonna-t-elle. Tu vas avoir moins mal pendant le voyage.

Patrick avança le boghei jusqu'à la galerie.

— Veux-tu que j'aille conduire p'pa à Saint-Zéphirin? offrit-il à Camille de sa voix qui avait commencé à muer.

— Non, tu vas finir le train avec Ann et Duncan, décida Camille. Après, ta sœur va vous faire à souper. Là, tu vas m'aider à faire monter ton père dans le boghei, il peut pas se servir de ses bras. Quand l'oncle de ton père rentrera, ajouta-t-elle en s'adressant à Ann, tu lui expliqueras ce qui est arrivé.

Quand Liam fut installé tant bien que mal sur le siège de la voiture, Camille s'empara des rênes et incita son cheval à se mettre en marche. L'attelage sortit de la cour de la ferme et prit la direction de Saint-Zéphirin situé à une dizaine de milles de Saint-Bernard.

Au moindre cahot, Liam jurait comme un damné, en proie à une souffrance insupportable.

— Fais donc attention, calvaire! s'écria-t-il en plusieurs occasions. On dirait que tu fais exprès de passer dans tous les maudits trous qu'il y a sur le chemin, juste pour que ça me fasse encore plus mal.

Camille, stoïque, ne répondait rien et poursuivait son chemin sans pousser le cheval à aller plus rapidement.

Finalement, le couple arriva à Saint-Zéphirin au moment où les cloches de l'église paroissiale sonnaient pour annoncer l'Angélus du soir.

— Si on est le moindrement chanceux, on devrait trouver le docteur Samson à la maison à cette heure-là, dit Camille pour encourager le blessé dont le front était couvert de sueur et qui semblait souffrir mille morts.

En fait, la chance était avec les Connolly puisque leur voiture arriva chez le docteur Eugène Samson au moment même où ce dernier descendait de son boghei.

— Bon, qu'est-ce qui vous arrive encore? demanda le praticien à l'air fatigué. Moi qui pensais pouvoir souper tranquille…

L'homme âgé d'une quarantaine d'années était un médecin fort apprécié dans la région malgré sa sévérité bien connue. Il avait la réputation d'être aussi généreux que dévoué.

— Un accident, docteur, lui répondit Camille.

— On va d'abord aider ce pauvre homme à descendre de son perchoir, dit le médecin en joignant l'acte à la parole et on va aller voir ce qu'on peut faire pour le soulager.

Liam se retrouva debout près du boghei et il fit des efforts méritoires pour retrouver un peu de dignité. Il suivit Camille et le docteur Samson à l'intérieur de la maison de ce dernier. Le praticien les fit passer immédiatement dans son bureau.

— Qu'est-ce qui vous est arrivé? demanda le docteur à Liam tout en commençant à défaire l'écharpe dans laquelle Camille avait placé le bras de son mari.

—J'ai reçu un coup de pied d'une de mes vaches, se borna à expliquer le blessé en grimaçant de douleur.

Le médecin lui retira sa chemise avec prudence et le fit asseoir sur le lit d'examen installé au fond de la pièce. Il examina avec soin son patient avant de déclarer:

— Bon, on dirait bien que votre bras droit est cassé et, en plus, votre épaule gauche est démise. Là, je vais mettre votre bras brisé dans le plâtre et je vais replacer votre épaule après.

— Comment je vais faire pour travailler arrangé comme ça ? demanda Liam, incapable de cacher sa mauvaise humeur devant la malchance qui le frappait.

— Vous êtes pas le premier cultivateur à qui une affaire pareille arrive, dit le médecin pour le calmer. Pour votre bras droit, vous allez devoir garder votre plâtre une quarantaine de jours. Pour l'épaule démise, comptez une dizaine de jours avant de pouvoir vous servir sans trop souffrir de votre bras gauche. Madame, vous pouvez aller dans la salle d'attente, dit-il à Camille. J'en ai pour un petit bout de temps avec votre mari.

Camille se retira dans la pièce voisine assez exiguë où durant de longues minutes elle chercha à planifier mentalement comment elle allait pouvoir faire tout le travail de la ferme durant l'incapacité de son mari.

— C'est toute une malchance que ça arrive dans le temps où il y a le plus à faire, murmura-t-elle à mi-voix.

Par ailleurs, elle connaissait suffisamment son mari pour deviner qu'il allait être insupportable pendant tout le temps que durerait son inactivité forcée.

Un cri de douleur de son mari la tira brusquement de ses pensées. Le cri fut suivi par des murmures du docteur Samson.

Quand celui-ci ouvrit la porte qui séparait son bureau de la salle d'attente, ce fut pour laisser passer un Liam Connolly au teint blafard dont les deux bras étaient en écharpe. L'un d'eux portait un plâtre plutôt encombrant.

— Vous allez attendre au moins un quart d'heure pour que le plâtre finisse de sécher, ordonna-t-il au couple. Tout devrait bien aller. Dans un mois, un mois et demi, vous viendrez me voir pour que je l'enlève.

Au moment où Liam se laissait tomber sur une chaise, Camille se leva.

— Est-ce que je peux vous dire deux mots, docteur ? lui demanda-t-elle.

— Passez dans mon bureau, madame, se contenta de répondre le médecin en jetant un coup d'œil à sa montre de gousset.

Dès que la porte se fut refermée derrière eux, Eugène Samson ne put s'empêcher de dire à la jeune femme :

— Je vois, madame, que Liam Connolly a suivi le conseil que je lui ai donné l'été passé quand vous êtes venus tous les deux avec sa petite fille.

— Quel conseil ? fit Camille, étonnée.

— Je lui ai conseillé de vous marier au plus vite avant qu'un autre le fasse à sa place.

— Je sais pas, docteur, si c'était un si bon conseil que ça… ne put-elle s'empêcher de dire, en tout cas pour moi. J'ai beau faire tout mon possible pour ses enfants et pour lui, on dirait qu'il est jamais satisfait.

— Je vois ce que vous voulez dire.

— Mais c'est pas pour ça que je voulais vous parler, reprit Camille avec un pauvre sourire. Je pense être en famille et comme c'est mon premier, j'aimerais que vous me disiez si tout est correct.

Quelques minutes suffirent au docteur Samson pour rassurer la jeune femme.

— Tout m'a l'air en ordre, déclara-t-il après l'avoir invitée à se rhabiller. Vous êtes une femme en bonne santé et tout devrait bien aller. Si je me fie à ce que vous m'avez dit, vous devriez l'avoir au début novembre.

Peu après, le couple remercia le médecin qui vint aider Liam à grimper dans le boghei. Camille reprit la route de Saint-Bernard-Abbé. L'air était immobile en ce début de soirée et, de temps à autre, un éclair zébrait le ciel où s'accumulaient de lourds nuages gris depuis le début de l'après-midi.

À mi-chemin entre les deux villages, les premières gouttes de pluie vinrent frapper les voyageurs. Camille immobilisa rapidement la voiture et s'empressa de protéger Liam avec la toile déposée au fond du boghei.

—Je vais crever de chaleur en-dessous de ça, se plaignit son mari.

—Je le sais, mais t'as pas le choix, sinon ton plâtre va être tout mouillé et il va falloir retourner chez le docteur en faire faire un autre.

Durant tout le trajet, elle chercha à éviter le plus possible les ornières et les trous de la route pour ne pas faire souffrir inutilement le blessé qui, de temps à autre, émettait une plainte sourde à ses côtés. Heureusement, il n'y eut ni tonnerre ni éclair pour accompagner la pluie forte qui se mit à tomber sans discontinuer. Camille fit boire à son mari à plus d'une reprise quelques gorgées de bagosse à même le cruchon pour atténuer ses souffrances.

Quand ils entrèrent enfin dans la cour de la ferme, Camille vit Patrick, Duncan et Ann se précipiter dehors malgré la pluie. Dès qu'elle arrêta la voiture devant l'escalier menant à la galerie, ils se mirent à quatre pour aider le blessé à descendre du boghei.

—Je m'occupe du cheval, annonça Patrick en saisissant le mors de Prince, sans tenir compte de la pluie diluvienne qui continuait à tomber.

Camille le remercia et entra dans la maison derrière son mari et les trois autres enfants. Ann lui tendit une serviette pendant que son père se laissait tomber dans l'une des chaises berçantes. La jeune femme essuya le visage de son mari avant d'assécher le sien.

—Est-ce que vous avez fait le train? demanda-t-elle aux enfants.

—Oui, et tout le monde a soupé, déclara l'adolescente. Il y a juste l'oncle de p'pa qui est pas encore arrivé. J'ai mis son souper dans le fourneau.

—Veux-tu manger tout de suite ou attendre plus tard? demanda Camille à Liam.

—Comment veux-tu que je mange arrangé comme ça? fit-il sur un ton rogue.

— On va s'organiser, se borna-t-elle à lui répondre.

— Je pense que j'aimerais mieux aller dormir une heure ou deux avant de manger, finit-il par dire.

— Bon, viens-t'en dans la chambre. Je vais te changer et t'aider à te coucher, fit-elle.

Dans la chambre à coucher, elle le déchaussa et l'aida à s'étendre sur le lit. Le temps qu'elle change de vêtements, Liam s'était endormi. Sa consommation d'alcool durant le trajet n'était probablement pas étrangère au sommeil de plomb dans lequel il avait brusquement sombré. Elle sortit de la pièce en laissant la porte entrebâillée de manière à entendre le malade s'il avait besoin de quelque chose.

Une heure plus tard, la pluie cessa. Peu après, Paddy Connolly rentra à la maison, l'air toujours aussi avantageux.

— J'espère que t'as pas oublié de me garder mon souper ? osa-t-il dire à sa nièce par alliance en éteignant son mégot de cigare dans le cendrier placé près d'une chaise berçante, dans la cuisine.

— Non, mon oncle, répondit Camille sur un ton excédé, mais prenez pas l'habitude d'arriver à n'importe quelle heure pour les repas. Ici, c'est pas une auberge et je sers pas à manger n'importe quand.

— Pourtant, au prix que tu charges de pension, ça devrait être comme ça, eut-il le culot de répondre.

— Si ça vous convient pas, vous savez ce qui vous reste à faire, rétorqua-t-elle sèchement.

— Jériboire ! T'es à pic en pas pour rire à soir, laissa tomber le retraité en s'assoyant devant l'assiette qu'elle venait de déposer sur la table.

Camille n'ajouta rien et alla aider Ann à finir de laver la vaisselle.

— P'pa a eu un accident, déclara Duncan à Paddy en prenant place en face de lui, à table.

— Quel genre d'accident ? demanda-t-il sans montrer grand intérêt.

Le fils cadet de Liam Connolly raconta l'accident survenu à son père à la fin de l'après-midi. Paddy allait interroger Camille à ce sujet quand Liam apparut dans la cuisine, l'air mal réveillé.

— Comment je fais pour aller aux toilettes arrangé comme ça ? demanda-t-il avec mauvaise humeur.

— Viens dans la chambre avec moi, je vais t'aider, lui proposa Camille en déposant son linge à vaisselle.

C'est ainsi qu'il apprit qu'il allait devoir compter sur l'aide de sa femme pour satisfaire le moindre de ses besoins. De retour dans la cuisine, elle lui servit un peu de bœuf avec des pommes de terre. Elle s'assit à ses côtés, trancha sa viande et se mit à lui tendre des cuillérées de nourriture sans manifester d'impatience.

Au moment où elle finissait de lui faire boire une tasse de thé, son mari ne put s'empêcher de demander :

— Dis-moi pas, calvaire, que je vais être obligé de dépendre de tout un chacun pendant plus qu'un mois ?

— Bien non, dans une dizaine de jours, tu vas pouvoir te servir de ton bras gauche, répondit-elle pour le rassurer.

— Et pour la besogne à faire ?

— Inquiète-toi pas pour ça, je suis capable de me débrouiller avec l'aide des enfants.

— En tout cas, comptez pas sur moi, crut bon d'intervenir Paddy en allumant son cigare. Moi, j'ai passé l'âge de travailler dur.

— On n'a jamais compté sur vous, mon oncle, rétorqua Camille sur un ton acerbe.

Ce soir-là, malgré la chaleur humide, toute la famille préféra passer la soirée à l'intérieur plutôt que d'avoir à supporter la nuée de maringouins sur la galerie. Quand vint l'heure du coucher, Camille fit en sorte que son mari puisse dormir le plus confortablement possible, assis dans le lit pour éviter que son bras et son épaule le fassent souffrir.

Le lendemain matin, Camille se réveilla au son de la pluie qui venait tambouriner sur la fenêtre de la chambre. Liam, habitué à se lever aussi tôt qu'elle, avait déjà les yeux ouverts lorsqu'elle quitta le lit.

— As-tu été capable de dormir ? lui demanda-t-elle.

— Ouais, grogna-t-il.

— Je vais allumer le poêle et faire du thé, lui dit-elle. Reste couché. Je vais t'en apporter quand il sera prêt.

Sur ces mots, elle laissa la porte ouverte derrière elle et alla réveiller les enfants après avoir allumé le poêle. Duncan alla chercher les vaches pendant que Patrick préparait ce qu'il fallait pour la traite. Ann et Rose eurent comme tâche de remettre de l'ordre dans la maison et de préparer le déjeuner. Puis, avant de quitter la maison pour aller soigner les animaux, la jeune femme alla faire boire un peu de thé à son mari.

— Ça te sert à rien de t'asseoir sur une chaise berçante, lui conseilla-t-elle. Reste donc couché et profites-en un peu. De toute façon, j'ai bien l'impression qu'on va avoir de la pluie pour la journée.

Camille rentra à la maison une heure plus tard avec ses deux fils adoptifs. Ann avait fait cuire une omelette accompagnée de grillades de lard. Paddy était déjà attablé, attendant d'être servi. Liam pénétra dans la cuisine, l'air renfrogné, et vint prendre place au bout de la table, les deux bras toujours bandés.

— Mon oncle, je vais changer de place avec vous, annonça Camille en faisant signe à son aînée de commencer à servir le repas. Je vais aider Liam à manger.

Elle nourrit son mari et, après le repas, elle procéda à sa toilette sans tenir compte de sa mauvaise humeur. Comme il fallait s'y attendre, le cultivateur acceptait mal d'être devenu aussi dépendant d'autrui. De toute évidence, il trouvait ça humiliant. Après avoir laissé son mari s'installer dans une chaise berçante, sur la galerie, aux côtés de son oncle qui attendait le facteur pour avoir son journal, elle décida que le temps était venu de descendre dans le caveau pour dégermer les pommes de terre avant de les perdre.

— P'pa est ben, lui, il a rien à faire, déclara Duncan à son frère Patrick.

— Ton père fait rien parce qu'il est blessé, intervint Camille.

— Ben, moi, ça me tente pas pantoute de passer ma journée dans le caveau, répliqua le garçon de dix ans en prenant un air buté.

— Tu vas venir faire ta part comme les autres, trancha Camille en haussant la voix.

— Ça me tente pas, répliqua Duncan.

Duncan avait toujours été le plus récalcitrant et le moins discipliné des quatre enfants de Liam Connolly. Le cadet des fils avait un don certain pour s'attirer les taloches de son père et, plus d'une fois, il avait reçu des raclées disproportionnées avec la faute commise.

— Qu'est-ce qu'il vient de dire, lui? demanda Liam en apparaissant, menaçant, debout derrière la porte moustiquaire.

Son fils sursauta, surpris que son père l'ait entendu. Son visage pâlit et il eut un geste de recul, comme si son père était encore en mesure de le corriger physiquement.

— Laisse faire, Liam, je vais m'en occuper, intervint Camille.

Il y eut un instant de flottement avant que le maître des lieux décide de retourner s'asseoir sur la galerie.

— Toi, mon garçon, fit Camille, sévère, tu vas descendre au caveau avec nous autres. Et pour te montrer à obéir, tu iras te coucher dès que t'auras avalé la dernière bouchée de ton souper. Tu m'entends?

— …

— Comme ça, tu vas avoir tout le temps que tu veux pour te reposer, conclut-elle.

Quand Hormidas Meilleur laissa le journal à l'unique abonné de *La Minerve* de Saint-Bernard-Abbé au milieu de l'avant-midi, le petit homme au chapeau melon verdâtre tint absolument à savoir ce qui était arrivé à Liam avant de continuer sa tournée de facteur.

— Ça, ça veut dire que toute la paroisse va être au courant avant la fin de la journée, dit l'époux de Camille à son oncle, déjà plongé dans la lecture de son journal.

Paddy ne se donna pas la peine de lui répondre. Après sa sieste du début de l'après-midi, il allait s'empresser d'atteler pour aller rejoindre les habitués du magasin général et commenter les dernières nouvelles. Depuis le début de l'hiver précédent, il était la source principale des informations circulant à Saint-Bernard-Abbé. Entre lui et Hormidas Meilleur existait une sorte d'entente tacite. Le premier répandait les ragots et lui se chargeait d'expliquer aux gens intéressés ce qui se passait dans le vaste monde. Son titre d'homme d'affaires montréalais retraité lui donnait le droit d'adopter un air supérieur, du moins le croyait-il.

À la fin de la journée, Camille et Liam virent arriver, les uns après les autres, Donat, Xavier et Rémi tant pour s'informer de l'état de santé de leur beau-frère que pour proposer leur aide. La maîtresse de maison leur promit d'avoir recours à eux si besoin était.

Le dimanche suivant, Camille arriva plus tôt à la chapelle pour avoir le temps de prévenir le curé Désilets que son mari, maître-chantre de la chorale paroissiale, allait être dans l'incapacité de venir chanter tant à la grand-messe qu'au salut au Saint-Sacrement durant quelques semaines.

— Vous venez pas de me dire qu'il est blessé uniquement à un bras et à une épaule ? lui demanda le prêtre.

— Oui, monsieur le curé.

— Dans ce cas-là, je vois pas pourquoi il vient pas chanter, répliqua sèchement l'ecclésiastique. Il a pas besoin de ses bras pour faire ça.

— Avec ses deux bras attachés, mon mari peut pas monter dans le boghei, monsieur le curé. En plus, il souffre sans bon sens quand il se fait secouer en voiture.

— Bon, on va se débrouiller sans lui, laissa tomber Josaphat Désilets, incapable de cacher sa mauvaise humeur. Personne est indispensable. Mais vous lui direz tout de même qu'il doit faire un effort. Manquer la messe le dimanche, c'est quelque chose de grave.

Camille se retira de la sacristie sans rien ajouter et alla rejoindre ses enfants qui l'attendaient dans le banc familial.

À la fin de son prône, le curé Désilets mentionna rapidement l'accident qui privait la chorale paroissiale de son maître-chantre, mais il ne poussa pas la bonté jusqu'à demander aux gens de prier pour sa guérison. Camille, un peu amère, en prit note et se promit de le rappeler au prêtre lors de sa tournée pastorale à l'automne.

Durant la semaine suivante, la jeune femme se rendit compte que son mari faisait de gros efforts pour contrôler son mauvais caractère et son impatience devant son inactivité forcée. Elle lui en sut gré. Il dépendait entièrement de sa femme, ce qui était tout à fait nouveau pour lui. Pendant des années, il avait dû vivre avec une femme maladive dépourvue d'énergie.

Soudain, il réalisait que Camille n'avait pas été faite dans le même moule que sa Julia. Il avait été forcé de reconnaître, dès les premiers jours de son inactivité, que sa femme faisait en sorte de ménager sa fierté alors qu'il avait besoin d'elle pour satisfaire ses besoins les plus essentiels. Elle faisait preuve d'une patience et d'une bonté qui finirent par lui déciller les yeux progressivement. Pour la première fois depuis leur mariage, il éprouvait à son endroit une admiration bien méritée. Cloué dans sa chaise berçante, il était à même de constater tout le travail qu'elle effectuait à l'intérieur de la maison, en plus de s'occuper des soins à dispenser aux animaux et de l'éducation de ses enfants. Il comprit même, jusqu'à un certain point, pourquoi l'égoïsme de son oncle pouvait lui paraître intolérable.

D'ailleurs, la veille du jour où il pensait être en mesure de retirer l'écharpe qui maintenait son épaule gauche en place depuis plus d'une semaine, Liam prit la défense de sa femme pour la première fois.

— Ma chemise a été mal repassée, déclara Paddy sur un ton brusque en laissant tomber le vêtement sur la table de la cuisine devant une Camille en train de repriser du linge.

Elle allait répliquer quand son mari la devança, à sa plus grande surprise.

— Mon oncle, exagérez pas, calvaire! Vous voyez pas que ma femme a déjà pas assez de ses deux mains pour faire tout ce qu'il y a à faire ici dedans.

— Oui, mais...

— Si le repassage fait pas votre affaire, vous êtes libre de demander à une autre femme de la paroisse de vous le faire, le coupa sèchement Liam.

Paddy reprit sa chemise et monta à sa chambre sans rien dire. En signe de reconnaissance, Camille quitta sa chaise, s'approcha de son mari et déposa un baiser sur son front. Ce simple geste émut Liam, mais il ne trouva rien à dire.

Quand il se retira quelques minutes plus tard sur la galerie pour se bercer à l'ombre, il ne put que s'interroger sur ce qui avait pourri ses relations avec sa femme depuis leur mariage. Bien sûr, il avait compris depuis longtemps que le début de leur mésentente venait de la façon dont il l'avait traitée le soir de leurs noces. Il avait été trop impatient de profiter d'elle pour la ménager et, depuis, il en payait le prix parce qu'elle refusait régulièrement de le satisfaire. Lorsqu'elle consentait à remplir son devoir d'épouse, elle était d'une passivité qui le mettait hors de lui. Il lui fallut un certain temps pour reconnaître qu'elle n'avait pas tous les torts et qu'il lui faudrait peut-être se montrer un peu plus tendre tant qu'elle éprouvait encore un peu d'amour à son endroit… si tel était le cas. En fait, rien ne prouvait que sa conduite n'était pas dictée plus par la charité chrétienne et la pitié que par l'amour.

Le lendemain, débarrassé de son écharpe, le cultivateur retrouva un semblant d'autonomie avec une joie mal dissimulée. Bien sûr, il avait encore le bras droit dans le plâtre, mais il pouvait se débrouiller.

— Tu devrais peut-être me laisser continuer à te raser le matin, lui suggéra Camille en l'aidant à endosser sa chemise. T'es pas gaucher et tu risques de te couper.

— C'est correct, accepta-t-il, mais à partir d'à matin, je peux au moins nourrir les poules et les cochons.

— Si tu veux, concéda sa femme, mais sens-toi pas obligé. Les enfants sont bien capables de continuer à le faire.

Le dimanche suivant, date de l'ouverture de la campagne électorale fédérale, le maître-chantre revint tenir son rôle dans la chorale paroissiale, pour la plus grande satisfaction du curé Désilets. À la fin de la grand-messe, les Beauchemin tinrent à le rassurer. Ils promirent de venir l'aider à faire ses foins la semaine suivante, ce qu'il accepta avec empressement et reconnaissance. Puis, la conversation dériva évidemment sur la lutte politique qui s'engageait ce jour-là.

— Dorion va venir parler à Sainte-Monique samedi soir, le 2 août, annonça Donat. Si je me fie à ce que m'a dit Anthime Lemire, il va y avoir pas mal de monde pour venir nous parler de tout ce que Sénécal a fait de travers dans le comté depuis qu'il a été élu.

— J'ai entendu dire au magasin général qu'Ellis était assez pesant pour avoir décidé celui qui va se présenter à la place de Sénécal à venir parler dans la paroisse le mercredi après, intervint Rémy.

— Tant pis pour lui, fit Donat d'un air suffisant. Il va vite se rendre compte qu'il y a pas ben des Rouges à Saint-Bernard.

— En tout cas, tout va aller pas mal vite, conclut Xavier. Dans le comté, le vote doit avoir lieu le 14 août. Ça donne pas grand temps aux candidats de se faire connaître.

— C'est pas grave, répliqua son frère aîné. Tout le monde sait ben que le candidat honnête, c'est le Bleu, pas le Rouge.

— Essaye pareil de te rappeler que les Rouges ont pas dû choisir n'importe qui pour remplacer Sénécal. Ils ont tout de même réussi à faire élire le député de Drummond-Arthabasca depuis le commencement de la Confédération, laissa tomber Rémi. Il y a rien qui dit que Therrien sera pas élu.

— D'après Lemire, c'est impossible.

Chapitre 3

Le temps presse

Deux jours plus tard, Donat Beauchemin s'apprêtait à quitter la maison pour retourner aux champs avec Ernest, son employé, quand il vit arriver le notaire Valiquette, le président de la fabrique.

—Bon, qu'est-ce qu'il peut ben me vouloir ? murmura-t-il entre ses dents en sortant sur la galerie pour l'accueillir.

Eudore Valiquette était un petit homme âgé d'une cinquantaine d'années plein d'allant et toujours impeccablement habillé. On remarquait surtout chez lui sa pomme d'Adam saillante et ses manières un peu doucereuses. Il était venu s'installer dans l'ancienne maison d'un neveu, dans le rang Saint-Paul, quelques mois auparavant. L'homme de loi supposément à la retraite ne plaisait pas beaucoup au fils de Baptiste Beauchemin, qui lui trouvait un air faux. Il comprenait difficilement comment ce parfait étranger était parvenu à s'imposer si rapidement au point d'occuper la présidence de la fabrique et le poste de conseiller municipal. Un fait était certain : il faisait régulièrement du démarchage pour inciter les cultivateurs de la région à lui confier leurs économies pour les faire fructifier. C'était pour le moins étonnant pour un notaire qui se disait à la retraite.

—Bonjour, monsieur le notaire, le salua poliment Donat. Qu'est-ce que je peux faire pour votre service ?

—Rien, mon jeune ami. Je fais juste le tour des marguilliers pour leur annoncer qu'il va y avoir une réunion à sept heures, ce soir, à la sacristie, dit l'homme de loi sans se donner la peine de descendre de voiture.

— Normalement, elle devrait pas être mardi prochain ? s'étonna Donat.

— Oui, mais il y a quelque chose de spécial. Comme presque tous les jours, je me suis arrêté sur le chantier du presbytère, annonça Eudore Valiquette. J'ai parlé avec Dussault, le contremaître. Il m'a dit que tout l'ouvrage va être fini vendredi. Ses hommes ont fini de peinturer l'intérieur. En plus, il y a plus rien à faire dans la grande remise et dans l'autre bâtiment à côté.

— C'est toute une nouvelle, ne put s'empêcher de dire Donat. J'espère que monsieur le curé est content.

— C'est le moins qu'on puisse dire.

Josaphat Désilets s'était souvent plaint auprès de monseigneur Laflèche, arguant qu'il était inhumain d'habiter la sacristie où il gelait l'hiver et jusqu'au début du printemps, au point que l'évêque avait lancé un ultimatum aux paroissiens de Saint-Bernard-Abbé de lui construire un presbytère et quelques bâtiments de service sous peine de leur retirer leur prêtre. Et même si la paroisse était endettée au-delà de ses capacités, il avait fallu se plier aux exigences de l'évêque qui avait tout de même accepté de garantir le prêt nécessaire. Une grande partie du problème était de gérer la folie des grandeurs du curé de Saint-Bernard-Abbé, qui ne tenait aucun compte des restrictions dues à une bourse vide.

Dès l'ouverture du chantier au début du mois d'avril, le temps inclément avait tant ralenti les travaux que le prêtre se sentit dans l'obligation de passer le plus clair de ses journées au milieu de la demi-douzaine d'ouvriers qu'il ne se retenait pas de houspiller. L'homme de taille moyenne au nez pointu chaussé de lunettes cerclées de métal était vite venu à bout de la patience de Dussault, le contremaître, qui avait fini par le menacer de suspendre le travail dès qu'il le verrait sur le chantier. Josaphat Désilets, fou de rage, avait dû alors se cantonner durant des semaines sur le parvis de la chapelle pour surveiller de loin les travailleurs. Chaque fois qu'il avait eu l'idée d'une modification, Dussault s'était borné à lui répondre sur un ton rogue qu'il devait passer par le président de son conseil de fabrique. C'était l'ordre qu'il avait reçu de Bélisle, le maître d'œuvre et architecte.

— Les foins sont commencés à matin, déclara Donat au notaire. Je sais pas si les autres marguilliers vont être capables de venir à cette réunion-là.

— T'es le dernier que j'avertis, fit le notaire. Hyland, Ellis et Meilleur m'ont dit qu'ils vont y être.

— Si c'est comme ça, je vais y être moi aussi.

❧

Ce matin-là, après le train, Liam, son bras droit toujours plâtré, trouva sa femme en train d'aiguiser la faux dans la remise. Il faisait beau et chaud et on ne voyait pas un seul nuage dans le ciel.

— Veux-tu ben me dire ce que tu fais là? lui demanda-t-il.

— Comme tu vois, j'aiguise la faux.

— Voyons donc, t'es pas pour faucher.

— Je vois pas pourquoi je le ferais pas, laissa-t-elle tomber en poursuivant l'aiguisage.

— C'est pas pantoute la besogne d'une femme. T'as jamais fait ça.

— Je le sais, mais on va avoir besoin de foin. En plus, je me dis que si la veuve Cloutier a été capable de faire ses foins presque toute seule pendant des années, je vois pas pourquoi moi, je serais pas capable d'en faire autant.

— Elle avait de l'aide, lui rappela son mari.

— Nous autres, on a les enfants qui peuvent donner un coup de main.

— Rémi et tes frères…

— Ils vont tenir parole, inquiète-toi pas, dit-elle sur un ton convaincu. Mais j'ai pas l'intention de rester les bras croisés à attendre l'aide des autres. On peut en faire un bout.

— Moi, qu'est-ce que je peux faire arrangé comme je suis là ?

— Quand va venir le temps de ramasser le foin, je pense que tu vas pouvoir conduire la charrette, si tu veux.

— Calvaire, je vais avoir l'air d'un beau membre inutile, dit-il, la mine sombre.

— Tu peux venir me regarder faire un bout de temps pour me donner des conseils si je fais ça de travers, suggéra-t-elle.

Quand la jeune femme fut prête, elle entraîna avec elle Ann, Patrick et Duncan, armés tous les trois d'une fourche, dans le grand champ situé entre la route et la rivière qui coulait en contrebas.

— Je peux faucher, moi aussi, déclara Patrick du haut de ses douze ans.

— C'est parfait, fit Camille. Quand je serai fatiguée, je vais te passer la faux. Là, vous allez me laisser prendre un peu d'avance avant de commencer à faire des petites meules. Faites-les pas trop grosses, sinon on sera pas capables de les lancer sur la charge.

Assis sur la galerie, Paddy et Liam les regardèrent travailler durant quelques minutes sans échanger une seule parole.

— Je me fais l'impression d'être un maudit beau sans-cœur, finit par déclarer Liam à son oncle.

— Arrangé comme t'es là, tu peux pas aider.

— J'aurais au moins pu essayer d'engager quelqu'un de la paroisse.

— Ça m'aurait surpris que tu trouves quelqu'un, répliqua Paddy. Dans le temps des foins, tout le monde travaille.

Liam ne demeura pas plus qu'une demi-heure à se bercer. Il se leva, alla remplir tant bien que mal une cruche d'eau fraîche qu'il transporta dans le champ où les siens s'échinaient sous un soleil de plomb.

—Arrêtez-vous un peu pour souffler, leur ordonna-t-il. Et toi, Camille, cherche pas à faucher trop large. Tu te fatigues pour rien.

Il passa le reste de l'avant-midi dans le champ en cherchant à se rendre utile. Quand tous revinrent à la maison, ils furent surpris de voir Paddy descendre de son boghei.

—Patrick, va donc dételer mon cheval, demanda-t-il à son petit-neveu épuisé par une matinée de travail sous le soleil.

—Mon gars est pas mal fatigué, mon oncle, intervint Liam. Je pense que vous êtes mieux de vous en occuper tout seul.

Cette intervention lui mérita un regard reconnaissant de sa femme.

Ce midi-là, Camille et ses deux filles étaient occupées à ranger la cuisine après le repas quand elles virent la voiture du meunier venir s'arrêter près de la maison. Le jeune homme se dirigea en claudiquant vers la galerie et vint frapper à la porte.

—Seigneur, Constant, ça fait une éternité qu'on t'a pas vu! s'exclama la maîtresse de maison en lui ouvrant la porte.

—Pas tant que ça, madame Connolly, mais disons un bon mois, répondit l'ex-amoureux de Bernadette Beauchemin, en rougissant un peu.

—Est-ce qu'il y a quelque chose que je peux faire pour toi? Je viens d'envoyer mon mari faire une petite sieste. Je peux le réveiller, si tu veux.

—Ben, j'ai appris au magasin général que votre mari s'était cassé un bras et je me suis dit que je pourrais peut-être vous être utile en venant vous donner un coup de main à faire les foins.

—Et tes foins à toi? s'enquit Camille.

— Moi, j'ai pas besoin d'en faire. J'ai juste deux vaches et j'ai un client qui me paie avec du fourrage.

— Je trouve ça pas mal gênant.

— Il y a pas de gêne à avoir, madame Connolly. Si on s'entraide pas entre voisins, qui va le faire ?

Le rythme du travail changea passablement durant l'après-midi. Quand Liam sortit après une longue sieste, il découvrit avec étonnement que la moitié de son champ était déjà fauché. Il aperçut de dos un homme en train de faucher sans parvenir à le reconnaître d'aussi loin.

— Qui est-ce qui est là ? demanda-t-il à haute voix en descendant de la galerie pour se rendre dans le champ, de l'autre côté de la route.

Au moment où le fermier entrait dans le champ, il vit son fils Patrick se diriger vers lui.

— Qui est avec vous autres ? demanda-t-il.

— Le meunier, p'pa. Je vous dis qu'il fauche vite. On est quatre en arrière et on n'arrive même pas à le suivre. Là, il m'a demandé d'aller atteler la charrette pour faire un premier voyage.

Liam attendit que son fils revienne, monta tant bien que mal sur la charrette et s'empara des rênes. Il acceptait mal d'être aussi inutile. À son arrivée près des travailleurs, Constant Aubé déposa sa faux et s'approcha de la voiture.

— T'as pas assez de besogne au moulin ? lui demanda Liam.

— C'est plutôt tranquille à ce temps-ci de l'année, répondit le jeune homme avec un sourire.

— Ça me gêne pas mal de te voir faire mon ouvrage.

— On peut ben se rendre service entre voisins. À cette heure, comme tu peux le voir, on est prêts à faire un ou deux bons voyages, poursuivit Constant.

À ce moment-là, il sembla remarquer les traits tirés de Camille qui venait de retirer son chapeau de paille pour essuyer la sueur qui perlait sur son front.

— Sans vouloir vous commander, madame Connolly, ajouta-t-il, vous pourriez peut-être aller préparer votre souper pendant qu'on charge. Votre grande fille et vos deux garçons vont nous aider.

— Il a raison, intervint Liam en remarquant à son tour l'épuisement évident de sa femme.

Camille ne résista pas et prit la direction de la maison après avoir laissé sa fourche à Constant Aubé. Celui-ci incita les trois enfants à ne pas se presser dans le chargement de la charrette et quand il y eut assez de fourrage dans la voiture, il demanda à Duncan, le plus jeune, de monter sur la charge pour répartir le foin que sa sœur, son frère et lui projetaient. Quand il vit Liam chercher à étaler lui aussi le foin, il ne put s'empêcher de lui dire :

— À ta place, je ferais pas ça. T'as juste un bras pour travailler. Si tu perds l'équilibre, tu risques de te faire mal.

Finalement, la première voiture de foin fut déchargée tant bien que mal dans le fenil. Les trois enfants Connolly s'installèrent dans le grenier de la grange pour repousser le fourrage lancé par le meunier debout sur la charge en contrebas.

À la fin de l'après-midi, Constant déclina l'invitation à souper de Camille sous le prétexte qu'il devait aller soigner ses bêtes et promit de revenir le lendemain donner un coup de main, ce qu'elle n'osa pas refuser. Liam et sa femme le remercièrent avec effusion.

— C'est un maudit bon diable, reconnut Liam.

— Un bien bon voisin, conclut Camille.

— J'aime pas ben ben te voir faire de la besogne aussi dure dans ton état, laissa-t-il tomber.

— Je fais attention, dit-elle avant de se diriger vers l'étable pour traire les vaches.

La jeune femme avait remarqué que pour la première fois depuis bien longtemps, son mari s'était inquiété pour elle et elle en fut secrètement réconfortée.

Ce soir-là, tous les Connolly, sauf Paddy et Liam, se mirent au lit très tôt. Camille et les enfants étaient si épuisés par cette journée de dur labeur en plein soleil qu'ils s'endormirent dès que leur tête toucha leur oreiller.

➜

Le même soir, un peu après six heures trente, Donat sortit de sa chambre à coucher tout endimanché.

— Moi, je me serais ben passé de cette réunion-là à soir, dit-il avec mauvaise humeur. Comme si ça aurait pas pu attendre un peu ! ajouta-t-il en passant un doigt entre le col dur qui l'étouffait un peu et son cou.

— Offre ça pour des indulgences, lui conseilla sa mère. Si monsieur le curé veut vous voir à soir, c'est que ça doit être important.

— Je suis même pas sûr que ce soit lui qui veut cette réunion-là, déclara son fils. C'est peut-être juste une idée de Valiquette.

— C'est ça qui arrive quand on veut être important, se moqua sa sœur Bernadette. Nous autres, on va se contenter de se bercer dans la balançoire en respirant un peu d'air frais. Il me semble qu'on va être bien.

— Bedette, ma maudite haïssable ! la réprimanda sa mère.

Ernest entra dans la cuisine d'été en annonçant que le boghei était devant la porte. Donat le remercia et sortit. Il monta dans la voiture, sortit de la cour de la ferme, tourna à droite et prit la direction du pont, à l'autre extrémité du rang Saint-Jean. Il salua de la main Constant Aubé en train de réparer un attelage, assis sur sa galerie et, quelques arpents plus loin, sa sœur Emma, lorsqu'il passa devant la ferme de son beau-frère Rémi. Il engagea son attelage sur le pont, longea le magasin général qui faisait face à l'école de rang, puis la forge d'Évariste Bourgeois et la ferme de Meilleur avant de commencer à monter la côte abrupte du rang Sainte-Ursule.

Parvenu au sommet, il vit la chapelle se dresser sur sa droite, trois arpents plus loin. Derrière s'étendait le petit cimetière où on avait enterré les restes de Baptiste Beauchemin le printemps précédent. Il fallut qu'il arrive presque devant la chapelle pour enfin apercevoir le presbytère nouvellement construit un peu en retrait et derrière lequel on avait bâti deux petites annexes.

Donat immobilisa son boghei à faible distance des autres voitures stationnées près de la sacristie qui servait d'habitation au curé de Saint-Bernard-Abbé depuis près de deux ans. Au moment où il s'approchait de la sacristie, la porte s'ouvrit pour livrer passage à Eudore Valiquette, Hormidas Meilleur, Thomas Hyland et Samuel Ellis. Les deux seuls Irlandais du conseil de fabrique précédaient de peu Josaphat Désilets qui referma la porte de la sacristie derrière lui.

— Bonsoir monsieur le curé, fit Donat. Bonsoir monsieur le maire, ajouta-t-il un peu moqueur en s'adressant à Thomas Hyland, élu maire de Saint-Bernard-Abbé deux semaines auparavant.

— Moi, quand un Bleu est aussi poli, je me méfie, intervint Ellis, organisateur des libéraux dans la région.

— Messieurs! Messieurs! pas de politique au conseil, fit le prêtre sur un ton tranchant.

— Là, on s'en va jeter un coup d'œil sur le presbytère et les bâtiments, annonça Eudore Valiquette, tout rempli de son importance. Avant que je fasse le dernier paiement à Bélisle, il faut être sûr que tout est correct.

Les six hommes traversèrent la bande de terrain qui séparait la chapelle du presbytère et s'arrêtèrent devant la maison à un étage dont la façade et le côté gauche étaient ceints par une large galerie à laquelle on accédait par un escalier de six marches.

— C'est un ben beau presbytère, ne put s'empêcher de déclarer Hormidas Meilleur en soulevant son chapeau melon pour essuyer son front largement dégarni avec un grand mouchoir.

Le petit homme était campé sur ses jambes courtes et inspectait la façade en adoptant un air de connaisseur.

— Peut-être, mais il est bien petit, fit sèchement le curé Désilets, qui n'avait jamais caché qu'à son avis un presbytère devait avoir des dimensions autrement plus imposantes que celles d'une simple maison.

Les marguilliers ne dirent pas un mot, mais ils se jetèrent des regards entendus. Finalement, Eudore Valiquette les entraîna à l'intérieur pour une visite guidée alors que Josaphat Désilets demeurait à la traîne, comme si cela ne l'intéressait pas.

Dès que le président du conseil ouvrit la porte d'entrée, une forte odeur de peinture accueillit les visiteurs. Tout était peint en blanc et le parquet fait de larges planches de pin avait été soigneusement balayé.

— Comme vous pouvez le voir, en bas, le presbytère est traversé sur toute sa longueur par un couloir, comme la maison du meunier, annonça le notaire.

— C'est normal, on a demandé à Bélisle de prendre le même plan, dit Ellis d'une voix acide.

L'Irlandais à la tête rousse n'avait toujours pas accepté qu'Eudore Valiquette, un parfait inconnu, lui ravisse le poste de président du conseil.

— En avant, ça pourrait être le bureau de monsieur le curé et une salle d'attente, poursuivit le président du conseil. En arrière, on pourrait installer la cuisine, une petite salle à manger et une toilette.

— On verra, laissa tomber le prêtre. Au cas où vous l'auriez pas remarqué, il y a pas de place pour un salon. Où est-ce que je vais recevoir le monde, vous pensez ?

— Si vous préférez, vous pouvez faire un salon au lieu d'une salle d'attente, suggéra Hyland, toujours arrangeant.

— Ouais.

— L'escalier mène à quatre belles chambres, annonça Valiquette en commençant à monter à l'étage.

Les visiteurs examinèrent chaque pièce avant de descendre et de sortir du presbytère.

— Il y a pas à dire, déclara Donat, les hommes de Bélisle ont fait un bel ouvrage.

— Si je me fie à ce que j'ai vu à matin, reprit Eudore Valiquette, les bâtiments en arrière sont d'aplomb et il y a rien à leur reprocher.

Les membres du conseil pénétrèrent dans chacune des deux annexes pour vérifier que tout était conforme à ce qu'ils avaient demandé, avant de se retrouver à l'extérieur.

— Bon, à cette heure qu'on a tout vu, on pourrait peut-être retourner à la sacristie discuter un peu, proposa le petit notaire dont la pomme d'Adam ne cessait de monter et de descendre.

On suivit un Josaphat Désilets un peu boudeur dans la sacristie et on prit place autour de la grande table en pin placée sous une fenêtre. Le prêtre récita une courte prière avant d'inviter du geste ses marguilliers à s'asseoir.

— La réunion était d'abord pour examiner le presbytère, déclara le notaire. C'est fait. Quels sont ceux qui sont satisfaits du travail des hommes de Bélisle?

Toutes les mains se levèrent, sauf celle du prêtre.

— Qu'est-ce que vous reprochez à la besogne de ces hommes-là? s'étonna le président.

— C'est trop petit, comme je l'ai dit dès le commencement, fit le curé sur un ton rageur.

— Petit ou pas, monsieur le curé, il va ben falloir que vous vous en contentiez, déclara abruptement l'homme de loi.

Les marguilliers se regardèrent avec un certain étonnement. C'était la première fois qu'ils voyaient Eudore Valiquette sortir de son amabilité habituelle.

— Monsieur le curé voudrait emménager dans son presbytère avant la fin de la semaine, poursuivit le président sur un ton plus aimable.

— Impossible, déclara Donat avec conviction. Je pense que vous vous rendez pas compte, monsieur le curé, qu'on est en plein temps des foins. On travaille d'un soleil à l'autre.

— On n'a pas le choix, poursuivit Samuel. Il faut rentrer le fourrage avant qu'il se mette à mouiller. Si on fait pas ça, nos bêtes auront rien à manger cet hiver.

— Vous me ferez pas croire qu'il y a pas des hommes dans la paroisse prêts à venir donner une demi-journée d'ouvrage à leur curé, dit Josaphat Désilets, amer.

— Peut-être, monsieur le curé, répondit le petit notaire, mais nous autres, on va vous laisser les trouver parce qu'on est trop occupés cette semaine.

— Sans compter, monsieur le curé, que ce déménagement-là presse pas comme un coup de couteau, non ? intervint Donat, agacé par l'entêtement du prêtre. Vous allez pas nous dire que vous gelez trop dans la sacristie de ce temps-ci, ajouta-t-il sur un ton sarcastique.

— Je pense, monsieur le curé, que ce serait plus raisonnable d'attendre la fin des foins pour vous installer, intervint Hyland.

— On dirait bien que j'ai pas le choix. Tout mon conseil est contre moi, fit-il d'une voix amère.

— Je pense qu'on peut dire que la réunion est finie, déclara Eudore Valiquette, prêt à se lever.

— Un instant, notaire, fit le curé Désilets d'une voix coupante. Il y a encore certaines choses qu'il va falloir régler.

— Lesquelles ? demanda Hormidas Meilleur.

— D'abord, j'espère que vous avez pensé comment meubler le presbytère. C'est bien beau tout ça, mais j'ai pas de meubles à mettre là-dedans, ajouta le prêtre avec un petit sourire déplaisant.

Un silence embarrassé tomba autour de la table et chacun se regarda. De toute évidence, on n'avait pas pensé à ce problème. Cependant, Eudore Valiquette fut le premier à reprendre la parole après avoir jeté un coup d'œil dans la grande pièce où se tenait la réunion.

— À mon avis, monsieur le curé, ce sera pas un gros problème. On va déménager le poêle dans votre cuisine. La table et les chaises vont aller dans votre salle à manger. Votre lit et votre coffre peuvent être placés dans votre chambre.

— Et, d'après ce que j'ai pu voir, il y a de la place en masse pour votre vaisselle et vos marmites dans les armoires, intervint Samuel Ellis.

— Vous oubliez mon bureau, le salon et les trois autres chambres, fit remarquer le prêtre.

— C'est vrai qu'on n'a pas de meubles à mettre là, convint Hyland.

— Il faut reconnaître que ça va faire pas mal chenu de laisser ces pièces-là vides, reconnut Hormidas Meilleur.

— C'est possible, mais il est hors de question qu'on achète des meubles neufs, affirma Eudore Valiquette. On peut plus emprunter et il reste dans la caisse juste assez pour payer le vin de messe et les hosties.

— Voyons donc! protesta Josaphat Désilets, incrédule.

— Je vous le dis, monsieur le curé, fit le notaire.

Un autre silence tomba sur l'assemblée jusqu'à ce que Donat Beauchemin prenne la parole.

— Savez-vous que je viens de penser à quelque chose qui pourrait régler le problème, annonça-t-il aux autres membres de la fabrique.

— T'as pensé à quoi? lui demanda le président du conseil.

— Toutes les paroisses autour sont des vieilles paroisses.

— C'est sûr, fit Thomas Hyland.

— Dans ce cas-là, depuis le temps qu'elles existent, elles ont dû changer au moins une couple de fois une partie du mobilier de leur presbytère.

— Peut-être, reconnut Ellis.

— Ils ont pas dû jeter tous leurs vieux meubles. Qu'est-ce que vous diriez si on allait faire une tournée dans ces paroisses-là pour demander aux curés si on pourrait pas jeter un coup d'œil dans le grenier de leur presbytère? Ils accepteraient peut-être de nous donner de vieux meubles qui leur servent plus, et avec ça on pourrait meubler notre presbytère.

— Ah ben, j'aurai tout entendu! explosa le prêtre, hors de lui. Mes marguilliers vont jouer les quêteux pour meubler mon presbytère. De quoi je vais avoir l'air devant les autres curés du diocèse quand ça va se savoir, cette affaire-là? Parce que ça va se savoir, c'est sûr!

— On dira ce qu'on voudra, laissa sèchement tomber Eudore Valiquette. Quand on n'a pas une cenne, monsieur le curé, on fait ce qu'on peut, n'est-ce pas? demanda-t-il en élevant la voix. Je trouve l'idée de Donat Beauchemin pleine de bon sens. Qu'est-ce que vous en pensez, vous autres? ajouta-t-il en regardant tour à tour les autres membres du conseil.

Tous appuyèrent la proposition et il fut décidé que la semaine suivante deux équipes constituées de deux membres iraient rencontrer les curés des paroisses avoisinantes. Sur ce, la réunion prit fin. Josaphat Désilets, fou de rage, ne se donna même pas la peine de saluer ses marguilliers. Il se contenta de leur ouvrir la porte de la sacristie pour leur permettre de sortir.

— J'ai dans l'idée que monsieur le curé est pas trop de bonne humeur, dit Hormidas Meilleur à mi-voix avant de monter dans sa voiture.

— C'est pas important, père Meilleur, répliqua Donat. Il est temps qu'il se rende compte qu'on n'imprime pas l'argent à Saint-Bernard. Je sais pas ce qu'il a, mais on dirait qu'il arrive pas à comprendre ça.

Quand Donat raconta à la maison comment la réunion s'était terminée, sa mère ne put s'empêcher de dire :

— Pauvre monsieur le curé ! Ça doit pas être drôle pantoute pour lui d'être tombé dans une paroisse trop pauvre pour l'installer comme du monde.

— Il est pas à plaindre tant que ça, m'man, fit Donat. Il mange ses trois repas par jour et il manque de rien. En plus, il va rester dans un presbytère tout neuf pas mal confortable.

❧

Le lendemain matin, Camille finissait de ranger la cuisine après le déjeuner quand elle vit arriver Constant Aubé, suivi de près par son frère Xavier, Catherine, Constance et Antonin.

— Bonne sainte Anne, j'ai de la visite de bonne heure à matin ! s'exclama-t-elle, en sortant sur la galerie en compagnie de Liam et d'Ann. Qu'est-ce qui se passe ?

— Je t'avais promis de venir te donner un coup de main à faire tes foins, répondit son jeune frère avec bonne humeur. Ben, me v'là. J'ai même emmené de l'aide avec moi.

— Vous êtes ben fins de venir nous aider. Hier, on a eu le temps d'en faire un bon bout avec l'aide de Constant et des enfants.

— C'est ben beau venir aider les autres, mais c'est pas ça qui va t'avancer pour tes foins, intervint Liam.

— Inquiète-toi pas pour ça. Nous autres, on a presque fini. On a commencé il y a trois jours.

— Et toi, Constant, fit Camille. Il me semble que t'as fait ta large part hier sans te sentir obligé de venir encore nous donner une journée.

— Ça me fait plaisir, madame Connolly.

— En tout cas, vous allez entrer boire une tasse de thé, offrit Camille, heureuse.

— Laisse faire ton thé, refusa Xavier. On est aussi ben de commencer tout de suite si on veut faire une bonne journée.

— Bon, si c'est comme ça, je vous suis, déclara la maîtresse de maison.

Catherine monta sur la galerie en portant Constance.

— Pas dans ton état, Camille, lui dit-elle. J'aimerais mieux que tu t'occupes de l'ordinaire et que tu gardes Constance, ajouta-t-elle en lui tendant l'enfant.

— Et toi ? lui demanda sa belle-sœur.

— Moi, ça a l'air de rien, mais j'ai des bons bras et une journée dans le champ m'a jamais fait peur, répondit Catherine en riant.

— Elle a raison, confirma Liam. Reste donc en dedans pour faire à manger. Moi, j'ai juste un bras, mais je suis capable d'apporter de l'eau à ceux qui ont soif et je vais conduire la charrette.

Quelques instants plus tard, la maîtresse de maison vit trois de ses enfants et son mari se diriger vers le champ en compagnie de Constant, Antonin, Xavier et Catherine.

— Les gens sont bien charitables, dit-elle à la petite Rose qui venait de prendre Constance sur ses genoux.

Quand Paddy descendit une heure plus tard pour déjeuner, elle venait de finir de ranger la maison. Elle lui servit à manger avant de préparer le dîner.

— T'aides pas aux foins aujourd'hui ? s'étonna le retraité.

— Non, mon oncle, ma famille est venue nous donner un coup de main.

— C'est ben utile la famille, laissa tomber Paddy, justifiant ainsi sa présence chez son neveu.

— Oh ! pas toujours, mon oncle, répliqua vivement sa nièce par alliance non sans arrière pensée.

À midi, Camille alla avertir les travailleurs que le repas était prêt. Tous s'arrêtèrent au puits en pénétrant dans la cour de la ferme pour se rafraîchir avant de venir prendre place autour de la grande table.

— Blasphème, j'en reviens pas comment t'as fauché grand hier ! dit Xavier en s'adressant à Constant Aubé.

—Whow! J'ai pas fait ça tout seul. Ta sœur en a fauché pas mal, elle aussi. En plus, les trois jeunes ont pas donné leur place. Ils ont fait une sacrifice de bonne journée d'ouvrage.

Camille servit à chacun une assiette de bouilli de légumes et un morceau de pudding aux fraises.

—Je te dis que ça avance vite, déclara Liam à sa femme. On a déjà rentré deux voitures de foin et il y en a une autre presque prête dans le champ.

—À mon avis, on devrait terminer vos foins à la fin de l'après-midi, intervint Xavier. Ça a l'air de rien, mais à huit, ça avance vite en petit Jésus!

Antonin, assis aux côtés d'Ann, n'avait pas ouvert la bouche de tout le repas. Timide de nature, il la regardait à la dérobée à la moindre occasion, ce qui faisait sourire Camille.

—Vous, monsieur Connolly, ça vous tente pas de venir donner un coup de main dans le champ? dit Xavier à Paddy qui dévorait avec un bon appétit le contenu de son assiette, comme s'il avait travaillé toute la matinée.

L'oncle de Liam lui jeta un regard sans aménité. Il se souvenait trop bien que le jeune frère de Camille avait failli lui administrer une correction lors de ses noces, quand il avait osé faire allusion au passé de Catherine.

—Non, pantoute, se borna-t-il à répondre.

—C'est ben dommage. Ça ferait peut-être fondre votre petit ventre de notaire, plaisanta le fils de Baptiste Beauchemin.

Il y eut quelques sourires moqueurs autour de la table et Liam dut faire les gros yeux à ses enfants.

En fait, les travailleurs ne s'accordèrent pas la moindre sieste après le repas et ils retournèrent au champ sans perdre un instant. Camille avait bien essayé d'inciter Catherine à demeurer à la maison, mais cette dernière refusa. Ann, de peur que sa mère adoptive cherche à la remplacer dans le champ, s'était empressée de suivre Antonin et les autres.

79

Xavier ne s'était pas trompé. Tout le fourrage était rentré chez les Connolly à la fin de l'après-midi, pour la plus grande satisfaction de Camille et Liam. La maîtresse de maison chercha bien à retenir tous ces bénévoles à souper, mais ils refusèrent en prétextant les soins à donner à leurs animaux.

— Si j'ai ben compris, dit Xavier au moment du départ, Donat est pas mal avancé parce qu'il a eu l'aide de son homme engagé, de m'man et de Bedette. En passant, on va s'arrêter une minute chez Emma pour voir comment Rémi se débrouille avec le petit Longpré qu'il a engagé. S'il a besoin d'un coup de main, on va s'arranger.

Camille et Liam remercièrent avec effusion leurs bons Samaritains. Après leur départ, Camille houspilla les enfants pour aller faire le train.

La période la plus harassante de l'année était maintenant derrière eux et elle eut une pensée attendrie pour sa jeune belle-sœur qui avait passé la journée à manier la fourche en plein soleil.

Le lundi suivant, la plupart des fermiers avaient fini de rentrer le fourrage et la période des foins était pratiquement terminée. Une chance d'ailleurs parce que le ciel était passablement gris et la pluie menaçait depuis le lever du jour.

Harcelés par le curé Désilets, les marguilliers avaient finalement accepté que l'emménagement du prêtre dans son nouveau presbytère se fasse ce jour-là, ce que l'ecclésiastique s'était empressé d'annoncer la veille aux deux messes dominicales. Il avait demandé l'aide de tous les fidèles pour transporter ses effets de la sacristie au presbytère et il en avait profité pour remercier Delphis Moreau et son père qui avaient nourri et abrité gratuitement son cheval depuis un an. Par ailleurs, il avait tenu à souligner la générosité de plusieurs dames de la paroisse qui avaient confectionné des rideaux pour habiller les fenêtres de son nouveau domicile.

Après la grand-messe, Eudore Valiquette avait fait une proposition acceptée d'emblée par les autres membres du conseil. Il avait suggéré de diriger seul le déménagement le lendemain pendant que les quatre autres marguilliers formeraient deux équipes pour aller dans les paroisses voisines essayer d'obtenir des meubles usagés pour meubler le presbytère, comme il avait été entendu lors de la dernière réunion. Hyland et Ellis avaient alors décidé de se diriger vers Drummondville tandis que Donat et Hormidas Meilleur avaient accepté de se rendre à Sainte-Monique et à Saint-Zéphirin.

Ce matin-là, durant tout le trajet jusqu'à Sainte-Monique, Donat s'interrogea sur le type d'accueil qu'il allait recevoir du curé Lanctôt qui n'avait jamais beaucoup aimé les Beauchemin. Le prêtre irascible n'avait jamais pardonné à son père d'avoir été à l'origine de la pétition qui avait conduit à la création de la mission Saint-Bernard-Abbé. Il n'avait guère aimé voir sa paroisse amputée d'un nombre important de familles.

— Si le curé Lanctôt nous vire de bord, dit Donat au facteur qui l'accompagnait, il nous restera toujours une chance de trouver quelque chose chez le curé Moisan, à Saint-Zéphirin.

— On verra ben, dit Hormidas. Moi, ce que j'aime moins, c'est d'être habillé en dimanche pour aller jouer dans la poussière du grenier d'un presbytère.

— Il y avait pas moyen de faire autrement, père Meilleur. On pouvait tout de même pas se présenter avec notre linge de tous les jours. Il y a déjà ben assez qu'on arrive avec une charrette pour quêter.

Le jeune cultivateur immobilisa la voiture dans l'allée près du presbytère de Sainte-Monique et les deux hommes allèrent sonner à la porte de l'imposant édifice. La servante vint leur ouvrir et les fit passer dans la salle d'attente en leur disant que le curé Lanctôt allait venir.

Moins de cinq minutes plus tard, Louis-Georges Lanctôt, la mine sévère, ouvrit la porte de la salle d'attente pour inviter ses visiteurs à le suivre dans son bureau. Le petit homme au crâne à demi dénudé contourna son bureau et leur indiqua les chaises placées devant le meuble.

— Qu'est-ce que je peux faire pour vous autres? demanda-t-il sur un ton tranchant.

— Nous sommes deux marguilliers de Saint-Bernard-Abbé, monsieur le curé, déclara Hormidas Meilleur, son chapeau melon sur les genoux. Je m'appelle...

— Hormidas Meilleur, facteur de son état, et si je me trompe pas, votre jeune ami est un Beauchemin, le coupa le prêtre. Je suis pas complètement gâteux et je suis encore capable de reconnaître mes anciens paroissiens.

— Monsieur le curé, notre paroisse vient de faire construire un petit presbytère neuf pour monsieur le curé Désilets parce que monseigneur le voulait, intervint Donat.

— J'ai appris ça, laissa tomber Louis-Georges Lanctôt d'une voix peu aimable.

— Saint-Bernard est pas une paroisse riche comme Sainte-Monique, vous comprenez, poursuivit Hormidas Meilleur. On n'a plus une cenne pour meubler le presbytère et on trouve que ce serait pas ben chrétien de laisser notre pauvre curé sans meubles.

Le curé Lanctôt ne dit rien, attendant la suite avec une impatience mal déguisée.

— Ça fait que la fabrique a décidé de faire le tour des presbytères de la région pour voir si on nous donnerait pas quelques vieux meubles qui servent plus et qui sont entreposés dans le grenier, dit Donat.

— Ah oui!

—Jusqu'à présent, les curés des paroisses ont été plutôt charitables, mentit Hormidas sans vergogne, mais il nous manque encore pas mal d'affaires.

—Bon, fit le prêtre en se levant. Il sera pas dit qu'à Sainte-Monique on a moins de cœur qu'ailleurs. Allez rejoindre mon bedeau à côté et demandez-lui de vous montrer les meubles qui sont en haut de la remise. Si vous pensez qu'il y en a qui peuvent faire l'affaire de mon confrère Désilets, vous avez ma permission de les emporter.

Meilleur et Beauchemin remercièrent le curé Lanctôt et s'empressèrent de quitter le presbytère pour aller rejoindre le bedeau en train de fendre du bois devant la remise.

Planté devant une fenêtre de son bureau, Louis-Georges Lanctôt secoua doucement la tête en murmurant :

—Je me demande encore à quoi monseigneur a pensé quand il a permis la fondation de cette paroisse-là, une paroisse de quêteux où le curé va toujours tirer le diable par la queue. Comme je connais Josaphat Désilets, il va être content encore d'avoir les cochonneries de tout un chacun.

Le bedeau Octave Gendron entraîna les deux hommes à l'étage de la remise en repoussant les toiles d'araignée.

—Il y a ben de la poussière, mais vous allez peut-être trouver quelque chose là-dedans. Je vous laisse prendre ce que vous voulez, si c'est ce que monsieur le curé vous a dit.

—Il y a pas mal de meubles qui vont faire notre affaire, père Meilleur, déclara Donat en se frottant les mains dès que le bedeau eut disparu.

En fait, les deux marguilliers transportèrent dans leur charrette un vieux secrétaire éraflé, deux commodes qui avaient connu de meilleurs jours, un coffre et deux lits.

—Il manquera juste la paillasse, dit Hormidas en déposant les montants d'un lit dans la voiture. Mais ça, ce sera pas un problème. Toutes les femmes de la paroisse sont capables d'en faire.

Au moment de partir, les deux marguilliers de Saint-Bernard-Abbé virent le curé Lanctôt en train de faire les cent pas sur la large galerie de son presbytère en lisant son bréviaire. Ils prirent la peine de descendre de voiture et de s'avancer pour le remercier à distance.

— Il y a pas de quoi, répondit le prêtre. Tant mieux s'il y a quelque chose qui fait votre affaire.

Les deux hommes le saluèrent et remontèrent dans la charrette.

— Sais-tu qu'il est pas si détestable qu'on le dit, le jeune, fit Hormidas au moment où la charrette s'éloignait du presbytère.

— Avec lui, on sait jamais à quoi s'attendre, répliqua son compagnon. Là, il est presque l'heure de dîner. On peut tout de même pas arriver trop de bonne heure à Saint-Zéphirin. Je pense qu'on va s'arrêter chez mon oncle Armand, à la sortie du village. Ma tante Amanda est pas ben recevante, mais ça me surprendrait qu'elle nous serve pas un bol de soupe.

Quelques minutes plus tard, les deux hommes vinrent frapper à la porte de la maison ancestrale des Beauchemin. Armand, le dernier des frères Beauchemin encore vivant, habitait cette grande maison en pierre avec sa femme Amanda, une hypocondriaque peu hospitalière. À la plus grande surprise de Donat, ce fut sa tante Mathilde qui vint leur ouvrir.

— Tiens, du monde de Saint-Bernard! s'exclama l'imposante sœur Grise en leur faisant signe d'entrer.

— Entrez, entrez! leur ordonna son oncle Armand avec bonne humeur en quittant la chaise berçante dans laquelle il était assis.

Le gros homme serra la main de son neveu ainsi que celle d'Hormidas Meilleur qu'il connaissait. La tante Amanda déposa un plat sur la table et vint embrasser son neveu sans grand entrain et saluer le facteur. La compagne de Mathilde Beauchemin, sœur Sainte-Anne, une petite religieuse toujours aussi effacée, salua de la tête les visiteurs.

— Quel mauvais coup vous êtes venus faire à Sainte-Monique? plaisanta Armand Beauchemin.

Son neveu lui expliqua en quelques mots sa mission en prenant soin toutefois de préciser avoir été très bien reçu par le curé Lanctôt.

— C'est normal, intervint sœur Marie du Rosaire, fidèle à son habitude de se mêler de ce qui ne la regardait pas, c'est un bon prêtre bien charitable.

— Personne dit le contraire, ma tante, déclara Donat. Nous autres, on n'a pas encore fini notre collecte. Il nous reste à aller voir si le curé Moisan a pas quelque chose à nous donner.

— C'est bien effrayant d'obliger votre curé à se contenter des restes des autres, reprit Mathilde Beauchemin sur un ton convaincu.

— Ben oui, ma tante, mais il y a pas moyen de faire autrement.

La sœur de son défunt père était considérée, à juste titre, comme une véritable calamité sur deux pattes. Cette bavarde impénitente et effrontée avait un don pour braquer les gens en donnant son opinion sur tout. Lorsqu'elle arrivait quelque part, cette grosse et grande femme prenait toute la place, estimant que tout lui était dû.

— Vous allez manger un morceau avec nous autres, proposa Armand.

Cette invitation lui attira un regard noir de sa femme.

Les deux voyageurs ne se firent pas prier et partagèrent le repas de leurs hôtes, soit un bol de soupe aux pois et des cretons. Durant tout le dîner, les convives n'entendirent que la voix de sœur Marie du Rosaire. La sœur Grise parla de tout et de rien. Cependant, au moment du départ de son neveu, elle mentionna tout de même:

—Dis bien à ta mère que je l'ai pas oubliée et que j'ai bien l'intention d'aller passer quelques jours avec elle au mois de septembre.

—Je suis sûr que ça va lui faire ben plaisir, ma tante, mentit Donat en montant dans la charrette en compagnie d'Hormidas Meilleur.

Quelques instant plus tard, le boghei reprit la route.

—Je veux pas trop rien dire, fit Hormidas, mais ta tante religieuse a l'air d'être tout un numéro.

—Ça, vous pouvez le dire, père Meilleur, acquiesça le jeune cultivateur en réprimant mal une grimace.

—Tu sais, elle, je l'ai pas oubliée. Si je me trompe pas, je l'ai déjà ramenée une ou deux fois de la gare avec l'autre sœur. Elle m'avait donné mal à la tête avec son placotage.

Les deux hommes firent le reste du trajet en silence. À leur arrivée à Saint-Zéphirin, ils se dirigèrent immédiatement vers le presbytère. Ils allaient sonner à la porte quand ils aperçurent le curé Moisan en train de travailler dans son jardin. Essuyant la sueur qui perlait à son front, le prêtre au ventre confortable s'avança vers les visiteurs lorsqu'il vit la charrette remplie d'un surprenant bric-à-brac qui venait de s'immobiliser près de son presbytère.

Donat et Hormidas descendirent de voiture et expliquèrent au prêtre la raison de leur visite.

—Pauvres vous autres ! les plaignit le curé Moisan. J'ai bien peur que vous trouviez pas grand-chose de bon dans le grenier de mon presbytère. À Saint-Zéphirin, je serais bien surpris que la fabrique ait pas déjà jeté ses choux gras.

Devant l'air dépité des deux marguilliers, l'ecclésiastique leur proposa tout de même de demander à la servante de les laisser aller voir dans le grenier si quelque chose pouvait leur convenir. Hormidas remercia le prêtre qui retourna à son jardin sans se presser.

La ménagère du curé Moisan ne parut guère enchantée à l'idée de laisser deux parfaits inconnus fouiller dans le grenier.

— Je vais aller vous montrer où c'est, puisque monsieur le curé le veut, leur dit-elle, l'air revêche, mais arrangez-vous pas pour mettre de la poussière partout.

Ils montèrent à sa suite à l'étage de l'imposant bâtiment et ils s'arrêtèrent au bout d'un long couloir où ils trouvèrent une échelle suspendue.

— Vous avez juste à pousser la trappe, leur dit la vieille dame avant de tourner les talons, mais faites bien attention de pas briser quelque chose.

Donat et Hormidas se hissèrent dans le grenier où ils choisirent une vieille table en pin, quelques chaises au siège en paille défectueux, un canapé qui perdait son crin ainsi qu'une antique chaise berçante. Il leur fallut déployer beaucoup d'efforts pour descendre le tout et l'empiler dans leur charrette. Avant de reprendre la route, ils prirent la peine de remercier le brave curé Moisan qui leur avoua regretter de n'avoir rien de mieux à offrir à son confrère.

À la fin de l'après-midi, la charrette au contenu brinqueballant vint s'arrêter devant le nouveau presbytère de Saint-Bernard-Abbé. Il ne restait plus sur place que quelques hommes de bonne volonté qui avaient accepté de transporter dans la nouvelle remise du bois de chauffage et du fourrage pour le cheval de Josaphat Désilets. Au moment où ils descendaient de la charrette, Donat et Hormidas virent le notaire Valiquette sortir du presbytère sur les talons du curé Désilets.

— Par tous les diables, vous avez fait toute une récolte ! s'exclama le président du conseil en descendant précipitamment les marches de la galerie alors que le curé, l'air dégoûté, se contentait de jeter un regard méprisant sur le contenu de la voiture.

— On n'a pas perdu notre temps, s'empressa de dire Hormidas Meilleur. Mais là, on est pas mal fatigués et on aimerait ben avoir un coup de main pour entrer tout le barda en dedans.

— Thomas Hyland, Xavier Beauchemin et Rémi Lafond sont encore en dedans en train de monter un lit en haut. Ils vont venir aider, dit Eudore Valiquette. Delphis Moreau et son père peuvent aussi donner un coup de main.

Durant les longues minutes que dura le déménagement des vieux meubles à l'intérieur, Josaphat Désilets ne prononça pas un seul mot, se contentant de regarder ses paroissiens s'échiner pour lui.

— Avez-vous trouvé quelque chose qui avait du bon sens? finit par demander Donat à Thomas Hyland une fois la dernière chaise entrée à l'intérieur.

— Pas autant que vous autres, mais il y a des affaires qui peuvent encore servir, répondit le maire. Trois chaises, un fauteuil, une chaise berçante, une bibliothèque, deux lits, une commode, de la vaisselle et une horloge.

— Une horloge? s'étonna Hormidas.

— Ben oui, le père, une horloge, mais elle fonctionne pas. Notre meunier l'a prise et il a dit qu'il allait essayer de la réparer.

— En tout cas, on dirait que le presbytère a assez de meubles à cette heure, fit Donat en cachant mal sa satisfaction. Les quatre chambres du haut ont ce qu'il faut, la cuisine et le bureau aussi.

— Le salon va peut-être avoir l'air miteux, intervint Delphis Moreau, mais monsieur le curé aura juste à jeter une couverte sur le vieux canapé et le fauteuil pour cacher qu'ils perdent leur crin.

Au départ des hommes à la fin de cette journée épuisante, les bénévoles n'eurent droit à aucun remerciement de leur curé. Ce dernier, le visage fermé, ne cessa pas son va-et-vient sur la large galerie du presbytère. Il feignit d'être plongé dans la lecture de son bréviaire quand les hommes quittèrent les lieux.

— Tu parles d'un maudit air bête! s'exclama Hormidas Meilleur au moment où la charrette entreprenait de descendre la côte abrupte du rang Sainte-Ursule. Il me semble que ça aurait été la moindre des choses de dire merci à du monde qui a travaillé comme des damnés toute la journée pour lui rendre service.

— Il faut croire qu'il est pas content d'avoir des vieilleries, lui fit remarquer Donat.

— Je veux ben le croire, mais il me semble qu'il est assez vieux pour comprendre que c'était ça ou rien.

Chapitre 4

La campagne électorale

Dès le lendemain de l'emménagement du curé Désilets dans son nouveau presbytère, le temps se gâta. La pluie se mit à tomber sans interruption les trois jours suivants.

— C'est ben correct de même, déclara Donat à son frère Xavier venu le rejoindre à la maison paternelle ce matin-là. Les foins sont entrés et la terre a besoin d'eau. Ça va faire du bien au blé, à l'orge et à l'avoine.

— Et au jardin, ajouta sa mère, occupée à peler des tomates vertes avec l'aide de Bernadette pour cuisiner une recette de ketchup vert.

— Nous autres, à matin, on commence la tournée des maisons pour rappeler au monde de quel bord voter, poursuivit Donat. D'ici samedi, on devrait avoir eu le temps de faire tout Saint-Bernard et même un rang ou deux de Sainte-Monique.

— Lemire avait pas personne pour Sainte-Monique? s'étonna son jeune frère.

— Il y a Cournoyer, mais il paraît qu'il file un mauvais coton depuis une semaine ou deux et il m'a demandé de lui donner un coup de main. Nous autres, on n'a pas grand temps à perdre. Dorion vient parler à Saint-Zéphirin samedi soir et il faut que le plus de Bleus possible viennent l'écouter.

— Ils auraient dû organiser une assemblée contradictoire à Sainte-Monique comme aux dernières élections provinciales, fit son frère. Ça, ça attire le monde.

— Lemire m'a dit qu'ils ont ben essayé, mais il paraît que Tessier était pas pantoute intéressé. Probable qu'il a peur de Dorion.

Malgré le mauvais temps, les deux frères Beauchemin sillonnèrent les rangs de Saint-Bernard-Abbé et de Sainte-Monique durant les trois jours suivants. Ils rameutèrent les partisans conservateurs et les invitèrent à venir nombreux à la réunion à Saint-Zéphirin qu'allait tenir Pierre-Nérée Dorion, un arpenteur-géomètre.

— Tu te donnes bien du mal pour pas grand-chose, déclara Marie à son fils, inquiète de le voir revenir trempé jusqu'aux os de sa dernière tournée des foyers de la région.

— C'est pas pour rien, m'man, se défendit le jeune cultivateur. Lemire m'a promis l'ouvrage d'inspecteur des routes de Saint-Bernard et il paraît que c'est pas trop mal payé.

Sa mère haussa les épaules et reprit son travail de couture.

— J'espère qu'il y aura pas de bardassage avec les Rouges demain soir, intervint Eugénie, à son dernier mois de grossesse.

— Ça me surprendrait pas mal, répondit son mari. Ils savent qu'on peut venir brasser pas mal, nous autres aussi, quand ils vont tenir leur réunion mercredi prochain à Saint-Bernard.

— Moi, ce que je trouve plate, c'est que les femmes peuvent même pas assister à ces réunions-là, laissa tomber Bernadette en train d'ourler une jupe.

— Il manquerait plus que ça, s'offusqua sa mère d'une voix tranchante. C'est pas la place d'une femme pantoute. Dans ces réunions-là, ça boit, ça sacre et ça se chamaille. Veux-tu bien me dire ce qu'une femme qui se respecte irait faire là?

Bernadette choisit de garder pour elle toutes les remarques qui lui passaient par la tête.

❧

Le samedi après-midi, le vent se leva et chassa enfin les nuages et l'humidité. Le souper fut servi de bonne heure chez les Beauchemin pour permettre à Donat de faire sa toilette et de partir tôt. D'ailleurs, un peu avant six heures, Xavier arriva à la ferme familiale.

— On charge nos deux petits barils de bagosse et on y va, déclara Donat avec bonne humeur. On va avoir de quoi payer la traite à tous les boit-sans-soif du coin, je te le garantis. Cournoyer en a reçu autant et il va en apporter, lui aussi.

Malgré la route ravinée par les pluies des derniers jours, le trajet entre Saint-Bernard et Saint-Zéphirin fut assez agréable et les deux frères croisèrent de nombreux partisans en route vers le lieu de la réunion. Celle-ci allait se tenir dans le champ de Casimir Camirand, à l'entrée du village, parce que le curé Moisan, obéissant au mandement de son évêque, avait refusé qu'elle se tienne sur le parvis de l'église, comme cela s'était toujours fait.

À leur arrivée sur les lieux, Anthime Lemire, l'organisateur en chef, demanda aux Beauchemin d'aller stationner leur voiture en bordure du champ, à côté de celle d'Eugène Cournoyer. Même s'il restait près d'une heure avant l'arrivée prévue du candidat, il y avait déjà sur place une centaine d'hommes répartis en petits groupes.

— Qu'est-ce qu'on fait si des Rouges viennent faire du trouble ? demanda Xavier à Lemire.

— On va leur montrer à vivre, répondit l'autre avec un sourire mauvais. Mais ça me surprendrait qu'ils viennent bardasser, c'est pas une assemblée contradictoire.

En fait, moins d'une heure plus tard, trois voitures s'arrêtèrent sur la route, près du champ où une foule plus que respectable s'était massée progressivement depuis le début de la soirée. Précédé d'Anthime Lemire et de quelques assistants, Pierre-Nérée Dorion se rendit à l'estrade improvisée en serrant les mains de ses partisans.

Le politicien âgé d'une cinquantaine d'années avait de larges favoris gris et était vêtu d'une stricte redingote noire. Il attendit patiemment que l'un de ses accompagnateurs le présente à la foule avant de prendre la parole. Durant de longues minutes, l'homme parla de son expérience en politique municipale et de ses projets pour le comté de Drummond-Arthabasca. Ensuite, il se lança dans une charge à fond de train contre son adversaire, qui, selon lui, n'était qu'un amateur qui ne connaissait rien à la politique.

— Sénécal n'a rien fait pour le comté pendant les cinq années qu'il a été là, expliqua le candidat conservateur. Il restait à Montréal. Comment voulez-vous qu'il ait su ce qu'il vous fallait ? Il a peut-être la réputation d'être l'homme d'affaires le plus riche de la province de Québec, ajouta-t-il, mais ça l'a pas empêché depuis plusieurs années de faire faillite par-dessus faillite. Il trempe encore dans toutes sortes d'affaires plus ou moins louches… Qu'est-ce qui dit que ce n'est pas le même genre d'homme que les libéraux veulent nous imposer comme prochain député de notre comté ? Est-ce que c'est un autre Sénécal que vous voulez avoir pour vous représenter à Ottawa ? Demandez-vous ce qu'un homme comme ça va aimer mieux : se remplir les poches ou vous aider !

Durant près de quatre-vingt-dix minutes, l'arpenteur-géomètre énuméra tout ce dont le comté avait besoin pour se développer et comment il entendait s'y prendre pour obtenir de l'aide du gouvernement central.

Les deux frères Beauchemin demeurèrent près de leur voiture pour surveiller leurs tonnelets de bagosse autant que pour en servir aux assoiffés. Cette fois, pas question de laisser quelqu'un en trafiquer le contenu, comme cela s'était produit aux dernières élections provinciales.

Quand la réunion prit fin, on n'eut à déplorer aucun chahut des libéraux de la région et les gens se retirèrent plutôt satisfaits de ce premier contact avec leur candidat conservateur. On alluma les fanaux qu'on suspendit à l'avant des voitures et, peu à peu, le champ de Camirand se vida de ses visiteurs.

— C'est drôle pareil que pas un maudit Rouge se soit montré le bout du nez, déclara Xavier, un peu frustré, durant le trajet de retour.

— Ouais, fit son frère, un peu soucieux. Remarque que ça peut vouloir dire que les Rouges ont tellement confiance dans Tessier qu'ils trouvent que ça vaut pas la peine de s'occuper de Dorion.

— Qu'est-ce qu'on fait mercredi? lui demanda son jeune frère.

— Je pense que ça vaudrait peut-être la peine d'aller écouter Tessier. Comme monsieur le curé le laissera pas parler sur le parvis de la chapelle, j'ai l'impression qu'Ellis va organiser ça chez eux.

— Quand les Rouges vont nous voir... commença Xavier.

— Ils pourront rien dire parce qu'on n'ira pas là pour faire du trouble, fit Donat.

❦

Le lendemain matin, Eudore Valiquette arriva assez tôt à la chapelle pour aller dire quelques mots au curé Désilets, arborant encore son air renfrogné des mauvais jours.

— Est-ce que je peux faire quelque chose pour vous, monsieur Valiquette? demanda le prêtre assez abruptement.

— Peut-être, monsieur le curé, répondit l'homme de loi d'une voix neutre. J'arrêtais juste pour vous demander si vous aviez l'intention de remercier ce matin les gens de Saint-Bernard d'être venus vous déménager cette semaine.

— Est-ce que c'est bien nécessaire? Je suis leur pasteur et il me semble normal que mes paroissiens voient à ce que je sois convenablement installé. En passant, il faudrait faire une réunion du conseil mercredi soir, poursuivit Josaphat Désilets.

— Impossible, monsieur le curé. Mercredi, il y a une réunion électorale des libéraux au village et il va vous manquer au moins la moitié du conseil.

— Mais c'est urgent !

— C'est à propos de quoi, monsieur le curé ?

— Des animaux dont j'aurai besoin.

— Je pense que ça peut bien attendre la prochaine réunion régulière qui est prévue mardi, dans deux semaines, trancha le président du conseil.

— Je peux convoquer moi-même les marguilliers, déclara sèchement le prêtre.

— Non, monsieur le curé. C'est au président du conseil de convoquer les réunions, même spéciales, rétorqua Valiquette sur le même ton.

Les yeux de Josaphat Désilets trahissaient sa colère, mais il dut s'avouer vaincu par le petit homme tiré à quatre épingles qui lui faisait face.

— En passant, monsieur le curé, ajouta le notaire, vous me permettrez de remercier les paroissiens de Saint-Bernard d'être venus aider cette semaine, si vous le faites pas.

— Mêlez-vous pas de ça. Je vais le faire.

— J'ai pensé aussi que ce serait pas une mauvaise idée d'envoyer un petit mot de remerciement aux curés des paroisses qui nous ont donné des meubles.

Le curé Désilets se tut un long moment avant de dire :

— Bon, vous allez m'excuser, notaire, je dois m'habiller pour la messe.

Quelques minutes plus tard, le notaire Valiquette fit part aux autres membres du conseil de la démarche qu'il venait de faire auprès de leur curé. Tous l'approuvèrent.

En ce premier dimanche du mois d'août, il faisait très chaud dans la chapelle remplie de fidèles. Toutefois, Josaphat Désilets se résigna tout de même, à la fin de son sermon prononcé dans les deux langues, à remercier du bout des lèvres tous ceux venus aider à son emménagement dans son nouveau presbytère au début de la semaine.

À la fin de la grand-messe, un bon nombre de fidèles choisirent de quitter les lieux plutôt que d'assister à la bénédiction du Saint-Sacrement que le curé de la paroisse célébrait le dimanche matin pour s'assurer un maximum de participants. À la vue de la foule qui sortait de la chapelle, le prêtre eut un rictus de mécontentement. Même ses marguilliers avaient quitté leur banc, peu soucieux, pour une fois, de donner l'exemple.

À l'extérieur, les femmes s'empressèrent d'aller saluer des connaissances et des parentes. Elles parlaient de leurs enfants, de leur jardin et de leurs plates-bandes. Pour leur part, les hommes, excités par les élections prochaines, s'étaient regroupés selon leur allégeance politique dans le stationnement et exagéraient les qualités de leur candidat. Les Bleus commentaient les paroles prononcées par Dorion la veille alors que les Rouges anticipaient les déclarations fracassantes que leur candidat n'allait pas manquer de faire le mercredi soir.

Au moment où Donat Beauchemin allait rejoindre ses partisans, il fut intercepté par Eudore Valiquette en compagnie de Thomas Hyland et de Samuel Ellis.

— J'ai oublié de vous dire tout à l'heure que monsieur le curé voulait une autre réunion spéciale cette semaine, dit-il aux marguilliers.

— Quand ça? demanda Ellis.

— Mercredi soir.

— Voyons donc! Il sait ben que Tessier vient parler au village ce soir-là, protesta le rouquin avec mauvaise humeur.

— Je lui ai rappelé ça, fit le petit homme de loi avec ses tics habituels.

— Puis? demanda l'organisateur libéral.

— Il en fera pas parce que j'ai été aussi obligé de lui rappeler que c'est au président du conseil d'annoncer les réunions.

— De quoi il voulait parler? s'enquit Donat. Qui sait? C'est peut-être plus urgent qu'une réunion de Rouges, ajouta-t-il pour faire rager son adversaire politique.

— Toi, le jeune, étrive-moi pas, le prévint Samuel Ellis sur un ton rageur.

— On sait même pas où cette réunion-là va se tenir, poursuivit Donat, guère impressionné.

— C'est chez nous, dans ma cour, que ça va se faire, répondit l'organisateur libéral, incapable de cacher sa fierté.

— Puis, de quoi monsieur le curé voulait parler? répéta Donat, heureux d'avoir appris où se tiendrait exactement la réunion politique du candidat libéral.

— Des animaux pour ses besoins personnels, fit Eudore.

— Si c'est juste ça, ça peut attendre, déclara Hyland sur un ton raisonnable.

Un peu plus loin, debout aux côtés de sa mère et de ses sœurs Emma et Camille, Bernadette guettait du coin de l'œil Constant Aubé et surtout Laurence Comtois qui faisait des mines à ses côtés. Elle n'accordait pas plus d'attention à la conversation entre sa mère et l'épouse du gros Tancrède Bélanger qu'à celle de ses deux sœurs.

— Bedette, ça fait deux fois que je te demande si tu veux venir aux bleuets avec nous autres demain après-midi, lui dit Camille en élevant légèrement la voix.

La jeune institutrice sursauta et se tourna vers sa sœur aînée en affichant un air surpris.

— Ma foi du bon Dieu, on dirait que t'es tout le temps dans la lune ces temps-ci, intervint à son tour Emma en tournant la tête pour chercher à savoir ce que sa jeune sœur regardait. Bon, je viens de comprendre, poursuivit-elle à voix basse. C'est la Laurence d'Ubald Comtois qui la fatigue, ajouta-t-elle, sarcastique.

— Comment ça? demanda Camille, curieuse.

— C'est connu dans la paroisse que notre meunier va veiller à cette heure dans le rang Saint-Paul au moins une fois par semaine depuis son retour de Québec. J'ai entendu dire qu'il trouve la Laurence pas mal à son goût, ajouta Emma en adressant un discret clin d'œil à Camille.

— Pour moi, il y en a pas mal à Saint-Bernard qui doivent trouver que notre sœur jette ses choux gras, se moqua gentiment Camille. Moi, en tout cas, j'ai jamais connu un garçon aussi serviable. Il est venu travailler deux grandes journées la semaine passée à faire les foins chez nous parce que Liam pouvait rien faire et il a jamais voulu être payé. Cet homme-là, pour moi, c'est de l'or en barre.

— Arrêtez d'essayer de me faire enrager, leur ordonna abruptement Bernadette, le rouge aux joues. Moi, je vous le dis, ça durera pas avec Laurence Comtois. Elle est même pas belle. Regardez-la ! Elle est petite et elle commence déjà à être grassette. Il y a pas un homme qui va être fier de se promener avec une fille comme ça à son bras, poursuivit-elle en adoptant un air supérieur.

— Va pas croire ça, ma sœur, lui conseilla Emma en prenant un air sérieux. Tu sauras que souvent ce sont les filles les moins belles qui se marient les premières. Elles ont d'autres qualités. Moi, j'ai entendu dire que Laurence était une fille patiente qui a un bon caractère. Depuis la mort de sa mère, il paraît que c'est elle qui tient maison et qui élève ses frères et ses sœurs. La femme de Télesphore Dionne, qui la connaît bien, dit qu'il y a pas plus gentille fille qu'elle à Saint-Bernard.

Donat s'approcha à ce moment-là des femmes pour leur signifier qu'il était temps de rentrer.

— Je vais juste dire deux mots à Constant Aubé et on part, annonça-t-il.

Marie et Bernadette quittèrent les trois autres femmes pour se rapprocher du boghei. Au dernier moment, Bernadette décida de suivre son frère jusqu'au petit groupe formé par les Comtois, Anatole Blanchette et sa femme ainsi que Constant. Contrairement à ses prévisions, le jeune homme ne se troubla nullement à la vue de son ex-flamme, ce qui dépita passablement la cadette de Marie Beauchemin.

— Constant, si je t'apporte mon attelage à réparer demain, est-ce que ça fait ton affaire ? lui demanda Donat.

— Pas de problème. Si je suis pas à la maison, t'auras juste à laisser ça sur la galerie. Je commence à avoir de l'ouvrage au moulin.

— As-tu l'intention de venir à la réunion de Tessier mercredi ?

— Ben sûr, mais demande-moi pas si je suis Rouge ou Bleu, dit en riant le meunier-cordonnier. Moi, j'ai des clients des deux bords de la clôture.

Le frère et la sœur saluèrent les autres membres du groupe et allèrent rejoindre leur mère déjà montée dans le boghei. Du coin de l'œil, Bernadette saisit le sourire moqueur de sa sœur Emma au moment où elle s'apprêtait à prendre place près de Donat sur la banquette avant de la voiture.

Ce dimanche-là, la jeune institutrice passa pratiquement tout son après-midi à se bercer à l'ombre, dans la balançoire, l'air boudeur. Elle réalisait peu à peu que si elle désirait ramener Constant Aubé dans son salon, elle allait devoir déployer des efforts autrement plus grands que le simple claquement de doigts dont elle s'était vantée à maintes reprises.

Après presque deux mois de séparation, elle n'avait toujours pas résolu son principal problème. L'aimait-elle vraiment, malgré sa boiterie et son visage qui n'était pas ce qu'il y a de plus beau ? Elle était encore incapable de répondre à cette question et cela la rendait malheureuse. Elle reconnaissait volontiers la bonté et la générosité de celui qui l'avait fréquentée plus d'un an. Il savait lire, écrire et il possédait de multiples talents… Mais qu'est-ce que les gens diraient dans son dos si elle acceptait de l'épouser ?

— Je suis certaine que la Laurence se pose pas ces questions-là, murmura-t-elle avec rage au moment où

Xavier arrivait avec Catherine et la petite Constance pour souper.

Pour échapper aux idées noires qui l'habitaient, elle quitta la balançoire et alla prendre la fillette qu'elle ramena avec elle pour la bercer.

— Tu la gardes pas juste pour toi, l'avertit sa mère. Moi aussi, je veux la prendre, la petite.

L'enfant adoptée par Xavier un mois plus tôt avait déjà conquis le cœur de sa grand-mère, pour le plus grand plaisir de Catherine qui ne pouvait que sourire devant pareil accueil.

$$\sim$$

Le lendemain avant-midi, tel que prévu, Camille entraîna ses quatre enfants à l'autre extrémité de la ferme, près des taillis qui bordaient le boisé. Chacun, armé d'un contenant, commença à cueillir les petits fruits bleus, nullement incommodé par les stridulations entêtantes des insectes et le soleil qui tapait de plus en plus durement au fur et à mesure que la matinée progressait.

À un certain moment, Camille fut alertée par de nombreux bruits de branches brisées à proximité et elle leva immédiatement la tête pour voir où se trouvait chacun des quatre enfants. À peine venait-elle de réaliser la signification de ces bruits qu'elle vit sortir du bois, entre elle et Duncan, une biche affolée poursuivie par une meute d'une demi-douzaine de coyotes.

— Attention, les enfants! cria-t-elle aux siens.

Son cri sembla figer sur place les coyotes alors que la biche poursuivait sa course éperdue. Duncan s'empara d'une branche qui était à ses pieds et s'élança sans réfléchir vers les coyotes pour les faire fuir.

— Duncan, fais pas ça! lui ordonna Camille en cherchant désespérément autour d'elle ce qui pourrait faire office d'arme.

Les bêtes, se sentant menacées, avaient fait volte-face en montrant les dents et en grondant, ne sachant trop si elles devaient se lancer à la poursuite de leur proie en train de s'échapper ou se défendre. Patrick et Ann avancèrent à leur tour, armés de branches qu'ils avaient ramassées par terre. Leur mère les rejoignit quelques secondes plus tard après avoir ordonné à Rose de ne pas bouger. Elle s'était emparée de deux grosses pierres qu'elle lança à la tête des bêtes menaçantes. Au même instant, Ann et ses deux frères se mirent à crier en brandissant leurs branches. Les coyotes prirent la fuite sans demander leur reste et rentrèrent dans la forêt.

—Est-ce que c'était des chiens? demanda Rose d'une voix tremblante en s'approchant de sa mère adoptive.

—Non, des coyotes, répondit Camille.

La fillette avait une peur maladive des chiens depuis qu'elle avait été mordue l'année précédente par un chien errant.

—Bon, je pense qu'on a assez de bleuets, déclara Camille aux siens. On va rentrer. On va en avoir pour une partie de l'après-midi à trier ce qu'on a et à les faire cuire.

À leur retour à la maison, ils trouvèrent Liam assis sur la galerie en compagnie de son oncle Paddy en train de lire le journal. Quand Camille apprit à son mari qu'ils avaient dû mettre en fuite une demi-douzaine de coyotes, celui-ci eut du mal à la croire.

—Baptême, je pense que j'en ai pas vu un depuis au moins trois ans. Après les récoltes, je vais m'en occuper, promit-il.

Camille lança un coup d'œil vers Paddy, mais ce dernier feignit de l'ignorer.

Le vendredi précédent, elle avait dû encore élever la voix pour le forcer à payer sa pension hebdomadaire. Le retraité habitait maintenant depuis huit mois chez les Connolly et, malgré sa fortune, il n'avait jamais fait preuve de la moindre générosité, même s'il ne pouvait ignorer que ses hôtes avaient peine à nourrir leurs enfants.

Durant les cinq premiers mois, l'homme d'affaires montréalais s'était installé avec un sans-gêne extraordinaire chez Liam en clamant haut et fort qu'il serait son unique héritier. Il s'était d'ailleurs servi de cette raison pour n'offrir aucun dédommagement à ses hôtes. Au mois d'avril précédent, il avait vendu ses cinq derniers immeubles et était revenu à Saint-Bernard-Abbé, au plus grand déplaisir de Camille qui ne pouvait endurer au quotidien ce célibataire égoïste, prétentieux et paresseux.

Quand Paddy Connolly avait pompeusement appris à son neveu qu'il avait confié toute sa fortune au notaire Valiquette pour la faire fructifier, Camille avait décidé d'exiger que son pensionnaire désagréable lui paie au moins un petit montant hebdomadaire. Depuis, le retraité rechignait chaque semaine à laisser sur la table de cuisine le dollar et demi exigé.

Cet après-midi-là, la cuisine des Connolly embauma les confitures de bleuets qui mijotaient sur le poêle. La maîtresse de maison en profita aussi pour confectionner avec Ann quatre belles tartes.

❧

Le lendemain après-midi, Xavier rencontra son beau-frère Rémi à la sortie du magasin général de Télesphore Dionne. Il l'attira à l'écart un instant pour lui apprendre qu'il préparait une petite surprise à Samuel Ellis pour le soir même.

—En quel honneur? lui demanda Rémi, intrigué.

—Juste pour lui apprendre que les Bleus se souviennent encore de la bagosse au séné que les Rouges nous ont fait boire l'été passé. À cause d'eux autres, on a été malades comme des chiens. Il est temps qu'ils payent.

—Je veux ben le croire, répliqua Rémy, mais il y a rien qui prouve qu'Ellis était le responsable.

—Voyons donc, Rémi, tu sais ben que comme organisateur des Rouges, il l'était.

— En as-tu parlé à Donat, au moins ?

— Pantoute, ça va être une surprise pour lui aussi.

— Qu'est-ce que t'as l'intention de lui faire ?

— Je te le dis pas, mais tu vas en entendre parler pas mal, lui promit Xavier en riant, avant de le quitter.

Ce soir-là, Xavier refusa de dévoiler à sa femme ce qu'il préparait, se limitant à lui dire qu'il voulait jouer un mauvais tour aux Rouges. Après le souper, il entraîna Antonin avec lui derrière la grange et ils chargèrent un plein tombereau de fumier qu'ils laissèrent sur place avant de rentrer dans la maison.

La soirée était idéale pour favoriser les plans du farceur puisque le ciel s'était progressivement ennuagé. Vers onze heures, Xavier et son employé quittèrent en silence la maison, enveloppèrent les pattes de Prince de vieux chiffons pour qu'il ne fasse pas de bruit et l'attelèrent au tombereau. Les deux hommes n'allumèrent pas de fanal à l'avant de la voiture. Ils parcoururent une bonne partie du rang Sainte-Ursule plongé dans l'obscurité. Chaque fois qu'ils passaient devant une maison, ils la scrutaient pour s'assurer que ses habitants étaient déjà au lit. Ils finirent par arriver à la ferme de Samuel Ellis. Ils descendirent silencieusement du tombereau et Xavier saisit le mors de Prince pour le faire avancer doucement au milieu de la cour.

Un coup d'œil aux fenêtres de la maison avait déjà appris aux deux intrus que les occupants dormaient.

— On fait ça vite, chuchota Xavier à son compagnon.

Ils s'emparèrent de leurs pelles et se mirent à déverser le fumier au milieu de la cour. Quelques minutes leur suffirent. Au moment où Antonin déposait sa pelle dans le tombereau, Xavier lui dit en ricanant :

— Attends, on n'a pas fini !

Le jeune homme prit une grosse pelletée de fumier et alla l'étendre devant la porte, sur la galerie. Il revint précipitamment pour en prendre une autre dont il répandit le contenu sur les trois marches de l'escalier.

— Grouille, Antonin ! On s'en va, ordonna-t-il ensuite à son employé en reprenant en main le mors de Prince pour lui faire faire demi-tour et l'entraîner vers la route toute proche.

Fiers de leur mauvais coup, les deux hommes rentrèrent à la maison, dételèrent leur bête et allèrent se coucher en se frottant les mains d'une joie anticipée.

Quelques heures après le départ des deux plaisantins, Samuel Ellis se réveilla. Depuis plusieurs années, sa vessie exigeait d'être soulagée au milieu de la nuit. L'Irlandais se leva sans faire de bruit et sortit de sa chambre à coucher. Il traversa la cuisine dans l'obscurité, chaussa rapidement ses bottines et poussa la porte pour sortir de la maison avec l'intention d'aller aux toilettes extérieures installées près de la remise.

C'était une nuit d'encre et le mari de Bridget Ellis était à demi endormi. Malgré tout, il fronça le nez en sortant sur la galerie, se demandant brusquement d'où venait cette odeur écœurante de fumier qui prenait à la gorge. Samuel n'eut pas le temps de réaliser qu'il venait de poser le pied dans du fumier. Il sentit soudain qu'il perdait l'équilibre, chercha vainement à se rattraper au garde-fou de la galerie et dévala sur les fesses les trois marches de l'escalier.

— *Shitt! shitt! shitt!* jura-t-il à pleine voix en se rendant compte qu'il était assis dans une flaque de fumier odorant. Jésus-Christ ! Comment ça se fait que...

L'homme à la tête rousse hirsute, fou de rage, se releva péniblement en jurant à pleine voix comme un damné. Il se dirigea en clopinant vers les toilettes sèches à l'aveuglette, vouant les responsables de ce qui venait de lui arriver aux gémonies. Quand il revint tant bien que mal après s'être enfin soulagé, il retrouva sa femme debout derrière la porte moustiquaire de la cuisine.

— Veux-tu bien me dire d'où vient cette senteur de fumier? lui demanda-t-elle, mécontente d'avoir été réveillée en sursaut par les cris de son mari.

— Comment tu veux que je le sache? répliqua-t-il de mauvaise humeur en demeurant debout à quelques pieds de l'escalier qu'il venait de dévaler. Sors pas, il y a du fumier partout sur la galerie et dans l'escalier. Je viens de tomber en bas de la galerie.

— T'es-tu fait mal? s'inquiéta-t-elle.

— Pose donc pas de question niaiseuse, répliqua-t-il dans le noir.

— D'après toi, qui a fait ça?

— Je le sais pas. Si je le savais, je l'étranglerais, le bâtard!

— Il me semble que tout ça serait pas arrivé si t'avais allumé un fanal pour aller aux toilettes, lui fit-elle remarquer.

— J'ai pas besoin de fanal pour aller aux toilettes. Je sais où est-ce qu'elles sont, répliqua-t-il rageusement.

— En attendant, tu vas me faire le plaisir d'aller te décrotter au puits et, après, de rentrer dans la maison par la porte d'en avant. Laisse ton linge sale dehors. Je vais te sortir une jaquette propre.

Samuel Ellis alla se laver à l'eau froide du puits en ronchonnant, laissa sur place son vêtement de nuit souillé et rentra, nu, dans la maison.

— C'est fin encore de se promener tout nu dehors, dit-il avec mauvaise humeur à sa femme qui lui tendit une jaquette propre.

— C'est moins pire qu'en plein jour, laissa-t-elle tomber avant de le précéder dans leur chambre. En tout cas, tu me feras pas croire que c'est pas encore une affaire d'élection, cette histoire-là, dit-elle à son mari avant de souffler la lampe.

— Laisse faire! lui ordonna-t-il. Les enfants de chienne de Bleus l'emporteront pas au paradis, promit-il.

L'homme ne retrouva le sommeil qu'aux petites heures du matin, cherchant désespérément à imaginer une vengeance proportionnelle à l'affront qu'on venait de lui faire. Il se rendormit si tard qu'il ne se réveilla que bien après le chant du coq de sa basse-cour.

— Lève-toi, Sam, lui commanda Bridget en finissant de fixer son chapeau sur sa tête. T'es en retard à matin. Moi, je pars préparer les repas de la journée de monsieur le curé. Je suis pas en avance. En plus, il vient de commencer à mouiller. Je suis obligée de passer par la porte d'en avant. T'iras voir en arrière, dans la cour, il y a une surprise pour toi, ajouta-t-elle sèchement.

Il se leva péniblement sans dire un mot en traînant les pieds. La chambre était éclairée par un petit jour gris.

— J'espère qu'il mouillera pas comme ça toute la journée, dit-il en suivant sa femme hors de la chambre. Il manquerait plus qu'il y ait presque personne pour venir écouter notre candidat à soir.

Bridget quitta la maison par la porte de la façade qui ouvrait sur le salon, le laissant avec ses inquiétudes. Pour sa part, il se rendit à la porte moustiquaire de la cuisine pour découvrir non seulement que la galerie et l'escalier avaient été ornés de fumier, mais encore que les malfaisants en avaient laissé un tas assez conséquent au milieu de la cour, là où les partisans libéraux devaient se rassembler le soir même pour écouter leur candidat.

— Les maudits pendards! jura-t-il, rouge de colère.

Il s'habilla rapidement et quitta, lui aussi, sa maison par la porte de la façade. Il alla chercher ses vaches dans le champ et il soigna ses animaux en soliloquant. On allait lui payer ça, et avec les intérêts, à part ça. Quand il eut fini son train, il s'arma d'une pelle et de vieilles poches de jute pour nettoyer la galerie et l'escalier, comptant sur la pluie devenue plus forte depuis quelques minutes pour finir de laver l'endroit. Il déjeuna rapidement tout en se demandant s'il devait faire appel à quelques libéraux convaincus comme Thomas Hyland ou John White pour venir l'aider à nettoyer la cour et faire disparaître les dernières traces du mauvais coup.

Finalement, il y renonça, de peur que cela lui cause une perte irréparable de prestige. Pendant près de deux heures, sous la pluie, il nettoya sa cour du mieux qu'il put et couvrit les endroits souillés avec de la terre, s'assurant qu'aucune odeur désagréable ne restait. À son retour à la fin de la matinée, Bridget retrouva tout en ordre et son mari en train d'atteler leur cheval.

— Si tu t'en venais me chercher au presbytère, il est trop tard, lui fit-elle remarquer avec humeur.

— Je m'en allais pas te chercher, répliqua-t-il, je m'en allais chez Dionne. Veux-tu que je te rapporte une cruche de mélasse ? Il en reste presque plus.

— Fais donc ça.

— J'espère que t'es pas allée raconter à monsieur le curé ce qui nous était arrivé ? fit-il en guettant sa réaction.

— Pantoute, à matin, il a pas arrêté de chialer contre le père Moreau. Il trouve qu'il tourne les coins ronds quand il lave le plancher de la chapelle.

— Je reviens pour dîner, annonça Samuel en mettant son boghei en marche après en avoir baissé la capote.

L'organisateur libéral avait menti à sa femme. Il allait s'arrêter au magasin général de Télesphore Dionne pour acheter la mélasse dont ils avaient besoin, mais le véritable but de sa sortie était Donat Beauchemin, qui ne pouvait qu'être l'auteur ou l'inspirateur du mauvais coup qui lui avait été joué durant la nuit.

— Lui, le petit bâtard, il va me payer ça ! répéta-t-il à plusieurs occasions en serrant les dents pendant que sa voiture s'avançait sur l'étroite route détrempée du rang Saint-Jean.

À sa droite, les eaux de la rivière Nicolet qu'il longeait étaient uniformément grises en ce mercredi matin pluvieux du mois d'août. Il arrêta son boghei près de la galerie de la grande maison en pierre des Beauchemin et, avant même qu'il ait eu le temps de descendre de voiture, Bernadette apparut derrière la porte moustiquaire qu'elle poussa.

— Bonjour, monsieur Ellis, le salua-t-elle.

— Bonjour, ma belle fille, fit l'Irlandais en s'efforçant de prendre un air aimable. Est-ce que je pourrais dire deux mots à ton frère Donat?

— Bien sûr. Vous allez le trouver dans la grange avec notre homme engagé, lui répondit-elle.

Samuel la remercia et remit son attelage en marche jusqu'à la grange située au fond de la cour de la ferme. La porte du bâtiment était grande ouverte et le visiteur pouvait entendre des coups de marteau au moment où il pénétra à l'intérieur. Donat dut sentir la présence de quelqu'un dans son dos parce qu'il tourna vivement la tête alors qu'il approchait.

— J'espère que vous venez pas me dire que monsieur le curé tient absolument à faire sa réunion à soir, se moqua-t-il à la vue de son adversaire politique.

— Pantoute, répondit abruptement Samuel en secouant sa casquette pour en faire tomber les gouttes de pluie.

— Tant mieux, parce que j'ai ben l'intention d'aller écouter chez vous, à soir, ce que Tessier a à raconter, ajouta Donat en déposant son outil.

— Si tu veux venir faire du trouble chez nous, tu vas trouver à qui parler, répliqua Samuel, sur un ton cinglant.

— C'est pas mon style pantoute, monsieur Ellis. Les Rouges sont pas venus faire du trouble samedi passé quand Dorion a parlé; nous autres, on n'a pas l'intention d'en faire à soir. Non, je voulais y aller juste par curiosité.

— Pour voir si ça sentait encore le fumier dans ma cour, peut-être? demanda l'Irlandais, l'air mauvais.

— Pourquoi ça sentirait le fumier dans votre cour ? s'enquit Donat, intrigué, en faisant signe à Ernest, son employé, de s'éloigner.

— Parce que, imagine-toi donc qu'il y a des petits drôles qui sont venus beurrer ma galerie et mon escalier de fumier pendant la nuit et, en plus, ils m'en ont laissé un bon tas au milieu de ma cour. À ton avis, qui a ben pu me faire ça ?

— J'en ai pas la moindre idée, répondit Donat sur un ton neutre. Tout ce que je peux vous dire, c'est que c'est pas moi. Je vous jure sur la tête de ma femme et de mon petit que j'ai rien à voir avec cette niaiserie-là.

Ébranlé par ce serment, Samuel Ellis fixa son vis-à-vis un long moment.

— Tu me jures que t'as rien à voir avec ce coup de cochon là ?

— Je le jure.

— À ce moment-là, je comprends plus rien, avoua le rouquin en se grattant la tête d'un air perplexe.

— Remarquez, ça peut être n'importe qui qui a bu de la mauvaise bagosse l'été passé, ajouta Donat, sans avoir l'air d'y toucher. Vous le savez comme moi, il y en a qui ont la mémoire longue, et ça leur prend pas mal de temps à pardonner.

— J'avais rien à voir avec ça, déclara l'Irlandais.

— Seriez-vous prêt à le jurer sur la tête de vos enfants ?

— Nous autres, les Irlandais, on jure pas, s'offusqua l'organisateur libéral. Bon, je pense que je vais y aller. En passant, t'es le bienvenu si tu veux entendre parler un vrai politicien à soir. Après tout, tu serais pas le premier vire-capot Bleu de la paroisse.

Donat aurait bien voulu lancer une réplique cinglante, mais le temps de la trouver, Samuel Ellis avait déjà tourné les talons et quitté la grange.

Samuel s'arrêta au magasin général, comme prévu. Comme d'habitude, quelques clients, la pipe au bec, discutaient sur la large galerie, à l'abri de la pluie qui continuait à tomber. L'organisateur libéral ne put faire autrement que de s'arrêter près des quatre hommes désœuvrés pour les saluer.

— Dites donc, vous autres, vous trouvez pas que ça sent le fumier tout à coup? demanda Anatole Blanchette en fronçant le nez.

Le visage de Samuel devint soudainement blafard et c'est l'air mauvais qu'il demanda au gros cultivateur du rang Saint-Paul:

— Demandes-tu ça parce que tu penses que je sens le fumier?

— Pantoute, Samuel. C'est juste une odeur que j'ai sentie tout à coup. Ça doit venir de chez Évariste ou le père Meilleur, à côté.

Ellis entra dans le magasin, fit remplir son cruchon de mélasse et salua sèchement les hommes demeurés sur la galerie avant de remonter dans son boghei. Il sentit leur regard goguenard dans son dos jusqu'à ce qu'il fût arrivé au pied de la côte du rang Sainte-Ursule.

— On dirait ben que l'enfant de chienne qui m'a fait ce coup-là s'en est vanté. Ça me surprendrait pas que toute la paroisse soit déjà au courant. Je vais bien finir par savoir qui m'a fait ça. Il va regretter d'être venu au monde.

❧

Malheureusement, le temps ne s'améliora guère durant la journée et c'est sous une petite pluie fine que les partisans du parti libéral de la région commencèrent à arriver au début de la soirée à la ferme du rang Sainte-Ursule. Wilbrod Desnoyers, le bras droit et organisateur en chef d'Auguste Tessier, arriva parmi les premiers sur les lieux en compagnie de deux fiers-à-bras.

— Torrieu! On peut pas dire qu'on est ben chanceux avec le temps, déclara l'homme après avoir serré la main de

Samuel Ellis. Là, je t'ai emmené deux bons hommes capables de remettre de l'ordre si ça brasse un peu à soir, ajouta-t-il en lui montrant de la main ses deux compagnons.

— C'est parfait, fit l'Irlandais, satisfait. En plus, deux de mes garçons vont venir donner un coup de main, fit-il remarquer.

— Où est-ce que Tessier va pouvoir parler? demanda l'organisateur en regardant autour de lui.

— J'ai pensé qu'il pourrait s'installer sur la galerie. Le monde va ben le voir et ben l'entendre et il y a assez de place dans ma cour pour tout le monde.

— J'espère que cette pluie-là en empêchera pas trop de venir, poursuivit Desnoyers. J'ai un baril de bagosse dans ma voiture. Tu pourrais peut-être l'installer dans l'entrée de ta grange et demander à tes garçons de s'en occuper.

— Je vais y voir, promit Samuel. Dis donc à un de tes gars de voir à ce que les voitures soient laissées dans le champ, à côté. Je l'ai fauché exprès la semaine passée.

Une heure plus tard, la cour de la ferme de Samuel Ellis était aux trois quarts remplie par une foule bruyante. La plupart des hommes se protégeaient de la pluie sous un large parapluie noir et semblaient indifférents à la boue dans laquelle ils pataugeaient. Finalement, Auguste Tessier fit son entrée, entouré par une demi-douzaine d'hommes chargés de lui ouvrir un chemin jusqu'à la galerie. Des applaudissements et des cris de victoire l'accompagnèrent jusqu'à ce qu'il eût pris place sur la galerie.

L'homme à la barbe poivre et sel avait une belle prestance et il portait crânement un chapeau haut-de-forme et une redingote noire.

Desnoyers prit un porte-voix. Debout aux côtés de Tessier, il présenta longuement le candidat libéral et fit une longue énumération de ses qualités et de ses réalisations passées. Au moment où il lui cédait enfin la parole, la pluie cessa, pour le plus grand contentement de la foule.

Auguste Tessier insista d'abord sur le moment historique que les gens allaient bientôt vivre en allant voter pour le second gouvernement du Canada depuis la Confédération. De plus, pour la première fois, les candidats n'avaient plus le droit de briguer un poste de député au fédéral et au provincial. Il fit ensuite l'éloge de tout le travail réalisé par son prédécesseur, Louis-Adélard Sénécal, et il parla de son intention de défendre les intérêts du comté de Drummond-Arthabasca.

— On a besoin de routes mieux entretenues et surtout d'un chemin de fer capable de desservir encore mieux notre population et nos manufactures, déclara-t-il avec fougue. Jusqu'à présent, Macdonald et son gouvernement donnent tout dans l'Ouest du pays pour agrandir le Canada, mais ils oublient que le plus grand nombre de Canadiens vit ici, au Québec, et qu'on les a pas élus uniquement pour qu'ils se remplissent les poches et celles de leurs amis.

Une salve d'applaudissements salua cette sortie. Durant plus d'une heure, Auguste Tessier parla de ce qu'il appelait les terribles erreurs de parcours des conservateurs et il mit l'accent sur le programme libéral qui visait surtout le mieux-être de la population canadienne.

Quand le politicien descendit de la galerie après avoir incité tous les hommes présents à aller voter pour lui le 14 août suivant, on lui fit une ovation monstre et on le raccompagna à sa voiture en chantant à tue-tête : « Il a gagné ses épaulettes, Maluron, Malurette... »

Lors du départ du candidat libéral, le soleil était couché depuis un long moment. Si la cour était plongée dans une obscurité relative, par contre, on avait suspendu une douzaine de fanaux sur la galerie pour bien éclairer l'orateur durant son long discours.

La cour se vida progressivement. Wilbrod Desnoyers s'approcha de Samuel Ellis en arborant un air de profonde satisfaction.

— Il y a pas à redire, t'as fait de la belle besogne, lui dit-il. Il y a eu plein de monde et pas un Bleu a osé venir faire du grabuge.

— J'ai fait ce qu'il fallait, se vanta l'Irlandais, heureux que tout soit terminé.

— À cette heure, le plus gros est fait. Il te restera juste à rappeler à ton monde de venir voter à Saint-Zéphirin le 14.

— Dis-moi pas qu'il y aura pas encore de bureau de vote chez nous ?

— J'ai ben essayé, mais il paraît que c'était pas encore possible, s'excusa l'organisateur.

Après le départ du dernier visiteur, Samuel alla vérifier s'il restait de la bagosse, mais ses fils lui apprirent avoir servi l'alcool jusqu'à la dernière goutte. Ces derniers rentrèrent chez eux et le maître des lieux s'empressa de faire une tournée de ses bâtiments avant d'entrer dans sa maison.

— Une bonne affaire de faite, déclara-t-il à sa femme déjà en train de se préparer pour la nuit.

— Bien du barda pour pas grand-chose, laissa-t-elle tomber. Quand cet homme-là va être élu, il se souviendra même plus de toi, ajouta-t-elle.

— T'es comme toutes les femmes, tu connais rien à la politique, fit-il en entreprenant de remonter le mécanisme de l'horloge.

Une fois étendu aux côtés de sa femme quelques minutes plus tard, Samuel réalisa soudainement qu'il n'avait pas vu un seul conservateur à la réunion, même pas Donat Beauchemin. Ensuite, il ne put réprimer un sourire de contentement en se souvenant brusquement d'avoir aperçu Paddy Connolly.

— Il dit qu'il est pas Irlandais, le vieux maudit, mais ça l'empêche pas d'être Rouge, et ça, c'est important, murmura-t-il dans le noir.

— Qu'est-ce que tu dis ? lui demanda Bridget en se tournant vers lui.

—Rien, c'est pas important.

Au même moment, le retraité Connolly pénétrait dans la maison de son neveu, la mine satisfaite du chat qui vient de croquer une souris. Il sursauta légèrement en apercevant Liam et Camille en train de se bercer dans la cuisine, à la lueur de la lampe à huile.

—Taboire, mon oncle, venez pas me dire que vous vous êtes fait une blonde et que vous arrivez de veiller, plaisanta Liam.

—Pantoute, j'arrive de la réunion chez Ellis.

—Êtes-vous en train de nous dire que vous allez virer Rouge ? lui demanda Camille, intriguée.

—En plein ça, ma nièce. Ce Tessier-là a ben du bon sens.

—C'est ben de valeur pour vous, mon oncle, reprit Liam d'une voix un peu plus dure, mais je vais annuler votre vote. Moi, je vote Bleu et je suis pas un vire-capot.

—C'est ton droit, mon neveu, déclara Paddy en enlevant ses bottines.

Il salua ses hôtes, alluma une lampe de service et monta à l'étage. Camille se garda bien de faire une remarque sur leur pensionnaire, car elle savait que son mari n'avait pas du tout prisé d'apprendre qu'il abritait un Rouge sous son toit.

❧

Le jeudi 14 août, beaucoup de fermiers de la région avaient commencé à faucher leur blé et ils perçurent la tenue du scrutin comme un dérangement dont ils se seraient bien passés. Ce matin-là, au lever, Liam dit à sa femme :

—Je vais demander à mon oncle de m'amener avec lui à Saint-Zéphirin. Je pourrai arrêter chez le docteur faire enlever mon plâtre et, après ça, je vais aller voter.

—Qu'est-ce que tu dirais que j'y aille avec toi ? lui demanda Camille. Tu connais ton oncle ! Il va vouloir jaser une bonne partie de la journée avec tout un chacun et tu vas être obligé de l'attendre en plein soleil. Si on y va tous les deux, on va revenir vite et tu vas trouver ça pas mal moins fatigant.

Liam n'hésita qu'un court moment avant d'accepter la proposition de sa femme.

Après le déjeuner, tous les deux s'endimanchèrent et confièrent à Ann la garde de ses frères et de sa sœur en lui promettant d'être de retour pour dîner. La matinée était fraîche et ils virent plusieurs connaissances en route pour le village voisin. D'un commun accord, le mari et la femme décidèrent de passer d'abord chez le docteur Samson. Encore une fois, ils eurent la chance de le trouver à la maison.

Il ne fallut que quelques minutes au praticien pour scier le plâtre et vérifier si l'os s'était bien ressoudé. Il en profita pour regarder l'épaule blessée lors de l'accident survenu un peu plus d'un mois auparavant. Selon lui, tout était rentré dans l'ordre. Le cultivateur avait l'air tellement soulagé d'être débarrassé enfin de son plâtre que ça faisait plaisir à voir.

— Et vous, petite madame, est-ce que tout va bien ? demanda-t-il à Camille.

— J'ai arrêté d'avoir mal au cœur et rien m'empêche de faire ma besogne, répondit-elle avec un sourire.

— Faites quand même attention de ne pas faire d'imprudence. Ne forcez pas et ménagez-vous un peu, même si vous vous sentez forte.

— Elle en a pas mal fait durant tout le temps que je servais à rien, avoua Liam, avec un rien d'admiration dans la voix.

— Surveillez-la, lui recommanda le médecin en leur ouvrant la porte pour leur permettre de sortir.

Le couple s'arrêta à l'école du village de Saint-Zéphirin devant laquelle plusieurs boghéis étaient stationnés. De petits groupes d'électeurs étaient rassemblés un peu partout, sous l'œil attentif de quelques fiers-à-bras de chacun des partis. Il était évident que les uns et les autres cherchaient à s'intimider, mais comme ils étaient en nombre égal, personne n'osait déclencher les hostilités.

En apercevant la voiture de leur beau-frère, Donat et Xavier s'approchèrent. Après avoir pris des nouvelles de leur sœur et de leur beau-frère, ils tinrent compagnie à Camille, le temps que Liam se glisse à l'intérieur du petit bâtiment. Comme la plupart des électeurs qui l'avaient précédé, il signa le registre de votation d'un «X».

— Je pourrais ben passer le reste de la journée avec vous autres, proposa Liam.

— Je pense pas que ce serait une ben bonne idée, fit Xavier. Le docteur vient juste de t'enlever ton plâtre et l'os de ton bras doit être encore pas mal fragile. De toute façon, comme tu peux le voir, c'est pas mal calme.

Le couple reprit sans plus tarder le chemin du retour. À leur arrivée à la maison, les enfants semblèrent tout heureux de voir leur père revenir sans son plâtre.

— Demain, je commence à faucher mon blé, annonça Liam avec détermination en s'assoyant devant le bol de soupe aux légumes que venait de lui servir sa fille Ann.

— L'oncle de votre père est-il parti? demanda Camille.

— Il est parti au magasin général, répondit Patrick.

❧

À Saint-Bernard-Abbé, on n'apprit les résultats du scrutin que trois jours plus tard. Pour la première fois depuis la Confédération, le comté de Drummond-Arthabasca allait être représenté par un conservateur.

— Torrieu! je me serai pas décarcassé pour rien, se réjouit Donat en apprenant la nouvelle. Dorion est entré et on a enfin un député Bleu.

— Penses-tu que monsieur Lemire va tenir parole et te donner l'ouvrage d'inspecteur des routes? lui demanda Eugénie.

—Je voudrais ben voir qu'il me donne pas cet ouvrage-là, répondit le jeune homme.

—Naturellement, on va organiser un charivari à soir chez Ellis, intervint Xavier avec bonne humeur.

—Attends! lui ordonna son frère aîné. Je sais pas trop si on devrait pas oublier ça. Il lui est arrivé une avarie quand il a tenu sa réunion. Il faudrait peut-être pas exagérer!

—Il va s'y attendre, c'est sûr, répliqua Xavier déçu.

—C'est ça. Il va avoir peur une couple de jours qu'on en fasse un, et ce sera ça, sa punition d'avoir voté pour le mauvais cheval. Là, on est le cinquième comté à avoir déjà voté dans la province, et d'après l'oncle de Liam, ce sont tous des Bleus qui sont entrés. Il paraît que c'est ce qu'ils écrivent dans le journal.

Dès que Samuel Ellis apprit la défaite de son candidat, il broya du noir. Mauvais perdant, il prit la résolution de ne pas tolérer le moindre débordement dont il allait inévitablement être victime, comme le voulait la tradition. Le premier soir, il prit la précaution de charger sa carabine et de la déposer près de la porte de la cuisine.

—Ils peuvent venir crier tant qu'ils vont vouloir, déclarat-il à Bridget, mais le premier qui va essayer de barbouiller un de mes bâtiments avec du goudron va recevoir une charge de chevrotine dont il va se souvenir.

Finalement, cette nuit-là, Samuel Ellis eut toutes les difficultés du monde à trouver le sommeil. Le moindre son lui paraissait suspect, car il croyait les Bleus du village prêts à tout pour souligner leur victoire. Il avait encore en tête le charivari qu'il avait lui-même orchestré chez les Beauchemin pour fêter la victoire des Rouges sur la scène provinciale plusieurs mois auparavant. Mais cette fois il ne se passa rien, sinon que sa nuit fut bien courte et peu reposante.

Chapitre 5

Une nouvelle servante

À compter de la mi-août, on n'entendit plus parler des élections fédérales que par le biais des commentaires que Paddy Connolly lisait dans *La Minerve*. À la grande surprise des conservateurs de la paroisse, on y racontait que le scrutin était beaucoup plus serré qu'on ne s'y attendait ailleurs au pays. Le parti libéral d'Edward Blake faisait des gains importants. L'oncle de Liam Connolly se faisait même un plaisir de répéter de plus en plus souvent que Macdonald était en danger dans certaines provinces.

À Saint-Bernard-Abbé, l'excitation des élections était vite retombée après le scrutin tenu dans le comté. Il y avait maintenant des choses beaucoup plus importantes, soit la récolte du blé et de l'orge, parvenus à maturité.

—Est-ce qu'il y a quelque chose de plus beau que les épis de blé soufflés par le vent? demanda Xavier à Catherine ce matin-là, après le déjeuner, en regardant son blé qu'une petite brise faisait onduler dans l'un de ses champs, de l'autre côté de la route. À matin, on va profiter du beau temps et commencer à faucher.

—T'as raison, reconnut la jeune femme blonde en posant une main amoureuse sur son bras. À matin, moi, je vais aller couper des tiges de paille et les mettre à tremper dans l'auge qui est dans la grange, lui apprit-elle. Quand j'aurai une minute de libre, cet automne, je les tresserai pour faire des chapeaux de paille le printemps prochain.

—Est-ce qu'il va falloir que je te plante d'autres clous dans les murs de la grange? lui demanda-t-il. Tes tresses d'épis de blé d'Inde prennent déjà pas mal de place.

—Si tu as le temps de m'en planter quelques-uns, gêne-toi pas.

Avant de quitter la maison sur les talons d'Antonin, le jeune homme souleva Constance venue vers lui et l'embrassa. Après l'avoir déposée par terre, il fit de même avec sa femme.

Deux jours furent nécessaires au jeune fermier et à son employé pour couper et lier le blé en belles gerbes dorées. Au début de la matinée du troisième jour, Xavier alla porter sa récolte au moulin de Constant Aubé. Malgré l'heure matinale, il trouva celui-ci, blanc de farine, en train de moudre en compagnie du jeune Malouin qu'il avait engagé avant son départ pour Québec au printemps.

—Blasphème! Je pense que t'as plus de farine sur toi que t'en mets dans les poches! s'exclama Xavier avec bonne humeur en l'apercevant.

—Inquiète-toi pas, j'en mets sur moi juste pour avoir l'air travaillant, plaisanta le meunier en lui tendant la main. En passant, t'es le premier de la famille à venir faire moudre, lui fit-il remarquer. Il faut croire que Donat, Rémi et Liam ont pas encore fini de récolter.

—Je vais aller faire un tour tout à l'heure pour savoir ce qui les retarde, dit Xavier.

Constant Aubé lui promit sa farine dans trois jours.

—Puis, est-ce que t'es arrivé à quelque chose avec la vieille horloge brisée que les marguilliers ont ramassée pour monsieur le curé? lui demanda le jeune cultivateur.

—À force de jouer avec, je suis arrivé à toute la démonter, déclara le meunier. J'ai remplacé deux ressorts qui avaient l'air finis. Puis, je l'ai remontée et vernie. Elle fonctionnait bien. Je l'ai rapportée avant-hier à monsieur le curé.

—Il devait être content en pas pour rire, dit Xavier, admiratif devant l'habileté du meunier.

—Ça, je saurais pas trop te le dire, avoua Constant, en affichant un air indécis. J'ai même pas eu droit à un merci. Il l'a prise et m'a fermé la porte au nez.

—Tu parles d'un blasphème d'air bête! s'exclama le fils de Baptiste Beauchemin. Rends donc service à un ingrat, c'est comme ça qu'il te remercie. Et à part moudre, qu'est-ce que tu fais de bon?

—Comme d'habitude, je répare des attelages et je fais des bottes et des bottines pour les femmes. C'est rendu que je suis obligé de tanner d'autres peaux tellement le cuir part vite.

—Des bottines pour les femmes?

—Ben oui, il paraît que c'est la dernière mode. En tout cas, je peux te dire que c'est pas ben plus compliqué à faire que des souliers. Justement, j'en ai fini une ben belle paire pour Laurence Comtois.

—Si tu continues à faire autant de métiers, tu vas finir riche sans bon sens, se moqua Xavier.

—Il y a pas grand danger. Oublie pas que j'ai payé une belle facture à Bélisle pour les réparations qu'il a dû faire au moulin le printemps passé après qu'un tiers de la roue a été arraché.

—Est-ce que je peux te commander une paire de bottines, moi aussi? demanda le jeune homme.

—Pour toi?

—Non, pour ma Catherine. J'aimerais ben gros lui faire une surprise.

—Apporte-moi la grandeur de ses pieds et je vais te faire ça rapidement, promit Constant.

—Demain, je vais lui prendre en cachette la paire de souliers qu'elle met juste le dimanche. Tu vas en avoir besoin combien de temps?

— Dix minutes, le temps de prendre la grandeur de ses pieds, le rassura le meunier.

Heureux à l'idée d'offrir très bientôt à sa femme une belle paire de bottines, Xavier abandonna Constant.

Quelques minutes plus tard, il s'arrêta chez sa sœur Emma, juste assez longtemps pour apprendre que Rémi avait presque fini de faucher son blé avec son jeune employé. Il accepta la tasse de thé offerte par la maîtresse des lieux et il en profita pour prendre sur ses genoux la petite Marthe. Avec un serrement de cœur, le parrain constata que l'enfant de plus de huit mois n'avait guère fait de progrès depuis la dernière fois qu'il l'avait vue. Elle avait du mal à demeurer assise sur ses genoux et sa petite langue rose pointait entre ses lèvres. Toutefois, il s'efforça de dire à sa sœur avec le sourire :

— À ce que je vois, ma filleule est toujours de bonne humeur.

Le bébé le regardait de ses yeux en amande, un peu de bave coulant entre ses lèvres entrouvertes.

— Elle est toujours comme ça, reconnut sa mère. C'est un bon bébé qui cause jamais de problème. Flore et Joseph voudraient toujours la bercer et je dois m'arranger pour qu'ils la gâtent pas trop.

Après avoir échangé quelques nouvelles avec sa sœur, Xavier prit congé et se dirigea vers la maison paternelle. En descendant du boghei, il n'eut pas à entrer dans la maison puisqu'il aperçut sa mère et Bernadette en train de travailler dans le jardin, la tête protégée par un large chapeau de paille. Elles s'étaient relevées en entendant sa voiture pénétrer dans la cour de la ferme.

— Est-ce que ça pousse à votre goût ? leur demanda-t-il.

— Il y a pas à se plaindre, lui répondit sa mère en se massant les reins. Là, on arrache nos dernières tomates pour une petite recette qu'on va mettre en pots. Nos ketchups sont déjà faits.

— Est-ce que ta femme est aussi avancée que nous autres ? intervint Bernadette.

— Ben proche, reconnut Xavier. Aujourd'hui, elle est supposée saler des petits concombres et on est partis pour pas manquer de grand-chose l'hiver prochain.

Marie hocha la tête, heureuse de constater, malgré ses réticences, que son fils n'avait pas épousé une paresseuse.

— Je suppose qu'Eugénie est en dedans à faire l'ordinaire ? demanda le visiteur.

— Non, elle est couchée, lui répondit sa sœur.

— Est-ce qu'elle est malade ? s'inquiéta-t-il.

— Non, mais elle en arrache, se contenta de lui répondre sa mère.

Il n'était vraiment pas coutume de parler avec les hommes des problèmes des femmes portant un enfant. En fait, depuis quatre jours, Eugénie, le teint blafard, avait dû s'aliter, même si elle en était encore à un bon mois de son terme.

— Et toi, qu'est-ce que t'as à traîner dans notre rang en pleine semaine ? lui demanda Bernadette, moqueuse.

— Je suis allé porter mon blé chez Aubé. Emma vient de me dire que Rémi va faire la même chose demain. Qu'est-ce qui retarde Donat ?

— Rien, répondit Marie. Ton frère a perdu une demi-journée pour aller faire ferrer notre cheval chez Bourgeois. Il devrait être capable d'aller faire moudre, lui aussi, dans une journée ou deux. De toute façon, je pense pas que Constant Aubé manque de besogne ces temps-ci, ajouta-t-elle.

— C'est pas l'impression qu'il donne, m'man. Il m'a dit qu'il a commencé à faire des bottines en cuir.

— Des bottines ? fit Bernadette, tout de suite intéressée.

— Oui, il m'a dit tout à l'heure qu'il vient d'en finir une paire pour la belle Laurence Comtois. Il paraît que c'est la dernière mode. Pour moi, la fille de Comtois est en train de le gagner, notre meunier, ajouta-t-il en surveillant la réaction de sa sœur du coin de l'œil.

— Pourquoi pas ? laissa tomber Marie. J'ai toujours dit que ce garçon-là allait faire un bon mari. Il est travaillant, débrouillard et il a surtout le cœur sur la main.

Le visage de Bernadette avait légèrement blêmi et elle dut faire un effort pour ne rien dire.

— En tout cas, j'ai décidé de faire une surprise à ma femme, ajouta-t-il, incapable de garder pour lui le secret plus longtemps. J'ai demandé à Aubé de lui faire une paire de bottines.

— Tu trouves pas que c'est du gaspillage si ses souliers sont encore bons ? fit sa mère.

— Non, m'man. Ma femme s'échine du matin au soir pour prendre soin de moi et de Constance, elle mérite de recevoir un petit cadeau de temps en temps.

— C'est toi qui le sais, laissa tomber sa mère, la voix un peu acide.

— Bon, je pense que j'ai assez joué à la commère pour aujourd'hui, reprit Xavier en embrassant sa mère et sa sœur sur une joue avant de remonter dans son boghei. Je vais juste aller voir comment Camille et Liam se débrouillent avant de rentrer.

Dès qu'il eut quitté la ferme, Bernadette ne put s'empêcher de faire remarquer à sa mère :

— On dira ce qu'on voudra, mais mon frère a l'air de bien l'aimer, sa Catherine.

— Oui, et il a une sœur qui aurait dû s'ouvrir les yeux quand c'était le temps, répliqua Marie d'une voix légèrement acerbe. Elle se serait peut-être rendu compte que son amoureux l'aimait pas mal, lui aussi.

Bernadette ne dit rien. Les deux femmes se remirent au travail. La jeune institutrice avait évidemment compris que sa mère faisait allusion au fait qu'elle aurait dû y réfléchir à deux fois avant de renvoyer Constant Aubé le printemps précédent. Le meunier lui avait prouvé à de multiples occasions durant l'année de leurs fréquentations qu'il tenait à elle plus qu'à tout.

—Maudite tête folle! murmura-t-elle à son endroit.

Pour la première fois, elle reconnaissait ouvertement qu'elle avait posé un geste irréfléchi et elle s'en voulut. De nouveau, elle se mit à chercher un moyen de ramener à elle celui qui fréquentait maintenant Laurence Comtois.

Xavier Beauchemin poursuivit son chemin vers le village, sans oublier de s'arrêter chez les Connolly pour saluer sa sœur et son beau-frère.

Il trouva l'oncle de Liam confortablement installé sur la galerie, en train de lire son journal qu'Hormidas Meilleur venait de lui laisser. Le retraité lui apprit que toute la famille était dans le champ en train de finir de faucher le blé. Xavier traversa la cour, contourna les bâtiments et aperçut Liam et sa famille au loin. Sans hésiter, il se dirigea vers eux.

Dès que le jeune homme arriva sur les lieux, Liam cessa de faucher pour se porter à sa rencontre. Camille qui fauchait à ses côtés s'arrêta elle aussi et fit signe à ses enfants de faire une pause.

—Je suis juste passé pour voir comment tu te débrouilles avec ton bras, dit Xavier à son beau-frère qu'il dépassait d'une demi-tête.

—Ça revient doucement. Comme tu peux voir, on avance. On a commencé ben de bonne heure à matin.

Le mari de Catherine jeta un coup d'œil à sa sœur aînée et constata tout de suite son épuisement.

—Toi, passe-moi donc ta faux, lui ordonna-t-il. J'ai l'impression que tu vas être ben plus utile pour attacher les gerbes avec les enfants.

—T'as pas d'ouvrage à faire chez vous, toi? lui demanda Camille en lui tendant sa faux.

—Mon blé est déjà au moulin. J'ai le temps de vous donner un coup de main.

— Ça devient une habitude et c'est gênant, lui fit remarquer Camille, tout de même très soulagée.

— Laisse faire, laissa tomber Xavier. Tu me remettras ça plus tard.

Camille comprit que son jeune frère avait pitié d'elle, mais elle était si fatiguée qu'elle ne résista pas et lui tendit sa faux. Liam ne protesta pas non plus, conscient que le travail allait se faire beaucoup plus rapidement avec un homme comme Xavier pour faucher à ses côtés.

À midi, Ann alla chercher à la maison deux miches de pain, des tomates et du fromage et on mangea à l'ombre d'un vieux chêne en bordure du champ. Après une courte sieste, on se remit au travail avec entrain et, un peu après quatre heures, les Connolly et Xavier finirent de charger la charrette avec les gerbes de blé.

— On a fini, déclara Camille avec une satisfaction évidente en s'éventant avec son grand chapeau de paille après l'avoir enlevé.

— Et c'est peut-être ma plus belle récolte de blé depuis ben des années, poursuivit Liam en se mettant à suivre au pas la voiture que Patrick avait mise en marche en saisissant le mors du cheval pour le faire avancer.

— Cette année, on manquera pas de farine, reprit Camille.

— Demain matin, à la première heure, je vais aller au moulin, dit son mari. J'aurais pas pu faire ça aussi vite si tu nous avais pas donné un coup de main, ajouta-t-il à l'endroit de son beau-frère.

— On est là pour s'entraider, pas vrai?

— Tu restes à souper avec nous autres, déclara Camille en arrivant dans la cour de la ferme.

— Je voudrais ben, mais Catherine va s'inquiéter. Déjà que j'étais pas à la maison pour dîner. Elle doit ben se demander où je suis passé.

— T'es bien fin de nous avoir aidés encore une fois, lui dit-elle au moment où il montait dans son boghei pour rentrer chez lui.

Ce soir-là, Donat Beauchemin fit sa toilette après le souper en ronchonnant. En ce dernier mardi du mois avait lieu la réunion mensuelle du conseil de fabrique et il n'était pas question de la manquer, même s'il aurait mille fois préféré se reposer sur la galerie après une journée éreintante passée à faucher dans son champ.

— Est-ce qu'il y a quelqu'un qui m'aiderait à attacher mon col de chemise ? demanda-t-il avec impatience, planté au milieu de la cuisine d'été. J'y arrive pas.

Habituellement, Eugénie l'aidait, mais alitée depuis quelques jours, elle sommeillait dans leur chambre et il n'avait pas voulu la réveiller. Bernadette s'avança.

— Lève la tête si tu veux que je l'attache, lui commanda-t-elle.

— Ayoye, torrieu ! Tu me pinces la peau, se plaignit son frère.

— C'est pas de ma faute si t'es gras comme un goret, plaisanta sa sœur en parvenant enfin à attacher le col.

Donat endossa son veston noir passablement lustré par l'usure et quitta la maison. Ernest avait attelé la Noire et avait avancé le boghei près de la galerie.

À son arrivée, le jeune cultivateur retrouva le notaire Valiquette, debout près de sa voiture stationnée entre la chapelle et le nouveau presbytère, en grande conversation avec Hormidas Meilleur, Thomas Hyland et Samuel Ellis.

— Vous entrez pas ? demanda-t-il aux marguilliers qu'il venait de saluer.

— Il est encore de bonne heure, lui fit remarquer Eudore Valiquette. Ça sert à rien de se presser. À part ça, monsieur le curé est en train de parler avec Delphis Moreau. Quand Moreau partira, il sera bien le temps d'y aller.

—De quoi on est supposés parler à soir? demanda Meilleur, curieux.

—On a un seul point et il a été apporté par monsieur le curé, répondit le petit notaire. Il m'a juste dit : « Mes animaux. »

—Si c'est comme ça, intervint Samuel Ellis, ajoutez donc un autre point, notaire : la servante.

—Qu'est-ce qu'elle a, la servante? demanda le facteur.

—On en parlera tout à l'heure, père Meilleur, répondit l'ancien président du conseil.

Au même moment, la porte du presbytère s'ouvrit pour laisser sortir Delphis Moreau. Les hommes le saluèrent au passage et se dirigèrent sans se presser vers le presbytère. Debout sur la galerie, Josaphat Désilets les attendait sans leur adresser le moindre sourire de bienvenue. Il les précéda dans une pièce bien aérée, meublée d'une table et de plusieurs chaises dépareillées. Un crucifix était l'unique ornement de l'endroit.

Au moment où le prêtre allait refermer la porte de la petite salle, les hommes présents entendirent une horloge sonner sept heures.

—Dites-moi pas, monsieur le curé, que notre meunier a été capable de réparer la vieille horloge qu'on vous a donnée? lui demanda Donat.

Josaphat Désilets se borna à hocher la tête.

—Ce maudit Aubé-là, il a rien à son épreuve, dit Hyland. Quand il était mon homme engagé, il y avait pas grand-chose qu'il était pas capable de faire.

—C'est vrai qu'il peut presque tout faire, approuva Donat.

Debout au bout de la table, le curé attendit que le silence se fasse avant de se tourner vers le crucifix. Il fit un grand signe de croix et prononça la courte prière habituelle pour demander à Dieu d'éclairer les débats. À son invitation, les hommes s'assirent et le président annonça que monsieur le curé avait demandé de parler des animaux.

— Je vous laisse expliquer ce que vous voulez dire par là, monsieur le curé, conclut le notaire Valiquette en cédant la parole à son vis-à-vis, à l'autre extrémité de la table.

— Bon, c'est facile à comprendre, commença le prêtre. À cette heure que je suis installé au presbytère, il va falloir que j'aie au moins une vache et quelques poules pour mes besoins quotidiens.

— Comment ça? demanda Donat.

— Il me semble que je devrais pas avoir à l'expliquer, poursuivit Josaphat Désilets en lui jetant un regard un peu méprisant. J'ai besoin de lait et d'œufs tous les jours…

— Comment vous faisiez avant aujourd'hui? s'enquit Hormidas Meilleur.

— Madame Ellis m'en apportait chaque matin, mais je peux tout de même pas compter sur la charité de ma servante jusqu'à la fin de mes jours, non?

— Surtout que là, ça touche un autre sujet dont il va falloir discuter, intervint Samuel Ellis.

— Quel autre sujet? s'enquit le curé Désilets.

— C'est au sujet de votre servante, monsieur le curé, reprit l'Irlandais. Depuis que vous êtes arrivé à Saint-Bernard, vous nous avez jamais caché que vous vous cherchiez une servante qui resterait au presbytère toute la journée.

— C'est vrai, reconnut Josaphat Désilets.

— Ma femme a accepté la besogne en attendant que vous vous trouviez quelqu'un.

— J'en ai pas encore trouvé une.

— On le sait, monsieur le curé. Par contre, ma femme a continué à être votre ménagère depuis que vous êtes dans votre nouveau presbytère, même si ça faisait pas son affaire pantoute. Elle a continué un bout de temps pour vous rendre service. Il faut pas oublier qu'elle a sa tâche à faire à la maison et qu'elle peut pas passer plus que l'avant-midi pour préparer vos repas, vous blanchir et entretenir une grande maison comme votre presbytère.

— Pourquoi vous me dites ça exactement ? demanda le prêtre en cachant mal son impatience.

— Je vous le dis tout simplement parce que ma femme a décidé que demain matin serait le dernier jour où elle vous servirait de ménagère. À partir de jeudi, il va falloir que vous vous débrouilliez sans elle.

— Voyons donc ! protesta Josaphat Désilets. Elle peut pas faire ça !

— Et pourquoi pas ? répondit Samuel sur le même ton.

— Vous êtes exempté de la dîme parce que votre femme me sert de ménagère.

— Je paierai la dîme comme les autres, déclara Samuel sans la moindre hésitation.

— Bon, je pense que l'affaire est claire, monsieur le curé, intervint le président du conseil. Madame Ellis veut plus être votre ménagère. Il va falloir vous en trouver une autre.

— Le moins qu'on puisse dire, c'est que c'est pas bien charitable de la part d'une bonne chrétienne, déclara le prêtre, mis de mauvaise humeur par cette nouvelle inattendue.

— Peut-être, monsieur le curé, reprit Samuel, le visage fermé, mais il n'empêche que ma femme s'est donné le mal de vous trouver quelqu'un pour la remplacer.

— Ah bon ! Il faudrait d'abord que celle qu'elle a trouvée fasse l'affaire, laissa-t-il tomber d'une voix hargneuse.

— Ce sera à vous de voir, dit Eudore Valiquette. Qui a-t-elle trouvé ? demanda-t-il à Ellis.

— Elle a parlé avant-hier à Bérengère Mousseau du rang Saint-Paul. Selon elle, la veuve est ben prête à essayer.

— Je veux d'abord la rencontrer, cette femme-là, affirma Josaphat Désilets.

— Dites-moi quand vous voulez la voir, monsieur le curé, et je vais l'avertir ce soir, en rentrant, dit Eudore Valiquette, plein de bonne volonté.

— De bonne heure demain avant-midi. Comme ça, si elle fait l'affaire, madame Ellis pourra la mettre au courant de la tâche à remplir.

— C'est entendu.

— À part ça, qu'est-ce que le conseil va faire pour la vache et pour les poules? demanda Josaphat Désilets en revenant à la charge. Là, je vois mal madame Ellis venir me porter du lait et des œufs tous les matins si elle est plus ma ménagère.

— Ta femme pourrait peut-être fournir monsieur le curé, suggéra Eudore Valiquette en se tournant vers le facteur qui avait épousé le printemps précédent la veuve Cloutier qui demeurait en bas de la grande côte du rang Saint-Ursule.

— Comptez pas sur elle, déclara tout net Hormidas. Elle s'occupe de la ferme presque toute seule parce que moi, je suis presque toute la journée sur les chemins. Elle voudra jamais monter et descendre la côte tous les matins pour apporter ça au presbytère.

— Bon, en attendant de trouver l'argent pour acheter ces bêtes-là, déclara le président d'une voix résignée, le mieux est peut-être de demander aux Moreau qui restent presque en face de vous fournir, monsieur le curé. Je vous laisse aller vous entendre avec eux.

Josaphat Désilets esquissa une grimace qui en disait long sur son insatisfaction.

La réunion prit fin et les marguilliers quittèrent le presbytère sans s'attarder. À leur sortie, l'obscurité était déjà tombée, mais la soirée était encore chaude. Les cinq hommes se dirigèrent sans hâte vers leurs voitures.

— Sais-tu, mon Samuel, que tu vas faire tout un cadeau à monsieur le curé, déclara Hormidas Meilleur avec bonne humeur.

— Pourquoi vous me dites ça, le père?

— Aïe, le jeune ! Prends-moi pas pour un niaiseux ! Je la connais, moi, la Bérengère Mousseau. J'ai été son voisin pendant plusieurs années. Je suis certain que si elle se fait engager comme ménagère, son gendre chez qui elle reste depuis dix ans va faire une neuvaine pour toi parce que tu vas l'avoir débarrassé de toute une chipie.

— Elle est pas si pire que ça, déclara Ellis sur un ton peu convaincant.

— C'est pas grave, intervint Donat. Si elle est pas endurable, monsieur le curé l'engagera pas.

— Moi, je suis certain qu'il va l'engager, endurable ou pas, dit Thomas Hyland avec un petit rire. Il aura pas le choix et il le sait. Ça fait un an qu'il cherche quelqu'un. Ça va être elle ou il va se débrouiller tout seul. Ça me surprendrait pas mal qu'il choisisse de se faire à manger tout seul et surtout de faire son ménage. Il est ben trop habitué à se faire servir.

Quelques minutes plus tard, Eudore Valiquette s'arrêta chez Ulric Martel, le gendre de Bérengère Mousseau.

— J'arrête juste un instant pour demander à ta belle-mère de se présenter tôt, demain avant-midi, au presbytère pour une entrevue avec le curé Désilets. À la réunion du conseil, Samuel Ellis nous a dit qu'elle était intéressée à remplacer sa femme comme ménagère.

— Attendez, monsieur le notaire, je l'appelle, s'empressa de dire le jeune cultivateur.

Il héla sa belle-mère sans ouvrir la porte moustiquaire et moins d'une minute plus tard une grande femme desséchée âgée d'une cinquantaine d'années apparut sur la galerie en replaçant du bout des doigts son chignon poivre et sel. Sa fille la suivait de près.

Eudore Valiquette répéta son message à Bérengère Mousseau, qui l'accueillit sans manifester le moindre plaisir.

— Monsieur le curé me prendra quand j'arriverai, se contenta-t-elle de dire abruptement. Merci d'avoir fait la commission.

Le notaire salua la mère et la fille d'un signe de tête et se dirigea vers sa voiture en compagnie d'Ulric Martel. À la vue du sourire du maître de maison, le président du conseil comprit qu'il allait sûrement prier ce soir-là pour que sa belle-mère soit engagée.

⌒

Le lendemain, Ulric Martel laissa descendre sa belle-mère devant le presbytère quelques minutes avant neuf heures. La veuve, vêtue d'une stricte robe noire agrémentée par un petit collet en dentelle, sonna à la porte. Aucun sourire n'éclairait son long visage doté d'un soupçon de moustache.

Quand Bridget Ellis vint lui ouvrir, elle la salua d'un bref hochement de tête et tout de suite ses petits yeux gris fureteurs examinèrent les lieux où elle risquait d'avoir à travailler.

— Monsieur le curé est pas encore rentré, lui annonça l'épouse de Samuel Ellis. Il devait passer chez les Moreau après avoir dit sa messe de huit heures.

— Je vais l'attendre, dit la visiteuse.

— Si ça vous convient, madame Mousseau, je peux vous faire visiter le presbytère en attendant qu'il arrive, lui proposa Bridget. Au moins, vous allez savoir ce qui vous attend si vous acceptez d'être la ménagère de monsieur le curé.

Bridget, pleine de bonne volonté, entraîna la belle-mère d'Ulric Martel à l'étage pour lui faire voir les quatre chambres. Ensuite, elle lui montra le bureau, la petite salle d'attente, le salon et la cuisine. À aucun moment l'aspirante ménagère ne formula de remarque sur l'état du mobilier ou la propreté des lieux.

À l'instant où les deux femmes quittaient la cuisine, elles entendirent la porte du presbytère s'ouvrir. Bridget s'empressa de s'avancer vers le prêtre pour lui dire que son déjeuner était prêt et que madame Mousseau était déjà arrivée depuis quelques minutes.

—Laissez faire le déjeuner, madame Ellis, j'ai mangé chez les Moreau. Vous êtes madame Mousseau? demanda-t-il à la visiteuse. Passez donc dans mon bureau.

Sur ce, sans le moindre sourire, il tourna les talons et pénétra dans la pièce qui lui servait de bureau.

—Fermez la porte derrière vous, madame, ordonna-t-il à la veuve.

Celle-ci, apparemment peu impressionnée, ferma la porte et s'assit sur une chaise avant que son hôte l'invite à le faire. Josaphat Désilets se glissa derrière la petite table qui lui servait de bureau et s'assit à son tour en examinant la femme qui se tenait en face de lui, le corps bien droit et le visage sans expression.

—Comme ça, vous souhaitez être ma ménagère, dit-il d'entrée de jeu.

—Pantoute, monsieur le curé, laissa-t-elle tomber.

—Comment ça, pantoute?

—Je vous dis que j'y tiens pas pantoute. Je suis pas dans le chemin. Je vis chez ma fille. J'ai dit à votre ménagère que je verrais si cette besogne-là m'intéresse, rien de plus.

—Ah bon! fit le prêtre, décontenancé.

—J'aime autant vous dire tout de suite, monsieur le curé, que pas un homme a réussi à me faire peur. J'ai été mariée trois fois, et mes maris étaient pas des feluettes... L'homme, avec ou sans soutane, qui pense me faire devenir chèvre est pas encore au monde. Ça, je peux vous le garantir, ajouta-t-elle, l'air mauvais.

—On peut pas dire que vous êtes trop aimable, madame, lui fit remarquer Josaphat Désilets, estomaqué par tant d'aplomb.

—Je peux l'être avec du monde qui l'est, répliqua la veuve en le fixant de ses petits yeux gris, sans ciller. Quand on me sourit, je peux sourire, moi aussi.

Le curé Désilets poussa un soupir de résignation. Il n'avait vraiment pas le choix. Il allait prendre la veuve à l'essai, du moins jusqu'à ce qu'il ait trouvé une femme moins rébarbative.

— Je suppose que vous faites un bon ordinaire ? demanda-t-il.

— Ça va de soi. Aucun de mes défunts maris est mort de faim, si vous tenez à le savoir.

— Vous savez que vous allez avoir à tenir le presbytère propre et à laver mon linge.

— C'est la besogne normale d'une ménagère.

— Quand allez-vous être prête à venir vous installer dans votre chambre, à l'étage ?

— Cet avant-midi, si ça vous convient, monsieur le curé. J'ai pas grand-chose à faire transporter par mon gendre.

— Bon, je veux bien vous essayer comme ménagère, madame Mousseau. Le notaire Valiquette va passer aujourd'hui ou demain vous parler de vos gages.

— C'est bien correct, déclara Bérengère en se levant.

— Vous pouvez aller rejoindre madame Ellis. Elle est probablement dans la cuisine. Elle va vous expliquer tout ce que vous devez savoir.

— C'est déjà fait, monsieur le curé. Là, je vais aller m'occuper de préparer votre dîner.

Bérengère Mousseau alla rejoindre l'épouse de Samuel Ellis. Les deux femmes prirent place de chaque côté de la table après que Bridget eut versé une tasse de thé à chacune.

— Comment vous l'avez trouvé, madame Mousseau ? demanda-t-elle à la nouvelle ménagère.

— Il est comme je le pensais. Il est bête comme ses pieds, ce prêtre-là. Vous l'avez peut-être trop gâté, madame Ellis.

— Vous pensez ?

— Attendez, vous allez voir qu'il va changer d'humeur avec moi ou il va dire pourquoi.

Quand Bridget alla prévenir le curé Désilets qu'elle s'en allait, elle eut droit à un simple merci sans effusion. Le cœur gros devant tant d'ingratitude, l'épouse de Samuel Ellis rentra chez elle.

La nouvelle que Bérengère Mousseau serait finalement la ménagère du curé Désilets suscita de nombreux commentaires dans la paroisse. On ne se gêna pas pour parier que la veuve ne resterait pas en poste plus d'une semaine.

— Monsieur le curé pourra jamais l'endurer, prédisaient certains.

— La Bérengère a ben assez de front pour essayer de le dompter, ajoutaient les autres avec un petit sourire en coin.

En fait, une lutte sourde s'engagea dès la première journée entre les deux occupants du presbytère de Saint-Bernard-Abbé. Si Josaphat Désilets se garda de critiquer ce qu'on lui servit au dîner, il ne se gêna pas pour se plaindre à sa cuisinière au sujet d'une soupe aux pois qu'il jugeait trop grasse.

Le visage fermé, la grande femme se contenta de retirer le bol de soupe vidé aux deux tiers placé devant le prêtre.

— Le moins qu'on puisse dire, c'est que ça vous a pris du temps avant de vous apercevoir que cette soupe-là était trop grasse, laissa-t-elle tomber en lui montrant le bol.

Sans lui donner le temps de répliquer, elle alla chercher une assiette dans laquelle elle avait déposé une grande tranche de jambon et des pommes de terre rissolées. Le visage impénétrable, le curé mangea cette fois sans trouver à redire. Lorsqu'il eut vidé son assiette, il attendit le dessert. Bérengère Mousseau déposa au centre de la table un carafon de sirop d'érable.

— Est-ce que c'est tout ce qu'il y a pour dessert? osa-t-il demander à sa nouvelle servante.

— Oui, monsieur le curé.

— Madame Ellis me faisait toujours des biscuits, un gâteau ou des tartes, se sentit-il obligé de mentionner.

— Ça prouve juste une affaire, monsieur le curé, laissa tomber la grande femme sans élever la voix. Elle était trop bonne avec vous. Avec moi, vous allez manger ce genre de dessert-là seulement quand j'aurai le temps d'en faire. Oubliez pas que je dois entretenir le presbytère et votre linge. J'ai juste deux bras.

Sur ces mots, elle se retira dans la pièce voisine pour commencer à laver la vaisselle, sans tenir compte du profond mécontentement exprimé par le prêtre.

Bref, si Bérengère Mousseau apprit, à son corps défendant, à tenir compte de certaines exigences de son patron, à aucun moment ses bouderies ou ses crises de mauvaise humeur ne lui en imposèrent. Elle parvint à faire respecter la propreté de ses parquets et n'accepta aucune critique, même déguisée, de la nourriture qu'elle cuisinait.

Pour la belle-mère d'Ulric Martel, malgré tout le respect qu'elle vouait au prêtre, Josaphat Désilets était juste un vieux garçon qui avait besoin d'être dressé.

Chapitre 6

Des changements
satisfaisants

Le dimanche matin, Xavier Beauchemin fut réveillé par le premier rayon de soleil qui pénétrait dans sa chambre à coucher. Il jeta un coup d'œil à sa femme étendue à ses côtés et ne put s'empêcher de sourire devant son air confiant et heureux. Il se leva en faisant attention de ne pas la réveiller, soucieux de lui accorder une heure de plus de sommeil, le seul jour où elle n'avait pas à préparer le déjeuner.

Au moment où il allait quitter la pièce après avoir mis son pantalon et endossé sa chemise, le « Papa » lancé par Constance le fit sursauter.

— Chut! Dors, bébé, lui ordonna-t-il inutilement.

La fillette, debout dans son lit, lui tendait les bras, bien décidée à se faire prendre.

— Tu peux la lever, Xavier, entendit-il Catherine dire dans son dos. Je suis réveillée.

— J'ai pourtant ben fait attention de pas la réveiller, se défendit-il.

— Tu la connais, aussitôt qu'elle nous entend bouger, elle veut se lever.

Xavier prit sa fille, l'embrassa sur les deux joues et la déposa près de sa mère dans le grand lit.

— Il faut que j'aille réveiller Antonin pour faire le train, sinon il sera jamais prêt à temps pour aller chercher ta mère pour l'amener à la basse-messe.

À l'instant où le maître de la maison posait le pied sur la première marche de l'escalier conduisant aux chambres à l'étage, il entendit des pas sur la galerie. Son employé, le bas de ses jambes de pantalon mouillé par la rosée, pénétra dans la cuisine.

— Blasphème! t'es de bonne heure sur le pont à matin, lui fit remarquer Xavier.

— Je suis juste un homme engagé, moi, plaisanta l'adolescent. J'ai pas le droit de faire des plaies de lit. En attendant, les vaches sont déjà dans l'étable.

Tous les deux prirent la direction des bâtiments. À les voir, il était évident que les trois années de travail en commun avaient fait d'eux des frères qui s'entendaient parfaitement.

Après avoir soigné les animaux, Xavier envoya Antonin faire sa toilette pendant qu'il attelait Prince au boghei. Depuis la mi-juillet, il était entendu qu'Antonin passait prendre Laura Benoît à la ferme voisine pour lui permettre d'assister à la basse-messe sans avoir à compter sur son fils Cyprien ou sa femme. Au retour de la messe, la mère de Catherine ne s'arrêtait pas chez elle. Elle descendait chez son gendre pour s'occuper de Constance pendant que le jeune couple allait à la grand-messe. Bien sûr, Antonin avait protesté en affirmant qu'il était très capable de prendre soin de la fillette, mais Catherine lui avait fait comprendre que sa mère adorait venir rendre visite à Constance.

Alors, l'habitude s'était vite créée. Laura Benoît préparait un rapide déjeuner pour sa petite-fille, Antonin et elle avant de surveiller la cuisson du dîner tout en s'amusant avec l'enfant. Au retour de Xavier et Catherine, il allait de soi qu'elle dînait avec eux avant qu'Antonin la raccompagne chez elle.

Ce midi-là, Xavier s'esquiva quelques instants dans la chambre à coucher avec des mines de conspirateur pendant que sa femme, occupée au poêle, lui tournait le dos.

Il s'empressa de revenir dans la cuisine et de déposer sur la chaise de Catherine un paquet grossièrement enveloppé.

Sa belle-mère avait perçu son manège et allait lui en demander la raison quand il lui fit signe de ne rien dire. Après avoir servi les gens attablés, la jeune femme tira sa chaise dans l'intention de s'asseoir et de nourrir Constance.

— Qu'est-ce que c'est ça? demanda-t-elle, étonnée, en apercevant le paquet sur sa chaise.

— Pour moi, le meilleur moyen de le savoir, c'est d'ouvrir le paquet, répondit son mari, taquin.

Antonin prit l'assiette destinée à Constance et se mit à la nourrir lentement pendant que Catherine déballait le colis en prenant bien garde de ne pas déchirer le papier brun dans lequel il était enveloppé.

— Mais ce sont des bottines à boutons à la dernière mode! s'exclama la jeune femme en examinant les deux chaussures noires et luisantes qui sentaient le cuir neuf.

— Et tu vas être la seule de Saint-Bernard, avec Laurence Comtois, à en avoir. C'est Constant Aubé qui te les a faites.

— Tu veux me rendre orgueilleuse? fit-elle, le visage rayonnant de plaisir.

— Pantoute, répondit-il en riant.

— Mais j'avais pas besoin de ça, Xavier! reprit-elle, plus sérieuse. Mes souliers sont encore bien bons.

— Personne dit le contraire, mais j'ai ben le droit de faire un cadeau à ma femme quand ça me tente, non? J'aimerais que tu les essayes après le dîner pour voir si elles te font, ajouta-t-il.

— Je les essaye tout de suite, dit-elle en s'assoyant et en retirant ses souliers.

Quand elle se leva pour faire quelques pas dans la pièce en soulevant un peu l'ourlet de sa jupe, sa mère ne put s'empêcher de dire:

— Il y a pas à dire, ça te fait de bien beaux pieds.

— En tout cas, elles me font à la perfection, affirma la jeune femme en se penchant vers son mari pour l'embrasser.

À son retour à sa ferme, Laura trouva sa bru et son fils assis sur la galerie, l'air désœuvrés. Marie-Rose avait son air boudeur habituel. La maîtresse des lieux s'empressa d'apprendre au jeune couple ce que Xavier Beauchemin venait d'offrir à Catherine.

— Du maudit gaspillage juste pour se montrer plus fin que les autres ! fit Cyprien sur un ton rogue. Comme si une femme avait besoin de bottines quand elle a déjà des souliers qui sont encore bons. D'où ça venait, ces bottines-là ?

— De Constant Aubé.

— Si ce maudit boiteux-là arrête pas de donner toutes sortes de goûts aux femmes de la paroisse, il va falloir qu'on lui parle. L'année passée, c'était les manchons et l'année d'avant, c'était les bottes.

— En tout cas, ton beau-frère a fait ça pour faire plaisir à ta sœur, rétorqua sèchement sa mère. Faire plaisir à sa femme de temps en temps, c'est pas un péché, ajouta-t-elle.

— C'est vrai, ça, confirma Marie-Rose en lui jetant un regard lourd de reproche.

— À mon avis, un cadeau, ça se mérite, répliqua son mari d'une voix acerbe avant de se lever pour aller faire une sieste.

⟿

Quelques heures plus tard, à l'autre extrémité de Saint-Bernard-Abbé, chez les Connolly, la maîtresse de maison avait organisé une petite fête pour célébrer le onzième anniversaire de Duncan et les trente-neuf ans que Liam allait avoir trois jours plus tard. La mère et les enfants s'étaient donné beaucoup de mal pour fabriquer de petits présents destinés à faire plaisir à ceux qu'on allait fêter.

Camille savait que cette célébration allait contrarier Liam qui considérait toujours cela comme de la « niaiserie », mais elle tenait à ce que les siens soulignent toutes les fêtes.

Au moment du dessert, chacun alla quérir les cadeaux plus ou moins bien emballés et les déposa, avec fierté, devant leur père et Duncan.

— Pourquoi faire ça? demanda Liam avec une note de mécontentement dans la voix.

— Juste pour te faire plaisir, se borna à répondre sa femme. Contente-toi d'ouvrir tes cadeaux, comme Duncan.

Assis à la droite de son neveu, Paddy Connolly ne disait rien. Il regardait ce que les fêtés déballaient. Évidemment, il ne lui serait jamais venu à l'idée d'offrir quoi que ce soit pour marquer l'anniversaire de son hôte ou de son neveu, même si sa nièce par alliance lui avait mentionné à deux ou trois reprises la semaine précédente son intention d'organiser une fête.

Liam, peu à l'aise, finit par déballer à son tour les présents placés devant lui, sur la table. Il avait reçu un dessin de Rose, une paire de chaussettes et une chemise de la part d'Ann et de Camille ainsi qu'une pipe en plâtre de Patrick et Duncan. Le père de famille remercia les siens.

— C'est pas fini, affirma Camille en faisant signe à Ann d'aller au garde-manger.

L'adolescente en revint avec un gros gâteau glacé à la vanille. Elle le déposa au centre de la table.

— Est-ce que c'est juste pour p'pa et moi? demanda Duncan.

— Whow, mon garçon! s'écria Paddy Connolly. On a tous droit à un gros morceau de ce gâteau-là, nous autres.

— J'ai l'impression qu'il y en a autour de cette table qui y ont moins le droit que d'autres, laissa tomber Camille en fixant sans ciller son locataire avare, fainéant et détestable.

Sur ce, elle tendit un couteau à Ann en la priant de servir.

Dès que les enfants se furent retirés dans leur chambre après la prière du soir, Liam attendit que son oncle monte à son tour avant de disparaître dans sa chambre à coucher en disant à sa femme qu'il allait revenir s'asseoir à ses côtés sur la galerie dans quelques instants. Intriguée, Camille l'entendit fouiller dans le tiroir de sa commode, puis monter à l'étage. Il ne demeura là que peu de temps avant de revenir pousser la porte moustiquaire et de s'asseoir dans sa chaise berçante.

— Cherchais-tu quelque chose ? lui demanda-t-elle, curieuse.

— Oui, un petit couteau à deux lames que j'ai depuis une douzaine d'années.

— L'as-tu trouvé ?

— Oui, et je suis monté le donner à Duncan. Pas nécessaire de te dire qu'il était content.

— Là, t'es fin, ne put s'empêcher de dire Camille. C'est certain qu'il doit être content.

Pour la première fois depuis qu'elle le connaissait, il avait fait un cadeau à l'un de ses enfants le jour de son anniversaire. Elle avait l'impression tout à coup qu'elle venait de remporter une grande victoire. Avant de s'endormir, elle eut une pensée pour l'oncle de son mari. Elle se demanda quelle sorte d'homme Paddy Connolly était pour ne pas se sentir gêné de ne jamais offrir quelque chose à son entourage, lui, pourtant si riche !

⤳

Depuis que Bérengère Mousseau avait mis les pieds au presbytère, il ne s'était pas passé une journée sans que Josaphat Désilets ne soit tenté de la renvoyer chez son gendre. Seules ses craintes de ne pouvoir la remplacer aisément, et par conséquent d'être obligé de cuisiner lui-même ses repas et de voir à l'entretien de ses vêtements et du presbytère le retenaient. Il avait encore clairement en mémoire ses recherches passées.

La veuve n'était là que depuis dix jours, qu'il avait déjà pris l'habitude de se réfugier sur la galerie du presbytère ou dans son bureau pour avoir la paix.

—Je sais pas si Bridget Ellis a cherché à me faire un cadeau en me l'envoyant, répétait-il parfois en serrant les dents, mais c'est un genre de cadeau dont je me serais bien passé.

Le prêtre en était presque venu à croire que les trois maris décédés de sa ménagère avaient probablement préféré se laisser mourir plutôt que de continuer à la supporter.

Le matin même, la grande femme s'était installée sur la galerie, à l'arrière du presbytère, pour procéder au lavage des vêtements du curé de Saint-Bernard-Abbé. Armée de sa planche à laver, elle avait abondamment savonné chaque vêtement avant de le frotter avec vigueur sur la planche, le rincer et l'étendre sur la corde à linge. À la fin de la matinée, elle venait à peine de rentrer pour voir à la préparation du dîner qu'elle vit Josaphat Désilets s'immobiliser sur le seuil de la pièce, l'air mécontent. Bérengère Mousseau s'en rendit compte au premier coup d'œil, mais cette constatation ne sembla pas la troubler le moins du monde.

—Bon, qu'est-ce qu'il y a encore? demanda-t-elle en prenant une pomme de terre qu'elle se mit à peler.

—Il y a, madame, que vous avez étendu mes sous-vêtements à la vue de tous les passants, répondit le prêtre, outré.

—Qu'est-ce que vos caleçons ont de si spécial que personne doive les voir? répliqua la veuve. Est-ce qu'ils ont des trous que j'ai pas vus?

—C'est juste pas convenable, madame.

—Voyons donc! se moqua la ménagère. Vos caleçons sont comme ceux que portent tous les hommes. Je vois pas la différence. Même si vous portez une soutane, tout le monde de Saint-Bernard se doute que vous êtes aussi un homme.

—Madame Ellis, elle, les faisait sécher dans un drap, fit l'ecclésiastique, à bout de patience.

—Elle faisait peut-être ça, mais pas moi, déclara sèchement Bérengère. Si ma façon d'étendre vos caleçons vous convient pas, monsieur le curé, je vais les laver et vous laisser les étendre dans votre chambre ou ailleurs, si vous le voulez.

Josaphat Désilets s'était retiré dans son bureau en marmonnant.

— Une vraie tête de cochon! dit-il à mi-voix en claquant la porte derrière lui.

Il s'assit près de l'unique fenêtre de la pièce et se mit à fixer les eaux de la rivière qui coulaient paisiblement de l'autre côté de la route en ce dernier jour du mois d'août. Il avait besoin de retrouver son calme, comme après chaque affrontement avec sa nouvelle ménagère.

Toutefois, il devait à la vérité de reconnaître que sa nouvelle ménagère était d'une efficacité redoutable. Il n'y avait pas le moindre grain de poussière sur les meubles, même si les voitures soulevaient passablement de poussière dans le rang Sainte-Ursule qui passait à proximité. Les planchers étaient d'une propreté impeccable. La dame cuisinait très bien, même si elle s'entêtait à ne lui confectionner des desserts qu'en de rares occasions. Enfin, il n'avait jamais eu des vêtements aussi bien entretenus. En fait, n'eût été son caractère exécrable, Bérengère Mousseau aurait été la ménagère rêvée de tout curé.

Josaphat Désilets avait nettement conscience qu'aux yeux de la veuve, il était devenu «son curé» et que le presbytère était maintenant «son presbytère». Il ignorait encore comment elle avait fait, mais cette grande femme aux traits anguleux avait pris possession des deux et en tirait une fierté qu'elle ne cherchait nullement à dissimuler.

Le soir même, le curé de Saint-Bernard-Abbé en eut une autre preuve. Bérengère passa derrière lui pour remplacer l'assiette qu'il venait de vider par un bol de crème.

— Est-ce que ça fait bien longtemps que vous vous êtes fait couper les cheveux, monsieur le curé? lui demanda-t-elle avant de sortir de la pièce.

— À peu près deux mois. Pourquoi vous me demandez ça, madame Mousseau? fit le prêtre.

— Parce qu'ils commencent à être pas mal longs et vous avez pas l'air bien propre avec des cheveux comme ça, répondit-elle sans la moindre gêne. Vous avez beau ne plus en avoir bien gros sur le dessus de la tête, en arrière, ça tombe sur votre collet romain. En plus, avec vos favoris trop épais, on vous voit presque plus le visage. On dirait que vous cherchez à vous cacher.

Josaphat Désilets, désarçonné encore une fois par tant de franchise, piqua un fard.

— Qui vous coupe les cheveux d'habitude? poursuivit la ménagère.

— Le père Moreau, laissa tomber sèchement le prêtre, de plus en plus agacé.

— Eh ben! Vous lui direz qu'il mérite pas de félicitations pour vous avoir écharogné la tête comme ça.

— Voyons donc, batèche! protesta faiblement le curé de Saint-Bernard.

— Vous, vous le voyez pas, mais en arrière, tout est inégal, et ça vous fait une drôle de tête, expliqua Bérengère sur un ton uni.

— Peut-être, madame, mais j'ai pas le choix de demander à mon bedeau, c'est le seul homme de Saint-Bernard qui fait cette besogne-là.

— C'est peut-être ça le problème, monsieur le curé. Vous avez cherché un homme. Il me semble que vous devriez savoir depuis longtemps que ce sont les mères qui coupent les cheveux, pas les pères.

— Et je suppose que vous, vous êtes capable de faire bien mieux que le père Moreau, fit Josaphat Désilets, un peu sarcastique.

— Facilement, déclara la ménagère sans la moindre hésitation. Pendant trente ans, j'ai coupé les cheveux de chacun de mes trois maris et je coupe encore ceux de mon gendre, si vous voulez le savoir.

Il y eut un bref silence dans la salle à manger avant que le prêtre finisse par demander à sa ménagère :

— Est-ce que vous accepteriez de me couper les cheveux ?

— Je peux vous faire ça demain avant-midi, après mon ménage, accepta la veuve avant de quitter la pièce avec l'assiette.

Le lendemain avant-midi, Bérengère Mousseau alla prévenir le curé de Saint-Bernard-Abbé, qui lisait son bréviaire en marchant sur la galerie, qu'elle était prête à lui couper les cheveux. Celui-ci, arborant une mine de condamné, referma son livre de prières et la suivit jusqu'à la cuisine. La ménagère l'invita à s'asseoir sur le banc placé au centre de la pièce et lui tendit un linge à vaisselle.

— Mettez-vous ça autour du cou, monsieur le curé, lui ordonna-t-elle avant de s'emparer d'une paire de ciseaux.

— Coupez-les pas trop court sur le dessus de la tête, exigea Josaphat Désilets, subitement inquiet.

— Inquiétez-vous pas. Je peux pas couper les cheveux que vous avez pas, répliqua la veuve d'une voix acide.

— Je le sais, rétorqua-t-il abruptement.

— Là, essayez de pas me parler pendant que je coupe vos cheveux. Quand on me distrait, je manque mon coup.

Le curé de Saint-Bernard-Abbé se résigna à fermer les yeux et à se taire, pendant que sa ménagère se mettait résolument au travail. Dans la cuisine, on n'entendit durant de longues minutes que des cliquetis de ciseaux. Le prêtre sentait bien que Bérengère tournait autour de lui en utilisant sans arrêt son instrument de travail.

Après ce qui lui sembla une éternité, la veuve s'arrêta et s'éloigna un peu de lui en poussant un soupir de satisfaction.

— Là, vous pouvez ouvrir les yeux et aller vous regarder dans le miroir, lui dit-elle. Je pense avoir fait de la belle besogne.

Josaphat Désilets quitta le banc sur lequel il était assis et se dirigea vers le petit miroir suspendu au-dessus de l'évier. Il sursauta en apercevant son visage et eut le réflexe de passer une main sur ses favoris qui avaient diminué de moitié. Il eut envie d'exploser, mais un coup d'œil sur ses cheveux l'en empêcha. Il devait convenir qu'ils n'avaient jamais été si bien coupés depuis des années. De plus, à bien y penser, des favoris moins larges et moins épais le rajeunissaient un peu.

— Puis, monsieur le curé, qu'est-ce que vous pensez de votre nouvelle tête? lui demanda Bérengère qui venait de s'emparer d'un balai pour ramasser les cheveux et les poils répandus sur le parquet de sa cuisine.

— Je dois reconnaître, madame Mousseau, que ça fait bien longtemps que mes cheveux ont pas été aussi bien coupés. La même chose pour mes favoris. Je vous remercie beaucoup.

— Vous êtes bienvenu, se borna à répondre la grande femme en devinant à quel point ce remerciement devait coûter au prêtre.

Le lendemain, le vieil Agénor Moreau se rendit vite compte que le curé Désilets arborait une nouvelle coupe de cheveux dès qu'il l'aperçut dans la sacristie, après être allé allumer les cierges sur l'autel où le prêtre s'apprêtait à célébrer sa messe matinale. Il était évidemment très surpris de la chose puisqu'il avait toujours accompli cette besogne depuis l'arrivée du prêtre dans la paroisse.

— Vous vous êtes fait couper les cheveux, monsieur le curé? demanda inutilement le vieil homme.

— Comme vous pouvez le voir, monsieur Moreau, répondit Josaphat Désilets en mettant sa chasuble.

— Est-ce que c'est parce que vous étiez plus satisfait de mon ouvrage que vous avez décidé de demander à quelqu'un d'autre de la paroisse?

Au ton utilisé par son bedeau, le prêtre s'aperçut que l'homme se sentait vexé qu'on lui ait préféré quelqu'un d'autre sans le prévenir. Contrairement à son habitude, il décida alors de faire preuve de bonté et de reconnaissance.

— Pas du tout, monsieur Moreau. Hier, quand madame Mousseau m'a appris qu'elle était habituée à couper les cheveux, j'ai pensé que vous vous étiez assez dévoué. J'ai décidé de ne plus vous déranger avec ça et de laisser la besogne à ma ménagère, même si j'aimais mieux votre façon de me les couper, mentit-il.

— Si c'est comme ça, je comprends, dit le bedeau, rassuré. En tout cas, si jamais vous voulez que je vous les coupe à nouveau, vous aurez juste à me faire signe.

— C'est bien généreux de votre part, conclut le curé en faisant signe à son servant de messe de se mettre en marche vers la porte qui ouvrait sur le chœur de la chapelle.

Chapitre 7

L'école

Au début de la dernière semaine d'août, Camille commença à penser sérieusement au retour à l'école des enfants. Il avait été entendu en juin dernier que Patrick n'y retournerait pas parce qu'il était maintenant en âge de seconder son père sur la terre. Cependant, la mère de famille n'avait pas encore abordé le sujet avec son aînée, maintenant âgée de quatorze ans.

Deux mois auparavant, Ann avait beau lui avoir avoué avec une certaine réticence qu'elle aimait fréquenter l'école, elle ignorait si l'adolescente était prête à y retourner. Dans le fond de son cœur, elle caressait le rêve d'envoyer la jeune fille au couvent des sœurs de l'Assomption de la Vierge Marie à Saint-Grégoire pour faire ses huitième et neuvième années et qu'elle obtienne ainsi son diplôme d'enseignante, comme sa sœur Bernadette. Mais il s'agissait là d'un rêve lointain.

Ce lundi matin-là, la femme enceinte de sept mois jeta un coup d'œil à Ann occupée à trier les vêtements qu'elles s'apprêtaient à laver. La cuve d'eau chaude était déjà installée sur la galerie arrière. Elle prit une brassée de vêtements et alla la jeter dans la cuve. Un peu plus loin, sur la plaque du four à pain, la vieille marmite en fonte dégageait une odeur pestilentielle propre à soulever le cœur. Des os, du gras et de l'eau de lessive allaient mijoter durant quelques heures avant que le résidu soit retiré du feu, laissé à durcir puis découpé en pains de savon.

— Il me semble, Camille, qu'on aurait pu attendre un autre jour pour faire le savon. Là, on va être poignées pour respirer ça tout l'avant-midi, déclara Ann avec une grimace de dégoût.

— On n'a pas le choix, répliqua sa mère adoptive. On n'a plus de savon.

Elles travaillèrent l'une à côté de l'autre durant quelques minutes avant que Camille se décide enfin à aborder le sujet qui lui tenait à cœur.

— As-tu dans l'idée de retourner à l'école dans deux semaines?

— Pourquoi j'y retournerais? demanda Ann, surprise par la question. À cette heure, je sais lire et écrire.

— Ça te tenterait pas d'avoir ton diplôme de septième année?

— Ça me donnerait pas grand-chose de plus.

— T'as jamais pensé que, plus tard, tu pourrais devenir maîtresse d'école, comme ma sœur Bernadette? poursuivit Camille. Il me semble que tu serais bonne. L'année passée, tu m'as montré à lire et à écrire et t'avais pas l'air d'haïr ça, non? insista Camille.

— J'y ai jamais pensé, admit l'adolescente sans manifester grand enthousiasme.

— T'aimerais pas ça être une vraie demoiselle? Au lieu de travailler comme une esclave du matin au soir dans la maison, tu montrerais des choses intéressantes aux enfants. Moi, si j'avais eu cette chance-là, tu peux être certaine que j'aurais sauté dessus.

— C'est bien beau, Camille, mais je sais même pas si je suis capable d'avoir mon diplôme de septième année, fit la jeune fille.

— Ma sœur m'a dit que t'avais pas mal de talent. Je suis certaine que tu pourrais l'avoir cette année, si tu voulais.

— Et p'pa, qu'est-ce qu'il va en dire?

—Laisse faire ton père. J'en fais mon affaire, déclara Camille sur un ton résolu. Si tu me dis que t'es prête à retourner à l'école, je vais m'arranger pour que tu y ailles.

Cet après-midi-là, Camille laissa sa fille plier seule les vêtements qui avaient séché sur la corde à linge pour aller rendre une courte visite à sa mère qu'elle trouva en train de peler des pommes en compagnie de Bernadette dans la cuisine d'été.

—Où est passée Eugénie? demanda-t-elle en pénétrant dans la pièce.

—Encore couchée, répondit Marie sur un ton qui en disait long sur ce qu'elle pensait de sa bru. Et toi, comment tu vas?

—Je suis capable de faire mon ordinaire.

—Fais tout de même pas d'imprudence, la mit en garde sa mère.

—Je fais bien attention, m'man.

—As-tu fait de la compote toi aussi? fit Bernadette.

—Une douzaine de gros pots, lui répondit sa sœur.

Il y eut un bref silence dans la pièce avant que Camille reprenne la parole.

—Je voudrais te poser une question, Bedette, dit-elle.

—Quoi? lui demanda sa sœur, intriguée.

—D'après toi, est-ce qu'Ann serait capable d'avoir son diplôme de septième année cette année?

La jeune institutrice réfléchit un instant avant de répondre:

—Je suppose qu'en travaillant fort, elle y arriverait.

—Si tu penses à la renvoyer à l'école, intervint Marie, je suis pas certaine que ce soit une bien bonne idée. Tu dois avoir ton petit dans un mois et demi et tu vas avoir besoin d'elle à la maison.

—Je suis capable de me débrouiller, m'man, protesta sa fille aînée.

— Pas avec quatre enfants, un mari et un pensionnaire à nourrir et à entretenir. Tu sais pas jusqu'à quel point un petit ça va prendre de ton temps. En plus, il faut que quelqu'un t'aide pour tes relevailles. Moi, je suis bien prête à aller t'aider, mais avec Eugénie faible comme elle est, je pourrai pas rester une dizaine de jours.

Camille s'était rembrunie en écoutant sa mère et elle faisait confiance à son expérience. Elle garda le silence quelques instants avant de demander à sa sœur :

— Penses-tu que ma fille pourrait quand même avoir son diplôme si elle n'allait à l'école qu'à partir du mois de janvier ?

— Là, ce serait pas mal plus difficile, avoua Bernadette. Oublie pas qu'elle a fait juste un an d'école. On peut tout de même pas lui demander la lune.

— Serais-tu prête à lui donner des devoirs à faire à la maison, le temps que j'aurai besoin d'elle ?

— Je pourrais essayer, consentit un peu à contrecœur la jeune institutrice, mais il va falloir que j'en parle à l'inspecteur quand il va passer à l'école.

— Veux-tu bien me dire pourquoi tu tiens absolument à ce qu'elle ait ce diplôme-là ? s'enquit Marie.

— Je pense qu'elle haïrait pas devenir maîtresse d'école, m'man.

— Mais on est déjà deux dans la paroisse, rétorqua Bernadette.

— Je veux bien le croire, mais il y a rien qui dit que dans deux ou trois ans, il y en aura pas une de vous deux qui sera pas mariée.

Une heure plus tard, Camille rentra chez elle à pied, sur la route poussiéreuse du rang Saint-Jean. Elle aida Ann à la préparation du souper constitué d'un bouilli de légumes. Après le repas, elle fit en sorte de se retrouver seule sur la galerie avec Liam à qui elle tenait à parler. Malheureusement, à peine venait-elle de rassembler ses arguments pour exposer son idée que Paddy Connolly vint occuper la chaise berçante libre près de son neveu en allumant l'un de ses cigares nauséabonds.

— Ça va faire drôle de voir la maison se vider dans quelques jours quand les enfants vont retourner à l'école, commença-t-elle.

— Pas Patrick, en tout cas, prit soin de préciser Liam.

— Non, lui, il va rester pour t'aider. Il a plus besoin d'y aller, s'empressa-t-elle de dire.

— J'espère que tu me dis pas ça parce qu'il va falloir de l'argent pour les envoyer là ? demanda-t-il, soupçonneux.

— Pantoute, j'ai déjà vérifié leur linge, tout est correct et ils ont des bons souliers.

— Bon, c'est bien.

— As-tu pensé à Ann ? demanda-t-elle à son mari en lui montrant leur fille assise dans la balançoire, près de la maison, aux côtés de sa petite sœur Rose.

— Qu'est-ce qu'elle a, elle ? fit-il, soudain méfiant.

— Je pense qu'elle aimerait retourner à l'école cette année, avoua-t-elle en baissant un peu la voix.

— Tu m'as dit qu'elle sait lire et écrire. C'est pas ce que tu voulais ?

— Oui, et elle est bonne, à part ça, reconnut-elle.

— C'est ben assez, dit-il sèchement.

— Elle voudrait avoir son diplôme, insista Camille.

— Pourquoi ?

— Une femme qui en sait trop devient vite pas endurable, intervint le vieil oncle, toujours aussi pompeux. Il y a rien de pire qu'une femme trop instruite, il y a pas moyen de la faire obéir.

— Mon oncle, vous en savez rien, le rembarra sèchement sa nièce par alliance. Vous avez jamais été marié.

— Ça empêche pas que je sais de quoi je parle, insista le retraité en la fusillant du regard.

— C'est ce que vous dites, mais en attendant, si ça vous dérange pas trop, on va régler ça juste entre nous, Liam et moi.

— Tu m'as pas répondu, reprit son mari. Pourquoi elle veut ce diplôme-là ?

— Parce qu'elle voudrait devenir maîtresse d'école plus tard.

— Devenir une péteuse qui nous regarderait de haut, dit-il en ricanant.

— Voyons, Liam, tu la connais aussi bien que moi. Ann sera jamais comme ça.

— En attendant, c'est non, fit-il sur un ton définitif. Il est pas question qu'elle aille traîner à rien faire à l'école avec tout l'ouvrage qu'il va y avoir à faire ici dedans.

— C'est ça, mon neveu, approuva Paddy.

Ce commentaire lui attira un tel regard meurtrier de Camille qu'il choisit de ne pas poursuivre. Elle sentait avoir fait une grave erreur en parlant de faire d'Ann une institutrice. Elle aurait dû se limiter au diplôme de septième année.

— Mais Liam…

— J'ai dit non et je ne changerai pas d'avis.

Camille décida de ne pas insister, craignant surtout d'autres interférences intempestives de son pensionnaire. Cependant, elle se promit de revenir à la charge quand ils se retrouveraient seuls dans leur chambre à coucher.

Deux heures plus tard, la soirée devint plus fraîche et on décida de rentrer. Paddy monta directement à sa chambre et les enfants se regroupèrent à genoux autour de leur mère, au milieu de la cuisine, pour réciter la prière du soir. Camille pria pour que sa prochaine démarche auprès de son mari aboutisse. Ensuite, les enfants montèrent se mettre au lit à l'étage pendant que leur père remontait le mécanisme de l'horloge et que Camille se préparait pour la nuit.

Quand Liam vint la rejoindre, elle avait laissé la lampe à huile allumée. Elle attendit qu'il se soit étendu à ses côtés et qu'il ait soufflé la lampe avant de se lover contre lui, geste plutôt inhabituel de sa part. Son ventre de femme enceinte de sept mois la gênait tout de même un peu.

— Il va falloir penser ajouter une couverte bientôt, lui dit-elle, ça commence à pas être chaud.

— Veux-tu que je ferme la fenêtre ?

— Non, je suis bien contre toi, répondit-elle. Comment t'aimes ça voir ton oncle se mêler de nos affaires ? fit-elle.

— Il est vieux, se contenta de répondre Liam.

— Il est surtout détestable, reprit Camille. Ce qu'on veut faire de nos enfants le regarde pas pantoute, il me semble.

— C'est vrai, reconnut son mari un peu à contrecœur.

Après neuf mois de mariage, Liam Connolly n'était pas encore habitué à voir sa jeune femme considérer ses quatre enfants comme les siens propres, mais il devait admettre qu'elle les protégeait comme s'ils l'étaient.

— Je comprends que tu t'inquiètes pour moi quand le petit va approcher, ajouta-t-elle dans un souffle.

— Ouais, laissa-t-il tomber.

— On parle plus de maîtresse d'école, poursuivit-elle en se lovant encore plus étroitement contre lui. C'est encore bien loin cette affaire-là, et on sait jamais ce que l'avenir nous réserve. Ça, c'est un rêve que j'ai et je suis même pas certaine qu'Ann le veuille...

Liam demeura silencieux dans le noir.

— Mais un diplôme de septième année pour la fille de Liam Connolly, ce serait pas rien, murmura-t-elle. Elle serait la première et la seule fille de Saint-Bernard à avoir ça, mises à part les deux maîtresses d'école.

— Je t'ai donné mon idée là-dessus, fit-il d'une voix légèrement exaspérée.

— Je pensais juste qu'après les fêtes le petit va être au monde depuis plus que deux mois, et moi, je vais être en mesure de faire mon ordinaire sans avoir besoin d'Ann qui serait plus dans mes jambes qu'autre chose. À part ça, l'hiver, c'est pas mal plus tranquille. J'ai même pas besoin de sortir pour entretenir le jardin. Une fois les repas terminés, j'ai juste le ménage à faire avant de filer ou de travailler à mes courtepointes.

— ...

Devant le silence buté de son mari, elle brûla ses derniers vaisseaux.

— Tu sais bien qu'on pourrait peut-être prendre la chance de la renvoyer à l'école, après les fêtes, quand tout le barda de la maison sera passé. Même si ça fait pas son affaire d'y retourner, tu lui expliquerais que c'est juste pour nous faire honneur. Qu'est-ce que t'en dis?

— C'est correct, t'as encore gagné, laissa-t-il tomber sèchement en s'écartant légèrement d'elle.

— Non, les Connolly vont y gagner si elle veut bien y retourner, fit-elle, diplomate.

— Je voudrais ben voir qu'elle fasse pas ce qu'on lui dit de faire, dit-il en haussant le ton.

— C'est pour ça que je lui en ai pas parlé avant de savoir ce que t'en pensais, poursuivit-elle. Je vais te laisser lui en parler. C'est toi, le maître de la maison.

— Ah ben, ça, ça fait longtemps que je l'ai pas entendu, fit-il, sarcastique.

— Bonne nuit, lui dit-elle d'une voix attendrie en l'embrassant avant de lui tourner le dos.

Ce soir-là, elle s'endormit rapidement, heureuse d'être parvenue à ses fins sans avoir déclenché une querelle famililiale. Avec une habileté qu'elle ne se connaissait pas, elle était arrivée à faire de son combat le combat de son mari.

Le lendemain matin, Camille fut la première debout pour aller faire ce qu'elle appelait une « attisée » dans le poêle de la cuisine d'été. Maintenant que l'été tirait doucement à sa fin, l'air du matin se faisait plus frais et la chaleur du poêle servait à réchauffer le thé et la pièce. Debout au pied de l'escalier, elle réveilla les siens au moment même où

Liam quittait leur chambre à coucher en se grattant furieusement la nuque.

— Torrieu, je sais pas par où ils sont entrés, ces maudits maringouins-là, mais ils m'ont trouvé, jura-t-il en se dirigeant vers le paillasson où il avait laissé ses bottes, la veille.

Ann, sa jeune sœur et ses deux frères descendirent et vinrent rejoindre leurs parents. Chacun connaissait maintenant sa tâche matinale sans qu'on ait besoin de la lui indiquer. Duncan sortit immédiatement chercher les vaches pour les ramener à l'étable pendant que son frère se dirigeait déjà vers l'écurie où il soignerait les chevaux. Liam, debout devant l'une des deux fenêtres de la cuisine d'été, les regardait faire en buvant une tasse de thé avant d'aller traire ses vaches. Ann et Rose quittèrent la maison peu après pour aller s'occuper des porcs et des poules.

Quand Ann rentra avec sa jeune sœur une demi-heure plus tard, Camille s'empressa de l'attirer dans sa chambre à coucher pour lui parler de ce qui avait été décidé la veille entre son père et elle.

— Tu vas me faire le plaisir de ne pas montrer que tu tiens à retourner à l'école. Fais comme si ça ne te tentait pas vraiment.

— Mais ça me tente pas plus que ça, Camille, protesta l'adolescente.

— C'est surtout pas le temps de branler dans le manche, ma fille, lui reprocha sa mère. Si tu savais combien j'ai eu de la misère à persuader ton père de te laisser y retourner. Là, on parle plus que tu deviennes maîtresse d'école. T'as tout le temps d'y penser. Non, j'ai seulement persuadé ton père que ce serait un honneur pour les Connolly que tu sois la première fille de Saint-Bernard à avoir son diplôme. Et c'est vrai que ça nous ferait bien plaisir que tu l'aies.

— Mais c'est pas certain, Camille, protesta Ann.

— Moi, je suis sûre que t'es capable et ma sœur va tout faire pour t'aider.

Une heure plus tard, toute la famille se retrouva assise autour de la table en compagnie de l'oncle Paddy, qui, s'étant réveillé deux heures plus tôt que d'habitude, avait décidé de venir prendre son déjeuner avec les autres. Avant de s'asseoir au bout de la table, Camille avait déposé au centre une assiette surchargée de crêpes appétissantes bien chaudes. Ann la suivit avec un cruchon de sirop d'érable et la théière.

— Ça me tente pas ben ben de manger ça, osa dire le pensionnaire en regardant les crêpes.

Camille jeta un regard à son mari qui ne broncha pas.

— C'est bien de valeur, mon oncle, mais c'est ce qu'on mange pour déjeuner et il y a pas autre chose.

— J'aurais dû attendre une heure de plus avant de me lever, ronchonna Paddy en se servant tout de même deux crêpes épaisses qu'il prit soin de napper de sirop.

— Ça aurait rien changé. Je vous les aurais gardées au fourneau, le rembarra sa nièce par alliance.

Le reste du repas se prit en silence et Liam attendit de s'être versé une tasse de thé avant de reprendre la parole.

— À matin, c'est pas l'ouvrage qui manque, déclara-t-il aux siens. Patrick, tu vas aller me nettoyer l'étable pendant que Duncan va faire la même chose à l'écurie. Moi, je vais m'occuper de mettre un peu d'ordre dans la soue.

— Et moi, p'pa, qu'est-ce que je vais faire ? lui demanda la petite Rose, pleine de bonne volonté.

— Inquiète-toi pas, Camille va te trouver quelque chose à faire, répondit-il en dissimulant mal un premier sourire. L'école s'en vient, et je veux que tout soit d'aplomb quand vous allez partir pour l'école.

— Je vais pas retourner à l'école cette année, p'pa ? demanda Patrick sur un ton légèrement suppliant. J'ai douze ans et…

— J'ai jamais dit que tu y retournais, le calma sèchement son père. On en avait parlé en juin dernier, tu vas rester ici à la maison pour m'aider.

L'air soulagé du jeune adolescent apporta un léger sourire sur les lèvres de Camille.

— Et moi, je pourrais ben rester pour vous aider, p'pa, s'empressa de dire Duncan qui avait l'école en horreur et n'y allait que forcé.

— Non, toi, tu nous seras d'aucune utilité pour le bûchage. T'es encore trop jeune pour cette besogne-là. Quand tu reviendras de l'école, t'aideras à fendre et corder le bois.

Camille sentit que le garçon de onze ans avait du mal à résister à une forte envie de protester, mais pour avoir subi des raclées mémorables de son père à plusieurs reprises dans le passé, il sut d'instinct se retenir.

— Et Ann, p'pa, elle viendra pas avec nous autres comme l'année passée ? demanda Rose, apparemment déçue de constater que sa grande sœur ne serait plus là pour l'aider.

— Non, ta sœur reste à la maison pour aider Camille, fit Liam d'une voix tranchante, ce qui amena Paddy à hocher avec satisfaction la tête après avoir allumé son premier cigare de la journée.

— Mais p'pa… commença Ann.

— Il y a pas de «Mais p'pa», fit son père en haussant la voix. Tu vas retourner à l'école après les fêtes, que tu le veuilles ou non, ma fille. Camille et moi, on tient à ce que tu nous fasses honneur et que tu sois la première fille de Saint-Bernard à avoir ton diplôme, tu m'entends ?

— Oui, p'pa, répondit Ann d'une toute petite voix.

— Et t'es mieux de pas nous faire honte. Là-dessus, on a assez perdu de temps. Envoyez, les garçons, grouillez-vous, l'ouvrage nous attend.

Après le lavage de la vaisselle, Camille envoya ses deux filles cueillir les tomates mûres dans le jardin pour les faire bouillir et les mettre en pot. La semaine précédente, on avait cuisiné le blé d'Inde lessivé qui allait être servi dans la soupe durant l'hiver. Au moment où elle sortait de la maison, elle aperçut Paddy, confortablement assis sur la galerie, attendant le passage d'Hormidas Meilleur.

—Je suis pas trop fier de mon neveu, laissa-t-il tomber au moment où elle passait près de lui pour aller rejoindre ses filles au jardin.

— Et pourquoi ça, mon oncle? lui demanda-t-elle.

— On dirait ben que t'es encore arrivée à lui faire changer d'idée, répondit-il.

— Ça, mon oncle, c'est normal, si mon idée est meilleure que la sienne. Et Liam est assez intelligent pour le comprendre.

Sur ces mots, elle descendit l'escalier, assez contente d'elle.

Chapitre 8

Une épreuve difficile

Le début du mois de septembre fut particulièrement occupée pour la plupart des habitants de Saint-Bernard-Abbé. Les cultivateurs voulurent profiter au maximum du temps chaud pour faucher et récolter leur avoine et leur orge. Les pluies du mois précédent avaient retardé la croissance de ces deux céréales. Pour leur part, beaucoup de maîtresses de maison avaient déjà commencé à déterrer les pommes de terre et à les transporter dans des seaux dans les caveaux situés sous la maison.

—On doit bien être les seuls dans le rang à tirer de la patte dans notre ouvrage, se plaignit Marie Beauchemin ce matin-là en quittant la table après le déjeuner.

—Pourquoi vous dites ça, m'man? lui demanda Bernadette en commençant à desservir.

—Il me semble que c'est assez clair pourtant, répondit vivement sa mère en élevant la voix. Ton frère passe plus de temps à s'occuper des écoles de la paroisse que de notre bien. Toi, tu vas aller faire du ménage dans ton école aujourd'hui et, à partir de lundi prochain, tu ne seras plus ici dedans parce que tu vas faire l'école. J'aurai pas d'aide pantoute pour vider le jardin et faire le grand barda à la fin du mois.

—Je pense, m'man, que vous vous énervez bien pour rien, chercha à la calmer Donat en allumant sa pipe. C'est juste normal que je m'occupe des deux écoles depuis une semaine. Je dois voir surtout à ce que la nouvelle école du rang Saint-Paul ait tout ce qu'il faut pour les dix-neuf enfants qui vont y aller. À partir d'aujourd'hui, tout va être en ordre et l'ouvrage va se faire sur notre terre.

— Angélique Dionne va être chanceuse, elle, dit Bernadette, incapable de dissimuler son envie. Elle va avoir du matériel neuf pendant que moi, la plus ancienne maîtresse de Saint-Bernard, je vais être obligée de me contenter des vieilles affaires.

Donat ne tint aucunement compte de la remarque de sa jeune sœur.

— Ernest, dit-il à son employé, va atteler. Après…

— Après, il va me donner un coup de main à charrier des patates, déclara sèchement sa mère, pour bien marquer qu'elle était encore la propriétaire de la ferme familiale.

— C'est ce que j'allais dire, fit son fils, agacé. Bedette, si tu veux que je te laisse à l'école en passant, grouille-toi de ramasser tes affaires. J'ai pas de temps à perdre à t'attendre.

Quelques minutes plus tard, la jeune institutrice déposa dans le boghei un seau dans lequel elle avait mis des chiffons, du savon du pays et un petit paquet enveloppé dans un linge blanc. Elle prit sur ses genoux son sac d'école en beau cuir fauve, cadeau offert deux ans auparavant par Constant Aubé.

— J'ai pris quelque chose à manger, dit-elle à sa mère qui venait de sortir sur la galerie. Ça se peut que je reste un bout de temps à l'école cet après-midi pour commencer à préparer mes classes.

— C'est ça, ma fille, répliqua Marie d'une voix amère. Arrange-toi pour me laisser tout l'ouvrage sur les bras.

— Je vais revenir aussitôt que je vais pouvoir, lui promit Bernadette sans grande conviction.

Donat mit l'attelage en marche, sortit de la cour et tourna à droite en direction du petit pont qui traversait la rivière Nicolet à l'extrémité du rang. Au passage, Bernadette aperçut Constant Aubé debout sur la galerie de sa maison.

Donat salua le meunier, mais sa sœur, la tête bien droite, ne lui adressa pas le moindre regard.

«Il manquerait plus qu'il s'imagine que je cours après lui, se dit-elle. C'est pas parce qu'il fréquente la Laurence Comtois que je vais me jeter à ses genoux.»

Peu après, le boghei s'immobilisa devant la petite maison blanche située en face du magasin général et la fille de Marie Beauchemin s'empressa de retirer de la voiture toutes ses affaires. Son frère traversa de l'autre côté de la route et laissa sa voiture dans la grande cour commune que se partageaient le forgeron Évariste Bourgeois et le marchand général Télesphore Dionne.

Les deux hommes, commissaires d'école, avaient laissé à Donat la présidence de la commission scolaire, même s'il ne savait ni lire ni écrire. En cas de besoin, Télesphore se chargeait sans rechigner de ces tâches.

Donat descendit de voiture et pénétra dans le magasin où il retrouva Alexandrine Dionne en compagnie de sa fille Angélique.

— Monsieur Dionne est pas ici ? demanda-t-il à la femme du marchand général.

Donat ne s'était pas encore décidé à tutoyer Télesphore Dionne et Évariste Bourgeois, les deux autres commissaires qui avaient près de trente ans de plus que lui.

— Il est parti chercher son chapeau à côté, lui répondit sa femme. Il veut aller conduire Angélique à l'école.

— Tu veux aller faire un peu de ménage ? fit-il en se tournant vers la jeune fille.

— Le ménage est déjà fait, monsieur Beauchemin, répondit Angélique. J'ai passé l'après-midi d'hier à l'école pour le faire. Non, aujourd'hui, je voulais vérifier si j'avais tout ce qu'il me fallait pour commencer l'école lundi prochain.

— C'est une ben bonne idée, approuva le jeune président de la commission scolaire au moment même où Télesphore Dionne entrait dans le magasin.

—Je peux ben amener votre fille à l'école, proposa Donat. C'est là que j'allais pour voir si Blanchette a ben livré les trois cordes de bois qu'on lui a commandées la semaine passée. En plus, je voulais voir si vous aviez eu le temps de préparer les listes des enfants pour les deux écoles.

— T'es ben serviable, Donat, mais je pense qu'il est plus convenable que je conduise moi-même ma fille. Si ça fait ton affaire, je peux vérifier si Blanchette a apporté le bois. Pour les listes, elles ont été faites. J'ai laissé celle de ta sœur sur son bureau, dans sa classe hier soir. Ma fille a déjà la sienne.

— Bon, si c'est comme ça, je vais retourner à la maison, déclara Donat en cachant mal sa satisfaction. C'est pas l'ouvrage qui manque chez nous.

Au moment où le cultivateur allait quitter le magasin général, le marchand le retint.

—Ah! j'oubliais de te le dire. Ton frère Hubert nous a fait écrire qu'il revenait à Saint-Bernard la semaine prochaine.

Donat Beauchemin ne put s'empêcher de jeter un coup d'œil vers Angélique dont les yeux s'étaient soudainement mis à briller. Il était persuadé que son jeune frère avait adressé la lettre à celle qu'il avait commencé à fréquenter discrètement le printemps précédent.

La jeune fille était dotée de magnifiques yeux bleus et d'une épaisse chevelure châtaine bouclée qui mettait en valeur ses traits fins. La fille unique de Télesphore et Alexandrine Dionne n'était revenue à Saint-Bernard-Abbé que quelques mois plus tôt après avoir vécu plusieurs années chez une vieille tante qui l'avait fait instruire. Elle était incontestablement l'une des plus belles filles du village avec Bernadette Beauchemin. Qu'elle semble avoir jeté son dévolu sur Hubert avait de quoi surprendre.

Le jeune homme de vingt et un ans avait passé quelques années chez les frères de Saint-Joseph qui avaient tardé à lui laisser prononcer ses vœux à cause de sa santé chancelante. Hubert s'était finalement décidé à les quitter l'automne précédent et avait retrouvé une santé florissante. Grand et d'apparence agréable, il ressemblait de plus en plus à son frère Xavier.

Au début de l'hiver, Télesphore Dionne avait parlé au jeune homme d'un cousin qui avait ouvert une fromagerie à Dunham, ce qui était relativement nouveau. Le marchand général avait alors proposé au fils de Marie Beauchemin de demander à son cousin de le prendre comme apprenti, le temps d'en faire un bon fromager. Hubert, encouragé par Angélique, avait sauté sur l'occasion. Il n'était revenu à Saint-Bernard-Abbé que pour assister au mariage de Xavier.

— Ça tombe ben en torrieu qu'il revienne, déclara Donat, heureux du retour de son frère. C'est pas la besogne qui va manquer sur notre terre jusqu'à la fin de l'automne.

— Là, je sais pas trop ce que ton frère va décider de faire, fit Télesphore, un peu embarrassé. Je sais pas s'il a eu le temps de te parler de mon idée d'ouvrir une fromagerie...

— On verra ben, avoua Donat, qui visiblement ne pensait plus à ça du tout.

— Je veux ouvrir une fromagerie juste à côté, dans la cour qui sépare mon magasin de la forge. Évariste demande pas mieux que de me vendre un morceau de son terrain. Et là, c'est ton frère qui serait fromager parce que moi, je connais rien là-dedans.

— C'est une bonne idée, approuva Donat, tout de même un peu déçu de ne pouvoir probablement pas compter sur l'aide de son frère... Vous avez pas pensé à la maison de Tancrède Bélanger, juste de l'autre côté du pont ?

— Est-ce qu'il parle de vendre ? s'étonna le marchand général.

— Dimanche passé, après la messe, il m'a encore dit que ses rhumatismes le faisaient ben souffrir et qu'il avait hâte de se débarrasser de sa terre pour aller rester chez son garçon, à Saint-Zéphirin.

— T'es le premier à m'en parler.

— Moi, je vous dis ça comme ça, mais il me semble que ses deux grandes remises sont ben d'aplomb et pourraient faire l'affaire pour une fromagerie. En plus, le fromager pourrait rester dans la maison à côté.

— C'est vrai que ce serait juste de l'autre côté du pont et que ça m'éviterait de construire du neuf.

— Vous sauveriez même votre grande cour à côté, ajouta Angélique avec un sourire.

— Il reste juste à savoir combien le bonhomme Bélanger va demander pour sa terre. Lui, il a pas la réputation de donner ses affaires. Je me rappelle encore un peu trop de son pont.

— Bon, je vais y aller si je veux faire quelque chose de ma journée, dit Donat en saluant les Dionne.

En remontant dans son boghei, le jeune cultivateur réalisa tout à coup ne pas avoir entendu Alexandrine Dionne dire un seul mot durant tout l'échange. Il se demanda si elle approuvait l'idée de son futur gendre de posséder une fromagerie… D'ailleurs, rien dans son comportement ne disait non plus qu'elle acceptait que son jeune frère, Hubert, qui ne savait ni lire ni écrire, revienne fréquenter celle qu'elle considérait comme un véritable trésor.

Il fit faire demi-tour à son attelage. Au passage, il vit sa sœur en train de laver les fenêtres de la façade de son école malgré la chaleur moite de cette matinée de septembre. Il n'y avait pas la moindre brise rafraîchissante et le ciel commençait à s'ennuager.

À son retour à la ferme, il détela le Blond et alla retrouver sa mère et son employé en train de déterrer des pommes de terre.

—T'es déjà revenu? lui demanda Marie.

—Oui et je pense que je vais commencer à faucher l'avoine, même si le temps a l'air de vouloir se gâter.

Pendant un court moment, il espéra que sa mère lui offre l'aide d'Ernest Gingras, mais elle n'en fit rien.

—Avant de partir, jette donc un coup d'œil à ta femme, lui conseilla-t-elle, en se relevant pour frotter ses reins endoloris. Je le sais pas, mais elle a pas l'air dans son assiette depuis le déjeuner. Il lui reste au moins trois semaines avant d'avoir son petit.

La seconde grossesse d'Eugénie était passablement difficile depuis le début. Le docteur Samson de Saint-Zéphirin l'avait même forcée à s'aliter durant plusieurs semaines et Marie Beauchemin, la mort dans l'âme, s'était vue obligée alors de lui céder sa grande chambre au rez-de-chaussée. Il ne fallait pas être grand clerc pour s'apercevoir rapidement que la belle-mère se méfiait d'une bru qu'elle avait toujours accusée de paresse et de nonchalance.

—Elle s'écoute trop, répétait-elle souvent aux siens, loin des oreilles de Donat et d'Eugénie. Il faut se secouer, bondance!

En fait, elle avait une dent contre la jeune femme au maigre chignon noir depuis qu'elle s'était aperçue qu'elle poussait son fils à la persuader de se donner à lui.

—Je vais aller voir.

—Dis-lui donc de s'asseoir à l'ombre sur la galerie pour prendre l'air au lieu de rester enfermée dans la chambre. Sors aussi Alexis. Cet enfant-là a besoin de respirer un peu d'air. Elle l'a couché avec elle dans votre lit.

Donat se borna à faire signe qu'il avait compris et il prit la direction de la maison. Il s'arrêta un court moment dans la cuisine d'été silencieuse pour se verser une tasse d'eau fraîche avant de pousser la porte communicante qui permettait d'accéder à la cuisine d'hiver.

Le cultivateur fut immédiatement alerté par les pleurs de son fils et il se précipita vers sa chambre à coucher située au pied de l'escalier, en espérant que les cris d'Alexis n'avaient pas encore réveillé sa mère, qui avait tant besoin de repos. En ouvrant la porte, la scène qu'il découvrit le laissa d'abord sans voix. Alexis pleurait à fendre l'âme, penché sur sa mère qui geignait doucement, sa robe de nuit couverte de sang.

Dans tous ses états, Donat était complètement démuni devant la situation et ne savait à quel saint se vouer.

— Eugénie! Eugénie! cria-t-il à sa femme, au bord de la panique. M'entends-tu?

De faibles gémissements furent la seule réponse qu'il obtint. Il empoigna alors rapidement son fils et le déposa dans son parc avant de se précipiter à l'extérieur pour alerter sa mère.

— Vite, m'man! Quelque chose est arrivé à Eugénie. Elle est pleine de sang, lui cria-t-il, la voix tellement empreinte d'émotion qu'elle rendait son message à peine audible.

Sans hésiter un instant, la veuve de Baptiste Beauchemin abandonna le seau qu'elle finissait de remplir et elle courut vers la maison.

— Attelle et va me chercher Camille, lui ordonna sa mère.

— Mais je veux rester ici pour vous aider, proposa-t-il.

— Laisse faire, tu peux pas être utile. Fais ce que je te dis.

Sur ces mots, elle entra dans la maison où Alexis s'était remis à pleurer à chaudes larmes. Elle prit un biscuit au passage et le donna à l'enfant pour le calmer avant d'entrer dans la chambre pour examiner sa bru. Un court moment, elle eut envie d'ouvrir l'unique fenêtre de la pièce pour rendre l'air moins étouffant, mais il était connu que l'air extérieur pouvait être dangereux pour une femme en train d'accoucher et pour son bébé. Elle repoussa la robe de nuit souillée et aperçut alors l'enfant entre les cuisses de sa mère.

—Mon Dieu! Faites qu'il soit pas trop tard! pria-t-elle à mi-voix en se rendant compte que le visage du nouveau-né était bleuâtre.

Eugénie geignit. Sa belle-mère s'efforça de la rassurer.

—Sois courageuse, ma fille. C'est fini. Tout va bien aller maintenant.

Ce disant, Marie se précipita dans la cuisine d'été, tira un bol d'eau chaude de ce qu'elle appelait le *boiler* et s'empressa d'y tremper une paire de ciseaux avant de retourner dans la chambre de l'accouchée pour couper le cordon ombilical. Sans plus se préoccuper de la mère, elle glissa un doigt dans la bouche de l'enfant pour dégager ses voies respiratoires et le saisit par les pieds. Elle le tint la tête en bas et lui assena deux claques sur le derrière.

Son petit-fils n'émit aucun cri et son teint demeura bleuâtre.

—C'est pas vrai, il est pas mort! murmura Marie, le cœur étreint.

Puis, elle se rappela la naissance de Marthe, la fille d'Emma, qu'elle n'avait pas osé ondoyer, ce qui lui avait attiré des reproches mérités du curé Désilets. Elle jeta un coup d'œil à sa bru: elle semblait avoir perdu conscience. Elle alla chercher un petit bol d'eau et ondoya le bébé décédé pour s'assurer qu'il ne passerait pas l'éternité dans les limbes. Elle enveloppa ensuite l'enfant dans une petite couverture et alla le déposer sur la table de la cuisine d'hiver avant de revenir s'occuper de la mère.

Quand Camille entra dans la maison, elle s'empressa de venir rejoindre sa mère en train de remplir un grand bol d'eau pour faire la toilette d'Eugénie.

—Donat s'en vient, dit-elle à sa mère. Puis, comment ça se présente, m'man?

—C'est fini, déclara sans ménagement Marie Beauchemin. Le petit est mort. J'ai pas pu le sauver. Eugénie a perdu pas mal de sang. Là, je suis en train de la laver.

La jeune femme pâlit en apprenant la nouvelle. Enceinte de sept mois, elle appréhendait la naissance de son premier enfant alors qu'elle allait célébrer bientôt son trente et unième anniversaire.

— Qu'est-ce que je peux faire ? demanda-t-elle en faisant un effort pour surmonter le choc.

— Dis à ton frère de venir.

Donat entra dans la maison au moment même où Liam arrivait dans la cour de la ferme à bord de son boghei. Le jeune père comprit immédiatement quand il aperçut le bébé entièrement recouvert par une couverture sur la table. Il ne demanda même pas si c'était un garçon ou une fille.

— Et ma femme ? s'enquit-il, les traits tirés par l'angoisse.

— Tu vas te dépêcher d'aller chercher le docteur Samson, fit sa sœur. Dis-lui qu'elle a perdu pas mal de sang.

— Et pour le petit ?

— On va s'occuper du reste, déclara sa mère. Grouille-toi, ça presse.

En sortant de la maison, Donat aperçut son beau-frère demeuré sur la galerie.

— Je suis venu au cas où on aurait besoin de moi, fit Liam Connolly.

— Tu tombes bien, dit sa femme en apparaissant derrière la porte moustiquaire. Eugénie a eu son petit, mais il est mort. Tu serais pas mal fin si t'allais prévenir monsieur le curé.

— Demande-lui de venir donner l'extrême-onction à Eugénie et, en même temps, informe-toi pour savoir quand il va pouvoir célébrer la cérémonie des anges, dit sa belle-mère.

— C'est correct, madame Beauchemin.

— Est-ce que tu peux aller prévenir Emma et Xavier ? ajouta Marie.

— Je m'en occupe, promit Liam.

— Oublie pas de prendre Bernadette en passant, fit sa femme. Elle est à l'école.

Camille regarda son mari monter dans son boghei, en proie au plus vif étonnement. Elle n'en revenait pas de voir son mari aussi plein de bonne volonté. Depuis son accident, il y avait des moments où il était méconnaissable et cela la remplissait d'aise. Bien sûr, il avait toujours son caractère colérique et ses rages soudaines qui lui faisaient perdre tout contrôle, mais il s'améliorait et cela la rassurait.

Quand elle rentra dans la maison surchauffée, elle retrouva sa mère assise au chevet d'Eugénie, l'air malheureux. Le visage de l'épouse de Donat avait la blancheur du drap qui la couvrait. La jeune femme semblait dormir.

— Tu peux pas savoir combien je m'en veux, murmura la veuve de Baptiste Beauchemin à sa fille. J'aurais dû me douter que son accouchement se passerait pas bien et j'aurais dû mieux la surveiller. Là, elle a accouché toute seule, comme une bête.

— Mais c'était prévu juste dans trois semaines, lui rappela Camille. Vous avez pas à vous en vouloir. Vous pouviez pas deviner.

— Je veux bien le croire, mais c'est pas une excuse.

— Comment ça se fait que personne l'a entendue crier ? s'étonna la jeune femme.

— Du fond de sa chambre, la fenêtre fermée... Moi, j'étais dans le carré de patates...

— Il fait chaud à mourir, finit par dire Camille. On pourrait peut-être ouvrir un peu...

— Il vaut mieux pas. Le docteur décidera.

Quelques minutes plus tard, Emma vint rejoindre sa mère et sa sœur et elle se chargea d'Alexis qu'elle berça jusqu'à ce qu'il s'endorme. Elle venait à peine de le déposer dans son petit lit qu'on avait temporairement installé dans la cuisine d'hiver que les femmes présentes dans la maison entendirent la clochette agitée par Agénor Moreau.

— C'est pas déjà monsieur le curé ? s'étonna Marie en quittant précipitamment le chevet de sa bru.

— C'est lui, m'man, confirma Emma.

Fidèle à la tradition, Agénor Moreau avait agité une clochette durant le trajet pour signifier aux gens croisés en chemin qu'un prêtre portait le dernier sacrement à un mourant.

Josaphat Désilets, coiffé de sa barrette et vêtu de son surplis, descendit de voiture et pénétra dans la maison, porteur d'une petite trousse contenant les saintes huiles.

— Mon Dieu, monsieur le curé, vous avez fait ça vite, lui dit Marie Beauchemin.

— Votre gendre m'a arrêté au moment où j'allais voir une paroissienne malade dans Saint-Paul. Mon bedeau m'attendait déjà à la porte du presbytère.

— Il est là, enveloppé sur la table, répondit Camille.

— Est-ce qu'il a été ondoyé ?

— Oui, monsieur le curé.

— Dans ce cas-là, je pense que le mieux c'est de faire la cérémonie des anges dès deux heures, cet après-midi, déclara le prêtre. Il fait chaud et ça servirait à rien de laisser traîner les choses.

Les trois femmes présentes hochèrent la tête en signe d'acceptation.

— Bon, je demanderai à mon bedeau de creuser la fosse en revenant, tint à préciser Josaphat Désilets. Où est la mère ? demanda-t-il en prenant sa trousse.

Emma le conduisit jusqu'à la porte de la chambre située au pied de l'escalier qui conduisait à l'étage. Le curé pénétra dans la pièce en prenant soin de refermer la porte derrière lui. Quand il sortit de la chambre une vingtaine de minutes plus tard, il avait eu le temps d'administrer l'extrême-onction à la jeune femme et de dispenser des paroles consolatrices.

Il quitta la maison des Beauchemin au moment où Xavier et Catherine arrivaient, suivis de près par Liam et Bernadette. Tous demeurèrent sur la galerie.

— Il est pas arrivé malheur à Eugénie, j'espère ? s'écria Bernadette, l'air alarmée.

— Non, la calma sa sœur Emma. On a juste demandé à monsieur le curé de venir comme précaution. Le docteur est pas encore arrivé.

— Mon Dieu que ça doit être dur de perdre un enfant, déclara Catherine à mi-voix. Comment Eugénie prend ça ?

— Je pense qu'elle s'en rend pas encore compte, dit Camille.

— Est-ce que monsieur le curé vous a dit qu'il voulait que le petit soit enterré cet après-midi ? intervint Liam.

— Oui, lui répondit sa femme.

— Je pense que le mieux que je peux faire, c'est d'aller lui fabriquer un petit cercueil, ajouta-t-il. Donat aura pas le goût de s'occuper de ça.

— T'as raison, l'approuva Xavier. Je vais vous laisser, dit-il à sa mère et à ses sœurs, et je vais aller donner un coup de main à Liam.

Le docteur Samson apparut à la fin de l'avant-midi. Il constata le décès de l'enfant et s'occupa de la mère. Celle-ci, réveillée depuis le passage du curé Désilets, refusait de croire à la mort de son bébé et ne cessait de le réclamer, malgré les paroles du prêtre.

— Tu dois te calmer et me laisser t'examiner, lui ordonna Eugène Samson en écartant le drap qui couvrait sa patiente. Tu dois être forte. Mais d'abord, on va ouvrir la fenêtre avant de mourir étouffés.

Il se dirigea vers l'unique fenêtre de la pièce et l'ouvrit. Pas le moindre souffle d'air ne pénétra dans la chambre.

Le médecin jugula rapidement la petite hémorragie dont souffrait Eugénie. Il l'ausculta et prit sa température avant de refermer sa trousse et d'inviter Donat à entrer dans la chambre. Dès qu'elle vit son mari, Eugénie se remit à réclamer son bébé.

Le docteur Samson retira son lorgnon et dut élever la voix pour ramener la mère à reprendre contact avec la réalité.

— Il faut cesser de se lamenter! lui dit-il avec une certaine brusquerie. T'as perdu ton petit. C'est une épreuve difficile, certes, mais t'es pas la première à qui ça arrive et t'es pas la dernière non plus. C'est Dieu qui l'a voulu. À cette heure, tu vas te conduire comme une vraie mère. T'as un enfant qui compte sur toi. Tu vas arrêter de pleurnicher et te remettre tranquillement d'aplomb. Dis-toi qu'il y a deux enfants sur cinq qui se rendent pas à l'âge de deux ans...

Donat esquissa un geste pour intervenir, mais le médecin lui fit signe de garder le silence.

— Tu vas garder le lit une dizaine de jours pour refaire tes forces. T'as perdu pas mal de sang. Mange et repose-toi.

— Oui, docteur, fit Eugénie d'une toute petite voix.

— Dis-toi bien que t'es assez jeune pour avoir encore plusieurs enfants, conclut-il. Je passerai te voir dans une semaine pour être sûr que tout va bien.

Sur ces mots, le médecin quitta les lieux, laissant derrière lui un Donat désemparé en compagnie de sa mère, de Catherine et de ses sœurs.

— Comment on va l'enterrer? demanda Donat d'une voix éteinte en montrant le bébé qu'Emma venait de déposer dans le petit berceau qui avait été préparé pour son arrivée quelques semaines plus tôt.

— Inquiète-toi pas pour ça, répondit Camille. Liam et Xavier sont allés faire un petit cercueil.

— On a pas mal de plumes à la maison, intervint Catherine, je pourrais en remplir un oreiller qu'on mettrait dans le cercueil.

— C'est une bonne idée, reconnut sa belle-mère. J'ai même un oreiller de plumes ici dans mon armoire. Il va servir à ça.

— En attendant, c'est l'heure de dîner, on va manger quelque chose, déclara Camille. On fait jamais rien de bien le ventre vide.

On dressa le couvert et on disposa sur la table des tomates, de la laitue, de la tête fromagée et du pain. Il faisait si chaud que personne n'avait envie d'un mets qui aurait nécessité qu'on allume le poêle. On se passa même de thé.

Au début de l'après-midi, Liam et Xavier revinrent, portant un petit cercueil en pin blanc au fond duquel Marie s'empressa de déposer un oreiller.

— Il est peut-être pas ben beau, déclara Liam, mais on a fait ce qu'on a pu.

— Il est parfait, déclara Donat, les yeux embués de larmes.

— Je pense que le mieux est que vous sortiez tous sur la galerie, le temps qu'on le ferme, dit Xavier.

— Les femmes vont sortir, fit Donat en rassemblant son courage. Le moins que je puisse faire, c'est d'être présent.

Marie et Bernadette se dirigèrent vers la chambre occupée par Eugénie qui sommeillait, pendant que les autres sortaient sur la galerie et que les trois hommes plaçaient le petit corps dans le petit cercueil et en vissaient le couvercle.

— Il est presque l'heure d'y aller, dit Donat, la gorge étreinte, en jetant un coup d'œil à l'horloge murale.

Tous décidèrent d'assister à la cérémonie des anges et à l'inhumation, sauf Marie qui préféra demeurer à la maison pour prendre soin d'Alexis et d'Eugénie. Emma monta avec Bernadette et Donat, qui déposa à ses côtés le cercueil avant de mettre son boghei en marche. Sa voiture fut suivie par celles de Liam et de Xavier.

L'air chaud et humide vibrait et les eaux grises de la rivière Nicolet que les trois bogheis longeaient semblaient figées. À leur arrivée près de la chapelle, après avoir monté la pente du rang Sainte-Ursule, les membres de la famille endeuillée découvrirent une demi-douzaine de personnes debout sur le parvis en train de les attendre.

— Ça, c'est mon oncle qui a dû parler au magasin général, dit Liam à sa femme.

Donat tint à porter lui-même le cercueil à l'intérieur de la chapelle où le curé Désilets attendait. Ce dernier indiqua au jeune père de déposer la bière sur la sainte table. Quand les gens eurent pris place dans les bancs, l'officiant entreprit la récitation des prières de la cérémonie des anges.

Après avoir béni le petit disparu et les membres de sa famille, le maître de cérémonie invita tout le monde à le suivre dans le cimetière voisin. Agénor Moreau s'empressa de retirer sa casquette en toile en apercevant le petit groupe qui approchait de la fosse qu'il venait de creuser. Le bébé allait être le second occupant du lot dans lequel avait été seulement enterré son grand-père, Baptiste Beauchemin, un an et demi plus tôt.

Il y eut quelques autres prières et beaucoup de larmes lorsque le cercueil fut descendu dans la fosse. Chacun y jeta une poignée de terre avant de se retirer. À la sortie du cimetière, Donat, encore sous le choc, tint à remercier tous ceux qui les avaient soutenus, sa femme et lui, puis il reprit la route du rang Saint-Jean.

Chapitre 9

Un orage extraordinaire

En revenant du cimetière, Donat déposa au passage sa sœur Emma chez elle. Son beau-frère Rémi s'empressa de venir le réconforter, ce qu'il n'avait pu faire auparavant puisqu'il avait dû assurer la garde de ses trois enfants.

— C'est pas humain de faire chaud comme ça! se plaignit Bernadette quelques instants plus tard, s'éventant de son chapeau de paille qu'elle venait de retirer en pénétrant dans la cuisine d'été où sa mère était occupée à changer les langes d'Alexis.

— Parle pas trop fort, lui ordonna Marie. Eugénie vient de s'endormir.

Donat revint à la maison en compagnie d'Ernest après avoir dételé le Blond.

— Tu te reposes un peu avant qu'on aille faire le train, dit-il à l'employé. On a de la misère à respirer, torrieu!

Ernest Gingras, le visage toujours plein de tics, s'empressa de boire deux grands verres d'eau fraîche avant d'aller s'asseoir au bout de la galerie, à l'ombre.

Il suffisait de jeter un coup d'œil vers le ciel pour se rendre compte que les lourds nuages noirs avaient continué à s'y accumuler depuis la fin de la matinée. Maintenant, toute la campagne environnante semblait écrasée par une sorte de torpeur. Même les insectes avaient cessé leurs stridulations agaçantes.

—Pour moi, on va avoir droit à tout un orage quand ça va se mettre à tomber, prédit Donat à sa mère.

—À ta place, j'attendrais pas trop tard pour aller soigner les animaux, lui conseilla Marie. Tu sais comme moi qu'il y a rien de plus dangereux que d'être dans les bâtiments quand le vent se lève.

—Je reprends mon souffle, je me change et après ça, on va faire le train, répliqua son fils.

Une heure plus tard, il quitta la maison en compagnie d'Ernest pour aller soigner les animaux. Pendant ce temps, Marie et sa fille préparèrent une soupe à l'orge pour le souper.

—L'enfer peut pas être plus chaud, fit remarquer Bernadette en s'éloignant le plus possible du poêle à bois qu'il avait bien fallu allumer pour cuisiner.

—Arrête de te plaindre et sors le pain et le beurre, lui ordonna sa mère avec humeur. C'est ce qu'on va manger avec la soupe ce soir.

Quand les deux hommes rentrèrent après une rapide toilette au puits situé au centre de la cour, Marie ne put s'empêcher de demander à son fils :

—As-tu renvoyé les vaches dans le champ ?

—Bien oui, m'man, comme d'habitude.

—J'aime pas bien ça les voir dehors quand un orage s'annonce, lui fit-elle remarquer.

—C'est moins dangereux dehors que dans l'étable si la foudre tombe sur le bâtiment, d'autant qu'on étouffe dans l'étable aujourd'hui.

Le jeune cultivateur intercepta Bernadette qui s'apprêtait à aller porter un bol de soupe à Eugénie.

—Laisse faire, je m'en occupe, lui dit-il en lui prenant le bol des mains.

Il disparut dans la chambre où il demeura durant tout le repas.

Chez les Beauchemin, cette soirée de septembre fut particulièrement silencieuse. Assis sur la galerie à la recherche du moindre souffle d'air, chacun était plongé dans ses pensées. Marie songeait à son petit-fils mort-né. Bernadette évaluait tout ce qu'il lui restait à faire pour être fin prête à commencer l'année scolaire. Pour sa part, à voir le front barré de rides profondes de Donat, il était évident qu'il remuait de sombres pensées. De temps à autre, il quittait sa chaise berçante pour aller voir si sa femme dormait dans leur chambre.

Au coucher du soleil, le ciel avait pris une vilaine teinte violacée et fut traversé par quelques éclairs.

Un peu après neuf heures, Marie annonça son intention de réciter la prière du soir et d'aller se coucher. Personne ne s'opposa. Son fils et sa fille la suivirent à l'intérieur, s'agenouillèrent au centre de la cuisine d'été. On pria pour le rétablissement d'Eugénie et l'enfant décédé. Au moment de se relever après avoir fait le signe de croix, Donat se rappela soudain ne pas avoir avisé les siens du retour prochain de Hubert.

—J'ai oublié de vous dire que Hubert revient la semaine prochaine, annonça-t-il en commençant à remonter le mécanisme de l'horloge.

— Comment t'as su ça ? lui demanda Bernadette, étonnée.

Dans le passé, son frère lui avait toujours fait adresser ses lettres parce qu'elle était le seul membre de la famille qui savait lire et écrire.

— C'est Télesphore Dionne qui me l'a dit.

— Hubert a fait envoyer une lettre à Télesphore Dionne ?

— Moi, j'ai plutôt l'impression qu'il l'a fait envoyer à sa fille, précisa son frère.

— Il y a pas à dire, on dirait que l'Angélique a pas perdu de temps. Elle s'est déjà placé les pieds, répliqua Bernadette sur un ton acide.

— Il a commencé à la fréquenter avant de partir, lui fit remarquer sa mère en allumant une lampe de service. Ton frère pourrait faire un plus mauvais choix.

— C'est une belle fille, fit Donat.

— La beauté est pas importante, reprit sa mère sur un ton de reproche. C'est surtout une fille instruite et bien élevée qui sait se tenir.

Sur ces paroles, la mère et la fille se rendirent dans la cuisine d'hiver et entreprirent de monter à l'étage pour rejoindre leurs petites chambres surchauffées, malgré les fenêtres ouvertes. Elles endossèrent leur robe de nuit et se mirent au lit, persuadées que la touffeur allait les empêcher de dormir. Elles se trompaient. La longue journée épuisante qu'elles venaient de vivre eut vite raison d'elles. Elles sombrèrent rapidement dans un sommeil sans rêves.

—

Un coup de tonnerre assourdissant réveilla en sursaut la veuve de Baptiste Beauchemin. Avant même qu'elle ait pu s'asseoir dans son lit et réaliser ce qui se produisait, un second coup de tonnerre ébranla les vitres de sa fenêtre. Puis, ce fut un roulement continu dans le lointain.

— Comme disait Baptiste, murmura-t-elle, c'est le diable qui charrie des pierres.

Au moment où elle se levait, de nombreux éclairs illuminèrent brusquement le ciel et un coup de vent violent projeta les rideaux au plafond. Elle s'approchait de la fenêtre quand les premiers grêlons se mirent à marteler si fort les vitres qu'elle crut qu'elles allaient être fracassées. Il lui fallut déployer beaucoup d'efforts pour parvenir à fermer la fenêtre que le vent repoussait.

Marie avait toujours eu peur des orages depuis que, petite fille, la foudre était tombée sur la grange paternelle. L'incendie avait rasé le bâtiment et la maison familiale avait bien failli y passer.

— Il faut absolument que j'aille fermer les fenêtres de la cuisine d'été, dit-elle pour elle-même en allumant sa lampe.

Elle sortit de sa chambre au moment même où Bernadette quittait la sienne.

— Viens m'aider à tout fermer en bas, lui commanda-t-elle.

Les deux femmes descendirent au rez-de-chaussée et trouvèrent Donat planté devant l'une des fenêtres de la cuisine d'été, cherchant apparemment à voir ce qui se passait à l'extérieur.

— J'ai tout fermé, dit-il à sa mère, mais j'ai bien l'impression que, demain matin, on va chercher nos chaises berçantes qui étaient sur la galerie. Le vent les a charriées je sais pas où.

— Est-ce qu'il est tard ? lui demanda sa mère.

— Deux heures et demie.

— On va allumer un lampion pour que le bon Dieu nous protège, déclara Marie en se dirigeant vers l'armoire pour en sortir une bougie de prière.

Des roulements assourdissants de tonnerre se firent entendre de nouveau et le ciel fut zébré par plusieurs éclairs, ce qui permit à Donat de voir certains de ses arbres en bordure de la cour pratiquement pliés en deux par des vents d'une violence inouïe. Les grêlons furent progressivement remplacés par une véritable pluie diluvienne qui tombait à l'horizontale.

— Torrieu, la couverture des bâtiments va ben finir par partir si ça se calme pas ! s'écria Donat, incapable de cacher son inquiétude.

— Et nos vaches dans le champ ? fit sa mère.

— Il y a rien qu'on peut faire pour elles, décréta-t-il. Je pense surtout à la foudre...

— Parle pas de malheur, toi, le rembarra sa mère.

À l'extérieur, le tonnerre, les éclairs et la pluie étaient d'autant plus effrayants qu'il faisait noir et qu'on ne pouvait évaluer les dommages qu'ils causaient.

— En tout cas, on peut réciter un chapelet pour que le bon Dieu nous épargne, déclara Marie en se mettant à genoux.

Donat et Bernadette l'imitèrent et prièrent avec ferveur. Après la récitation du chapelet, Bernadette prit sur elle d'aller allumer un second lampion qu'elle déposa au centre de la table. Son frère disparut quelques instants dans sa chambre pour rassurer Eugénie et ramener Alexis qui s'était mis à pleurer. Marie prit l'enfant et entreprit de le rendormir en le berçant. Durant près d'une heure, aucune des personnes présentes dans la cuisine d'été ne parla de retourner se coucher. Ce qui se passait à l'extérieur était trop inquiétant.

Près d'une heure plus tard, Marie alla coucher un Alexis endormi dans son petit lit.

—Je pense que je vais en faire autant, déclara son fils en se levant au retour de sa mère dans la cuisine d'été. Ça sert à rien de se ronger les sangs, on voit rien et on peut rien faire.

À l'extérieur, il y eut un bruit assourdissant qui fit sursauter les trois Beauchemin.

—Ça, c'est une grosse branche que le vent vient de casser, annonça Donat. Reste à savoir sur quoi elle est tombée, ajouta-t-il.

—Dis donc, intervint Bernadette. On dirait bien qu'Ernest Gingras dort comme une vraie bûche.

Le jeune homme haussa les épaules et prit la direction de sa chambre, laissant sa mère et sa sœur, seules, dans la cuisine.

—Si encore le vent se calmait, fit l'institutrice en se tournant vers sa mère, j'irais me recoucher. Mais là, il souffle comme s'il essayait d'arracher la maison de ses fondations.

La veuve de Baptiste Beauchemin se contenta de sortir son chapelet et d'entreprendre une autre récitation, muette celle-là, pour demander à Dieu d'épargner les siens.

Au petit matin, le jour se leva dans un ciel uniformément gris. Le vent était enfin tombé, mais la pluie continuait de tomber dru.

Les premières lueurs de l'aube trouvèrent Marie Beauchemin endormie dans sa chaise berçante dans une position des plus inconfortables. Bernadette avait choisi de retourner se mettre au lit un peu avant quatre heures, lorsque le vent avait commencé à faiblir.

La maîtresse des lieux quitta sa chaise en geignant tant elle était courbaturée et elle se dirigea vers la porte qu'elle ouvrit toute grande pour aérer la pièce. L'air était beaucoup plus frais que la veille, pour sa plus grande satisfaction.

Elle sursauta à la vue du centre de la cour transformé en un lac d'où émergeaient de nombreuses branches d'arbre. Elle poussa la porte moustiquaire et sortit sur la galerie d'où les chaises berçantes avaient disparu. Elle les aperçut plaquées contre la balançoire en bois renversée.

— Sainte bénite, on va bien en avoir pour une semaine à remettre tout d'aplomb! murmura-t-elle en regardant tous les déclins de cèdre arrachés des toits des bâtiments.

Elle rentra et alluma le poêle pour faire bouillir le thé en marmonnant.

— Êtes-vous rendue que vous vous parlez toute seule? lui demanda Donat en se grattant le cuir chevelu.

— À matin, il y a de quoi, répondit sa mère. Attends de voir tous les dégâts que cet orage-là a faits.

Ernest pénétra dans la pièce, alla prendre une tasse dans l'armoire et la tendit à sa patronne pour qu'elle y verse du thé.

— Il est pas encore prêt, lui dit Marie.

— L'orage t'a pas réveillé? lui demanda Donat.

— Oui, reconnut l'adolescent, mais je me suis rendormi presque aussitôt.

— Eh bien, on peut dire que t'es pas trop nerveux, toi, laissa tomber Marie.

Bernadette, les traits tirés par le manque de sommeil, pénétra dans la cuisine d'été en portant Alexis dans ses bras.

— Il était en train de réveiller Eugénie, expliqua-t-elle en le déposant sur le siège d'une chaise berçante.

Quelques minutes plus tard, Donat, Ernest et Bernadette chaussèrent leurs bottes et quittèrent la maison. La pluie continuait et le brouillard commençait à se lever. Il y avait partout des branches de différentes grosseurs arrachées par le vent.

Avant de se diriger vers les bâtiments, ils allèrent récupérer les chaises berçantes sur le terrain et ils redressèrent la balançoire.

— Torrieu! on a un vrai lac au milieu de la cour, s'exclama Donat en contournant la grande mare laissée par la pluie pour vérifier si le toit avait beaucoup souffert des vents violents qui avaient soufflé durant plusieurs heures.

Il ne manquait que quelques bardeaux de cèdre qu'il faudrait remplacer.

— Va chercher les vaches pendant que je prépare les affaires, ordonna-t-il à Ernest avant de se diriger vers l'étable.

L'homme engagé prit la direction du champ où les bêtes avaient passé la nuit pendant que Bernadette allait nourrir les porcs et les poules. Donat venait à peine de finir de récurer un bidon de lait qu'il vit revenir Ernest un peu essoufflé.

— Monsieur Beauchemin, je pense que vous êtes mieux de venir voir dans le champ, dit-il à son patron.

— Qu'est-ce qu'il y a? fit Donat, agacé.

— Vous avez perdu une vache et son veau. Il y a un arbre qui est tombé sur eux autres.

— Ah ben, maudit torrieu! jura le fils de Baptiste Beauchemin. Il manquait plus que ça!

Il suivit Ernest dans le champ et ne put que constater le fait. La foudre avait frappé l'érable sous lequel la bête et son veau avaient trouvé refuge. L'arbre les avait écrasés.

— Il fallait, en plus, que ce soit celle qui nous donnait le plus de lait, ragea Donat en aidant son employé à rassembler les autres bêtes.

Quand ils rentrèrent à la maison après le train, on fit le bilan des dégâts causés par l'orage de la nuit précédente en mangeant l'omelette au lard cuisinée par Marie.

—Là, on en a au moins pour deux ou trois jours avant de se remettre d'aplomb, déclara Donat. La première chose à faire, ça va être de creuser une fosse pour enterrer notre vache et notre veau après leur avoir enlevé la peau. Après, il va falloir s'occuper des couvertures. Il manque des bardeaux autant sur le toit de la maison que sur celui de l'étable et de la grange.

—Nous autres, on va s'occuper de nettoyer la cour, annonça Bernadette. Il y a des branches partout. On va les mettre près du four.

—Il faudrait bien aller voir chez Camille, Emma et Xavier s'ils ont pas trop de dommages, intervint Marie, l'air préoccupé.

—Inquiétez-vous pas, m'man, je vais aller voir tout de suite après le déjeuner, la rassura son fils. Pendant ce temps-là, Ernest va pouvoir commencer à creuser la fosse sur le bord de la décharge.

Après le repas, Donat attela la Noire au boghei, tourna à gauche en sortant de sa cour dans l'intention de se rendre deux fermes plus loin, chez les Connolly. La pluie avait diminué d'intensité depuis le début de la matinée, mais la rivière Nicolet, à sa droite, n'avait pas pour autant réintégré son lit et charriait des eaux boueuses.

À son entrée dans la cour de la ferme de son beau-frère, il aperçut Patrick et Duncan en train de ramasser les branchages éparpillés ici et là. Il les salua et se rendit à la maison. Camille vint lui ouvrir avant même qu'il frappe à la porte.

—Je suis venu voir si vous aviez ben des dommages, lui dit-il.

—On a été chanceux, répondit la jeune femme en l'invitant à entrer. On va juste avoir à réparer une vitre d'une fenêtre de l'étable. Liam est déjà en train de la changer.

—J'espère que cet orage-là empêchera pas le père Meilleur de me livrer mon journal, fit Paddy Connolly, confortablement installé dans sa chaise berçante, près de l'une des deux fenêtres de la cuisine.

Donat sursauta légèrement en entendant la voix du retraité. Il ne l'avait pas vu.

—Avec ce qui vient de nous tomber dessus, il y a des choses pas mal plus importantes qu'un journal, répliqua-t-il.

—Il faut pas dire ça, fit Paddy sur un ton docte. C'est par le journal qu'on peut apprendre ce qui se passe dans le vaste monde. Si je l'avais pas eu, il y a personne dans Saint-Bernard qui aurait su que Cartier avait été battu dans Montréal-Est la semaine passée et qu'il se représente la semaine prochaine au Manitoba.

—On aurait pu continuer à vivre sans le savoir, affirma Camille, agacée par son pensionnaire pompeux.

—Il faut être une femme pour dire une affaire comme ça, laissa tomber l'oncle de Liam, hautain.

—Bon, je vais y aller, moi, déclara Donat. Tu diras à Liam que je suis passé, ajouta-t-il en sortant de la maison, accompagné par sa sœur.

Donat reprit la route qui était parsemée d'importantes mares d'eau. Il dut même descendre de voiture en trois occasions pour enlever du milieu de la route de grosses branches que le vent de la nuit précédente avait arrachées aux arbres qui bordaient le rang Saint-Jean. Au passage, il constata que l'orage ne semblait pas avoir causé de dommages à la maison et au moulin de Constant Aubé.

Il poursuivit sa route jusque chez les Lafond qu'il trouva debout devant leur étable, l'air catastrophé. Il descendit de voiture et s'empressa d'aller les rejoindre.

—Tu parles d'une maudite malchance! s'exclama-t-il en regardant le bâtiment dont près de la moitié du toit avait été emportée.

— Ça, tu peux le dire, fit sa sœur. C'est le seul dommage, mais c'en est tout un.

— Nous autres, on a perdu une vache et un veau, leur apprit-il, comme si cela pouvait rendre leur perte un peu moins pénible.

— Il y a des débris jusqu'au milieu de mon champ d'avoine. Il va falloir tout ramasser avant de faucher, dit Rémi en secouant la tête.

— Écoute, je vais aller voir comment Xavier s'en tire et on va s'organiser pour venir te donner un coup de main aussitôt qu'il va arrêter de mouiller.

Un peu réconfortés, le mari et la femme le regardèrent partir.

Au moment où Donat Beauchemin traversait le petit pont, la pluie avait cessé et une trouée dans les nuages se fit alors qu'une légère brise se levait. Il passa lentement devant l'école de rang, le magasin général et la forge. À première vue, les édifices en bois ne semblaient pas avoir souffert. La Noire eut toutefois un peu de mal à hisser la voiture au sommet de la côte du rang Sainte-Ursule parce que la route en terre avait été profondément ravinée par la pluie.

Quelques instants plus tard, le fils de Baptiste Beauchemin allait dépasser le presbytère quand il s'entendit héler par le curé Désilets qui s'avançait rapidement à sa rencontre au bord de la route. Donat stoppa son attelage, mais ne descendit pas de son boghei.

— Qu'est-ce qui se passe, monsieur le curé? demanda-t-il au prêtre en soulevant sa casquette en signe de respect.

— Viens voir en arrière, lui ordonna Josaphat Désilets. Il y a un arbre qui est tombé sur le coin de ma remise.

— Je vous crois, monsieur le curé, fit le jeune marguillier sans esquisser le moindre geste pour descendre de sa voiture. Mais là, j'ai pas le temps d'aller voir ça. Je dois absolument aller chez mon frère Xavier.

—Je veux que t'avertisses tous les marguilliers cet avant-midi. Il va falloir arranger ça au plus vite.

—C'est dommage, monsieur le curé, mais j'aurai pas le temps de m'occuper de ça aujourd'hui. Tout le monde a été touché par l'orage et chacun essaye de réparer ce qui a été brisé. Moi-même, j'ai deux bêtes à enterrer et mes couvertures à réparer.

—Qu'est-ce que ça veut dire? demanda le prêtre sur un ton outré.

—Ça veut dire, monsieur le curé, que vous allez devoir atteler pour aller voir vous-même si quelqu'un est prêt à tout lâcher pour venir s'occuper de votre remise.

—J'aurai tout entendu! s'exclama Josaphat Désilets, rouge de colère.

Peu impressionné, le cultivateur remit son attelage en marche et poursuivit sa route dans le rang Sainte-Ursule. Ici et là, quelques maisons et bâtiments avaient été sévèrement touchés. Comme dans le rang Saint-Jean, il dut descendre de voiture à plusieurs reprises pour repousser des branches tombées dans le chemin.

En passant devant la maison de Laura Benoit, il vit qu'un coin du toit de la maison avait été arraché et il se demanda avec inquiétude si la maison de son frère, située quelques arpents plus loin, sur le même côté de la route, n'avait pas subi des dommages semblables. Quand il entra dans la cour de la ferme de son frère, il fut soulagé de constater que la maison comme les bâtiments n'avaient pas souffert des intempéries de la nuit précédente. Il n'avait pas encore mis pied à terre que la porte de la maison s'ouvrit sur sa belle-sœur, portant Constance dans ses bras. La jeune femme semblait heureuse de sa visite.

—Tu tombes bien, lui dit-elle en guise de bienvenue. Xavier s'apprêtait à atteler pour voir comment vous aviez passé à travers l'orage.

Elle venait à peine de parler que Xavier et Antonin sortaient de la grange et se dirigeaient vers le visiteur.

— Comment va Eugénie ? demanda Catherine pendant que son mari approchait.

— Elle est pas mal faible, mais elle a l'air de reprendre un peu d'énergie.

— Tant mieux. Entre, j'ai du thé sur le poêle. Et je suppose que vous deux aussi, vous en voulez ? fit-elle, moqueuse, à son mari et à Antonin.

— C'est sûr.

Constance tendit les bras à Antonin qui s'empressa de prendre la petite fille pendant que la maîtresse de maison servait la boisson chaude. Donat résuma en quelques mots les pertes subies à la maison paternelle et il parla des dégâts chez leur beau-frère Rémi. Les deux frères s'entendirent pour aller l'aider le surlendemain.

— Et toi, t'as pas de dommages ? s'enquit Donat.

— Pantoute, mais oublie pas que la maison et les bâtiments sont neufs et qu'on les a bâtis pas mal solides.

— Ça a l'air d'une autre paire de manches chez ta belle-mère, reprit Donat. Il va y avoir de l'ouvrage à faire là.

— Et le frère de ma femme va faire sa besogne tout seul, à part ça, déclara Xavier sur un ton déterminé. Antonin et moi, on est allés lui offrir notre aide à matin quand on a vu les dégâts, mais ce blasphème d'air bête là s'est contenté de nous tourner le dos comme si on n'était pas là.

Donat tourna la tête vers Catherine qui avait l'air peinée.

— J'ai offert à ma femme d'aller chercher sa mère et de la ramener à la maison. Elle pourra rester ici dedans tant que l'autre aura pas réparé la maison comme du monde.

— Elle a accepté ?

— Elle dort dans une chambre en haut, expliqua Catherine. Elle a pas dormi de la nuit. Je pense qu'elle a été pas mal soulagée de venir s'installer avec nous autres.

꘎

Très tôt, le surlendemain, Donat, Xavier et Liam arrivèrent chez Rémi Lafond pour réparer la toiture. Une heure plus tard, les hommes présents virent Constant Aubé descendre de voiture avec une scie et un marteau.

— Acceptez-vous n'importe qui pour vous donner un coup de main ? demanda le meunier.

— T'as rien à faire au moulin, toi ? lui demanda Rémi, heureux d'avoir un autre participant à la corvée.

— On le dirait bien, répondit le boiteux en souriant. Il faut croire que les cultivateurs pensent plus à tout remettre d'aplomb qu'à venir faire moudre leur récolte.

À la fin de l'après-midi, la toiture de l'étable était réparée et les hommes firent une pause sur la galerie avant de rentrer à la maison.

— En passant, j'ai vu que l'arbre tombé sur la remise de monsieur le curé a été débité, fit remarquer Xavier. On dirait même que la couverture de sa remise est correcte.

— J'en ai entendu parler au magasin général, déclara Constant. Il paraît que notre pauvre curé a eu ben de la misère à trouver du monde pour faire la besogne.

Donat se garda bien de commenter.

— Il paraît qu'il a d'abord demandé au père Moreau de s'occuper de ça. Le bedeau a refusé en disant qu'il était ben trop vieux pour faire cet ouvrage-là. Son garçon a refusé, lui aussi, en prétextant qu'il avait pas le temps. Finalement, c'est Tancrède Bélanger et son employé qui s'en sont occupés.

— Tancrède Bélanger ! s'exclama Rémi. C'est pourtant pas son genre de faire quelque chose pour rien.

— C'est justement là où c'est drôle, reprit le meunier. Il a dit au curé qu'il débiterait l'arbre à condition de garder le bois pour lui.

— Puis ? fit Liam, intéressé.

—Ben, Bélanger et son homme ont débité l'arbre.
C'était un sacrifice de gros érable. Quand monsieur le curé
s'est rendu compte qu'il y avait trois bons voyages de
charrette de bois, il paraît qu'il a commencé à se lamenter
et à vouloir revenir sur l'entente. Mais vous connaissez
Bélanger. Il a rien voulu savoir et notre curé était en beau
maudit.

—J'ai l'impression qu'on n'a pas fini d'en entendre
parler au conseil, déclara Donat avec un sourire en coin. Il
s'était mis dans la tête que les marguilliers lâchent tout le
lendemain de l'orage pour s'occuper de son arbre.

—En tout cas, il devrait s'estimer chanceux, conclut
Xavier. La couverture de la remise a pas souffert.

Au moment de partir, Donat demanda à Constant s'il
était intéressé par les peaux de sa vache et de son veau qu'il
avait mises à sécher dans sa grange.

—C'est certain, j'ai jamais trop de cuir.

—Bon, je vais t'apporter ça cette semaine.

Constant eut subitement l'air un peu emprunté avant de
lui dire, un ton plus bas :

—J'ai appris pour la mort de ton petit. C'est bien triste
une affaire comme ça, ajouta-t-il. J'espère que ta femme va
s'en remettre.

—Elle est au lit pour quelques jours encore, mais ça va
déjà mieux.

—J'y pense, fit le meunier, ça te tenterait pas de lui faire
faire une belle paire de bottines ? Avec du cuir de veau, elles
vont être dépareillées. Ça, ça pourrait lui remonter le moral.

—C'est correct. Fais-en une paire.

—T'as juste à m'apporter sa paire de souliers, pour la
taille de ses pieds, conclut Constant.

Donat se garda bien de parler de ce cadeau à qui que ce
soit à la maison. Son intention était de l'offrir à sa femme à
titre de présent du jour de l'An.

Chapitre 10

Des gens de caractère

Le dimanche matin, quelques minutes avant la grand-messe, Josaphat Désilets fit venir ses marguilliers dans la sacristie où il les accueillit avec un visage sévère.

— Messieurs, j'ai pas de félicitations à vous faire sur votre façon de prendre soin de votre curé, leur dit-il abruptement.

— Est-ce qu'on peut savoir pourquoi vous nous dites ça, monsieur le curé ? lui demanda le notaire Valiquette, le corps bien droit pour ne pas perdre un pouce de sa petite taille.

— Un arbre est tombé sur ma remise cette semaine et aucun de mes marguilliers est venu s'en occuper, expliqua le prêtre en jetant un regard lourd de reproche à Donat.

— C'est peut-être parce qu'on avait tous des choses plus urgentes, lui fit remarquer le président de la fabrique.

— Ça, c'est juste un exemple, poursuivit Josaphat Désilets, l'air mauvais. Mes souliers sont usés jusqu'à la corde. Les semelles sont finies. Qui va se charger de m'en faire faire des neufs ?

— Vous, monsieur le curé, répondit Donat. Vous avez juste à aller voir le meunier. Il va vous faire des bons souliers pour pas cher.

— C'est moi qui dois m'occuper de ça ? fit le curé Désilets, apparemment surpris.

— C'est normal, c'est votre entretien, conclut Samuel Ellis, agacé.

— J'ai tout un conseil, conclut le prêtre. Bon, vous allez me laisser, je dois me préparer pour la messe.

À la fin de la grand-messe, Catherine invita toute la famille à venir manger un morceau du gâteau d'anniversaire de Xavier qui célébrait ce jour-là ses vingt-trois ans. Durant tout le temps que la jeune femme blonde parlait, sa belle-sœur Bernadette admira encore une fois les belles bottines noires et luisantes que celle-ci portait. Ceci l'amena à chercher du regard Constant Aubé qu'elle finit par apercevoir en train de discuter avec Télesphore Dionne et son épouse.

Elle s'étonna immédiatement de ne pas voir Laurence Comtois à ses côtés et elle regarda attentivement tout autour pour tenter de la repérer. Elle ne vit pas plus la jeune femme que son père. Cette constatation lui causa un certain plaisir et elle reporta son attention sur les chaussures neuves de Catherine.

Sur le chemin du retour à la maison, incapable de cacher son envie, elle ne put s'empêcher de dire à Donat:

— Je te dis qu'il y en a qui sont chanceuses.

— De qui tu parles ? lui demanda son frère, intrigué.

— Je parle de Catherine. Xavier lui a donné des belles bottines à la mode.

— Elle est pas toute seule à en avoir dans la paroisse, répliqua-t-il. Aubé m'a dit qu'il en avait fait à Laurence Comtois et à Angélique Dionne.

— Même à Angélique Dionne ! s'écria la jeune institutrice, folle de jalousie.

— Et je peux te dire qu'Eugénie va aussi en avoir une belle paire, jugea bon d'ajouter Donat. C'est une surprise que je veux lui faire.

— Eh bien ! Ça a l'air que je vais être la seule femme de Saint-Bernard à pas en avoir.

— T'as juste à t'organiser avec Constant Aubé, lui suggéra son frère en pénétrant dans la cour de la ferme.

Après le dîner ce dimanche-là, Bernadette offrit à sa mère de demeurer à la maison pour prendre soin d'Eugénie et d'Alexis, et ainsi lui permettre de participer à la petite fête offerte chez Xavier.

— Ça me dérange pas de rester, dit Marie.

— Non, allez-y, m'man. J'ai encore de l'ouvrage à faire pour mes classes, mentit sa fille cadette, qui n'avait vraiment pas le cœur à la fête.

Après le départ des siens, elle s'assit sur la galerie pendant la sieste d'Alexis et imagina toutes sortes de scénarios lui permettant de rentrer dans les bonnes grâces de Constant. Elle avait bêtement cru qu'il se morfondrait d'amour pour elle quand elle lui avait signifié qu'elle avait besoin de réfléchir à leur relation. Ce n'était pas du tout ce qui s'était produit. Laurence Comtois lui avait rapidement mis le grappin dessus, signe qu'il ne l'aimait pas autant qu'elle le croyait. Pire, depuis le printemps précédent, il l'évitait ostensiblement, ce qui lui enlevait pratiquement toute chance de l'attirer.

Assise seule sur la galerie, elle en était à se demander si elle ne l'aimait pas plus que lui. «À part ça, il m'a jamais dit, lui, qu'il m'aimait», songea-t-elle avec une flagrante mauvaise foi.

— Pourquoi je l'aimerais? murmura-t-elle pour elle-même. Il boite et il est même pas beau.

Soudain, à la pensée de l'avoir irrémédiablement perdu, son cœur se serra et elle se sentit malheureuse. Finalement, déprimée, elle rentra dans la maison et décida d'aller faire une sieste après avoir constaté qu'Eugénie dormait, comme son fils. Elle monta à l'étage et se laissa tomber sur son lit après avoir retiré ses souliers.

Une heure plus tard, la voiture d'Armand Beauchemin entra dans la cour et vint s'immobiliser près de la galerie. Le frère aîné de Baptiste Beauchemin se tourna vers les deux sœurs Grises assises sur la banquette arrière du boghei en tirant un large mouchoir à carreaux de la poche de son pantalon pour essuyer la sueur mêlée à la poussière qui maculait son visage.

— Baptême, on dirait qu'il y a personne, dit le gros homme, l'air inquiet.

— Voyons donc, Armand, répliqua l'une des religieuses, une grande et grosse femme à la voix autoritaire. Tu sais bien que Marie laisse jamais la maison sans surveillance.

— En tout cas, ça a pas l'air de bouger ben gros dans la maison, dit le cultivateur de Sainte-Monique sans faire mine de descendre de voiture.

— Il faut aller voir, répliqua sa sœur Mathilde. Allez-y, sœur Sainte-Anne, ordonna-t-elle à sa chétive compagne.

La petite religieuse descendit de voiture, monta sur la galerie et frappa discrètement à la porte moustiquaire.

— Frappez plus fort, ma sœur, lui ordonna Armand d'une voix bourrue. Je t'avertis, Mathilde, ajouta-t-il en se tournant vers sa sœur qui trônait, seule, sur la banquette arrière, qu'il y ait du monde ou pas, moi, je vous laisse là avec vos affaires et je m'en retourne chez nous. J'ai une vache qui va vêler aujourd'hui et j'ai pas envie pantoute de la perdre ou de perdre son veau.

Sœur Sainte-Anne frappa un peu plus fort et sonda même la porte qui s'entrouvrit. Confuse, elle la referma doucement.

— Le crochet est pas sur la porte, expliqua-t-elle un ton plus bas en s'avançant vers Armand et sa consœur.

Armand Beauchemin s'empressa de saisir l'occasion. Il descendit de voiture, empoigna les deux petites valises sur le siège avant et les déposa sur la galerie sans plus de cérémonie. Sœur Marie du Rosaire comprit qu'elle n'avait plus le choix de descendre à son tour.

— Bon, tu diras à Marie que j'avais pas le temps d'attendre qu'elle revienne et tu l'embrasseras pour moi, dit-il en déposant un rapide baiser sur la joue de sa sœur.

Comme d'habitude, il n'eut droit qu'à un très tiède remerciement de Mathide qui croyait depuis de nombreuses années qu'elle comblait ses deux frères en venant s'installer chez eux une semaine ou deux chaque année en compagnie évidemment d'une consœur. Économe à l'orphelinat de Sorel, elle avait une personnalité envahissante. Maladivement curieuse, l'imposante religieuse était, de plus, une bavarde impénitente et autoritaire qu'aucune rebuffade ne faisait reculer. Marie avait cru que le décès de Baptiste inciterait sa belle-sœur à espacer ses séjours, mais tout indiquait que l'idée ne l'avait même pas effleurée.

Armand, trop content d'être débarrassé de ses encombrantes visiteuses, ne se formalisa pas des maigres remerciements de sa sœur. Il salua sœur Sainte-Anne et quitta la cour de la ferme de son défunt frère.

Dans la maison, Bernadette avait été réveillée en sursaut par la voix de son oncle, même si la fenêtre ouverte de sa chambre n'ouvrait pas sur la cour de la ferme. Elle s'assit dans son lit, encore incertaine de n'avoir pas rêvé.

En entendant le « En tout cas, ça a pas l'air de bouger ben gros dans la maison » d'Armand Beauchemin, elle se décida à descendre accueillir son oncle et sa tante Amanda. Au passage, elle jeta un coup d'œil à la fenêtre de la cuisine d'été donnant sur la cour de la ferme. Elle s'immobilisa brusquement en reconnaissant sa tante Mathilde, assise, l'air altier, sur la banquette arrière du boghei de son oncle.

— C'est pas vrai ! s'exclama-t-elle à mi-voix. Pas elle ! Ah ben là, nous v'là bien arrangés.

Quand elle entendit sœur Sainte-Anne déclarer que la porte n'était pas crochetée, la jeune femme se demanda si elle devait s'avancer tout de suite pour aller accueillir ces visiteuses indésirables ou retourner dans sa chambre et feindre ne pas les avoir entendues arriver.

Pendant un court moment, elle demeura dissimulée près de la fenêtre de la cuisine d'hiver, soulevant à peine un coin du rideau pour épier ce qui allait se passer. Elle souhaitait de tout son cœur que son oncle décide de ramener à Sainte-Monique les deux religieuses. Elle dut se rendre à l'évidence qu'elle n'aurait pas cette chance quand le gros homme descendit de voiture pour déposer sur la galerie les valises de ses passagères.

—Maudit! il nous les laisse, gémit-elle en le voyant remonter dans son boghei et partir. Si c'est comme ça, qu'elles sèchent sur la galerie en attendant que Donat et m'man reviennent de chez Xavier. Moi, je remonte me coucher.

Toute hésitation disparut sur la conduite à tenir quand elle entendit la voix tonnante de sa tante déclarer à sa timide compagne :

— Si le crochet est pas sur la porte, c'est qu'ils doivent pas être bien loin. Nous autres, on n'est pas pour rester comme deux belles dindes sur la galerie à les attendre. On va entrer et en profiter pour s'installer. Envoyez, ma sœur, prenez votre valise et suivez-moi.

Sur ces mots, sœur Marie du Rosaire empoigna sa petite valise et pénétra dans la cuisine d'été, suivie par sœur Sainte-Anne, d'un pas beaucoup moins assuré que le sien.

Dès qu'elle entendit la porte s'ouvrir, Bernadette traversa la cuisine d'hiver en catimini et s'empressa de remonter à l'étage, le cœur battant. Elle referma derrière elle et sans bruit la porte de sa chambre avant de se jeter sur son lit pour feindre le sommeil. Les yeux fermés, elle guetta le bruit des pas des religieuses déjà en train de monter l'escalier.

— Si je me rappelle bien, Donat et sa femme couchent dans la première chambre, déclara Mathilde Beauchemin à sœur Sainte-Anne. Pour la chambre à côté, je pense que c'est celle de leur homme engagé, ajouta-t-elle en ouvrant la porte sans la moindre gêne.

La religieuse eut un léger sursaut en apercevant sa nièce dormant à poings fermés dans son lit.

— Dis donc, la marmotte, s'écria-t-elle de sa voix de sten-tor, t'as pas honte de dormir et de laisser la visite attendre devant la porte ?

— Ma sœur, on pourrait peut-être la laisser dormir, suggéra timidement sa compagne.

Sœur Marie du Rosaire fit comme si elle ne l'avait pas entendue.

— Quoi ? Qu'est-ce qu'il y a ? demanda Bernadette en s'assoyant brusquement dans son lit, comme si on l'avait brutalement tirée du sommeil. Tiens ! ma tante, qu'est-ce que vous faites là ?

— J'attends que tu me dises ce qu'une jeunesse comme toi fait dans son lit en plein milieu de l'après-midi, répondit Mathilde toujours sans manifester le moindre embarras.

— Je garde Alexis et je prends soin d'Eugénie, fit sa nièce en se levant et en remettant un peu d'ordre dans sa tenue.

— Toute une gardienne ! Tu dormais comme une bûche.

— Tous les deux dorment, ma tante. Je pouvais me permettre de faire la même chose qu'eux autres.

— Bon, si c'est comme ça, tu serais pas mal fine d'aller nous préparer une bonne tasse de thé pendant qu'on s'installe chacune dans une chambre, déclara la visiteuse.

— Il y a juste une chambre de libre, ma tante, fit Bernadette en cachant mal sa satisfaction. Ma mère dort à cette heure dans la chambre à côté de la mienne. Elle a donné sa chambre en bas à Donat. Ernest, notre homme engagé, dort dans la chambre bleue. Il reste la chambre verte, en face de la chambre de ma mère. Vous pouvez vous installer toutes les deux là, mais vous allez peut-être vous trouver un peu tassées.

— Tu pourrais pas coucher cette semaine avec ta mère ? suggéra avec aplomb sœur Marie du Rosaire.

— Ma mère voudra jamais, s'empressa de répondre Bernadette. Elle est plus capable de dormir avec quelqu'un dans son lit. Bon, je vous laisse vous installer et je m'en vais préparer du thé.

La jeune femme quitta sa chambre, ouvrit la porte de la pièce verte au passage et se dépêcha de descendre au rez-de-chaussée. Évidemment, la voix de stentor de sa tante était parvenue à réveiller Alexis et Eugénie. Bernadette alla chercher le petit garçon et murmura à sa belle-sœur :

— Je pense que t'es mieux de faire semblant de continuer à dormir. C'est la sœur de mon père qui vient d'arriver. Si elle t'entend bouger, tu vas l'avoir sur les bras un bon bout de temps.

— Mon Dieu ! Il manquait plus qu'elle ! s'exclama l'épouse de Donat en prenant un air consterné.

Bernadette posa un doigt sur ses lèvres pour lui intimer de garder le silence et, l'enfant dans les bras, elle referma la porte de la chambre derrière elle. Elle déposa Alexis sur une couverture par terre, alluma le poêle à bois qu'on avait laissé s'éteindre après le dîner et mit le thé à bouillir. Quand elle se rendit compte que les religieuses ne descendaient pas encore, elle se mit à la préparation du souper en s'installant à peler les pommes de terre. Elle finissait son travail quand elles apparurent dans la cuisine.

— Le thé est prêt, annonça-t-elle aux visiteuses. On va aller le boire sur la galerie pour pas réveiller Eugénie.

Sœur Sainte-Anne prit Alexis dans ses bras et sortit sur la galerie, suivie par Mathilde et sa nièce.

— Ce que j'ai pas encore eu le temps de vous dire, ma tante, fit Bernadette, c'est qu'Eugénie a accouché avant terme cette semaine, mais son petit est mort en venant au monde.

— Pauvre femme ! s'exclama sœur Sainte-Anne.

— Comment elle a pris ça ? demanda sœur Marie du Rosaire.

— Bien mal, ma tante. On a tous trouvé ça dur. Ma mère et Donat ont de la misère à remonter la pente. Le petit a été enterré proche de p'pa et monsieur le curé a célébré la cérémonie des anges.

— Dieu envoie des épreuves à ceux qu'Il aime, dit platement Mathilde. Et comment va la petite infirme de ta sœur ? ajouta-t-elle sans la moindre délicatesse.

— Si vous appelez la petite Marthe comme ça devant ma sœur, ma tante, elle va vous arracher les yeux, rétorqua l'institutrice, horrifiée.

— Mais cette enfant-là est une infirme, insista la religieuse.

— C'est pas une raison pour le dire, répliqua sa nièce. Marthe est attachante et Emma arrête pas de dire que c'est un bébé qui lui cause jamais aucun problème.

Sœur Sainte-Anne mit une main apaisante sur le bras de sa compagne pour l'inciter à quitter le sujet. Il y eut un long silence emprunté sur la galerie, silence qui prit fin à l'arrivée de Donat accompagné par sa mère. Il immobilisa l'attelage près de la maison pour permettre à cette dernière de descendre de voiture.

Mathilde s'était déjà levée quand Marie arriva au pied de l'escalier, arborant un mince sourire de bienvenue.

— Est-ce que ça fait longtemps que vous êtes arrivées ? demanda-t-elle aux deux religieuses.

— À peu près une heure et demie, répondit sa belle-sœur avec une note de reproche dans la voix.

Marie embrassa la religieuse sans grande chaleur sur une joue après avoir salué sœur Sainte-Anne.

— Tu devrais prendre l'habitude de prévenir quand tu viens en visite, reprocha-t-elle à son tour à la sœur de son mari défunt. Comme ça, on serait là pour te recevoir. Là, je suppose que c'est Armand qui vous a amenées ?

— En plein ça, reconnut Mathilde. On a passé trois jours avec lui et Amanda, question de pas faire de jaloux.

— Ça a dû faire bien plaisir à ma tante, persifla Bernadette, ce qui lui attira un regard d'avertissement de sa mère.

Donat revint vers la galerie, porteur d'une assiette couverte d'un linge blanc. Il venait de dételer le cheval et de le faire pénétrer dans l'enclos. Il salua sans entrain les visiteuses.

— M'man, vous avez oublié ça dans le boghei, dit-il en tendant l'assiette à sa mère.

— Qu'est-ce que c'est, m'man ? s'enquit Bernadette, curieuse.

— Catherine a pensé à toi et à Eugénie. Elle vous a envoyé un morceau de gâteau à chacune.

— Et nous autres ? demanda sœur Marie du Rosaire.

— La femme de Xavier pouvait pas savoir que vous étiez là, répondit sa belle-sœur.

— Peut-être que tu pourrais faire quatre parts avec les deux morceaux, ils m'ont l'air pas mal gros, suggéra la religieuse, gourmande.

— Je suis bien prête à vous donner une partie de mon morceau, rétorqua Bernadette, taquine, mais il va falloir que vous veniez me donner un coup de main à préparer le souper, par exemple.

— Moi, je vais laisser tout son morceau à la malade, déclara sœur Sainte-Anne d'une voix douce.

— Bon, je vais aller vous aider à vous installer dans la chambre verte, annonça Marie en se levant avec détermination.

— C'est déjà fait, reste assise, lui ordonna Mathilde Beauchemin. Parle-moi plutôt de Xavier et de sa femme.

— Moi, je rentre me changer pour aller faire le train, annonça Donat en voyant Ernest Gingras descendre de la voiture de son père à l'entrée de la cour.

L'employé salua timidement les femmes rassemblées sur la galerie avant d'entrer dans la maison à la suite de Donat pour aller changer de vêtements lui aussi.

— Tu sais que je connais pas pantoute la Catherine de Xavier. C'est à peine si j'ai pu lui parler cinq minutes après la grand-messe le dimanche avant son mariage. J'ai même pas été invitée aux noces, ajouta la religieuse en ne cachant pas son amertume.

— Là, on y pouvait rien, mentit Marie. Sa mère avait décidé de faire une toute petite noce.

— En tout cas, j'ai bien hâte de lui parler pour connaître quelle sorte de femme c'est.

— Xavier a choisi un bien bonne femme et je peux te garantir que c'est aussi une bonne mère.

Le sursaut de Bernadette n'échappa pas à sa mère qui réalisa, une seconde trop tard, qu'elle avait trop parlé. Elle s'en mordit les lèvres, mais le mal était fait.

— Comment ça, une bonne mère ? s'étonna sœur Marie du Rosaire. Ils sont mariés juste depuis deux mois !

— Ben…

— Toi, tu me caches quelque chose, Marie Camirand ! s'exclama sa belle-sœur, le regard inquisiteur. Es-tu en train de me dire qu'ils auraient fêté Pâques avant Noël ?

— Qu'est-ce que tu vas chercher là ? se fâcha Marie en élevant la voix. Tu sauras que ma bru est une fille honnête, ajouta-t-elle d'une voix si convaincue qu'elle arracha un mince sourire à Bernadette.

Cette dernière assistait à la joute sans intervenir.

— T'as tout de même pas dit qu'elle était une bonne mère pour rien, non ?

— Non, j'ai oublié de te dire que Xavier et Catherine ont adopté une belle petite fille qui va bientôt avoir deux ans. Une vraie soie ! Et tu devrais voir combien ils l'aiment, cette enfant-là.

— Ils viennent de se marier et ils ont déjà adopté une orpheline ! J'aurai tout entendu ! s'exclama Mathilde Beauchemin, réprobatrice. Où est-ce qu'ils l'ont adoptée, cette petite fille-là ? Tout de même pas à notre orphelinat de Sorel… Je l'aurais su !

— Non, à Montréal.

— Dans notre orphelinat là-bas ?

Marie allait répondre quand Bernadette la devança.

— Si je me fie à ce que Catherine m'a raconté, Constance, c'est la fille d'une de ses amies qui est morte, mentit-elle avec aplomb.

— Oui, c'est en plein ça, approuva sa mère en lui adressant un regard de reconnaissance. Tu viendras pas me dire que c'était pas un bel acte de charité chrétienne de la part de deux jeunes qui venaient juste de se marier, poursuivit Marie.

— C'est vraiment admirable, approuva sœur Sainte-Anne sur un ton attendri.

— J'ai bien hâte de la rencontrer, cette Catherine-là, conclut sœur Marie du Rosaire. Tout ça me semble trop beau pour être vrai.

— En attendant, on va aller finir de préparer le souper avant qu'il soit trop tard, dit la maîtresse de maison en se levant à nouveau.

— J'espère aussi, cette semaine, avoir la chance de voir Emma et ses enfants, ajouta sa belle-sœur en se levant à son tour.

— Tu pourras même voir Camille qui approche doucement de son terme, fit Marie.

❧

Une heure plus tôt, au retour de la fête, Donat avait poliment cédé le passage au boghei conduit par le curé Désilets qui s'apprêtait à s'engager sur le petit pont. Le jeune marguillier avait alors soulevé sa casquette, salut auquel le prêtre s'était contenté de répondre par un sec hochement de tête.

— Monsieur le curé a pas l'air de bonne humeur, lui avait fait remarquer sa mère, assise à ses côtés.

— Moi, je trouve que c'est son air habituel, s'était contenté de répondre Donat en remettant son attelage en marche.

Josaphat Désilets venait de quitter la maison de Constant Aubé et son entretien avec le jeune homme ne lui avait pas plu particulièrement.

Après sa sieste, il avait décidé de se faire violence et d'atteler son cheval pour régler son problème de souliers qu'il ne pouvait vraiment plus porter. Cinq années de va-et-vient surtout à faire les cent pas en lisant son bréviaire et deux ressemelages plus ou moins réussis en étaient venus à bout.

— Vous avez l'air d'un vrai quêteux avec des souliers défoncés comme ça, lui avait fait remarquer sans ménagement sa nouvelle ménagère. Attendez-vous de marcher sur vos bas pour vous décider à vous en acheter une paire de neufs ?

— Ça se règle pas aussi facilement, avait-il prétexté. Il faut de l'argent pour payer.

— Vous savez bien que vos paroissiens accepteront jamais que leur curé se promène nu-pieds, avait insisté Bérengère Mousseau.

— Il faut savoir qui aller voir, avait répliqué Josaphat Désilets en espérant que la grande femme au long visage le laisse tranquille et retourne à la cuisine.

— Voyons donc, monsieur le curé ! s'était-elle exclamée, sur un ton autoritaire. N'importe quel gnochon de la paroisse sait bien que le cuir d'une paire de souliers repousse pas tout seul pendant la nuit et qu'il y a juste un moyen de régler ça, c'est d'aller voir le petit Aubé qui va lui en faire une paire pour pas cher.

— Je vais y voir, lui avait-il promis pour avoir la paix.

La rencontre avec le meunier-cordonnier avait été peu chaleureuse. Il l'avait trouvé assis seul sur la galerie de sa maison en train de poser ce qui lui avait semblé être des œillets à des bottines pour femme. Très occupé par ce travail minutieux, le jeune homme avait à peine levé la tête à son arrivée près de la maison. Il avait toutefois déposé son matériel près de sa chaise et s'était levé sans grand enthousiasme pour accueillir son curé qui venait de descendre de voiture.

— Bonjour monsieur le curé, l'avait-il salué. Venez vous asseoir à l'ombre. Le soleil plombe pas mal cet après-midi.

— Merci, mon ami, avait dit le curé Désilets en montant sur la galerie et en venant occuper la chaise voisine de celle de son hôte.

— Avez-vous une raison spéciale pour venir me voir ? lui demanda Constant.

— Ben, j'aimerais que tu me répares mes souliers qui sont pas mal maganés, répondit le visiteur en enlevant son soulier gauche pour le lui tendre.

Le jeune cordonnier inspecta le soulier avec attention avant de décréter sans la moindre hésitation :

— Ça me fait rien, monsieur le curé, mais ce soulier-là est fini. Le cuir qui reste est même pas suffisant pour que je puisse le réparer. Le moins qu'on puisse dire, c'est qu'il a pas mal servi, pas vrai ? Et je suppose que l'autre est pas en meilleur état ?

— Là, t'as tout compris, avait répliqué Josaphat Désilets. On dirait que j'ai pas le choix, il va falloir que je dépense pour m'en faire faire une autre paire…

De toute évidence, il s'attendait à ce que Constant Aubé lui offre une paire neuve gratuitement.

— Il y a des dépenses que personne peut éviter, monsieur le curé, avait répliqué avec sérieux le cordonnier.

— Ouais, et tu me demanderais combien pour cette besogne-là ? s'était enquis le prêtre, le visage fermé.

— Il faut comprendre que je dois acheter la peau, la tanner, puis teindre le cuir, le découper et faire la paire de souliers ensuite.

— Oui, oui, je comprends tout ça, avait fait Josaphat Désilets avec une apparente impatience, mais combien pour des souliers ?

— Je dirais soixante-quinze cennes, monsieur le curé.

— Tant que ça, même pour ton curé! avait-il protesté, l'air horrifié par la dépense.

— C'est le prix que je demande à tous les hommes pour une paire de souliers, avait rétorqué Constant sans se démonter. Mais si vous pouvez vous les faire faire par quelqu'un d'autre, vous êtes toujours libre d'aller le voir, avait-il conclu.

— Et ça te prendrait combien de temps?

— Une journée. Demain soir, ils devraient être prêts.

— Et t'est certain que tu peux pas me les faire à meilleur marché? avait-il quémandé en s'humiliant un peu. Mon conseil va trouver ça pas mal cher, avait-il menti.

— Non, monsieur le curé, avait répondu le cordonnier, mais si le conseil s'en mêle, vous pourriez lui suggérer de baisser ma dîme de soixante-quinze cennes cet automne et on serait quittes.

Josaphat Désilets, à court d'arguments, avait finalement accepté que Constant prenne l'empreinte de ses pieds avant de se rechausser, et il avait quitté le jeune homme sur un dernier trait cinglant en montant dans son boghei.

— J'y vais en te laissant réfléchir sur l'importance de la charité chrétienne, mon garçon.

— Merci, monsieur le curé, avait rétorqué le jeune Aubé avec un sourire en coin. J'ai toujours entendu dire que charité bien ordonnée commence par soi-même.

Quand la voiture du prêtre eut disparu dans un nuage de poussière soulevé sur la route, le jeune homme se promit de s'informer auprès de Donat s'il était exact que ce type de dépense devait être acquitté par le conseil. Il n'avait absolument pas digéré le fait d'avoir travaillé durant des dizaines d'heures le mois précédent à démonter et à réparer l'horloge brisée qu'il avait rapportée, tout fier, au presbytère. Tout ce travail ne lui avait valu qu'un mince merci prononcé du bout des lèvres.

Après le souper, Constant attela son boghei et, avant de se rendre chez les Comtois, décida d'arrêter un instant dire deux mots à Donat pour en avoir le cœur net. Il arriva au moment même où le fils de Marie venait d'allumer sa pipe en prenant place dans sa chaise berçante, sur la galerie. Les femmes étaient encore à l'intérieur en train de ranger la cuisine.

Donat quitta sa chaise et descendit à la rencontre du meunier pour s'enquérir de la raison de sa visite. Le bruit des voix finit par attirer Bernadette à l'une des fenêtres de la cuisine d'été. Immédiatement, elle défit les cordons de son tablier et se précipita vers le miroir pour vérifier l'ordonnance de son chignon.

— Qu'est-ce que tu fais? lui demanda sa mère en constatant que le rangement était loin d'être terminé.

— J'en ai pour une minute, répondit la jeune femme d'une voix impatiente.

À l'extérieur, Constant Aubé ne s'était pas donné la peine de descendre de voiture. Il s'était contenté de saluer Donat avant de lui demander:

— Monsieur le curé est venu me voir cet après-midi pour que je lui fasse une paire de souliers. Quand je lui ai dit que je chargeais soixante-quinze cennes, ça a été comme si je lui arrachais une dent.

— Ça me surprend en torrieu, avait répliqué le cultivateur. D'habitude, l'argent lui pèse pas trop au bout des doigts.

— Là, il m'a dit que le conseil voudrait jamais payer ce montant-là.

— Il a eu raison de le dire. Il reçoit un petit salaire pour son entretien et c'est avec ça qu'il doit payer. Le conseil a rien à voir avec ses souliers.

— Bon, ben, je suis bien content d'apprendre ça. Remarque que je les lui aurais faits pour rien, ses souliers, s'il savait se montrer reconnaissant de temps en temps, conclut Constant.

— Je te comprends et je trouve que tu ferais aussi ben de te faire payer en les apportant, sinon tu risques de te faire payer avec des prières ou dans la semaine des quatre jeudis.

— Merci, j'y vais, fit le meunier en le saluant de la main au moment où Bernadette apparaissait sur la galerie.

Le jeune homme ne tourna même pas la tête vers elle et remit son attelage en route pour sortir de la cour des Beauchemin. Donat remonta sur la galerie et s'assit dans sa chaise berçante.

— Qu'est-ce qu'il voulait? lui demanda sa sœur, incapable de cacher son dépit.

— Rien qui te regarde, répondit-il.

— Il aurait pu au moins me saluer, l'air bête!

— Il t'a probablement pas vue. Il a bien autre chose en tête.

— Comme quoi? Laurence Comtois, je suppose?

— Si c'était ça, ça te regarderait pas, laissa-t-il tomber abruptement.

— Bedette! cria Marie du fond de la cuisine. Veux-tu ben me dire ce que t'as à niaiser dehors quand la vaisselle est même pas finie?

— J'arrive, m'man, fit-elle d'une voix exaspérée.

Dès qu'elle posa le pied dans la pièce en prenant soin de laisser claquer la porte moustiquaire derrière elle pour bien montrer son mécontentement, sœur Marie du Rosaire vint mettre son grain de sel.

— Dis donc, Bernadette, c'est pas le boiteux, ton ancien ami de cœur, qui parlait avec ton frère?

— Je le sais pas, ma tante, il est parti au moment où je sortais.

— Bien oui, j'ai remarqué qu'il t'a même pas saluée, fit l'incorrigible curieuse. T'as dû lui faire quelque chose de pas correct, ma fille, parce qu'il m'a paru un garçon bien élevé chaque fois que je l'ai vu.

Bernadette allait lancer à sa tante une remarque cinglante quand la voix de Camille se fit entendre à l'extérieur. L'aînée de la famille venait d'arriver à pied en compagnie de son mari et des enfants pour une courte visite. Marie s'empressa d'aller rejoindre les visiteurs sur la galerie, suivie de près par sa belle-sœur, pendant que Bernadette demeurait avec sœur Sainte-Anne qui n'avait pas encore soufflé mot.

— Tu peux y aller avec les autres, suggéra la douce religieuse. On a fini.

Bernadette préféra prendre la direction de la cuisine d'hiver, s'arrêta un instant pour échanger quelques paroles avec Eugénie toujours alitée avant de monter à sa chambre. Elle n'avait qu'une envie, celle de se retrouver seule pour analyser ce qu'elle éprouvait à se voir aussi ostensiblement ignorée par son ancien cavalier.

Elle venait à peine de s'étendre sur son lit après avoir retiré ses chaussures qu'on frappa à sa porte.

— Je veux pas te déranger, fit Camille en entrant, un peu essoufflée par l'escalier qu'elle avait dû monter. Je voulais juste te dire que j'ai fini par convaincre Liam de renvoyer Ann à l'école après les fêtes.

— C'est correct, accepta sa jeune sœur en s'assoyant sur son lit.

— Penses-tu que tu vas pouvoir lui donner des devoirs de temps en temps avant les fêtes pour qu'elle prenne pas trop de retard ?

— Je vais essayer, lui promit Bernadette sans trop d'enthousiasme.

— Liam a fini par en faire une question de fierté si sa fille avait son diplôme à la fin de l'année, ajouta Camille.

— Je vais faire mon possible.

— T'es pas malade, au moins ?

— Pourquoi tu me demandes ça ? fit l'institutrice.

— Couchée à sept heures et quart un beau dimanche, expliqua sa sœur aînée avec un petit sourire.

— L'école commence demain matin et j'ai eu une grosse semaine, mentit Bernadette d'une voix peu convaincante.

— Pour moi, tu vieillis, plaisanta l'épouse de Liam Connolly. Du temps que tu recevais un cavalier, tu te couchais pas si tôt que ça.

— …

— Je veux pas faire ma tante Mathilde, mais est-ce que ça te tente pas de t'en faire un nouveau ?

— C'est pas si facile que ça quand t'as été fréquentée par quelqu'un durant un an, laissa tomber Bernadette.

— Pourquoi t'essayes pas de faire revenir Constant Aubé, si c'est comme ça ? Après tout, c'est un beau parti et un homme qui a du cœur et qui est aimé par tout le monde dans la paroisse.

— C'est peut-être ça, le problème. Il y a trop de monde qui l'aime, fit sa sœur. Il y a Laurence comtois, par exemple.

— Voyons, Bedette, ils sont pas encore mariés. Laurence a beau avoir la réputation d'être une bonne fille, il y a rien qui dit que Constant veut pas te revenir. Penses-y bien.

Sur ces mots, Camille quitta sa sœur et alla rejoindre sa mère et ses invités tout en la plaignant secrètement d'avoir à supporter sœur Marie du Rosaire durant une semaine entière. Elle se promit même d'essayer de persuader son frère Donat d'aller conduire leur tante à son orphelinat de Sorel dès mercredi ou jeudi pour soulager leur mère.

⚓

Ce soir-là, Constant Aubé ne veilla pas très tard chez les Comtois du rang Saint-Paul. À peine venait-il de prendre place sur la galerie entre Laurence et son père que ce dernier s'excusa pour aller aux bâtiments voir une génisse malade. Étrangement, aucun des trois frères ni aucune des deux sœurs de la jeune fille ne vint prendre la place laissée libre pour les chaperonner.

— Qu'est-ce que ton père a à soir ? demanda-t-il à voix basse à la jeune fille. On dirait qu'il a une ben petite façon.

— Il est gêné à cause de ce que je vais te dire, lui avoua sans ambages l'orpheline un peu grassouillette assise à ses côtés.

Le cœur du jeune meunier eut un raté et c'est la gorge sèche qu'il lui demanda :

— Qu'est-ce que t'as à me dire qui fera pas mon affaire ?

— Écoute, Constant, poursuivit Laurence en baissant la voix. Je vais t'expliquer quelque chose…

Est-ce que, encore une fois, une fille allait lui donner congé ?

— …Quand ma mère est morte il y a cinq ans, je me préparais à entrer au noviciat des Ursulines à Trois-Rivières. Comme ma sœur Thérèse avait juste onze ans, je pouvais pas partir comme ça et laisser mon père prendre soin tout seul de mes frères et de mes deux sœurs. Je suis restée pour les élever du mieux que j'ai pu. À cette heure, Thérèse a seize ans et est aussi capable que moi de s'occuper des jeunes et de l'ordinaire.

— Je comprends, fit Constant d'une voix éteinte.

— Quand t'as commencé à venir veiller avec moi au mois de juin, je t'ai bien dit que t'étais mon premier cavalier et il y a pas eu de promesse entre nous deux.

— C'est vrai, reconnut-il.

— Là, j'ai écrit il y a deux semaines au noviciat pour demander si on était toujours prêt à me prendre, même si j'avais dépassé vingt ans. Les religieuses m'ont répondu de venir les voir. Mon oncle Amable m'a emmenée à Trois-Rivières samedi matin et je suis revenue juste cet après-midi. C'est pour ça que j'étais pas à la messe avec mon père à matin.

— Puis ? demanda Constant avec une certaine impatience dans la voix.

— J'entre demain après-midi au noviciat, déclara la jeune fille. Je veux pas que tu m'en veuilles ou que tu penses que c'est ta faute si je pars, ajouta-t-elle, l'air un peu malheureux. C'est ma vocation. J'ai toujours voulu devenir une Ursuline. Ça veut pas dire que je t'aime pas, mais l'appel du bon Dieu est plus fort.

Sonné bien plus qu'il ne l'aurait voulu, Constant se leva lentement, le visage un peu blafard. Il lui souhaita bonne chance d'une voix blanche et monta dans son boghei pour rentrer chez lui.

Chapitre 11

Quelques désagréments

En ce deuxième lundi de septembre, le jour se leva sous un épais ciel gris. Dès les premières lueurs de l'aube, le coq des Beauchemin lança un « cocorico » sonore qui eut le don d'encourager ses congénères des deux côtés de la rivière à se lancer dans des imitations plus ou moins réussies. S'ensuivirent les meuglements de vaches impatientes d'être traites et les hennissements de chevaux s'ébrouant dans leur enclos. Peu à peu, la campagne sortit de sa léthargie nocturne.

Chez les Beauchemin, Marie alluma le poêle de la cuisine d'été en se promettant de fermer dorénavant les fenêtres de la pièce chaque soir tant il faisait une fraîcheur désagréable si tôt le matin. Avant de réveiller son monde, elle alla chercher Alexis debout dans son lit qui la réclamait et elle l'installa dans une chaise berçante près du poêle avec un biscuit. Elle allait crier à Ernest et à Bernadette de descendre quand elle se rappela brusquement la présence des deux religieuses et eut un frisson à la pensée d'avoir à supporter sa belle-sœur jusqu'au déjeuner. Elle décida de monter à l'étage, de réveiller sans bruit sa fille et l'homme engagé avant de s'esquiver dans sa chambre pour s'habiller.

À son retour en bas, elle trouva Donat, Bernadette et Ernest prêts à sortir pour s'occuper du train. Elle se mit immédiatement à la préparation du déjeuner. Quand sa belle-sœur et sa compagne descendirent une demi-heure plus tard, elle proposa à Mathilde d'aller tenir compagnie à Eugénie pendant que sœur Sainte-Anne l'aidait à confectionner une grosse omelette garnie de tranches de lard.

— Comme tous les ans, à cette période de l'année, c'est à peu près la seule viande qui nous reste avec une couple de morceaux de bœuf pour le bouilli.

— C'était comme ça aussi chez nous quand j'étais jeune, fit la petite religieuse. On n'en est pas mort personne, ajouta-t-elle avec un sourire.

Au retour des hommes et de Bernadette, on passa à table. Sœur Sainte-Anne prépara une assiette qu'elle alla porter à Eugénie avant de venir s'asseoir. Donat récita le bénédicité et chacun se servit après s'être découpé une épaisse tranche de pain de ménage.

— On a une bien grosse journée devant nous autres, déclara Donat. On va commencer à fumer le champ de blé avant qu'il mouille.

— Nous autres, on va remettre un peu d'ordre dans la maison et après ça, on va rentrer les carottes et les patates dans le caveau, annonça la maîtresse de maison, sachant fort bien que les religieuses avaient compris le sens du «nous autres».

— Il y en a une qui va être chanceuse d'échapper à cette corvée-là, laissa tomber Mathilde Beauchemin, la voix un peu aigre.

— Si vous dites ça pour moi, ma tante, vous saurez que je m'en vais pas me reposer à l'école aujourd'hui. En plus, vous devriez savoir que le meilleur temps pour venir en visite à la campagne, c'est l'hiver. Vous savez aussi bien que moi que c'est le temps où il y a le moins à faire pour les femmes. À part filer et faire des catalognes et des courtepointes, il y a juste l'ordinaire.

Prise ainsi à partie, la religieuse se retrouva pour une fois sans voix. Bernadette fut la première à quitter la table pour aller changer de vêtements. Elle prit la direction de son école quelques minutes plus tard, armée de son parapluie et de son sac en cuir, premier cadeau offert par Constant Aubé. La rivière qu'elle longeait charriait lentement des eaux uniformément grises, de la couleur du ciel. Au passage devant la maison du meunier, elle ne put que se rendre compte que les grandes ailes du moulin tournaient déjà, signe que les grosses meules écrasaient les grains d'une récolte.

À son arrivée à l'école, elle n'eut d'autre choix que de saluer de la main Angélique Dionne qui venait de monter dans la voiture de son père pour aller donner sa première journée de classe dans la nouvelle école du rang Saint-Paul. Elle s'empressa d'entrer dans la petite maison blanche et d'ouvrir toutes grandes les fenêtres pour aérer le local. Puis elle se mit à remplir son tableau de directives jusqu'à ce qu'elle entende les cris excités de ses premiers élèves entrant dans la cour. Elle alla les surveiller.

À huit heures trente, elle sonna la cloche et invita ses dix-huit élèves à entrer dans la classe. Comme chaque année, en ce premier matin, tous étaient présents, mais elle savait qu'ils ne seraient probablement que douze ou treize durant le reste du mois parce que les parents allaient garder les plus âgés à la maison tant qu'il y aurait du travail pressant à exécuter. D'ordinaire, il s'agissait de garçons en cinquième ou sixième année.

Elle passa l'avant-midi à organiser sa classe, associant des élèves plus âgés avec les plus jeunes pour la seconder et voyant à ce que chacun ait son ardoise, son chiffon et ses craies, avant de donner son premier cours de catéchisme. La jeune institutrice ne fut dérangée qu'un peu avant onze heures par une voiture qui vint s'immobiliser près de l'école. Debout devant l'une des deux fenêtres qui donnaient sur la route, elle en vit descendre un vieux monsieur tout habillé de noir qui prit la peine de s'épousseter avant de venir frapper à la porte que Duncan Connolly lui ouvrit sur un signe de son enseignante.

Bernadette s'avança vers lui, le regard interrogateur.

— Oui, monsieur?

— Charlemagne Ménard, inspecteur des écoles, mademoiselle.

Bernadette ne put réprimer un sursaut. Où était passé le bel Amédée Durand qu'elle espérait encore, contre toute attente, séduire?

— Bonjour, monsieur. Si vous voulez entrer, l'invita-t-elle en faisant signe aux enfants de se lever poliment pour accueillir le visiteur.

L'inspecteur retira son chapeau melon encore un peu poussiéreux, salua les enfants et les pria de s'asseoir. Il se dirigea tout de suite vers la petite estrade sur laquelle était posé le pupitre de l'institutrice et il fit un court laïus aux enfants sur l'importance de bien étudier et de bien obéir à leur maîtresse. Ensuite, il leur donna congé jusqu'à une heure et leur permit d'aller dîner. Debout au fond de sa classe, Bernadette n'avait rien dit et elle attendit que la porte du local se referme derrière son dernier élève pour s'avancer vers son visiteur qui venait de s'asseoir sans façon à sa place.

— J'ai lu votre dossier, mademoiselle Beauchemin, lui annonça-t-il d'une voix neutre. Il est bon et, mis à part quelques réticences exprimées par le curé de votre paroisse sur votre façon d'enseigner le catéchisme, tout est correct. Mon prédécesseur vous a très bien notée. Il faut dire que vous avez maintenant passablement d'expérience...

— Merci, monsieur.

— Normalement, je ne passe pas si tôt dans les écoles, mais j'ai fait une exception ce matin pour Saint-Bernard parce qu'une nouvelle maîtresse commence dans le rang Saint-Paul. Ça mérite toute mon attention dès le début de l'année.

Bernadette hocha la tête.

— Je me suis surtout arrêté vous voir pour vous demander d'aider votre collègue de toute votre expérience quand le besoin s'en fera sentir. Est-ce que ce n'est pas trop vous demander ?

— Ça va me faire plaisir de l'aider quand elle me le demandera, mentit Bernadette.

— Bon, c'est tout pour aujourd'hui, fit le vieil homme en se levant, le chapeau à la main. Je repasserai sans doute le mois prochain.

— J'espère qu'il est pas arrivé un accident à monsieur Durand ? finit-elle par demander en rassemblant tout son courage.

— N'ayez crainte, il est en pleine santé, répondit Charlemagne Ménard sans la moindre hésitation. Il s'est marié il y a deux semaines et il s'occupe maintenant d'écoles de Trois-Rivières.

Le cœur lourd, la jeune femme le reconduisit jusqu'à sa voiture et le regarda partir avec des sentiments mélangés. Son Amédée auquel elle avait tant rêvé le printemps précédent était maintenant marié... Et elle, elle avait quitté Constant Aubé pour l'attirer dans son salon. Elle avait soudain conscience d'avoir laissé tomber la proie pour l'ombre et cela l'enragea brusquement.

— Tu parles d'un bel hypocrite, dit-elle à mi-voix en songeant à l'ancien inspecteur avant de refermer la porte de son école.

Au même moment, elle crut voir passer le meunier dans son boghei se dirigeant vers la côte du rang Sainte-Ursule.

— La prochaine fois que je le vois, il va me parler, lui. Je vais lui demander de me faire des bottines à la mode et je vais le payer avec mes gages. Après tout, je suis pas plus folle que Catherine, Angélique, Laurence et Eugénie.

❧

Constant Aubé monta en boitillant l'escalier conduisant à la porte du presbytère et il frappa. Bérengère Mousseau, l'air rébarbatif, vint lui ouvrir. La grande femme à la mine sévère détestait être dérangée dans la préparation d'un repas et elle ne le cacha nullement à l'importun.

— Bonjour, madame. J'apporte à monsieur le curé ses souliers neufs, lui annonça le cordonnier sans tenir compte de la mauvaise humeur apparente de la ménagère.

— T'aurais pu venir plus tôt ou plus tard, mon garçon, rétorqua-t-elle, le visage fermé. C'est presque l'heure du dîner.

— Je le sais, mais j'ai bien de la besogne au moulin et monsieur le curé m'a dit qu'il avait hâte de les avoir.

— Bon, tu peux me les donner, fit-elle en allongeant la main pour prendre possession de la paire de souliers noirs que le jeune homme tenait.

— C'est soixante-quinze cennes, fit Constant sans bouger d'un pas.

— Seigneur ! On dirait bien que ces souliers-là sont en or, protesta la veuve avec impatience. Donne-les-moi et je vais te rapporter l'argent, ajouta-t-elle, agacée par ce comportement assez inhabituel.

— Écoutez, madame Mousseau, reprit le cordonnier. Monsieur le curé et moi, on s'est pas entendus sur qui allait payer ces souliers neufs là. Il m'a dit que ce serait le conseil, mais au conseil, on me dit que c'est à lui de payer cette dépense-là…

— C'est correct, entre. Je vais aller te le chercher et vous vous arrangerez ensemble, trancha la ménagère.

Elle le fit passer dans la petite salle d'attente et alla frapper à la porte de la pièce qui servait de bureau au curé Désilets. Constant entendit quelques murmures accompagnés d'une ou deux exclamations. Soudain, Josaphat Désilets apparut dans la salle d'attente, l'air plutôt mécontent.

— Qu'est-ce qui se passe, mon garçon ?

— Je vous ai apporté vos souliers neufs, monsieur le curé, répondit le jeune homme sans s'émouvoir.

—Pourquoi tu t'es pas contenté de les laisser à ma servante ?

—Parce que j'aimerais bien être payé aujourd'hui.

—Je t'ai dit hier que le conseil devait régler ça, fit sèchement le prêtre.

—C'est là qu'il y a un problème, monsieur le curé, poursuivit le cordonnier. J'en ai parlé à un marguillier et il m'a dit que c'était à vous de payer cette dépense-là.

—Qui t'a dit ça ?

—Donat Beauchemin.

—Il a parlé à travers son chapeau, déclara tout net le prêtre.

—Bon, écoutez, monsieur le curé. Moi, j'ai pas à me mêler de ces histoires-là. Tout ce que je sais, c'est que je travaille jamais à crédit. Je viens d'une famille de commerçants de Québec et mon père nous a toujours répété que faire crédit à un client, c'est souvent le meilleur moyen de le perdre.

—Avant de te payer, fit l'ecclésiastique, l'air mauvais, je vais d'abord voir si ces souliers-là me font.

Sur ces mots, il s'assit sur une chaise et retira ses vieux souliers. Constant lui tendit les souliers neufs que le prêtre s'empressa de chausser. Il se leva précautionneusement et fit quelques pas dans la pièce pour s'assurer que ses nouvelles chaussures ne le blessaient pas. Aucun sourire de satisfaction ne vint éclairer son visage.

—Puis, monsieur le curé, êtes-vous confortable dans ces souliers-là ?

—On va dire qu'ils vont faire l'affaire, déclara Josaphat Désilets sans entrain.

Il tira comme à regret un petit porte-monnaie de l'une des poches profondes de sa soutane noire, l'ouvrit et compta les soixante-quinze cennes.

—Bon, j'espère que t'es content, là ? fit le prêtre.

—Vous connaissez le proverbe, monsieur le curé, répondit Constant. Les bons comptes...

— … font les bons amis. Oui, je sais.

— Ah! À Québec, c'est pas ce qu'on dit. On dit que les bons comptes font les bons comptes, rétorqua le jeune homme sur un ton plaisant. En passant, monsieur le curé, n'allez surtout pas vous imaginer que je suis dur en affaires. C'est pas vrai. J'aime rendre service autant qu'un autre, mais j'aime aussi qu'on me montre un peu de reconnaissance dans ces cas-là.

Il quitta le presbytère plutôt content de lui. Il espérait que Josaphat Désilets avait compris qu'il avait fait allusion à la fameuse horloge qu'il avait réparée pour lui.

◆

Cette journée-là fut éreintante pour Marie Beauchemin. Après le départ de Bernadette pour l'école, elle avait laissé le soin de laver la vaisselle aux deux religieuses pendant qu'elle entreprenait de laver les vêtements qu'elle étendait sur les deux longues cordes à linge derrière la maison. La petite femme de cinquante et un ans avait les traits tirés. Depuis le début du printemps, la grossesse difficile de sa bru avait fait en sorte qu'elle avait hérité de presque toutes les tâches ménagères de la grande maison.

Comme elle ne pouvait décemment faire travailler ses visiteuses, elle leur demanda de prendre soin d'Eugénie et d'Alexis et de préparer le dîner pendant qu'elle descendait dans le caveau sous la maison pour dégermer les vieilles pommes de terre.

— Pourquoi tu jettes pas ces vieilles patates-là? lui avait demandé sœur Marie du Rosaire. T'as l'air d'avoir en masse de petites patates nouvelles.

— Voyons donc, Mathilde! protesta la veuve de Baptiste Beauchemin. Est-ce que c'est chez les sœurs que t'as appris à gaspiller la nourriture? On mange d'abord les vieilles patates avant de manger les nouvelles.

Après un dîner plutôt frugal constitué d'un peu de fromage et de pain, Marie se remit au travail. Elle laissa ses deux invitées faire la sieste sur la galerie, à l'ombre, pendant qu'elle prenait la direction du carré de pommes de terre.

Durant près de trois heures, elle déterra les pommes de terre pour les transporter à bout de bras dans un seau jusqu'au caveau. De temps à autre, la quinquagénaire jetait un regard plein d'envie vers les religieuses.

Épuisée, elle finit par s'arrêter un peu avant quatre heures en massant vigoureusement ses reins endoloris.

— J'aurais dû me faire sœur, marmonna-t-elle d'une voix acide en posant le pied sur la galerie. Ça a tout l'air qu'on risque pas de se donner un tour de rein en se berçant une bonne partie de la journée.

Quand Bernadette rentra de l'école, sa mère la houspilla pour qu'elle aille changer de robe et continuer la tâche à laquelle elle avait consacré une bonne partie de la journée.

— Vous pourriez me donner le temps de souffler un peu, m'man, se plaignit l'institutrice avec humeur. Je viens de marcher presque un mille et j'ai chaud.

— Imagine-toi, ma fille, que j'ai pas arrêté de la journée, moi aussi, répliqua la petite femme. Grouille-toi!

Bernadette entra dans la maison en laissant claquer la porte moustiquaire derrière elle et monta à sa chambre pour changer de vêtements.

Chapitre 12

Détestables

Après le souper, une petite pluie fine se mit à tomber, forçant les Beauchemin à se réfugier dans la cuisine d'été pour la veillée.

Bien reposée, sœur Marie du Rosaire se surpassa avec son bavardage incessant pendant que sœur Sainte-Anne, silencieuse, berçait le petit Alexis. Soudain, des pas sur la galerie incitèrent la maîtresse de maison à aller voir qui arrivait et elle aperçut Camille réfugiée sous un large parapluie noir.

— Bonne sainte Anne! Veux-tu bien me dire ce que tu fais dans le chemin quand il mouille comme ça? demanda-t-elle à son aînée.

— Je suis pas un morceau de sucre à la crème, m'man, déclara Camille en refermant son parapluie avant de le laisser près de la porte. Ayez pas peur, je fondrai pas.

— C'est effrayant comme les journées raccourcissent vite, reprit sa mère. Il est même pas sept heures et il fait déjà noir.

Camille entra dans la cuisine d'été éclairée par une unique lampe à huile.

— Ma pauvre petite fille, intervint sœur Marie du Rosaire, sais-tu que j'avais pas remarqué hier que t'étais rendue grosse comme une tour.

— Il faut pas exagérer, ma tante, la rembarra l'aînée des enfants Beauchemin.

—Voyons, Mathilde, elle attend les sauvages dans cinq ou six semaines, déclara Marie.

—Et ça t'inquiète pas d'avoir un petit aussi vieille? insista la religieuse, toujours aussi désagréable.

—Je viens d'avoir trente et un ans, ma tante. J'ai pas l'âge de Mathusalem, tout de même. Ça paraît que vous avez pas porté d'enfant, ajouta-t-elle d'une voix à peine audible.

—Ça fait rien, moi, à ta place, ça m'inquiéterait, insista la sœur de Baptiste Beauchemin.

—Qu'est-ce que t'as fait de ta journée? demanda Marie à sa fille en jetant un regard furieux à sa belle-sœur.

—J'ai ébouillanté mes dernières fèves jaunes et les enfants ont ramassé des pommes quand ils sont revenus de l'école. Pour moi, demain, je vais passer ma journée à faire de la compote avec Ann après avoir cuit mon pain.

Sœur Sainte-Anne se leva pour aller coucher Alexis, endormi dans ses bras, et la conversation tourna autour de tout ce qui restait à faire pour vider le jardin.

Un peu après neuf heures, Patrick vint chercher sa mère adoptive. Après leur départ, on s'agenouilla pour la récitation de la prière du soir. La cuisine se vida progressivement de ses occupants pendant que Donat remontait le mécanisme de l'horloge. Puis la grosse maison en pierre du rang Saint-Jean sembla plonger dans la paix de la nuit à peine troublée par les vrombissements des derniers insectes de la saison.

Le lendemain matin, Marie Beauchemin et sa fille Bernadette furent réveillées en sursaut par des cris d'horreur en provenance de la chambre à coucher occupée par les deux religieuses.

—Bon, qu'est-ce qui se passe encore? demanda la maîtresse de maison à mi-voix, assise dans son lit, hésitant à poser les pieds sur le parquet froid.

—M'man, est-ce que vous êtes réveillée? fit Bernadette en poussant doucement la porte de la chambre de sa mère.

—Comment veux-tu que je sois pas réveillée? ronchonna Marie. Qui a crié comme ça?

—D'après moi, c'est ma tante Mathilde.

—Elle, je trouve qu'elle commence pas mal de bonne heure à faire du raffut, laissa-t-elle tomber avec mauvaise humeur en se décidant brusquement à poser un châle sur ses épaules pour aller s'enquérir de ce qui s'était passé.

La mère et la fille allèrent frapper à la porte voisine. La petite sœur Sainte-Anne, le visage chiffonné, vint ouvrir, tenant une lampe de service allumée dans une main.

—Voulez-vous bien me dire ce qui se passe? demanda sèchement la maîtresse de maison. Des plans pour réveiller toute la maisonnée.

—Viens voir, Marie, lui ordonna Mathilde Beauchemin, vêtue d'une épaisse robe de nuit en pilou et la tête couverte par un bonnet du plus curieux effet.

Là-dessus, elle tira du premier tiroir de la commode son voile et son rabat.

—Approchez la lampe, ma sœur, dit-elle à sa compagne. Mon voile et mon rabat ont été mangés à moitié par des mulots durant la nuit.

—Voyons donc! protesta Marie pour la forme.

—Je te le dis. Je les ai entendus toute la nuit en train de se promener dans le tiroir.

—Dans ce cas-là, comment ça se fait que tu t'es pas levée pour les chasser? lui demanda sa belle-sœur avec une certaine logique.

—T'es pas folle, toi! J'ai ben trop peur de ces bibittes-là, fit la grande et grosse femme en ne parvenant pas à réprimer un frisson de crainte.

—Tu sais bien que les petites bêtes mangent pas les grosses, laissa tomber la maîtresse de maison.

—J'espère que tu trouves pas ça drôle, répliqua la religieuse, toujours aussi furieuse. Là, comment tu penses que je vais rentrer à l'orphelinat avec un voile et un rabat pleins de trous?

— T'as juste à essayer de les repriser aujourd'hui… Et vous, sœur Sainte-Anne, est-ce que les mulots ont touché à vos affaires?

— Non, madame Beauchemin. J'ai mis mon chapelet sur mon voile, ça l'a probablement protégé.

— En tout cas, Marie, ce genre d'affaire-là arrive pas dans une maison bien tenue, ne put s'empêcher de déclarer sœur Marie du Rosaire.

— Ah ben, vous êtes pas gênée, ma tante! s'emporta Bernadette qui avait assisté à toute la scène sans rien dire.

— Aïe, Mathilde Beauchemin! protesta sa belle-sœur. T'as été élevée comme moi sur une terre et tu sais comme moi que les mulots, après les récoltes, cherchent à entrer dans les maisons. Il y a pas moyen d'empêcher ça.

— Au fond, ma tante, vous devriez vous estimer chanceuse qu'ils soient pas venus vous grignoter les orteils durant la nuit, fit Bernadette avec humour.

— Viens pas me dire ça, petite haïssable, rétorqua la religieuse. Des plans pour que je sois plus capable de fermer l'œil de la semaine.

— Bon, c'est bien beau tout ça, mais il est l'heure du train et le poêle est pas encore allumé en bas, déclara Marie en tournant les talons.

— Et qu'est-ce que je vais faire sans voile aujourd'hui?

— À ta place, je garderais mon bonnet, lui suggéra sa belle-sœur. S'il vient des étrangers, t'auras juste à te cacher.

Ce matin-là, la mésaventure de sœur Marie du Rosaire ne suscita guère de sympathie chez ses hôtes et la religieuse dut se résigner à passer toute sa journée à l'intérieur pour réparer tant bien que mal les dégâts que les mulots avaient faits à ses vêtements.

Ce soir-là, Donat dut se rendre à une réunion imprévue du conseil de fabrique. Le notaire Valiquette avait fait prévenir les autres membres l'après-midi. Ainsi, sur le coup de sept heures et demie, Hormidas Meilleur, Thomas Hyland, Donat Beauchemin et Samuel Ellis se retrouvèrent-ils devant la porte du presbytère après avoir éteint le fanal suspendu à l'avant de leurs bogheis. Valiquette n'éteignit pas tout de suite son fanal et le braqua sur le visage du facteur.

— Tabarnouche, le père, qu'est-ce qui est arrivé à votre œil ? demanda Eudore Valiquette en scrutant le visage du petit homme coiffé de son éternel chapeau verdâtre.

— Rien pantoute, se borna à répondre le postier.

— Êtes-vous sûr de ça, monsieur Meilleur ? fit Donat, curieux. On dirait que vous avez reçu un coup de poing sur un œil.

— Ben non ! Partez pas de rumeurs, vous autres, se défendit Hormidas. Je me suis juste cogné dans une porte.

— C'est ben traître une porte quand elle est mal fermée, intervint Thomas Hyland avec un petit sourire. Vous devriez faire attention, le père.

Hormidas Meilleur frappa à la porte du presbytère pour échapper à la curiosité un peu envahissante de ses collègues et il fut le premier à s'engouffrer dans la maison quand Bérengère Mousseau vint ouvrir.

— On va rester cinq minutes de plus dehors pour finir de fumer notre pipe, déclara Eudore Valiquette en refermant la porte derrière son collègue.

Les autres le regardèrent, un peu étonnés.

— Je le sais ce qui est arrivé à notre facteur, déclara-t-il à mi-voix en se penchant vers les autres. Cet après-midi, je sortais de chez Dionne quand je l'ai vu s'arrêter chez eux. Le moins qu'on puisse dire, c'est qu'il avait du plomb dans l'aile, le père.

— Puis? fit Samuel Ellis. C'est connu comme Barabbas dans la Passion que le père aime prendre un petit coup.

— Peut-être, mais ça a pas eu l'air de faire l'affaire de sa femme.

La veuve Cloutier avait épousé le facteur célibataire six mois plus tôt. L'Angèle avait la réputation justifiée d'avoir un caractère plutôt soupe au lait et elle n'avait pas l'habitude de se laisser marcher sur les pieds.

— Et alors? demanda Hyland.

— Quand elle s'est aperçue que son beau Hormidas était même pas capable de descendre de voiture par ses propres moyens, elle est allée le chercher par les plumages sans trop de précaution. Lorsqu'il a osé lui demander de le respecter, lui, l'homme de la maison, elle s'est contentée de lui allonger une claque, qui a fait des dégâts, si on se fie à ce qu'on a pu voir.

— L'Angèle a toujours eu son petit caractère, avança Hyland.

— Et le père Meilleur est mieux de s'en apercevoir avant qu'elle le secoue trop, conclut Ellis.

— Bon, on a assez comméré, fit le président du conseil. On est aussi bien d'y aller si on veut en finir. J'ai jamais pu savoir pourquoi monsieur le curé tenait absolument à ce qu'on devance d'une semaine notre réunion.

Les quatre hommes ouvrirent la porte du presbytère et allèrent rejoindre Hormidas Meilleur déjà assis dans la pièce où se tenaient les réunions du conseil. Cependant, il n'était pas seul. Le curé Désilets et un prêtre inconnu discutaient entre eux, attendant apparemment l'entrée des autres membres du conseil.

— Bon, maintenant que vous avez satisfait votre envie de fumer, je suppose qu'on peut commencer, fit sèchement le curé de Saint-Bernard sur un ton toujours aussi peu aimable.

— Quand vous serez prêt, monsieur le curé, répliqua Eudore Valiquette en prenant place à l'autre extrémité de la table.

Tous se levèrent pour la récitation de la prière incontournable, marquant le début de chaque réunion. Après, à l'invitation de Josaphat Désilets, chacun reprit un siège.

— Ce soir, ce sera pas trop long, déclara ce dernier.

— Pourvu que je n'aie pas d'autres points que ceux que vous allez apporter, monsieur le curé, le rembarra Eudore Valiquette, toujours très sensible quand on touchait à ses prérogatives de président du conseil.

— Évidemment, laissa sèchement tomber le curé. Tout d'abord, je voulais vous présenter l'abbé Conrad Farly qui vient me remplacer dans la paroisse durant la quinzaine de jours que va durer ma retraite annuelle. Je pars demain matin.

Toutes les têtes se tournèrent vers le prêtre qui avait été silencieux jusque-là. L'homme de taille moyenne avait une quarantaine d'années et une mâchoire prognathe complétée par une énorme dentition chevaline qui enlevait toute envie de laisser traîner ses doigts à portée de pareilles dents. Ses yeux bruns blottis sous des sourcils noirs et touffus semblaient encore plus globuleux à cause des verres épais qu'il portait.

— L'abbé Farly a été choisi parce qu'il est bilingue. Il va être en mesure de prononcer les sermons aussi bien en anglais qu'en français.

— Quand pensez-vous être revenu, monsieur le curé ? lui demanda Hyland en prenant les notes de la réunion, comme il l'avait toujours fait.

— Avant la fin de septembre, se borna à répondre Josaphat Désilets. Après ma retraite, j'ai l'intention d'aller passer quelques jours chez de la parenté.

— Les chanceux, murmura Ellis assez fort pour que Donat Beauchemin l'entende.

L'abbé Farly se contenta de saluer les hommes présents d'un bref signe de tête accompagné d'un « Bonsoir, messieurs ».

— J'aimerais que vous soyez pas trop détestables avec votre curé remplaçant, conclut Josaphat Désilets, tentant de faire preuve d'humour.

— Il y a pas de danger, monsieur le curé, rétorqua Donat. Habituellement, c'est le contraire qui arrive à Saint-Bernard.

Il y eut quelques ricanements autour de la table et le prêtre piqua un fard en jetant un regard meurtrier au plus jeune membre du conseil.

— Un autre point, fit le curé de Saint-Bernard, l'air nettement moins aimable. J'ai entendu dire que certains d'entre vous avez affirmé au cordonnier que les souliers neufs de votre pasteur devaient être payés sur sa cassette personnelle.

Tout en parlant, il ne quittait pas Donat du regard, mais ce dernier semblait insensible à cette attention.

— C'est la première fois depuis mon ordination que je suis obligé de faire une telle dépense, prit-il soin d'ajouter d'une voix amère. Et vous, l'abbé ? demanda-t-il à Conrad Farly. Payez-vous pour faire réparer vos souliers ?

— Toujours, monsieur le curé, laissa tomber son jeune confrère.

Le visage de Josaphat Désilets s'assombrit et il lui fallut quelques instants avant de soulever ce qu'il appela son dernier point.

— Je suppose que personne parmi vous autres en a entendu parler, mais le conseil de la paroisse Notre-Dame de Trois-Rivières a décidé de faire avancer plus vite la construction de sa nouvelle église. Leur vieille église a une petite cloche qui conviendra pas à la belle qu'ils sont en train de construire. La fabrique a pas l'air de manquer d'argent.

— Et ? demanda Valiquette, qui sentait bien où le prêtre voulait en venir.

— J'ai pensé que Saint-Bernard pourrait faire une offre pour cette vieille cloche. Elle coûtera sûrement pas cher et on serait attelés comme du monde.

— Pour ça, monsieur le curé, il faut de l'argent, et on n'en a toujours pas, intervint Hormidas, une main posée contre son œil enflé.

— Quand on veut, on peut, déclara tout net le curé, l'air pontifiant.

— Une cloche, monsieur le curé, ça se paie pas avec des prières, intervint le président. On est endettés jusqu'aux yeux. Le mieux que je peux vous promettre, c'est qu'on va y penser pendant votre retraite. Dieu va peut-être nous indiquer un moyen, ajouta le notaire avec l'air de ne pas trop y croire.

~

Ce soir-là, la cuisine de Marie Beauchemin s'était progressivement remplie d'invités. Emma et Rémi Lafond étaient arrivés peu après le souper en compagnie de leurs trois enfants. Ils furent suivis de près par Xavier, Catherine et la petite Constance.

Comme d'habitude, il ne fallut que quelques minutes avant que sœur Marie du Rosaire occupe à elle seule toute la conversation. Rémi et Xavier, agacés par cette voix de stentor, jugèrent préférable de se retirer au bout de la cuisine pour pouvoir discuter de l'avancement de leurs travaux d'automne sur leur terre.

— Avez-vous vu ça ? demanda la sœur Grise en montrant son voile et son rabat assez maladroitement reprisés. Ça, c'est la besogne des mulots, la nuit passée.

— Inquiète-toi donc pas, fit Marie. Ta communauté est capable de t'en offrir des neufs.

— Tu sauras, Marie, qu'on est bien pauvres.

— Laisse faire, Mathilde, rétorqua Marie Beauchemin. J'ai jamais entendu dire qu'une communauté avait de l'argent même si on voit bien que ses religieuses ont tout ce qu'il faut.

— Le pire, intervint Bernadette, moqueuse et hors de propos, c'est que m'man et ma tante ont passé une bonne partie de l'avant-midi à les chercher, ces damnés mulots, et elles les ont jamais trouvés.

— C'est vrai! affirma la religieuse avec force.

— Pour moi, cette nuit, ma tante, ils vont revenir vous grignoter les orteils un à un.

— Dis pas une affaire comme ça, ma petite vinyenne! C'est des affaires pour m'empêcher de fermer l'œil de la nuit.

— Ce serait pas bien grave, vous aurez juste à dire votre chapelet pour vous faire pardonner tous vos péchés, répliqua la cadette de la famille.

— Je sais pas où tu l'as prise, celle-là, Marie, mais je la trouve donc haïssable.

— J'ai du Beauchemin dans le corps, ma tante, répliqua la jeune fille.

Il y eut un léger flottement dans la pièce avant que sœur Marie du Rosaire tourne son attention vers la petite Marthe que Marie berçait près du poêle.

— Et comment va la petite malade? demanda la religieuse sans aucune délicatesse en se tournant vers Marthe.

Le bébé de neuf mois souriait en bavochant, la langue à demi sortie. Collée contre sa grand-mère, l'enfant semblait heureuse. Les traits liés à son handicap étaient cependant de plus en plus évidents.

— De qui vous parlez, ma tante? lui demanda sèchement une Emma dont le visage s'était soudain figé.

— Ben, de ta dernière, s'entêta la sœur Grise.

— Elle est pas malade pantoute, ma tante.

— Mais elle est pas comme les autres, poursuivit Mathilde Beauchemin.

— Non, elle est encore plus fine que les autres, rétorqua Emma, au bord des larmes.

— Mathilde, ça va faire, ordonna la maîtresse de maison avec un regard furieux. Marthe est un bébé en or et on en voudrait bien d'autres comme elle.

L'arrivée de Donat jeta une heureuse diversion sur une discussion qui risquait de tourner au vinaigre. Le jeune marguillier apprit aux gens présents le départ du curé Désilets pour sa retraite annuelle, son remplacement par l'abbé Farly et la nouvelle marotte du curé qui aurait voulu voir la paroisse acheter la cloche d'une ancienne église. Il eut même le temps de raconter la mésaventure d'Hormidas Meilleur dont l'œil droit avait toutes les nuances de l'arc-en-ciel.

Cet intermède permit à sœur Marie du Rosaire de reprendre son aplomb, pour autant qu'il ait pu être entamé par la colère rentrée de sa belle-sœur.

Depuis l'arrivée de Catherine, la religieuse avait eu peu de temps pour s'entretenir avec la jeune épouse de son neveu Xavier et il était visible qu'elle mourait d'envie de l'interroger pour se faire une idée plus précise de sa personnalité. Catherine avait dû sentir le danger parce qu'elle s'était réfugiée près d'Emma, dès son arrivée chez sa belle-mère.

— Sais-tu, ma fille, que je trouve que ta Constance te ressemble pas mal, fit Mathilde, fielleuse.

— Tant mieux, ma tante, intervint Xavier. Catherine et moi, on est du maudit beau monde et elle pourrait ressembler à pire.

— Mais pourquoi vous l'avez adoptée si vite ? insista la religieuse.

— Parce que ça nous tentait et parce que la fille de l'amie de Catherine aurait été mise dans un orphelinat quand sa mère est morte.

Bernadette s'était empressée de révéler à son frère et à sa belle-sœur la fable qu'elle avait inventée pour détourner la curiosité insatiable de l'insupportable religieuse.

—Je trouve bizarre que ce soit tombé juste durant votre voyage de noces, laissa-t-elle tomber en montrant qu'elle ne croyait pas beaucoup à cette histoire.

— Dites donc, ma tante, il me semble que vous devriez savoir depuis longtemps que la mort vient nous chercher comme un voleur, répliqua Xavier, à bout de patience. Personne choisit le moment de mourir. Ça a été la même chose pour l'amie de ma femme.

— C'est certain, mon garçon, reconnut la religieuse, tout de même insatisfaite des réponses obtenues.

Quelques minutes plus tard, les invités décidèrent de se retirer et de rentrer chez eux.

—Je pense bien qu'on est en train de vivre nos derniers beaux jours de l'automne, déclara Marie en posant la petite Marthe sur la table pour l'emmitoufler. Les soirées sont de plus en plus fraîches et il va falloir penser au barda d'automne.

— Si vous voulez remplacer la paille dans les paillasses et ajouter des plumes dans les oreillers, ça va me faire plaisir de vous aider, madame Beauchemin, proposa aimablement sœur Sainte-Anne.

Bernadette avait fini par endormir la petite Constance en la berçant et elle la tendit à Catherine pour qu'elle lui mette son petit manteau.

— Où est-ce que t'as trouvé ce manteau-là ? demanda-t-elle à sa jeune belle-sœur.

— Je l'ai fait la semaine passée, répondit l'épouse de Xavier.

Marie s'approcha pour examiner le vêtement.

— Mais tu couds bien sans bon sens, fit-elle.

— Pas tant que ça, madame Beauchemin. Je fais juste me débrouiller avec ce que ma mère m'a appris.

— Bien, tu la féliciteras parce que, moi aussi, j'ai cousu du linge pour les enfants quand ils étaient jeunes et c'était jamais aussi bien fait.

Catherine rougit sous le compliment.

—Ma femme est pleine de qualités, m'man, intervint Xavier sur un ton plaisant après avoir allumé le fanal qu'il allait suspendre à l'avant de son boghei.

—C'est normal qu'une femme sache filer, tisser, repriser et coudre, laissa tomber sœur Marie du Rosaire d'une voix un peu dédaigneuse.

—Il y a coudre et coudre, ma tante, répliqua Bernadette.

—Et j'en connais qui auraient dû apprendre au moins à repriser, intervint la maîtresse de maison, sarcastique. Elles auraient un voile et un rabat qui auraient plus de bon sens.

~

Durant la nuit suivante, le temps changea brusquement. Le vent se leva et s'amusa à faire grincer la girouette posée sur le pignon de la maison des Beauchemin. Quand Donat sortit pour aller aux toilettes sèches au bout de la remise, il se rendit compte que les feuilles de ses érables plantés près de la maison voletaient dans les airs et venaient se plaquer frileusement contre les murs extérieurs. Quand il rentra, il jeta un regard vers le ciel. Il était totalement bouché et la lune se dissimulait derrière de lourds nuages.

—Torrieu! J'espère qu'on va au moins avoir le temps de fumer le deuxième champ avant que la pluie s'amène.

Cette inquiétude du jeune cultivateur n'avait aucune commune mesure avec l'angoisse que vivait sœur Marie du Rosaire dans la petite chambre verte qu'elle partageait avec sa consœur à l'étage. Elle avait été brusquement réveillée un peu avant minuit autant par les hurlements du vent que par certains trottinements dont elle connaissait trop bien l'origine.

—Mon Dieu, pas encore des mulots! chuchota-t-elle en espérant être entendue par sœur Sainte-Anne qui dormait comme une bienheureuse à ses côtés.

Durant de longues minutes, la religieuse s'interrogea sur la meilleure conduite à tenir, recroquevillée dans son lit et les couvertures remontées sous le menton. Le tiroir visité la veille par les bêtes malfaisantes était vide. Elle avait placé sous son oreiller son rabat et son voile. Mais avait-elle bien fait ? Rien ne prouvait que les mulots, déçus de ne rien trouver à grignoter ne s'en prendraient pas aux occupantes du lit. À cette seule pensée, la grande et grosse femme en avait des frissons et elle sentait la peur monter progressivement en elle.

Elle prit soudain la décision de réveiller sa compagne.

— Ma sœur ! Ma sœur ! dit-elle à mi-voix à sœur Sainte-Anne en la secouant d'importance, ils sont revenus.

Mal réveillée, la petite religieuse leva la tête de son oreiller pour demander en se frottant les yeux :

— De quoi vous parlez, ma sœur ?

— Des saudits mulots !

— C'est pas grave, fit sa compagne en se laissant retomber sur son oreiller. Ils vont repartir.

— On devrait dire un chapelet, suggéra Mathilde Beauchemin.

— Ah non, ma sœur ! protesta sœur Sainte-Anne. Moi, je suis trop endormie. Essayez de fermer les yeux, vous aussi.

Là-dessus, elle lui tourna carrément le dos et moins d'une minute plus tard, ses ronflements indiquaient qu'elle dormait déjà. Dépitée et mécontente, sœur Marie du Rosaire resta un long moment assise dans le lit, hésitant entre réveiller à nouveau sa compagne ou prendre le risque de quitter la chambre pour descendre au rez-de-chaussée où elle se sentirait beaucoup plus en sécurité.

— Tant pis pour elle si elle se fait manger par les mulots, dit-elle, mauvaise, en posant un épais châle de laine sur ses épaules et en chaussant ses pantoufles.

Elle aurait bien attendu d'être hors de la chambre pour allumer la lampe de service, mais sa crainte de marcher sur un mulot ou d'être attaquée par l'un d'entre eux l'incita à l'allumer dans la chambre, même si elle risquait de réveiller sœur Sainte-Anne.

Elle descendit l'escalier sur la pointe des pieds en brandissant à bout de bras sa lampe et gagna la cuisine d'été où il régnait une fraîcheur des plus inconfortables. Enfin rassurée, Mathilde Beauchemin prit le temps d'allumer le poêle. Elle fut même secouée par un léger frisson de bien-être quand elle entendit les flammes ronfler dans l'âtre. Au moment où elle prenait place dans une chaise berçante placée près du poêle, elle entendit l'horloge de la cuisine d'hiver sonner une heure.

— Seigneur, la nuit va être longue, ne put-elle s'empêcher de murmurer.

Après une brève hésitation, elle décida de laisser la lampe à huile allumée. Son halo avait quelque chose de rassurant au milieu de tous les bruits et les ombres de la nuit.

La religieuse eut une nuit plutôt éprouvante, blottie contre le poêle qu'elle alimenta à plusieurs occasions. Cent fois, elle regretta de n'avoir pas songé à descendre au rez-de-chaussée une des couvertures rangées dans la grande armoire installée sur le palier à l'étage. Elle aurait été tellement bien, emmitouflée dans une épaisse couverture de laine… Toutefois, à la seule pensée d'avoir à monter là-haut et d'affronter des mulots, sa couardise prenait le dessus et elle préférait serrer contre elle son châle qui la protégeait bien mal contre les courants d'air de la cuisine d'été.

Mathilde Beauchemin s'endormit à plusieurs reprises durant cette nuit, mais chaque fois sa position inconfortable la réveillait, la laissant de plus en plus courbaturée. Une femme de sa corpulence n'était pas faite pour passer une nuit complète recroquevillée dans une chaise berçante. À chaque réveil en sursaut, elle jetait une bûche dans le poêle, s'assoyait, combattait durant quelques minutes le sommeil avant de s'abandonner.

Les premières lueurs de l'aube la trouvèrent la tête un peu tordue sur le côté et les bras frileusement serrés contre sa poitrine. C'est ainsi que Marie et Bernadette la découvrirent à côté d'un poêle dont le foyer ne contenait plus que des tisons.

— Ma foi du bon Dieu, veux-tu bien me dire ce que ta tante fait là ? murmura la maîtresse de maison, stupéfaite de trouver la religieuse debout si tôt le matin.

— Ayez pas peur, m'man, il sera pas tard qu'on va finir par le savoir, répondit Bernadette.

Marie déplaça un rond du poêle et y jeta deux rondins avant de déposer la vieille théière. Le bruit suffit à faire sursauter sa belle-sœur.

— Depuis quand vous êtes installée là, ma tante ? lui demanda Bernadette.

— Autour de minuit, ma petite fille. J'ai jamais passé une nuit comme ça.

— Qu'est-ce qui s'est passé ? fit Marie.

— Les saudits mulots sont revenus dans notre chambre, dit la religieuse avec une note de reproche dans la voix. J'ai jamais eue aussi peur de ma vie.

— Voyons, ma tante, ces petites bêtes-là vous auraient jamais mangée au complet dans une seule nuit.

— T'es bien drôle, ma petite bonyenne ! s'emporta sœur Marie du Rosaire en s'y reprenant à deux fois pour quitter sa chaise berçante tant elle était courbaturée.

— Et sœur Sainte-Anne ? Venez pas nous dire que vous avez laissé votre compagne toute seule avec les mulots, quand même.

— Pantoute, trancha Mathilde Beauchemin. Je l'ai réveillée quand je les ai entendus, mais elle a pas voulu me suivre, mentit-elle à peine.

— Mon Dieu ! s'écria Bernadette, l'air horrifiée. C'est bien effrayant, une affaire comme ça. On va bien retrouver juste quelques os et un bout de bonnet au fond du lit.

Les traits du visage de Mathilde Beauchemin s'étaient soudainement affaissés et elle se signa avec une ferveur assez belle à voir.

— Qui monte avec moi pour voir ce qu'il reste de sœur Sainte-Anne ? poursuivit l'institutrice, en s'efforçant de prendre un visage tragique.

— Bon, on va dire que ça va faire, intervint sèchement sa mère. Voyons, Mathilde, tu vois pas que Bedette dit n'importe quoi pour t'énerver.

Bernadette éclata de rire et eut juste le temps d'esquiver la gifle que lui destinait la religieuse.

— Si ça a de l'allure de faire peur au monde comme ça ! s'exclama-t-elle. J'espère au moins que tu vas t'en confesser, espèce d'haïssable !

Au même moment, la porte s'ouvrit sur la compagne de sœur Marie du Rosaire, suivie par Ernest et Donat. Durant quelques minutes, on plaisanta beaucoup sur la peur irraisonnée des mulots de la religieuse, ce qui eut enfin le don de la faire taire.

Après avoir soigné les animaux, on déjeuna de galettes de sarrasin abondamment nappées de beurre ou de mélasse. Donat était de bonne humeur parce que pour la première fois depuis deux semaines, Eugénie avait quitté le lit et semblait maintenant complètement rétablie. De plus, les vents violents de la nuit avaient chassé les nuages, ce qui allait lui permettre d'achever le fumage de ses champs.

— Monsieur le curé va avoir du beau temps pour aller à Trois-Rivières, dit-il en se levant de table pour s'asseoir près du poêle.

Il alluma sa pipe, satisfait de s'accorder une courte pause avant d'aller travailler. Bernadette s'empara de son sac d'école et quitta la maison. Par ailleurs, Marie et Eugénie, aidées par les deux religieuses, entreprirent de ranger la cuisine d'été et de laver la vaisselle du déjeuner.

Au moment où on s'apprêtait à monter à l'étage pour aller remettre de l'ordre dans les chambres à coucher, le bruit d'une voiture entrant dans la cour de la ferme poussa la maîtresse de maison à tourner la tête vers l'une des fenêtres.

— C'est Hubert qui arrive! annonça-t-elle, toute joyeuse.

— C'est ben ce qu'il avait annoncé dans sa lettre envoyée chez Dionne, déclara Donat en quittant sa chaise pour aller au-devant de son jeune frère qu'il n'avait pas vu depuis le mariage de Xavier au mois de juillet précédent.

Tous les autres le suivirent sur la galerie et entourèrent le nouvel arrivant pour lui souhaiter la bienvenue. Le fils cadet de Baptiste Beauchemin était un grand jeune homme costaud de presque vingt-deux ans à l'air sérieux. Il ressemblait de plus en plus à son frère Xavier.

— On va rentrer dans la maison. On n'est pas obligés de rester dehors à geler comme des cotons de blé d'Inde, fit Donat en ouvrant la porte moustiquaire.

— J'espère que tu vas rester avec nous autres un bon bout de temps, fit sa mère en invitant Hubert à entrer dans la maison.

— J'ai ben l'intention de donner un coup de main à finir au moins la besogne d'automne avant de m'occuper de la fromagerie, lui répondit son fils, mais tout ça va dépendre pas mal de Télesphore Dionne. C'est lui qui va mettre de l'argent dans cette fromagerie-là.

— Mais j'y pense, intervint Marie, t'as tout de même pas voyagé pendant la nuit! Comment ça se fait que t'arrives de Dunham aussi de bonne heure?

— C'est parce que je suis arrivé à Saint-Bernard hier soir, lui répondit Hubert.

— Viens pas me dire que t'es allé coucher chez les Dionne quand t'étais presque rendu chez vous?

— Voyons, m'man! protesta le jeune homme, surpris que sa mère ait pu avoir une telle idée. Vous devriez connaître les Dionne depuis assez longtemps pour savoir qu'ils auraient pas jugé convenable que je couche dans la même maison que leur fille. Non, hier, je suis arrivé à Saint-Bernard un peu après sept heures et il commençait à faire noir. J'ai décidé d'arrêter pour dire bonjour à Xavier et à sa femme en passant. J'ai trouvé Antonin tout seul, assis au bout de la table, en train de faire une patience. Il faisait pitié. Quand il m'a dit qu'ils allaient revenir de bonne heure avec la petite qu'ils ont adoptée, ça a été plus fort que moi, j'ai voulu la voir. Après tout, je suis son oncle. Ils sont revenus avec la petite un peu après huit heures et demie et Catherine s'est dépêchée de me la mettre dans les bras.

— Est-ce qu'elle est assez belle, cette enfant-là ? lui demanda sa mère avec enthousiasme.

— On peut pas avoir mieux, reconnut le grand jeune homme en constatant à quel point sa mère s'était entichée de Constance. Il faut dire qu'elle est pas mal ratoureuse. Elle a l'air d'avoir le tour de se faire aimer, ajouta-t-il en adressant un clin d'œil aux gens présents autour de lui. En tout cas, de fil en aiguille, j'ai jasé avec Xavier et sa femme jusque vers onze heures. Quand j'ai voulu prendre le chemin pour rentrer, ils m'ont invité à coucher chez eux et j'ai pas pu refuser. Ça fait qu'à matin, j'ai aidé à faire le train avant de déjeuner et d'atteler.

— Parlant d'atteler, intervint sœur Marie du Rosaire qui se sentait exclue de la conversation, je pense que ce serait pas une mauvaise idée d'aller passer la fin de la semaine chez Armand. Quand on est parties dimanche, la pauvre Amanda avait pas l'air dans son assiette, prit-elle soin d'ajouter. Il faut être juste, elle aussi a besoin de notre aide avant qu'on retourne à l'orphelinat samedi prochain.

Les traits du visage de l'hôtesse se rembrunirent. À ses yeux, il fallait vraiment le toupet de sa belle-sœur pour oser prétendre qu'elle avait été d'une aide quelconque durant les trois jours passés sous son toit. Elle avait été une source d'ennuis et de besogne supplémentaire depuis qu'elle avait posé le pied dans la grande maison de pierre du rang Saint-Jean. Mais comment refuser l'hospitalité à l'unique sœur survivante de son défunt mari ?

— Te souviens-tu avoir déjà vu Amanda en santé depuis son mariage ? demanda-t-elle d'une voix acide.

— Pas souvent, reconnut volontiers la religieuse en tendant sa tasse à Eugénie pour qu'elle y verse du thé. Mais à ton âge, Marie, il me semble que tu devrais savoir depuis longtemps que c'est pas donné à tout le monde de pouvoir travailler du matin au soir sans être fatigué.

Marie eut un regard éloquent vers Eugénie qui lui tournait le dos.

— Ça, je le sais depuis longtemps, rétorqua-t-elle d'une voix cassante. Mais je sais aussi que c'est pas en passant son temps à se plaindre de toutes sortes de maladies imaginaires que t'arrives à faire ta besogne. En passant, Mathilde, es-tu bien certaine que c'est ton envie de rendre service à Amanda qui te pousse à retourner à Sainte-Monique aujourd'hui ?

— Qu'est-ce que tu veux que ce soit d'autre ?

— La peur des mulots, par exemple, répondit sa belle-sœur avec un sourire narquois.

— Ben non, voyons ! fit la religieuse avec une mauvaise foi assez évidente.

— Et quand aimeriez-vous qu'on aille vous reconduire ? fit Donat pour mettre fin à la discussion.

— Cet après-midi, ce serait pas mal.

— Bon, ma tante, aujourd'hui, j'avais prévu de fumer mon dernier champ. Là, je peux pas tout lâcher après le dîner pour aller vous conduire là-bas. Hubert, lui, vient de se payer une belle trotte depuis Dunham et il a certainement pas envie de reprendre le chemin.

La maîtresse de maison jeta un regard inquiet vers son fils aîné. Elle espérait qu'il n'allait pas l'obliger à supporter sa belle-sœur une journée ou deux de plus... Ç'aurait été plus qu'elle ne pouvait en endurer.

—Je pense que la meilleure idée est d'envoyer Ernest vous conduire chez mon oncle cet avant-midi, conclut le jeune cultivateur. Il est de bonne heure et vous allez avoir le temps d'arriver avec sœur Sainte-Anne pour dîner. Moi, je vais pouvoir m'avancer dans mon ouvrage et Hubert va avoir le temps de ranger ses affaires et même de venir me donner un coup de main. Qu'est-ce que vous en pensez ?

— C'est une bonne idée, reconnut sœur Marie du Rosaire qui semblait soudainement pressée de quitter le toit de son défunt frère.

Quelques minutes suffirent pour qu'Ernest attelle le Blond au boghei pendant que les deux religieuses allaient préparer leur léger bagage et faire un peu de toilette à l'étage.

— Mets-toi ça dans les oreilles, ordonna Marie à l'homme engagé en lui tendant deux petits tampons de ouate.

— Sinon tu risques de devenir fou avant d'arriver à Sainte-Monique, plaisanta Hubert en adressant un clin d'œil à l'adolescent qui venait de rentrer dans la maison pour annoncer que le boghei était prêt.

— Presse-toi pas pour revenir, lui conseilla Donat. On est déjà pas mal en avance dans notre ouvrage. Après tout, octobre arrive juste dans une semaine.

Les religieuses descendirent, chacune portant sa petite valise cartonnée. Mathilde Beauchemin s'empressa de remettre la sienne à Ernest tout en faisant signe à sa compagne de l'imiter. Marie eut droit à quelques maigres remerciements de la part de sa belle-sœur et il y eut échange de bons vœux avec promesse de revenir durant la période des fêtes, ce qui provoqua un raté du cœur de la maîtresse de maison. Cependant, il était dans la nature de la religieuse de décocher le coup de pied de l'âne avant de monter à bord du boghei qu'elle fit tanguer assez dangereusement en prenant place sur la banquette arrière aux côtés d'une sœur Sainte-Anne toujours aussi effacée.

— J'espère que tu vas avoir eu le temps de faire un grand ménage d'ici à ce que je revienne, osa dire l'invitée à sa belle-sœur.

— Inquiète-toi pas pour ça, rétorqua Marie dont le visage avait pâli sous l'insulte. Et toi, prends aussi le temps d'aller te confesser à l'aumônier de l'orphelinat, lui suggéra-t-elle abruptement. Tu vas voir comment on arrive à bien dormir, même malgré des mulots, quand on a la conscience tranquille.

Le visage de sœur Marie du Rosaire se renfrogna, mais la voiture quitta la cour de la ferme des Beauchemin sur ces amabilités.

Chapitre 13

Les projets de Hubert

Après le départ des religieuses, tout le monde rentra dans la maison le cœur un peu plus léger, sauf Marie qui avait les traits crispés comme si elle cherchait à empêcher sa colère d'éclater.

— Voyons, m'man, revenez-en! lui dit Donat en remarquant sa rage. Ma tante est partie.

— Seigneur! Il y a personne qui va être capable de me faire croire qu'il y a pas des moyens plus faciles de gagner son ciel! s'exclama la veuve de Baptiste Beauchemin. Je suis rendue que je peux plus la voir en peinture.

— Elle est tout de même pas si pire que ça, madame Beauchemin, intervint Eugénie.

— Tu peux bien parler, toi. T'étais enfermée dans ta chambre. Moi, je l'ai eue sur le dos depuis dimanche après-midi… Et cette maudite manie qu'elle a de se mêler de tout ce qui la regarde pas! T'as beau la rabrouer, ça sert à rien. C'est toujours à recommencer.

— Une chance qu'il y a toujours Bedette pour l'étriver, fit Donat au moment où Hubert rentrait dans la cuisine d'été après être allé porter son baluchon dans la chambre verte.

Le retour du cadet de ses fils sembla aider la maîtresse de maison à retrouver un peu de son calme.

— Les deux sœurs ont couché dans la chambre verte. Je vais aller changer le drap et la taie d'oreiller tout à l'heure, lui annonça-t-elle. À cette heure, viens t'asseoir et raconte-nous un peu ce que t'as fait durant tout ton été.

— D'abord, à qui sont le cheval et la voiture ? lui demanda Donat.

— À moi, répondit son frère avec une certaine fierté. Le cousin de Dionne m'a donné un peu d'argent pour toute la besogne que j'ai faite à sa fromagerie. J'ai pris cet argent-là et j'ai acheté le boghei d'un voisin et j'ai eu Caboche d'un maquignon.

— Drôle de nom, fit Eugénie, assise au bout de la table.

— D'après le maquignon, son propriétaire l'a appelé comme ça parce qu'il lui arrive d'être cabochard et d'en faire juste à sa tête. L'important, c'est qu'il a juste quatre ans et qu'il est en pleine santé.

— Tout à l'heure, t'auras juste à le mettre dans le clos avec le Blond et la Noire, lui offrit Donat. On lui organisera un port dans l'écurie cette semaine.

— Puis, comment c'était à Dunham ?

— Pas mal, m'man, répondit Hubert. C'est sûr que c'est pas comme travailler sur une terre, mais l'ouvrage manquait pas. On avait dix vaches à traire et à soigner matin et soir et on recevait pas mal de lait des cultivateurs autour. Après le déjeuner, on nettoyait à fond la grande cuve avant de verser là-dedans les bidons. Le reste de la journée était occupé à faire du fromage en grains qu'on égouttait puis qu'on pressait pour en faire des meules.

— Et ça se vendait ben ? demanda Donat.

— Encore mieux que ce que tu peux penser, répondit Hubert. C'était ben rare qu'à la fin de la journée il nous en reste une meule.

— Il était si bon que ça ? s'enquit Eugénie.

— Encore mieux que ça. Attendez une minute, ajouta le fromager.

Hubert se leva, sortit de la maison et revint après avoir pris un petit sac dans son boghei stationné près de la galerie.

—Tenez, goûtez, suggéra-t-il aux siens en déposant sur la table un sac de fromage en grains. C'est le dernier fromage que j'ai fait.

Chacun s'empressa de plonger une main dans le sac pour l'en ressortir avec une poignée de fromage en grains qu'on se mit à mastiquer en émettant un bruit caoutchouté.

—Ma mère faisait ça, du fromage en crottes, déclara Eugénie en replongeant la main dans le sac. Mais il était jamais aussi bon que le tien. J'espère que tu vas te dépêcher d'ouvrir ta fromagerie.

—Ah ça, ça va dépendre de Télesphore Dionne. La fromagerie, c'est son idée, et c'est lui qui va faire construire. Moi, tout ce que j'ai à faire, c'est d'attendre qu'il se décide.

Il y eut un court silence dans la pièce, silence que Marie mit à profit pour servir une tasse de thé à chacune des personnes présentes.

—Pour moi, t'auras pas à attendre ben longtemps après lui, lui annonça Donat en allumant sa pipe. Pas plus tard que la semaine passée, le bonhomme m'en a lui-même parlé. Il m'a dit qu'il voulait acheter un petit bout de terrain à Bourgeois entre la forge et le magasin général et faire construire la fromagerie là.

—Ça a ben de l'allure, se borna à dire Hubert.

—Moi, je lui ai suggéré autre chose qui pourrait être plus commode pour toi et qui t'éviterait d'avoir Télesphore Dionne continuellement dans les jambes quand tu travaillerais, fit son frère aîné.

—Quoi? demanda-t-il, curieux.

—Ben, j'ai entendu dire que Tancrède Bélanger haïrait pas pantoute vendre sa terre avant l'hiver à cause de ses rhumatismes. Il voudrait ben aller rester chez son garçon à Saint-Zéphirin. J'ai dit à Dionne que ce serait ben moins un aria pour lui s'il achetait la maison et les bâtiments, quitte à louer à White une partie de la terre du bonhomme.

—Je sais pas si... voulut intervenir Hubert.

— Écoute! Penses-y un peu! lui ordonna son frère. Tu serais à mille pieds du magasin général, de l'autre côté du pont. Au lieu de venir coucher à la maison tous les soirs et de te lever aux petites heures pour aller à ta fromagerie, tu pourrais t'installer dans la maison des Bélanger. Elle est pas grande, mais elle a toujours été ben entretenue. En plus, tu pourrais installer tout ton barda dans sa cuisine d'été et dans la remise à côté. T'aurais une étable et une grange et d'autres petits bâtiments qui pourraient être ben utiles.

— Ouais, fit Hubert, pensif.

— Ce serait mille fois mieux pour toi. Au lieu d'être poigné avec Dionne en train de regarder tout le temps ce que tu fais, tu serais comme le maître de la place.

Quelques minutes de discussion semblèrent convaincre le cadet que son frère avait vu juste et il lui promit d'en parler au propriétaire du magasin général. Après le dîner, les deux frères passèrent l'après-midi à fumer le dernier champ des Beauchemin. Quand Ernest rentra de Sainte-Monique, ils finissaient le travail.

Lorsque Bernadette revint de l'école un peu après quatre heures, elle fut heureuse de constater le départ des religieuses et encore plus contente de voir son frère Hubert.

Aussitôt la dernière bouchée de son souper avalée, Hubert entreprit de faire une toilette soignée et il tailla avec soin sa moustache avant d'annoncer qu'il allait veiller chez les Dionne.

— Pas avec Télesphore Dionne, j'espère? se moqua Bernadette.

— Non, avec Angélique, s'empressa-t-il de la corriger, sérieux. Je l'ai pas vue depuis deux mois.

— Moi, je suis pas certaine qu'elle va être bien contente de te voir. Elle a fait l'école toute la journée. Elle doit avoir des préparations à faire pour demain.

— Si c'est comme ça, je reviendrai plus de bonne heure, répliqua-t-il, un peu déçu.

Apparemment, il n'avait pas pensé à cette possibilité et sa joie en fut un peu assombrie.

Quelques minutes plus tard, à son arrivée chez les Dionne, il hésita légèrement entre aller frapper à la porte du magasin général ou à celle de la maison attenante. Comme il ne voyait aucune lumière dans le magasin, il opta finalement pour la maison et c'est Alexandrine Dionne qui vint lui ouvrir sans manifester une très grande surprise.

— Entre, mon garçon, l'invita-t-elle. On t'attendait ces jours-ci.

Elle fit passer le visiteur dans la cuisine où son mari se berçait paisiblement pendant que sa fille, assise à la table, travaillait à la préparation de ses cours du lendemain. Télesphore quitta sa chaise berçante pour serrer la main du fils de Baptiste Beauchemin qu'il accueillit avec bonne humeur.

À la vue de Hubert, Angélique se leva précipitamment et vint vers lui, visiblement très heureuse de le voir enfin de retour. Avant même que la jeune fille lui propose de la suivre au salon, son père intervint.

— Assois-toi, Hubert, et parle-moi de mon cousin de Dunham et de ce que t'as appris pendant ton stage.

Avec un sourire un peu contraint, le jeune homme prit place sur la chaise que lui désignait son hôte et raconta les derniers mois qu'il avait vécus à Dunham. Angélique, déçue de constater que son père monopolisait son amoureux, ne retourna pas à son travail. Elle approcha sa chaise de celle de Hubert pour mieux l'écouter, alors qu'Alexandrine avait repris son travail d'aiguille et écoutait attentivement le visiteur elle aussi.

Après quelques minutes, le futur fromager termina son bref récit en disant :

— Là, maintenant, je pense être capable de faire du bon fromage. Je suis prêt à commencer dès que vous le voudrez.

— Ça, c'est une ben bonne nouvelle, lui assura son hôte. À mon idée, c'est le temps de parler affaires, ajouta-t-il. Tiens! Pendant que ma fille va finir sa besogne, nous autres, on va passer dans le magasin pour pouvoir parler à notre aise de tout ça.

— P'pa! protesta la jeune fille, peu heureuse de la décision paternelle de lui enlever son amoureux avant même qu'elle ait eu la chance de lui parler.

— Ton travail d'abord, répliqua sèchement son père. T'auras ben le temps de parler à Hubert quand on aura fini de discuter.

Sur ces mots, le propriétaire du magasin général entraîna le garçon vers la porte communiquant avec le magasin après avoir allumé une lampe à huile.

— On va faire une petite attisée pour ôter l'humidité, annonça-t-il au jeune homme en allumant le poêle qui trônait au centre du magasin.

Ensuite, les deux hommes prirent place sur l'un des grands bancs qu'occupaient souvent les vieux habitués du magasin général.

— Bon, à cette heure que tu sais faire du fromage, on a des décisions à prendre, déclara le petit homme replet d'entrée de jeu.

— Ça, c'est sûr, monsieur Dionne.

— L'hiver passé, on a parlé d'ouvrir une fromagerie aussitôt que tu saurais faire du fromage.

— … Ouais, ouais, fit Hubert sans savoir trop quoi répliquer.

Télesphore Dionne prit alors un air un peu embarrassé avant de déclarer :

— Là, on commence le mois d'octobre. Les vaches vont donner pas mal moins de lait…

— C'est normal, confirma Hubert, mais je suis certain qu'il y a moyen de faire tout de même pas mal de fromage durant l'automne et l'hiver.

— C'est pas le seul problème, se décida à avouer son hôte. Je me suis rendu compte que ça allait coûter pas mal plus cher que je le pensais de faire bâtir une fromage-rie. En plus, il va falloir acheter un terrain et tout le barda nécessaire.

Les traits du visage du jeune homme s'assombrirent. Il venait de comprendre que son mentor, celui qui l'avait poussé à aller suivre un stage de neuf mois à Dunham, reculait devant la dépense à faire pour construire une froma-gerie. Tout à coup, il sentit que son rêve pourrait bien ne jamais se réaliser.

— Mon frère Donat m'a dit qu'il serait peut-être pas nécessaire de faire bâtir si on achetait la terre de Tancrède Bélanger pour installer la fromagerie, dit-il d'une voix changée.

— Je dis pas que ton frère a une mauvaise idée, mais il sait pas combien le vieux Bélanger veut pour sa terre et son roulant. Ça a pas d'allure. Il veut trois cent vingt piastres ! Autant dire la lune.

— C'est vrai que c'est ben de l'argent, reconnut Hubert, surpris par l'énormité de la somme.

— Moi, je voudrais ben avoir les moyens de l'acheter sa terre, mais là, je vois pas comment j'arriverais à payer ça, surtout qu'après, il faudrait tout l'équipement pour la fromagerie.

Il y eut un long silence entre les deux hommes plongés dans leurs pensées. Finalement, Télesphore reprit la parole.

— Je pense qu'il va falloir se donner le temps de réfléchir à tout ça avant de s'embarquer. Je dis pas non à la froma-gerie, mais je veux pas me mettre dans le chemin pour bâtir ça. On va laisser passer l'hiver, et on verra le printemps prochain ce qu'on peut faire. De toute façon, je suppose que tu manqueras pas d'ouvrage sur la terre de ta mère. On va avoir tout le temps qu'il faut pour en reparler, ajouta-t-il en se levant.

— C'est vous qui décidez, monsieur Dionne, déclara Hubert, la mort dans l'âme.

— Je sais que t'es pas mal déçu, mais tout peut finir par s'arranger. À cette heure, viens, je pense qu'Angélique a ben envie de passer un bout de veillée avec toi au salon.

Au retour des deux hommes dans la cuisine, Angélique s'empara de la lampe que tenait son père et entraîna son amoureux au salon. Immédiatement, Alexandrine déplaça sa chaise berçante de manière à bien voir ce qui se passait dans la pièce. Télesphore reprit sa place près du poêle, l'air songeur. Il n'était guère heureux d'avoir dû repousser au printemps la construction de la fromagerie. Le commerçant savait compter. Il avait fini par comprendre que la dépense dépassait largement ses moyens financiers. Il avait sous-estimé les coûts de l'entreprise. Finalement, il regrettait d'avoir fait perdre à Hubert Beauchemin plusieurs mois.

Dans le salon, Hubert n'avait pu s'empêcher de raconter à la jeune institutrice l'immense déception qu'il venait de vivre. Elle la partagea d'autant plus aisément qu'elle avait commencé à ébaucher des rêves de mariage.

— Je comprends pas que mon père ait pu te faire croire une affaire comme ça, finit-elle par dire, fâchée. C'est pourtant pas dans ses habitudes de promettre sans tenir.

— Au printemps peut-être, avança Hubert en se raccrochant à un dernier espoir.

— On va prier pour ça, répliqua-t-elle en serrant l'une de ses mains entre les siennes. Qu'est-ce que tu vas faire cet hiver ?

— J'ai pas le choix, dit-il, l'air sombre. Je vais bûcher avec mon frère. Ça veut dire aussi qu'il faudra bientôt remercier Ernest ; avec mon retour il restera plus tellement d'ouvrage pour lui sur la terre.

— Est-ce que tu vas venir veiller samedi soir ?

— Certain, la rassura-t-il en se levant.

Avant de quitter la maison, il salua poliment Alexandrine et Télesphore Dionne et rentra chez lui. À son arrivée chez sa mère, il aurait préféré trouver tout le monde au lit pour monter directement à sa chambre et ressasser sa profonde déception. Malheureusement, il rencontra Donat devant l'écurie au moment où il terminait sa dernière tournée des bâtiments avant de se coucher.

— Puis, as-tu eu le temps de jaser un peu avec Dionne ? lui demanda-t-il, indiscret.

— Oui.

— Qu'est-ce qu'il a décidé ? Il construit proche du magasin général ou il achète la terre de Tancrède Bélanger ?

— Ni l'un ni l'autre, laissa tomber son jeune frère.

— Comment ça ?

— Il branle dans le manche. Il trouve que ça va coûter trop cher. Il veut attendre au moins jusqu'au printemps pour se décider.

— C'est fin en torrieu son histoire ! s'exclama Donat. Toi, qu'est-ce que t'entends faire pendant l'hiver, en attendant qu'il se branche ?

— Je vais bûcher avec toi, à la place d'Ernest.

Donat aida son frère à dételer Caboche et ils rentrèrent se coucher. Quand Donat raconta à sa femme ce qu'il venait d'apprendre, cette dernière eut un mouvement d'humeur.

— On dirait bien qu'on finira jamais par se débarrasser de ton frère et de ta sœur, fit-elle, agressive.

— Ils sont chez eux comme nous autres, lui fit-il remarquer.

— Je veux bien le croire, mais tant qu'ils vont être ici dedans, on pourra jamais décider ta mère à se donner à nous autres.

— Il y a rien qui presse, déclara sèchement son mari en s'étendant à ses côtés après avoir éteint la lampe.

Deux jours plus tard, le vendredi après-midi, Bernadette Beauchemin venait à peine de terminer la récitation de la prière avant la reprise de la classe qu'on frappa à la porte. La jeune femme fit signe à ses élèves de ne pas bouger et alla ouvrir. Elle se retrouva devant un prêtre inconnu dont les yeux globuleux la fixaient, retranchés derrière des lunettes à la fine monture métallique.

— Bonjour, mademoiselle, la salua l'abbé Conrad Farly. Je suis le remplaçant de monsieur le curé.

— Entrez donc, monsieur l'abbé, fit Bernadette en s'effaçant pour le laisser passer.

Les enfants saluèrent le visiteur qui, sans la moindre hésitation, se dirigea vers la petite estrade placée à l'avant de la classe. Il prit place derrière le bureau de l'institutrice avant de faire signe aux enfants de s'asseoir. Bernadette demeura debout à l'arrière du local, un peu intriguée par la mâchoire et la dentition du remplaçant du curé Désilets.

Le prêtre interrogea avec beaucoup de soin pendant une heure la quinzaine d'élèves présents, et les réponses obtenues, même si on terminait à peine le premier mois de classe, semblèrent le satisfaire.

Avant de quitter la petite école blanche, Conrad Farly ne put cependant s'empêcher de faire remarquer à la jeune institutrice sa surprise de voir aussi peu d'enfants dans sa classe alors que l'école du rang Saint-Paul visitée l'avant-midi même en abritait plus d'une vingtaine.

— Est-ce que c'est parce que mademoiselle Dionne a plus le tour de retenir les enfants à l'école ? demanda-t-il d'une voix fielleuse.

— Peut-être, monsieur l'abbé, répondit abruptement une Bernadette insultée. Pourtant, elle vient juste de commencer à faire l'école, tint-elle à préciser. Je pense plutôt qu'elle a moins de garçons de plus de douze ans que moi. Moi, j'en ai cinq et les parents les envoient pas encore tous les jours à l'école. Ils ont de l'ouvrage pour eux à la maison.

— C'est bien possible, répliqua le prêtre d'une voix neutre, laissant entendre qu'il ne la croyait qu'à moitié.

Au moment où elle allait refermer la porte de l'école derrière le visiteur, un hennissement en provenance du fond de la classe se fit entendre, soulevant un tonnerre de rires. L'institutrice s'empressa de fermer la porte avant de se retourner, furieuse, vers ses élèves, debout derrière leur pupitre.

— Qui est l'effronté qui vient de faire le cheval ? demanda-t-elle.

Personne ne répondit.

— Est-ce qu'il va falloir que je punisse toute la classe pour savoir la vérité ? fit-elle en durcissant la voix.

Il y eut un flottement chez les élèves jusqu'à ce que Duncan Connolly lève la main.

— C'est toi qui as fait le cheval ?

— Oui, mademoiselle.

— Pour t'apprendre la politesse, tu vas rester après l'école. Tu vas balayer la classe et laver le tableau.

Duncan pencha la tête et se garda de répliquer, mais Bernadette se rendit bien compte que l'adolescent ne regrettait en rien son geste.

Mortifiée par la remarque de l'abbé Farly, Bernadette eut du mal à terminer son après-midi d'enseignement. Après le départ des enfants, Duncan exécuta sa punition en silence pendant que son institutrice remplissait son registre et préparait ses classes pour le lundi suivant. Assise au fond du local, la petite Rose attendait son frère pour rentrer à la maison.

Finalement, Bernadette signifia aux deux enfants qu'ils pouvaient partir. Elle demeura un long moment debout devant une fenêtre de sa classe, le regard dans le vide.

— Pourquoi ils trouvent toujours le moyen d'être insultants ? demanda-t-elle à haute voix. Jamais un compliment, toujours la petite remarque blessante, ajouta-t-elle en songeant surtout aux visites antérieures du curé Désilets.

En fait, le seul qui la complimentait sur son enseignement était l'ancien inspecteur, Amédée Durand. Mais lui, elle n'était pas près de le revoir. Charlemagne Ménard ne lui avait pas semblé du genre à faire beaucoup d'éloges. Elle espérait qu'il n'allait pas, lui aussi, se mettre à faire des comparaisons entre elle et Angélique Dionne.

Elle finit par mettre son manteau d'automne et se coiffer de son chapeau et elle quitta l'école. Le vent s'était levé, faisant frissonner les eaux de la rivière Nicolet. Elle traversa le pont et entreprit de parcourir le rang Saint-Jean jusque chez sa mère. Au passage, elle salua de la main son beau-frère Rémi et elle poursuivit sa route.

En passant devant chez Constant Aubé, elle l'aperçut qui avançait en claudiquant sur l'étroit chemin reliant son moulin à sa maison. Le meunier avait le visage blanc de farine et ne semblait pas l'avoir vue. La jeune femme s'immobilisa, décidant sur un coup de tête que c'était cet après-midi-là qu'elle allait régler une fois pour toute l'histoire de l'achat de ses bottines neuves. Plantée sur le bord du chemin, elle attendit que le jeune homme se rapproche pour le héler, geste que sa mère aurait sûrement hautement réprouvé.

— Constant! lui cria-t-elle, est-ce que je peux te dire deux mots?

Le meunier sursauta légèrement en l'apercevant à l'entrée de sa cour. Elle arborait ce petit air impérieux qu'il appréciait tant quand il la fréquentait. Comme elle ne faisait pas mine de bouger, il dut parcourir la distance qui les séparait.

— Bien oui, tu peux me parler, lui dit-il en lui adressant un sourire. Mais là, comme tu peux voir, je suis pas regardable. J'ai de la farine jusque dans les cheveux.

— C'est pas grave, fit-elle pour le rassurer. Je voulais juste te demander si t'aurais le temps de me faire une paire de bottines à la mode, comme t'en as fait pour mes deux belles-sœurs.

Elle avait failli dire pour Laurence Comtois…

— Ben sûr, répondit-il en se passant une main sur le front. Tu les veux noires, je suppose ?

— Oui.

— Pas de problème.

— Si le cœur t'en dit, tu pourras passer à la maison en fin de semaine pour prendre mes mesures, ajouta-t-elle, aguichante.

— Ce sera pas nécessaire, s'empressa-t-il de répondre. J'ai encore les empreintes de tes pieds quand je t'ai fait des bottes l'année passée. Ça me surprendrait pas mal que tes pieds aient allongé depuis ce temps-là.

Bernadette eut du mal à dissimuler son dépit. Elle s'attendait à ce que son ancien cavalier saute sur l'occasion pour venir la visiter. Il lui fallut quelques instants avant de se reprendre pour lui demander :

— Et tu vas me demander combien ?

— D'habitude, c'est quatre-vingt-cinq cennes pour des bottines comme ça. Je charge dix cennes de plus à cause de tous les petits boutons que je dois coudre.

— C'est correct, accepta-t-elle après une légère hésitation.

Quatre-vingt-cinq cennes, c'était beaucoup d'argent.

— Mais comme le cuir que je vais prendre vient de la vache tuée par la foudre chez vous, je vais te demander seulement soixante-quinze cennes, le même prix qu'une paire de souliers ordinaires.

— T'es pas obligé de me faire la charité, lui dit-elle en se gourmant.

— Je le sais, mais je peux pas te demander plus qu'à ton frère.

— Quand penses-tu qu'elles vont être prêtes ?

— La semaine prochaine.

— Est-ce qu'il va falloir que je vienne les chercher ou tu vas venir me les porter ?

—Je te les apporterai, promit-il.

Elle le salua assez sèchement et reprit la route, aussi mécontente d'elle que de son ex-amoureux. Elle sentait qu'elle aurait pu se montrer plus aguichante pour l'inciter à lui revenir.

—Grand niaiseux! s'emporta-t-elle. Même pas capable de voir que je l'invite!

Puis, une pensée l'effleura qui la fit s'arrêter brusquement de marcher. Elle venait soudain de réaliser que Constant Aubé était peut-être réellement tombé amoureux de Laurence Comtois, amoureux au point de ne plus être du tout intéressé par elle. À cette évocation, elle éprouva un sérieux pincement au cœur et elle rentra à la maison passablement bouleversée.

—Je suis sûre qu'il m'aime encore, murmura-t-elle en montant sur la galerie.

—Es-tu rendue que tu te parles toute seule? lui demanda sa mère qu'elle n'avait pas vue.

—Bien non, m'man, je suis juste fatiguée, se défendit-elle.

❦

Trois jours plus tard, les paroissiens de Saint-Bernard-Abbé s'entassèrent dans la chapelle au sommet de la côte du rang Sainte-Ursule, impatients de savoir quel prêtre remplaçait le curé Désilets durant sa retraite.

—Avec un peu de chance, la messe va être un peu moins longue, dit Bridget Ellis à l'oreille de la ménagère du curé Désilets.

—Comptez-y pas trop, madame Ellis, l'abbé Farly est pas mal dans le genre de notre curé, lui déclara Bérengère Mousseau au moment où toutes deux entraient dans la chapelle. Il est sec et il entend pas à rire pantoute.

Les paroissiens s'en rendirent compte dès que le prêtre entreprit son sermon en anglais d'abord, puis en français ensuite. Il s'étendit longuement sur les dangers des péchés de la chair, décrivant avec force détails tous les tourments éternels qui attendaient les malheureux pécheurs qui allaient brûler dans les flammes de l'enfer.

Apparemment insensible au temps qui passait, le célébrant n'en finissait plus de tonner contre ceux et celles qui donnaient le mauvais exemple. Enfin, avant de quitter la chaire, il prit soin de rappeler à ses ouailles que la bénédiction du Saint-Sacrement aurait lieu immédiatement après la grand-messe, comme le faisait le curé Désilets.

Dès que le prêtre prononça l'*Ite missa est*, les gens se précipitèrent en grand nombre vers l'extérieur, impatients d'échapper à l'atmosphère étouffante de la chapelle après une grand-messe qui avait tout de même duré près de deux heures. Les hommes se regroupèrent pour fumer une pipe et échanger des nouvelles pendant que les femmes allaient retrouver avec plaisir des amis, des parents et des voisines.

Quand Conrad Farly rentra dans le chœur après avoir retiré sa chasuble et son aube pour les remplacer par un simple surplis passé sur sa soutane, il eut la désagréable surprise de ne retrouver dans le temple qu'une poignée de dames prêtes à assister au salut du Saint-Sacrement.

— Ah ben, j'aurai tout vu ! s'exclama-t-il, furieux.

Il ouvrit le portillon de la sainte table et se dirigea à grands pas vers la porte de la chapelle qu'il repoussa d'un geste rageur. Il découvrit alors ses paroissiens éparpillés autant sur le parvis que dans le stationnement.

— Qu'est-ce que vous attendez pour entrer ? cria-t-il d'une voix de stentor en leur indiquant l'intérieur de la chapelle. Faut-il que je vienne vous chercher ?

Stupéfaits, les gens le regardèrent un instant sans comprendre. Puis, intimidés par sa fureur apparente, ceux et celles qui étaient près de lui sur le parvis entrèrent la tête basse. Par ailleurs, la plupart des paroissiens debout dans le stationnement hésitèrent entre retourner assister à une autre cérémonie religieuse et rentrer enfin à la maison. Midi était passé et ils étaient tiraillés par la faim.

— Grouillez-vous ! leur ordonna sèchement le prêtre.

Cet ordre décida finalement le plus grand nombre à revenir vers la chapelle en arborant des mines de condamnés.

— Nous autres, on rentre à la maison ! déclara Xavier Beauchemin à sa femme sur un ton péremptoire. Ça va faire, blasphème ! On a passé deux heures là-dedans et on est à jeun depuis hier.

Sur ces mots, il fit signe à Catherine de monter dans le boghei et il passa au nez du pasteur de Saint-Bernard-Abbé sans même tourner la tête.

— Je te dis qu'il avait pas l'air content de nous voir partir, lui dit sa femme.

— Ça m'empêchera pas de dormir, conclut Xavier en poussant son cheval à accélérer.

Inutile de dire que le comportement du remplaçant du curé Désilets défraya la plupart des conversations durant les jours suivants.

◆

Le surlendemain, Bernadette trouva sur son lit un paquet grossièrement enveloppé de papier brun à son retour de l'école. Elle s'empressa de le développer bien qu'elle sût déjà qu'il s'agissait de ses bottines neuves.

Elle examina les chaussures avec soin. Elles brillaient et elles avaient été habilement confectionnées. Elle décida de les essayer en espérant qu'elles ne lui iraient pas, ce qui lui permettrait de les renvoyer à Constant. Ainsi, il serait bien obligé de venir reprendre les mesures de ses pieds... Peine perdue, les bottines lui allaient comme un gant, constata-t-elle avec dépit.

Elle descendit au rez-de-chaussée retrouver sa mère en train de peler les pommes de terre et les carottes du souper en compagnie d'Eugénie.

— Quand est-ce que Constant Aubé m'a apporté mes bottines neuves ? demanda-t-elle à sa mère.

— Au milieu de l'avant-midi, répondit cette dernière. Je savais pas que tu lui avais commandé ça, lui reprocha-t-elle. Quand est-ce que tu lui as parlé ?

— La semaine passée. Il me semble qu'il aurait pu attendre de venir me les porter après l'école pour que je le paye, ajouta-t-elle, acide.

— Inquiète-toi pas pour ça, intervint Eugénie. Donat l'a payé. T'auras juste à rembourser ton frère.

Durant l'heure suivante, la jeune institutrice broya du noir. Il était maintenant bien clair que le meunier l'évitait le plus possible et qu'en aucun cas il n'envisageait la possibilité de reprendre leur relation qu'elle avait bêtement interrompue le printemps précédent.

Une courte visite de Xavier et Catherine vint apporter une heureuse diversion ce soir-là chez les Beauchemin. Bernadette, qui n'avait guère la tête à la préparation de ses classes, rangea ses affaires pour se joindre à la réunion de famille.

— J'ai rencontré Ubald Comtois cet après-midi, annonça Xavier. Le pauvre homme faisait pitié à voir, ajouta-t-il.

— Qu'est-ce qui lui arrive ? lui demanda sa mère.

— Ben, il venait d'aller conduire sa fille à Trois-Rivières, au noviciat des Ursulines.

— Laquelle de ses filles ? s'empressa de s'enquérir sa sœur.

— Je pense que c'est la plus vieille.

— Laurence ? fit Marie.

— Il me semble, oui.

— J'espère que sa deuxième va être capable de faire la tâche que faisait sa Laurence, répliqua Marie, pleine de compassion.

Le cœur de Bernadette se mit à battre à grands coups. Une vague d'allégresse la souleva et se traduisit par un

265

sourire. Celle qu'elle considérait comme son adversaire pour conquérir le cœur de Constant venait de disparaître. Maintenant, le chemin était libre.

Marie Beauchemin regarda un bref instant sa cadette et devina la raison de son sourire de contentement. Elle la ramena rapidement sur terre en affirmant :

—C'est demain qu'on fait le barda d'automne.

—Ah non, m'man, on a encore le temps, protesta la jeune fille.

—Non, justement, la rembarra abruptement sa mère. On commence à geler tout rond dans la cuisine d'été. C'est le dernier soir qu'on passe ici dedans. Demain soir, on va être installés dans le haut côté.

—Mais on va pas être obligées, j'espère, de laver les murs et le plafond de la cuisine d'hiver, madame Beauchemin, dit Eugénie d'une voix plaintive. La porte entre les deux cuisines a pratiquement été fermée tout l'été. On n'a pas dû salir tant que ça.

—La seule chose qu'on n'a pas salie, c'est le poêle, répliqua la maîtresse de maison. Pour le reste, les fenêtres ont été ouvertes tout l'été et la poussière est entrée.

Bernadette regarda sa jeune belle-sœur et haussa les épaules. Il n'y avait rien à faire. Le lendemain allait être une journée éreintante. Elles allaient devoir laver le plafond, les murs, les fenêtres et le parquet des deux cuisines avant de transférer dans la cuisine d'hiver toute la vaisselle et une bonne partie du garde-manger. De plus, il allait falloir voir au changement de la paille de chaque paillasse de la maison.

—J'espère, au moins, que les hommes vont s'occuper des tuyaux du poêle, laissa tomber Bernadette, de mauvaise humeur.

—Inquiète-toi pas, fit sa mère. Je vais voir à ce que chacun fasse sa part.

Chapitre 14

Le chien

Au milieu de la deuxième semaine du mois d'octobre, une surprise de taille attendait Duncan Connolly à son retour de l'école avec sa petite sœur Rose. Dès son entrée dans la maison, Camille lui demanda de changer immédiatement de vêtements et d'aller chercher les vaches dans le champ de manière à ce que son père n'attende pas après lui pour commencer son train.

— Est-ce que je peux au moins manger deux biscuits ? demanda-t-il sur un ton frondeur en désignant une assiette remplie de biscuits à l'avoine encore chauds.

— Prends-en deux, mais grouille-toi. Ton père est pas trop de bonne humeur aujourd'hui.

— Il est toujours de mauvaise humeur, rétorqua Duncan.

— Toi, sois poli avec ton père et dépêche-toi de faire ce que je viens de te dire.

Le ton sévère de sa mère lui apprit qu'elle ne plaisantait pas et il décida de monter changer de vêtements à l'étage sans plus discuter. Quelques instants plus tard, l'adolescent sortit de la maison en bourrasque en faisant claquer les portes derrière lui. Il contourna les bâtiments et entreprit de se rendre dans le deuxième champ où les vaches se reposaient paisiblement.

Il allait contourner le troupeau pour le repousser vers l'étable quand il se figea brusquement en apercevant un énorme chien aux longs poils noirs étendu dans l'herbe qui semblait jouer au gardien de troupeau. La bête, un mélange de labrador et de collie, ne manifesta aucun signe d'agressivité en l'apercevant. Mieux, elle se releva, sa queue fouettant l'air de contentement, et s'approcha doucement du fils de Liam Connolly.

Duncan se laissa renifler et renonça à chasser l'intrus. Quand il se mit en marche, le chien se dirigea vers les vaches les plus éloignées et les ramena sans japper vers le troupeau pour le plus grand contentement du garçon. De toute évidence, la bête était habituée à rassembler les vaches.

Arrivé à l'étable, le chien s'immobilisa près de la porte et n'en bougea plus. Duncan fit entrer les bêtes, laissa son père et Patrick s'occuper de la traite et alla soigner les porcs, le cheval et les poules. À aucun moment son nouveau compagnon ne manifesta le moindre signe de nervosité. Il donnait déjà l'impression d'être chez lui.

Lorsqu'il quitta le poulailler, le garçon de onze ans était déjà tombé en amour avec le gros chien noir qui le regardait avec de si bons yeux. Il avait décidé de faire l'impossible pour persuader les siens de le garder. Mais il savait fort bien que cela ne se ferait pas facilement, surtout après que Rose eut été mordue deux ans auparavant par un chien errant. Avant de rentrer à la maison, il alla attacher la bête de l'autre côté de la remise de manière à ce que son père et Patrick ne la voient pas à leur retour.

À son entrée dans la maison, Duncan s'approcha de Rose pour lui chuchoter qu'il voulait lui montrer quelque chose dehors.

— Qu'est-ce que c'est ces messes basses là ? lui demanda Camille.

—Je veux juste montrer quelque chose dehors à Rose, répondit-il avec une certaine impatience.

— Quoi ?

Coincé, Duncan n'eut d'autre choix que d'avouer à sa mère adoptive avoir trouvé un chien dans le champ.

— Et c'est ça que tu veux montrer à ta sœur quand tu sais qu'elle a peur des chiens ? lui demanda celle-ci.

— Celui-là, Camille, est pas comme les autres. Il est pas mauvais. Il sait ramener les vaches à l'étable et je suis sûr qu'il va faire un bon gardien, ajouta-t-il sur un ton suppliant.

— Tu sais ce que ton père va dire de ça. Il voudra jamais s'encombrer d'un chien.

— Venez au moins le voir, reprit Duncan, les larmes aux yeux. Il est beau sans bon sens et ben fin.

Devant tant d'enthousiasme, Camille céda et suivit Duncan à l'extérieur en tenant la main de Rose, guère rassurée. Ann leur emboîta le pas. Ils contournèrent la remise et découvrirent le chien couché sagement. En voyant arriver tous ces gens, il se leva et s'avança vers Duncan contre qui il se frotta le museau.

— C'est vrai qu'il a l'air pas mal doux, fit Ann en passant sa main sur la tête de l'animal.

— Tu peux le flatter, Rose, il te mordra pas, dit Duncan à sa jeune sœur. Aie pas peur, il est pas méchant.

La fillette, encouragée par Camille, tendit lentement une main hésitante vers le chien qui se laissa caresser par elle sans esquisser le moindre mouvement.

— Bon, de toute façon, ça sert à rien de perdre notre temps dehors, déclara brusquement Camille. Vous le savez que c'est votre père qui va décider.

À peine la jeune femme enceinte de huit mois venait-elle de parler qu'elle aperçut Liam et Patrick qui sortaient de l'étable pour se diriger vers la maison. Son mari la vit entourée des trois enfants.

— Qu'est-ce que vous faites dehors ? leur demanda-t-il.

Au même moment, il aperçut le chien et ses traits se figèrent.

— Ah ben, calvaire, non, par exemple ! s'exclama-t-il. D'où est-ce qu'il sort, ce maudit chien-là ?

Duncan rassembla tout son courage pour répondre à son père.

—Je le sais pas, p'pa, mais c'est lui qui a regroupé les vaches et qui les a ramenées à l'étable sans les énerver. J'ai presque rien eu à faire.

—Je veux pas d'un chien ici dedans. On n'en a pas besoin. En plus, Rose a peur de ça. Là, il est temps d'aller souper. Après le repas, on va s'en débarrasser. Je veux pas qu'il colle ici.

Sur ces mots, Liam entraîna les siens vers la maison où chacun prit place autour de la table pendant que Camille et Ann y déposaient une soupière fumante, un plat de pommes de terre et des grillades de lard. Le père de famille finissait de réciter le bénédicité quand Paddy Connolly entra dans la maison, de retour du magasin général où il avait péroré une partie de l'après-midi, comme à son habitude.

—Tiens, t'as décidé de te greiller du chien de White, déclara-t-il à son neveu en se glissant à sa place à table.

—Le chien de White?

—C'est pas le chien de John White qui est attaché à côté de la porte de la remise? fit le retraité, surpris.

—Je le sais pas. Il traînait autour, répondit Liam. Si c'est son chien, on va le lui rapporter pas plus tard qu'après le souper et je vais lui dire de l'attacher, son maudit chien. J'en veux pas pantoute sur ma terre.

—Tu fais ben, mon neveu. Un chien, ça sert à rien et ça fait plein de dégâts.

Ce dernier commentaire de Paddy lui attira un regard plein de reproches de Duncan et de Camille qui comprenait trop bien le désir de son fils de garder le chien.

—Il y a des fois, mon oncle, où un chien peut être pas mal utile sur une terre, lui fit remarquer la femme de son neveu. Il peut ramener les vaches, faire fuir les renards qui veulent s'en prendre aux poules et même faire la chasse aux rats, sans compter qu'il peut protéger la maison et les enfants.

Liam leva la tête, se rendant compte subitement qu'elle n'était pas opposée à la présence d'un chien autour de la maison. Il ne dit rien, mais il se renfrogna.

Dès la dernière bouchée avalée, le père de famille ordonna à Patrick d'aller atteler Prince au boghei.

— Toi, dit-il à Duncan, tu vas embarquer le chien dans le boghei et on va le ramener d'où il vient.

Paddy prit place dans l'une des chaises berçantes en arborant son air satisfait habituel et il alluma l'un de ses cigares nauséabonds pendant que Camille, aidée de ses filles, rangeait la cuisine.

Le cœur gros, Duncan avait endossé son manteau et était allé détacher la bête qu'il considérait déjà comme son chien. Il n'eut aucun mal à le faire monter dans la voiture avant que son père vienne prendre place sur le siège avant. Le boghei quitta la cour de la ferme, prit à droite, longea les terres des Gariépy, des Beauchemin et des Boudreau avant de venir s'immobiliser devant la maison de John White.

Dès son entrée dans la cour, Liam Connolly se rendit compte que le chien trouvé sur sa terre ne pouvait appartenir à White quand il vit le chien des White sortir de sa niche et se mettre à aboyer furieusement contre les visiteurs. Tout ce bruit incita le propriétaire des lieux à sortir de la maison.

L'homme, âgé d'une trentaine d'années, était petit, sec et nerveux, et il lui manquait plusieurs dents de devant. Il parlait français avec un accent prononcé, cherchant parfois ses mots. Il descendit de la galerie étroite qui courait sur le côté de sa petite maison grise et il s'avança vers les visiteurs.

— Tiens! Ça, c'est le Rex de mon frère Sean, dit le cultivateur en reconnaissant la bête qui avait posé sa tête sur les genoux de Duncan. Il fait partie de la même portée que le mien.

— Je l'ai trouvé sur ma terre, fit Liam. Je pensais que c'était ton chien.

— Pantoute, affirma John White. Le mien se promène pas. Il s'éloigne jamais des bâtiments. J'ai jamais eu un aussi bon gardien que lui. Remarque que si mon frère était moins dur avec ses chiens, Rex chercherait peut-être pas tout le temps à prendre le chemin.

— Bon, ça a tout l'air que je vais être poigné pour le lui rapporter, fit Liam, embêté par la perspective de cette corvée.

— Dis-moi pas que tu parles anglais, à cette heure, fit son hôte.

— Pantoute, reconnut son voisin, un peu gêné.

— Comme mon frère sait pas un mot de français, je pense que je suis mieux d'y aller avec toi, proposa le petit homme, serviable. Donne-moi une minute, je vais aller chercher mon manteau.

John White disparut dans la maison juste assez longtemps pour que Liam dise à son fils:

— Avoir su que ce chien-là me causerait autant de troubles, je m'en serais débarrassé avec un bon coup de fusil. Il y a rien comme une charge de gros sel pour chasser un animal encombrant.

— Il est tellement fin, p'pa, fit Duncan, suppliant. Regardez, il bouge pas pantoute.

Son père allait lui répondre quand White revint pour prendre place près de lui. Liam remit son boghei en route, sortit de la cour des White, passa devant les maisons de son beau-frère Rémi Lafond et de Tancrède Bélanger avant de traverser le petit pont, de longer le magasin général et la ferme d'Hormidas Meilleur puis de tourner, au pied de la côte du rang Sainte-Ursule, dans le rang Saint-Paul. Il dut parcourir les deux tiers de ce rang avant de venir s'arrêter devant la petite maison mal entretenue de Sean White.

À peine le véhicule venait-il de s'immobiliser que la porte de la maison s'ouvrit devant une grosse fermière à l'air peu commode qui vint se planter en haut des trois marches menant à la galerie, les mains plantées sur les hanches.

— Tiens, Mabel a l'air d'avoir son humeur du dimanche, chuchota John White en parlant de sa belle-sœur. Elle doit encore venir de se chicaner avec mon frère. Ils sont comme chien et chat depuis leur mariage, ces deux-là.

— Bonsoir, Mabel, lui dit en anglais son beau-frère en descendant du boghei. Sean est-il dans le coin ?

— Il est aux bâtiments, lui répondit-elle. Tiens ! Dites-moi pas que vous nous ramenez Rex, fit-elle en reconnaissant le chien. Où est-ce qu'il était encore passé, ce maudit chien-là ?

— Chez mon voisin, Liam Connolly.

Liam salua la mégère d'un bref « *Good evening, Madam* », ce qui était la moitié de toute la langue anglaise qu'il possédait.

— Il en veut pas et il vous le ramène, ajouta John.

Mabel White se lança dans une longue tirade à laquelle Liam et son fils ne comprirent pas un mot. Ils durent attendre qu'elle rentre dans la maison sans plus de cérémonie et sans saluer les visiteurs.

— Aimable comme une porte de prison, laissa tomber John White en faisant signe aux Connolly de descendre de voiture avec le chien.

— Qu'est-ce qu'elle a dit avant de rentrer ? lui demanda Liam, intrigué.

— Elle a dit que son mari allait bien tuer Rex à coups de bâton quand il va l'apercevoir. Il est tanné d'avoir des plaintes de tout un chacun que son chien traîne partout. Je te l'ai dit, il a pas bon caractère. Ça me surprendrait même pas qu'il se serve de son fusil pour s'en débarrasser à soir, ajouta le petit homme au moment où ils approchaient de la porte de l'écurie.

En entendant ces paroles, Liam tourna la tête vers son fils et vit de grosses larmes de désespoir couler sur ses joues et, même s'il en fut étrangement ému, il n'eut pas le temps de dire un mot parce que la porte du bâtiment venait de livrer passage au frère de John White, qui lui ressemblait comme un jumeau.

Malgré l'obscurité qui tombait déjà en cette fraîche soirée d'octobre, le fermier reconnut son chien fugueur et ses traits se durcirent. John lui expliqua que les Connolly l'avaient trouvé près de leurs vaches, sur leur terre, et qu'ils ne voulaient pas de chien. Ils le rapportaient.

Sean White salua Liam d'un bref « *Good evening* » et jeta un ordre bref à Rex. Le chien se mit à geindre et se serra plus étroitement contre la jambe de Duncan, comme s'il sentait le sort que son maître lui réservait.

— *Here!* hurla de plus belle Sean, les traits crispés par la rage. *A moment, bastard!*

Sur ces mots, le petit homme se dirigea à pas précipités vers sa remise d'où il sortit un instant plus tard armé de son fusil.

— Comme je te l'avais dit, fit John, il va le tuer devant nous autres pour s'en débarrasser une fois pour toutes. Il veut plus avoir de problèmes. Il dit qu'il a assez d'un chien et qu'il a pas besoin de celui-là pantoute.

Au moment où Sean White s'approchait, menaçant, Liam tourna la tête vers son fils qui, le teint blafard, serrait Rex contre lui.

— Bon, ça va faire, déclara-t-il soudain à John. Dis à ton frère que s'il le veut, il peut me laisser son chien. On le maltraitera pas chez nous. S'il décide un jour de partir, on verra ce qu'il y aura à faire.

Son voisin leva une main apaisante vers son frère qui arrivait, armé et un peu essoufflé. Il lui expliqua la proposition de Liam. Sean le regarda un court instant ainsi que son fils et le chien. Il finit par acquiescer de la tête, toute rage apparemment disparue. Il dit quelques mots en anglais à son frère avant de raccompagner ses visiteurs au boghei.

— Fais monter le chien avec toi en arrière, ordonna sèchement Liam à son fils.

Ce ne fut qu'à ce moment que l'adolescent comprit la portée de cet ordre et son visage fut transfiguré par une joie qu'il fut incapable de dissimuler. Son cœur battait la chamade lorsqu'il fit monter son chien qu'il serra encore plus étroitement contre lui dès qu'il eut pris place à ses côtés.

Sean White parla durant deux ou trois minutes à son frère avant de saluer les visiteurs et de rentrer chez lui. Liam remit la voiture en marche et s'empressa de demander à son voisin si son frère était satisfait qu'il reparte avec son chien.

—Je pense qu'il était surtout pas mal soulagé de pas avoir à le tuer devant ton gars, admit l'Irlandais. Il m'a dit de te dire que Rex était peut-être le meilleur des trois chiens de la portée, même meilleur chien de garde que le mien. S'il avait pas eu la manie de prendre tout le temps le chemin, il l'aurait gardé et t'aurait proposé de prendre l'autre. Il a dit aussi qu'il pouvait être pas mal obéissant, qu'il mangeait n'importe quoi et qu'il avait peur de rien.

—Tout ça, c'est bon à savoir, laissa tomber Liam, toujours aussi peu enthousiaste à l'idée d'avoir un chien de ferme. On verra ben.

De retour dans le rang Saint-Jean, le conducteur laissa son voisin chez lui avant de reprendre la route jusqu'à sa ferme quelques arpents plus loin, sans desserrer les dents. Sur la banquette arrière, son fils se gardait bien de dire quoi que ce soit. En passant devant la maison, Liam remarqua que sa femme avait fait allumer un fanal à la porte de côté, ce qui ne l'incita pas le moins du monde à arrêter. Il poursuivit son chemin jusqu'à l'écurie et ordonna à Duncan de descendre avec le chien. Il allait exiger qu'il l'aide à dételer Prince quand il vit accourir Patrick en compagnie des autres membres de sa famille.

—Vous avez ramené le chien? s'étonna l'adolescent de douze ans en apercevant Rex collé contre la jambe droite de son jeune frère.

—Au lieu de poser des questions niaiseuses, répondit sèchement son père, dételle donc le cheval et entre-le dans l'écurie.

Fait étonnant, la petite Rose s'approcha sans crainte de Rex et lorsqu'elle tendit la main vers son museau, il la lécha en frétillant de la queue. Camille et Ann attendirent patiemment que le chef de la famille explique le retour plutôt inattendu de la bête. Liam finit par raconter sur un ton bourru les démarches faites jusque chez Sean White.

—Ça doit toujours leur paraître drôle que toi, un Irlandais, tu parles pas un mot d'anglais, lui fit remarquer sa femme.

—Avec le temps, ils vont ben tous finir par comprendre que je suis la troisième génération de Connolly au pays et que mon grand-père, mon père et même moi, on a vécu proche de Québec. Mes oncles, eux autres, parlaient anglais parce qu'ils restaient et faisaient des affaires à Montréal, pas moi.

—Et qu'est-ce qui t'a décidé à ramener le chien ? finit par lui demander sa femme au moment où Patrick, débarrassé de sa corvée, venait rejoindre les membres de sa famille toujours rassemblés près du boghei.

—Sean White est un vrai fou ! s'exclama Liam. Il est parti chercher son fusil. Il voulait tuer le chien devant le petit. Quand j'ai vu ça, j'ai dit à Duncan de remonter dans le boghei avec et j'ai décidé qu'on était pour le garder, s'il faisait l'affaire.

—Il s'appelle Rex, déclara Duncan en flattant la bonne grosse tête de l'animal qui ne s'était pas écarté une seule fois de lui.

—Ouais, fit son père en durcissant le ton, mais écoute-moi ben, mon garçon. Ce chien-là, c'est pas ton chien, c'est celui de toute la famille. Mais à partir d'à soir, c'est toi qui es responsable. T'as voulu l'avoir, tu vas t'en occuper, l'entretenir et le nourrir. S'il fait le moindre dégât, il va prendre le bord, aussi vrai que tu me vois.

— C'est promis, p'pa.

— Pour commencer, je veux jamais le voir dans la maison et même pas sur la galerie. Demain, Patrick va te donner un coup de main pour lui construire une niche que t'installeras près de la porte de la remise. Ce sera son coin. Tu l'attaches pas parce qu'un chien de garde attaché sert à rien. S'il en profite pour se sauver une seule fois, on le reprendra pas.

— C'est correct, intervint Patrick qui semblait presque aussi heureux de posséder un chien que son jeune frère.

— White a dit qu'il mangeait à peu près n'importe quoi, dit Liam à l'intention de sa femme en se mettant en marche vers la maison, suivi par tous les siens. Qu'est-ce que tu vas pouvoir lui donner pour le nourrir ?

— Il y a toujours des restes de table et je pourrai aussi lui servir des patates, on en a pour les fins et les fous, répondit-elle, pleine de bonne volonté.

— Bon, c'est correct, conclut son mari. Toi, viens chercher un peu à manger pour le chien, ajouta-t-il en s'adressant à Duncan et installe-le à côté de la porte de la remise pour à soir. Puis, arrête de le flatter. Rex est pas une bébelle, c'est un chien de garde.

Duncan suivit la famille dans la cuisine d'hiver où Paddy se berçait paisiblement comme un bienheureux. Camille envoya son fils chercher un vieux seau dans lequel elle versa un reste de pommes de terre et un morceau de lard racorni qu'elle tendit à son fils.

— Fais ça vite, lui commanda-t-elle, on t'attend pour la prière. T'as déjà dépassé l'heure d'aller te coucher.

L'adolescent ne demeura à l'extérieur que le temps de tendre la nourriture à son chien et, après une dernière caresse, s'empressa de rentrer pour venir s'agenouiller aux côtés des autres membres de sa famille. Il ne manquait que l'oncle de son père qui, comme chaque soir, prétextant préférer faire sa prière seul, s'était esquivé dans sa chambre à l'étage avant le début de la prière en commun.

Ce soir-là, Duncan s'endormit aussitôt la tête posée sur son oreiller, épuisé par toutes les émotions vécues depuis son retour de l'école. Il était pleinement heureux. Il possédait maintenant Rex, même s'il allait devoir le partager avec les autres.

Au rez-de-chaussée, Liam jeta dans le poêle deux bûches, remonta le mécanisme de l'horloge murale et pénétra dans sa chambre à coucher où Camille venait de le précéder pour se préparer pour la nuit.

— Je suis grosse sans bon sens, déclara-t-elle à son mari en finissant de brosser ses cheveux dont elle venait de défaire le chignon. J'ai de la misère à entrer dans ma jaquette. Une chance que dans un mois...

— Inquiète-toi pas, il te reste plus grand temps à faire, fit Liam en retirant son pantalon, debout de l'autre côté du lit.

— Je te dis qu'à soir, t'as fait des heureux, fit-elle en changeant de sujet de conversation.

— Surtout Duncan, reconnut son mari.

— Tous les enfants, même Rose, précisa Camille en s'étendant dans le lit.

— Et toi, qu'est-ce que t'en penses?

— Tu me connais. Quand les enfants sont heureux, je suis contente.

— Moi, j'espère juste pas avoir à regretter ce que je viens de faire, admit-il.

— Les enfants vont comprendre que t'as essayé de leur faire plaisir et c'est ce qui compte. Si le chien décide de partir, ce sera pas ta faute.

La lampe à huile fut soufflée et Liam sentit que le baiser que sa femme lui donna était encore plus rempli de tendresse que ceux qu'elle lui accordait chaque soir avant de s'endormir.

Le lendemain matin, Camille eut la surprise de découvrir Duncan déjà en train de se chausser dans une cuisine particulièrement froide et humide.

— Qu'est-ce que tu fais debout si de bonne heure ? lui demanda-t-elle.

— Je vais voir si Rex a mangé ce que je lui ai donné hier soir. En même temps, je l'emmènerai chercher les vaches.

Sa mère adoptive ne trouva rien à dire et s'approcha de l'une des deux fenêtres qui ouvraient sur la cour de la ferme. L'aube se levait à peine sur un triste paysage d'automne.

— On n'est pas encore à la mi-octobre qu'il reste presque plus de feuilles dans les arbres, dit-elle à mi-voix. Il a l'air de venter et on dirait qu'il va pleuvoir, ajouta-t-elle en frissonnant et en serrant plus étroitement contre elle les pans de son gros châle de laine.

De fait, un automne plutôt hâtif avait commencé à s'installer sur la région depuis le début de la semaine. Les champs étaient maintenant dénudés et la plupart des cultivateurs de Saint-Bernard-Abbé avaient fait plus de la moitié de leurs labours d'automne. Les mouettes criardes semblaient s'abattre en moins grand nombre derrière les laboureurs, comme si elles étaient déjà trop gavées de ce qu'elles trouvaient dans les sillons de la terre fraîchement retournée.

Par contre, depuis quelques jours, des vols d'outardes de plus en plus nombreux et tapageurs, en route vers le sud, venaient se poser chaque soir sur les eaux de la rivière, réveillant les instincts de chasseurs chez la plupart des fermiers. Il n'était pas question de dédaigner un tel apport de viande au moment où elle se faisait si rare. Il faudrait peut-être attendre encore un bon mois avant d'avoir un froid suffisant pour faire la boucherie annuelle.

— Ferme bien la porte en sortant, recommanda Camille à Duncan en train de boutonner son manteau. C'est le temps où les mulots cherchent à entrer se mettre au chaud et j'ai pas le goût d'avoir cette vermine-là dans la maison.

Duncan hocha la tête et sortit alors qu'elle se détournait enfin de la fenêtre pour allumer le poêle. Peu après, elle réveilla Liam et les autres enfants. Quand son mari pénétra dans la cuisine, elle lui tendit une tasse de thé avant qu'il sorte faire le train en compagnie de Patrick et d'Ann. Comme d'habitude, il prit le temps de le boire, planté devant une fenêtre.

Au moment où il s'apprêtait à se détourner de son poste d'observation, un vol de canards s'éleva bruyamment au-dessus des eaux grises de la Nicolet, chassé probablement par des tirs de fusil de chasseurs embusqués dans leur cache sur les rives.

— Où est passé Duncan ? demanda-t-il sans détourner la tête de la fenêtre.

— Il est sorti depuis un bon bout de temps pour s'occuper du chien et aller chercher les vaches, répondit sa femme.

— Bon, il est temps d'y aller, dit-il en chaussant ses bottes laissées la veille sur le paillasson.

— Ça te tente pas de chasser le canard quand tu les entends comme ça ? lui demanda Camille.

— Ça me donnerait quoi ? rétorqua Liam. J'ai jamais eu un bon chien pour rapporter ce que je pourrais tuer.

— Et si t'essayais avec Rex ? suggéra Camille. On sait jamais, ce chien-là est peut-être capable de sauter à l'eau et de te ramener tes canards.

— Ouais, fit Liam, vaguement tenté.

— Il est pas nécessaire de te dire qu'un peu de viande de canard pour remplacer les grillades de lard de temps en temps, ça ferait du bien à tout le monde.

Le cultivateur quitta la maison avec Patrick et Ann pour soigner ses animaux. Il trouva les vaches déjà installées dans l'étable et Duncan tout fier de lui apprendre que Rex l'avait bien aidé à les ramener.

— C'est pour ça qu'on le nourrit, laissa tomber Liam. Bon, pendant qu'on s'occupe des vaches, va nourrir les cochons et après, t'iras vider tout ce qui a été mis dans la chaloupe au fond de la grange, lui ordonna son père sans lui révéler qu'il venait brusquement de décider qu'il allait tenter de retourner à la chasse aux canards et qu'il souhaitait utiliser la vieille chaloupe comme cache.

Ce matin-là, chez les Connolly, on déjeuna de crêpes à la farine de sarrasin largement arrosées de mélasse. Après le départ de Duncan et de Rose pour l'école, le cultivateur sortit de la maison au moment même où son oncle daignait enfin descendre. Depuis un certain temps, son pensionnaire semblait préférer déjeuner seul au bout de la table, inconscient, dans son égoïsme de vieux célibataire, du surplus de travail donné à Ann et à Camille. Liam se promit d'en toucher un mot à son oncle à la première occasion.

Dehors, après une courte hésitation, il descendit de la galerie malgré le crachin de ce froid matin d'automne et siffla pour attirer l'attention de Rex qui venait de se lever près de la remise. Le chien s'approcha en frétillant de la queue et suivit son maître qui l'entraîna de l'autre côté du chemin et à travers le champ qui bordait la rivière. Parvenu près de la rive, il fallut quelques instants à Liam Connolly pour trouver un bout de branche qu'il lança en criant au chien de la lui rapporter. Rex s'élança à la poursuite du bout de bois qu'il lui rapporta avec un enthousiasme qui faisait plaisir à voir.

— On dirait ben, toi, que c'est pas la première fois que tu t'amuses à ce petit jeu-là, lui dit Liam, content de la réaction de la bête.

Le cultivateur répéta la manœuvre à plusieurs reprises avant de lancer carrément son bout de branche dans la rivière pour finir de tester son chien. Sans la moindre hésitation, Rex s'élança à l'eau et se mit à nager avec aisance, rattrapa la branche dans sa gueule et vint la déposer aux pieds de son maître.

— Brave chien! le félicita enfin Liam, heureux de constater qu'il semblait aimer l'eau. Je pense que ça vaut la peine d'aller chercher la chaloupe.

Cet avant-midi-là, Camille vit par la fenêtre son mari installer la vieille embarcation sur la charrette à foin avec l'aide de Patrick et aller la déposer sur la berge de la Nicolet, au bout du champ, en face de la maison. Ensuite, elle les revit passer avec des branchages qu'ils s'occupèrent à disposer dans la barque pour en faire une cache.

Au repas du midi, Liam déclara aux siens qu'à compter de ce soir-là, le train se ferait un peu plus tôt pour lui donner la chance de chasser le canard. Le matin, s'il en avait le temps, il essaierait aussi. Pendant qu'il parlait, Camille se rendit compte que Patrick boudait un peu, mais elle comprit rapidement pourquoi.

— J'aurais ben aimé emmener Patrick avec moi, mais j'ai juste un fusil. Je vais emmener le chien, il a l'air bon pour rapporter le gibier. Il reste à savoir s'il va pas se mettre à japper, par exemple.

— Si tu penses que Patrick est assez vieux pour chasser avec toi, répliqua Camille, ma mère pourrait lui en passer un. Il y a juste Donat qui va chasser des fois avec Rémi quand il a le temps. Ça me surprendrait qu'elle refuse.

Elle vit aussitôt les yeux de l'adolescent s'allumer de plaisir. Le garçon de douze ans tourna la tête vers son père, en attente de sa décision.

— Va donc la voir après le dîner pour savoir si elle te prêterait un fusil, laissa tomber Liam.

Quand Patrick revint en portant fièrement un vieux fusil prêté par Marie Beauchemin, l'affaire était entendue.

À la fin de cet après-midi-là, Duncan vit partir son père et son frère en compagnie de Rex avec envie. Quand ils revinrent, près de deux heures plus tard, ils rapportaient quatre gros canards qu'ils déposèrent avec fierté sur la table de cuisine.

—Tenez, v'là de quoi vous occuper, déclara Liam à sa femme et à Ann.

—Bon, là, je suis en train de me dire que j'aurais été plus fine de fermer ma boîte plutôt que de t'encourager à aller chasser. On va être poignées, nous autres, pour plumer et vider des canards pendant une semaine ou deux.

—Viens pas te plaindre, toi, la rembarra son mari. Tu voulais de la viande, on t'en apporte. En plus, tu vas avoir toutes les plumes nécessaires pour rembourrer les oreillers au printemps.

Là-dessus, la porte de la maison s'ouvrit sur un Duncan venant annoncer que les vaches attendaient dans l'étable.

—Ça a été plus long sans Rex, fit-il remarquer avec une certaine rancœur.

—C'est drôle comme ce chien-là est devenu indispensable tout à coup et ça fait même pas une journée qu'il est ici dedans, répliqua son père.

Après le repas du soir et les leçons de Duncan, Patrick s'assit près de son frère pour dresser le plan de la niche qu'il faudrait construire sans trop tarder pour l'animal. Liam vint jeter un coup d'œil sur le dessin assez grossier tracé par ses deux fils et leur conseilla de construire une niche de quatre pieds par quatre en tenant compte de la taille imposante de la bête. Il indiqua quel bois ils pourraient utiliser.

—Ça peut attendre une semaine, le temps qu'on chasse. Je vous donnerai un coup de main, promit-il finalement.

En fait, la chasse dura une dizaine de jours et, grâce à Rex, elle fut si fructueuse que Camille put offrir quelques canards à sa mère, à Emma et même à Catherine, pourtant abondamment fournie par Xavier et Antonin.

—Il est temps que ça finisse, déclara Camille à Ann. Juste voir un canard à vider me soulève le cœur. On a beau en manger presque chaque jour, il en reste encore une demi-douzaine dans la chaudière dans le puits.

Chapitre 15

La fin des élections

Deux jours après l'adoption du chien par les Connolly, le vendredi soir, Donat Beauchemin dut faire sa toilette pour aller participer à une réunion du conseil de fabrique au presbytère.

— Torrieu! se plaignit-il en tentant difficilement de boutonner son col de chemise, il me semble qu'on aurait pu la sauter celle-là. Monsieur le curé est même pas encore revenu de Trois-Rivières. Je me demande bien ce que l'abbé Farly peut avoir à nous dire, ajouta-t-il.

Aucune des trois femmes présentes dans la cuisine ne lui répondit. Quand son homme engagé vint le prévenir que le boghei était attelé, le jeune cultivateur mit son manteau et quitta la maison en promettant à Eugénie, qui préparait Alexis pour la nuit, de ne pas rentrer tard.

Il immobilisa peu après sa voiture à côté de celles de Thomas Hyland et du notaire Valiquette en train de fumer paisiblement une dernière pipe avant de pénétrer dans le presbytère. Samuel Ellis était debout auprès d'eux et avait dû être transporté par son ami le maire.

Donat étendit une couverture sur le dos de son cheval et s'approcha du trio.

— À ce que je vois, il manque juste le père Meilleur, dit-il.

— Il arrive, fit Ellis en désignant de la main la voiture qui montait la côte du rang Sainte-Ursule.

Quand le conseil se retrouva au complet, on alla sonner à la porte du presbytère. La ménagère, tenant une lampe à huile à la main, vint leur ouvrir et prit soin de voir à ce que chacun essuie ses chaussures sur le paillasson avant de leur livrer passage. L'abbé Conrad Farly vint au-devant des visiteurs, toutes dents dehors, et les invita à passer dans la petite salle de réunion. Sans perdre un instant, il salua les cinq hommes et les pria de se joindre à lui pour une courte prière avant de leur offrir de prendre un siège.

—J'ai reçu une lettre de monsieur le curé avant-hier, annonça d'entrée de jeu le remplaçant du curé Désilets. Il a terminé sa retraite annuelle et monseigneur lui a permis d'aller se reposer une semaine dans sa famille avant de revenir.

—C'est bon à savoir, laissa tomber Eudore Valiquette sur un ton indifférent.

—Il reviendra pas avant vendredi prochain, semble-t-il, tint à préciser le vicaire. Ça fait que j'ai décidé de donner un coup de main à votre curé en commençant sa visite pastorale.

Les marguilliers réunis autour de la table se jetèrent des regards surpris.

—Vous avez pas peur, monsieur le curé, que ce soit pas mal difficile pour vous parce que vous connaissez pas les paroissiens ? intervint Donat.

—C'est justement pour ça que je tenais à cette réunion, admit le prêtre. C'est vrai que je connais pas le monde de Saint-Bernard, mais si l'un d'entre vous m'accompagnait, ça faciliterait les choses.

—Moi, je peux pas, s'empressa de dire Hormidas Meilleur. J'ai ma tournée à faire tous les jours et je finis trop tard.

—Moi, je suis trop en retard dans mes labours d'automne, mentit Samuel Ellis alors que Donat Beauchemin invoquait la même raison.

— Je regrette, mais j'ai des commandes de bois en retard, intervint le maire Hyland dont le moulin tournait douze heures par jour depuis près d'un mois.

— Vous, monsieur le notaire, vous pouvez pas donner ce genre d'excuse, fit le prêtre d'une voix acide en se tournant vers le président du conseil. Vous êtes à la retraite. Vous êtes sûrement capable de m'accompagner dans ma visite pastorale.

Le petit notaire à la pomme d'Adam proéminente esquissa une grimace avant de dire :

— Je peux toujours, mais je vous préviens que je suis nouveau à Saint-Bernard et que je suis loin de connaître tout le monde.

— Merci, monsieur, dit Conrad Farly. J'annoncerai donc dimanche que je commencerai ma visite par le petit rang, de l'autre côté de la rivière, lundi matin.

— J'espère que vous parlez pas du rang Saint-Jean ! s'exclama Donat dont le visage était devenu rouge. Le petit rang, comme vous dites, est le premier rang de la paroisse et le plus ancien. C'est mon père qui l'a ouvert et il a été le premier habitant de Saint-Bernard. Il a dû se retourner dans sa tombe en vous entendant.

Cette remarque assez vive suscita un sourire sarcastique chez Hyland et Ellis. Les deux Irlandais avaient toujours prétendu que le cœur du nouveau village était leur rang, le rang Sainte-Ursule.

— Toutes mes excuses, fit le vicaire, un peu moqueur. Si c'est comme ça, je peux peut-être commencer par le rang Saint-Ursule.

— Il y a pas d'offense, monsieur l'abbé, mais les habitants du rang Saint-Jean méritent un peu plus de reconnaissance, répliqua Donat un peu calmé.

Les membres du conseil mirent ensuite plusieurs minutes pour s'entendre sur le prix de la location des bancs de la chapelle pour les six prochains mois. Au lieu de tous les remettre aux enchères, comme il avait été fait l'année précédente, il fut décidé que les locataires actuels auraient préséance pour renouveler leur location jusqu'au mois de mai suivant.

— Si on loue tous les bancs de la chapelle et du jubé à ce prix-là, conclut Eudore Valiquette, on va être bons pour ramasser vingt-quatre piastres avant les fêtes.

— Il restera juste à discuter avec monsieur le curé des montants qu'il chargera pour les funérailles, les mariages, les baptêmes et les messes, poursuivit Hyland, même si ça me surprendrait pas mal qu'il augmente les prix.

La séance fut finalement levée un peu après huit heures trente et les marguilliers quittèrent le presbytère après avoir salué leur hôte. À leur sortie, ils furent accueillis par un ciel étoilé. Peu pressés de rentrer, les cinq hommes prirent le temps d'allumer leur pipe et d'échanger quelques paroles.

— As-tu tant de besogne que ça au moulin ? demanda Hormidas Meilleur à Hyland en enfonçant son chapeau melon sur sa tête.

— On fournit pas, répondit le maire.

— Il te faudrait un autre homme engagé, intervint son ami Ellis.

— Pas facile d'en trouver un bon, se borna à dire le commerçant. Avant-hier, je suis même passé voir Constant Aubé pour lui demander de me donner un coup de main étant donné qu'il a fini pratiquement de moudre. Il a été le meilleur homme que j'aie jamais eu au moulin.

— Puis ? demanda Donat.

— Je suis mal tombé, il partait pour Québec. À ce qu'il m'a dit, le plus vieux de ses frères vient de mourir. Il paraîtrait qu'il est mort écrasé par une charge de bois dans son commerce à Québec.

— Torrieu ! jura Donat, ils font pas de vieux os chez les Aubé. Si je me fie à ce qu'il m'a raconté, l'année passée, c'est son grand-père puis son père qui sont partis. Là, il restait juste trois garçons. Si vous me dites que le plus vieux vient de décéder...

— C'est ce qu'il m'a dit, confirma Thomas Hyland. Il a tout laissé entre les mains du petit Malouin, son homme engagé, et il est parti hier matin. Avec tout ça, je suis pris avec le plus jeune des Cardinal du rang Saint-Paul, et il apprend pas vite pantoute.

Peu après, les hommes montèrent dans leur voiture et rentrèrent chez eux.

Quand Donat apprit aux siens que le meunier venait encore de perdre un membre de sa famille et qu'il était reparti pour Québec, il ne remarqua pas la réaction agacée de sa sœur Bernadette.

— Ce pauvre petit gars, fit Marie. On peut vraiment pas dire qu'il est chanceux.

➤

Deux jours plus tard, les habitants de Saint-Bernard-Abbé se réveillèrent sous un soleil radieux.

— Un vrai beau dimanche d'automne, déclara Marie sur un ton satisfait.

— On est le 12, intervint son fils Donat, c'est la fin des élections, m'man. On va enfin savoir cette semaine si on a gagnées.

— Trois mois pour faire des élections, c'est une vraie affaire de fou, dit Hubert en finissant de se raser. Tu me feras jamais croire qu'ils pourraient pas faire ça en dedans d'une semaine. Aïe! ça fait cinq semaines que les élections ont été faites dans le dernier comté de la province.

— Le pays est ben grand, mon frère, expliqua Donat en adoptant un air de connaisseur.

— Moi, j'ai surtout tendance à penser la même chose que l'oncle de Liam qui disait hier qu'ils étirent les élections pour permettre aux candidats battus dans un comté de se présenter dans un autre comté, rétorqua Hubert. Il a donné comme exemple George-Étienne Cartier. Il paraît qu'il a été battu dans Montréal-Est le 9 août. Ben, Paddy Connolly nous a dit qu'il a eu le temps d'aller se faire élire au Manitoba. Tu trouves ça normal, toi ?

— Ça s'est toujours fait comme ça, rétorqua Donat. À part ça, moi, Paddy Connolly, tu sais ce que j'en pense. Je l'aime pas plus que notre sœur Camille.

Ce dimanche-là, après la bénédiction du Saint-Sacrement, les femmes de la paroisse, réunies par petits groupes dans le stationnement de la chapelle, parlèrent surtout de la visite pastorale qu'allait entreprendre dès le lendemain l'abbé Farly, pendant que les hommes s'étaient regroupés selon leur allégeance politique et essayaient de deviner les résultats de l'élection qui allait prendre fin quelques heures plus tard.

— Les Rouges vont gagner, vous saurez me le dire, proclama Paddy Connolly, debout au centre d'un groupe assez important, les pouces passés dans les entournures de son gilet gris perle.

— *You bet!* fit Samuel Ellis, debout à ses côtés. Moi, je le sais que Dorion a gagné dans le comté parce qu'il y a eu toutes sortes de crocheries. Auguste Tessier était un ben meilleur homme que lui et si l'élection avait été honnête, il aurait gagné au mois de juillet. Mais c'est loin de s'être passé comme ça dans le reste du pays, c'est pas possible. Les Bleus écœurent tout le monde depuis le commencement de la confédération, je suis certain qu'on va avoir un autre gouvernement.

Les partisans des Rouges, en majorité des Irlandais, approuvèrent hautement ces paroles et chacun se sentit obligé de faire état de rumeurs de mauvais coups faits par les conservateurs dans différents comtés voisins.

Pour leur part, les Bleus, rassemblés autour de Donat Beauchemin, tenaient un discours bien différent. Ils respiraient la confiance dans une victoire écrasante de Macdonald qui allait sûrement être annoncée durant la semaine suivante. Certains, même, ne pouvaient s'empêcher de lancer des défis à leurs adversaires politiques… Le ton montait dangereusement et on passa rapidement des plaisanteries aux insultes.

Le tout aurait probablement tourné à l'affrontement et à l'empoignade si plusieurs femmes, conscientes du risque, n'étaient pas intervenues pour houspiller leur mari en prétextant l'urgence de rentrer à la maison.

Sur le chemin du retour, Donat arborait un air beaucoup moins serein que celui qu'il avait quelques instants plus tôt. Pour lui, il s'agissait de savoir s'il allait enfin obtenir son poste de chargé de l'entretien des chemins de la paroisse, emploi promis par l'organisateur en chef des Bleus de Drummond-Arthabasca, Anthime Lemire. Il était bien conscient qu'il ne l'aurait qu'à la condition que Macdonald conserve le pouvoir à Ottawa. Si tel n'était pas le cas, il aurait eu beau travailler à faire élire Dorion, tout cela aurait été en pure perte.

⟶

Le lendemain matin, ce fut sous un ciel beaucoup moins clément que l'abbé Farly monta aux côtés du président de la fabrique pour entreprendre la tournée pastorale qui, normalement, aurait dû être faite par le curé Désilets.

—Par quel bout de Sainte-Ursule voulez-vous commencer, monsieur l'abbé? demanda le notaire sans grand enthousiasme.

—Où est-ce qu'il commence, le rang du village?

—Ici, au pied de la côte, chez Hormidas Meilleur.

—Parfait, je connais monsieur Meilleur. Parlez-moi un peu de sa famille, monsieur Valiquette, avant qu'on arrive chez lui.

—Si je me fie à ce qu'on m'a raconté, notre facteur était vieux garçon jusqu'au printemps passé. Il a marié la veuve

Cloutier qui a pas d'enfant. J'ai même entendu dire qu'elle bardasse pas mal fort notre Hormidas de temps en temps.

— Voyons donc! s'exclama le prêtre, scandalisé.

— En plus, monsieur l'abbé, il paraît que c'est une grande gueule qui a pas peur de dire à tout un chacun ses quatre vérités.

Le boghei descendit doucement la côte du rang Sainte-Ursule, pénétra dans la cour de la ferme des Meilleur et vint s'immobiliser devant l'étroite galerie qui courait sur le côté gauche de la petite maison grise. Le prêtre eut à peine le temps de poser pied à terre que la porte de l'étable s'ouvrit sur une femme râblée, âgée d'une cinquantaine d'années, dont les traits du visage étaient taillés à coups de serpe.

— Qu'est-ce qu'il y a? cria-t-elle sur un ton peu amène en s'avançant vers les visiteurs.

— Je commence ma visite paroissiale par vous, madame Meilleur, déclara l'abbé Farly, scandalisé que la dame n'ait pas jugé bon de l'attendre, vêtue de ses habits du dimanche dans une maison bien astiquée.

— C'est ben de valeur, mais j'ai pas le temps de vous recevoir, monsieur l'abbé, affirma la fermière d'une voix tranchante. Là, comme vous pouvez le voir, je suis en train de nettoyer l'étable.

— J'ai pourtant annoncé ma visite hier matin, à la grand-messe, s'entêta l'ecclésiastique.

— Puis après! fit sèchement la mégère. Moi, mon curé, c'est le curé Désilets. S'il veut venir fouiner chez nous pour me rappeler de pas oublier la dîme quand il reviendra, il aura juste à venir frapper à la porte. Là, j'ai trop d'ouvrage.

Sur ces paroles, Angèle Meilleur tourna les talons sans plus se soucier de ses visiteurs et rentra dans son étable. Le claquement de la porte fit sortir le vicaire de sa stupeur.

— Ah bien! C'est la première fois que je vois ça, dit-il en secouant la tête après être remonté dans la voiture, apparemment sonné par un accueil aussi peu hospitalier.

Par contre, sa rencontre de la famille voisine, celle d'Évariste Bourgeois, le forgeron, comme celle de Télesphore Dionne et de sa femme, donna au remplaçant du curé Désilets toute satisfaction. Chez le marchand, il ne se gêna pas pour féliciter les parents pour l'excellent travail qu'accomplissait leur fille dans la nouvelle école du rang Saint-Paul, visitée la semaine précédente.

— Il faudrait peut-être penser à s'arrêter pour aller dîner, suggéra Eudore Valiquette au prêtre à sa sortie de chez les Dionne en consultant sa montre de gousset.

— Si ça vous dérange pas trop, monsieur le notaire, on va juste traverser le pont et faire la première ferme du rang Saint-Jean, de l'autre côté. Qui reste là ?

— Je le sais pas, monsieur l'abbé, je les connais pas, répondit Eudore, l'air contrarié.

Le boghei traversa le petit pont et vint s'arrêter près de la petite maison blanche de Tancrède Bélanger. Le gros homme et son épouse accueillirent l'abbé Farly avec un minimum de politesse, et le prêtre les sentit impatients de se débarrasser de lui. Durant sa courte visite, le couple demeura pratiquement muet.

À sa sortie de chez les Bélanger, le remplaçant du curé Désilets décida que cela suffisait et il accepta d'être ramené par le notaire au presbytère.

— Si ça vous fait rien, monsieur l'abbé, il va falloir que vous passiez tout seul cet après-midi et même demain toute la journée parce que je dois aller rencontrer des clients.

— J'avais entendu dire que vous étiez à votre retraite, s'étonna le prêtre.

— Officiellement, c'est vrai, reconnut l'homme de loi, mais en fait j'accepte encore de rendre service à tous ceux qui veulent bien me confier leurs avoirs pour les faire fructifier… et ils sont nombreux.

— C'est tout à votre honneur, monsieur Valiquette, le félicita l'abbé Farly. Pour cet après-midi et demain, inquiétez-vous pas, je vais me débrouiller, ajouta-t-il.

En fait, Conrad Farly venait de décider d'arrêter là sa visite pastorale. Il était trop évident que les paroissiens de Saint-Bernard-Abbé préféraient recevoir la visite de leur curé et qu'ils le considéraient, lui, comme un étranger de passage qui se mêlait de ce qui ne le regardait pas.

— Je plains le pauvre curé Désilets, dit-il à mi-voix en suspendant son manteau à la patère placée dans l'entrée du presbytère. Si je me fie à ce que j'ai vu cet avant-midi, il y a du monde bien mal élevé dans sa paroisse.

— Est-ce que vous parlez du monde de Saint-Bernard? lui demanda Bérengère Mousseau en apparaissant subitement dans son dos.

Le vicaire sursauta. Il ne l'avait pas entendue arriver.

— Oui, madame, répondit-il sèchement.

— Vous saurez, monsieur l'abbé, qu'à Saint-Bernard, on n'est pas plus mal élevés qu'ailleurs. Il y a juste que ça nous prend un peu plus de temps à nous habituer aux étrangers.

Sur ces mots, elle tourna les talons et rentra dans sa cuisine.

❧

Il fallut attendre le surlendemain pour enfin apprendre les résultats tant attendus des élections générales, et le moins qu'on pouvait dire fut qu'ils créèrent une onde de choc considérable tant chez les Rouges que chez les Bleus.

Évidemment, l'honneur de les annoncer revint à Paddy Connolly qui connut, ce matin-là, son heure de gloire. À l'arrivée du facteur, le retraité était seul à la maison. Camille et Ann étaient occupées à lever les œufs dans le poulailler.

— J'ai pas dit un mot à personne de l'élection, lui déclara Hormidas Meilleur en lui tendant son journal quotidien. Je vous laisse le plaisir d'apprendre ça au monde de Saint-Bernard.

Le retraité remercia le facteur sans effusion, persuadé que cet honneur lui revenait de plein droit puisqu'il avait été celui qui avait commenté les nouvelles politiques pratiquement chaque jour depuis le début de la campagne électorale.

À sa sortie du poulailler, la maîtresse de maison avait surpris une partie de l'échange entre le facteur et l'oncle de son mari, mais elle se garda bien d'aborder le sujet, peu désireuse de recevoir une leçon de politique.

Par conséquent, sous l'œil goguenard de Camille, Paddy Connolly ne changea rien à sa routine matinale. Après un copieux déjeuner, il monta à sa chambre procéder à sa toilette et il descendit quelques minutes plus tard s'asseoir dans une chaise berçante en adoptant une allure de sénateur. Il alluma son premier cigare de la journée avant d'entreprendre la lecture de *La Minerve*.

La maîtresse de maison guettait l'oncle de son mari d'un œil malicieux et finit par lui demander s'il n'avait pas hâte d'aller apprendre les dernières nouvelles aux habitués de chez Dionne.

— Quelles nouvelles ? demanda Paddy.

— Voyons, mon oncle, les résultats de l'élection ! fit son hôtesse, surprise par la question.

— Qui t'a dit ça, toi ?

— Mais c'est sur la première page de votre journal.

— Il me semblait que tu savais pas lire, fit-il, stupéfait.

— Bien là, vous vous trompez, mon oncle, lui annonça-t-elle. Je sais lire et Ann aussi. C'est elle qui m'a montré, à part ça, ajouta-t-elle, pleine de fierté.

— Ouais, rétorqua Paddy, l'air un peu dégoûté. Moi, les femmes instruites, j'ai jamais eu ben confiance à ça.

— Et c'est pour ça que vous êtes resté vieux garçon, aussi. C'est vrai qu'une servante qui sait juste torcher, c'est bien plus pratique, pas vrai, mon oncle ?

Le vieux célibataire désagréable ne jugea pas bon de répliquer. Il replia posément son journal et se dirigea vers le crochet auquel étaient suspendus son manteau et son chapeau melon gris perle, de la même teinte que sa veste. Camille le regarda prendre la direction de l'écurie d'un pas conquérant.

— Je sais que c'est pas charitable de dire ça, déclara-t-elle à sa fille en train de rédiger l'un des devoirs supplémentaires que lui avait faits parvenir Bernadette la veille, mais ton grand-oncle ressemble à un vieux paon.

— En tout cas, il a l'air bien content de lui, se borna à dire l'adolescente.

— Mais là, en le voyant aller à l'écurie, je viens d'avoir une idée capable de le faire changer d'humeur. Je n'aurais qu'à lui parler d'une pension pour son cheval… Je sais pas pourquoi je lui en ai jamais parlé.

— Voyons, Camille, tu vas lui donner une crise de cœur, se moqua Ann.

— Peut-être pas, mais on l'entendrait se plaindre jusqu'à *amen*, conclut Camille en riant.

Lorsque Paddy Connolly fit son entrée au magasin général de Télesphore Dionne, le hasard voulut que Donat Beauchemin et son frère Hubert soient en grande conversation avec une dizaine de clients peu pressés, semblait-il, de regagner leur ferme après avoir exécuté leurs achats.

— Ma foi du bon Dieu! s'exclama le propriétaire des lieux, il va falloir que je place un autre grand banc proche de ma fournaise. Si ça continue comme ça, monsieur le curé va finir par croire qu'il y a plus de monde ici dedans qu'à sa basse-messe le dimanche.

— Me faites-vous une place? demanda Paddy en se glissant vers l'un des deux grands bancs qui flanquaient la fournaise.

Les hommes présents s'empressèrent de se tasser pour lui permettre de s'asseoir. Le retraité, rempli de son importance, prit le temps de déboutonner son manteau et de repousser son chapeau melon vers l'arrière avant de rallumer un reste du cigare qu'il avait glissé dans la poche de poitrine de sa redingote.

— Aujourd'hui, le journal donne les résultats des élections, annonça-t-il d'une voix assez forte pour être bien entendu de tous.

Immédiatement, un silence plein d'attente tomba sur le magasin, à la plus grande satisfaction de celui qui venait d'entrer. Ce dernier tira lentement ses lunettes de l'une de ses poches, les chaussa et déplia son journal avant de déclarer :

— Malheureusement, les Rouges ont été battus encore une fois.

Il y eut des murmures de mécontentement accompagnés de sacres bien sentis surtout de la part de certains Irlandais présents sur les lieux.

— Oui, mais de justesse, poursuivit le commentateur. Macdonald a fait élire cent trois députés et Blake quatre-vingt-dix-sept. D'après le journaliste, si la province avait pas fait élire trente-huit Bleus contre vingt-sept Rouges, on aurait enfin un gouvernement libéral.

— Qui pourrait manger du curé et mettre le monde à l'envers, intervint Donat Beauchemin, bruyamment approuvé par la majorité des clients présents dans le magasin. Dans la province, on est des bons catholiques et les Rouges passeront jamais.

Il y eut un flottement parmi les hommes et on put craindre durant un bref moment qu'une empoignade oppose les adversaires politiques. Toutefois, le bon sens triompha, probablement en considération de la disproportion des forces en présence. Il n'y eut que John White qui osa dire à voix haute ce que pensaient probablement tous les libéraux présents.

— Inquiète-toi pas, le jeune, notre tour va ben venir un jour.

—En attendant, Ellis va ben en attraper une jaunisse, déclara Évariste Bourgeois en se gardant bien de trop montrer sa joie d'avoir gagné ces élections. Ceux qui veulent fêter, j'ai un bon petit boire à la forge.

La sortie du forgeron fut accompagnée de quelques boit-sans-soif, trop heureux d'avoir trouvé une occasion de célébrer. Pour sa part, Donat n'esquissa pas le moindre mouvement pour suivre la demi-douzaine de Bleus désirant à boire un verre pour fêter la victoire du parti pour lequel ils avaient voté. Il avait autre chose en tête ce matin-là. De plus, il voyait bien que son frère faisait un peu grise mine à Dionne, probablement à cause de son refus de s'engager immédiatement dans la construction d'une fromagerie.

—Il y a pas d'autres nouvelles importantes aujourd'hui ? demanda Télesphore à Paddy, heureux de constater qu'il n'aurait pas à rétablir l'ordre dans son magasin.

—Ben, on parle de la grande fête qu'ils vont faire à Montréal pour le cinquantième anniversaire de prêtrise de monseigneur Bourget, le 28 octobre. D'après moi, ça va être toute une fête. Tout ce qui est important en ville va être invité.

—Pour moi, vous allez ben être invité, monsieur Connolly, fit Ernest Gélinas, le voisin de Rémi Lafond. Avec tous les contrats que vous avez passés avec l'évêché, ils peuvent pas faire autrement.

—Ça me surprendrait pas pantoute, reconnut Paddy en bombant le torse.

—À moins qu'ils aient appris que vous avez voté pour les Rouges, lui fit remarquer Donat, sérieux.

—Comment ils sauraient ça ? demanda l'Irlandais, l'air soudain inquiet.

—On sait jamais… Une lettre anonyme d'un Bleu malfaisant envoyée à l'évêché ou encore un mot de notre curé…

La menace à peine voilée de l'organisateur Bleu de la paroisse incita le retraité à moins pavoiser soudainement.

— Pas d'autres nouvelles intéressantes ? insista Télesphore en quittant l'arrière de son comptoir pour venir s'asseoir près du commentateur de nouvelles.

— Il paraît que le gouvernement de Chauveau à Québec a décidé que cette année il dépenserait pas une cenne pour l'entretien des chemins parce qu'il manque d'argent. Je vous dis qu'on va avoir des maudits beaux chemins cette année...

— Il reste juste à savoir combien d'argent le fédéral va mettre sur nos chemins, intervint Donat, songeant à son futur poste d'inspecteur des chemins de la paroisse promis par Anthime Lemire en remerciement de son aide pour faire élire Dorion.

— Qu'est-ce que le fédéral vient faire là-dedans ? lui demanda Paddy en reprenant de sa superbe. Il a jamais donné une cenne pour l'entretien des chemins de la province. Ça regarde juste le gouvernement provincial, cette affaire-là.

— Voyons donc, torrieu ! protesta Donat, stupéfait. C'est pas possible, ça !

— Je suis prêt à te gager une piastre tout de suite qu'il y a jamais eu une cenne du fédéral pour les chemins de la province. Tout l'argent va pour les chemins de fer, comme ils disent.

— Vous êtes ben sûr de ça, monsieur Connolly ? fit le jeune cultivateur, estomaqué. Moi, j'ai entendu dire par des hommes de Dorion que le gouvernement allait donner des *jobs* d'inspecteur des routes après les élections, avança-t-il prudemment.

— C'était vrai l'année passée, cette affaire-là, répondit Paddy avec aplomb. Macdonald en a parlé, si je me souviens ben. Mais Chauveau y a mis le holà quand il s'est aperçu que le fédéral voulait mettre son grand nez dans une affaire qui regardait juste la province.

— Bon, ben on dirait ben que j'ai été mal renseigné, avoua Donat en cachant assez mal son dépit pour que certains devinent qu'on lui avait peut-être promis quelque chose.

Là-dessus, Donat et son jeune frère saluèrent les quelques personnes présentes et quittèrent le magasin.

— Maudit torrieu ! jura avec cœur le fils aîné de Baptiste Beauchemin en montant dans le boghei. Si le gros Lemire m'a monté un bateau, il va en entendre parler, je te le garantis.

— Je suppose que tu parles de la *job* d'inspecteur ? fit son frère.

— Oui, mais je vais en avoir le cœur net, et pas plus tard qu'aujourd'hui.

— Viens pas me dire que tu vas aller courir à Victoriaville pour voir Lemire ?

— Ben non, c'est ben trop loin, mais je vais aller voir Cournoyer à Sainte-Monique pour savoir si Lemire lui aurait pas promis la même besogne dans sa paroisse… Si c'est ça…

Une heure plus tard, Donat Beauchemin prit la route du village voisin pour aller rencontrer l'organisateur conservateur de Sainte-Monique afin de tirer les choses au clair. Quand ce dernier lui eut appris qu'on lui avait fait tacitement la même promesse, la colère du jeune homme fut à la mesure de sa déception. Il ne cessa de jurer durant tout le trajet de retour et il se promit d'attendre de pied ferme Anthime Lemire quand il le reverrait paraître à sa ferme.

— Lui, je vais te le sortir de ma cour à grands coups de pied dans le cul, le maudit menteur ! ne cessa-t-il de répéter à haute voix. C'est clair qu'il ne m'embarquera plus dans une autre campagne électorale. C'est m'man qui avait raison finalement. On peut pas faire confiance aux organisateurs politiques. C'est toute une gang de pourris !

Évidemment, l'absence de célébration de la victoire de Macdonald chez les Beauchemin surprit un peu les voisins du rang Saint-Jean, mais sûrement pas les membres de la famille. Xavier et Rémi compatirent avec Donat quand il leur apprit la promesse que ne tiendrait pas Lemire. Il leur demanda surtout de ne pas en parler devant Liam qui risquait de tout révéler à son oncle, maintenant un Rouge déclaré.

Au plus grand étonnement des libéraux de la paroisse, la victoire des Bleus ne donna lieu à aucun charivari à Saint-Bernard-Abbé, ce qui suscita quelques commentaires des anciens, regrettant qu'une aussi belle tradition soit en train de se perdre. Certains s'expliquèrent ce manque d'enthousiasme par le fait que les élections étaient finies depuis plus d'un mois dans la province ; de leur côté, beaucoup de Bleus sarcastiques disaient qu'il était tellement facile de battre les Rouges qu'il n'y avait aucun plaisir à venir les écraser avec un charivari.

De toute manière, dès la semaine suivante, un sujet beaucoup plus important que les résultats des dernières élections monopolisa l'attention des habitants de Saint-Bernard-Abbé.

Chapitre 16

La cloche

En ce vendredi matin frisquet, l'abbé Farly rentra rapidement au presbytère après avoir célébré la messe de sept heures, laissant Agénor Moreau, le bedeau, ranger ses vêtements sacerdotaux. Le vieil homme quitta ensuite la sacristie dans l'intention de traverser la route pour aller déjeuner à la maison. Il eut alors la surprise de voir s'immobiliser dans la stationnement de la chapelle une grosse charrette chargée d'un objet plutôt volumineux couvert d'une toile goudronnée.

— Cherchez-vous quelque chose? demanda le bedeau aux deux hommes assis à l'avant de la charrette.

— Ben, si on est rendus à la chapelle de Saint-Bernard-Abbé, je pense qu'on est à la bonne place, répondit celui qui conduisait l'attelage.

— Et qu'est-ce que vous charriez là?

— Une cloche, se borna à dire le compagnon du conducteur.

— Une vraie cloche?

— Ouais, une cloche, pour votre clocher. Il paraît que vous en avez pas dans votre clocher, fit le conducteur en descendant de voiture en même temps que son aide.

— Et d'où elle sort, cette cloche-là? demanda Agénor, curieux.

— De la fonderie Louis Dupuis de Trois-Rivières.

— Sacrifice, vous venez de loin avec votre grosse charge.

—À qui le dites-vous, le père. On est partis hier soir et nos deux chevaux en peuvent plus, même si on s'est arrêtés pas mal souvent en chemin. Il faut dire que vous avez des baptêmes de côtes dans votre coin.

—Bon, je pense que le mieux que j'ai à faire est d'aller avertir le vicaire que vous venez d'arriver, poursuivit le bedeau.

—Ce serait mieux monsieur le curé, suggéra le compagnon du conducteur.

—Il est encore à Trois-Rivières dans sa famille, si j'ai ben compris, expliqua Agénor Moreau. Il va vous falloir vous contenter de l'abbé Farly.

Pendant que le bedeau se dirigeait à pas comptés vers le presbytère voisin, les deux hommes entreprirent de détacher la cloche et de retirer la toile goudronnée qui la couvrait.

—On va attendre de savoir où il faut la déposer avant de la descendre, déclara le conducteur à son compagnon en s'assoyant au bout de la charrette, les jambes pendantes.

Quelques instants plus tard, la porte de la façade du presbytère s'ouvrit sur l'abbé Conrad Farly, suivi de près par Agénor Moreau et Bérengère Mousseau, la ménagère. Tous les trois s'approchèrent rapidement de la cloche qu'ils examinèrent en s'exclamant sur sa beauté.

—Elle est pas bien grosse, déclara le vicaire, mais je suis certain qu'elle a un beau son et qu'une fois installée dans le clocher, elle va sonner assez fort pour être entendue dans toute la paroisse.

—C'est votre curé qui est venu la choisir à la fonderie cette semaine, lui apprit le conducteur. Il avait l'air ben fier de son coup.

—Je pense qu'il y a de quoi, répliqua l'abbé, toutes dents dehors.

—Bon, c'est ben beau tout ça, monsieur l'abbé, mais nous autres, on a voyagé toute la nuit et on n'a pas encore dormi. Si vous pouviez nous dire où on peut vous la laisser, ça ferait ben notre affaire.

— Vous l'installez pas dans le clocher tout de suite ? s'étonna Conrad Farly.

— Non, l'installation est pas comprise. D'après mon patron, le curé Désilets a dit qu'il manquait pas d'hommes solides dans votre paroisse pour l'installer. Nous autres, on n'avait qu'à vous l'apporter en bon état. Ça fait qu'on va vous la déposer là où vous la voulez et vous donner le temps de ben l'examiner avant de repartir pour vous assurer qu'on vous l'a laissée en bon état.

L'abbé Farly prit quelques secondes pour réfléchir au meilleur endroit où déposer la cloche. Il décida qu'on la laisse près du parvis en se disant que les installateurs auraient moins de distance à parcourir quand viendrait le temps de la hisser dans le petit clocher de la chapelle.

Sous le regard intéressé du prêtre, de la ménagère et d'Agénor Moreau, les deux hommes firent faire demi-tour à leur charrette et vinrent l'immobiliser quelques pieds plus loin, devant le parvis.

Ils prirent d'abord la précaution d'étaler un épais lit de toile de jute par terre. Ensuite, ils appuyèrent contre le véhicule deux madriers un peu savonnés sur une face, sur lesquels ils entreprirent de faire glisser lentement la cloche. Cette dernière avait beau ne pas être très grosse, elle n'en pesait pas moins quelques centaines de livres. La manœuvre prit quelques minutes.

— On vous laisse l'examiner tout à votre guise, monsieur l'abbé, annonça finalement le plus âgé des deux employés de la fonderie Dupuis. Pressez-vous pas.

L'abbé Farly, conscient de la responsabilité qui reposait sur ses épaules, fit lentement le tour de la cloche posée sur le sol à la recherche de la moindre fêlure et il ne trouva rien. Pour s'en assurer vraiment, il reprit son examen une seconde fois.

—Tout a l'air bien correct, déclara-t-il finalement aux deux hommes.

Le conducteur tendit alors au vicaire un bon de livraison à signer et un crayon avant de faire signe à son compagnon de monter dans la charrette.

—Comme ça, tout est en ordre, conclut-il en arborant une mine satisfaite. On peut y aller.

Les deux hommes saluèrent les trois personnes présentes et disparurent dans un petit nuage de poussière soulevé par leur charrette.

—C'est bien beau tout ça, mais je vais être prise pour faire réchauffer le déjeuner, dit Bérengère Mousseau au vicaire avec mauvaise humeur avant de tourner les talons pour retourner au presbytère.

—On paie toujours pour sa curiosité, madame Mousseau, plaisanta Conrad Farly en la suivant.

La ménagère se borna à hausser les épaules.

—Est-ce qu'on a une toile pour la couvrir? demanda le prêtre au bedeau, maintenant impatient d'aller déjeuner à son tour.

—Ça me surprendrait pas mal, monsieur l'abbé.

—Bon, on va la laisser comme ça, dit Conrad Farly. Monsieur le curé arrive demain, il trouvera bien un moyen de la protéger.

❧

Le hasard voulut que Xavier Beauchemin passe devant la chapelle au milieu de l'avant-midi et aperçoive la cloche devant la parvis. Étonné, il décida de poursuivre son chemin jusque chez sa mère où il était certain de retrouver Donat à qui il voulait emprunter des bardeaux de cèdre pour réparer la couverture de son étable. Il trouva ce dernier en train de travailler dans la grange en compagnie de son jeune frère Hubert.

— Blasphème ! je savais pas que les paroissiens de Saint-Bernard-Abbé étaient si en moyens, déclara-t-il sur un ton plaisant en apercevant les deux hommes.

— De quoi tu parles ? lui demanda Donat en déposant la scie qu'il était en train d'aiguiser.

— De la belle grosse cloche qui est devant la chapelle.

— Quelle cloche ? fit son frère aîné, étonné.

— Ben, celle qui doit aller, à mon avis, dans le clocher.

— Mais la fabrique a jamais acheté de cloche ! protesta Donat. D'où est-ce qu'elle sort, cette cloche-là ?

— Ben là, je pense que t'es mieux de demander au vicaire, si monsieur le curé est pas encore arrivé.

Le visage du jeune marguillier s'assombrit brusquement.

— Ça, ça ressemble au curé Désilets, laissa tomber son frère. Le conseil a jamais parlé d'acheter une cloche. On n'a pas une maudite cenne pour se payer une affaire comme ça.

— À moins que le notaire se soit entendu avec lui, dit Hubert qui n'avait pas encore ouvert la bouche.

— Eudore Valiquette aurait jamais fait ça dans notre dos.

— Tiens ! je sens que ça va brasser pas mal à la prochaine réunion, dit Xavier en riant.

— En tout cas, je peux te dire que j'aime mieux être dans ma peau que dans celle du notaire. J'en connais dans le conseil qui seront pas contents pantoute si le curé a pris sur lui d'acheter cette cloche-là pour la paroisse sans nous en parler.

— À moins qu'il ait trouvé des donateurs à Trois-Rivières, suggéra Hubert sans trop avoir l'air d'y croire.

— On verra ben, conclut Donat, mais j'ai dans l'idée qu'il sera pas tard demain que je vais voir arriver Valiquette pour dire qu'on a une réunion spéciale du conseil avec monsieur le curé dès qu'il va être de retour de Trois-Rivières.

— Bon, là, je suis pas venu juste pour commérer, poursuivit Xavier. Je venais voir si t'aurais pas une cinquantaine de bardeaux de cèdre à me passer pour réparer le toit de mon étable. Je te les remettrai au mois de novembre.

— Gêne-toi pas, j'en ai un bon tas au fond de ma grange. Viens, on va aller t'aider à charger ça.

Après avoir déposé les bardeaux dans la voiture, les trois hommes entrèrent dans la maison. Quand Xavier apprit à sa mère avoir vu une cloche devant la chapelle, elle fut enchantée à l'idée qu'enfin l'Angélus, les messes, les obsèques et les mariages pourraient être annoncés.

— Il était temps qu'on soit comme toutes les autres paroisses autour, affirma-t-elle avec un air satisfait en servant une tasse de thé à ses fils qui venaient de prendre place autour de la grande table de la cuisine d'hiver.

— Mais on l'a pas commandée pantoute, cette cloche-là, déclara Donat, mécontent. Monsieur le curé a pris ça sous sa barrette et j'ai pas la moindre idée comment il pense qu'on va la payer.

— Monsieur le curé est pas fou, mon garçon, le réprimanda Marie Beauchemin. S'il a acheté une cloche, c'est qu'il sait comment elle va être payée.

— Le seul moyen que je vois, c'est que c'est un cadeau, m'man.

Le soir même, le petit notaire s'arrêta chez chacun des marguilliers de Saint-Bernard-Abbé pour leur apprendre la présence surprenante de la cloche devant la chapelle et son intention d'aller demander des explications au curé Désilets dès le lendemain après-midi, moment où il devait rentrer au presbytère.

Évidemment, les responsables de la paroisse étaient tous au courant et chacun avait même échafaudé une explication personnelle. Si Thomas Hyland et Samuel Ellis penchaient pour un don anonyme, Hormidas Meilleur croyait à un cadeau de l'évêque. Donat semblait être le seul à penser que le curé avait acheté la cloche sur un coup de tête en pensant que la fabrique n'aurait pas le choix de payer, placée devant le fait accompli. Il n'y avait que le notaire qui semblait ne pas s'être fait une opinion.

— En tout cas, on va bien finir par en avoir le cœur net, et pas plus tard que demain après-midi, fit le notaire Valiquette en serrant les dents.

Le petit homme se trompait puisque le curé Désilets n'arriva à Saint-Bernard-Abbé qu'au milieu de la soirée.

Le lendemain matin, 2 novembre, les paroissiens furent accueillis à la chapelle par une température qui allait bien avec la fête des morts. Une forte pluie accompagnée de vents froids et violents fit comprendre aux habitants de Saint-Bernard-Abbé que l'hiver n'était plus bien loin.

— Avez-vous parlé à monsieur le curé, hier ? demanda Hormidas Meilleur au notaire Valiquette en venant rejoindre les autres marguilliers, debout au fond de la chapelle.

— Non, je suis passé vers sept heures, il était pas encore arrivé.

— Est-ce qu'on va aller lui parler avant ou après la grand-messe ? demanda Hyland.

— Moi, je serais d'avis de pas bouger et d'attendre qu'il demande une réunion, suggéra Donat. Je suis certain qu'à matin, dans son sermon, il va en parler de sa cloche et on va enfin savoir sur quel pied danser.

— Il va peut-être dire combien il l'a payée... s'il l'a payée, intervint Samuel Ellis, l'air revêche.

— Oui, c'est ce qu'on va faire, déclara le président du conseil. On lui facilitera pas les choses, c'est certain.

Quelques minutes plus tard, le curé Désilets, vêtu de ses habits sacerdotaux noirs et encadré par ses deux servants de messe, entra dans le chœur. Il fit une génuflexion au pied de l'autel et alla y déposer son calice. La grand-messe dédiée aux défunts commença.

Quand vint le moment du sermon, le prêtre, tout fier, annonça en français et en anglais que Saint-Bernard-Abbé allait enfin avoir une cloche dans le petit clocher de sa chapelle, comme il se devait depuis longtemps. Il était même assez étonné que les hommes de la paroisse n'aient pas déjà entrepris de l'installer, ajouta-t-il avec une note de reproche dans la voix.

— Une si belle cloche ne peut que s'abîmer à traîner devant le parvis, précisa le pasteur, et je suis surpris que nos marguilliers n'aient pris aucune mesure pour la protéger de la pluie et du froid, conclut-il. Dimanche prochain, vous serez appelés à venir à la chapelle par le carillon de cette magnifique cloche, promit-il.

Avant de retourner à la célébration de la messe, il tint à préciser à ses ouailles :

— À deux heures, oubliez pas qu'il y aura une célébration spéciale pour la fête de nos défunts au cimetière, je vous attends nombreux.

À la fin de la cérémonie, Valiquette enjoignit les marguilliers de ne pas traîner dans la chapelle ou sur le parvis pour ne pas donner une chance au curé Désilets d'envoyer le bedeau les chercher.

— S'il veut nous voir, il me demandera une réunion, et à ce moment-là on tirera les choses au clair, dit-il, l'air vindicatif.

Après le repas du midi, le curé de Saint-Bernard-Abbé remercia l'abbé Farly de l'avoir remplacé si longtemps alors que le vicaire venait de déposer sa petite valise près de la porte du presbytère. Ce dernier le salua ainsi que la ménagère et quitta les lieux à la vue du bedeau qui avançait son boghei au pied des marches.

En ce dimanche après-midi maussade, le curé envoya Agénor Moreau, le bedeau, demander au notaire Valiquette de convoquer une réunion exceptionnelle le soir même.

À contrecœur, les membres de la fabrique se retrouvèrent devant la porte du presbytère sous une petite pluie froide aussitôt après le souper.

— Batèche! on va ben passer toute la soirée avec lui, fit Hormidas Meilleur, de mauvaise humeur, en arrivant devant le presbytère.

— Voyons, père Meilleur, c'est ben moins éreintant pour un jeune marié comme vous de passer la soirée avec monsieur le curé qu'avec votre Angèle, plaisanta Samuel Ellis, qui n'avait guère envie de rire.

— Ça, c'est toi qui le dis, rétorqua le petit postier en repoussant son chapeau melon verdi par les intempéries avec un clin d'œil coquin.

— Bon, c'est bien beau! Mais qu'est-ce qu'on fait avec monsieur le curé? demanda Donat Beauchemin.

— On va d'abord le laisser s'expliquer, répondit Thomas Hyland. On sait pas encore s'il a acheté la cloche ou si c'est un don.

Les autres membres du conseil approuvèrent en hochant la tête dans le noir.

— Et s'il faut la payer, il faut s'entendre sur ce qu'on va faire, intervint le notaire Valiquette.

— Il est pas question que la fabrique paye pour ça, fit Samuel Ellis avec rage. Il nous a déjà mis le couteau sous la gorge quand il nous a obligés à construire le jubé!

— Et le presbytère aussi, dit Hormidas Meilleur.

— De toute façon, c'est ben clair, reprit Hyland, il reste trois piastres dans la caisse pour payer les cierges et le vin de messe.

— Et s'il nous dit que les dîmes et la location des bancs vont rentrer? fit le notaire.

— Presque toutes les dîmes sont payées en nature, répondit Donat. En plus, on a un paiement à faire pour le presbytère le premier janvier.

— Là, c'est bien clair, déclara le président. Il est pas question qu'on plie.

— On pliera pas devant ce caprice-là, renchérit Ellis avec détermination, en frappant à la porte.

La ménagère vint ouvrir aux membres du conseil en tenant une lampe à bout de bras. Elle vit à ce que chacun nettoie ses chaussures sur la catalogne posée devant la porte. Elle entraîna ensuite les visiteurs vers la petite salle de réunion où le curé Désilets les attendait, sans le moindre sourire de bienvenue, le visage impénétrable. Ces derniers n'eurent droit qu'à un froid «Bonsoir, messieurs». Le prêtre leur laissa à peine le temps de retirer leur manteau avant de se tourner vers le crucifix pour faire le signe de la croix et réciter la courte prière traditionnelle marquant le début de chacune des réunions du conseil.

—Je laisse la parole à monsieur le curé qui m'a demandé de convoquer cette réunion spéciale, fit le notaire Valiquette, assis au bout de la table, face au curé de Saint-Bernard-Abbé.

—Tout d'abord, messieurs, je n'ai pas de félicitations à vous faire, dit abruptement Josaphat Désilets.

Personne ne broncha autour de la table. Le curé, un peu étonné du silence de ses marguilliers, poursuivit.

—Je m'attendais à ce que vous ayez déjà constitué une équipe pour monter ma cloche dans le clocher. Elle ne pèse que quatre cents livres. La laisser sur de la jute devant le parvis, c'était risquer de la faire abîmer…

—On n'y a pas touché, monsieur le curé, parce que personne savait d'où elle sortait, intervint Eudore Valiquette.

—Elle vient de la fonderie Louis Dupuis de Trois-Rivières.

—Est-ce qu'on peut savoir qui vous en a fait cadeau, monsieur le curé? demanda Donat.

—Personne, mon jeune ami, lui répondit le prêtre en tournant la tête vers lui. Cette cloche-là était une occasion unique à saisir, daigna enfin expliquer Josaphat Désilets en adoptant un air supérieur. Dupuis a reçu cette commande-là l'an passé d'une petite paroisse proche de Louiseville, mais quand est arrivé le temps de payer, il paraît que la fabrique n'avait plus les moyens d'acquitter la facture.

— Tout ça nous dit pas pourquoi vous appelez ça une « occasion unique », monsieur le curé, fit remarquer Thomas Hyland d'une voix posée.

— Tout simplement parce que Dupuis demandait deux cent soixante-quinze dollars et qu'il est prêt à nous laisser la cloche pour deux cent vingt-cinq dollars, ajouta le prêtre sur un ton triomphant. Pensez-y, c'est une cloche neuve.

— Avez-vous une petite idée comment on va la payer ? demanda Samuel Ellis.

— Avec la dîme et la location des bancs, laissa tomber Josaphat Désilets, comme si cela allait de soi.

— Voyons, monsieur le curé, rétorqua l'Irlandais en commençant à perdre son calme. Vous savez aussi ben que moi que presque tous les cultivateurs paient leur dîme en nature. Et pour ce qui est de la location des bancs, ça prend tout pour ramasser quarante piastres.

— Et cet argent-là sert surtout à payer les cierges et le vin de messe, intervint Hormidas Meilleur.

Un long silence tomba sur la réunion. Le curé Désilets retira ses lunettes et se mit à en nettoyer les verres avec un soin exagéré. Le président du conseil de fabrique finit par reprendre la parole.

— Je suppose, monsieur le curé, que vous aviez une idée comment payer cette cloche-là quand vous l'avez achetée…

— Mais je pensais pouvoir compter sur mon conseil…

— Votre conseil peut pas faire de miracle, monsieur le curé, poursuivit Thomas Hyland en ouvrant devant lui le cahier noir des comptes de la paroisse, cahier qui ne le quittait jamais lors des réunions de la fabrique. On dirait que vous avez oublié à quel point la paroisse est endettée par-dessus la tête. On doit encore les deux tiers de la cha-pelle, le jubé, le presbytère et les autres bâtiments.

— On dirait que vous pensez que l'argent pousse sous les pas d'un cheval, laissa tomber Donat, excédé.

Cette remarque lui attira un regard assassin de l'ecclésiastique.

— En tout cas, là, il est trop tard, déclara Josaphat Désilets, le visage fermé, la cloche est achetée.

— C'est bien dommage, monsieur le curé, mais cette fois-ci, vous nous mettrez pas devant le fait accompli, affirma Eudore Valiquette sur un ton ferme en fixant le prêtre d'un regard qui ne cillait pas. La fabrique a pas autorisé cet achat-là et a rien signé. Ou vous payez de vos propres deniers cette cloche-là, ou vous la renvoyez d'où elle vient en expliquant à Dupuis que vous avez pas l'argent pour la payer.

Le visage blafard à la lueur de la lampe à huile posée au centre de la table, le prêtre regarda tour à tour chacun des membres de son conseil, comme pour sonder leur détermination.

— C'est pas possible ! déclara-t-il en élevant la voix. Les gens de Saint-Bernard-Abbé accepteront jamais cette affaire-là.

— On a été choisis pour administrer la paroisse, fit le petit notaire sur un ton sans réplique. Il va falloir qu'un jour, vous compreniez, monsieur le curé, qu'on peut pas dépenser plus que les revenus et qu'il y a des limites aux dettes qu'on peut faire.

— Je veux qu'il y ait un vote là-dessus, ordonna-t-il d'une voix cassante.

Immédiatement, le vote fut pris et ne donna lieu à aucune confusion : le curé fut le seul à voter en faveur de l'achat. Fou de rage, Josaphat Désilets se leva et dit d'une voix menaçante :

— S'il faut que je renvoie tout le conseil, j'hésiterai pas à le faire.

— À votre place, j'y penserais à deux fois avant de faire ça, monsieur le curé, déclara Eudore Valiquette en se levant à son tour. Je pense pas que la loi vous donne le pouvoir de le faire.

—Je vais en référer à monseigneur et on verra bien ce qu'il va en dire.

Sur ces mots, le curé de Saint-Bernard-Abbé salua d'un simple coup de tête les marguilliers présents dans la pièce et se retira sans plus de cérémonie. Les cinq hommes endossèrent leur manteau et quittèrent le presbytère à la file indienne, en silence. Parvenu au pied de l'escalier extérieur, Hormidas Meilleur s'empressa de demander à ses compagnons ce qu'ils allaient faire.

—Moi, ça me tente ben gros de démissionner, leur annonça-t-il en finissant de boutonner son manteau.

—Faire ça, ce serait lui laisser la chance d'en faire à sa tête, laissa tomber Donat.

—Il aimerait ben trop ça que plusieurs lâchent, reprit Samuel Ellis, il nommerait des marguilliers qui feraient tout ce qu'il voudrait.

—Il y a mieux à faire, affirma Eudore Valiquette avec autorité. Il faut pas oublier que monseigneur est au courant des affaires de la paroisse et qu'il a accepté de se porter garant de nos dettes. C'est pas certain qu'il approuve cette nouvelle dépense. On va montrer à monsieur le curé qu'il n'est pas tout seul à pouvoir écrire à monseigneur Laflèche.

—Bonne idée, approuva Donat.

—Qui va écrire cette lettre-là ? demanda Thomas Hyland.

—Moi, si ça vous arrange, fit le président du conseil. Je vais expliquer à monseigneur ce qui se passe avec cette cloche-là et lui rappeler à quel point on est endettés. S'il veut garantir cet autre prêt par-dessus tous les autres, eh bien ! il sera libre de le faire. À ce moment-là, on aura fait tout notre possible. S'il fait ça, moi, je démissionne.

—Nous autres aussi, déclarèrent les autres membres du conseil avant de se diriger vers les voitures.

—Attendez! commanda Samuel Ellis. Monsieur le curé est assez ratoureux pour essayer de faire installer la cloche dans le clocher avant de recevoir la réponse de monseigneur pour le mettre devant le fait accompli.

—Il y a juste à faire passer le mot chez Dionne que le conseil est contre parce qu'on va être encore plus endettés, suggéra Donat. À ce moment-là, personne va vouloir participer à la corvée.

—Je m'en occupe, annonça Hormidas.

Ce soir-là, Josaphat Désilets se mit au lit en rage, persuadé qu'il faisait face à une rébellion ouverte de son conseil de fabrique et qu'il était de son devoir de la mater.

—J'ai été trop bon avec eux, dit-il à mi-voix dans l'obscurité de sa chambre. Voilà où ça m'a mené! Ils ont plus aucun respect pour ma soutane... Mais batèche, ça va changer! Qu'ils le veuillent ou pas, cette cloche-là, elle va être installée dans le clocher avant la fin de la semaine. S'ils veulent pas s'en occuper, j'en fais mon affaire.

❧

Les jours suivants, le froid s'intensifia sur la région. Maintenant, au lever du jour, les toitures des habitations et des bâtiments étaient couvertes d'un frimas qui provoquait le frisson. Les champs dénudés n'aspiraient plus qu'à s'endormir sous une épaisse couche de neige. Les arbres avaient perdu leurs dernières feuilles que le froid avait racornies. Déjà, on s'activait dans la plupart des fermes de la région à faire boucherie pour l'année.

Pour l'occasion, Catherine avait confié la petite Constance à sa belle-sœur Emma et s'était présentée en compagnie de sa belle-mère, Marie Beauchemin, chez les Connolly.

—Voulez-vous bien me dire d'où vous sortez aussi de bonne heure que ça? leur demanda Camille, étonnée de les découvrir toutes les deux sur le pas de sa porte alors qu'il était à peine huit heures.

— Liam a dit à Xavier que vous étiez pour faire boucherie aujourd'hui, lui répondit sa mère en entrant dans la maison, suivie de sa bru. Catherine et moi, on s'est dit que tu refuserais pas un coup de main dans ton état.

En fait, Camille en était aux derniers jours de sa grossesse et sa mère avait bien l'intention de demeurer à ses côtés à compter de ce jour-là et de prendre en charge ses relevailles.

— Emma serait bien venue, elle aussi, expliqua Catherine, mais avec ses trois enfants… On lui a plutôt demandé de garder Constance. Xavier, lui, va aussi donner un coup de main.

— Vous êtes bien fines, les remercia Camille, reconnaissante. C'est certain que ça va aller pas mal plus vite que si j'étais toute seule avec Ann, Patrick et Liam.

— Où est passé l'oncle de ton mari ? lui demanda sa mère.

— Depuis une couple de jours, il a commencé à aller traîner au moulin de Hyland. Grand bien lui fasse, ça me débarrasse, répondit la future maman, incapable de manifester la moindre sympathie pour son pensionnaire.

Quelques minutes plus tard, les femmes de la maison quittèrent les lieux et allèrent rejoindre les deux hommes déjà au travail dans l'entrée de la grange où étaient suspendues les deux bêtes abattues la veille. Rex s'approcha et Liam lui ordonna de retourner à sa niche. L'animal obéit.

Durant une bonne partie de l'avant-midi, on s'activa à découper la viande qui allait nourrir les Connolly durant la prochaine année. Il faisait froid. De la buée s'échappait de la bouche des bouchers qui soufflaient de temps à autre sur leurs doigts gourds pour les réchauffer. Régulièrement, Ann se chargeait de transporter les morceaux enveloppés dans de la toile de jute dans les grands coffres déposés au fond de la remise.

À un certain moment, Camille s'absenta pour aller chercher davantage de tissus d'emballage. Pendant quelques minutes, on ne sembla pas s'inquiéter de son absence et le travail se poursuivit. Soudain, Marie se rendit compte que sa fille aînée tardait à revenir.

— Ann, va donc voir ce que ta mère fait, demanda-t-elle à l'adolescente.

La jeune fille traversa la cour de la ferme et entra dans la maison.

— Camille ! cria-t-elle en pénétrant dans la cuisine d'hiver.

— Ann, va vite chercher ma mère, répondit une voix en provenance de l'unique chambre à coucher du rez-de-chaussée.

— Qu'est-ce qu'il y a ? demanda Ann en s'avançant vers la chambre dont la porte était entrouverte.

— Entre pas ! lui ordonna Camille d'une voix méconnaissable. Fais ce que je t'ai dit. Dépêche-toi !

La fille aînée de Liam Connolly se précipita à l'extérieur pour alerter Marie Beauchemin. Cette dernière ne demanda aucune explication.

— Viens avec moi, Catherine, commanda-t-elle à sa jeune bru, le visage soudainement pâle. Pour moi, elle vient d'avoir ses premières douleurs.

Xavier, Liam et son fils Patrick s'apprêtaient à les suivre, mais Marie les en empêcha avec autorité.

— Vous autres, vous avez rien à faire dans la maison, les prévint-elle. Liam, si c'est le petit qui arrive, tu pourras aller chercher le docteur pendant que Xavier et ton garçon vont finir l'ouvrage avec l'aide d'Ann.

Sur ces mots, les deux femmes se précipitèrent vers la maison.

— Où est ta mère ? demanda Marie à l'adolescente en arrivant à la galerie.

— Dans sa chambre, madame Beauchemin. Elle a pas voulu que j'entre.

— C'est correct, va aider les hommes à finir l'ouvrage. Nous, on va s'occuper de Camille.

Elle entra dans la maison, suivie de près par Catherine et toutes les deux se dirigèrent vers la chambre à coucher où elles découvrirent Camille en douleur, agrippée, grimaçante, aux montants de sa tête de lit.

—Je pense que c'est bien commencé, m'man, dit-elle d'une voix rauque.

— Commencé! s'exclama sa mère, mais c'est plus que commencé... Ton petit est à demi sorti!

Marie prit aussitôt les choses en main.

— Catherine, va me faire bouillir de l'eau, prends toutes les affaires du petit et va les placer sur la table pour sa toilette. Seigneur! J'ai jamais vu ça. Accoucher aussi facilement quand c'est un premier, c'est rare! Ensuite, crie à Liam d'atteler tout de suite pour aller chercher le docteur Samson.

Sa bru retourna dans la pièce voisine préparer tout ce qu'il fallait pour l'arrivée du bébé pendant que Marie encourageait sa fille à expulser définitivement le bébé dont elle pouvait voir la tête entre ses cuisses.

Quinze minutes plus tard, Camille poussa un grand cri de libération et son enfant vint au monde. Haletante, la jeune mère ferma les yeux quelques instants, le temps que Marie coupe le cordon ombilical du nouveau-né.

La veuve de Baptiste Beauchemin prit ensuite l'enfant par les pieds et lui frappa légèrement le derrière pour l'inciter à pleurer et l'aider ainsi à dégager ses voies respiratoires. Le cri poussé par le bébé tira sa mère de sa semi-somnolence.

— Est-ce un garçon ou une fille, m'man? demanda-t-elle d'une voix affaiblie.

— Un beau garçon, répondit Marie en tendant le bébé à Catherine venue le chercher pour le laver dans la pièce voisine.

Marie suivit sa jeune bru dans la cuisine et revint dans la chambre un instant plus tard avec tout ce qui était nécessaire pour faire la toilette de sa fille aînée.

—À cette heure, t'as fait ton devoir, déclara-t-elle à Camille assoupie. Repose-toi. On s'occupe de tout.

—Et la viande ? s'inquiéta la jeune mère.

—On a presque fini. Dors, lui ordonna-t-elle. Catherine va t'apporter ton petit pour que tu puisses le voir, une fois bien nettoyé. Il a tous ses membres et il va être beau comme tous les Beauchemin.

Peu après, le bébé fut déposé dans les bras de sa mère, puis installé dans le petit berceau qui avait accueilli chacun des enfants Connolly à leur naissance. Avant le retour de Liam en compagnie du docteur Samson, Ann, Patrick et Xavier avaient eu le temps de venir admirer l'enfant.

Dès son arrivée, le médecin de Saint-Zéphirin s'enferma quelques minutes dans la chambre pour examiner la nouvelle mère et l'enfant.

—Tout est parfait, déclara-t-il en quittant la pièce et en endossant son veston. Tout ce qu'il faut à la mère, c'est un peu de repos.

—Est-ce que je peux aller voir ma femme et le petit ? demanda Liam à bout de patience.

—Vas-y, fit le médecin. Je reviendrai voir ta femme la semaine prochaine.

Liam laissa Marie et Xavier raccompagner le docteur Samson jusqu'à son boghei et pénétra enfin dans la chambre où il retrouva Camille tenant leur bébé dans ses bras. Elle le lui montra.

—Puis, qu'est-ce que t'en penses ?

—Il est ben beau, répondit son mari après avoir longuement examiné l'enfant.

—Comment on va l'appeler ? demanda-t-elle.

—Qu'est-ce que tu dirais si on l'appelait Paddy, comme mon oncle ? Je pense que ça lui ferait ben plaisir, ajouta-t-il.

—Pourquoi lui faire plaisir ? Quand est-ce qu'il fait quelque chose pour nous ou pour les enfants ?

Liam dut reconnaître que sa femme n'avait pas tort.

— Comment s'appelait ton père?

— Damian.

— Pourquoi on n'appellerait pas notre petit Damian, en l'honneur de ton père irlandais?

— T'as raison, reconnut Liam après un court silence. Et qui on va choisir pour être dans les honneurs?

— Qu'est-ce que tu dirais de prendre Ann comme marraine et Patrick comme parrain? Tous les deux vont en prendre soin. Ma mère pourrait être la porteuse, si elle veut.

— C'est correct. J'ai pas dételé, je mange un morceau rapidement et je vais l'enregistrer au presbytère, fit Liam en déposant un baiser sur le front de sa femme.

— Tu serais fin d'arrêter chez Rémi pour lui apprendre la nouvelle, dit-elle au moment où son mari quittait la pièce.

Ce soir-là, Rose et Duncan découvrirent avec stupéfaction qu'ils avaient un nouveau petit frère.

Le lendemain, Ann et Patrick Connolly, pleins de fierté, portèrent sur les fonts baptismaux leur jeune frère qui fut baptisé Damian Connolly. Saint-Bernard-Abbé venait de s'enrichir d'un nouvel habitant, un garçon qui symbolisait bien le nouveau climat alors qu'un petit-enfant Beauchemin portait maintenant un nom anglophone. Les temps avaient bien changé depuis l'établissement de Marie et Baptiste dans la région.

⌘

Quelques jours plus tard, Bérengère Mousseau découvrit un beau matin, par une fenêtre du presbytère, deux hommes debout près d'une charrette en train d'examiner la cloche. La ménagère s'empressa d'alerter le curé Désilets, en train de lire son bréviaire dans la pièce qui lui tenait lieu de salon.

Le prêtre quitta précipitamment son fauteuil et sortit sur la galerie pour héler les deux inconnus. Ceux-ci vinrent vers lui sans se presser, montèrent l'escalier et le saluèrent en retirant poliment leur casquette à oreillettes.

— Est-ce que je peux vous demander ce que vous faites là ? fit-il, l'air sévère.

— On travaille à la fonderie Dupuis. Nous sommes venus chercher la cloche, monsieur le curé, répondit le plus âgé des deux hommes.

— Comment ça ? fit Josaphat Désilets, stupéfait.

— Notre patron nous a dit que monseigneur lui avait demandé de venir la reprendre. C'est tout ce qu'on sait, monsieur le curé.

En apprenant que monseigneur Laflèche avait fait en sorte d'annuler l'achat de la cloche et de donner ainsi raison au conseil, l'ecclésiastique se mit en colère.

— Si c'est comme ça, reprenez-la, ordonna-t-il aux deux employés de la fonderie en leur claquant la porte du presby-tère au nez.

Josaphat Désilets rentra dans son bureau et s'embusqua derrière les rideaux qui masquaient l'unique fenêtre pour regarder les deux hommes regagner la façade de la chapelle. Ceux-ci dételèrent le cheval, placèrent des madriers et des billes de bois sur ces derniers avant de ceinturer la cloche d'un gros câble que la bête tira lentement jusqu'à hisser la cloche sur le lit de paille disposé au fond de la charrette. Toute la manœuvre dura moins d'une demi-heure.

Quand le véhicule reprit lentement le rang Sainte-Ursule, le curé ne put s'empêcher de grogner entre ses dents :

— Eux autres, ils vont me payer ça ! marmonna-t-il en songeant aux membres de son conseil qui venaient de lui faire perdre la face devant toute la paroisse.

Il se doutait bien qu'ils étaient les responsables du fait qu'il avait été incapable de réunir une équipe de bénévoles pour installer sa cloche dans le clocher. Cependant, il était sidéré qu'ils aient eu, de toute évidence, l'effronterie d'écrire à monseigneur pour expliquer leur point de vue, et il comprenait encore moins que son supérieur l'ait ouvertement désapprouvé.

Ce jour-là, la disparition soudaine de la cloche fut l'objet de beaucoup de conversations dans Saint-Bernard-Abbé. Plus d'une rumeur circulait sur le rôle de la fabrique dans toute cette histoire. Pour leur part, tout en comprenant les motifs des marguilliers, beaucoup de paroissiens déploraient le fait que la chapelle soit privée d'une cloche.

Chapitre 17

Une surprise de taille

La première véritable tempête de l'hiver se produisit le lundi suivant à la mi-novembre. À dire vrai, elle ne prit personne par surprise dans la région. La veille, les gens de Saint-Bernard-Abbé avaient découvert une bonne couche de givre sur les vitres de leurs fenêtres à leur réveil et ils s'étaient empressés de jeter quelques bûches dans leur poêle à bois.

—Seigneur ! on se croirait au mois de janvier, avait déclaré Bernadette à ses deux frères au moment où ils s'apprêtaient à aller faire le train.

—On pourrait ben avoir notre première neige, avait répliqué Donat en jetant un regard vers le ciel gris.

—C'est pas grave, avait fait Hubert avec fatalisme. La gratte et le rouleau sont prêts depuis un bon bout de temps.

Ce dimanche matin là, les paroissiens emmitouflés s'étaient entassés dans la chapelle pour entendre leur curé maugréer durant de longues minutes contre l'hypocrisie de certains d'entre eux qui n'avaient pas hésité à déblatérer contre leur pasteur auprès de monseigneur l'évêque… Beaucoup de têtes s'étaient tournées alors vers les marguilliers qui, stoïques, n'avaient pas bronché et avaient continué à fixer l'autel.

À la fin de la grand-messe et du salut au Saint-Sacrement, les gens découvrirent avec étonnement que le ciel s'était assombri et que le vent était tombé, présages d'une importante chute de neige.

Malgré tout, les cinq marguilliers se rassemblèrent brièvement au bas des marches du parvis.

— On dirait ben que monsieur le curé a pas envie pantoute de nous voir la face, déclara Samuel Ellis en mettant ses moufles.

— Ça tombe ben en torrieu, fit Donat. On risque d'avoir pas mal de neige à pelleter. Vous, notaire, allez-vous passer le voir pour lui demander s'il a des points à discuter?

— Non, répondit Eudore Valiquette. Je vais attendre qu'il m'envoie le bedeau.

— De toute façon, on n'a fait que notre besogne avec l'histoire de la cloche, fit remarquer Hormidas Meilleur avec un bon sens évident.

Les administrateurs de la paroisse rentrèrent chez eux après cette brève rencontre. Durant toute la journée, on attendit la neige, mais le ciel se contentait de rouler de lourds nuages devenus presque violets, laissant planer sur la tête des gens la menace d'une violente tempête.

Durant l'après-midi, Hubert Beauchemin, prévoyant, prit la direction du bois situé au bout de la terre paternelle pour aller couper des branches de sapinage qui serviraient à baliser l'étroite route du rang Saint-Jean le long de la terre des Beauchemin après la tempête, si besoin était.

— Nous voilà partis pour nous encabaner pour six mois, fit Eugénie en allumant une lampe à huile au début de l'après-midi tant il faisait sombre dans la grande cuisine d'hiver des Beauchemin.

— On n'en mourra pas, répliqua sa belle-sœur Bernadette, occupée à filer de la laine sur le vieux rouet familial. C'est comme ça tous les ans. Je me demande comment ça va être demain matin sur le chemin, avait-elle ajouté en jetant un coup d'œil à l'extérieur par l'une des fenêtres.

Elle pensait surtout: «Comment ça va être à Québec, d'où Constant Aubé ne semblait pas pressé de revenir.»

À la fin de l'après-midi, on nourrit les animaux enfermés dans les bâtiments et on soupa tôt pour permettre à Hubert d'aller veiller chez les Dionne avec la belle Angélique qu'il continuait à fréquenter assidûment, même si la décision de remettre à plus tard la construction de la fromagerie à laquelle il aspirait depuis plusieurs mois l'avait sérieusement mécontenté.

— Je vous dis qu'il y a des filles de Saint-Bernard qui sont chanceuses de pouvoir veiller au salon avec des garçons, ne put s'empêcher de dire Bernadette en voyant son frère quitter la maison.

— Si t'avais meilleur caractère, Bedette, répliqua Donat, tu manquerais pas de garçons sérieux qui seraient heureux de venir accrocher leur fanal à notre porte.

— On dit ça, se contenta de dire la jeune institutrice sur un ton désabusé, avant de monter à sa chambre. C'est certain que c'est ma faute… C'est toujours ma faute, ajouta-t-elle sur un ton acide.

Hubert rentra à la maison au moment où son frère aîné remontait le mécanisme de l'horloge. Les trois femmes de la maison venaient de se retirer dans leur chambre.

— Ça a commencé à tomber, dit Hubert. Le vent vient de se lever.

Comme pour lui donner raison, le vent se mit à hurler dans la cheminée et un paquet de neige vint frapper les fenêtres, donnant le goût d'aller se blottir sous les couvertures chaudes.

Durant toute la nuit, la nature se déchaîna. À plusieurs reprises, Marie se réveilla en sursaut dans la petite chambre de Rose, chez les Connolly. Sur la recommandation de Camille, Ann l'avait installée là pour tout le temps où elle demeurerait chez son gendre pour aider aux relevailles de sa fille aînée.

Marie était persuadée que le vent cherchait à arracher la toiture de la maison de son gendre tant il était violent. Cela devait être moins pire pour la maison en pierre des Beauchemin. Baptiste l'avait construite très solide pour résister aux pires intempéries de l'hiver. Au milieu de la nuit, elle se leva même pour tenter de voir ce qui se passait à l'extérieur. Par la petite fenêtre de sa chambre, elle n'aperçut qu'un vague mur blanc de flocons. Le froid l'incita à regagner rapidement la chaleur de son lit où le sommeil l'engloutit.

Pour leur part, à l'aube, tous les Beauchemin étaient sur le pied de guerre. Après avoir bu une tasse de thé, Hubert passa dans la cuisine d'été pour y allumer les deux fanaux déposés en permanence sur la table. Il en tendit un à Bernadette et garda l'autre.

Lorsque tous furent bien emmitouflés, Donat précéda son frère et sa sœur et ouvrit la porte. Il se retrouva devant un véritable mur de neige qui lui arrivait un peu plus haut qu'à mi-cuisse. Le vent soufflait toujours et la neige ne semblait pas sur le point de baisser d'intensité. Il avança péniblement jusqu'à la première marche de l'escalier, suivi de près par Hubert et Bernadette, qui durent baisser la tête pour éviter d'être giflés par la neige projetée par le vent.

Durant la nuit, le paysage s'était complètement modifié. Tout était blanc et, à certains endroits, les piquets de clôture disparaissaient déjà sous les accumulations de neige.

Pendant que les deux hommes s'ouvraient un chemin vers l'étable avec beaucoup de peine, Bernadette, de la neige jusqu'aux genoux, se dirigea vers le poulailler.

—Maudite misère noire! se plaignit-elle à haute voix en se protégeant le visage du mieux qu'elle pouvait avec son écharpe de laine. Dire que ça fait juste commencer!

Le soleil ne se leva qu'au moment où les Beauchemin finissaient de manger leur déjeuner.

—Je pense qu'il y a pas à se demander ce qu'on va faire de notre journée, déclara Hubert en allumant sa première pipe à l'instant de quitter la table. On va pelleter et passer la gratte. Je vais atteler mon cheval avec la Noire. On va ben voir s'ils s'entendent pour tirer d'aplomb. Le mien est moins vieux que le Blond et pas mal plus vaillant.

Donat acquiesça tout en se plantant devant l'une des deux fenêtres de la cuisine.

— On dirait que le vent vient de tomber, annonça-t-il aux siens et il neige presque plus.

— Si c'est comme ça, je vais aller dégager les entrées des bâtiments et de la maison, annonça Bernadette.

Eugénie demeura seule dans la maison, autant pour prendre soin d'Alexis que pour procéder au lavage hebdomadaire des vêtements de la famille. Depuis quelques jours, elle constatait à quel point sa belle-mère abattait une lourde tâche dans la maison, tâche qui lui était naturellement retombée sur les épaules parce que Bernadette passait ses journées à l'école.

Donat alla aider son frère à atteler les deux chevaux à la gratte artisanale fabriquée par leur père deux décennies plus tôt. Il s'agissait d'un assemblage de madriers joints par des chaînes et lourdement lesté.

— Quand tu seras gelé, viens me chercher dans l'étable, suggéra l'aîné. Je viendrai te remplacer.

Hubert mit près de deux heures à déneiger la grande cour de la ferme et, après avoir laissé reposer les chevaux fourbus, Donat prit la relève pour nettoyer la section de la route qui longeait la terre paternelle. Quand ce fut terminé, son frère vint planter des branches de sapinage tous les cinquante pieds pour éviter que les voyageurs quittent la route sans s'en rendre compte quand l'obscurité tomberait.

❧

Pendant ce temps, chez les Connolly, Liam et ses enfants s'étaient aussi attelés à la même tâche qu'ils ne terminèrent qu'au milieu de l'après-midi. À un certain moment, Duncan, le visage rougi par le froid, rentra dans la maison pour se réchauffer. Marie lui versa un verre de lait et lui offrit quelques biscuits à l'avoine qu'elle venait de sortir du four.

— Fais pas trop de bruit, lui dit-elle à voix basse, Camille vient de s'endormir avec le bébé.

— Pensez-vous, madame Beauchemin, que mon père accepterait que j'attelle notre chien au vieux traîneau qui est dans la remise ?

— Pourquoi tu veux faire ça ?

— Ben, j'ai pensé que Rex est aussi gros et aussi fort que le chien du facteur et il l'attelle à son traîneau quand il y a ben de la neige.

— Je veux bien le croire, mais ça me dit toujours pas pourquoi t'aimerais faire ça.

— J'ai pensé qu'il pourrait emmener Rose à l'école…

— Et toi, là-dedans ? fit Marie avec un sourire narquois.

— Je m'assoirais sur le traîneau moi aussi, admit-il.

— Et qu'est-ce que ton chien va faire toute la journée ? Tu penses qu'il va t'attendre à la porte de l'école ?

— Non, je l'habituerais à revenir tout seul à la maison.

— Parles-en à ton père, lui conseilla la mère de Camille. Tu vas bien voir ce qu'il va en dire.

Quelques minutes plus tard, Liam rentra à la maison en compagnie de Patrick et d'Ann dans l'intention de se réchauffer un peu avant de faire le train. Duncan, assis au bout de la table, rassembla tout son courage pour exposer son idée à son père qui l'écouta sans dire un mot, sous l'œil inquisiteur de sa belle-mère.

— J'aime pas trop cette idée-là… finit-il par laisser tomber. Mais ce serait peut-être une façon de faire gagner à ce maudit chien-là tout ce qu'il mange dans une journée.

Rose, enthousiaste à l'idée d'aller à l'école en traîneau, applaudit.

— T'as pas peur que ce soit dangereux pour les enfants ? intervint Paddy qui n'avait pas bougé de la maison de la journée.

Duncan et Rose ne purent cacher leur déception en entendant ces paroles, ce qui incita la mère de Camille à intervenir dans la discussion.

—Voyons donc! C'est pas si dangereux que ça. Un chien, c'est pas un cheval. Il va pas si vite que ça. Le pire qui peut arriver, c'est qu'il fasse verser le traîneau. Les années passées, en autant que je m'en souvienne, il y a toujours eu quelques enfants de Sainte-Ursule et de Saint-Paul qui sont allés à l'école en traîneau.

Liam réfléchit quelques instants avant de dire:

—Là, on parle pour rien dire. On sait même pas si le chien va accepter d'être attelé. Après le train, t'essaieras de lui faire un attelage et tu vas ben voir s'il est capable de faire ça.

—Merci, p'pa.

—En plus, oublie pas qu'il va falloir que Rex revienne tout seul, lui précisa son père. S'il décide qu'il revient pas, tu vas avoir perdu ton chien…

L'inquiétude envahit les traits du garçon de onze ans qui sembla se demander durant un court moment si son idée d'utiliser Rex pour tirer un traîneau était si bonne que cela.

—Bon, arrivez! ordonna Liam. Le train se fera pas tout seul.

Dès que Marie Beauchemin se retrouva seule en compagnie de Rose et Paddy Connolly, elle ne put cacher plus longtemps sa mauvaise humeur envers le pensionnaire de sa fille.

Évidemment, le retraité avait traîné dans la cuisine toute la journée en fumant ses cigares nauséabonds parce que la route n'était pas déneigée jusqu'au magasin général. De plus, il n'avait évidemment pas reçu son journal. Comme il fallait s'y attendre, il s'était bien gardé d'offrir son aide pour le déneigement. Après le dîner, exaspérée, la mère de Camille avait fini par demander au gros homme qui se berçait benoîtement près du poêle:

— Ça vous gêne pas de rien faire de vos dix doigts toute la journée, monsieur Connolly, pendant que tout le monde autour de vous se désâme à travailler?

— Je paye une pension, madame Beauchemin. Et à mon âge, j'estime avoir le droit de me reposer.

— Vous avez à peu près le même âge que moi, lui fit-elle remarquer.

— Il faut croire qu'il y en a qui viennent au monde pour travailler tandis que d'autres sont faits pour penser.

— En attendant, j'aimerais bien que vous alliez penser ailleurs que dans la cuisine. Je veux laver le plancher.

L'oncle de Liam alla se réfugier dans sa chambre durant une heure ou deux, à la plus grande satisfaction de la mère de Camille qui ne supportait plus le retraité après quelques jours seulement passés chez sa fille.

— Je sais pas comment tu fais pour l'endurer, dit-elle à Camille. Moi, je suis à la veille de l'étrangler.

Cet après-midi-là, après avoir soigné ses animaux, Liam aida ses deux fils à fabriquer un attelage de fortune avec des courroies et Rex fut attelé au vieux traîneau couvert de poussière qu'on sortit de la remise. Le chien se laissa atteler sans manifester la moindre mauvaise humeur et Duncan, tout fier, s'assit sur le traîneau et le fit tirer dans la cour de la ferme sans aucune difficulté. La bête semblait même trouver l'exercice à son goût.

— À cette heure, il reste juste à savoir s'il va être capable de revenir déclara le père de famille en rentrant dans la maison, suivi par ses enfants enthousiastes.

Marie et Rose avaient regardé comment Rex s'en était sorti.

— Ce chien-là m'a l'air pas mal vaillant, avait affirmé Marie en commençant à servir le souper avec l'aide d'Ann.

— Après le souper, Duncan va aller jusqu'à l'école pour voir s'il est capable de revenir tout seul à la maison.

Camille vit Duncan pâlir légèrement, mais se garda bien d'intervenir. Elle savait qu'il craignait l'obscurité, mais il n'y avait guère de danger. À l'aller, il serait avec Rex, et au retour elle verrait à ce que Patrick aille au-devant de son frère.

Après le repas, Duncan s'emmitoufla et alla atteler Rex. Debout devant l'une des fenêtres de la cuisine, Liam vit son fils tourner à droite à la sortie de la cour de la ferme. Comme tous les cultivateurs du rang Saint-Jean avaient fini par déneiger leur portion de route durant la journée, le trajet entre la maison et l'école du rang Saint-Jean de près d'un mille fut couvert assez rapidement. L'attelage traversa le petit pont et vint s'immobiliser en face de l'école.

Duncan descendit du traîneau et flatta son chien en le félicitant.

—Va-t'en à la maison, lui ordonna-t-il en lui donnant une tape sur l'arrière-train.

La bête ne bougea pas, ne comprenant apparemment pas pourquoi elle devait laisser son maître sur place.

—Marche à la maison ! lui cria le jeune garçon en grossissant sa voix pour impressionner son chien. Grouille !

Rex fit quelques pas en direction du pont et s'arrêta, toujours aussi incertain de la conduite à suivre.

—À la maison ! lui hurla Duncan en faisant le simulacre de courir après sa bête, comme pour la chasser.

Rex, attelé au traîneau, partit sans demander son reste, traversa le pont et finit par disparaître de la vue de son jeune maître. Quand Duncan rencontra son frère Patrick à mi-chemin entre la maison et l'école, ce dernier lui apprit que le chien, rencontré quelques minutes plus tôt, avait l'air de se diriger vers la maison.

À l'arrivée des deux frères à la ferme, Rex était devant sa niche, près de la remise, attendant de toute évidence qu'on lui retire l'attelage.

Le lendemain matin, Rose et Duncan étrennèrent leur nouveau moyen de transport pour aller à l'école et le jeune garçon n'éprouva aucun mal à renvoyer sa bête à la maison.

— À cette heure, il faudrait qu'il apprenne à venir nous chercher, déclara Duncan, ce soir-là, après le repas.

— Ça peut attendre, dit son père sur un ton définitif. Marcher de l'école à la maison vous tuera pas, ta sœur et toi.

➤

Le lendemain, en début d'après-midi, une *sleigh* vint s'arrêter à la porte du presbytère de Saint-Bernard-Abbé. Un gros homme emmitouflé dans un manteau noir en drap du pays s'extirpa difficilement du véhicule et attacha son cheval à la rampe de l'escalier avant de jeter sur le dos de sa bête une épaisse couverture et de s'emparer d'une petite valise en carton bouilli déposée sur le siège avant de la *sleigh*. Le visiteur entreprit ensuite d'escalader la demi-douzaine de marches conduisant à la porte du presbytère à laquelle il frappa. Bérengère Mousseau vint lui ouvrir.

— Bonjour, madame, la salua aimablement l'homme avec un large sourire. Je suis l'abbé Félix Fleurant et j'aimerais parler à monsieur le curé.

— Entrez, monsieur l'abbé, répondit la ménagère. Je vais le prévenir tout de suite.

Elle le fit entrer dans la petite salle d'attente et alla frapper à la porte du bureau du curé Désilets. Celui-ci combattait difficilement le sommeil en tentant de lire son bréviaire.

— Qu'est-ce qu'il y a ? demanda-t-il au moment où la porte s'ouvrait sur la ménagère.

— Vous avez de la visite, monsieur le curé, lui annonça-t-elle. L'abbé Félix Fleurant. Je l'ai fait passer dans la salle d'attente.

— Dites-lui que j'arrive.

Dès que la porte se fut refermée sur la veuve, Josaphat Désilets quitta son fauteuil en se frottant les mains.

—Dis-moi pas que monseigneur vient de comprendre que j'avais besoin d'un vicaire, fit-il à mi-voix, la mine réjouie à la pensée que la vie au presbytère allait être beaucoup plus agréable. Il m'envoie peut-être un vicaire pour me consoler de n'avoir pas de cloche et pour prouver au conseil qu'il m'appuie.

Sur ces mots, l'ecclésiastique quitta son bureau le sourire aux lèvres et alla accueillir son visiteur, qui venait de suspendre son manteau à la patère. Il sursauta tout de même en se rendant compte que le vicaire avait sensiblement son âge et avait au moins deux fois son tour de taille. Les deux hommes se serrèrent la main et la curé Désilets entraîna Félix Fleurant dans son bureau où il l'invita à s'asseoir.

—J'ai laissé mon cheval attaché à la rampe de l'escalier, dit le vicaire.

—Attendez, mon bedeau est en train de rentrer du bois dans la cuisine. Il va l'installer dans l'écurie après. C'est pas la place qui manque.

Josaphat Désilets héla sa ménagère et la pria de demander à Agénor Moreau de s'occuper du cheval de l'abbé Fleurant.

—Je suis content que monseigneur m'ait envoyé enfin un vicaire, même si je ne lui en ai jamais demandé, dit le pasteur de Saint-Bernard-Abbé en refermant la porte de son bureau derrière lui.

Félix Fleurant eut soudain l'air un peu embarrassé. Il tira de l'une des poches de sa soutane une enveloppe qu'il tendit à son hôte.

—J'ai une lettre de monseigneur pour vous, annonça-t-il.

Josaphat Désilets prit la missive, l'ouvrit et s'approcha de la fenêtre pour profiter de la lumière extérieure. Il se mit à la lire lentement. Au fur et à mesure que sa lecture progressait, son visage passait progressivement au rouge.

« *Mercredi, 19 novembre 1872*

Mon bien cher frère en Jésus-Christ,
  Les derniers événements qui se sont produits dans votre paroisse m'incitent à croire que vous serez plus utile dans une autre tâche dans le diocèse. Par conséquent, vous voudrez bien quitter la cure de Saint-Bernard-Abbé après avoir informé l'abbé Félix Fleurant des affaires courantes de votre paroisse.
  Vous vous présenterez à mon secrétaire lundi, le 24 novembre prochain, pour recevoir votre nouvelle affectation.

Louis-François Richer Laflèche
Évêque de Trois-Rivières »

Le curé de Saint-Bernard-Abbé, la mine défaite, se laissa tomber dans son fauteuil.

— Savez-vous ce que contient cette lettre-là ? finit-il par demander au gros prêtre assis devant lui.

— Non, monsieur le curé. Tout ce que je sais, c'est qu'on m'a demandé de vous la remettre et de prendre votre place à Saint-Bernard-Abbé.

— Où étiez-vous vicaire ?

— J'étais curé à Sainte-Madeleine, corrigea Félix Fleurant.

— Je suppose qu'on va m'envoyer occuper votre ancienne cure.

— Je le pense pas. Monseigneur a désigné un de mes vicaires pour me remplacer.

— Bon, vous m'excuserez, mais la nouvelle m'a mis à l'envers, reconnut Josaphat Désilets. Je vais demander à ma ménagère de vous installer dans une des chambres à l'étage et commencer à ramasser mes papiers. Je vous parlerai des affaires de la paroisse après le souper.

Quand Bérengère Mousseau revint dire à son curé qu'elle avait installé le visiteur dans la chambre voisine de la sienne, celui-ci lui apprit qu'il quittait Saint-Bernard-Abbé le dimanche suivant et que l'abbé Fleurant allait être le nouveau curé. S'il s'était attendu à une grande manifestation de regret de la part de la veuve, il en fut pour ses frais. La ménagère accueillit la nouvelle sans broncher et retourna dans sa cuisine préparer le souper.

Ce soir-là, Josaphat Désilets prit un malin plaisir à dresser un portrait des plus sombres de Saint-Bernard-Abbé à son nouveau curé. Il lui décrivit les difficultés d'arracher le moindre cent à un conseil de fabrique formé de marguilliers particulièrement obtus. Il ne laissa évidemment pas passer l'occasion de mentionner que son rappel était dû au fait que le conseil n'avait pas hésité à se plaindre de lui auprès de monseigneur.

—Méfiez-vous de ce monde-là, lui conseilla le prêtre avec un air vindicatif. Ils sont tous plus hypocrites les uns que les autres.

—Vous commencez à me faire peur, déclara Félix Fleurant, guère rassuré par le tableau très noir que son hôte venait de lui tracer.

—De toute façon, je vais convoquer une réunion du conseil demain soir. Vous serez à même de juger, conclut Josaphat Désilets. À mon avis, cette paroisse aurait jamais dû être ouverte. Les francs-tenanciers ont pas assez d'argent pour faire vivre convenablement leur curé. Saint-Bernard est endettée jusqu'aux yeux et, vous l'avez vu vous-même, le presbytère est meublé avec les vieilleries qui traînaient dans le grenier des presbytères de la région.

Félix Fleurant se borna à hocher la tête avant de se retirer pour la nuit.

Le lendemain soir, les cinq marguilliers se retrouvèrent à la porte du presbytère.

—On dirait bien que notre curé a fini de bouder, fit remarquer Eudore Valiquette avec un petit sourire entendu.

337

— Je suis pas si sûr de ça pantoute, répliqua Donat. Le père Moreau m'a dit qu'il avait une grosse surprise pour nous ce soir, ajouta-t-il.

— On est aussi ben d'entrer si on veut en avoir le cœur net, déclara Thomas Hyland en frappant à la porte.

La ménagère les invita à entrer et les conduisit à la petite salle de réunion où étaient présents Josaphat Désilets et Félix Fleurant. Le visage fermé, le premier attendit que les nouveaux venus retirent leur manteau et prennent place autour de la table.

— Messieurs, ce soir, ce n'est pas une réunion habituelle du conseil, les prévint-il. Je vous ai convoqués uniquement pour vous présenter monsieur le curé Félix Fleurant, le nouveau curé de Saint-Bernard. Je vais quitter la paroisse dimanche après-midi.

Les cinq marguilliers, stupéfaits, se regardèrent tour à tour en silence sans oser interrompre leur pasteur.

— Bon, je vous laisse avec votre nouveau curé qui est impatient de vous connaître et d'être mis au courant des affaires de la paroisse.

Sur ces mots, Josaphat Désilets repoussa sa chaise, salua les hommes présents dans la pièce d'un sec hochement de tête et quitta la salle de réunion. Quand la porte se referma derrière lui, Félix Fleurant, le visage illuminé par un large sourire, tint à serrer la main de chacun des membres de son nouveau conseil et eut quelques bonnes paroles pour la belle chapelle de Saint-Bernard-Abbé et le presbytère.

Pendant que le gros homme joufflu parlait, Donat l'examinait. Le nouveau curé avait des yeux bruns rieurs retranchés derrière d'épais sourcils. Son abondante chevelure poivre et sel séparée soigneusement à gauche avait la même couleur que sa courte barbe. Un ventre confortable tendait le tissu de sa soutane.

—Je suppose que monsieur le curé Désilets vous a pas fait un portrait bien flatteur de son conseil? demanda Eudore Valiquette.

—Non, mentit avec diplomatie le prêtre. Je pense qu'il me laisse le soin de me faire une opinion moi-même.

—Il faut dire qu'on s'entendait pas trop sur les dépenses que la paroisse pouvait se permettre, intervint Samuel Ellis.

—Parlant de dépenses, fit Félix Fleurant, lequel d'entre vous est le trésorier du conseil?

—Moi, monsieur le curé, répondit Thomas Hyland.

—Pouvez-vous me donner une petite idée de l'état des finances de Saint-Bernard?

Le propriétaire du moulin à bois ouvrit son cahier noir et présenta un relevé fidèle des dettes et de l'argent en caisse.

—Bon, on peut pas dire que c'est très reluisant, affirma le nouveau pasteur, mais il n'y a rien là de surprenant pour une nouvelle paroisse. Nous allons faire attention à la moindre dépense, c'est tout.

À la vue du sourire qui apparut sur le visage des marguilliers, il constata que sa dernière phrase leur avait fait plaisir.

—Je ne voudrais pas vous retenir plus longtemps, reprit-il. Puis-je vous demander si vous avez l'intention d'organiser une petite fête pour montrer au curé Désilets votre reconnaissance?

Les têtes se tournèrent vers Eudore Valiquette, le président du conseil, et un long silence tomba sur la pièce.

—On pourrait organiser quelque chose après la grand-messe, à l'arrière de la chapelle, si vous le permettez, monsieur le curé, suggéra le notaire.

—Je pense que ce serait une bonne idée, approuva Félix Fleurant. Monsieur le curé Désilets ne part pas de gaieté de cœur.

La réunion terminée, les marguilliers quittèrent le presbytère sans que Josaphat Désilets ait daigné se montrer. Malgré la froide température, les cinq hommes s'arrêtèrent près de leur *sleigh* pour échanger leurs premières impressions sur leur nouveau pasteur.

— J'ai l'impression qu'on vient de mettre la main sur un curé ben à la mode, déclara Hormidas Meilleur.

— On verra ben à l'usage, fit Samuel Ellis. Si ça se trouve, il est aussi bête que le curé Désilets.

— On va tout de même lui donner une chance, intervint Eudore Valiquette. En attendant, qu'est-ce qu'on va faire pour la fête ? J'ai pensé qu'on pourrait demander à nos deux maîtresses d'école un petit discours. L'un pourrait être pour remercier le curé Désilets, l'autre pour souhaiter la bienvenue au curé Fleurant.

— Comme ça va se faire après la grand-messe, ce serait peut-être une bonne idée de demander à des femmes de la paroisse de cuisiner un gâteau, proposa Thomas.

— C'est correct, accepta le petit notaire. Donat, à titre de président de la commission scolaire, tu peux demander à ta sœur et à la petite Dionne de préparer les discours. Thomas et Samuel, voulez-vous demander à une douzaine de femmes de la paroisse de nous cuisiner quelque chose pour la fête ?

Le lendemain, on apprit dans la plupart des foyers de Saint-Bernard-Abbé le départ du curé Désilets. Les hypothèses sur les raisons de ce départ aussi inattendu que précipité occupèrent une bonne partie des conversations qui se tenaient surtout au magasin général, en même temps qu'on se questionnait sur le nouveau curé qui avait été envoyé.

Le soir de la réunion du conseil, Bernadette ne fut guère heureuse d'apprendre par son frère qu'elle devait rédiger un petit discours pour le surlendemain.

— Je vois pas pourquoi je ferais ça, se rebella-t-elle quand son frère lui fit part de la décision du conseil.

— Voyons, Bedette, fais donc pas l'enfant! la réprimanda sa mère qui venait à peine de rentrer de chez Camille dont les relevailles étaient terminées.

— Si t'aimes mieux que ce soit Angélique Dionne qui fasse les deux discours, je peux ben le lui demander, répliqua Donat.

— Non, laisse faire, déclara-t-elle, mais je veux faire le mot de bienvenue à notre nouveau curé. Je suis pas assez hypocrite pour remercier le curé Désilets, je l'ai jamais aimé.

— Bedette! s'exclama sa mère en arborant un air horrifié. Tu parles d'un saint homme.

— Peut-être, m'man, mais il a toujours été bête comme ses deux pieds.

La jeune institutrice avait accepté d'adresser un mot de bienvenue au nouveau curé de Saint-Bernard-Abbé non par goût, mais parce qu'elle ne voulait pas laisser toute la place à la belle Angélique Dionne, l'amie de cœur de son frère Hubert. Elle estimait qu'elle entendait un peu trop souvent chanter ses mérites d'institutrice depuis le début de l'année scolaire.

～

Deux jours plus tard, les paroissiens se massèrent dans la chapelle à l'heure de la grand-messe. Quand la cérémonie commença, il faisait si chaud que le bedeau décida de laisser s'éteindre le gros poêle qui trônait au fond de la chapelle.

À la surprise générale, ce fut le curé Fleurant qui entra dans le chœur en compagnie de ses servants de messe. Josaphat Désilets, vêtu de sa soutane sur laquelle il avait passé un surplis blanc, vint s'asseoir dans le chœur. Le nouveau pasteur de Saint-Bernard-Abbé célébra la messe, mais laissa son prédécesseur prononcer le sermon et annoncer lui-même son départ qui devait avoir lieu quelques heures plus tard. Le curé Désilets le fit d'une voix dépourvue de toute émotion et conclut en souhaitant bonne chance à son remplaçant.

À la fin de la cérémonie, le prêtre quitta le chœur en même temps que le célébrant qui, après avoir retiré ses habits sacerdotaux, dut beaucoup insister pour que son confrère accepte de retourner dans la chapelle où les paroissiens les attendaient pour une petite fête.

L'air emprunté, le curé Désilets suivit le nouveau pasteur de Saint-Bernard-Abbé. À leur entrée, les gens se levèrent pour applaudir les deux prêtres alors qu'Angélique Dionne et Bernadette Beauchemin s'avançaient vers la sainte table où, un peu intimidées, elles prononcèrent à tour de rôle le petit laïus qu'elles avaient préparé. Ensuite, Eudore Valiquette souhaita la meilleure des chances au curé Désilets et le remercia pour tout ce qu'il avait fait pour la paroisse, sans trop s'attarder toutefois sur ses réalisations.

Des dames de la paroisse servirent des morceaux de gâteau et un bon nombre de paroissiens tinrent à venir saluer personnellement leur ancien curé avant son départ, ce qui sembla adoucir les traits du prêtre et le rendre moins amer.

Chapitre 18

Un cœur en or

Le lundi suivant, à la fin de l'après-midi, Donat revenait du magasin général lorsqu'il aperçut le petit Malouin qui transportait une brassée de bûches vers la maison de Constant Aubé. Poussé par la curiosité, le fils de Baptiste Beauchemin fit entrer sa *sleigh* dans la cour du meunier, ce qui eut pour effet d'inciter l'homme engagé à déposer ses bûches sur la galerie et à s'approcher du véhicule.

—Constant est toujours pas revenu de Québec? lui demanda Donat.

—Oui, en fait il est revenu hier après-midi, répondit le jeune homme, mais il est malade comme un chien. Il s'est couché en arrivant et il s'est pas levé de la journée.

—Qu'est-ce qu'il a?

—Il a l'air d'avoir une fluxion de poitrine. D'après moi, il a dû attraper froid en revenant de Québec. En tout cas, je peux vous dire qu'il en mène pas large.

—Avec quoi il se soigne?

—Je sais pas trop. Je connais rien là-dedans, moi, reconnut le jeune employé. Je chauffe la maison et je soigne les animaux.

—Bon, je le dérangerai pas, fit Donat, mais dis-lui que je vais revenir le voir à soir.

De retour à la maison, le jeune cultivateur détela son cheval et alla aider Hubert à faire le train. À son retour à la maison à l'heure du souper, il apprit aux femmes de la maison que leur voisin était de retour de Québec depuis la veille, mais qu'il était malade.

— Qui prend soin de lui? lui demanda sa mère.

— Personne, m'man. Théodore Malouin est un bien bon diable, mais il a l'air d'avoir les deux pieds dans la même bottine.

— Qu'est-ce qu'il a? intervint Bernadette, la mine soudain soucieuse.

— D'après son homme engagé, une fluxion de poitrine. En tout cas, il est au lit depuis hier et il a pas l'air de se soigner.

Le silence tomba dans la grande cuisine de la maison en pierre.

— Tu vas aller chercher Constant Aubé et me le ramener ici dedans, déclara Marie sur un ton décidé après un instant de réflexion.

— Mais, madame Beauchemin, voulut protester Eugénie.

— Il y a pas de mais. Ce garçon-là a jamais arrêté de nous rendre service depuis qu'on le connaît. Le moins qu'on puisse faire, c'est de l'aider quand il est malade.

— Est-ce que je peux aller le chercher avec Donat? demanda Bernadette, sans trop croire que la permission lui serait accordée.

— Vas-y, mais brettez pas en chemin, commanda la maîtresse de maison. S'il a une fluxion de poitrine, c'est pas le temps de traîner dehors.

Donat alla atteler le Blond à la *sleigh* et quitta la maison peu après en compagnie de sa sœur.

— Seigneur! madame Beauchemin, je vous reconnais plus, osa dire Eugénie à sa belle-mère. J'aurais jamais cru que vous permettriez à Bedette d'y aller.

— Ma fille, c'est peut-être la meilleure occasion que ces deux-là se remettent à se fréquenter.

L'épouse de Donat venait de comprendre et ne put qu'acquiescer.

Quelques minutes plus tard, Donat et Bernadette frappèrent à la porte du meunier et Théodore vint leur ouvrir.

— Il est encore couché et il fait de la fièvre sans bon sens, déclara-t-il aux visiteurs. Il raconte toutes sortes d'affaires qui ont pas d'allure.

— Où est-ce qu'il est? lui demanda la jeune fille.

— Dans la chambre, à côté.

Sans plus attendre, Bernadette prit l'une des deux lampes à huile qui éclairaient la cuisine. Elle se dirigea vers la pièce voisine et en ouvrit la porte. Elle découvrit Constant, le visage blafard et tremblant de fièvre malgré plusieurs courtepointes qui le couvraient. Elle s'avança et posa une main sur son front, ce qui eut pour effet de faire ouvrir les yeux du malade.

— Qu'est-ce que vous faites là? demanda-t-il dans un râle en apercevant Donat qui entrait à son tour dans sa chambre. Si c'est pour la veillée au corps, vous êtes un peu en avance, ajouta-t-il en tentant de se lever.

— Reste couché, lui ordonna Bernadette, bouleversée de le voir aussi malade. Tu t'en viens chez nous. Ma mère a décidé de te soigner.

— Je peux me soigner tout seul, répliqua Constant d'une voix faible en se laissant retomber sur son oreiller.

— Ça a pas trop l'air de te réussir, intervint posément Donat. T'es mieux de t'en venir chez nous.

Constant n'eut pas la force d'opposer une plus grande résistance. Il se laissa enrouler dans plusieurs couvertures par Donat et Théodore et, en quelques minutes, il se retrouva assis dans la *sleigh* aux côtés de Bernadette.

Dès l'arrivée de Constant chez les Beauchemin, Marie prit les choses en main. Le malade fut installé dans la chambre occupée auparavant par Ernest, l'homme engagé qui avait été remercié depuis le retour de Hubert.

— Va me chercher de l'eau de Pâques et de l'alcool, ordonna-t-elle à sa fille qui venait de déposer sur Constant une quatrième couverture. On va d'abord faire tomber sa fièvre. Dis à Eugénie de me préparer des mouches de moutarde.

Quand Bernadette revint avec ce que sa mère lui avait demandé, Marie sentit le besoin de mettre les choses au point après l'avoir attirée hors de la chambre.

— Écoute-moi bien, Bedette, lui dit-elle, l'air sévère, il est pas question que tu te retrouves toute seule avec lui dans sa chambre. Tu m'entends?

— Mais il est malade, m'man, protesta l'institutrice.

— Il est malade, mais il est pas mort, répliqua sèchement sa mère. Un homme reste un homme. Pense à ta réputation. Si t'as à venir toute seule dans sa chambre, tu vas me faire le plaisir de laisser la porte ouverte. Ce sera plus convenable. À cette heure, va me chercher les mouches de moutarde en bas.

Il fallut près de trois jours avant que les Beauchemin constatent une amélioration de l'état de santé du patient. Si sa fièvre baissa graduellement, des quintes d'une vilaine toux rauque semblaient l'épuiser.

Pour sa part, Bernadette attendait maintenant avec impatience la fin de sa journée d'enseignement pour pouvoir rentrer à la maison et voir son ex-amoureux que sa mère condamnait encore à garder le lit pour qu'il refasse ses forces.

À la fin de la semaine, Constant Aubé eut la permission de descendre passer une partie de la journée près du poêle. Alors, il parla de rentrer chez lui, permission que lui refusa catégoriquement Marie Beauchemin.

— Il en est pas question tant et aussi longtemps que tu tousseras creux comme tu le fais, lui dit-elle. Tu peux te lever et venir t'asseoir proche du poêle si tu veux, mais tu restes avec nous autres tant que tu seras pas d'aplomb, que tu le veuilles ou pas. T'as un homme engagé qui soigne tes animaux et qui chauffe ta maison. T'as rien de pressant à faire. De toute façon, Bedette serait pas contente qu'on te laisse partir à moitié guéri, ajouta-t-elle finement.

Le jeune meunier n'insista pas, il avait compris l'allusion. Le lendemain, Bernadette referma son cahier de préparation peu après sept heures et le remit dans son sac d'école avant de s'approcher de ses deux frères et de Constant en train de discuter près du poêle.

— Si t'es fatigué d'avoir été assis une bonne partie de la journée dans la cuisine, dit-elle au convalescent, on pourrait peut-être aller jaser dans le salon.

Constant tourna la tête en direction de Marie Beauchemin qui lui permit d'un signe discret d'accepter. Il se leva et suivit la jeune fille dans la pièce voisine pendant que la maîtresse de maison approchait sa chaise berçante pour être en mesure de surveiller ce qui se passerait au salon.

— On dirait qu'on est revenus au printemps passé, dit Bernadette, mal à l'aise.

— T'as raison, l'approuva Constant. Mais si c'est pour me renvoyer comme un chien galeux, comme tu l'as fait, poursuivit-il, j'aime autant qu'on recommence pas à se fréquenter.

Au timbre de sa voix, Bernadette comprit à quel point elle l'avait fait souffrir le printemps précédent quand elle lui avait demandé de cesser de venir veiller avec elle parce qu'elle avait besoin de réfléchir.

— J'ai eu tort, reconnut-elle. J'aurais jamais dû te faire ça.

— Est-ce que t'es en train de me dire que tu tiens un peu à moi ? lui demanda-t-il dans un murmure.

— Je pense que c'est plus que ça, lui avoua-t-elle en lui tendant l'une de ses mains.

— Si c'est comme ça, on oublie ce qui s'est passé et je vais me dépêcher de guérir pour venir veiller avec toi les bons soirs, si tu veux bien.

Ce soir-là, Bernadette se mit au lit soulagée. À aucun moment elle n'avait eu une pensée pour la boiterie de

Constant et pour son visage aux traits grossiers. Toute à la joie d'avoir récupéré son amoureux, elle ne songeait qu'à sa tendresse et à sa générosité. Avant de s'endormir, elle se répéta la phrase que sa mère disait parfois à propos de son amoureux : « Ce garçon-là a un cœur en or. »

⌇

Deux jours plus tard, l'état de santé du meunier s'était amélioré au point qu'il s'apprêtait à retourner chez lui ce matin-là quand le curé Fleurant arriva chez les Beauchemin pour sa visite pastorale. Marie l'attendait en compagnie de sa bru et de ses deux fils. La veille, elle avait tenu à ce qu'un ménage en règle de la maison soit effectué.

— Tu peux pas partir comme ça au nez de monsieur le curé, fit remarquer la maîtresse de maison à Constant. Il va te prendre pour un malappris.

Le meunier en convint et décida d'attendre un peu.

Le nouveau curé de Saint-Bernard-Abbé descendit difficilement de sa *sleigh* à cause de son poids respectable et il se dirigea sans la moindre hésitation vers la porte de la façade de la maison. Depuis son arrivée, le prêtre n'avait eu aucun mal à se faire accepter par ses nouveaux paroissiens tant il était jovial et d'une approche facile.

Eugénie s'empressa d'aller ouvrir la porte qu'on n'utilisait que pour cette visite annuelle et lors du décès d'un habitant de la maison et pria Félix Fleurant d'entrer. L'homme d'Église fut rapidement débarrassé de son lourd manteau de drap et de son chapeau à oreillettes avant qu'on lui offre le meilleur siège du salon.

— Comment ça se fait, monsieur le curé, que vous vous faites pas conduire par le bedeau ? lui demanda Donat en lui serrant la main.

Le prêtre reconnut l'un de ses marguilliers et lui répondit en souriant :

—Monsieur Moreau rajeunit pas et je trouve que ce serait pas humain de le faire geler dans la *sleigh* à m'attendre une partie de la journée.

Le nouveau curé de la paroisse s'informa de la santé de chacun des habitants de la maison et prouva qu'il avait pris la peine de bien s'informer sur la famille Beauchemin en disant quelques mots sur son rôle dans le développement de Saint-Bernard-Abbé et en adressant à ses membres quelques paroles de consolation pour les malheurs qui les avaient frappés durant les derniers mois.

—Je suis passé chez votre fils Xavier pas plus tard qu'hier, dit-il à Marie. Je trouve que ce jeune couple a bien du mérite d'avoir adopté une enfant.

Il n'y avait apparemment aucun sous-entendu dans cette remarque, ce qui plut à Marie.

—J'ai aussi visité votre fille Emma, au bout du rang. Voilà un autre bel exemple de mère de famille chrétienne, ajouta Félix Fleurant avec un large sourire.

—Et il vous reste à visiter mon aînée, ma fille Camille, ajouta Marie.

—Celle-là, si j'ai bonne mémoire, c'est celle qui a épousé un veuf avec quatre enfants, reprit le prêtre.

—En plein ça, monsieur le curé.

—Si je me trompe pas, il vous reste seulement deux enfants qui sont pas mariés, poursuivit le curé de Saint-Bernard-Abbé en regardant les trois hommes présents dans la pièce.

—Il y a Bernadette qui fait la classe dans la petite école en face du magasin général.

—Une bonne maîtresse, fit le prêtre qui avait visité l'école pour vérifier l'enseignement du catéchisme.

—Et il y a aussi mon fils Hubert qui fréquente la petite Dionne, la fille de Télesphore Dionne, le propriétaire du magasin général.

Marie saisit le regard inquisiteur du pasteur en direction de Constant, mais celui-ci la devança.

— Moi, monsieur le curé, je suis Constant Aubé, le meunier et le cordonnier de Saint-Bernard. Je reste de l'autre côté de la route.

— Ah bon! fit Félix Fleurant. Quand j'ai frappé à ta porte tout à l'heure, personne a répondu.

— Mon homme engagé devait être aux bâtiments, l'excusa Constant. Je suis ici depuis le début de la semaine à me faire soigner par madame Beauchemin, expliqua-t-il. Je suis tellement bien traité que j'ai de la misère à partir.

— T'es chanceux d'être tombé sur une bonne chrétienne, déclara Félix Fleurant en souriant.

Après avoir rappelé sans insister la dîme à acquitter, le prêtre bénit les personnes présentes dans la pièce avant d'endosser son manteau et de quitter la maison, en route vers les voisins.

Ce midi-là, le curé de Saint-Bernard-Abbé remarqua les traits tirés de sa cuisinière pendant qu'elle déposait devant lui un bol de soupe aux pois.

— Dites-moi, madame Mousseau, êtes-vous fatiguée? s'enquit le gros prêtre.

— Un peu, monsieur le curé, admit la veuve.

— Dites-moi, j'ai pas pensé à vous demander quel jour de la semaine vous vous reposez, dit-il.

— Je travaille sept jours par semaine, monsieur le curé.

— C'est pas normal, madame, que vous ayez pas au moins une journée par semaine pour respirer un peu. Vous avez de la famille dans Saint-Bernard?

— Ma fille et mon gendre qui restent dans le rang Saint-Paul.

— Qu'est-ce que vous diriez de prendre vos dimanches? suggéra le prêtre. Vous pourriez aller chez votre fille après la messe et revenir après le souper.

—Voyons, monsieur le curé, protesta Bérengère Mousseau, ça a pas d'allure. Qui va vous faire à manger le dimanche?

—Vous avez juste à regarder ma bedaine pour vous rendre compte que je suis pas homme à me laisser mourir de faim. Je suis bien capable de me préparer à dîner et à souper.

—Je peux vous préparer les repas du dimanche la veille, si vous le voulez, proposa la veuve, enchantée que le nouveau curé la libère le dimanche.

—Il en est pas question. Si vous faites ça, je mangerai pas ce que vous aurez préparé, affirma Félix Fleurant avec un bon gros rire. Bon, c'est réglé, à partir de demain vous êtes libre le dimanche

C'est ainsi que dès le lendemain, la servante du curé commença à profiter d'un jour de repos hebdomadaire. Cette visite de sa belle-mère ne fit peut-être pas un grand plaisir à son gendre, mais sa fille apprécia de passer une journée chaque semaine en compagnie de sa mère.

À la fin des premiers jours de décembre, trois chutes de neige convainquirent les habitants de Saint-Bernard-Abbé que l'hiver était définitivement installé dans la région. Les femmes parlaient déjà de la collecte de la guignolée et les hommes passaient les journées sur leur terre à bois à bûcher jusqu'au coucher du soleil qui disparaissait de plus en plus tôt.

Constant Aubé était le seul qui échappait à la règle parce que beaucoup de ses clients lui payaient ses services de meunier et de cordonnier en bois de chauffage. Sa toux malsaine avait progressivement disparu et le jeune homme avait fait en sorte de remercier la mère de son amie de cœur en lui confectionnant une paire de bottes grâce à la complicité de Bernadette. Évidemment, Marie voulut refuser le cadeau, mais il ne l'entendit pas de cette oreille et la veuve de Baptiste Beauchemin dut accepter.

Le samedi suivant, l'amoureux trouva à Bernadette une mine bien sombre quand il vint veiller avec elle.

— Qu'est-ce qui se passe? lui demanda-t-il en prenant place sur le vieux canapé du salon rembourré avec du crin.

— Je suis enragée depuis hier après-midi, répondit-elle après une hésitation.

— Pourquoi?

— Octave Jutras! dit-elle les dents serrées en nommant l'un de ses élèves âgé de treize ans particulièrement détestable.

— Qu'est-ce qu'il a encore fait? fit-il en se souvenant qu'à deux ou trois reprises, la semaine précédente, elle s'était plainte de la conduite de l'adolescent.

— Tu me croiras peut-être pas, reprit-elle. Il m'a crié que j'étais une maudite folle en sortant de l'école hier midi.

— J'espère que t'endureras pas ça, dit Constant, fâché qu'on lui ait manqué de respect à ce point.

— Il en est pas question. J'ai dit à sa sœur Émilienne que son frère ne rentrerait pas dans ma classe avant que j'aie rencontré sa mère ou son père. Elle est supposée faire la commission.

— T'as bien fait, l'approuva son amoureux.

— Si cette espèce d'effronté vient pas s'excuser, il restera à la maison, déclara l'institutrice d'une voix décidée.

— Comment ça se fait que tu te sers pas de ton martinet? lui demanda Constant.

— Ça fait trois ans que je fais la classe et je m'en suis jamais servie. Moi, battre un élève, je suis pas capable, déclara-t-elle. Le martinet est au fond de l'armoire et si ça dépend juste de moi, il en sortira pas tant que je vais faire l'école.

— T'es peut-être trop douce avec un effronté comme le petit Jutras.

Le lundi suivant, Émilienne et Octave Jutras brillaient par leur absence en classe, ce qui inquiéta tout de même Bernadette. À la fin de la matinée, elle vit un berlot s'arrêter devant l'école au moment où elle donnait à ses élèves le signal d'aller dîner. Près des deux tiers d'entre eux sortirent leur casse-croûte de leur bureau tandis que les autres s'habillaient rapidement pour se rendre à la maison.

Assise derrière son bureau, l'institutrice aperçut une petite femme aussi large que haute descendre du berlot en compagnie d'Émilienne et d'Octave Jutras et, les lèvres serrées, se dirigea vers la porte, prête à l'affrontement.

— Je suis Amanda Jutras, déclara la femme en poussant devant elle ses deux enfants. Ma fille m'a dit à matin que vous vouliez me voir.

— Émilienne vous a pas dit pourquoi ? lui demanda Bernadette en refermant la porte derrière Octave qui dépassait sa mère de près d'une tête.

— Je sais que c'est à propos de mon garçon, mais il y a pas eu moyen de le lui faire dire.

— Moi, je vais vous le dire, madame Jutras, fit l'institutrice en adressant un regard mauvais à l'adolescent.

Le silence tomba sur la classe où une dizaine d'enfants mangeaient. Devant l'air buté de l'adolescent, elle retrouva sa colère du vendredi précédent intacte.

— Savez-vous ce que votre Octave a eu l'impolitesse de me dire en quittant l'école, vendredi dernier ?

— Non.

— Il m'a crié que j'étais « une maudite folle », madame, avant de se sauver. Évidemment, je ne peux pas accepter ça, conclut l'institutrice.

— Est-ce que c'est vrai, ce que mademoiselle Beauchemin vient de me dire ? demanda Amanda Jutras en se tournant tout d'une pièce vers son fils.

L'adolescent baissa la tête, mais ne répondit pas. Sa mère l'attrapa par le devant de son gros manteau en drap et le gifla tellement fort qu'on aurait pu craindre qu'elle lui arrache la tête.

— Ça, c'est juste un avant-goût de ce qui t'attend à la maison, mon effronté! le prévint-elle, l'air mauvais. Si tu t'excuses pas tout de suite à ta maîtresse, j'en ai une autre pour toi... et c'est rien à côté de ce que ton père va te faire pour te montrer à vivre!

Octave Jutras s'empressa de bredouiller de vagues excuses que sa mère le força, sur un ton menaçant, à répéter de façon claire. Avant de quitter l'école, celle-ci exigea de la jeune enseignante de n'accepter aucune indiscipline de la part de son fils et d'utiliser le martinet, s'il le fallait.

Durant l'après-midi, Bernadette fit venir Émilienne à son bureau, à l'avant de la classe, pour lui demander pourquoi elle n'avait pas transmis à ses parents la raison de leur convocation à l'école.

— Mon frère m'a dit qu'il me battrait si je le disais, avoua la petite fille, au bord des larmes. J'ai eu peur.

Après cet événement, Bernadette n'avait plus la tête à l'enseignement. Elle en venait même à se demander si elle avait bien fait de convoquer la mère du jeune Octave. Certes, il n'était pas question qu'un élève lui manque de respect, mais la simple pensée du traitement que monsieur Jutras allait réserver à son élève lui brisait le cœur.

✦

Le deuxième dimanche du mois de décembre, Donat recruta Constant Aubé et son frère Hubert pour la guignolée. Il leur confia le rang Saint-Jean et il se chargea du rang Saint-Paul avec Hormidas Meilleur alors que Thomas Hyland et Samuel Ellis collectaient les denrées dans le rang Sainte-Ursule. Eudore Valiquette aurait dû normalement organiser la guignolée, mais des affaires le retenaient à Montréal depuis une semaine et le curé Fleurant s'en était donc chargé. Plusieurs femmes et jeunes filles de la paroisse avaient accepté avec bonne humeur son invitation à venir préparer des paniers de Noël dans la sacristie de la paroisse.

Malgré le froid intense qui régnait depuis une dizaine de jours sur la région, la collecte alla bon train et les paroissiens de Saint-Bernard-Abbé se montrèrent généreux. Les pots de confiture et de ketchup s'entassaient dans la sacristie près des morceaux de viande et des vêtements.

À la fin de l'après-midi, Constant invita Hubert Beauchemin à venir se réchauffer chez lui. Ce dernier accepta. En pénétrant chez son voisin, il ne put que remarquer que la maison du jeune meunier était identique au presbytère, ce qui n'avait rien d'étonnant puisque le conseil de fabrique, par souci d'économie, avait décidé de prendre le plan de la maison du meunier le printemps précédent quand il avait fallu construire le presbytère.

—Théodore a entretenu le poêle, annonça Constant à son invité. On va enfin se réchauffer. Qu'est-ce que je te sers? Du caribou, du thé?

—Une tasse de thé va faire l'affaire, déclara Hubert en retirant son manteau qu'il suspendit à l'un des crochets fixés derrière la porte.

À l'arrivée des deux hommes, l'employé choisit de se retirer dans sa chambre, les laissant seuls. Constant et Hubert prirent place de chaque côté de la table en pin devant une tasse de thé bouillant.

—Bernadette m'a dit que t'étais devenu fromager, fit le meunier.

—Pour ce que c'est utile, dit Hubert, l'air dépité. Comme tu peux le voir, je passe mes journées à bûcher avec mon frère.

—Je veux pas me mêler de ce qui me regarde pas, mais qu'est-ce qui se passe? demanda Constant, intrigué. Tu t'étais pas entendu avec Télesphore Dionne?

—Oui, mais il a changé d'idée quand je suis revenu à la fin de l'automne. Là, on dirait qu'il est plus pressé pantoute

355

de construire une fromagerie. Il trouve que ça coûterait trop cher. Il m'a demandé de lui laisser le temps d'y repenser jusqu'au printemps.

— Où est-ce qu'il voulait faire construire?

— Il a parlé d'acheter une partie du terrain d'Évariste Bourgeois et de faire bâtir entre son magasin et la forge, répondit Hubert.

— C'est pas bête comme idée, reconnut Constant.

— Donat m'a suggéré autre chose, reprit Hubert. Il m'a dit que Tancrède Bélanger souffre tellement de ses rhumatismes qu'il est prêt à vendre sa terre pour aller rester chez son garçon à Saint-Zéphirin. Mais il demande pas mal cher: trois cent vingt-cinq piastres... Quand j'en ai parlé à monsieur Dionne, il a trouvé ça ben trop cher.

Constant Aubé quitta le banc sur lequel il était assis et alla se planter devant une fenêtre de la cuisine. De toute évidence, il réfléchissait à ce qu'il venait d'entendre. Après quelques instants, il se tourna vers le frère de Bernadette.

— Écoute, lui ordonna-t-il. Je viens d'hériter de mon frère Édouard qui avait la moitié du commerce de bois avec mon frère Anselme. Qu'est-ce que tu dirais si je te prêtais l'argent qu'il te faut pour acheter la terre de Bélanger?

— T'es ben généreux, dit Hubert, tenté par l'offre, mais je voudrais pas me mettre à dos Télesphore Dionne. La fromagerie c'est son idée, et c'est son cousin qui m'a tout montré. Je fréquente sa fille. S'il se fâche contre moi, il peut ben dire à Angélique de plus me recevoir...

— C'est sérieux entre vous deux? demanda Constant.

— Oui, même si je sens que sa mère m'aime pas trop.

Le silence retomba sur la pièce et les deux hommes purent entendre pétiller les bûches d'érable en train de brûler dans le poêle. Finalement, l'hôte reprit la parole.

— Il y a peut-être un moyen de s'entendre. Je pourrais te prêter la moitié de la somme. Dans ces conditions, Dionne pourrait pas dire que la fromagerie lui coûte trop cher et tu serais son associé de moitié dans l'affaire. Je suis certain qu'on pourrait faire descendre Bélanger à trois cent dix ou même à trois cents piastres. À part ça, il y a rien qui t'oblige à dire à Dionne que l'argent vient de moi. À bien y penser, ça le regarde pas pantoute. Comme ça, tu vas savoir tout de suite s'il a vraiment l'intention de t'aider à avoir une fromagerie. S'il refuse, il pourra pas dire que tu lui as joué dans le dos et s'il accepte, c'est que ça va faire son affaire.

Les yeux de Hubert s'étaient soudainement illuminés.

— En plus, il est entendu que je te demanderai pas une cenne d'intérêts. Tu pourras même me rembourser quand tu voudras. Qu'est-ce que t'en penses?

— Ça a pas d'allure, cette affaire-là, se défendit mollement Hubert. C'est pas normal que tu me prêtes autant d'argent sans me demander au moins des intérêts, voyons donc!

— Laisse faire, déclara le meunier. J'ai le droit de faire ce que je veux avec mon argent.

— J'en parle à soir au père d'Angélique et demain, je vais venir te dire ce qu'il en pense, dit Hubert, tout excité par cette offre aussi inattendue que généreuse.

Ce soir-là, le jeune homme ne put s'empêcher de parler de la proposition de l'amoureux de sa sœur à Donat au moment où ils finissaient le train.

— Ouais! c'est un pensez-y-ben, fit son frère aîné en s'emparant du fanal suspendu à un clou au mur de l'étable. As-tu pensé à ce que tu vas faire si Télesphore Dionne refuse quand même?

Il vit le visage de son frère cadet s'assombrir tout à coup. Il était possible qu'il doive refuser l'offre du meunier pour ne pas se mettre à dos les parents de la belle Angélique. Cet air inquiet ne le quitta pas un seul instant durant le souper.

— Bonne chance! lui souhaita Donat au moment où il quittait la maison pour aller veiller chez le marchand général.

Hubert se contenta de hocher la tête et sortit.

357

— Pourquoi tu lui as souhaité bonne chance ? s'informa Bernadette, curieuse.

— Il doit parler à Télesphore Dionne à soir.

— Dis-moi pas qu'il a décidé de faire sa grande demande à soir ? intervint Marie, en train de ranger de la nourriture dans le garde-manger.

— Non, c'est une question d'argent, répondit vaguement Donat.

— D'argent ?

Son fils se sentit alors obligé d'expliquer aux trois femmes occupées à différentes tâches dans la cuisine que Constant Aubé avait offert au cadet de la famille de financer une partie de l'achat de la terre de Tancrède Bélanger pour lui permettre d'établir sa fromagerie. Selon Hubert, il était prêt à prêter l'argent sans demander ni intérêts ni parts dans la fromagerie.

— Il y a encore rien de fait, précisa-t-il. Il faut que Dionne accepte parce que Hubert dit que c'est lui qui a eu l'idée et qu'il veut pas se le mettre à dos. Si j'ai bien compris, il tient surtout à continuer à fréquenter son Angélique.

Après avoir immobilisé sa *sleigh* près de la maison des Dionne, Hubert demeura un long moment assis dans le véhicule à répéter à mi-voix les arguments qu'il désirait mettre de l'avant pour persuader le marchand général d'accepter la proposition de Constant Aubé. Finalement, il allait se décider à descendre pour frapper à la porte de la maison des Dionne quand la porte s'ouvrit sur une Angélique un peu inquiète.

— As-tu un problème ? lui cria-t-elle en serrant contre elle son châle de laine verte.

— Non, j'arrive, répondit-il en s'empressant de descendre et d'étaler une grosse couverture sur le dos de son cheval.

À son entrée dans la maison, Hubert salua les parents de l'institutrice et s'informa poliment de leur santé avant de suivre la jeune fille dans le salon.

Télesphore et Alexandrine Dionne feignaient de ne pas se rendre compte que l'attachement était en train de devenir plus profond entre les deux jeunes gens, ce qu'ils ne désiraient nullement. La longue absence de Hubert durant son stage avait en fait renforcé les liens entre eux, contrairement à l'attente des parents d'Angélique. Le fils de Baptiste Beauchemin ne cachait que difficilement son intention de demander la main de leur fille unique au printemps. Il n'était pas certain que cette demande serait repoussée par la belle Angélique, même si elle savait bien que deux obstacles de taille s'opposaient à ce projet.

Sa mère continuait à avoir des visées beaucoup plus hautes pour sa fille instruite, tandis que son père reprochait à son amoureux de ne pas avoir un sou vaillant et doutait qu'il puisse faire vivre sa fille convenablement. L'un et l'autre acceptaient que Hubert Beauchemin vienne veiller au salon en sa compagnie... mais en espérant l'apparition d'un prétendant plus reluisant.

Cependant, ce soir-là, le jeune homme mit tant d'enthousiasme à expliquer à son amoureuse l'offre de Constant Aubé que celle-ci ne put faire autrement que de partager son emballement.

— J'ai pas l'intention de dire à ton père d'où vient l'argent, précisa-t-il. J'aimerais autant que tu lui en parles pas.

— Sois sans crainte, le rassura-t-elle.

— Y as-tu pensé ? demanda-t-il à Angélique. Quand je vais demander ta main à ton père, j'aurais déjà notre maison et notre fromagerie... Il me semble qu'il pourra pas dire non.

Un air de doute se peignit sur les traits de la jeune fille.

— Irais-tu le prévenir que j'aimerais lui parler ? se décida-t-il finalement à dire, la gorge soudainement sèche.

— Je trouve que tu vas bien vite en affaires, lui fit-elle remarquer sans participer à son enthousiasme. Tu devrais peut-être pas demander déjà ma main à mon père...

— Non, je veux pas faire ça à soir, se défendit Hubert. Je veux juste lui parler de mon idée de m'associer avec lui pour la fromagerie.

Rassurée, Angélique quitta le salon et entra dans la cuisine pour informer son père que son amoureux voulait lui parler.

— J'espère que c'est pas pour ce que je pense, laissa tomber Télesphore, la mine sévère en regardant sa fille. J'aime autant te dire tout de suite que ma réponse va être non.

Sa femme approuva d'un hochement de tête. Le propriétaire du magasin général se leva lourdement de sa chaise berçante et suivit sa fille dans la pièce voisine.

— Il paraît que tu veux me parler ? demanda Télesphore Dionne au fils de Baptiste Beauchemin.

— Oui, monsieur Dionne, je voulais vous parler de la fromagerie.

— De la fromagerie ? demanda le marchand, étonné, s'attendant à un tout autre sujet de conversation.

— Oui, est-ce que vous changeriez d'idée si je mettais cent cinquante piastres dans notre affaire ? J'ai pensé que si on achetait la terre et le roulant de Tancrède Bélanger, on pourrait peut-être le faire baisser à trois cents piastres…

— Où est-ce que t'as trouvé tout cet argent-là ? fit Dionne, en le dévisageant, l'air soupçonneux.

Le visage de Hubert se ferma.

— C'est pas bien important, monsieur Dionne, répondit-il d'une voix neutre. J'ai l'argent et je suis prêt à le mettre dans la fromagerie.

Le propriétaire du magasin général se gratta la tête, la mine perplexe.

— Tu vas me laisser une couple de jours pour penser à mon affaire. Je te donnerai ma réponse samedi prochain.

Sur ces mots, il quitta le salon et alla informer sa femme dans la pièce voisine. Déçu du manque d'enthousiasme du père d'Angélique, Hubert ne savait pas trop quel comportement adopter devant la jeune fille.

— Il faut pas trop t'en faire, lui conseilla celle-ci en posant une main sur l'un des bras de son amoureux. Mon père a pas dit non, il veut juste penser à son affaire.

Une heure plus tard, Hubert quitta la maison des Dionne après avoir salué ses hôtes. Ils ne lui manifestèrent pas plus de chaleur qu'à son arrivée.

❧

La dernière semaine avant Noël fut neigeuse et la température assez douce, ce qui contribua à exciter encore un peu plus les élèves des deux écoles de rang de Saint-Bernard-Abbé qui sentaient arriver les vacances. Le vendredi après-midi, Bernadette et Angélique renvoyèrent les enfants à la maison, éprouvant un réel sentiment de soulagement en leur donnant rendez-vous le lendemain de la fête des Rois.

Depuis quelques jours, la plupart des maisons de la paroisse embaumaient d'odeurs appétissantes du matin au soir. Les ménagères s'étaient mises à confectionner les pâtés à la viande, les tartes à la mélasse, au sucre et aux œufs qui allaient être servis à Noël et au jour de l'An. Les hommes avaient mis à fermenter le caribou qui allait égayer les soirées. Le vin de cerise réservé aux dames était déjà prêt. Certaines maîtresses de maison avaient cuisiné du ragoût de boulettes et même plumé une ou deux poules.

Cette semaine-là, Hubert Beauchemin fut particulièrement silencieux et même si ses proches bouillaient d'impatience de lui demander quelle avait été la réponse de Télesphore Dionne, ils respectèrent son silence tout en devinant que le propriétaire du magasin général n'avait pas donné son accord.

Le samedi après-midi, Marie, sa bru et sa fille Bernadette s'activaient dans la cuisine de la maison de pierre du rang Saint-Jean.

— Pour moi, madame Beauchemin, Dionne a dans sa tête de tout mener à sa guise, dit Eugénie qui avait espéré que le frère de son mari aille s'installer dans la ferme de Tancrède Bélanger.

L'épouse de Donat n'avait pas renoncé à l'idée de persuader sa belle-mère de se donner à son mari, ce qui ferait de lui l'unique maître de la ferme du rang Saint-Jean. Alors que tous les espoirs de caser enfin Bernadette étaient permis puisque Constant Aubé était rentré dans les bonnes grâces de l'institutrice, voilà que Dionne venait jouer l'empêcheur de tourner en rond.

— Si le bon Dieu a décidé que Hubert va avoir sa fromagerie, il va l'avoir, se borna à répondre Marie en continuant à préparer la pâte à pain, debout devant la table de cuisine. Grouille, Bedette, ordonna-t-elle à sa fille cadette. Arrête de regarder dehors et surveille tes beignes sur le poêle.

— Surtout que ma tante Mathilde les aime pas mal, fit sa fille, sarcastique.

— Toi, viens pas parler de malheur ici dedans, répliqua sèchement sa mère. Il manquerait plus qu'elle nous tombe dessus dans le temps des fêtes.

— Je vous rappelle, m'man, que l'année passée, elle est surtout allée chez mon oncle Armand. La connaissant comme je la connais, elle voudra pas faire de jaloux.

— Elle a bien trop peur des mulots, intervint sa belle-sœur, n'ayant guère envie de supporter la religieuse et sa compagne durant plusieurs jours.

— Il faut pas t'en faire, fit Bernadette, moqueuse, elle va offrir ce sacrifice-là au petit Jésus.

— Veux-tu arrêter de parler pour rien dire et t'occuper de ta besogne, conclut sa mère.

Ce soir-là, Hubert et Donat rentrèrent plus tôt du bois où ils avaient bûché toute la journée. Ils firent le train avant de s'attabler pour le souper. C'était devenu une sorte de routine les samedis et dimanches soirs pour permettre à Hubert de faire sa toilette et d'aller veiller chez les Dionne.

Celui-ci n'avait rien dit aux siens du délai exigé par le propriétaire du magasin général. Seul Constant Aubé était au courant. Ce samedi soir là, passablement nerveux, le jeune homme vint frapper à la porte d'Angélique. Il était impatient de connaître la décision de Télesphore Dionne. Comme d'habitude, il fit bonne figure aux parents de sa belle et s'informa de leur santé avant de suivre Angélique au salon. Il entendit remuer une chaise, signe qu'Alexandrine venait de se rapprocher de la porte du salon pour mieux surveiller ce qui s'y passait.

—Est-ce que ton père t'a dit ce qu'il avait décidé? demanda-t-il dans un murmure à la jeune institutrice en prenant place sur le canapé.

—Il n'en a pas dit un mot, répondit-elle sur le même ton, mais il va sûrement venir t'en parler.

—J'ai pensé à ça toute la semaine, avoua-t-il.

—Moi aussi, reconnut-elle.

Les amoureux durent attendre plus d'une heure avant que le commerçant se décide à faire son apparition dans le salon. Hubert se leva.

—Reste assis, lui ordonna Télesphore sur un ton bonhomme. J'en ai pas pour longtemps. Écoute, j'ai bien pensé à mon affaire cette semaine et je crois que partir une fromagerie à Saint-Bernard serait trop risqué. Je suis pas sûr pantoute qu'on finirait par rentrer dans notre argent un jour.

Le visage de Hubert pâlit lorsqu'il entendit cette mauvaise nouvelle et sa bouche se dessécha.

—J'espère que t'es pas trop déçu, poursuivit le père d'Angélique.

Hubert déglutit et finit par dire d'une voix sourde:

—Est-ce que vous allez m'en vouloir, monsieur Dionne, si j'essaie quand même d'en ouvrir une?

—Je sais pas si tu te rends compte, mon garçon, qu'il va te falloir pas mal plus d'argent que tes cent cinquante piastres pour acheter la terre de Bélanger et t'équiper, dit le commerçant sur un ton condescendant. Mais si tu veux essayer, t'es ben libre de le faire. Je t'en voudrai pas.

Sur ces mots, Télesphore Dionne retourna dans la cuisine tenir compagnie à sa femme.

— Qu'est-ce que tu vas faire ? demanda Angélique à son amoureux.

— Je vais essayer de me débrouiller sans l'aide de ton père, répondit-il, soulagé malgré tout de savoir enfin sur quel pied danser avec son projet.

Chapitre 19

Les affaires

En ce dernier dimanche de l'avent, le curé Fleurant annonça à ses paroissiens qu'ils avaient été tellement généreux lors de la guignolée que les marguilliers avaient pu distribuer suffisamment de vivres et de vêtements aux familles dans le besoin de la paroisse. Dans un même souffle, le pasteur les prévint que dorénavant le salut du Saint-Sacrement aurait lieu, comme il se devait, chaque dimanche soir et la chorale paroissiale allait embellir cette courte cérémonie de beaux chants comme le *Tantum Ergo*.

Par ailleurs, son sermon dans les deux langues fut consacré aux joies familiales que réservait la période des fêtes et il incita fortement les gens de Saint-Bernard-Abbé à en profiter pour pardonner les petites offenses qui leur auraient été faites durant l'année. Lorsque le prêtre regagna l'autel pour poursuivre la célébration de la messe, beaucoup de gens se regardèrent. Habitués à entendre le curé Désilets parler des flammes de l'enfer et des dangers de la danse et des abus d'alcool durant cette période de l'année, ils ne s'attendaient guère à ce changement de ton.

— Il est bien à mon goût, notre nouveau curé, murmura Bernadette à sa mère.

— Moi, je le trouve pas assez sévère, chuchota Marie.

— Voyons, m'man! Vous aimez ça vous faire parler de l'enfer à tout bout de champ?

— Ça fait réfléchir, se contenta de répondre sa mère.

Après la messe, Hubert alla saluer Angélique et ses parents avant de rejoindre sa famille rassemblée près de la *sleigh* des Beauchemin. Quand il vit Constant Aubé, il l'attira à l'écart un instant pour lui demander s'il pouvait passer le voir après le dîner, ce que le meunier accepta.

Au début de l'après-midi, Constant vit le vieux berlot des Beauchemin s'arrêter près de sa maison et il invita le jeune frère de Bernadette à entrer.

— Puis, as-tu fini par savoir ce que Télesphore Dionne a décidé de faire? lui demanda-t-il en l'invitant à suspendre son manteau à un crochet. Je suppose qu'il a arrêté de branler dans le manche…

— Oui, reconnut Hubert, et sa réponse, c'est non. Même juste cent cinquante piastres, il trouve que c'est encore trop et il pense plus qu'une fromagerie à Saint-Bernard-Abbé serait payante, ajouta-t-il en cachant mal sa déception.

— Bon, à cette heure, tu sais exactement à quoi t'en tenir, conclut le meunier en lui désignant l'une des chaises berçantes de la cuisine.

— Batince! Je suis pas plus avancé. En tout cas, je voulais te remercier pour ton offre de me prêter de l'argent, mais ça a tout l'air que j'en aurai pas besoin pantoute, ajouta-t-il, dépité.

— Si t'es toujours intéressé à avoir ta fromagerie, je peux te prêter jusqu'à trois cent cinquante piastres, laissa tomber Constant.

— T'es pas malade, toi! s'exclama Hubert, estomaqué par l'énormité de la somme.

— C'est juste un signe que j'ai confiance que tu vas réussir, se contenta de rétorquer l'amoureux de Bernadette.

Hubert garda le silence durant un long moment avant de demander:

— Quels intérêts que tu vas me demander?

—Je te l'ai déjà dit, laisse faire les intérêts. Mais je pense à quelque chose, ajouta le meunier. As-tu déjà eu affaire à Tancrède Bélanger?

—Je lu ai déjà parlé, si c'est ce que tu veux dire.

—Moi, je te dis ça parce que le bonhomme est dur en affaires et lâche pas facilement le morceau. S'il a une chance de grappiller une cenne, il la manquera pas.

—Ouais, c'est pas rassurant, ce que tu dis là.

—Que penserais-tu que j'aille négocier le prix de sa terre avec toi en disant que je suis ton associé dans cette affaire-là?

—C'est certain que ça me rendrait ben service, reconnut Hubert d'une voix hésitante, mais autant d'argent...

—Pourquoi on n'irait pas le voir tout de suite? lui proposa Constant. Tu m'as dit qu'il demandait trois cent vingt-cinq piastres, on va bien voir s'il y a un moyen de lui faire baisser son prix. Après tout, nous autres aussi, on a des arguments. Ses rhumatismes le font souffrir et il a pas mal hâte d'aller vivre chez son garçon, non?

Les deux jeunes hommes endossèrent leur manteau et se couvrirent la tête avant de se serrer dans le berlot. Il ne leur fallut que quelques minutes pour se rendre à l'extrémité du rang Saint-Jean, à faible distance du pont. L'attelage entra dans la cour de la ferme des Bélanger et s'arrêta près de la petite maison blanche à laquelle était accolée une longue remise. Une grange, une étable, une écurie ainsi qu'un poulailler en plus ou moins bon état complétaient les bâtiments disposés au fond de la cour ainsi que sur le côté gauche.

—Tout a l'air pas mal d'aplomb, déclara Constant en descendant du berlot.

Les deux visiteurs durent attendre quelques instants avant qu'Émérentienne Bélanger vienne leur ouvrir la porte et les invite à entrer.

— Enlevez votre capot et vos bottes pendant que je vais aller réveiller mon vieux, leur dit-elle. Il vient juste d'aller s'étendre.

La vieille dame disparut dans la pièce voisine et en ressortit quelques instants plus tard en compagnie de son mari à la couronne de cheveux ébouriffés qui passa ses larges bretelles sur sa chemise grise. En apercevant les deux jeunes hommes, Tancrède Bélanger ne put cacher sa surprise.

— Qu'est-ce que je peux faire pour vous autres, les jeunes ? leur demanda-t-il en leur montrant l'un des deux longs bancs placés près de la table.

— On est venus vous proposer un marché, monsieur Bélanger, lui annonça Constant. J'ai entendu dire que vous pensiez à aller vivre avec votre garçon à Saint-Zéphirin à cause de vos rhumatismes.

— Disons que c'est une idée qui m'a traversé la tête cet automne, répliqua le gros homme sur un ton neutre en prenant place dans une chaise berçante.

— Si j'ai bien entendu ce qui se racontait chez Dionne, vous demandiez trois cent vingt-cinq piastres pour votre terre, la maison et tout le roulant, poursuivit le meunier.

— C'était un prix lancé comme ça, dit le vieillard rusé. Là, aujourd'hui, si j'avais l'idée de vendre mon bien, je demanderais pas moins que trois cent cinquante piastres.

— Sacrifice, avez-vous acheté d'autres bêtes avant d'hiverner ? lui demanda Constant, en feignant l'étonnement tant il était rare de voir un cultivateur acheter de nouvelles bêtes avant l'hivernage.

— Non, mais le notaire Valiquette m'a dit que je demandais pas assez cher. Mais dis donc, toi, pourquoi tu t'intéresses tant à ma terre ? T'en as une bonne dans le rang et tu la cultives même pas. T'as ton moulin et une maison neuve.

Soudain, le propriétaire de l'ancien pont à péage se mit à avoir des doutes sur les raisons véritables de la présence des deux jeunes hommes chez lui en ce dimanche après-midi du mois de décembre. Il plissa les yeux en regardant Hubert Beauchemin qui n'avait pas encore ouvert la bouche depuis son entrée chez lui. Le vieil homme prit un ton matois.

— Dites donc, ce serait pas parce que vous avez dans l'idée d'ouvrir une fromagerie que vous voulez acheter ma terre ? demanda-t-il en dévisageant tour à tour ses visiteurs.

— C'est pour ça, monsieur Bélanger, acquiesça Constant.

— J'avais entendu dire que c'était Télesphore Dionne qui s'occuperait de ça.

— J'ai changé d'associé, se borna à déclarer Hubert en ne cachant pas un début d'impatience.

Le cultivateur ne parvint pas à dissimuler un petit sourire de satisfaction d'avoir découvert le but véritable de leur visite.

— Bon, on vous fera pas perdre votre temps plus long-temps, dit Constant en se levant. On venait juste s'informer.

— Vous avez ben fait, fit hypocritement le gros homme. Ma terre est à vendre trois cent cinquante piastres, pas une cenne de moins.

— On dit pas qu'elle nous intéresse pas, fit Constant, mais il y a la terre de Joseph Camirand et celle de Théodore Bessette qui sont aussi à vendre dans Saint-Paul. Si j'ai bien compris, elles sont pas mal moins chères.

— Elles sont pas aussi ben placées que ma terre. La terre de Camirand est complètement au bout du rang, lui fit remarquer Tancrède Bélanger.

— C'est pas bien grave, ça nous rapprocherait de Sainte-Monique où il y a bien des cultivateurs qui vont être contents de nous acheter du fromage.

— La terre de Bessette, c'est une terre de roche, poursui-vit le mari d'Émérentienne Bélanger avec une évidente mauvaise foi.

— Ça nous dérange pas, on a l'intention de la louer à un voisin, répliqua Constant sur un ton léger.

Hubert imita son compagnon et endossa son manteau après avoir chaussé ses bottes. Au moment où il mettait la main sur la poignée de la porte, leur hôte demanda au meunier, en cachant mal son intérêt :

— Et t'avais l'intention de m'offrir combien ?

— Pas plus que trois cent dix piastres, monsieur Bélanger. C'est le plus qu'on peut vous offrir.

— Voyons donc ! s'écria le cultivateur. C'est encore moins que le montant que je demandais au commencement de l'automne.

— Je le sais ben, mais on peut pas faire mieux. Même si vous souffrez ben gros de vos rhumatismes, je comprends que ça vous dérange pas d'attendre encore un an ou deux avant de trouver quelqu'un prêt à vous acheter votre bien au prix que vous demandez. C'est pour ça qu'on va plutôt aller voir dans Saint-Paul si on peut s'arranger avec Camirand ou Bessette.

Il y eut un flottement dans la pièce avant que le vieil homme se décide à dire à ses visiteurs :

— Écoutez, donnez-moi jusqu'à demain soir pour réfléchir à tout ça. Passez me voir après le souper.

Constant et Hubert lui promirent de passer le lendemain soir. Ils sortirent de la maison en ne jetant même pas un regard derrière eux. Le meunier alla prendre place en claudiquant dans le berlot, suivi par Hubert, passablement déçu par la tournure des événements.

— Regarde pas la maison et les bâtiments, lui ordonna Constant en fixant l'entrée de la cour. Je suis certain qu'il nous guette par une des fenêtres. Fais comme si sa terre nous intéressait plus pantoute.

Dès que le berlot eut quitté la cour, l'amoureux de Bernadette tourna vers le conducteur un visage réjoui.

— Fais pas cette tête-là, dit-il à son compagnon, l'affaire est presque dans le sac.

— Mais il a dit qu'il voulait trois cent cinquante piastres pour sa terre, fit Hubert, surpris.

— Inquiète-toi pas pour ça. Le gros Bélanger voulait juste savoir à quel point on voulait son bien. Là, il doit avoir peur qu'on s'entende avec Bessette ou Camirand. Je suis prêt à te gager qu'il va essayer demain soir de nous la vendre trois cent vingt-cinq piastres. On va probablement négocier à trois cent quinze.

— T'es certain de ça ?

— Presque certain. Oublie pas que je viens d'une famille de marchands. Mon père comme mes deux frères étaient pas mal bons à ce petit jeu-là. En tout cas, à ta place, j'attendrais avant d'en parler à la fille de Dionne, suggéra-t-il.

À son retour à la maison, Hubert ne put cacher aux siens ce qu'il avait fait durant l'après-midi et l'offre plus que généreuse de Constant Aubé.

Quand Bernadette alla ouvrir la porte à son amoureux venu passer la soirée au salon avec elle, elle le laissa parler quelques instants avec sa mère et son frère Donat avant de l'entraîner dans la pièce voisine.

— Hubert nous a raconté que tu étais prêt à lui prêter plus que trois cents piastres sans lui demander une cenne d'intérêts, lui dit-elle.

Il se contenta de hocher la tête.

— Mais c'est une vraie fortune ! s'exclama-t-elle à mi-voix. T'as bien de l'argent pour être capable de faire ça !

— Pas tant que ça, fit le meunier sur un ton raisonnable. Oublie pas que depuis deux ans, j'arrête pas d'hériter. J'ai hérité de mon grand-père, puis de mon père et de mon frère. J'aime autant te dire que j'aimerais mieux qu'ils soient encore tous vivants.

— En tout cas, on te trouve bien charitable, conclut-elle avec un sourire qui trahissait une fierté certaine à la pensée que cet homme riche et généreux était maintenant son amoureux.

Le lendemain en début de soirée, Hubert fit monter Constant dans la *sleigh* et tous les deux prirent la direction de la ferme de Tancrède Bélanger. Émérentienne devait guetter leur arrivée parce qu'elle leur ouvrit immédiatement la porte.

— On arrête en passant pour connaître votre réponse, dit Aubé au vieil homme qui venait de quitter difficilement sa chaise berçante, apparemment souffrant d'une attaque de rhumatismes. On doit retourner chez Camirand et Bessette.

Les deux visiteurs n'allèrent pas plus loin que la catalogne posée devant la porte et ne firent pas mine d'enlever leur manteau et leurs bottes.

— Vous étiez pas supposés y aller hier? demanda Tancrède, méfiant.

— C'est ce qu'on voulait faire, mais l'un comme l'autre étaient partis chez de la parenté, mentit Constant avec aplomb. Puis, avez-vous eu le temps de penser à votre affaire? ajouta-t-il.

— Je pense qu'on pourrait s'entendre.

— Vous seriez prêt à nous laisser votre bien pour trois cent dix piastres?

— Non, mais tu pourrais l'avoir pour trois cent trente-cinq. C'est un gros sacrifice que je fais là.

— Peut-être, monsieur Bélanger, mais on n'a pas autant d'argent.

— Vous pourriez au moins faire un bout de chemin, fit Tancrède d'une voix geignarde. Là, on dirait que vous voulez profiter d'un pauvre vieux malade.

— Écoutez, monsieur Bélanger, déclara Constant. Laissez-moi dire deux mots à Hubert et je vais vous montrer que je peux être pas mal raisonnable, moi aussi.

Là-dessus, Constant sortit de la maison en boitillant, entraînant derrière lui le frère de Bernadette.

— Qu'est-ce que tu dirais si on lui offrait trois cent vingt pourvu qu'il nous laisse la table, les bancs, les chaises berçantes et le poêle ? De toute façon, chez son garçon, il aura jamais besoin de tout ça.

— Tu penses qu'il va accepter ?

— Ça me surprendrait pas. Il a déjà commencé à reculer, répondit-il.

Les deux jeunes hommes demeurèrent un bon moment sur la galerie de la petite maison blanche pour donner l'impression au vendeur qu'ils avaient du mal à se mettre d'accord. Quand ils frappèrent à la porte, ce fut le maître des lieux qui vint leur ouvrir.

— Bon, monsieur Bélanger, v'là notre dernière proposition. On peut pas aller plus haut que trois cent vingt piastres et ça pourvu que vous laissiez dans la maison les chaises berçantes, la table, les bancs et le poêle.

— Whow ! Tu y vas pas avec le dos de la cuillère, le jeune, répliqua sèchement le gros homme. Toutes ces affaires-là m'ont coûté du bel argent.

— Là, on vient de racler nos fonds de tiroir, reprit Constant, imperturbable. On peut pas faire mieux. Si vous êtes d'accord, on passe chez le notaire Letendre de Sainte-Monique entre Noël et le jour de l'An pour faire le contrat, ajouta-t-il sur un ton définitif. Je vous paie en bel argent comptant et tout est dit.

— Il faut que j'y pense, fit Tancrède Bélanger d'un air roublard.

— Vous trouvez pas qu'on a assez tourné autour du pot, monsieur Bélanger ? demanda le meunier. À mon idée, c'est à soir que ça se décide. Je vous mets pas le couteau sous la gorge, mais on est prêts à aller chez Camirand et chez Bessette en sortant de chez vous à soir.

Durant toute la discussion, Émérentienne Bélanger avait gardé le silence, comme Hubert. Tancrède jeta un coup d'œil vers sa femme qui lui fit signe d'accepter, ce qui ne l'empêcha pas de tenter une dernière démarche dilatoire.

— C'est ben beau tout ça, mais il y a personne ici dedans qui sait écrire. Ça fait qu'on peut pas écrire une lettre d'entente à soir.

— Je sais écrire, affirma Constant. Si vous trouvez une feuille de papier et de l'encre, on peut régler ça tout de suite, proposa-t-il avec bonne humeur.

Devant l'air méfiant de Tancrède Bélanger, le meunier se sentit obligé de lui préciser :

— Soyez pas inquiet, j'essaierai pas de vous voler.

— Si c'est comme ça, enlevez votre manteau et vos bottes et venez vous asseoir à table, les invita le gros cultivateur pendant que sa femme disparaissait dans la pièce voisine pour y prendre ce qu'il fallait pour écrire.

Il ne fallut que quelques minutes pour que le document soit dûment rédigé et signé par Constant Aubé. Sa signature fut suivie par les «X» de Tancrède Bélanger, de sa femme et de Hubert Beauchemin. Sous chacun, Constant prit la peine d'écrire leur nom, pour éviter toute contestation possible chez le notaire.

Après cela, le maître des lieux remplit des verres de caribou et on but à la transaction.

— Vous venez de faire une maudite bonne affaire, déclara le gros homme, la mine satisfaite.

— Vous en avez pas fait une mauvaise, vous non plus, répliqua Constant.

— Mais dites-moi donc, les jeunes, pourquoi vous faites pas affaire avec le notaire Valiquette, comme presque tout le monde dans la paroisse ? Ça nous ferait pas mal moins loin à aller courir pour passer les papiers.

— Parce que la famille Beauchemin a toujours fait affaire avec le notaire Letendre, répondit Hubert.

— Dans mon cas, c'est tout simplement parce que mon argent est placé à son étude, se contenta de répondre le meunier.

Comme Donat, Constant trouvait un air faux à Eudore Valiquette et, pour dire vrai, il le trouvait trop poli pour être honnête. Cependant, il se garda bien d'exprimer ses pensées devant Tancrède Bélanger, de crainte que l'autre ne répande des rumeurs sur le président du conseil de fabrique et conseiller municipal.

À leur sortie de chez les Bélanger, Hubert, fou de joie, voulut que son nouveau partenaire l'accompagne à la maison pour annoncer la bonne nouvelle aux Beauchemin.

—Non, c'est à toi d'annoncer ça chez vous, refusa fermement le meunier. Après tout, dans une semaine, la terre de Tancrède Bélanger va être à toi et tu vas ouvrir ta fromagerie...

~

Deux jours plus tard, la veille de Noël 1872, une petite neige folle se mit à tomber au milieu de l'après-midi. Chez les Beauchemin, tout était déjà prêt pour le souper de Noël et Marie avait invité tous ses enfants, leurs conjoints et ses petits-enfants pour l'occasion. Évidemment, la veuve de Baptiste Beauchemin n'avait pas oublié Constant Aubé.

—On fera pas de réveillon en revenant de la messe de minuit, déclara-t-elle aux siens, mais s'il y en a qui ont faim Eugénie pourra toujours leur réchauffer un pâté à la viande et une tarte à la mélasse. Elle va rester ici dedans pour garder Alexis.

Vers onze heures, Hubert et Donat allèrent atteler le Blond à la *sleigh* et suspendirent un fanal à l'avant du véhicule. En rentrant dans la maison, ils secouèrent les flocons de neige qui étaient tombés sur leurs épaules et sur leur tuque.

—Pourquoi on part si de bonne heure? demanda Bernadette. C'est pas utile, on a notre banc réservé.

—Je dois être là pour aider à placer le monde, répondit Donat.

— Et prier un peu te fera pas de mal, poursuivit sa mère, sur un ton sévère en s'adressant à sa plus jeune fille. Je te dis que tu vas faire toute une mère catholique, toi, ajouta-t-elle.

— Je vois pas pourquoi vous dites ça, m'man.

— Parce qu'une bonne mère doit donner l'exemple à ses enfants, ma fille.

— En plus, tu vas avoir la chance d'entendre Liam s'exercer à chanter le *Minuit, Chrétiens*, intervint Eugénie.

— Si je connais bien Camille, dit Marie, je serais pas mal surprise qu'elle prive un des enfants de la messe de minuit. Elle va rester à la maison avec son petit dernier et se sacrifier, comme d'habitude.

— Sainte Camille, priez pour nous! se moqua Bernadette.

— Tu devrais chercher à l'imiter plutôt que de rire, la rabroua sa mère avec mauvaise humeur.

À l'arrivée des Beauchemin à la chapelle, la neige tombait encore lentement et la température était assez douce. Le stationnement était déjà à moitié rempli par toutes les *sleighs*, les berlots et les traîneaux. Seule la catherine d'Eudore Valiquette, montée sur ses hauts patins, dominait les autres véhicules.

À son entrée dans la chapelle, Donat aperçut les autres marguilliers en train de discuter avec le bedeau près du poêle. Marie laissa son fils à l'arrière et entraîna Hubert et Bernadette vers le banc réservé aux Beauchemin. Il faisait déjà très chaud dans le temple plus qu'à demi rempli de fidèles. D'ailleurs, un bon nombre d'entre eux avaient retiré leur manteau. Dans le jubé, le chœur procédait à un dernier exercice sous la direction de Céleste Comtois qui touchait le clavecin.

— Père Moreau, vous êtes mieux de laisser le poêle s'éteindre, déclara Eudore Valiquette au bedeau. La chapelle est pas encore pleine et on crève déjà.

— Qu'est-ce qu'on fait? demanda Hormidas.

—Monsieur le curé a demandé qu'on aide les gens à se trouver une place, dit Thomas Hyland. Il va certainement y avoir des places libres quelque part.

—Quand il y en aura plus, on enverra le monde dans le jubé, proposa Donat.

—Oui, et après, les derniers arrivés auront pas le choix, ils resteront debout en arrière de la chapelle.

—Qu'est-ce qu'on fait si on a des ivrognes? demanda Ellis.

—Le mieux est de les installer pas trop loin des portes au cas où ils seraient malades, fit le président de la fabrique. Rappelez-vous l'an passé.

Quand le curé Fleurant pénétra dans le chœur, vêtu de ses habits sacerdotaux blancs, tout le monde se leva et Liam Connolly, le maître-chantre, entonna son *Minuit, Chrétiens*, pour le plus grand plaisir de l'auditoire. Hubert, profitant de sa haute taille, chercha Angélique Dionne du regard. Il l'aperçut debout entre son père et sa mère, un peu plus loin, à l'arrière et il lui adressa un sourire discret.

Le fils cadet de Marie Beauchemin aurait bien aimé aller apprendre la bonne nouvelle deux jours plus tôt à celle qu'il aimait, mais il n'avait trouvé aucune excuse pour se présenter chez les Dionne. Il était persuadé que Télesphore et Alexandrine Dionne n'auraient guère apprécié qu'il se présente un soir de la semaine pour veiller au salon avec leur fille. Déjà, il n'avait pas été invité à partager l'un de leurs repas du jour de Noël, ce qui en disait assez long sur l'estime qu'ils lui portaient.

Au moment où le curé Fleurant commençait son sermon, ce dernier vit bien une dizaine d'hommes se glisser subrepticement par les portes de la chapelle pour aller fumer leur pipe ou boire une gorgée d'alcool. Il se garda bien de faire un esclandre, tant ce comportement était entré partout dans les mœurs. Pour sa part, Hubert ne bougea pas, mais il se promit de se précipiter à la fin de la messe pour intercepter l'institutrice pour enfin lui apprendre la bonne nouvelle de l'achat de la terre de Tancrède Bélanger.

L'officiant parla de la naissance du Christ venu sauver les hommes. Il mit en garde ses ouailles contre les abus engendrés par le temps des fêtes. Il incita ses paroissiens à profiter avec modération des bonnes choses que Dieu leur offrait et à saisir l'occasion pour Le remercier de ses bontés.

À l'*Ite missa est*, Hubert se pencha vers son frère Donat pour lui demander de l'attendre après la messe. Il voulait dire quelques mots à Angélique.

— Fais-nous pas geler trop longtemps, fit son frère en le regardant sortir précipitamment du banc familial.

Hubert rejoignit la jeune fille à l'instant où elle allait franchir la porte de la chapelle. Il la tira par une manche de son manteau et lui glissa à l'oreille:

— Laisse ton père et ta mère prendre de l'avance. J'ai une bonne nouvelle à t'apprendre.

Aussitôt sur le parvis, il la conduisit un peu à l'écart.

— Joyeux Noël! lui souhaita-t-il.

— Joyeux Noël! Je devine de quoi tu veux me parler. Tu as acheté la ferme de monsieur Bélanger, c'est ça, hein?

— Oui, reconnut-il un peu dépité qu'elle ne lui eut pas donné la chance de lui apprendre la nouvelle. Comment tu l'as su?

— Par monsieur Bélanger qui est venu raconter au magasin à qui voulait l'entendre que Constant Aubé venait de lui promettre de lui acheter son bien.

— C'est pas Constant qui l'achète, c'est nous deux, jériboire! s'emporta Hubert. Il me prête l'argent pour ça, mais il est entendu que je vais le lui remettre. Qu'est-ce que tes parents disent de tout ça? demanda-t-il en ne la quittant pas des yeux.

— Pas grand-chose, finit par dire la jeune fille après un instant d'hésitation.

— Comment ça?

— Mon père trouve que t'as du front tout le tour de la tête de t'endetter comme ça.

— J'espère que tu es pas allée leur raconter que Constant Aubé me prête cet argent-là sans me charger des intérêts.

— Pas de danger ! s'offusqua-t-elle. Là, il faut que je te laisse, ma mère a l'air de me chercher. Elle est prête à rentrer.

— Leur as-tu dit que ma mère t'invitait à souper à soir ?

— Oui, mais ils trouvent pas normal que je les laisse tout seuls un soir de Noël.

Hubert espéra contre toute attente que les Dionne avaient songé enfin à l'inviter à leur souper de Noël, mais l'invitation ne vint pas, ce qui l'insulta profondément.

— Bon, finit-il par dire un peu sèchement, on se verra plutôt samedi prochain parce que moi aussi, si je manque le souper de Noël chez nous, ça va faire de la peine à ma mère.

— C'est comme tu voudras, répliqua Angélique d'une voix changée en s'apercevant soudain que son amoureux se sentait insulté.

Sur ces mots, elle l'abandonna sur place pour aller rejoindre ses parents.

De retour à la maison, seuls Donat et Hubert mangèrent un morceau de pâté à la viande et un peu de tarte avant d'aller se mettre au lit. La journée de Noël promettait d'être longue et passablement animée chez les Beauchemin.

Le lendemain après-midi, la maison des Beauchemin se remplit rapidement d'invités. Xavier, Catherine et Constance furent les premiers à arriver, suivis de près par Emma, Rémi et leurs trois enfants ainsi que par Camille, Liam Connolly et leurs enfants. Constant Aubé fut le dernier à se présenter à la porte.

Les manteaux furent empilés sur le lit d'Eugénie et Donat, et la maîtresse de maison s'empressa d'envoyer les hommes fumer dans la cuisine d'été où le poêle avait été allumé au début de l'avant-midi pour rendre la pièce plus confortable.

— Ton oncle est pas venu avec vous autres? demanda-t-elle à Liam en se rendant compte de l'absence de Paddy Connolly qu'elle avait invité par pure charité chrétienne.

— Il avait déjà été invité à souper par les Dionne, madame Beauchemin, répondit son gendre. Il a pas voulu les insulter.

Personne ne sembla remarquer le mécontentement qui se peignit alors sur les traits de Hubert quand il apprit que les parents d'Angélique avaient préféré inviter à leur table le retraité pompeux et désagréable plutôt que l'amoureux de leur fille unique. Sans être rancunier, il se promit de leur faire payer ça un jour ou l'autre.

Pendant que les hommes parlaient de leur travail quotidien sur leur terre à bois, les femmes, rassemblées dans la cuisine, s'entretenaient de la santé des enfants. Bernadette, rayonnante, berçait Damian, qui, âgé d'à peine un mois, était déjà un gros bébé joufflu. Pour sa part, Ann s'était emparée de Marthe et s'amusait à faire rire l'enfant aux traits mongoloïdes en la chatouillant, pour le plus grand plaisir de Flore et Joseph qu'Alexis cherchait à entraîner à l'écart pour jouer avec lui.

Quand l'heure du souper approcha, Marie confia Constance à la petite Flore pour aller rejoindre Catherine, Camille et Emma qui avaient entrepris de dresser le couvert.

— On va faire manger les enfants d'abord, déclara la maîtresse de maison.

Quelques minutes plus tard, Camille se retira dans la chambre de son frère Donat pour donner le sein à Damian pendant que tous les autres enfants de la famille mangeaient un bol de soupe aux légumes, du ragoût de boulettes et du pâté à la viande. Ils firent aussi honneur aux tartes et aux beignes quand vint le moment du dessert. Encore une fois, ce fut Ann qui se dévoua pour manger avec les enfants de manière à être capable d'aller les amuser pendant que les adultes souperaient.

Évidemment, on rappela durant le repas beaucoup de souvenirs de Baptiste, disparu l'année précédente et, au moment du dessert, Hubert annonça officiellement aux membres de sa famille qu'il allait se porter acquéreur de la ferme de Tancrède Bélanger. Xavier, Catherine, Liam, Camille, Rémi et Emma affichèrent un air surpris en apprenant la nouvelle.

—Vous viendrez pas me dire que personne parmi vous autres était au courant? fit Hubert, étonné par leur réaction.

—Ben, c'est pas pantoute ce qui s'est raconté au magasin général, admit Liam.

—C'est vrai, reconnut Rémi.

—Je suppose que le père Bélanger a raconté à tout le monde que c'était Constant qui achetait la terre, dit Hubert, amer.

—Ouais, reconnut Rémi.

—C'est pas ça pantoute, intervint le meunier, assis près de Bernadette. Tout ce que j'ai fait, c'est que j'ai offert à Hubert d'aller discuter du prix avec monsieur Bélanger parce que je trouvais qu'il demandait pas mal cher pour sa terre et son roulant. Hubert a accepté et on y est allés tous les deux. C'est pas ben honnête de la part de Tancrède Bélanger d'avoir raconté partout que c'est moi qui achète sa terre la semaine prochaine.

—Ce que Constant dit pas, reprit le cadet de la famille Beauchemin, c'est que c'est lui qui me prête tout l'argent pour ouvrir ma fromagerie.

—Est-ce que les intérêts qu'il te demande sont aussi hauts que ceux du notaire Valiquette? demanda Xavier à son frère.

—T'es pas obligé de répondre à cette question-là, fit Constant, un peu mal à l'aise.

—Je le sais, mais je trouve normal que ma famille sache quelle sorte d'homme t'es, répliqua Hubert. Constant me prête tout cet argent-là sans me demander une cenne d'intérêts.

— Blasphème ! s'exclama Xavier, t'es chanceux en maudit.

— C'est un homme comme Constant qu'il aurait fallu au curé Désilets sur le conseil, plaisanta Donat.

— Peut-être, dit en riant le meunier, mais je serais dans le chemin aujourd'hui.

— Je suppose que tu vas aller passer le contrat chez le notaire Valiquette ? fit Liam en quittant la table.

— Non, je suis comme Donat et Constant, répondit Hubert. J'aime mieux faire affaire avec le notaire Letendre.

Il était évident que la générosité de l'amoureux de Bernadette avait frappé tous les membres de la famille Beauchemin et la plupart éprouvaient une grande admiration à l'égard de leur jeune voisin.

— En tout cas, je vais savoir à quelle porte aller frapper quand j'aurai besoin d'argent, plaisanta Rémi.

— Dépêche-toi, dit en riant Constant. Il me semble qu'il me reste plus grand-chose chez le notaire.

La phrase de son amoureux frappa Bernadette. Pendant que les femmes de la maison lavaient la vaisselle et remettaient de l'ordre dans la cuisine, Constant attira Hubert à l'écart quelques instants pour lui dire :

— Je suis allé voir le notaire Letendre à Sainte-Monique hier avant-midi pour lui demander de préparer le contrat. Il m'a promis qu'il serait prêt après-demain.

— Étais-tu obligé d'y aller si vite ?

— Si on veut que tout soit réglé avant le jour de l'An, j'avais pas le choix. Le notaire garde pas autant d'argent dans son coffre. L'argent est prêté. En revenant, je me suis arrêté chez Tancrède Bélanger pour l'avertir qu'on passait chez le notaire dans deux jours et qu'on avait l'intention d'aller à Sainte-Monique en berlot.

— Pourquoi tu lui as dit ça ?

— Parce qu'il y a juste deux places dans mon berlot. J'aime mieux qu'il fasse le voyage tout seul dans sa *sleigh*. Ça me dérange pas. À part ça, c'est un moyen de lui faire payer toutes les menteries qu'il a racontées au magasin général cette semaine.

Au moment où les deux jeunes gens s'apprêtaient à rejoindre Donat, Rémi et Liam, Bernadette apparut à la porte de la cuisine d'été pour inviter Constant à la suivre au salon.

— Ma mère veut bien qu'on veille un peu au salon avant que tout le monde se mette à jouer aux cartes, lui apprit-elle.

— Et c'est moi qui vous chaperonne, déclara Camille en poussant sa chaise de manière à pouvoir voir ce qui se passerait dans la pièce. J'aime autant vous dire que vous êtes mieux de vous tenir le corps raide et les oreilles molles, plaisanta-t-elle.

Bernadette prit place aux côtés de son amoureux sur le canapé où il venait de s'asseoir et lui murmura :

— Pourquoi t'as dit à Rémi, tout à l'heure, qu'il était mieux de se dépêcher s'il voulait t'emprunter de l'argent ?

— C'était pour rire, répondit le meunier pour la rassurer.

— Parce que moi, je trouve ça bien beau être généreux avec tout le monde, mais tu dois penser à toi, reprit-elle, avec un pli d'inquiétude barrant son front.

— Crains rien, j'en ai assez pour vivre.

— Je veux bien le croire, mais un jour, tu vas bien finir par avoir besoin de ton argent pour tes projets d'avenir.

— À quels projets tu penses ? lui demanda-t-il, l'air narquois.

— Je suppose, par exemple, que tu vas bien vouloir te marier un jour, dit-elle après une courte hésitation.

— Aïe ! fit Constant en rougissant légèrement. M'as-tu ben regardé ? Je suis laid et je boite. Connais-tu ben des filles qui voudraient me marier ?

— Es-tu en train de me dire que tu me fais perdre mon temps, Constant Aubé ? demanda Bernadette en élevant un peu la voix.

—Et toi, es-tu en train de me faire comprendre que t'accepterais d'être ma femme? reprit le jeune homme d'une voix altérée.

—Commence par me faire ta demande en bonne et due forme et je vais te répondre, dit la jeune institutrice.

—Est-ce que t'accepterais de me marier? lui chuchota-t-il en s'emparant de l'une de ses mains.

—Je pense que oui, fit Bernadette, taquine, mais il faudrait pas que t'attendes trop pour me traîner au pied de l'autel parce que je risque de changer d'idée.

—Si on se fiançait à Pâques et si on se mariait le dernier samedi de juin, qu'est-ce que t'en dirais?

—J'ai rien contre, répondit-elle avec le sourire. Il reste juste à savoir si ma mère va vouloir que sa plus belle fille marie un simple meunier.

—Quand veux-tu que je demande ta main à ta mère? fit Constant, très sérieux.

—Pourquoi pas régler ça à soir? répliqua la jeune fille en se levant déjà. Je vais la chercher.

—Donne-moi une petite minute, fit-il, secoué. C'est un soir important pour moi.

—Pour moi aussi, lui dit-elle sur un ton attendri. Là, est-ce que je peux aller la chercher?

—C'est correct, je suis prêt.

Quand Bernadette revint dans le salon en compagnie de sa mère, Constant se leva, l'air emprunté.

—Bedette m'a dit que tu avais quelque chose d'important à me demander, fit Marie.

Constant dut se racler la gorge à quelques reprises avant de dire, la voix changée:

—Madame Beauchemin, j'aimerais vous demander la main de Bernadette.

La demande n'eut pas l'air de surprendre la mère outre mesure.

—Je te donne ma fille sans la moindre hésitation, répondit-elle. Je suis certaine qu'elle pourra jamais tomber sur un meilleur mari que toi, Constant.

Tout heureux, le jeune homme expliqua à la mère de sa future épouse qu'ils envisageaient de se fiancer à Pâques et de s'épouser le dernier samedi du mois de juin, de manière à ce que Bernadette respecte son contrat d'institutrice qui ne permettait pas à une femme mariée d'enseigner.

—J'ai rien contre ces dates-là, déclara Marie avec bonne humeur. C'est bien beau tout ça, mais vous allez venir annoncer la grande nouvelle à toute la famille avant qu'on se mette à jouer aux cartes.

Tous les membres de la famille Beauchemin accueillirent avec enthousiasme la nouvelle et ils s'empressèrent de féliciter le jeune couple. Ensuite, on constitua des équipes de joueurs de cartes qui allaient s'affronter durant une bonne partie de la soirée. Vers dix heures, on demanda à Liam d'entonner quelques chansons à répondre en alternance avec les légendes que Rémi, Emma et Constant racontaient.

À minuit, il fallut réveiller les enfants et la maison se vida. Emma et Rémi rappelèrent à tous qu'ils étaient invités pour le souper du jour de l'An.

—S'il y en a un seul qui vient pas, on lui parlera pas de l'année, plaisanta à moitié une Emma d'excellente humeur en finissant d'emmitoufler Marthe.

Ce soir-là, Eugénie ne put dissimuler sa bonne humeur à Donat en se mettant au lit.

—Bon, on dirait bien qu'on vient de caser ta sœur, lui déclara-t-elle après avoir soufflé la lampe. À cette heure, il reste juste Hubert. Après, je suis certaine qu'on va arriver à persuader ta mère de se donner à nous autres.

—Prends pas trop vite le mors aux dents, fit son mari pour la calmer. Il y a rien qui dit que ma mère va accepter ça.

—On verra bien, rétorqua Eugénie d'une voix confiante en se tournant sur le côté.

Deux jours plus tard, en fin de matinée, Constant et Hubert se rendirent tranquillement chez le notaire Letendre. La veille, le vent du nord s'était mis à souffler, chassant tous les nuages. En ce 27 décembre, il faisait particulièrement froid et les lisses du berlot crissaient sur la neige durcie du chemin. Les nombreuses pentes et les courbes de la route étroite qui conduisait à Sainte-Monique rendaient le trajet un peu périlleux.

Quand les deux jeunes hommes arrivèrent au village, ils avaient une heure d'avance sur leur rendez-vous avec le notaire. Les voyageurs avaient les pieds gelés malgré les briques chaudes déposées au fond du berlot au départ de Saint-Bernard-Abbé. La grosse couverture de fourrure n'avait pas suffi à les protéger du froid.

—On va s'arrêter chez mon oncle Armand, déclara Hubert. Là, je suis gelé comme un coton de blé d'Inde.

Son compagnon ne se fit pas prier et le berlot vint s'immobiliser près de la maison du frère de Baptiste Beauchemin. Le gros sexagénaire accueillit les visiteurs avec une bonne humeur qui tranchait sur l'air maussade de sa femme, guère reconnue pour son sens de l'hospitalité. Armand parvint à faire servir à son neveu et au meunier un bol de soupe bouillante et deux tranches épaisses de pain de ménage au beurre.

Lorsque les Beauchemin apprirent que leur neveu venait signer un contrat chez le notaire Letendre lui permettant d'entrer en possession d'une ferme à Saint-Bernard-Abbé, ils s'en réjouirent et l'oncle tint à souligner l'événement en versant aux visiteurs un verre de caribou.

—Sais-tu, mon neveu, que tu manques de peu ta tante Mathilde, fit-il. Elle est venue passer Noël avec nous autres et elle nous a dit qu'elle entendait passer le jour de l'An chez vous pour pas faire de jaloux.

— Ça va faire ben plaisir à ma mère, affirma Hubert d'une voix qui laissait entendre qu'il n'en croyait pas un mot.

Quelques minutes plus tard, les visiteurs prirent congé de leurs hôtes et se dirigèrent la maison en pierre du notaire Letendre. Tancrède Bélanger les attendait déjà dans la petite salle d'attente de l'étude de l'homme de loi.

— Bonjour, monsieur Aubé, salua le notaire. Et vous, vous êtes l'un des fils de Baptiste Beauchemin, pas vrai? demanda-t-il à Hubert à qui il n'avait jamais eu affaire.

— En plein ça, monsieur Letendre, répondit Hubert en entrant dans la maison derrière Constant.

L'homme de loi, toujours aussi affable, introduisit les deux visiteurs dans la petite pièce où était assis Tancrède Bélanger. Il s'excusa auprès de ce dernier de le faire attendre encore quelques minutes, le temps de régler certains détails avec les nouveaux venus.

Cela dit, le notaire entraîna les deux jeunes hommes dans son étude et il referma la porte derrière lui. Il les invita à s'asseoir avant de se glisser derrière son bureau. Il tira de la poche de poitrine de sa redingote son lorgnon qu'il mit sur son nez avant de s'emparer de l'un des deux documents déposés sur son bureau.

— J'ai ici un contrat dans lequel il est stipulé, monsieur Aubé, que vous prêtez la somme de trois cent quarante dollars à monsieur Hubert Beauchemin ici présent.

— Il y a une erreur, monsieur, ne put s'empêcher de dire Hubert en entendant le montant. Il me prête trois cent vingt piastres, pas trois cent quarante.

— Écoute, Hubert, intervint Constant, en se tournant vers lui, c'est ben beau acheter la terre de Bélanger, mais tu vas avoir besoin d'un peu d'argent pour acheter ce qu'il te faut pour partir ta fromagerie.

— Acceptez-vous le montant écrit dans le contrat? demanda l'homme de loi à Hubert.

— Oui, mais ça me gêne pas mal, consentit Hubert.

— Là, j'ai laissé en blanc le taux d'intérêt sur le document parce que vous avez oublié de me le préciser, dit le notaire à Constant.

— C'était pas un oubli, monsieur Letendre, le corrigea le prêteur. C'est un prêt sans intérêts.

— Une telle somme sans intérêts? demanda l'homme de loi, sidéré.

— C'est normal, répliqua Constant. Je suis pas pour étrangler mon futur beau-frère.

— C'est très généreux de votre part, ne put s'empêcher de dire l'homme de loi.

Omer Letendre se leva et alla ouvrir un antique coffre-fort installé dans un coin de son étude, derrière son bureau. Il revint un instant plus tard en tenant une grosse enveloppe d'où il tira une liasse impressionnante de dollars. Il compta trois cent vingt dollars qu'il remit dans l'enveloppe et en mit vingt dans une autre qu'il donna immédiatement à Hubert.

— Si vous êtes d'accord, je vais inviter monsieur Bélanger à entrer pour la signature du contrat, dit le notaire en contournant son bureau.

— J'aimerais que mon futur beau-frère soit le seul signataire du contrat d'achat, intervint Constant. Là, monsieur Bélanger croit que nous sommes deux associés dans l'affaire, mais c'est pas vrai. Je me contente de prêter l'argent à Hubert.

— Ah bon! fit le notaire, surpris.

— Si ça vous dérange pas, je vais aller m'asseoir dans la salle d'attente pendant qu'ils vont régler ça entre eux.

Le meunier se leva avant même que Hubert ait eu le temps de protester. Le notaire Letendre ouvrit la porte et invita Tancrède Bélanger à entrer dans son bureau. Celui-ci sembla s'étonner en voyant Constant Aubé quitter la pièce, mais il ne dit rien. Il se contenta de prendre place sur la chaise voisine de celle de Hubert et attendit que l'homme de loi se soit assis dans son fauteuil.

Sans perdre un instant, le notaire entreprit la lecture de l'acte d'achat qu'il avait rédigé, dans lequel étaient énumérés tous les biens cédés par Tancrède Bélanger à Hubert Beauchemin pour la somme de trois cent vingt dollars.

— C'est pas possible, il doit y avoir une erreur quelque part, s'écria le cultivateur. Je peux pas avoir laissé autant de mes biens juste pour trois cent vingt piastres.

— Monsieur Bélanger, est-ce que ce n'est pas la promesse de vente que vous avez signée la semaine passée devant votre femme et monsieur Aubé? lui demanda l'homme de loi en lui montrant le document signé quelques jours auparavant.

— Peut-être ben que oui, peut-être ben que non, dit Tancrède, l'air rusé.

— On s'était ben entendus pour trois cent vingt piastres! intervint Hubert.

— En tout cas, monsieur Bélanger, si vous contestez le contrat, mon client va être justifié de vous traîner en cour et vous devrez faire la preuve qu'on a cherché à vous escroquer.

Le gros cultivateur se gratta la tête comme s'il hésitait, puis il se décida à prendre la plume que lui tendait le notaire. Il parapha finalement le contrat et Hubert, rassuré, s'empressa de l'imiter. Omer Letendre remit au vendeur l'enveloppe contenant la somme qui lui revenait. Celui-ci en tira les billets de banque, les compta lentement et les recompta encore plus lentement, comme s'il cherchait à se venger ou à montrer sa méfiance ouvertement.

— Tout est là, dit-il en s'apprêtant à enfouir l'enveloppe dans l'une de ses poches.

— Si vous le voulez, monsieur Bélanger, je peux garder la somme dans mon coffre-fort et vous faire une lettre de crédit, offrit aimablement le notaire Letendre. Ce serait peut-être moins dangereux que de porter sur vous un tel montant.

— Merci, mais j'ai plus confiance au notaire Valiquette pour s'occuper de mon argent, affirma avec brusquerie et sans aucun savoir-vivre le vieil homme.

Les trois hommes se levèrent en même temps. Omer Letendre, apparemment insensible à l'insulte, serra la main du cultivateur en lui souhaitant bonne chance. Hubert fit de même.

— Mon garçon a promis de venir chercher nos affaires le lendemain du jour de l'An, fit-il en s'adressant, comme à contrecœur, à son acheteur. J'espère que c'est assez vite pour toi.

— Ça va être correct comme ça, monsieur Bélanger, le rassura Hubert. J'ai l'intention d'attendre le lendemain des Rois pour m'installer.

Il était tellement heureux d'être le nouveau propriétaire du bien du vieil homme qu'il lui serra la main sans rancune.

Au moment où Hubert allait lui emboîter le pas et sortir du bureau, le notaire le retint par un coude.

— Si vous voulez bien attendre un instant, monsieur Beauchemin, j'aurais quelques mots à vous dire ainsi qu'à monsieur Aubé avant votre départ. Je raccompagne monsieur Bélanger et je vous reviens tout de suite.

Dans la petite salle d'attente, Constant s'était levé pour saluer le cultivateur à qui Omer Letendre tendait son lourd manteau de chat sauvage avant de le conduire à la porte de son étude. Après avoir refermé la porte derrière ce client désagréable, le notaire fit signe au meunier de le suivre dans son bureau.

— Assoyez-vous, messieurs, dit-il en mettant une joyeuse animation dans sa voix après avoir retiré son lorgnon. Je pense qu'il est temps de célébrer la bonne transaction que vous venez de faire et aussi un peu le temps des fêtes.

Là-dessus, il ouvrit le dernier tiroir de son bureau et en sortit une bouteille d'alcool et trois petits verres qu'il remplit allègrement.

—Tancrède Bélanger aurait peut-être pas haï boire un petit verre avant de repartir, fit remarquer en riant Constant Aubé.

—J'en doute pas, dit le notaire, mais j'ai pas l'habitude d'offrir à boire à quelqu'un qui vient de m'insulter et de mettre en doute mon honnêteté.

Le meunier adressa un regard d'incompréhension à Hubert, mais celui-ci n'eut pas le temps d'expliquer la situation à son compagnon. Omer Letendre avait déjà repris la parole.

—Jusqu'à l'arrivée de mon confrère Valiquette à Saint-Bernard, l'année passée, monsieur Bélanger m'avait toujours jugé assez digne de confiance pour m'occuper de ses affaires et placer son argent, mais voilà que tout d'un coup il dit qu'il a plus confiance en lui qu'en moi, en laissant entendre que je pourrais être malhonnête alors que je pratique dans la région depuis plus de trente ans. Jamais personne a eu à me reprocher quoi que ce soit...

— Personne dans ma famille, en tout cas, l'assura Hubert.

—Moi, je vous fais entièrement confiance, renchérit Constant, qui avait toujours placé toutes ses économies et ses héritages successifs chez le notaire Letendre depuis son arrivée à Saint-Bernard-Abbé, quatre ans auparavant.

—Si c'est comme ça, je peux bien vous dire quelque chose, dit l'homme de loi en baissant instinctivement la voix. Au début du mois, je suis allé rencontrer à Victoriaville quelques confrères avec qui j'ai étudié à l'université. Pendant la soirée, l'un d'eux, qui exerce à Montréal, a parlé d'un notaire âgé d'une cinquantaine d'années qui a levé le pied il y a près de deux ans avec tout l'argent que lui avaient confié ses clients depuis des années. Il a disparu du jour au lendemain. Si je me fie au portrait que mon confrère m'en a fait, il me semble que ce notaire-là ressemble pas mal à Eudore Valiquette.

— Vous pensez que ce pourrait être lui? demanda Contant.

— Non, avoua Omer Letendre d'une voix hésitante, mais à la place des gens de Saint-Bernard, je me méfierais… De toute façon, on garde ça entre nous, ajouta-t-il, soudain inquiet d'avoir trop parlé. C'est peut-être juste une coïncidence que le notaire Valiquette soit arrivé dans Saint-Bernard récemment et qu'il ait à peu près le même âge que ce notaire-là.

— Inquiétez-vous pas, monsieur Letendre, intervint Hubert. On va être muets comme des tombes. De toute façon, nous, les Beauchemin et Constant Aubé, ça nous touche pas : on a toujours fait affaire avec vous et on a toujours été satisfaits de vos services.

Le petit homme de loi les reconduisit à la porte de son étude en s'informant de leurs projets du jour de l'An pendant qu'ils chaussaient leurs bottes et endossaient leur manteau. On se souhaita une bonne année et le paradis à la fin de ses jours avant de se quitter.

Chapitre 20

Le jour de l'An

La veille du jour de l'An, le mercure se maintint très bas dans la région, forçant les hommes à renoncer à aller bûcher tant le froid était rigoureux. Chez les Connolly, on se contenta d'occuper la matinée à corder dans la remise les bûches rapportées depuis quelques jours de la terre à bois.

—Maudit qu'on gèle! déclara Liam en rentrant dans la maison, suivi de ses deux fils aussi frigorifiés que lui.

—Il faut pas se plaindre, fit sa femme en lui tendant une tasse de thé bouillant, il y a bien des années où on a eu des tempêtes qui sont venues gâcher notre jour de l'An.

—Est-ce que mon oncle est déjà parti chez Dionne?

—Tu sais bien qu'il ira pas là tant qu'on n'aura pas dîné. Il est monté faire une sieste il y a une heure. Quand il va entendre brasser les chaudrons sur le poêle, tu vas le voir descendre, affamé comme d'habitude.

Chez les Lafond, Rémi avait permis à son homme engagé d'aller fêter chez ses parents quelques minutes auparavant dès que les coffres à bois des deux cuisines eurent été remplis de bûches. Pendant qu'il procédait au ménage de la cuisine d'été en prévision du souper offert le lendemain soir à sa belle-famille, Emma finissait de faire cuire quatre tartes et des beignets. La maison embaumait de toutes sortes d'odeurs appétissantes.

—Rémi, grouille-toi d'allumer le poêle dans la cuisine d'été. J'ai besoin du fourneau pour faire cuire mon jambon.

— Ce sera plus ben long, la rassura-t-il.

— Quand t'auras fini ton ménage, on va être déjà prêts à dîner.

— Ça tombe ben, j'ai des affaires à aller acheter chez Dionne après le repas, annonça-t-il.

Au moment où Rémi disait ces mots, son jeune beau-frère, Hubert, poussait la porte du magasin général autant pour voir Angélique que pour acheter quelques livres de clous nécessaires à la réparation d'un port qu'une vache avait abîmé dans l'étable l'avant-veille.

— Puis, comment on se sent propriétaire d'une terre? lui demanda Hormidas Meilleur, confortablement installé sur l'un des deux grands bancs placés de part et d'autre de la grosse fournaise servant à chauffer le magasin.

Les trois hommes avec qui il discutait dévisagèrent le fils de Baptiste Beauchemin. Pour sa part, Télesphore Dionne leva la tête dans sa direction, même s'il était en train de servir un client.

— Je peux pas encore vous le dire, monsieur Meilleur, répondit le jeune homme, un peu intimidé d'être l'objet de l'attention générale, je suis pas encore entré dans ma nouvelle maison. Encore une semaine.

Dès que le client eut été servi, Hubert s'approcha du long comptoir pour commander cinq livres de clous et demanda s'il pouvait parler à Angélique.

— Tu peux toujours essayer, lui répondit le marchand, mais elle est en train de cuisiner avec sa mère. Demain midi, on monte à Saint-Zéphirin passer la journée chez mon cousin Lemaire.

— Si c'est comme ça, je la dérangerai pas, fit Hubert, abasourdi et surtout peiné de constater que son amoureuse n'avait pas jugé bon de le prévenir qu'elle ne passerait pas le jour de l'An en sa compagnie. Je la verrai plus tard, ajouta-t-il en prenant possession de son sac de clous.

Il allait partir quand Thomas Hyland poussa la porte du magasin, l'air totalement frigorifié.

— Tiens! s'exclama-t-il en retirant ses moufles. Je ramène de la gare du monde qui s'en va chez vous, dit-il à Hubert.

— J'espère que vous ramenez pas deux sœurs? demanda le fils cadet des Beauchemin en s'approchant de la fenêtre la moins givrée pour voir qui le maire de Saint-Bernard-Abbé transportait.

— Ben non, t'es chanceux, plaisanta Thomas. Il y en a juste une qui parle pour dix et elle est avec une belle fille à part ça. Elle, je peux pas te dire si elle parle parce que la sœur a tenu le crachoir tout le temps depuis qu'elle est montée dans ma *sleigh*.

Dionne se tordit le cou durant un court moment pour tenter d'apercevoir les deux voyageuses demeurées dans le véhicule. Hormidas s'était aussi précipité pour identifier les passagères.

— Sacrifice! T'es chanceux, mon jeune, je reconnais la sœur, je l'ai déjà conduite chez vous l'année passée, dit le facteur d'une voix moqueuse. C'est ta tante qui vient vous voir pour le jour de l'An. À mon avis, t'as pas fini de l'entendre jaser.

— Est-ce que je vais les conduire chez vous ou ben tu les embarques dans ta *sleigh*? demanda le maire à Hubert. Je t'avoue que je serais pas fâché de me reposer un peu les oreilles.

— Merci, monsieur Hyland. Je vais les emmener. Je vous dois combien?

— Laisse faire, ça va avoir été ma dernière bonne action de 1872, répondit Thomas avec le sourire.

Hubert remercia, salua les gens présents et quitta le magasin. Arrivé près de la *sleigh* de Hyland, il invita sans trop de chaleur les deux passagères à prendre place dans son véhicule. Sa tante Mathilde fut la première à descendre.

Engoncée dans son lourd manteau noir, elle éprouva quelque mal à s'extraire de la voiture.

—Allez, ma fille, descends, ordonna-t-elle sèchement à sa compagne dont le visage disparaissait derrière un épais foulard de laine. C'est mon neveu Hubert. On s'en va chez sa mère.

Sans se préoccuper le moins du monde des deux femmes, Hubert empoigna leurs valises déposées à l'arrière de la *sleigh* du propriétaire de la scierie et les casa tant bien que mal dans sa voiture avec des gestes brusques. Il était si démoralisé par l'indifférence soudaine manifestée à son endroit par Angélique qu'il ne savait plus trop comment réagir. Il avait veillé à ses côtés le dimanche précédent, et à aucun moment elle n'avait semblé regretter son absence au souper de Noël, ni n'avait expliqué la présence du vieux Paddy Connolly à ce repas des fêtes alors que cela aurait dû être sa place. Encore pire, le lendemain, elle allait passer la journée à Saint-Zéphirin chez des parents sans avoir jugé bon de le prévenir. Avait-elle honte de lui? Ses parents l'avaient-ils persuadée qu'il n'avait aucun avenir et qu'il valait mieux qu'elle ne le présente pas à la famille?

—Est-ce qu'on y va? demanda sœur Marie du Rosaire d'une voix impatiente. On est gelées, nous autres.

Son neveu ne se donna pas la peine de lui répondre et monta dans la *sleigh* à laquelle il fit faire demi-tour sans jeter un regard derrière lui. S'il avait tourné la tête vers la fenêtre de la cuisine des Dionne, il aurait remarqué qu'on venait de laisser tomber un rideau qui avait été soulevé. Les lisses de la voiture crissaient sur la neige durcie de cette froide matinée de la fin du mois de décembre et le conducteur ne parcourut qu'une courte distance dans le rang Saint-Jean avant d'immobiliser son attelage sur la route, devant une petite maison blanche, et de se tourner vers sa tante.

—Regardez, ma tante, je viens d'acheter cette terre-là, dit-il.

—C'est nouveau, ça! s'exclama-t-elle. Pourquoi t'as acheté une terre? Penses-tu te marier bientôt? lui demanda sœur Marie du Rosaire.

—Non, ma tante. Je veux ouvrir là ma fromagerie.

—Drôle d'idée! se borna-t-elle à dire. Tu me raconteras ça tout à l'heure quand on sera au chaud, chez ta mère.

Le jeune homme remit son cheval en marche et ne s'arrêta qu'à la grande maison de pierre des Beauchemin, au milieu du rang. Il arrêta la *sleigh* près de la galerie, aida ses deux passagères à descendre et s'empara de leurs maigres bagages.

—Je vous amène de la visite, prit-il la précaution de crier en ouvrant la porte de cuisine d'été pour permettre aux trois femmes en train de cuisiner dans la cuisine d'hiver de se composer un air accueillant.

Bernadette fut la première à se présenter à la porte et réprima une grimace en reconnaissant la sœur de son père.

—Ah bien, si c'est pas de la belle visite! s'écria-t-elle. Entrez, ma tante, et venez vite vous réchauffer.

En entendant sa fille, Marie s'empressa de chuchoter à sa bru debout à ses côtés en train de préparer un gâteau:

—On dirait bien que le bon Dieu a décidé de nous faire gagner notre ciel pour finir l'année.

Elle s'essuya les mains sur son tablier et fit quelques pas en direction de la cuisine d'été. Elle s'arrêta brusquement en apercevant une toute jeune fille que poussait sa belle-sœur devant elle.

—Bedette, aide-les à enlever leur manteau, ordonna-t-elle à sa fille cadette.

Puis, se rendant compte soudainement de l'absence de la religieuse discrète qui accompagnait toujours sa belle-sœur à chacune de ses visites, elle demanda à la grande et forte femme, qui venait de déposer un baiser sonore sur chacune de ses joues, ce qu'elle avait fait de sœur Sainte-Anne.

—La pauvre! Elle s'est brisé une jambe dans un escalier la semaine passée, répondit Mathilde Beauchemin. Elle était

397

bien désolée de pas pouvoir venir fêter le jour de l'An avec nous autres. Par contre, j'ai emmené avec moi une de nos pupilles de l'orphelinat. Elle s'appelle Célina Chapdelaine. Elle nous aide à la cuisine depuis cinq ou six ans. C'est une vraie perle.

La jeune fille, qui se tenait en retrait, adressa un sourire timide aux quatre femmes et à Hubert, qui venait d'entrer. Elle semblait être âgée de près de vingt ans et ses cheveux bruns coiffés en bandeaux entouraient un petit visage délicat éclairé par des yeux noisette. Sa stricte robe grise agrémentée d'un collet blanc lui donnait un air sage.

Marie Beauchemin avait du mal à cacher sa contrariété d'avoir à supporter durant quelques jours le verbiage incessant de sa belle-sœur.

— Armand t'a pas prévenue que je viendrais passer le jour de l'An avec vous autres? demanda la sœur Grise. Je lui avais pourtant demandé de te le faire savoir.

— Il faut croire qu'il avait autre chose en tête, rétorqua Marie.

— Non, m'man, il me l'a dit la semaine passée quand je suis allé chez le notaire, mais ça m'est complètement sorti de la tête, avoua Hubert.

Le jeune homme dut subir le regard mécontent de sa mère et de sa sœur.

— J'espère que vous avez au moins réglé le problème, dit la religieuse avec une certaine hauteur.

— De quoi tu parles, Mathilde? fit la femme de son frère décédé.

— Je parle des mulots. Il y en avait partout la dernière fois que je suis venue. Ils ont même mangé mon voile.

— Il y en a peut-être plus qu'avant, si c'est ce que vous voulez dire, ma tante, intervint une Bernadette espiègle. Les mères ont eu le temps d'avoir une ou deux autres portées depuis le temps, mais nous autres, on les voit plus. Venez, je vais vous aider à vous installer en haut.

— C'est donc de valeur que je puisse pas coucher dans la chambre du bas, fit sœur Marie du Rosaire dans une vaine tentative de s'approprier la chambre des maîtres occupée par Donat et Eugénie. J'ai mal sans bon sens aux jambes depuis un mois.

— C'est pas possible. Pour moi, t'es à la veille de plus pouvoir voyager pantoute à cause de ton âge, laissa tomber Marie en réprimant mal sa hâte de ne plus la voir débarquer chez elle à tout moment.

— Ça va être bien triste.

— Tu feras comme tous les vieux plus capables d'aller où ils veulent, tu te contenteras d'envoyer un mot, répondit sèchement l'hôtesse. Ma fille, suis donc Bernadette, ajouta-t-elle en se tournant vers l'orpheline. Elle va te montrer la chambre.

La religieuse fit signe à sa jeune compagne de prendre les deux valises demeurées près de la porte et de suivre sa nièce à l'étage. Les deux jeunes femmes montèrent sans dire un mot, mais dès que la porte de la chambre bleue se fut refermée sur elles, la langue de Célina Chapdelaine se délia.

— Ça me gêne pas mal d'arriver chez vous comme ça, sans être invitée, avoua-t-elle en ouvrant l'une des valises. Votre tante...

— Ta tante... T'es pas pour me dire «vous» comme si j'étais une vieille sœur, fit en riant l'institutrice. On a à peu près le même âge. Est-ce que t'arrives au moins à placer un mot quand t'es avec ma tante Mathilde?

— Pas souvent, reconnut Célina avec un petit rire.

— Elle a toujours été comme ça, poursuivit Bernadette. Il faut se lever de bonne heure pour la faire taire.

— J'ai pas compris l'affaire des mulots. Je sais qu'elle en a peur, mais elle m'a dit durant le voyage que c'était effrayant comme il y en avait chez vous.

— C'est ma faute, dit Bernadette en riant. La dernière fois qu'elle est venue, je lui ai fait croire qu'il y en avait partout. Elle était en train de devenir folle. Elle a fait une vraie crise. Aimes-tu ça te faire commander du matin au soir par elle? demanda-t-elle à la compagne de sa tante en changeant de sujet de conversation.

— Pas tellement, admit Célina en souriant.

Lorsqu'elle souriait, ses joues s'ornaient de deux belles fossettes et ses yeux pétillaient.

— Si c'est comme ça, t'as juste à te tenir pas trop loin de moi, lui conseilla l'institutrice, moqueuse.

Quand elles descendirent au rez-de-chaussée, Hubert avait dételé Prince et venait de rentrer dans la maison. Elles arrivèrent au moment où Marie expliquait à sa belle-sœur que le souper du jour de l'An était offert par Emma et Rémi et qu'il serait bon que la maîtresse de maison soit prévenue qu'elle allait devoir compter deux invitées de plus.

— Comme ça, cette année, t'as pas grand-chose à préparer pour recevoir durant les fêtes? s'enquit Mathilde.

— Comme tous les ans, j'ai préparé le souper de Noël.

— Avoir su, je serais venue te donner un coup de main, dit la religieuse qui, depuis des années, venait se faire recevoir sans jamais apporter aucune aide à sa belle-sœur.

— Dis-moi pas que t'as appris à cuisiner, fit Marie, sarcastique.

— Non, mais Célina est pas mal bonne, si je me fie à notre cuisinière, à l'orphelinat.

— On va l'envoyer avec Bedette chez Emma après le dîner.

— J'ai parlé à Rémi à matin, intervint Hubert. Il paraît que tout est prêt. Comme Donat a décidé de passer l'après-midi chez Xavier, ce serait peut-être pas une mauvaise idée d'aller faire un peu de raquette sur la rivière si le vent tombe.

— Et si j'ai besoin de Célina? demanda la religieuse.

— Voyons, ma tante, vous faites toujours une sieste après le dîner, dit Bernadette, vous aurez pas besoin d'elle...

Les yeux brillants d'envie de l'orpheline prouvaient assez qu'elle serait ravie d'effectuer cette balade en pleine nature.

— Je pourrais demander à Constant de venir avec nous autres, ajouta l'institutrice.

— Qu'est-ce que t'en penses, toi, de cette idée-là? demanda la religieuse à sa belle-sœur.

— Pourquoi pas? Tout est prêt pour les repas de la journée. Ils peuvent bien aller s'amuser un peu.

Après le dîner, les trois jeunes gens, bien emmitouflés, prirent la route à pied, en tenant leurs raquettes à la main. Ils s'arrêtèrent chez Constant Aubé qui s'empressa d'accepter l'invitation de les accompagner. Après avoir prévenu Emma de la présence de sœur Marie du Rosaire et de Célina au repas offert le lendemain soir, ils poursuivirent leur route jusqu'au pont qu'ils traversèrent.

Hubert, habituellement si timide avec les filles, se sentait particulièrement à l'aise avec la jeune compagne de sa tante. Tous les quatre chaussèrent leurs raquettes, assis sur le perron de l'école de Bernadette et celle-ci fut la première à descendre la petite pente qui conduisait à la rivière gelée avec l'aide de Constant. Hubert aida Célina à ajuster ses raquettes avec galanterie.

C'est agenouillé devant la jeune fille qu'Angélique l'aperçut depuis la galerie du magasin général où elle venait de secouer une catalogne. Ses traits se figèrent à cette vue et elle s'empressa de rentrer dans la maison sans le héler. Qui était cette fille? Comment se faisait-il qu'il aille faire de la raquette avec elle alors que c'était elle qu'il fréquentait? Tiraillée par une sourde jalousie, la fille de Télesphore Dionne s'enferma le reste de la journée dans le mutisme, se promettant de demander des explications à son amoureux après la grand-messe du lendemain.

Angélique aurait été encore plus jalouse si elle avait pu constater l'intérêt manifesté par la compagne de son amoureux pendant qu'il lui parlait de ses projets d'avenir et de son désir de fabriquer le meilleur fromage de la région. Constant et Bernadette, marchant une cinquantaine de pieds devant eux, ne se préoccupaient que de leurs fiançailles et de leur mariage à venir.

➤

En ce matin du jour de l'An, le bon curé Fleurant se leva d'excellente humeur. Comme chaque jour, ce fut la faim qui le tira du sommeil. Il faut mentionner que le pasteur de Saint-Bernard-Abbé était largement guidé par son appétit, lui qui pesait plus de trois cents livres.

— Il peut se vanter qu'il m'en fait passer des heures à mon fourneau, répétait souvent sa cuisinière, mais c'est un homme qui a si bon caractère et il mange avec un si bel appétit que je serais bien mal venue de m'en plaindre.

Le premier geste du prêtre après être descendu de sa chambre fut de passer sa tête dans la cuisine, comme tous les matins. Lorsqu'il aperçut Bérengère Mousseau déjà au travail, il s'empressa de lui souhaiter une bonne année tout en regrettant que ce ne soit pas déjà l'heure du repas. Il rappela tout de même à la veuve qu'il ne voulait pas la revoir dans le presbytère après la grand-messe.

— J'espère que vous avez pas oublié que c'est un jour de fête, madame Mousseau, dit-il avec une bonne humeur communicative. C'est comme un dimanche, vous devez en profiter aujourd'hui.

— J'ai pas oublié, monsieur le curé, mais je pense que la journée aurait été pas mal plus reposante ici dedans que chez ma fille qui a dû inviter toute la famille.

— Plaignez-vous pas, madame, ça va sûrement être mieux que de pas avoir de famille.

— Pourquoi vous venez pas passer la journée chez ma fille? l'invita Bérengère. Je suis certaine que ça lui ferait bien plaisir.

—Je vais rester ici, déclara le prêtre. Au cas où il se produirait quelque chose. Et là, je me dépêche de sortir de votre cuisine avant que ça sente trop bon. Je pourrais faire un péché de gourmandise avant de dire ma basse-messe, ce qui serait pas convenable. De toute façon, je suis pas en avance.

Ce disant, l'ecclésiastique se dirigea vers le portemanteau auquel était suspendu son lourd manteau de fourrure et l'endossa avant de sortir du presbytère pour se rendre à la chapelle voisine. Il traversa la sacristie où le bedeau avait allumé le poêle une heure auparavant et il alla pieusement faire une génuflexion devant le tabernacle du maître-autel. La chapelle était déjà occupée par une quarantaine de paroissiens plongés dans leurs dévotions. En posant le genou au sol, Félix Fleurant entendit nettement son pantalon ou sa soutane se déchirer. Dans l'église silencieuse, le bruit fut perçu clairement par les gens présents qui se regardèrent avec surprise.

Le prêtre se releva rapidement, rouge de confusion, incapable de savoir à quel point il avait montré une partie intime de son anatomie aux gens agenouillés dans les premières rangées de bancs. Il se dirigea rapidement vers la sacristie où il s'empressa d'examiner lequel de ses vêtements s'était abîmé dans sa génuflexion.

—Batèche, j'espère que c'est pas les deux! dit-il à mi-voix en tâtant à l'aveuglette l'arrière de sa soutane. Il manquerait plus que j'aie montré mon derrière à tout le monde. Ils ont pas fini de rire dans la paroisse… Il y en a pas mal qui ont dû entendre et ils vont raconter ça partout.

Malheureusement, ses pires craintes se confirmèrent. Il découvrit du bout des doigts un large espace décousu de sa soutane ainsi que de son pantalon. Il reconnut au toucher son épais sous-vêtement.

—Batèche de batèche! s'exclama-t-il à nouveau. J'ai l'air fin là. J'ai pas le temps de retourner au presbytère changer de pantalon avant ma messe. Ma soutane, c'est pas grave, elle va être cachée par mon aube et ma chasuble...

Après un court instant de réflexion, le brave curé décida de se préparer pour la basse-messe en se jurant bien de retourner rapidement au presbytère voisin pour demander à sa ménagère de réparer sommairement les dégâts avant la grand-messe. Il célébra sa messe en éprouvant un certain malaise, persuadé qu'un bon nombre de ses paroissiens présents sur les lieux avaient entendu les tissus se déchirer.

À son entrée précipitée au presbytère après la célébration du saint sacrifice, il eut la chance de trouver Bérengère Mousseau qui se préparait pour la grand-messe et il lui raconta ce qui lui était arrivé.

— Je vais dire comme vous, monsieur le curé, fit la veuve sans s'émouvoir en regardant la longue couture de la soutane noire qui avait lâché, ce serait pas correct que les gens de Saint-Bernard voient les fesses de leur curé, même si c'est le jour de l'An.

— C'est pas très drôle, madame Mousseau, rétorqua le prêtre.

— Remarquez qu'il va falloir que vous arrêtiez de prendre votre soutane pour la robe du petit Jésus. Elle s'étire pas avec vous. La même chose avec votre pantalon.

— Pourquoi vous me dites ça ?

— Tout simplement parce que vous avez encore engraissé et que les coutures lâchent toutes. Là, vous allez vous changer et je vais faire mon possible pour réparer les dégâts, mais il va bien falloir que vous vous fassiez faire une autre soutane et un autre pantalon un jour.

L'humeur un peu gâchée par cette dépense imprévue, Félix Fleurant monta à sa chambre et en revint avec ses vêtements décousus à la main.

— Pensez-vous vraiment que je sois trop gros ? demanda-t-il, inquiet, à Bérengère qui l'attendait avec une aiguille et du fil noir.

— Le moins qu'on puisse dire, monsieur le curé, c'est que vous avez l'air bien en santé, répondit-elle en riant. Chez nous, on disait être gras à plein cuir quand on voyait quelqu'un avec la peau tendue comme la vôtre.

— Tout ça, c'est votre faute, laissa tomber le prêtre en retrouvant progressivement sa bonne humeur. Si vous faisiez pas si bien à manger, j'aurais la ligne d'un jeune vicaire.

Bérengère Mousseau lui répondit par un sourire.

❧

Ce matin-là, la présence de sœur Marie du Rosaire et de Célina Chapdelaine chez les Beauchemin obligea ces derniers à demander à Constant Aubé son assistance pour transporter leurs invités à la grand-messe. Il avait été décidé la veille que le petit Alexis allait assister à sa première messe, ce qui allait permettre à sa mère de participer à la cérémonie religieuse. Dans la *sleigh* de Donat, Marie, Eugénie, Alexis et Bernadette prirent place alors que dans la voiture de Constant s'entassèrent la religieuse, son accompagnatrice et Hubert.

À leur arrivée devant la chapelle, en haut du rang Sainte-Ursule, les conducteurs laissèrent descendre leurs passagers devant le parvis avant d'aller ranger leur véhicule près de la trentaine d'autres, dans le stationnement, à gauche du temple.

— Il y aura pas assez de place pour tout le monde dans notre banc, chuchota Donat à son jeune frère.

— C'est pas grave, le rassura Hubert, je vais aller m'asseoir avec Xavier et Catherine dans leur banc.

Le jeune homme se dirigea vers le banc de son frère et il croisa le regard interrogateur d'Angélique qui l'avait vu entrer dans la chapelle sur les talons de l'inconnue avec laquelle il avait fait de la raquette la veille. La fille de Télesphore Dionne s'empressa de baisser le regard et feignit de ne pas l'avoir vu. Hubert, dépité, poursuivit son chemin vers le banc de Xavier.

— Est-ce que j'ai ben vu ? demanda le mari de Catherine. La septième plaie d'Égypte, comme l'appelle m'man, nous est encore tombée dessus...

— T'as ben vu, mon frère, répondit Hubert. Ça a mis m'man pas mal de bonne humeur.

— Blasphème qu'on n'est pas chanceux !

— Lamente-toi pas, toi. T'as pas à l'endurer comme nous autres. Depuis qu'elle est arrivée hier matin, elle a pas arrêté de tout critiquer.

Le célébrant entra dans le chœur et commença la grand-messe. Il fit son sermon dans les deux langues, conseillant à ses paroissiens de prendre de bonnes résolutions pour la nouvelle année et surtout de pardonner les insultes subies durant l'année et d'accueillir, les bras ouverts, tous leurs visiteurs. Il termina la célébration en souhaitant à tous une bonne année 1873, de la santé et bien sûr le paradis à la fin de leurs jours.

Avant de quitter la chapelle, un bon nombre de fidèles tinrent à venir serrer la main de leur curé et à lui offrir leurs vœux.

Pour sa part, Hubert s'empressa de s'approcher d'Angélique Dionne quand il vit que les parents de la jeune fille l'avaient laissée seule pour saluer des amis et des clients sous le porche de la chapelle. Il lui offrit ses meilleurs vœux avant de s'informer si elle accompagnait vraiment sa famille chez le cousin de Saint-Zéphirin.

— Si j'ai bien compris, je vais encore passer la journée tout seul, comme à Noël, sans te voir, fit-il sur un ton assez acrimonieux.

— J'ai pas le choix, se défendit-elle mollement.

— T'aurais pu venir souper chez ma sœur.

— Mon père et ma mère disent que c'est tellement rare que le cousin organise quelque chose que ce serait l'insulter de pas y aller.

— Tu aurais pu demander qu'on m'invite dans ce cas-là.

—C'est bien trop gênant... En passant, qui est la fille avec qui t'es allé faire de la raquette avec Bernadette et le boiteux hier ? lui demanda-t-elle en faisant mine d'accorder peu d'importance au fait.

—Une orpheline de Sorel qui accompagne ma tante en visite chez nous.

—Elle est pas laide, laissa tomber Angélique en surveillant sa réaction.

—Je sais pas si elle est pas laide, répliqua son amoureux, mais elle est pas mal fine.

Les traits d'Angélique se crispèrent légèrement lorsqu'elle entendit ces paroles.

—Est-ce qu'elle est chez vous pour longtemps ?

—Ça va dépendre de ma tante Mathilde. Elle peut décider de rester jusqu'aux Rois comme partir demain matin.

À ce moment-là, Célina s'approcha du couple pour rappeler à Hubert qu'on l'attendait pour partir. Celui-ci la présenta à Angélique qui lui fit un accueil plutôt froid, même si l'orpheline se montra pleine de gentillesse. Quand la fille d'Alexandrine monta dans la *sleigh* des Dionne quelques minutes plus tard, elle s'était déjà persuadée qu'elle n'avait rien à craindre d'une orpheline au visage rond beaucoup moins jolie et sûrement moins instruite qu'elle.

❧

La réunion familiale chez les Lafond s'ouvrit sur une excellente nouvelle puisque Catherine, un peu rougissante, apprit aux gens présents que Constance aurait un petit frère ou une petite sœur au milieu de l'été. Seul le visage d'Eugénie s'assombrit. L'épouse de Donat pensait à l'enfant qu'elle avait perdu quelques mois plus tôt.

Constance, Marthe et Damian, les plus jeunes des petits-enfants de Marie Beauchemin, passèrent rapidement de main en main. La dernière-née d'Emma sembla adopter

Célina et ne voulut plus quitter ses bras jusqu'à l'heure du souper. L'amour évident de la jeune fille pour les enfants était assez émouvant pour que l'hôtesse le fasse remarquer aux femmes présentes, entassées dans la petite cuisine surchauffée.

Évidemment, l'atmosphère était autrement plus joyeuse que celle qui avait régné dans la famille au jour de l'An précédent. Avant le repas, plusieurs voisins vinrent saluer les maîtres de la maison et souhaiter une bonne année à toutes les personnes présentes. Le caribou et le vin de cerise circulèrent abondamment pendant que les enfants se gavaient de fondant et de sucre à la crème. Paddy Connolly, qu'Emma avait convié du bout des lèvres pour ne pas peiner son beau-frère Liam, avait d'abord refusé l'invitation. Puis finalement, il s'était présenté chez les Lafond au moment où les hommes quittaient la maison pour aller soigner les animaux.

Durant l'absence des hommes, les femmes dressèrent le couvert et firent manger les enfants de manière à ce que les adultes puissent s'attabler ensemble et discuter sans être dérangés. Emma avait fait cuire une énorme pièce de bœuf qu'elle servit avec des pommes de terre brunes, et les invités avaient apporté des gâteaux, des beignets et des tartes aux bleuets et au sucre pour le dessert.

Au cours du repas, il fut beaucoup question de l'emménagement de Hubert dans sa nouvelle maison, voisine de celle de Rémi et Emma, face à l'entrée du pont, et chacun y alla de sa proposition pour l'aider à s'installer la semaine suivante, alors que Tancrède Bélanger et son épouse auraient libéré les lieux depuis quelques jours.

— À mon avis, il va y avoir un bon ménage à faire avant que tu puisses t'installer là-dedans, dit Marie Beauchemin à son fils. Je veux pas être mauvaise langue, mais Émérentienne était pas trop portée sur le frottage.

— J'ai pas l'intention de ménager le savon, m'man, affirma Hubert. La première règle que le cousin de

Télesphore Dionne m'a apprise, c'est qu'une fromagerie doit être bien propre, sinon le fromage vaudra rien.

— On va tous aller te donner un coup de main, déclara sa tante Mathilde, à la plus grande surprise de tous.

Si ces paroles étonnèrent la plupart des personnes présentes, elles firent craindre à ses hôtes qu'elle s'incruste plus tard que la fête des Rois chez les Beauchemin. Mathilde Beauchemin était surtout connue pour commander sur un ton autoritaire sans jamais mettre la main à la pâte, et avoir à la supporter plus d'une semaine encore était nettement au-dessus des forces des habitants de la maison.

— Ils vont pas vous attendre à l'orphelinat, ma tante? s'enquit Bernadette.

— Je vais leur écrire que je dois soigner une parente, répondit la sœur Grise sur un ton désinvolte.

— Vous nous scandalisez, ma tante, reprit Camille qui avait vu sa mère pâlir à la perspective d'avoir à héberger sa belle-sœur plus longtemps que nécessaire. Vous iriez tout de même pas jusqu'à mentir à votre supérieure!

— Un pieux mensonge, ma fille... Juste un pieux mensonge.

Après le repas, tous unirent leurs efforts pour remettre la cuisine en ordre. La table fut repoussée contre un mur et les sièges furent placés autour de la pièce. Rémi sortit son vieil accordéon et Xavier alla chercher son harmonica. Plusieurs adultes se retirèrent en grand secret dans la chambre des parents pour en revenir avec des paquets plus ou moins bien ficelés. Les enfants les plus âgés avaient deviné et s'étaient écriés avec enthousiasme:

— Des étrennes! On va avoir des étrennes!

Alexis eut droit à un petit cheval de bois, comme son cousin Joseph. Pour leur part, Flore et Constance héritèrent d'une belle poupée en chiffon. Puis Camille et Liam remirent à Ann et à Rose une robe de nuit neuve, alors que Patrick et Duncan recevaient une tuque et des moufles neuves. Marie fut probablement celle qui eut le plus de succès avec ses étrennes puisqu'elle avait cuisiné pour chacun des enfants un gros bonhomme en pain d'épices que les enfants se mirent à grignoter, même s'ils disaient ne plus avoir faim.

Si certains adultes s'étaient offert des cadeaux, ils l'avaient fait discrètement durant la journée avant d'arriver chez les Lafond. Toutefois, cela n'avait pas empêché plusieurs femmes de remarquer que Bernadette étrennait une magnifique paire de gants de cuir brun, cadeau de Constant, et Eugénie, des bottines à la dernière mode, surprise de Donat.

Ensuite, Rémi et Xavier se mirent à jouer des airs entraînants qui incitèrent les enfants à faire des rondes au centre de la pièce. Finalement, on se mit à chanter avec entrain des chansons folkloriques qui rappelèrent des souvenirs aux aînés. Plus tard dans la soirée, on décida de danser des sets carrés et Hubert se retrouva tout naturellement le partenaire de Célina avec qui il semblait particulièrement à l'aise.

Plusieurs membres de la famille avaient observé, non sans un certain amusement, que sœur Marie du Rosaire parvenait à neutraliser l'insupportable et prétentieux retraité qu'était Paddy Connolly, parce qu'elle le noyait sous un flot de paroles aussitôt qu'il faisait mine de vouloir pérorer. À un certain moment, la religieuse alla jusqu'à lui dire de sa voix de stentor habituelle que toutes les personnes présentes dans la pièce purent entendre :

— Je suppose que vous avez profité de ce jour de l'An pour donner de belles étrennes aux enfants de Camille et Liam ?

— Pourquoi donc ? demanda-t-il à la sœur Grise. Ces enfants-là ont des parents, non ?

— Ce sont vos petits-neveux, répondit-elle, indignée. Comme c'est votre seule famille, j'étais certaine que vous les aviez gâtés.

—Ma sœur, j'ai jamais cru aux cadeaux, affirma-t-il en tirant un cigare de la poche de poitrine de sa redingote. Je trouve que c'est une ben mauvaise habitude de donner aux gens des affaires qu'ils ont pas payées.

—Une chance que tout le monde pense pas comme vous, déclara Mathilde Beauchemin, la bouche pincée.

—Et vous, ma sœur, en avez-vous donné des étrennes aujourd'hui?

—Vous saurez, monsieur Connolly, qu'une religieuse fait vœu de pauvreté en entrant en communauté et qu'elle possède rien.

—Ben, moi, je suis un vieux garçon. Je vais laisser tout ce que j'ai à Liam, mon seul parent vivant, pas à une communauté déjà riche, conclut-il en se gourmant.

Un peu avant minuit, fatigués par une si longue journée, tous les invités décidèrent de rentrer. Les hommes allèrent atteler leur cheval. On dut réveiller les enfants qui avaient succombé au sommeil et les inciter à endosser leur manteau et à chausser leurs bottes. Avant de quitter la maison, on remercia avec effusion Rémi et Emma d'avoir offert une si belle fête. On s'embrassa en se promettant de se reposer le lendemain.

Chapitre 21

Un mois de janvier mouvementé

Deux jours après le Nouvel An, il y eut un redoux surprenant alors que le mercure flirtait avec le point de congélation, ce qui incita les hommes de la région à retourner bûcher, persuadés qu'une température aussi clémente ne durerait pas. Les enfants profitaient de leurs derniers jours de vacances et l'heure était au ménage de la maison.

Ce matin-là, Marie Beauchemin se leva en «traînant de la patte», comme elle disait parfois. Elle avait le souffle court et une douleur lancinante traversait parfois sa poitrine. À la fin du déjeuner, après le départ de Donat et de Hubert pour le bois, elle annonça à sa bru et à Bernadette qu'elle retournait se coucher et qu'elle ferait cuire son pain le lendemain, ce qui était vraiment inhabituel.

— Il faut pas que tu te laisses aller à la paresse, la sermonna sœur Marie du Rosaire, confortablement assise dans la chaise berçante installée près du poêle.

Depuis son arrivée, la religieuse avait été moins avare en conseils de toutes sortes qu'en aide.

— Si vous le permettez, madame Beauchemin, je peux faire cuire, lui proposa spontanément Célina qui venait de ceindre un tablier pour essuyer la vaisselle du déjeuner qu'Eugénie venait de laver.

— T'es bien fine, répondit la maîtresse de maison avant de se mettre à monter péniblement l'escalier qui conduisait aux chambres.

— Elle doit vraiment pas se sentir bien pour retourner se coucher, déclara Bernadette.

— Célina ira la voir tout à l'heure, fit sa tante Mathilde de sa voix autoritaire. Ça lui arrive souvent d'aller soigner les enfants à l'infirmerie de l'orphelinat.

Pendant ce temps, l'atmosphère était plutôt à l'orage chez les Connolly, alors que Liam semblait vouloir revenir sur sa promesse de permettre à sa fille Ann de fréquenter l'école à la reprise des classes le lendemain de la fête des Rois.

— Il avait été entendu qu'elle pourrait retourner à l'école après les fêtes, lui rappela Camille, les mains plantées sur les hanches.

— Ben, j'ai changé d'idée, déclara Liam sur un ton catégorique. T'as besoin d'aide ici dedans. Tu dois t'occuper du petit en plus de faire toutes tes autres besognes. Je vois pas pourquoi une fille de cet âge-là aurait besoin d'aller passer ses grandes journées à rien faire sur un banc d'école.

— On en a déjà discuté bien des fois, Liam, reprit sa femme en faisant un effort pour calmer son impatience. Je suis capable de me débrouiller toute seule et Ann est assez vaillante pour faire sa part en revenant de l'école.

— C'est ce que tu penses, laissa tomber son mari.

— En plus, t'oublies qu'on s'est vantés à tout le monde que ce serait la première fille de Saint-Bernard à avoir son diplôme de septième année.

— Il y a plus personne qui se souvient de ça.

— Ann, elle, s'en souvient ! Ce serait pas juste qu'elle ait fait tous les devoirs que ma sœur lui a préparés depuis le début de l'année pour rien.

— Tu comprends rien, je t'ai dit non, s'entêta-t-il. Sa place, c'est d'être ici à t'aider.

— Et moi, je te répète pour la centième fois que j'ai pas besoin d'elle pantoute.

Un lourd silence tomba sur la cuisine. Les parents n'entendaient que les pas de l'adolescente en train de faire le ménage à l'étage.

— Moi, je serais bien fière d'avoir une fille qui a de l'instruction, dit à mi-voix Camille en posant une main sur un bras de Liam qui arborait un air boudeur.

Elle n'avait pas renoncé à son idée d'envoyer son aînée au couvent dès qu'elle serait parvenue à avoir son diplôme. Liam s'assit pour chausser ses bottes dans l'intention d'aller rejoindre ses fils qu'il avait chargés de nettoyer l'étable. Durant quelques minutes, il tourna en rond dans la cuisine, comme s'il ne savait pas trop quoi faire. Puis il se dirigea vers le crochet auquel était suspendu son manteau.

— On va dire que t'as encore gagné, laissa-t-il finalement tomber en s'emparant de son manteau. Qu'elle y aille, à sa maudite école ! Mais si je m'aperçois que t'es pas capable de faire tout ton ouvrage ou que ça te fatigue trop, elle va la lâcher, je te le garantis.

Toute contente, la jeune femme s'approcha de lui et l'embrassa sur une joue. Dès qu'il eut franchi le pas de la porte de la maison, Camille se précipita à l'étage pour annoncer la bonne nouvelle à Ann.

❧

À l'heure du dîner, Xavier et Antonin, son homme engagé, s'arrêtèrent quelques minutes à la maison paternelle après avoir laissé à Constant Aubé la peau de trois renards qu'ils avaient abattus durant la semaine.

— Je sais pas d'où ils sortent tous cette année, dit-il à Donat, mais ils arrêtent pas de tourner autour de mon poulailler. Et ils ont l'air malins à part ça. Ça me surprendrait pas pantoute qu'ils aient la rage, ajouta-t-il.

—J'en ai vu, moi aussi, affirma Hubert en allumant sa pipe.

—Il manquerait plus qu'on se fasse attaquer par cette vermine-là quand on va aux toilettes dehors ! s'exclama sœur Marie du Rosaire.

—C'est certain que si on tombe sur un renard ou un chat sauvage qui a la rage, ça peut devenir dangereux… conclut Xavier. En passant, j'ai remarqué que le gros Tancrède Bélanger est en train de vider sa maison. Ils ont l'air d'être une demi-douzaine à sortir des meubles et du matériel.

—Ça, ça veut dire qu'il va falloir que t'ailles jeter un coup d'œil sur ce qu'il emporte, conseilla Donat à Hubert. Le bonhomme est ben capable de partir avec quelque chose que t'as payé.

—Il ferait jamais ça, dit Hubert d'une voix incertaine.

—À ton aise, fit son frère aîné, mais à ta place, j'en jurerais pas.

En voyant Xavier approuver Donat, Hubert fut visiblement secoué et il décida d'aller voir.

Pour sa part, Xavier se rendit compte subitement de l'absence de sa mère dans la cuisine.

—Où est passée m'man ? demanda-t-il.

—En haut, dans sa chambre, répondit la religieuse.

—On dirait qu'elle couve quelque chose, intervint Bernadette en jetant une bûche dans le poêle.

Au même moment, Célina entra dans la cuisine, la mine soucieuse.

—Je suppose qu'elle a une bonne grippe, fit Mathilde Beauchemin.

—Je suis pas docteur, ma sœur, mais ça a pas l'air de ça. Elle a de la misère à respirer et on dirait que c'est son cœur qui lui fait mal.

—Qu'est-ce que tu ferais si c'était ta mère ? lui demanda Bernadette.

— J'irais chercher le docteur, répondit l'orpheline sans la moindre hésitation.

En train de chausser ses bottes pour aller chez Bélanger, Hubert annonça :

— J'attelle et je vais laisser faire Tancrède Bélanger. Je pense que c'est plus important d'aller chercher le docteur Samson.

Le fils cadet de Marie Beauchemin ne revint à la maison qu'au milieu de l'après-midi, suivi de près par le médecin de Saint-Zéphirin. Après avoir retiré son manteau, celui-ci saisit sa vieille trousse en cuir et monta à l'étage examiner la malade. Le praticien ne demeura que quelques minutes dans la chambre avant de descendre rejoindre les membres de la famille réunis dans la cuisine.

— Qu'est-ce que ma belle-sœur a ? lui demanda Mathilde Beauchemin.

— Je le sais pas trop, admit-il en retirant son lorgnon. Je serais porté à dire qu'elle a le cœur usé. Elle a comme un souffle au cœur. Il va falloir attendre de voir si c'est uniquement de l'épuisement ou si c'est autre chose de plus grave. Ce qui est certain, c'est qu'elle doit rester au repos complet et ne faire aucun effort, déclara-t-il. Là, je lui ai laissé des gouttes à prendre toutes les deux heures et je reviendrai la voir dans deux ou trois jours.

On remercia le médecin qui refusa de se restaurer avant de rentrer chez lui. Dès que sa *sleigh* eut quitté la cour de la ferme, Eugénie se laissa tomber sur l'un des bancs placés près de la table, l'air totalement épuisée.

— Je serai jamais capable de faire tout l'ouvrage qu'il va y avoir à faire ici dedans, dit-elle sur un ton geignard.

— Voyons, ma fille, c'est tout de même pas la fin du monde qui arrive, la sermonna sèchement sœur Marie du Rosaire.

— Vous oubliez, ma tante, que Bedette va retourner faire la classe et que je vais être toute seule pour tout faire dans la maison. Je vais être obligée de m'occuper d'Alexis, de faire l'ordinaire, le ménage et de prendre soin de madame Beauchemin. Vous savez bien que j'ai pas une grosse santé. Je sens que je serai pas capable pantoute de faire tout ça.

— Secoue-toi un peu, reprit la religieuse sur un ton énergique, tu sais bien que tes belles-sœurs vont t'aider.

— Elles ont toutes leur besogne, ma tante, fit la jeune femme en affichant un air misérable. Catherine attend un petit et reste à l'autre bout de Sainte-Ursule, Camille a cinq enfants sur les bras et Emma en a trois. Pour ce qui est de Bedette, elle est à l'école toute la journée.

— Si tu penses que tu y arriveras pas, Donat pourra toujours venir chercher une de nos grandes filles à l'orphelinat, proposa sœur Marie du Rosaire sur un ton un peu méprisant.

— Je trouve qu'on s'énerve bien vite, déclara Bernadette, agacée par les lamentations de sa belle-sœur. On sait même pas encore ce que m'man a. Elle va peut-être être sur pied pas mal plus vite qu'on pense.

Célina n'avait rien dit durant tout cet échange, occupée à retirer des moules les miches de pain qu'elle avait déposées au fourneau.

➤

Le lendemain, l'état de santé de Marie Beauchemin ne s'était guère amélioré. Le teint blafard et la voix faible, elle voyait arriver Bernadette ou Célina à son chevet toutes les deux heures pour lui faire prendre ses gouttes.

Le jour des Rois, deux galettes furent cuisinées et, comme le voulait la tradition, l'une contenait un pois et l'autre une fève pour désigner le roi et la reine du jour. Chez les Beauchemin, Eugénie et Alexis furent couronnés et l'épouse de Donat en profita pour s'offrir une journée complète de repos, malgré toutes les tâches à accomplir. Chez Camille, cette petite fête marquait réellement la fin des vacances et la mère de famille rétablit l'horaire du coucher habituel le soir même.

De son côté, Hubert s'était empressé d'entrer dans sa nouvelle maison ce jour-là, comme il l'avait annoncé à Tancrède Bélanger lors de la signature du contrat d'achat chez le notaire Letendre. Il entreprit aussitôt de commencer le ménage pour pouvoir s'y installer le plus vite possible. Cependant, il alla passer la soirée avec la belle Angélique, chez les Dionne. C'était la première fois qu'il la revoyait depuis la grand-messe du jour de l'An. Elle lui battait froid pour il ne savait quelle raison. À aucun moment la jeune fille n'avait semblé s'intéresser à son emménagement dans sa nouvelle maison et aux travaux de nettoyage auxquels toute sa famille allait participer. Elle ne demanda même pas s'il entendait lui faire visiter la maison, alors que dans ses rêves il espérait en faire la reine des lieux aussitôt que le marchand général lui aurait accordé sa main.

Par ailleurs, Télesphore et Alexandrine Dionne ne s'informèrent pas plus que leur fille de la future fromagerie et témoignèrent au fils de Baptiste Beauchemin une indifférence si marquée qu'il la jugea insultante.

Dès le lendemain, les enfants retournèrent à l'école, alors que toute la famille Beauchemin tint sa promesse de venir prêter main-forte au futur fromager. Sœur Marie du Rosaire accepta de demeurer au chevet de sa belle-sœur et envoya sa jeune compagne participer à la corvée de nettoyage, pendant qu'Eugénie prétexta devoir s'occuper d'Alexis. Camille, Catherine et Emma laissèrent les bébés à l'aînée d'une voisine pour se mettre résolument au travail avec l'aide des hommes. À la fin des classes, Bernadette et Ann vinrent se joindre aux autres.

Deux jours suffirent pour que les plafonds, les murs et les parquets soient récurés à fond. À la fin de ce ménage, l'entrain et l'énergie démontrés par Célina poussèrent les femmes de la famille à se consulter après le souper. Elles affirmèrent à Mathilde Beauchemin, qui venait d'annoncer son départ le lendemain pour Sorel, qu'elles avaient hautement apprécié la somme de travail abattue par l'orpheline.

— Dites donc, ma tante, étiez-vous sérieuse quand vous avez dit que l'orphelinat pourrait nous envoyer une fille pour nous aider pendant que ma mère est malade ? demanda Bernadette.

— Oui.

— Est-ce qu'on aurait le choix ? intervint Camille.

— Si elle a pas été promise ailleurs, je vois pas pourquoi la mère supérieure vous refuserait une de nos filles. Pourquoi me demandes-tu ça ?

— On pensait, ma tante, que Célina ferait bien l'affaire, poursuivit Emma. Elle est calme et les petites crises d'Eugénie ont pas l'air de l'énerver. En plus, ma mère la trouve bien vaillante.

— En tout cas, il y a un bon moyen de le savoir, c'est de venir se renseigner demain, au moment de me conduire à l'orphelinat.

— Avant ça, ce serait peut-être pas une mauvaise idée de demander à Célina ce qu'elle en pense, suggéra Camille. Après tout, elle a déjà vingt ans, elle a peut-être d'autres idées.

— Nos orphelines attendent qu'on les place jusqu'à leur mariage, déclara la religieuse sur un ton péremptoire. Après toutes les bontés qu'on a eues pour elles, il manquerait plus qu'elles se montrent ingrates.

Malgré tout, Bernadette se chargea, ce soir-là, de consulter la jeune fille à ce sujet.

— Il est pas question de te forcer, prit-elle la précaution de la prévenir. On voudrait juste savoir si t'accepterais de venir nous aider jusqu'à ce que ma mère aille mieux.

— J'aimerais ça, se contenta de répondre Célina, mais mes affaires sont à l'orphelinat.

— Tu pourrais monter à Sorel demain avant-midi avec Donat et ma tante et revenir avec lui si la supérieure accepte.

Consultée, Marie Beauchemin s'empressa de répondre avec un pâle sourire :

— Ça me ferait bien plaisir que tu restes un bout de temps avec nous autres.

Le lendemain matin, une neige drue se mit à tomber à l'aube. Le redoux était maintenant chose du passé. Durant la nuit, le vent avait changé de direction et le givre était réapparu sur les fenêtres.

Quand Donat quitta sa chambre pour allumer le poêle dans la cuisine, il se rendit compte que Bernadette l'avait précédé, comme elle le faisait depuis que leur mère était tombée malade. La plupart du temps, celle-ci était la première dans la cuisine le matin.

— T'as vu le temps qu'il fait dehors? demanda-t-elle à son frère. J'espère que ça t'empêchera pas de ramener ma tante à Sorel cet après-midi, chuchota-t-elle. Là, personne dans la maison est plus capable de l'endurer.

— Inquiète-toi pas, la rassura Donat. Il faudrait une maudite tempête pour m'empêcher de la ramener.

— Je suis rendue au bout du rouleau. Hier soir, elle a encore trouvé le moyen de parler de Marthe devant Emma comme d'une petite infirme et de Constant comme d'un boiteux qu'elle trouvait bien laid…

Elle fut interrompue par Célina et la religieuse qui entrèrent dans la pièce, chargées de leurs petites valises. Sœur Marie du Rosaire alla soulever un coin du rideau pour tenter de voir à l'extérieur, malgré l'obscurité.

— Mon Dieu ! s'exclama-t-elle, c'est une vraie tempête.

— Ben non, ma tante, la rassura son neveu, c'est juste un peu de neige. Ça nous empêchera pas de prendre le chemin.

Après le train, on servit des crêpes et du sirop d'érable et on mangea malgré le verbiage incessant de Mathilde Beauchemin.

—Je sais pas si la mère supérieure va accepter qu'une de nos orphelines revienne toute seule en compagnie d'un homme, dit-elle à un moment donné.

—Qu'est-ce que vous voulez qu'il arrive ? lui demanda Hubert, surpris.

—Ça se fait pas, laissa tomber sa tante. Nous, on pense à la réputation de nos filles.

—Je veux bien le croire, ma tante, intervint Donat, mais il y a pas moyen de faire autrement. Eugénie doit rester ici dedans avec le petit. Bedette s'en va à l'école et ma mère est trop malade pour prendre le chemin.

—Je suis certaine que vous allez pouvoir lui expliquer la situation, ma tante, conclut Bernadette.

Après le dîner, la religieuse et sa jeune compagne montèrent dans la *sleigh* que Donat venait d'approcher de la maison. Mathilde Beauchemin partit en faisant la promesse d'user de toute son influence pour qu'on renvoie Célina Chapdelaine à sa belle-sœur pour l'aider, ce qui amena un sourire de reconnaissance sur les lèvres de Marie. Par contre, celle-ci fut moins enchantée quand elle l'entendit annoncer qu'elle reviendrait lui rendre visite le plus tôt possible.

❧

Ce matin-là, Bernadette avait découvert Constant devant son école. Il venait de pelleter un étroit sentier et il avait dégagé le perron et les marches y conduisant.

—Voyons donc, Constant, t'étais pas obligé de venir pelleter à l'école. J'aurais pu me débrouiller, ajouta-t-elle en lui adressant son plus beau sourire.

—Je le sais, mais ça me permettait de venir voir ma future femme, répliqua le meunier prêt à monter dans sa voiture. En plus, à matin, je dois aller rejoindre Hubert, chez Bourgeois, en face. Ton frère lui a commandé deux cuves pour commencer à faire son fromage dans une couple de jours. Il paraît qu'il achève de faire le ménage de la petite remise où il va les installer.

— Attends-moi une minute, le temps d'allumer le poêle, lui commanda-t-elle. Si je le fais pas tout de suite, les enfants vont geler tout l'avant-midi.

Constant demeura sur le perron pendant qu'elle entrait. Il était conscient que s'il était surpris dans l'école, seul avec la jeune institutrice, Bernadette aurait droit à un blâme sévère, voire à un renvoi. La jeune maîtresse d'école fut rapidement de retour.

— J'ai bien hâte de goûter à ce fromage-là, fit Bernadette en venant le rejoindre au moment même où Angélique Dionne montait aux côtés de son père pour aller à son école du rang Saint-Paul. Bernadette regarda la petite amie de son frère Hubert, mais cette dernière, hautaine, n'esquissa aucun geste de reconnaissance. Elle fit comme si elle ne la voyait pas.

— Je me demande pourquoi elle a l'air aussi bête, dit-elle à Constant, intriguée par le comportement de sa consœur.

— Moi aussi, déclara son amoureux. En tout cas, pour en revenir au fromage de Hubert, je suis certain qu'il va être bon. En plus, ton frère doit avoir hâte de s'installer pour de bon dans sa maison pour être plus à même de soigner ses animaux. Il m'a dit qu'Emma lui avait trouvé un lit et une commode pour les mettre dans sa chambre. Ce sont les seuls meubles qui lui manquent.

— Plus important, on va voir comment il va pouvoir se débrouiller pour faire son ordinaire, poursuivit Bernadette. On va l'aider, promit-elle quand il monta dans son berlot.

Ann Connolly et sa jeune sœur Rose furent les premières à se présenter à l'école. Bernadette les invita à entrer. L'institutrice en profita pour rassurer l'aînée des filles adoptives de sa sœur Camille en lui expliquant qu'elle avait constaté lors des deux derniers jours qu'elle n'avait pris aucun retard sur les autres élèves grâce à tous les travaux qu'elle avait faits depuis septembre. Duncan fut le dernier élève à arriver après avoir renvoyé son chien attelé au traîneau. Depuis le retour d'Ann à l'école, Rose avait refusé de monter avec lui pour avoir le plaisir de faire la route avec sa sœur aînée.

Au début de l'après-midi, la neige cessa, et Bernadette, voyant passer la voiture de son frère, fit le vœu que Célina Chapdelaine, assise à côté de sa tante sur le siège arrière, obtienne la permission de la supérieure de l'orphelinat de Sorel de revenir aider les Beauchemin, au moins le temps que durerait la maladie de sa mère.

Peu après, elle était debout devant l'une des fenêtres, occupée à donner une dictée à ses élèves, quand elle aperçut un berlot qui s'immobilisa près de l'école. Elle sursauta lorsqu'elle vit en descendre Charlemagne Ménard, engoncé dans son épais manteau en étoffe du pays. Comme à son habitude, l'inspecteur venait lui rendre visite au moment le moins approprié, les enfants étant bien énervés à la fin de cette journée de classe.

—Je suis prête à gager qu'il est allé voir Angélique Dionne à matin, quand les enfants étaient bien reposés, murmura-t-elle en cessant de dicter pour faire signe à Duncan de se préparer à ouvrir la porte au visiteur.

Puis, une pensée soudaine la fit pâlir. Son registre de classe! Il n'était pas à jour. Elle avait complètement oublié d'ajouter le nom d'Ann Connolly... De plus, elle aurait dû normalement demander à l'inspecteur s'il lui était permis de l'inscrire alors que l'adolescente n'avait pas fréquenté l'école à l'automne. Le moins qu'il pouvait lui arriver était d'encourir un blâme sévère... Surtout que l'homme cachait difficilement sa préférence marquée pour la fille de Télesphore Dionne.

Duncan alla ouvrir la porte au visiteur et tous les enfants se levèrent pour saluer ce dernier au signal de leur institutrice. Bernadette s'avança vers Charlemagne Ménard qui retira, sans se presser, son casque à oreillettes et son manteau qu'il déposa sur une chaise, près de l'estrade. La moustache en pointe de l'homme était couverte d'un épais frimas et aucun sourire ne se dessina sur son visage. Il fit signe aux enfants de se rasseoir et alla prendre place sans plus de façon derrière le petit bureau de l'institutrice installé sur l'estrade, près du tableau noir.

La mine sévère, il consulta d'abord le registre déposé sur un coin du bureau et fit l'appel des enfants présents. Évidemment, il découvrit qu'Ann n'était pas inscrite, mais il ne dit rien. Après avoir posé quelques questions pour vérifier les connaissances en calcul et en français des élèves, il se leva pour jeter un bref coup d'œil sur les ardoises et signaler quelques erreurs d'orthographe. À aucun moment il ne trouva matière à féliciter les enfants.

Debout dans un coin de la classe, Bernadette ne bougeait pas. Elle attendait avec impatience la fin de la visite. « Tu parles d'une maudite face de bois ! » se répéta-t-elle à plusieurs occasions.

Finalement, l'inspecteur tira sa montre de gousset de sa poche pour consulter l'heure et permit aux enfants de rentrer chez eux. Inquiète, Bernadette attendit qu'ils aient quitté l'école, convaincue qu'elle allait avoir droit aux foudres du visiteur.

Elle ne se trompait pas. Dès que le dernier élève eut franchi le seuil, Charlemagne Ménard prit le registre, l'ouvrit à la page où les noms des élèves devaient être consignés ainsi que leur âge et lui demanda sèchement :

— Voulez-vous bien m'expliquer, mademoiselle, comment il se fait que le nom d'une élève ne soit pas inscrit dans votre registre ?

— Parce qu'elle est arrivée seulement ce matin à l'école, monsieur, mentit-elle.

— Quelle âge a-t-elle ?

— Quinze ans, monsieur.

— Et vous trouvez ça normal, vous, qu'une fille de cet âge-là vienne traîner à l'école et commence au milieu de l'année?

— Elle veut tellement étudier, expliqua Bernadette.

— En quelle année devrait-elle être inscrite, si c'est pas trop indiscret de vous le demander?

— En septième, monsieur l'inspecteur.

— Et vous pensez qu'elle va réussir cette année-là en venant en classe juste la moitié de l'année? fit-il, sarcastique.

— Je lui ai fait faire des devoirs quatre fois par semaine depuis le début du mois de septembre, se défendit Bernadette, qui commençait à en avoir assez.

— Avec la permission de qui, si je peux me permettre? demanda l'inspecteur, l'air mauvais.

— Je pensais que je pouvais le faire, répondit l'institutrice. Ann Connolly a dû demeurer à la maison pour aider sa mère enceinte, expliqua-t-elle.

— Bon, on va mettre les choses au clair tout de suite, fit Charlemagne Ménard en se levant pour endosser son manteau. Je n'accepte pas ce genre d'irrégularité dans les écoles dont j'ai la responsabilité. Demain matin, quand cette fille se présentera à l'école, vous allez la renvoyer chez elle en lui disant que ce n'est pas sa place à son âge. Dites-lui qu'elle apprenne plutôt à tenir maison et à prendre soin de ses frères et sœurs.

— Ça va lui faire bien de la peine, dit Bernadette dans une dernière tentative d'attendrir le fonctionnaire.

— Ça lui en fera, mademoiselle, mais dites-vous que c'est pour son bien, précisa-t-il en enfonçant son casque à oreillettes sur sa tête.

— Très bien, monsieur.

— En passant, je suppose que vous ne serez pas surprise que mon devoir m'oblige à inscrire une mauvaise note à votre dossier. Inutile de vous dire que je ne veux plus qu'une pareille chose se reproduise.

Bernadette, la larme à l'œil, reconduisit son visiteur jusqu'à la porte qu'elle lui ouvrit.

— Demain matin, je dois aller visiter l'école du rang Saint-Paul et j'arrêterai pour vérifier si tout est en ordre, déclara-t-il sèchement avant de sortir.

Bernadette quitta l'école quelques minutes plus tard au moment même où Paddy Connolly sortait du magasin général où il venait de commenter les nouvelles, comme il le faisait tous les après-midis. Après un instant d'hésitation, la jeune fille lui demanda s'il pouvait l'emmener chez sa sœur Camille. Il la fit monter. L'institutrice arriva chez les Connolly presque en même temps que les enfants.

— Qu'est-ce qui se passe? lui demanda sa sœur aînée. Viens pas me dire que c'est encore Duncan qui a fait le malcommode?

— Non, c'est au sujet d'Ann, répondit Bernadette. L'inspecteur la trouve trop vieille pour l'école et veut plus la voir là.

Ann entra à la maison à ce moment-là en compagnie de Rose et de Duncan. Quand elle entendit Bernadette annoncer la mauvaise nouvelle, elle s'assit au bout de la table et baissa la tête. L'adolescente semblait peinée d'avoir à rester à la maison après tous les efforts faits depuis le début du mois de septembre.

— Est-ce qu'il a le droit de faire ça, lui? fit Camille sans cacher sa rage.

— On le dirait, lui répondit sa jeune sœur. En plus, il va m'écrire un blâme dans mon dossier, mais ça, ça me badre pas. Il peut écrire tout ce qu'il veut: l'année prochaine, je vais être mariée et je ferai pas l'école.

— Je vais aller voir monsieur le curé pas plus tard qu'à soir pour lui parler de cette affaire-là, déclara sa sœur sur un ton décidé. Il sera pas dit que ma fille a travaillé pour rien pendant des mois.

Quand Liam rentra après avoir soigné les animaux, Camille lui apprit la nouvelle sur un ton si révolté qu'il ne put qu'adopter son point de vue.

— Donat va s'en mêler s'il le faut, dit-elle à son mari. Après tout, il est le président de la commission scolaire de Saint-Bernard.

— On n'aura pas besoin de lui, affirma le père de famille, fâché. On va aller voir monsieur le curé après le souper. Il devrait être assez pesant pour arranger ça.

Après le repas, Liam décida de changer de vêtements et d'accompagner sa femme au presbytère pour demander l'avis du curé Fleurant.

Bérengère Mousseau les introduisit dans le bureau du pasteur de Saint-Bernard-Abbé qui les invita à lui exposer leur problème.

— Ah ben, bonjour par exemple ! s'emporta le prêtre. On se plaint que les Canadiens sont illettrés et voilà qu'un inspecteur refuse le droit d'apprendre à une fille qui veut étudier. Ça se passera pas comme ça, je vous en passe un papier.

— Qu'est-ce qu'on va faire ? s'enquit Liam, mal à l'aise dans ses habits du dimanche.

— Vous allez envoyer votre fille à l'école demain matin comme si de rien n'était. Moi, je vais être là pour l'attendre, cet homme-là.

Rassurés, le mari et la femme rentrèrent chez eux après un bref arrêt chez les Beauchemin pour prévenir Bernadette et prendre des nouvelles de la santé de Marie qui avait finalement réintégré son ancienne chambre du rez-de-chaussée, au grand déplaisir d'Eugénie.

Le lendemain matin, Bernadette, un peu inquiète, n'avait pas encore osé ajouter le nom de sa nouvelle élève. Après avoir allumé le poêle, elle accueillit les enfants autour de huit heures. Ann fut parmi les premières à se présenter et il était évident qu'elle était ennuyée d'être l'objet de cette dispute. Elle aurait tout donné pour rester à la maison, mais ses parents ne lui avaient pas laissé le choix. Selon eux, elle avait le droit de fréquenter l'école.

La classe était commencée depuis près d'une heure quand le bon gros curé Fleurant fit son apparition à la petite école du rang, comme il le faisait habituellement chaque semaine, pour vérifier la qualité de l'enseignement du catéchisme.

—Vous en faites pas, mademoiselle Beauchemin, murmura-t-il à l'institutrice, je vais rester jusqu'à l'arrivée de l'inspecteur. D'ailleurs, il aurait dû me faire une courte visite de politesse hier, ce que je vais lui mettre sous le nez.

Quand Charlemagne Ménard vint s'arrêter devant l'école, se sachant probablement épié par l'institutrice, l'homme prit tout son temps pour descendre de voiture et venir frapper à la porte. Il sembla pour le moins surpris de découvrir le prêtre déjà installé derrière le bureau de l'enseignante à son entrée dans la petite maison blanche. Il n'en remarqua pas moins la présence d'Ann Connolly et son visage se ferma immédiatement.

—Excusez-moi, monsieur le curé, j'ignorais que vous deviez passer à l'école ce matin, dit-il au prêtre en déboutonnant son manteau.

—Si vous vous étiez arrêté hier pour me saluer au passage, lui fit sèchement remarquer Félix Fleurant, je vous l'aurais dit.

L'inspecteur se rebiffa un peu sous la réprimande, mais le curé n'en tint aucun compte.

—Mademoiselle Beauchemin, dit-il en se tournant vers l'institutrice, pourriez-vous devancer de quelques minutes la récréation des enfants? J'aimerais régler avec vous et monsieur l'inspecteur un petit problème.

Bernadette obéit et les élèves s'habillèrent et sortirent pour aller jouer dans la cour de l'école malgré la neige qui tombait dru. Dès que le dernier eut franchi la porte, le visage du prêtre se fit plus sévère.

— J'aimerais bien savoir, monsieur Ménard, où c'est écrit dans les règlements qu'un élève est trop âgé pour fréquenter l'école, apostropha-t-il l'inspecteur.

— Mais, monsieur le curé, c'est le simple bon sens qui le dit, se défendit l'autre.

— Ah oui ! fit semblant de s'étonner l'ecclésiastique au tour de taille imposant.

— C'est évident qu'une fille de presque seize ans a pas sa place au milieu d'enfants.

— Je suppose que c'est ce que je devrai écrire à monseigneur pour lui raconter toute cette affaire, reprit le curé de Saint-Bernard-Abbé, sur un ton sarcastique. J'ignore si je me trompe, mais ça me surprendrait qu'il soit de votre avis, monsieur. Il va sûrement se demander de quoi vous vous mêlez. Il me semblait qu'il avait uniquement chargé les inspecteurs des écoles du diocèse de voir à la qualité de l'enseignement qui y était donné… Est-ce que je fais erreur ?

— N… non, monsieur le curé, balbutia Charlemagne Ménard qui avait perdu toute sa superbe.

— Est-ce que je dois comprendre qu'Ann Connolly peut fréquenter l'école, même si elle a quinze ans ?

— Si vous y tenez, monsieur le curé, se résigna le fonctionnaire.

— C'est parfait, conclut le curé de Saint-Bernard-Abbé. En passant, j'espère que vous ne ferez pas de rapport défavorable à mademoiselle Beauchemin.

— Non.

— Si on y pense bien, elle mériterait plutôt des éloges pour avoir donné des travaux à Ann Connolly et les avoir corrigés depuis quatre mois alors que celle-ci ne pouvait fréquenter l'école.

— Bien sûr, admit piteusement le vieil inspecteur.

— Je suis très content de voir que nous nous comprenons bien et que nous partageons les mêmes vues, monsieur Ménard, fit le prêtre avec un large sourire. Venez donc dîner au presbytère ce midi. Nous pourrons faire plus ample connaissance.

Sur ces mots, Félix Fleurant endossa son manteau, coiffa son bonnet de raton laveur, salua l'inspecteur et l'institutrice et quitta les lieux. Charlemagne Ménard, la mine déconfite, l'imita.

— Vous pouvez faire rentrer les enfants, ajouta brusquement l'inspecteur à Bernadette en cherchant à retrouver une partie de son autorité. Inscrivez dès aujourd'hui dans votre registre le nom de votre nouvelle élève.

Sur ce, il partit, mais la jeune institutrice savait bien que l'homme n'était pas près de lui pardonner l'affront d'avoir fait intervenir le curé de la paroisse en sa faveur et ainsi de lui avoir fait perdre la face.

~

La veille, Donat était revenu seul de Sorel. La supérieure de l'orphelinat avait demandé quelques jours pour examiner la demande de la famille Beauchemin malgré l'insistance de sœur Marie du Rosaire.

Le lendemain, au début de l'après-midi, une *sleigh* conduite par un inconnu s'arrêta devant la maison en pierre du rang Saint-Jean. Le vieux conducteur aida une religieuse et Célina à descendre du véhicule, et s'empara d'une boîte qu'il alla déposer sur la galerie avant de frapper à la porte. Eugénie qui les avait vus arriver ne put s'empêcher de s'exclamer :

— C'est pas vrai, elle revient pas déjà ! en songeant à la tante de son mari.

Puis elle se rendit compte que la religieuse n'avait pas du tout la taille imposante de sœur Marie du Rosaire. Elle quitta précipitamment sa chaise berçante et fit entrer les visiteurs qui semblaient frigorifiés. Sa belle-mère était encore alitée et la vaisselle sale du repas du midi traînait sur la table.

— Bonjour, madame, je suis sœur Eulalie, se présenta la sœur Grise. Je m'en vais en visite chez mes parents à Saint-Zéphirin et notre mère supérieure m'a demandé d'accompagner Célina chez vous. Elle a accepté qu'elle vous aide tout le temps que durera la maladie de votre mère.

— Cette aide-là va être bienvenue, déclara Eugénie sur son ton geignard habituel. Comme vous pouvez le voir, je suis complètement débordée.

— Je suppose que vous avez de nombreux enfants ?

— Non, un seul, avoua Eugénie, mais je dois aussi m'occuper de ma belle-mère.

— Si vous le permettez, madame Beauchemin, je vais servir une tasse de thé et quelque chose à manger à sœur Eulalie et à son père, proposa Célina en retirant son manteau et ses bottes.

— Fais donc ça, accepta la jeune femme en reprenant place dans sa chaise berçante sans songer à offrir un siège aux visiteurs.

Après s'être restaurés, la religieuse et son conducteur remirent leur manteau. Au moment de partir, sœur Eulalie crut bon de mentionner à celle qu'elle croyait être la maîtresse de maison :

— Je connais depuis longtemps notre Célina, madame. C'est un vrai bijou. Rappelez-vous que même si elle est orpheline, ce n'est pas une esclave.

Sur cet avertissement bien senti, la religieuse quitta les lieux en compagnie de son père.

Ce soir-là, la nouvelle du retour de Célina fit le tour de la famille et tous ses membres s'en réjouirent et ne s'en cachèrent pas.

— Il ne faudrait pas qu'Eugénie exagère, dit Hubert à sa sœur Bernadette avant de monter se coucher.

— Inquiète-toi pas avec ça, m'man va y voir, tu peux en être certain, déclara Bernadette.

Chapitre 22

La fromagerie

Un froid polaire envahit la région pendant la dernière semaine du mois de janvier. L'air était si glacial que les hommes ne restaient sur leur terre à bois que quelques heures par jour. Dans la campagne, partout où le regard portait, on ne voyait que des cheminées qui fumaient. Tout le paysage semblait figé dans une gangue de glace mortelle.

Chez les Beauchemin, Célina avait pratiquement pris en main le contrôle de la maisonnée tant Eugénie profitait de sa présence pour se reposer en prétextant un épuisement difficilement compréhensible. L'orpheline cuisinait les repas, lavait et entretenait les vêtements, faisait le ménage et surtout soignait la maîtresse des lieux.

L'état de santé de Marie inquiétait de plus en plus ses enfants. Lors de ses deux dernières visites, le docteur Samson, le front soucieux, avait noté que l'affaiblissement de sa patiente grandissait et il ne pouvait l'attribuer qu'au rythme très irrégulier de son cœur. Depuis qu'elle avait réintégré sa chambre du rez-de-chaussée, Marie Beauchemin passait une bonne partie de la journée assise frileusement dans sa chaise berçante, près du poêle qu'on surchauffait.

Le fait qu'elle ait demandé qu'on fasse venir le notaire Letendre avait ajouté à l'inquiétude de tous, mais on feignit de n'y voir aucun mauvais présage. L'homme de loi vint lui rendre une brève visite un après-midi sans que rien en révèle l'objet, bien que chacun se doutât qu'elle avait tenu à rédiger son testament.

Hubert avait maintenant définitivement emménagé dans l'ancienne maison de Tancrède Bélanger. Après avoir blanchi les murs de la petite remise où il avait installé tout ce dont il avait besoin pour exercer son nouveau métier de fromager, il avait produit ses premières livres de fromage en grains et ses premières meules de fromage qu'il s'était empressé de faire goûter aux membres de sa famille, sans oublier Constant Aubé. Tous avaient été unanimes pour en vanter le bon goût et l'encourager à poursuivre. En cette période de l'année, son unique problème était de se procurer suffisamment de lait pour répondre à la demande.

Chaque soir, il s'invitait à souper chez sa mère, officiellement pour s'informer de sa santé, mais plus encore pour avoir le plaisir d'échanger avec les siens. Peu à peu, sans qu'il s'en rende clairement compte, le jeune homme se sentait attiré par Célina Chapdelaine, tellement différente de la fille des Dionne.

Dès les premiers jours de l'ouverture de la fromagerie, la rumeur circula rapidement à Saint-Bernard-Abbé que le fromage du fils de Baptiste Beauchemin valait le déplacement et que le fromager ne le vendait pas très cher. Les gens prirent bientôt l'habitude de s'arrêter à la fromagerie lorsqu'ils avaient affaire au magasin général situé de l'autre côté du pont. Hubert, généreux, leur permettait de prendre gratuitement une poignée de fromage en grains dans le bac où il le laissait s'égoutter tout en échangeant avec bonne humeur des nouvelles de la paroisse avec eux.

En réalité, il n'y avait que les Dionne qui continuaient à lui battre froid. Angélique le recevait toujours les samedis et dimanches soirs, mais elle temporisait étrangement quand il abordait, même vaguement, leurs projets d'avenir. Quand il lui parlait de ses intentions de fabriquer de plus en plus de fromage pour aller en vendre à Sainte-Monique et à

Saint-Zéphirin, cela ne semblait pas l'intéresser, pas plus que la santé de sa mère. Bref, il sentait que leurs fréquentations étaient au point mort et il ne savait comment réanimer la chaude affection qu'elle lui manifestait à l'automne.

À la fin de la première semaine du mois de février, tout sembla basculer quand le marchand général vint visiter la fromagerie pour la première fois.

— Je me suis décidé à traverser le pont pour voir de quoi avait l'air ton installation quand je me suis aperçu que tu te décidais pas à m'inviter, dit-il à l'amoureux de sa fille sur un ton acide.

— Voyons, monsieur Dionne, vous saviez bien que vous étiez invités, vous et votre femme, n'importe quand. L'idée d'une fromagerie vient de vous. Tout le monde de Saint-Bernard le sait.

Hubert lui fit faire le tour de la maison avant de l'entraîner dans la remise où il fabriquait son fromage qu'il fit goûter à celui qu'il considérait encore comme son futur beau-père.

— Ouais, il est pas mal! affirma le marchand général un peu à contrecœur en prenant une autre petite poignée de fromage en grains dans la cuve. Et c'est propre.

Hubert le remercia de son appréciation.

— Je suis certain qu'il y a de l'avenir là-dedans, monsieur Dionne.

— Énerve-toi pas trop vite, mon garçon. Tu fais juste commencer. Tout dépend des dettes que tu t'es mises sur le dos.

— Je suis capable de vendre tout le fromage que je fais et j'ai même pas commencé à faire des tournées autour, se défendit Hubert, agacé par son pessimisme persistant.

— As-tu pensé qu'il y aurait un moyen ben plus facile de faire ton fromage sans avoir à t'inquiéter?

— Lequel, monsieur Dionne?

— Je pourrais peut-être te racheter ton affaire pour te rendre service et t'engager comme fromager. Comme ça, tu courrais plus le risque de te retrouver dans le chemin du jour au lendemain et t'aurais des gages raisonnables chaque semaine.

Hubert, interloqué, regarda le propriétaire du magasin général avant de lui demander, la gorge sèche :

— Et moi, là-dedans ?

— Toi ? Je viens de te le dire. Tu serais le fromager, comme on avait convenu l'année passée, déclara Télesphore avec aplomb. Je pourrais même te louer la maison si tu veux rester ici dedans, ajouta-t-il, magnanime.

— Vous m'avez dit cet automne que c'était trop cher.

— C'est vrai, reconnut-il, mais là, je m'en veux de t'avoir laissé t'embarquer dans une affaire pareille. Bien sûr, je pourrai pas te racheter tout ça aussi cher que tu l'as payé, mais tu y perdrais pas trop.

— Est-ce que ça veut dire que vous voulez même pas de moi comme associé ? s'enquit Hubert, méfiant.

— Je suis pas habitué à marcher avec un associé, déclara tout net le marchand général. J'aime bien mener mes affaires tout seul. C'est pour ça que je te propose de t'engager.

Hubert n'était pas aussi naïf que l'autre semblait le croire. Après un moment de réflexion, il finit par dire au marchand :

— Vous êtes bien fin, monsieur Dionne, mais je pense que je vais garder ma fromagerie et essayer de m'en sortir tout seul. Je dois être comme vous. J'aime mieux mener mon affaire.

— C'est comme tu voudras, mon jeune, se rebiffa Télesphore Dionne en reboutonnant son manteau. J'espère juste que tu regretteras pas ta décision parce que, plus tard, je suis pas sûr d'être capable de te faire la même offre.

— Merci quand même, fit Hubert en le reconduisant à la porte.

Le fromager regarda par la fenêtre le père d'Angélique se diriger vers le pont en se demandant comment il allait être accueilli par les Dionne le samedi soir suivant. Puis, indifférent, il haussa les épaules et retourna à son travail.

—Je suis tout de même pas pour me laisser plumer par ce vieux maudit-là sous le prétexte que j'aime sa fille, dit-il à mi-voix.

Ce soir-là, il ne put s'empêcher de tout raconter à Donat au retour de ce dernier d'une réunion du conseil de la fabrique.

— Tu parles d'un croche, toi ! s'exclama son frère aîné. Il t'a laissé t'endetter, puis là, il veut te racheter moins cher que t'as payé à cette heure qu'il est sûr que ton fromage se vend ben. T'as ben fait de l'envoyer promener. Non mais, il se prend pour qui ? Il y a personne qui va exploiter un Beauchemin ici !

Un peu plus tard, Eugénie suivit son mari dans leur ancienne chambre à l'étage. En passant ses vêtements de nuit, la jeune femme ne put s'empêcher de laisser éclater sa mauvaise humeur.

—Je te dis que c'est pas demain matin qu'on va décider ta mère à se donner à nous autres, fit-elle en déposant la lampe à huile sur la table de nuit.

— Pourquoi tu dis ça ?

— Parce que ton frère risque de revenir rester ici dedans s'il est pas capable de rembourser Constant Aubé.

—Je comprends pas ce que tu veux dire, avoua Donat en retirant ses chaussures.

— C'est clair, il me semble, rétorqua-t-elle, les dents serrées. Tu t'imagines tout de même pas que Dionne va laisser ton frère marier sa fille après ça. Tu peux être certain qu'il lèvera pas le petit doigt si Hubert est mal pris.

— Inquiète-toi donc pas pour ça, fit-il, exaspéré. Pense plutôt à t'occuper un peu plus de ma mère et de la maison.

— Pourquoi tu dis ça ? lui demanda-t-elle en se soulevant sur un coude alors qu'elle venait de s'étendre dans le lit.

— Je trouve que t'en laisses pas mal trop à faire à Célina, lui dit-il sans ménagement. Elle est là pour t'aider, pas pour tout faire à ta place.

— On dirait que tu comprends pas que je suis épuisée, se plaignit-elle, la voix tremblante.

— J'aimerais bien que t'arrêtes cette chanson-là, répliqua-t-il sur un ton abrupt. Au lieu de passer tes journées à rêver au jour où ma mère se sera donnée à nous autres, tu ferais mieux de prier pour qu'elle guérisse au plus vite parce que Célina restera pas ici éternellement, et d'après ce que je peux voir, t'es pas capable de faire ta besogne.

Sur ces mots, il souffla la lampe à huile et s'étendit à son tour dans le lit.

—❧—

Le samedi soir suivant, Hubert Beauchemin fit sa toilette après le souper et se rendit à pied chez les Dionne sans trop d'enthousiasme dans l'intention de veiller avec la belle Angélique. Comme l'exigeaient les convenances, il prit le temps de s'arrêter dans la cuisine pour s'informer auprès des maîtres des lieux de leur santé. Alexandrine et Télesphore lui répondirent du bout des lèvres et laissèrent leur fille entraîner son amoureux au salon.

— Qu'est-ce qu'ils ont à avoir l'air aussi bête avec moi ? demanda Hubert à l'institutrice en prenant place sur le canapé.

— Tu pensais quand même pas qu'ils allaient te faire une belle façon après l'affront que t'as fait à mon père !

— Quel affront ? demanda-t-il, surpris.

— T'as refusé son offre.

— C'est certain. D'après lui, j'aurais dû lui vendre à perte et devenir seulement son employé.

— Je pense que t'as eu tort, déclara-t-elle sur un ton abrupt.

— Si c'est comme ça, j'ai plus rien à faire ici dedans, dit-il en se levant. Ça a tout l'air que t'es plus du côté de ton père que du mien.

— Monte pas sur tes grands chevaux, Hubert Beauchemin, fit-elle, l'air pincé. Moi, je te trouve bien ingrat envers mon père qui t'a donné la chance d'apprendre le métier de fromager.

— Je suis peut-être ingrat, mais je suis pas un niaiseux. Je suis encore capable de me rendre compte quand on rit de moi.

Le jeune couple sortit du salon à peine quelques minutes après y être entré. Hubert mit son manteau et chaussa ses bottes, salua les Dionne et quitta leur maison. Bizarrement, il se sentit soulagé en retournant chez lui. Comme il était encore très tôt, il marcha jusque chez sa mère pour y finir la veillée.

— Blasphème, on peut pas dire que t'as veillé tard à soir ! s'exclama Xavier venu rendre visite à sa mère avec Catherine et la petite Constance.

— J'ai ben l'impression que t'useras pas le canapé du père Dionne de sitôt à ce rythme-là, plaisanta Donat.

— J'ai fini d'aller veiller là, dit Hubert sans manifester la moindre tristesse.

— Et Angélique dans tout ça ? lui demanda Bernadette.

— Elle se trouvera un autre gars dans la paroisse. Moi, j'en ai assez.

Personne ne remarqua au même moment le petit sourire de satisfaction qui vint éclairer le visage de Célina en train de bercer Constance un peu à l'écart.

❧

Les jours suivants, la région dut affronter deux grosses tempêtes qui laissèrent un peu plus de trois pieds de neige au sol. Même s'ils étaient habitués aux rigueurs de l'hiver, les gens avaient l'impression de passer plus de temps à déneiger et à baliser la route avec des branches de sapinage qu'à s'occuper de leurs bêtes et du bois de chauffage de leur maison. Les piquets de clôture avaient disparu depuis long-temps et les chemins étaient devenus de plus en plus étroits et hauts parce qu'on se contentait depuis un bon mois de tasser la neige avec un gros rouleau en bois lesté de pierres au lieu d'utiliser la gratte, devenue pratiquement inutile. Février promettait d'être un mois neigeux dont on se sou-viendrait longtemps. Le vieil Agénor Moreau n'en finissait plus de pelleter le parvis de la chapelle et les entrées du presbytère, au point que le curé Fleurant n'hésitait pas à venir aider le vieil homme entre deux lectures de son bréviaire, une chose qui aurait été impensable avec le curé Désilets.

Dans Saint-Bernard-Abbé, on voyait de moins en moins de *sleighs* et de plus en plus de berlots et de traîneaux, des véhicules beaucoup moins hauts sur patins donc moins versants.

Le samedi matin de la troisième semaine du mois de février, le ciel se couvrit encore de lourds nuages annon-ciateurs de chutes de neige importantes. Chez les Connolly, Camille préparait une recette de galettes de sarrasin pendant qu'Ann changeait les langes de Damian. Patrick et Duncan venaient de sortir de la maison pour aider leur père à soigner les animaux quand la maîtresse de maison vit l'oncle de son mari descendre péniblement l'escalier conduisant aux chambres. L'heure était si matinale pour lui que la jeune femme devina que quelque chose n'allait pas.

—Je vous dis que vous êtes de bonne heure sur le pont à matin, mon oncle, lui fit-elle remarquer.

—J'ai pas fermé l'œil de la nuit, se borna-t-il à lui répondre sur un ton grognon.

—C'est probablement votre mauvaise conscience qui vous travaillait, plaisanta-t-elle.

— Tu sauras, ma nièce, qu'un homme de mon âge fait presque pas de péchés, répliqua-t-il en se laissant tomber dans la chaise berçante, après s'être servi une tasse de thé.

— Ah bon! fit-elle, feignant la surprise. J'aurais plutôt cru que quelqu'un qui fait rien de ses dix doigts toute la journée avait tout le temps d'en faire, ajouta-t-elle avec le sourire.

Pour couper court à toute conversation avec elle, le retraité s'empara de l'exemplaire de *La Minerve* de la veille laissé sur le coffre à bois. Durant quelques instants, il lut en silence, mais ce bavard impénitent ne pouvait garder le silence bien longtemps.

— Vous devriez lire le journal de temps en temps, dit-il sur un ton supérieur à l'adolescente et à sa mère adoptive. Vous apprendriez des affaires pas mal intéressantes.

— Il faut être retraité ou rien avoir à faire pour passer une partie de sa journée à lire, rétorqua Camille qui n'avait jamais assez de temps pour accomplir toutes les tâches qui lui incombaient dans une journée.

— Si vous aviez lu le journal, vous sauriez qu'on est maintenant trois millions au Canada et que notre pays va de l'Atlantique au Pacifique. C'est pas rien, conclut-il.

— Peut-être, mon oncle, mais c'est pas ça qui va mettre de la nourriture dans notre assiette.

Quand Liam et ses deux fils rentrèrent des bâtiments, les épaules de leur manteau étaient saupoudrées de flocons de neige.

— Il y a une autre tempête qui se prépare, annonça-t-il de mauvaise humeur. On va encore être poignés pour pelleter et corder des bûches dans le hangar. Avec cette maudite température-là, ça avance pas notre besogne pantoute.

— Une chance qu'on est samedi, fit sa femme, les enfants vont pouvoir te donner un coup de main.

Le repas du matin se prit dans un silence relatif, brisé de temps à autre par Paddy Connolly qui comparait la douceur des hivers montréalais avec les rigueurs de la saison hivernale à la campagne. Camille finit par perdre patience et lui dit :

— Si vous trouvez ça si dur à la campagne, mon oncle, pourquoi vous retournez pas vous installer à Montréal ?

— Parce que j'ai vendu mes maisons et que tout mon argent est placé chez le notaire Valiquette, répliqua l'oncle de Liam.

La veille encore, Camille avait dû élever la voix pour lui arracher le peu d'argent que représentait sa pension hebdomadaire. À l'entendre, il se faisait écorcher chez son neveu depuis plus d'un an et le dollar et demi qu'il lui versait chaque vendredi pour être logé, blanchi et nourri ainsi que pour la pension de son cheval représentait une somme nettement exagérée... surtout si on tenait compte du fait que Liam allait être son unique héritier !

— Je suis certain qu'il serait pas comme ça si sa femme pensait pas juste aux cennes, murmurait-il parfois. Il a bon cœur, comme tous les Connolly, ajoutait-il.

En entendant encore le retraité répéter qu'il avait placé toute sa fortune chez le notaire Valiquette, la maîtresse de maison ne put se retenir de servir une remarque bien sentie à celui qui n'avait jamais fait un cadeau à l'un ou à l'autre des membres de la famille et qui ne rendait jamais le moindre service.

— Moi, à votre place, mon oncle, je m'en serais gardé un peu plus. Comme ça, j'aurais peut-être un peu moins de misère à vous arracher votre pension le vendredi.

Paddy allait rétorquer quand des jappements de Rex, à l'extérieur, la poussèrent à se pencher à la fenêtre pour voir ce qui se passait dans la cour de la ferme.

— Qu'est-ce qu'il a à japper comme ça ? demanda Liam, agacé. Il jappe jamais d'habitude, ce chien-là.

— Je viens de le voir disparaître derrière le poulailler, lui expliqua Camille. Il a peut-être vu un chat sauvage ou un renard.

— Si c'est ça, il va lui régler son compte, dit Duncan, plutôt fier de sa bête.

— Je vais aller voir après le déjeuner, annonça Patrick.

— Moi aussi, fit son jeune frère.

— Vous pouvez aller voir, leur permit leur père, mais oubliez pas que je vous ai demandé de sortir le fumier de l'étable.

Les deux frères s'habillèrent et quittèrent la maison en direction du poulailler. Ils allaient s'approcher du petit bâtiment quand des grondements les obligèrent à s'arrêter brusquement. Inquiets, les deux garçons se regardèrent.

— Qu'est-ce qui a fait ça ? demanda Duncan en baissant la voix malgré lui.

— Je le sais pas. Peut-être un loup, répondit Patrick, guère plus rassuré.

Ils s'éloignèrent prudemment tous les deux et entreprirent de contourner le poulailler en ouvrant bien les yeux, aux aguets. Rex apparut alors au coin du bâtiment, menaçant, une bave abondante coulant de son museau. Le gros animal habituellement si doux émettait des grondements propres à donner la chair de poule.

— Rex ! Rex ! le héla doucement Duncan. Viens me voir ! Qu'est-ce qui t'arrive ?

Le chien se ramassa sur lui-même, comme s'il s'apprêtait à bondir sur ses maîtres.

— On dirait qu'il nous reconnaît pas, dit Patrick, le cœur battant, en retenant son jeune frère pour l'empêcher de s'avancer vers le chien.

— Il est peut-être malade, suggéra Duncan, en cherchant, malgré tout, à s'approcher de son chien.

— Fais pas ça, lui ordonna Patrick. Il est pas normal pantoute à matin. Je pense qu'on est mieux d'aller le dire à p'pa.

Sans quitter Rex des yeux, les deux fils de Liam Connolly firent retraite vers la maison où ils trouvèrent leur père en train de fumer sa première pipe de la journée.

— P'pa, lui dit Duncan, alarmé, on sait pas ce qu'a Rex, mais il arrête pas de gronder après nous autres. On dirait qu'il nous reconnaît pas et qu'il veut nous sauter dessus.

— Calvaire! Il y a pas moyen de se reposer un peu ici dedans, se plaignit Liam en quittant sa chaise berçante et en se dirigeant vers le crochet auquel était suspendu son manteau. Vous autres, restez en dedans, ordonna-t-il aux siens. Je vais aller voir ce qui se passe.

Le père de famille quitta la maison et revint moins de deux minutes plus tard. Sans dire un mot, il se dirigea vers le placard pour en tirer son fusil.

— Qu'est-ce que le chien a? lui demanda Camille, inquiète de voir son mari armer le fusil.

— Il a qu'il a tué un renard qui avait la rage, répondit sèchement son mari. À cette heure, il l'a attrapée. Il y a pas le choix, il est devenu dangereux. Il faut le tuer avant qu'il s'attaque à quelqu'un.

— Ah non! s'écria Duncan, les larmes aux yeux.

— Il y a pas moyen de faire autrement, se contenta de lui dire son père. Dis-toi que c'est plus le chien que tu connaissais. Il est malade et il souffre. À la première occasion, il va te sauter dessus et te mordre. Il va te donner la rage et tu vas mourir.

Sans plus d'explications, Liam sortit. Il retrouva le gros chien au pelage noir près de l'entrée de la remise. L'animal s'était traîné de peine et de misère près de sa niche et hurlait. Il montra les crocs dès qu'il aperçut le cultivateur qui ne chercha pas à s'approcher. Liam épaula son arme, le visa à la tête et tira. Rex eut un spasme violent et s'abattit sur le côté. Le mari de Camille fit quelques pas en avant pour s'assurer que la bête était bien morte et il rentra à la maison pour ordonner à Patrick de s'habiller et de venir avec lui.

— Et moi, p'pa? demanda Duncan, les yeux rougis par le chagrin.

— Toi, tu peux rester en dedans. J'ai pas besoin de toi.

Après avoir rangé son arme dans le placard, il fit signe à son fils aîné de le suivre. Tous les deux placèrent Rex et le renard sur le traîneau et disparurent derrière l'étable en le tirant. Les deux animaux morts furent déposés au bout du premier champ.

— Quand la terre sera dégelée ce printemps, on enterrera ce qui reste, fit le père de famille.

Ce soir-là, Camille encouragea son mari à promettre aux garçons d'adopter un autre chien au printemps, ce qu'il fit sans grand enthousiasme. Ce triste épisode marquait également la fin des balades en traîneau pour aller à l'école tant pour Rose que pour son frère Duncan.

❧

Un mois après l'ouverture de sa fromagerie, Hubert dut reconnaître avec plaisir qu'on appréciait de plus en plus le fromage qu'il fabriquait. Le jeune homme travaillait d'arrache-pied six jours par semaine et sa clientèle ne cessait d'augmenter. Un beau matin, il finit par voir arriver chez lui les propriétaires des magasins généraux de Sainte-Monique et de Saint-Zéphirin désireux de vendre son fromage.

Le problème était de taille pour le fils de Marie Beauchemin qui ne voyait pas comment il pouvait effectuer de telles livraisons. La solution lui fut offerte encore une fois par Constant Aubé qui lui conseilla d'engager Léon Gariépy, le cadet des six enfants de Joseph Gariépy. Le jeune homme de dix-huit ans accepta avec plaisir de se charger de livrer dans les deux villages voisins, malgré l'état des routes, le fromage demandé par les deux marchands.

— Tu n'as qu'à leur vendre ton fromage un peu plus cher qu'à Saint-Bernard pour couvrir le salaire du petit Gariépy, suggéra le cordonnier-meunier. En plus, de cette façon-là, ça te coûtera rien pour avoir de l'aide toute la semaine pour soigner tes animaux et nettoyer tes bacs.

Quand Télesphore Dionne apprit cette entente par Paddy Connolly, il alla proposer à l'ex-amoureux de sa fille de lui laisser chaque jour quelques livres de fromage qu'il pourrait vendre à sa clientèle.

— Tu pourrais me le laisser trois ou quatre cennes de moins chaque livre, osa-t-il avancer.

— Pourquoi je ferais ça, monsieur Dionne ? lui demanda Hubert, surpris.

— Ben, par justice, répliqua le marchand. C'est normal que tu demandes plus cher la livre à Sainte-Monique et à Saint-Zéphirin parce que c'est loin et que tu dois payer le petit Gariépy pour la livraison.

— C'est en plein ça, fit le fromager. Je leur vends mon fromage un peu plus cher à cause de ça.

— Je comprends, répliqua Télesphore, mais ici, t'as juste à traverser le pont avec ton fromage.

— Je veux ben vous croire, mais si je fais ça, je me coupe l'herbe sous le pied. Tout le monde de Saint-Bernard va venir acheter mon fromage chez vous et plus personne va venir à la fromagerie.

— J'ai vraiment affaire à un ingrat! s'écria le marchand général, en colère. T'as déjà oublié que c'est grâce à moi que tu sais faire du fromage.

— Je suis pas ingrat, monsieur Dionne, répliqua patiemment Hubert. Je sais tout ce que je vous dois, se défendit le jeune homme. Pour vous le prouver, je suis prêt à vous le vendre le même prix que je demande à la fromagerie. Vous pourrez toujours demander une cenne ou deux de plus à ceux qui veulent pas traverser le pont pour venir jusqu'à la fromagerie.

— Laisse faire, ça m'intéresse pas, dit Dionne avant de claquer la porte derrière lui.

Cet affrontement avec le propriétaire du magasin général agaça beaucoup moins le fils de Baptiste Beauchemin que la présence encombrante, à la fromagerie, de Cléomène Paquette, le voisin de Liam Connolly.

Le petit homme âgé d'une quarantaine d'années avait le crâne à demi dénudé et il passait la plus grande partie de ses journées à traîner au magasin général et à la forge d'Évariste Bourgeois. Il avait la réputation largement méritée d'être un fieffé paresseux doublé d'un profiteur éhonté, et il avait tendance à prendre des airs misérables pour apitoyer ses interlocuteurs. À plusieurs reprises, le curé Désilets l'avait même admonesté pour sa paresse notoire, mais il s'en était toujours tiré en prétextant des ennuis de santé imaginaires. Le pire était que sa femme n'était guère plus vaillante que lui.

Dès la première semaine d'ouverture de la fromagerie, le cultivateur avait repéré la période du jour où le fromage en grains était prêt à être consommé. Il quittait alors la forge ou le magasin général en compagnie de Paddy Connolly et de quelques traîne-savates de la paroisse et venait à la fromagerie supposément pour acheter du fromage, ce qu'il ne faisait jamais. Par contre, il n'oubliait pas de s'installer près de la cuve où le fromage frais achevait de s'égoutter pour en tirer, sans gêne, de nombreuses poignées, au nez et à la barbe de Hubert qui ne manquait pas de lui lancer des regards noirs.

— Faites attention, monsieur Paquette, du fromage frais comme ça, c'est pas mal traître, lui faisait-il remarquer. Ça peut rendre malade quand on en mange trop.

Cet avertissement poli avait le plus souvent pour effet d'éloigner les autres clients de la cuve, un peu gênés de manger gratuitement du fromage. Le fromager considérait cependant comme normal, ainsi qu'il l'avait vu faire à Dunham durant sa formation, qu'on goûte au produit avant de l'acheter, mais Cléomène Paquette exagérait au vu et au su de tout le monde et semblait même se complaire dans son rôle de pique-assiette.

Ce jour-là, Paddy avait quitté à regret le banc qu'il occupait près du poêle accueillant du magasin général pour suivre la demi-douzaine d'habitués de l'autre côté du pont, à la fromagerie. Le retraité l'avait fait parce qu'il avait des nouvelles intéressantes à leur communiquer, tant au sujet de l'élection sans opposition de Francis Cassidy à la mairie de Montréal, deux semaines plus tôt, que de l'attentat armé dont avait été victime, la veille, Charles-Alphonse-Pantaléon Pelletier lors de sa mise en candidature au poste de député libéral de Québec-Est. Il y avait là matière à pontifier longtemps sur les dangers de la politique au Québec.

— Cléomène, à te voir manger autant de fromage, je dirais que t'as oublié de dîner, dit un certain Cléophas Dandurand du rang Saint-Paul en voyant le quadragénaire plonger la main dans le bac pour la cinquième ou sixième fois depuis leur arrivée.

Hubert Beauchemin avait remarqué, lui aussi, le manège et n'en était guère heureux.

— Pantoute, se défendit mollement Paquette, mais ce fromage-là est tellement bon qu'on a ben de la misère à s'arrêter d'en manger.

— Peut-être que si tu le payais, t'en mangerais un peu moins, intervint en riant Hormidas Meilleur qui venait d'entrer.

— Exagérez pas, père Meilleur, j'en mange juste un peu pour voir s'il est bon.

Le propriétaire de la fromagerie ne dit rien de peur de perdre des clients en se montrant trop strict. À plusieurs reprises depuis deux semaines, il avait songé à tendre une sorte de drap sur la cuve, mais c'était trop encombrant quand il avait à saler et à remuer le lait avec sa large palette de bois… Toutefois, son visage disait clairement son mécontentement.

Cléomène Paquette en reprit tout de même sans manifester la moindre gêne et le petit groupe finit par se désintéresser de ce glouton, ce qui permit à Paddy Connolly d'annoncer aux hommes présents ce qu'il considérait comme la grande nouvelle du jour.

—Vous savez que Cartier a offert à notre premier ministre le poste de président du Sénat. C'est tout un honneur qu'il lui fait là.

La porte de la fromagerie s'ouvrit sur Samuel Ellis venu acheter un peu de fromage.

—J'espère que Chauveau acceptera jamais ça, dit l'Irlandais sur un ton convaincu. Premier ministre de la province, c'est ben plus important que président du Sénat.

—Ben là, si je me fie au journal, affirma Paddy en prenant un air supérieur, il a déjà démissionné et ce serait son gendre, Gédéon Ouimet, qui prendrait sa place avant la fin du mois.

—Calvinus ! j'aurai tout vu dans ma vie, s'exclama Hormidas Meilleur au moment où Cléomène Paquette, plié en deux, se précipitait vers la porte.

—Qu'est-ce qui lui prend ? demanda Dandurand en le voyant sortir. Est-ce que ça se pourrait qu'il aime plus pantoute ton fromage, le jeune ? fit-il en se tournant vers Hubert.

Le fromager se contenta de hausser les épaules pendant qu'Hormidas s'approchait de l'une des fenêtres de la petite remise pour voir où était passé Paquette.

—Petit Jésus, notre Cléomène est pas allé ben loin ! s'exclama-t-il. Il est en train de faire ses prières, à genoux dans le banc de neige, à côté de la porte.

—Qu'est-ce qu'il fait là ? s'enquit Hubert en démoulant une meule de fromage orangé.

—J'ai l'impression qu'il a décidé de te remettre tout le fromage qu'il a mangé aujourd'hui... À voir son air, je pense qu'il l'a pas trop aimé, ajouta le facteur en riant.

Tous les hommes présents dans la fromagerie se précipitèrent vers les fenêtres pour voir comment le goinfre s'en tirait. À première vue, Cléomène Paquette, le front couvert de sueur, était secoué par des spasmes violents de son estomac qui rendait tout ce qu'il contenait.

— On dirait ben que notre pauvre Cléomène a décidé de réciter son chapelet dehors, mon jeune, dit Samuel.

— On peut tout de même pas le laisser malade dehors comme un chien, fit le vieux Delphis Moreau à Patrick Quinn.

— C'est sûr.

— Je vais le ramener à sa femme, décida Ellis. J'espère au moins que ça va lui servir de leçon, ajouta-t-il.

Hormidas Meilleur aida Samuel Ellis à faire monter le malade dans le berlot et le véhicule quitta la cour de la fromagerie pour s'engager dans le rang Saint-Jean.

À compter de ce jour, Hubert Beauchemin mit à la disposition de sa clientèle un grand bol de fromage en grains frais sur une petite table et il se décida à tendre une toile sur le bac de fromage sous le prétexte très justifié que ce serait plus propre ainsi. Il remplissait le bol à deux reprises dans la journée, jugeant que c'était bien suffisant pour donner un aperçu du goût du produit. Par contre, il refusa d'en faire autant avec le fromage orangé, indiquant qu'il ne voulait pas entamer une belle meule.

Ceux qui crurent que Cléomène Paquette avait tiré une leçon de sa mésaventure s'étaient lourdement trompés. Le petit homme réapparut à la fromagerie dès le lendemain après-midi en disant haut et fort que son indigestion de la veille avait été due à ce qu'il avait mangé à son repas du midi. Il sursauta en apercevant la toile qui protégeait maintenant la cuve de fromage en grains, mais il n'eut pas le choix de faire comme les autres clients. Il dut se limiter à une poignée ou deux de fromage, sous le regard goguenard du fromager.

Chapitre 23

Une grande perte

Le mois de mars commença sous d'heureux auspices. La température s'adoucit et il n'y eut aucune chute de neige durant les premiers jours du mois. La neige ne fondait pas encore, mais un ciel uniformément bleu donnait l'espoir de l'arrivée prochaine du printemps.

Chez les Beauchemin, on avait décidé de s'unir pour aller couper la glace sur la rivière et on avait inclus dans le groupe Constant Aubé qu'on considérait déjà comme un membre à part entière de la famille. Pendant une semaine, Xavier, Hubert, Donat, Liam et Rémi quittaient tôt leur ferme pour descendre sur la rivière, non loin du moulin de Constant.

La glace était épaisse de deux bons pieds et conviendrait parfaitement à la conservation de la viande quand le dégel obligerait les ménagères à vider leur coffre de viande pour aller déposer celle-ci sous le grain dont on aurait recouvert la glace, au fond de la grange.

À l'aide de tarières et de scies, les hommes découpèrent des blocs de trois pieds de longueur par deux pieds de largeur qu'ils transportèrent dans la grange de chacun.

Par ailleurs, Marie n'était plus alitée et était un peu plus active depuis quelques semaines, mais elle était demeurée très faible, au point que Bernadette avait dû écrire à l'orphelinat de Sorel pour demander la permission de garder Célina encore quelque temps, ce que la supérieure avait

451

accepté. L'orpheline était demeurée toujours aussi efficace et serviable, ce qui convenait parfaitement à Eugénie qui continuait à s'en remettre à elle pour la plupart des tâches.

Au fil des jours, l'inclination de plus en plus évidente de Hubert pour la jeune fille n'avait pas échappé aux occupants de la grande maison de pierre du rang Saint-Jean. Il ne se passait guère de journée ou de soir où il ne venait rendre visite aux siens.

— Je me demande s'il vient pour voir si vous allez mieux, m'man, ou si c'est pour être certain que Célina est encore là, disait parfois Bernadette, taquine.

— Mêle-toi donc de tes affaires, Bedette Beauchemin, la rembarrait sa mère, chaque fois.

Pourtant, à chaque occasion, Marie avait un sourire énigmatique et jetait un coup d'œil à l'orpheline tout en feignant d'ignorer la rougeur qui envahissait alors les joues de celle-ci. En fait, la veuve de Baptiste Beauchemin avait eu largement le temps de bien mesurer la valeur de Célina durant les deux derniers mois. C'était une fille selon son cœur qu'aucune besogne ne rebutait. Sa générosité, sa piété et son endurance lui plaisaient énormément et elle n'aurait rien demandé de mieux que son fils cadet s'attache à elle. Par ailleurs, elle était heureuse qu'il ait cessé de fréquenter la fille de Télesphore Dionne qu'elle jugeait encore plus prétentieuse que sa mère, ce qui n'était pas peu dire.

Quand arriva le Mardi gras, Bernadette déclara qu'elle aimerait bien aller s'amuser après le souper chez Thomas Hyland, comme la plupart des jeunes de la paroisse. Le maire de Saint-Bernard-Abbé avait annoncé à la fin de la semaine précédente que sa maison serait ouverte à tous ceux et celles qui voudraient danser ce soir-là.

— C'est une bien bonne idée, approuva Eugénie qui, soudain, venait de retrouver toute son énergie. On pourrait laisser Alexis à Célina et y aller.

— Tu y penses pas, s'empressa de lui dire sa belle-mère, avec ta petite santé, c'est une affaire pour tomber malade. Laisse donc ça aux plus jeunes.

— Je suis pas malade, madame Beauchemin, se défendit sa bru.

— Ah bon ! j'avais l'impression que t'étais aussi malade que moi, rétorqua Marie, sarcastique. Et toi, Célina, ça te tente pas d'aller t'amuser un peu ? poursuivit la maîtresse de maison.

— Je sais pas trop, madame. Je connais personne dans la paroisse, fit la jeune fille.

— Hubert pourrait bien t'accompagner, suggéra Marie en adressant un regard appuyé à son fils. Moi, ça me dérange pas pantoute de m'occuper d'Alexis une couple d'heures.

Hubert s'empressa d'accepter, ce qui fit sourire Bernadette, qui avait vu clair dans la manœuvre de sa mère.

Ce soir-là, les gens de la paroisse s'en donnèrent à cœur joie chez le propriétaire du moulin à bois sous l'œil débonnaire du curé Fleurant qui avait accepté sans la moindre hésitation l'invitation de son marguillier. Dès le début de la soirée, Donat, Eugénie, Xavier, Catherine, Camille, Liam, Bernadette et Constant se joignirent à Célina et Hubert pour participer à la fête. Tous vinrent frapper à la porte de Hyland, comme l'avaient déjà fait une trentaine d'habitants de la paroisse avec l'intention de chanter et de danser jusqu'à minuit.

Hubert remarqua qu'Angélique Dionne était accompagnée pour l'occasion par Ulric Laforce, un jeune cultivateur de Sainte-Monique, mais cela ne lui fit ni chaud ni froid. Il ne manquait qu'Emma et Rémi qui avaient préféré demeurer à la maison parce que Marthe avait une mauvaise toux.

Le violoneux et l'harmoniciste jouaient des airs entraînants et les sets carrés succédaient aux «pull John» pour plaire aux nombreux Irlandais présents.

Un peu avant minuit, le curé Fleurant se leva pour signifier qu'il était temps de mettre fin à la fête. Avant de partir, il invita toutes les personnes présentes à l'imposition des Cendres qui aurait lieu à la chapelle le lendemain soir.

Au moment de quitter Célina, Hubert parvint à vaincre sa timidité et lui demanda si elle lui permettrait de la fréquenter.

—J'aimerais bien ça, répondit-elle, rougissante, mais il va falloir demander la permission à ta mère parce que c'est elle qui est responsable de moi jusqu'à ce que j'aie vingt et un ans.

—Je pense qu'elle va vouloir, rétorqua-t-il, presque assuré de la réponse de sa mère.

❧

Le lendemain, l'atmosphère avait sensiblement changé. L'heure était à la prise des résolutions qu'il allait falloir tenir pendant les quarante prochains jours.

Après avoir assisté à la cérémonie de l'imposition des Cendres, chacun rentra chez soi. Chez Camille, celle-ci ne se préoccupa pas de Paddy Connolly, mais elle vit à ce que chaque membre de la famille fasse une promesse qu'il serait en mesure de tenir.

—Et toi, Liam, qu'est-ce que tu promets? demanda-t-elle à son mari dont le visage renfrogné disait assez son manque d'enthousiasme.

—Moi, quoi? laissa-t-il tomber.

—Qu'est-ce que tu promets?

Il se rendait bien compte que ses enfants venaient subitement de se taire et attendaient sa réponse.

—De pas fumer, finit-il par dire.

—J'aimerais autant pas, déclara-t-elle sans ambages. La dernière fois que t'as fait cette promesse-là, t'étais pas endurable du carême.

— Dis donc, c'est toi ou moi qui promets? fit-il en élevant la voix.

— Toi, affirma sa femme avec un mince sourire. Mais c'est trop dur pour toi de te priver aussi longtemps de tabac, et t'entendre téter ta pipe vide durant quarante jours me tente pas. Qu'est-ce que tu dirais de pas sacrer durant tout le carême?

Liam jeta un coup d'œil à son oncle qui haussa les épaules avec l'air de le plaindre de se laisser mener par le bout du nez par sa femme. L'espace de quelques instants, on sentit que le maître de la maison eut la tentation de dire à sa femme de se mêler de ses affaires, mais la vue de ses enfants, en train de guetter sa réaction, le ramena à de meilleurs sentiments. Depuis quelques mois, une agréable entente régnait entre sa Camille et lui. Par conséquent, la vie à la maison était devenue franchement agréable... et ce n'était pas uniquement dû à la naissance de Damian.

— Ouais! Pourquoi pas? finit-il par laisser tomber.

— Chaque fois que tu t'échapperas, tu pourrais dire un chapelet, suggéra sournoisement sa femme avec un petit sourire.

— Calvaire! Quand tu parles comme ça, tu me fais penser à ta mère, ne put-il s'empêcher de s'écrier.

— Disons que ce sacre-là compte pas, fit-elle en riant...

~

Le mardi matin suivant, Donat se leva à l'aube et descendit au rez-de-chaussée. Il trouva la cuisine glaciale et s'empressa de jeter une bûche sur les derniers tisons qui se consumaient dans le poêle. Il aurait bien aimé que sa femme se lève un peu avant lui pour faire chauffer le thé, mais il n'y avait rien à faire, elle attendait toujours que Célina vienne la réveiller. Elle n'acceptait pas que sa belle-mère occupe de nouveau la «grande chambre du bas» d'où ils avaient été chassés par la faiblesse cardiaque de la maîtresse de maison.

— Il me semble que monter une ou deux fois par jour dans son ancienne chambre la ferait pas mourir, répétait-elle avec mauvaise humeur.

— C'était sa chambre avant ton accouchement, disait Donat chaque fois qu'il l'entendait se plaindre. T'oublies que c'est sa maison, elle a le droit de choisir sa chambre. Elle, elle nous l'a prêtée le temps que t'étais en famille sans rechigner. À cette heure, elle est malade du cœur, le moins qu'elle pouvait demander, c'était bien de la reprendre pour pas avoir à monter l'escalier. Puis torrieu, arrête de te lamenter pour cette niaiserie-là !

— Malade du cœur ! Malade du cœur ! Je suis sûre que ça fait des semaines qu'elle est correcte.

— Il y a juste à la regarder pour s'apercevoir qu'elle est encore malade, répliquait-il, exaspéré.

Ce matin-là, il entendit Célina frapper à la porte de leur chambre pour réveiller Eugénie au moment où il chaussait ses bottes. Il endossa son manteau, alluma un fanal et quitta la maison en direction de l'étable. Peu après, Eugénie, Bernadette et Célina descendirent dans la cuisine. Pendant que la première entreprenait de mettre le couvert pour le déjeuner, les deux autres s'habillèrent pour aller nourrir les animaux et prêter main-forte à Donat.

Après le train, le soleil était levé. Tous les trois rentrèrent à la maison, prêts à manger l'omelette aux grillades de lard cuisinée par une Eugénie déjà fatiguée qui venait d'installer Alexis à table. Bernadette monta rapidement à sa chambre pour changer de vêtements et ainsi être prête à temps pour l'école.

— M'man est pas encore levée ? demanda l'institutrice à Eugénie en s'approchant de la table.

— Je l'ai pas réveillée, répondit sa belle-sœur. Elle a dû mal dormir, je l'ai laissée se reposer, la chanceuse.

— Je vais aller voir si elle veut déjeuner avec nous autres, fit Célina en déposant une miche de pain sur la table.

La jeune fille alla frapper discrètement à la porte de la chambre située au pied de l'escalier. L'occupante ne répondit pas. Elle frappa de nouveau sans plus de résultat. Elle ouvrit alors doucement la porte et s'avança vers le grand lit qui occupait pratiquement les deux tiers de la pièce. Elle aperçut alors Marie Beauchemin, étendue sur le dos, le visage violacé et la bouche ouverte.

— Madame Beauchemin! Madame Beauchemin! Est-ce que vous m'entendez? demanda-t-elle en la secouant doucement par une épaule.

Aucune réaction. La veuve de Baptiste Beauchemin ne bougea pas. Affolée, l'orpheline se précipita hors de la chambre.

— Venez vite, dit-elle d'une voix altérée à Bernadette, Eugénie et Donat qui venaient de prendre place à table. Je pense que madame Beauchemin est morte.

— Voyons donc! s'écria Bernadette, incrédule, en quittant rapidement le banc sur lequel elle était assise.

Son frère et sa belle-sœur la suivirent de près et pénétrèrent derrière elle dans la chambre. Le spectacle qu'ils découvrirent ne laissait guère de doute: Marie Beauchemin était vraiment morte durant son sommeil. Bernadette s'écroula sur le lit et secoua sa mère, pour la réveiller. Elle était en proie à une véritable crise de nerfs.

— M'man! M'man! Réveillez-vous, pour l'amour du ciel!

Donat dut intervenir pour lui faire lâcher prise.

— Lâche-la, Bedette, lui ordonna-t-il en s'essuyant les yeux. Tu vois ben qu'elle est partie.

— Il y avait personne avec elle! s'écria la jeune femme en se mettant à pleurer convulsivement.

— Regarde son visage, elle a pas l'air d'avoir souffert, dit Donat pour tenter de la consoler.

Célina s'approcha d'elle pour la soutenir.

— Qu'est-ce qu'on va faire? s'enquit Eugénie, la figure décomposée.

—Je vais d'abord atteler et aller prévenir monsieur le curé pour qu'il vienne lui donner l'extrême-onction, décida Donat. Après, j'irai avertir la famille. Vous autres, pendant ce temps-là, vous pourriez peut-être faire sa toilette, suggéra-t-il.

À l'extérieur, une neige lourde et épaisse s'était mise à tomber doucement depuis le milieu de la nuit. Le jeune cultivateur attela le Blond à son berlot et prit la route.

Il alla frapper d'abord à la porte des Connolly pour apprendre la nouvelle à sa sœur. Camille était en train de servir le déjeuner à son mari et à ses enfants.

—Mon Dieu ! s'exclama-t-elle, bouleversée, je m'en doutais que c'était à la veille d'arriver. Pauvre m'man !

—Pourquoi tu dis ça ? s'étonna Donat.

—La dernière fois que le docteur Samson est venu la voir, il m'a dit que son cœur arrêtait pas de s'affaiblir et qu'elle avait pas l'air d'avoir assez de forces pour remonter la pente.

—Pourquoi tu nous en as pas parlé ? lui reprocha-t-il pendant qu'elle endossait son manteau pour le suivre.

—Oui, pourquoi ? intervint Liam qui s'était levé de table pour présenter ses condoléances à son beau-frère.

—Ça aurait servi à rien d'inquiéter tout le monde, fit-elle, fataliste, après avoir chaussé ses bottes.

—Vas-tu rester assez longtemps à la maison pour donner un coup de main ? poursuivit son frère. Bernadette est tout à l'envers et Eugénie sait pas trop quoi faire. Il reste juste Célina pour tout prendre en main.

—Inquiète-toi pas pour ça, déclara-t-elle. Ann, tu t'occupes de la maison, ajouta-t-elle en se tournant vers l'adolescente.

—À quoi je peux être utile ? demanda Liam.

—Peut-être aller avertir mon oncle Armand à Sainte-Monique si tu penses être capable de passer sur le chemin. Si tu y vas, dis-lui donc de faire prévenir ma tante Mathilde.

— Est-ce que c'est bien nécessaire ? s'enquit Camille, déjà prête à suivre son frère à la maison paternelle.

— Tu la connais, elle comprendrait pas qu'on l'ait pas avertie.

Sur ces mots, le frère et la sœur quittèrent la maison. Donat laissa Camille chez sa mère et poursuivit son chemin dans le rang Saint-Jean, malgré la giboulée qui semblait s'être intensifiée. Il passa le pont. Avant d'entreprendre la montée de la côte abrupte du rang Sainte-Ursule, il s'arrêta un instant chez Dionne pour lui apprendre que sa mère venait de mourir subitement. Il lui demanda d'écrire un mot qu'il irait fixer à la porte de l'école, en face, pour prévenir les enfants qu'ils n'auraient pas de classe avant le lundi suivant. Télesphore offrit ses condoléances et accepta de s'en charger.

Donat remonta dans son berlot et poursuivit son chemin. Plus d'une fois, le Blond broncha dans la côte et le conducteur dut descendre de sa voiture pour faire avancer sa bête.

Quand il frappa à la porte du presbytère, ce fut le curé Fleurant qui vint lui ouvrir. En quelques instants, le prêtre fut prêt à le suivre, chargé des saintes huiles. Il tendit au conducteur une clochette à agiter pour signifier à tous ceux qu'ils croiseraient en chemin qu'il allait porter les derniers sacrements à une personne mourante. Donat revint à la maison et accompagna le curé à l'intérieur où on le débarrassa de son lourd manteau avant de l'introduire dans la chambre de la défunte.

Tout avait été rangé dans la pièce et deux cierges allumés avaient été déposés sur les tables de nuit. Félix Fleurant invita les personnes présentes à entrer et à s'agenouiller dans la chambre pour assister à l'administration des saintes huiles à la disparue. Il mit son étole et trempa le bout de ses doigts dans l'huile bénite pour tracer un petit signe de croix sur la bouche, les oreilles, le nez, les yeux et les mains de la défunte. Ensuite, il récita quelques prières à son chevet puis adressa des paroles de réconfort aux gens qui l'entouraient.

Avant son départ de la maison, il fut entendu qu'il reviendrait prier le soir même pour le salut de celle qui venait de disparaître et qu'il célébrerait ses funérailles le vendredi matin, à neuf heures. Le pasteur de la paroisse quitta les lieux en souhaitant beaucoup de courage à tous.

Après avoir reconduit le prêtre au presbytère, Donat se rendit avec difficulté chez Xavier à l'autre extrémité du rang Sainte-Ursule parce que la neige s'était intensifiée. Il arriva chez son frère au moment où ce dernier s'apprêtait à aller bûcher avec son homme engagé. En apprenant la nouvelle, il eut beaucoup de mal à contenir sa peine. Sa femme Catherine, elle, éclata en sanglots.

—J'attelle tout de suite. Ma belle-mère va garder Constance. On va aller rejoindre la famille, promit-il à son frère aîné. Laisse faire le docteur Samson, je vais m'en occuper après avoir laissé Catherine chez m'man.

Donat quitta la ferme de son frère, longea tout le rang Sainte-Ursule, descendit la côte et traversa le petit pont avant de s'arrêter à la fromagerie où Hubert était déjà au travail depuis plus de deux heures. Quand il apprit au cadet de la famille le décès de leur mère, celui-ci se mit à pleurer. Il confia certaines tâches à Léon Gariépy, un grand jeune homme maigre comme un clou et aux oreilles largement décollées, en lui rappelant ce qu'il devait faire.

—As-tu averti Emma et Rémi? demanda-t-il à Donat.

—J'y vais justement, répondit Donat.

—Qu'est-ce que t'as prévu pour le cercueil de m'man? fit-il en faisant un effort louable pour oublier son chagrin.

—J'avais l'intention d'aller voir Hyland, fit Donat. Il en a toujours deux ou trois au moulin.

—Laisse donc faire. Je vais aussi prévenir Constant Aubé. Comme ça, si Hyland a pas de cercueil prêt, Constant va certainement s'offrir pour lui donner un coup de main pour en faire un. Il l'a déjà fait une couple de fois.

Emma fut tellement ébranlée en apprenant la mort subite de sa mère qu'il fallut des trésors de patience à son mari pour la calmer avant de l'emmener chez les Beauchemin. Ses deux aînés, Flore et Joseph pleuraient sans trop savoir pourquoi en s'accrochant aux jupes de leur mère.

— On va emmener les enfants chez m'man, finit-elle par dire à son mari. Célina ou Ann va être capable de s'en occuper.

Lorsque Hubert apprit à Constant Aubé le décès de la mère de Bernadette, la nouvelle sembla lui faire autant de peine que s'il venait de perdre sa propre mère. Le meunier s'empressa de s'habiller pour le suivre au moulin à bois de l'autre côté de la rivière, chez Thomas Hyland.

— On va prendre mon grand traîneau, annonça le fiancé de Bernadette. S'il a ce qu'il nous faut, on pourra l'apporter chez ta mère sans avoir à attendre.

Le maire était en train de corder des planches au fond de sa remise à leur arrivée. Par bonheur, il avait deux grands cercueils pour adulte et un pour enfant. Il les avait fabriqués au début de l'hiver avec des planches de pin sur lesquelles il avait appliqué deux couches de vernis. Constant et Hubert chargèrent l'une des bières sur la voiture et retournèrent à la maison.

Dès qu'ils entrèrent dans la cour, la porte de la façade de la maison s'ouvrit toute grande devant les deux hommes transportant le cercueil qui fut déposé sur deux tréteaux que Rémi venait de sortir de la remise.

— Le docteur est pas encore arrivé, annonça Donat en fermant la porte derrière eux. Il va ben dire qu'on est vite en affaire en voyant le cercueil! Il aura encore pas vu m'man.

Hubert et Constant se bornèrent à hocher la tête pour signifier qu'ils avaient entendu et ils le suivirent jusqu'à la chambre où reposait la morte.

— Célina et Camille ont fait sa toilette, expliqua-t-il, au moment où Bernadette s'approchait de son amoureux pour trouver du réconfort.

— On peut pas l'étendre comme ça sur des planches de bois, dit-elle, les larmes aux yeux. C'est pas humain.

Personne ne dit rien jusqu'à ce que Constant suggère :

— Si vous avez une paillasse vide, je pourrais aller la remplir de paille dans la grange, la même chose pour un oreiller.

Les personnes présentes dans le salon hochèrent la tête. Célina alla chercher une enveloppe et une taie d'oreiller vides et les tendit à Hubert et à Constant. À leur retour, ils installèrent le tout dans le cercueil, toujours posé sur le plancher du salon.

Une heure plus tard, le docteur Samson pénétra dans la maison, suivi de près par Liam, tout aussi couvert de neige que lui. Le médecin fut débarrassé de son manteau et de sa casquette et il s'enferma dans la chambre où reposait Marie Beauchemin.

— Comment était le chemin ? demanda Xavier à son beau-frère.

— Pas si mal, répondit le mari de Camille. Il y avait juste les côtes que le cheval avait ben de la misère à monter.

Le docteur Samson sortit de la chambre moins de cinq minutes après y être entré. Bernadette lui versa une tasse de thé bouillant pendant qu'il signait le certificat de décès. Il offrit ses condoléances à toute la famille entassée dans la cuisine avant d'expliquer que le cœur de Marie avait lâché durant la nuit et qu'elle n'avait probablement pas souffert.

Après le départ du praticien, Donat et Rémi allèrent chercher le cercueil dans le salon et le transportèrent dans la chambre. Ils invitèrent les membres de la famille à quitter la pièce, le temps de déposer la défunte dans la bière. On déplaça ensuite celle-ci sur les tréteaux, dans le salon. Pendant que Camille allait chercher les cierges pour les déposer à la tête et aux pieds de la défunte, Célina prit sur elle de prendre un chapelet et de le nouer autour des mains de la disparue.

— On va réciter un chapelet pour m'man, déclara Camille en s'agenouillant près du cercueil.

Tous l'imitèrent. Après la prière, tous se relevèrent.

— Il va falloir penser à dîner, dit Eugénie en entendant Alexis rechigner dans la pièce voisine.

— J'ai mis à réchauffer un plein chaudron de fèves au lard, annonça Célina. Si vous le voulez, on peut ajouter un reste de jambon.

Camille, Catherine, Bernadette et Emma s'empressèrent de dresser le couvert et d'aider l'orpheline pendant qu'Eugénie, officieusement la nouvelle maîtresse de maison, se retirait à l'écart pour bercer Alexis.

Après le repas, les femmes décidèrent de cuisiner parce que les visiteurs, qui allaient probablement envahir la maison des Beauchemin dès le début de la soirée, auraient besoin de se sustenter avant de quitter les lieux. Comme elles étaient trop nombreuses pour travailler autour du même poêle, Catherine et Emma décidèrent de rentrer chez elles pour cuisiner et de revenir au début de la soirée. Hubert dut aller se charger de son fromage, mais Constant demeura avec Donat pour l'aider à préparer la cuisine d'été pour les visiteurs qui ne trouveraient pas place dans la cuisine d'hiver et dans le salon.

Très tôt ce soir-là, beaucoup de gens de Saint-Bernard-Abbé envahirent la maison des Beauchemin pour dire un dernier adieu à Marie. Le curé Fleurant tint parole et dirigea les prières jusqu'à dix heures. Il ne quitta la maison du rang Saint-Jean qu'après avoir fait amplement honneur à la tête fromagée de Camille et aux tartes de Catherine.

Laura Benoît, la mère de Catherine, avait tenu à venir prier au chevet de la défunte pour montrer sa sympathie à la famille éprouvée et aussi l'estime qu'elle portait à son gendre, qui la respectait contrairement à son fils Cyprien.

Dans la cuisine d'été enfumée par les pipes, on discutait autant de la période des sucres qui approchait que du nouveau gouvernement de Gédéon Ouimet. Évidemment, Paddy Connolly déclarait haut et fort que ce nouveau premier ministre ne parviendrait jamais à égaler Chauveau par manque d'expérience, surtout que le dernier recensement venait de révéler que la population de la province dépassait maintenant le million d'habitants.

Quand la maison se vida de tous ses visiteurs, on remit de l'ordre malgré l'épuisement après une si longue journée. Pour sa part, Eugénie déclara qu'elle n'en pouvait plus et disparut dans sa chambre, à l'étage, évitant ainsi une autre corvée. On organisa sans elle la veillée au corps.

— On devrait faire comme pour p'pa, suggéra Camille dont les yeux cernés trahissaient clairement la fatigue. On devrait veiller deux heures chacun avant d'aller dormir. Ça sert à rien de se jeter à terre, on a trois jours à durer et la besogne manquera pas.

Tous approuvèrent.

— Je suis prête à veiller jusqu'à deux heures, déclara Bernadette, aussi fatiguée que sa sœur aînée.

— Je vais rester avec toi, fit Constant qui n'avait quitté la maison des Beauchemin que le temps d'aller aider son homme engagé à soigner les animaux.

— Moi aussi, annonça Donat.

— Nous allons revenir vers deux heures, prévint Liam sans consulter sa femme.

Camille lui adressa un sourire de reconnaissance, se rappelant encore trop bien à quel point il l'avait mal appuyée lors du décès de son père.

— Je serai là à quatre heures, promit Hubert.

Les autres membres de la famille choisirent à tour de rôle des heures de veille avant de se retirer. Donat et Constant remplirent le coffre de bûches et vinrent s'installer près de Bernadette qui avait approché une chaise près du cercueil de la défunte pour mieux la voir. Et la longue veille commença dans la maison devenue soudain silencieuse. Vers deux heures, Liam, Camille, Catherine et Xavier vinrent prendre leur place en annonçant que la neige avait cessé de tomber depuis un bon moment et que le froid était revenu.

Deux heures plus tard, Emma et Rémi pénétrèrent dans la maison, précédant Hubert de peu. Celui-ci découvrit avec surprise Célina en train de descendre l'escalier.

—Pourquoi tu te lèves aussi de bonne heure ? lui chuchota-t-il.

—Parce que je tiens à veiller au corps, moi aussi, répondit l'orpheline. J'aimais beaucoup ta mère.

Le jeune homme comprit qu'elle lui témoignait aussi de cette façon son attachement.

—Et les enfants ? demanda-t-elle à Emma en l'aidant à retirer son manteau.

—La petite Gariépy va s'en occuper jusqu'aux funérailles, lui expliqua Emma avant d'entrer dans le salon.

Un peu après six heures, Donat réveilla sa femme en se levant.

—T'es allée veiller ma mère à quelle heure pendant la nuit ? lui demanda-t-il après avoir allumé la lampe à huile.

—Personne m'a réveillée, avoua Eugénie, sans remords apparents. De toute façon, vous étiez bien assez nombreux pour la veiller.

—On peut pas dire que t'as grand cœur, répliqua-t-il sèchement. Si c'est comme ça, grouille-toi au moins d'aller aider à préparer le déjeuner avant que les autres s'en occupent à ta place. Montre un peu que c'est toi qui es la maîtresse de maison ici dedans à cette heure.

Sur ces mots, il finit de s'habiller et descendit au rez-de-chaussée où déjà la vie reprenait.

—Laisse faire ton train, lui dit Xavier lorsqu'il le vit entrer dans la cuisine. Je m'en suis occupé avec Constant et Bernadette.

— Et ton train, qui va le faire ?

— Antonin. Ma belle-mère prend soin de Constance.

— Et pour toi, Constant ?

— À quoi penses-tu que sert mon homme engagé ?

— On a préparé des crêpes pour le déjeuner, annonça Célina aux hommes regroupés près du salon.

— T'aurais pu venir me demander ce que j'en pensais, fit sèchement Eugénie en entrant dans la pièce.

L'orpheline pâlit sous la réprimande inattendue, mais Camille s'empressa d'intervenir.

— C'est moi qui ai décidé qu'on mangerait des crêpes, déclara-t-elle à sa belle-sœur sur un ton peu amène. T'étais pas là pour nous aider, ajouta-t-elle sèchement.

Eugénie jeta un regard vers son mari, mais il ne dit pas un mot pour la défendre.

— Où est-ce que tu t'en vas ? demanda Bernadette à son amoureux en train de chausser ses bottes.

— Je vais aller voir si ma maison est encore debout, plaisanta-t-il à mi-voix.

— Il est pas question que tu partes d'ici avant d'avoir déjeuné, fit-elle. Viens t'asseoir à table avec les autres. Tu t'en iras après si t'as de l'ouvrage qui t'attend.

Il était évident que la nuit écourtée en avait fatigué tout de même quelques-uns, mais certaines tâches quotidiennes durent être accomplies. Durant la journée, Hubert dut retourner à trois reprises à la fromagerie voir à la fabrication de son fromage et Rémi ne put faire autrement que d'aller soigner l'une de ses vaches qui était malade. Encore une fois, Camille, Catherine et Emma retournèrent cuisiner chez elles pour compléter les provisions mises à mal par les visiteurs la veille. Eugénie leur dit qu'elle allait faire une double recette de pâte à pain et des brioches quand ses trois belles-sœurs se préparaient à partir, mais ces trois dernières savaient bien que le plus gros du travail allait être accompli par l'infatigable orpheline.

Armand Beauchemin et sa femme arrivèrent chez leur belle-sœur décédée en compagnie de sœur Marie du Rosaire et d'une jeune religieuse au début de l'après-midi. Le verbe haut et le geste aussi tranchant que d'habitude, la sœur Grise traversa la maison en coup de vent pour aller voir Marie dont le corps était exposé au fond du salon.

—J'ai jamais arrêté de lui conseiller de se ménager, répéta-t-elle plusieurs fois à des voisins venus exprimer leur sympathie à la famille éprouvée. C'était une bien bonne femme. Le bon Dieu est venu la chercher bien trop vite.

Un peu plus tard, après avoir insisté pour qu'on lui octroie une chambre à elle et à sa compagne, elle descendit au salon où elle s'installa sur une chaise, près du cercueil, ayant décidé sans consulter personne à quel rythme le chapelet devait être récité.

—On va avoir tout un problème pour coucher mon oncle Armand et ma tante Amanda à soir, se plaignit Eugénie à ses belles-sœurs. On va manquer de place.

De fait, chez les Lafond comme chez les Connolly, il était impossible d'héberger ces visiteurs. Toutes les chambres étaient occupées.

—Je les inviterais ben chez nous, intervint Hubert. J'ai de la place, mais il y a pas de meubles dans les chambres en haut. Léon dort sur une paillasse et moi, j'ai juste un lit.

—Attendez, j'ai une idée, fit Bernadette qui n'avait encore rien dit.

La jeune femme alla retrouver Constant en train de parler avec Cléomène Paquette, Antonius Côté et Conrad Boudreau, son voisin immédiat, de l'autre côté de la route. Elle lui parla du problème d'hébergement.

—Ils n'ont qu'à venir coucher à la maison, dit-il sans la moindre hésitation. J'ai deux chambres libres.

❧

Les deux jours suivants furent pratiquement identiques au premier. Durant la journée, il y avait une petite vague de visiteurs au milieu de l'après-midi, et le soir leur nombre grossissait sensiblement. Quand le curé Fleurant n'était pas présent pour diriger la prière, sœur Marie du Rosaire s'en chargeait avec ostentation.

Lorsque le matin des funérailles arriva, plus d'un membre de la famille, surtout les femmes, avait l'impression d'avoir passé toute sa vie à faire la cuisine et le ménage de la maison.

Le vendredi matin, Anatole Blanchette stationna son long traîneau noir devant la porte de la façade de la maison des Beauchemin quelques minutes avant neuf heures. Il était le seul paroissien de Saint-Bernard-Abbé à posséder ce type de véhicule. Le temps était singulièrement doux ce matin-là quand l'homme pénétra dans la maison où tous les membres de la famille s'étaient déjà regroupés pour faire un dernier adieu à celle qui avait dirigé cette demeure pendant plus de quarante ans.

À l'entrée du gros homme dans le salon, le silence tomba sur la maison et les enfants furent regroupés dans la cuisine d'été, sous la garde d'Ann et de Célina. Mathilde Beauchemin s'agenouilla près du cercueil, aussitôt imitée par toutes les personnes présentes et on récita une dernière dizaine de chapelet. Ensuite, Camille, à titre d'aînée de la famille, pria tout le monde de se retirer dans la pièce voisine alors que Constant et Rémi arrivaient dans le salon avec le couvercle du cercueil qui fut vissé rapidement.

Après ce travail, les trois fils de la disparue, aidés par Armand Beauchemin, sortirent la bière de la maison et allèrent la déposer sur le long traîneau.

Chacun s'empressa pendant ce temps d'aller chercher son manteau.

Hubert attira sa sœur Camille un peu à l'écart pour lui chuchoter quelques mots à l'oreille. Celle-ci se borna à hocher la tête avec un pauvre sourire. Le jeune homme alla ensuite trouver Célina occupée à calmer les enfants dans l'autre pièce.

—D'après Camille, Ann est capable de se débrouiller toute seule avec les enfants. Si ça te tente, tu peux venir avec moi aux funérailles de ma mère.

—Qu'est-ce qu'Eugénie va dire de ça? demanda l'orpheline, hésitante.

—Ma belle-sœur a rien à dire. C'est pas ta patronne, ajouta-t-il abruptement. Viens-tu?

—J'arrive, accepta-t-elle.

La veille, il y avait eu une scène assez pénible entre Emma, Camille, Bernadette et leur belle-sœur. L'épuisement des derniers jours n'avait probablement pas été étranger à la courte dispute. Depuis le début de la matinée, Eugénie, toujours aussi geignarde, n'avait cessé de donner des ordres à l'orpheline, incapable de voir qu'elle ne suffisait pas à la tâche. Si la femme de Donat s'était elle-même dépensée sans compter, personne n'aurait rien trouvé à y redire, mais comme à son habitude elle en faisait le moins possible.

—Lâche-la un peu, bondance! avait fini par s'écrier Emma. Elle a juste deux mains après tout!

—On la nourrit et on l'héberge pour qu'elle se rende utile, avait lâché Eugénie d'une voix acide.

—Il y a tout de même des limites à ambitionner sur le monde, était intervenue Camille. Elle fait presque tout à ta place depuis que m'man est partie.

—On l'a fait venir pour travailler, pas pour se pavaner au milieu de la place, avait rétorqué Eugénie, l'air mauvais.

Célina, gênée d'être l'objet de cette scène, s'était éloignée.

—Je te ferai remarquer, Eugénie, que ma tante Mathilde nous l'a laissée surtout pour aider ma mère, était intervenue Bernadette à son tour.

—Je veux bien le croire, mais à cette heure que ta mère est plus là, c'est moi la maîtresse de maison et elle va faire ce que je lui dis de faire.

Cette dernière déclaration incita les trois sœurs à se regarder, surprises.

— La maîtresse de quelle maison ? fit Emma en élevant un peu la voix. Si tu parles d'ici dedans, je te ferai remarquer qu'il y a rien qui dit que m'man l'a laissée à Donat. On est là, nous autres aussi. À ce que je sache, m'man s'est jamais donnée à Donat. Il va falloir attendre la lecture du testament pour savoir, ajouta-t-elle, en dissimulant mal sa colère.

Eugénie pâlit soudain, car ce qu'on venait de lui dire ne lui avait jamais effleuré l'esprit.

— Bon, c'est pas encore le temps de ce genre de discussion, avait tranché sœur Marie du Rosaire qui les avait écoutées sans dire un mot. En plus, il est possible que nous repartions pour Sorel avec Célina après le service.

Vaincue, la femme de Donat s'était tue, mais la querelle avait fait l'objet de plus d'un commentaire depuis, et Eugénie avait fait bien attention de ne pas se montrer trop cassante avec l'orpheline, comme si elle essayait de rentrer dans ses bonnes grâces. Ce matin-là, quand elle la vit endosser son manteau aux côtés de Hubert, elle n'osa donc rien dire.

Le convoi funèbre était formé d'une quinzaine de *sleighs* et de berlots qui vinrent s'arrêter devant la chapelle où de nombreux paroissiens attendaient l'arrivée du corps. L'élégante catherine conduite par Eudore Valiquette fut le dernier véhicule à prendre place au bout du défilé. Le cercueil fut porté à l'intérieur où le curé Fleurant, vêtu de ses habits sacerdotaux noirs, attendait la dépouille de sa paroissienne.

La chapelle était pleine aux deux tiers de fidèles. Le prêtre anima une cérémonie empreinte de simplicité en insistant davantage sur les joies de se revoir un jour que sur les déchirements de la séparation. La famille Beauchemin, regroupée à l'avant, apprécia énormément ce soutien.

À la fin de la messe, la plupart des participants accompagnèrent le prêtre jusqu'au charnier où le cercueil allait être entreposé jusqu'au dégel de la terre.

À la sortie du cimetière, les filles de Marie Beauchemin invitèrent les gens à venir prendre une petite bouchée à la maison, mais tous refusèrent poliment, comprenant que le moment était venu de laisser les membres de la famille se retrouver entre eux. Armand et Amanda Beauchemin furent les premiers à prendre congé et retournèrent à Sainte-Monique.

De retour à la maison paternelle, Emma, Catherine et Camille refusèrent, elles aussi, de rester dîner en prétextant qu'il était temps de rentrer chez elles et de rattraper tout le travail qui n'avait pas été fait durant les derniers jours. Pour sa part, Eugénie se réjouit de se retrouver enfin maîtresse de la grande maison de pierre et elle fit des vœux pour que les religieuses rentrent à Sorel dans l'après-midi. Pourtant, elle aurait dû songer que si telle avait été l'intention de Mathilde Beauchemin, elle serait montée avec sa compagne dans la *sleigh* de son frère Armand qui était allé la chercher à l'orphelinat.

— On va rester toutes les trois avec vous autres jusqu'à demain après-midi, déclara avec autorité la religieuse, alors que Célina dressait déjà le couvert.

— Toutes les trois ? demanda Eugénie, surprise, en installant Alexis dans une chaise berçante.

— Je pense que Célina va revenir avec nous autres, déclara, péremptoire, la grande et forte femme. À cette heure, t'as plus à t'occuper de ta belle-mère. T'as juste ton petit et ton ordinaire à faire, t'as vraiment plus besoin d'elle.

— J'ai entendu Emma dire hier qu'elle serait ben contente d'avoir Célina avec elle pour prendre soin des enfants, intervint Hubert, assis au bout de la longue table.

— Elle m'en a pas parlé, déclara la religieuse.

— Je suis certain qu'elle va vous le dire, répliqua le fromager.

— Seigneur ! s'exclama sa tante, on dirait bien que tu tiens pas pantoute à voir partir notre Célina.

Donat, Bernadette et sœur Saint-Jean, présents dans la pièce, attendirent la suite.

— Ben, pour dire la vérité, reprit un Hubert rougissant, je venais de demander à Célina si je pouvais la fréquenter.

— Et ta mère avait accepté?

— Oui, ma tante. Elle l'aimait beaucoup.

— C'est correct, accepta la religieuse, mais il va falloir savoir où elle va rester et obtenir la permission de notre mère supérieure. C'est pas moi qui vais décider, c'est elle. En attendant, elle va rester ici pour donner un coup de main à Eugénie, à moins qu'elle aime mieux rentrer à l'orphelinat avec nous autres cet après-midi.

Célina préféra demeurer à Saint-Bernard-Abbé, et la corvée d'aller reconduire les deux religieuses à Sorel l'après-midi même revint à Donat.

— Repars pas tout de suite, lui ordonna sa tante après lui avoir demandé de transporter sa valise dans l'entrée de l'orphelinat, on va aller voir immédiatement notre mère supérieure pour savoir ce qu'elle décide pour Célina.

Son neveu suivit les deux religieuses un peu à contrecœur, impatient de rentrer à Saint-Bernard-Abbé.

Sœur Marie du Rosaire ne lui laissa pas la chance d'exposer le problème de l'orpheline. Elle s'en chargea dès qu'on les fit entrer dans le bureau de la supérieure. Celle-ci écouta attentivement les explications de sa consœur et trancha rapidement en faveur d'Emma. Le fait qu'elle ait déjà trois enfants, dont une lourdement handicapée, pesa beaucoup dans la balance. Sur le chemin du retour, le jeune cultivateur se demanda comment sa femme allait prendre la nouvelle. Tout laissait croire qu'elle comptait énormément sur l'orpheline pour l'aider.

— Elle se débrouillera comme toutes les autres femmes de la paroisse, finit-il par dire à haute voix au moment où son attelage entrait dans la cour de la ferme.

Ce soir-là, Emma Lafond accueillit Célina et ses maigres bagages avec une certaine surprise. Lorsqu'elle avait mentionné qu'elle la prendrait bien chez elle pour l'aider, c'était plutôt une boutade. Toutefois, elle n'était pas sans savoir que la jeune fille allait lui apporter une aide précieuse. De plus, Hubert, son voisin immédiat, allait lui être reconnaissant de faciliter ses fréquentations.

— On va peut-être être tassés, chuchota-t-elle à Rémi en se mettant au lit, mais ça va valoir la peine. Les enfants vont l'aimer.

— Et ton frère aussi, plaisanta Rémi.

Plus loin dans le rang, Eugénie avait impatiemment attendu le départ de l'orpheline pour laisser éclater sa frustration.

— C'est pas juste pantoute, cette affaire-là, déclara-t-elle. Ta sœur vient de me voler la seule aide que j'avais ici dedans.

— Je te rappelle que cette fille-là était dans la maison pour soigner ma mère, pas pour faire ton ouvrage, tint à lui préciser son mari.

— C'est ça, prends pour ta sœur, rétorqua-t-elle abruptement.

— Si t'avais moins exagéré en lui faisant faire presque toute ta besogne, personne s'en serait mêlé et elle serait encore dans la maison.

— J'ai jamais exagéré, tu sauras, répliqua-t-elle. Je suis épuisée ! On dirait que t'es pas capable de comprendre ça.

— Épuisée par quoi, torrieu ? Alexis est correct et t'as juste l'ordinaire à faire. Qu'est-ce que tu ferais si t'avais une douzaine d'enfants comme ben des femmes de Saint-Bernard ? Ce qui a l'air de t'épuiser le plus, c'est de passer ton temps à te lamenter pour rien. Secoue-toi un peu !

Sur ces mots, Donat s'enferma dans un lourd mutisme, refusant de poursuivre cette discussion stérile.

Chapitre 24

Des surprises

Deux semaines passèrent avant qu'Hormidas Meilleur laisse une lettre chez Donat Beauchemin. Comme Bernadette était la seule qui savait lire dans la maison, ce dernier dut attendre son retour de l'école, cet après-midi-là, pour prendre connaissance du contenu de la missive.

Le notaire Letendre annonçait son désir de rencontrer les membres de la famille Beauchemin dans la matinée du samedi suivant pour la lecture du testament de leur mère.

Le jour suivant, le petit homme à la tenue toujours aussi soignée se présenta à la maison du rang Saint-Jean et se retrouva en présence de Donat, Xavier, Hubert, Camille, Emma et Bernadette. Eugénie avait évidemment fait grise mine à Emma lors de son arrivée.

— Ça paraît que le printemps approche, déclara le notaire à Donat pendant qu'on le débarrassait de son manteau. On voit maintenant au moins la moitié des piquets de clôture. Ça fond pas mal l'après-midi quand le soleil chauffe un peu.

— En tout cas, on est prêts pour les sucres, répondit le jeune homme. On a fini hier d'accrocher les chaudières aux arbres et ça a commencé à couler.

— Et, comme tous les ans à cette période de l'année, les chemins commencent à être défoncés, ajouta le notaire.

— C'est pas mieux dans les champs, intervint Xavier. On a toutes les misères du monde à sortir le bois qu'on a bûché cet hiver.

— En passant, reprit l'homme de loi de Sainte-Monique, ton fromage est le meilleur que j'aie jamais mangé, dit le visiteur en se tournant vers Hubert qui en rougit de fierté. Je te dis que si je veux en avoir, il faut que je me lève de bonne heure pour aller l'acheter au magasin général, il disparaît vite.

Pendant cette courte conversation, chacun prit place autour de la grande table, dans la cuisine.

— Je vois que les conjoints sont absents, dit le notaire en regardant autour de lui. Ils auraient pu assister à la lecture du testament, ajouta-t-il en posant son lorgnon sur son nez après avoir ouvert son porte-document en cuir.

En fait, Eugénie était l'unique conjointe présente dans la maison et elle s'était installée dans le salon, près de la porte, de manière à tout entendre de ce qui se dirait dans la pièce voisine.

L'homme de loi se racla la gorge et déplia un court document devant lui.

— Le testament de votre mère est daté du 15 janvier dernier, précisa-t-il. Je vous le lis.

« Moi, Marie Camirand, veuve de Baptiste Beauchemin, saine de corps et d'esprit, laisse tous mes biens à mon fils Donat. Il aura cependant la charge d'assurer la subsistance de mes deux seuls enfants non mariés, soit Bernadette et Hubert, jusqu'à ce qu'ils se marient.

J'aimerais que Donat remette à chacun de ses frères et sœurs une de mes courtepointes en souvenir et qu'il fasse chanter cinq messes pour le salut de mon âme. »

Donat devina qu'un large sourire devait illuminer le visage de sa femme après qu'elle eut entendu le contenu du testament de sa belle-mère. Les membres de la famille savaient depuis longtemps qu'elle rêvait du jour où elle règnerait sur la grande maison en pierre.

Il n'y eut aucune contestation. Tous trouvaient que la décision de leur mère était tout à fait justifiée puisque Donat avait toujours travaillé sur la terre paternelle et en avait pris charge dès que son père avait été dans l'incapacité de l'exploiter.

Le notaire Letendre replia le testament, heureux de constater qu'aucune dispute familiale ne s'élevait. Il prit rapidement congé.

— Qu'est-ce que vous diriez si on se partageait tout de suite les courtepointes de m'man? suggéra Bernadette, les larmes aux yeux.

Les femmes ainsi que Xavier et Hubert se dirigèrent ensemble vers le gros coffre placé au pied du lit de la grande chambre du rez-de-chaussée. On choisit une courtepointe, en étant bien conscient de tout le travail que chacune représentait. Évidemment, on se rendit vite compte qu'Eugénie n'avait pas tardé à reprendre possession de la chambre qu'elle avait si longtemps désirée.

Donat, un peu mal à l'aise d'hériter de tout, parlait peu, mais il était clair que ses frères et sœurs acceptaient la situation.

— On est enfin chez nous, déclara Eugénie quand elle se retrouva seule avec son mari.

— Ouais, fit-il, l'air sombre. J'espère juste que personne s'est senti volé par le testament de ma mère.

— Ce qu'elle nous a laissé, on l'a pas volé, répliqua-t-elle.

— Je le sais, dit-il, mais je veux que mes frères et mes sœurs se sentent encore chez eux quand ils vont mettre les pieds ici dedans.

Sa femme sembla avoir le goût de faire une remarque désagréable, mais elle eut cette fois la sagesse de se taire.

Quelques jours avant la semaine sainte, Bernadette vit arriver sans plaisir Charlemagne Ménard qui ne lui avait pas rendu visite depuis le début du mois de janvier, lors de l'accrochage avec le curé Fleurant.

Le visage fermé, l'inspecteur se présenta à la porte de son école et, sans se donner la peine de manifester une politesse excessive à son endroit, se mit à interroger les élèves pour vérifier les progrès qu'ils avaient faits. Naturellement, il réserva ses questions les plus difficiles à Ann qui fit honneur à son institutrice en donnant sans hésitation des réponses justes. L'adolescente n'eut toutefois droit à aucunes félicitations du vieil homme rancunier.

Quand l'heure de libérer les enfants arriva, Charlemagne Ménard les laissa rentrer à la maison sans leur donner le reste de la journée de congé qu'un inspecteur satisfait accordait habituellement, constata Bernadette avec une certaine amertume.

— Mes élèves méritaient pas un congé ? osa-t-elle lui demander en surmontant sa timidité.

— Non, répondit-il sèchement en s'emparant de son registre pour le scruter avec soin, à la recherche de la moindre erreur. Le congé de l'inspecteur est un privilège, pas un droit, mademoiselle.

— Pourtant, ils ont bien répondu à toutes vos questions, s'entêta-t-elle.

— Ils auraient pu faire mieux, se borna-t-il à dire.

Elle se tut, mécontente. Elle se rappela soudain avoir vu passer des petits Irlandais au milieu d'un après-midi de la semaine précédente et elle en déduisit que ce jour-là l'inspecteur avait rendu visite à l'école d'Angélique Dionne, dans le rang Saint-Paul, et qu'il avait donné congé à ses élèves.

Il ne trouva rien à reprocher à la tenue du registre. Il finit par endosser son manteau, le visage toujours aussi impénétrable, et il la quitta après l'avoir saluée sèchement.

— Toi, l'année prochaine, je serai pas obligée de t'endurer, dit-elle à voix haute après avoir refermé la porte derrière lui.

Puis, elle chassa de ses pensées cette visite désagréable pour songer à ses fiançailles prochaines avec Constant dans une douzaine de jours. Depuis que le meunier avait demandé sa main à sa mère au jour de l'An, la jeune femme n'avait plus eu aucun doute sur son choix, contrairement à l'année précédente. Constant était vraiment l'homme qu'elle aimait. Il lui restait cependant à régler l'organisation du repas des fiançailles.

Avec Eugénie comme maîtresse de maison, recevoir toute la famille allait probablement prendre des proportions de fin du monde. Depuis le départ de Célina, l'épouse de Donat semblait être dépassée par la moindre tâche. Elle comprenait mieux maintenant pourquoi sa pauvre mère houspillait sans cesse sa belle-sœur, mais elle n'était plus là pour lui pousser dans le dos du matin au soir. Une chance que les classes allaient prendre fin le mercredi suivant, ce qui lui donnerait la chance de mettre la main à la pâte.

Par ailleurs, les cultivateurs de Saint-Bernard-Abbé affichaient une excellente humeur depuis deux semaines parce que le soleil était au rendez-vous pratiquement chaque jour et le gel revenait la nuit, ce qui était idéal pour la récolte de l'eau d'érable. Cependant, le niveau de la neige avait tellement baissé qu'on pouvait voir d'immenses plaques de terre dans les champs. Les fossés, le long des routes étroites, débordaient, rendant les déplacements de plus en plus difficiles.

Comme chaque printemps, on s'inquiétait surtout du niveau de la rivière dont les glaces allaient finir par lâcher un jour ou l'autre. Il avait tellement neigé cet hiver-là qu'on craignait un embâcle important capable d'engendrer des inondations ou, pire, des dégâts irréparables aux moulins de Constant Aubé et de Thomas Hyland, situés de part et d'autre de la rivière.

—On est habitués à des routes défoncées chaque printemps et chaque automne, déclara le maire lors de l'une des rares réunions du conseil municipal, mais s'il fallait que les glaces emportent le pont comme c'est arrivé il y a quelques années, on serait mal pris.

—En tout cas, moi, je serai pas capable de faire des réparations à mon moulin comme l'année passée, déclara Constant.

—Il y a rien qui dit que les glaces vont nous faire du dommage chaque année, intervint Hormidas Meilleur. De toute façon, je dirais qu'elles vont partir avant la fin de la semaine, prédit-il en coiffant son chapeau melon.

Lorsque Xavier Beauchemin rentra chez lui après avoir assisté à la réunion, il trouva Catherine en larmes, en train de bercer Constance habillée pour la nuit. Son homme engagé, Antonin, était déjà monté se coucher après avoir fait le tour des bâtiments pour s'assurer que tout était en ordre.

—Qu'est-ce qui se passe? demanda-t-il, inquiet, à sa femme.

Elle renifla.

—Va coucher la petite qu'on puisse parler sans la réveiller, lui conseilla-t-il, troublé par ce chagrin.

Depuis leur mariage, Catherine s'était toujours montrée courageuse et d'un caractère enjoué. Elle quitta sa chaise et alla coucher sa fille. Il la regarda se déplacer avec des yeux qui exprimaient une énorme tendresse pour celle qui partageait sa dure vie de cultivateur et qui avait aussi su se faire accepter et aimer par sa famille, malgré son passé de fille-mère.

Quelques instants plus tard, Catherine revint dans la cuisine et prit place dans la chaise berçante libre près de celle de son mari.

— Est-ce que je vais finir par savoir pourquoi tu pleurais comme une Madeleine quand je suis entré ? lui demanda-t-il.

— C'est ma mère, répondit-elle.

— Qu'est-ce qu'elle a, ta mère ?

— Après ton départ, j'ai décidé d'aller passer un bout de soirée avec elle. Quand je suis arrivée, c'est Marie-Rose qui est venue m'ouvrir. Elle m'a dit que ma mère était dans sa chambre et qu'elle devait se préparer à se coucher. J'ai trouvé bizarre qu'elle se couche aussi de bonne heure. À sept heures, on couche les enfants, pas les adultes. Je suis allée frapper à la porte de sa chambre et je l'ai trouvée en train de pleurer. Elle serrait contre elle son bras droit enroulé dans une serviette mouillée.

— Puis ?

— Cyprien a encore essayé de l'obliger à se donner à lui et il lui a fait mal en la secouant. Elle avait un gros bleu au bras.

Ce comportement de Cyprien Benoît ne le surprit pas. Il était une brute épaisse au cou de taureau et au caractère particulièrement déplaisant. Xavier Beauchemin n'aurait pu rêver d'un voisin plus désagréable et il l'avait même menacé, un an et demi auparavant, de lui donner une sévère raclée quand il l'avait vu malmener Catherine. Inutile de dire que les deux beaux-frères ne se fréquentaient pas tant ils se haïssaient. Sans trop le montrer, le fils de Laura Benoît craignait Xavier dont la stature et la force lui en imposaient.

Bref, seule Laura parcourait les quelques arpents séparant les deux fermes plusieurs fois par semaine pour aller rendre visite à sa fille et à son gendre et embrasser sa petite-fille.

L'épouse de Cyprien Benoît, Marie-Rose, était une petite femme au strict chignon noir dont le caractère était de plus en plus amer parce qu'elle ne parvenait pas à enfanter. Jalouse de sa belle-sœur déjà enceinte d'un second enfant, elle poussait son mari à forcer sa mère à se donner à lui depuis la mort de Léopold Benoît.

— Ce serait normal, la mère, répétait-il souvent à celle qui lui avait donné le jour. C'est moi qui cultive cette terre-là. Vous arriveriez à rien si j'étais pas là. Calvaire, ici dedans, je suis comme un homme engagé qui a jamais eu de salaire! Il y a tout de même des limites à ambitionner sur moi. Ayez pas peur, Marie-Rose et moi, on vous traiterait ben. Vous manqueriez de rien.

— J'ai même pas cinquante ans, répliquait chaque fois sa mère. Je suis encore trop jeune pour faire ça. On en reparlera plus tard.

Il fallait croire que ce soir-là, le cultivateur avait perdu patience et avait sérieusement malmené sa mère.

— Ah ben, blasphème! s'exclama le fils de Baptiste Beauchemin. J'aurai tout vu. Le v'là à cette heure qu'il bardasse sa mère, l'écœurant! On peut pas laisser faire ça!

— Ça me fait mal au cœur juste d'y penser, avoua Catherine en se remettant à pleurer.

Xavier se tut un long moment et on n'entendit plus que le tic-tac de l'horloge dans la cuisine.

— Qu'est-ce que tu dirais si on allait chercher ta mère à côté demain après-midi? demanda le jeune homme à son épouse en posant une main sur l'une des siennes. Elle pourrait s'installer dans une des chambres en haut.

— Pour combien de temps?

— Le temps qu'elle voudra, fit-il sur un ton décidé. Si elle veut rester tout le temps avec nous autres, elle pourra le faire. Ça me fait pas peur pantoute. Elle est déjà venue passer une couple de jours ici et on s'entend ben.

— Et mon frère?

— Lui, je vais lui dire deux mots entre quat'z'yeux, promit-il, l'air mauvais.

Sur ces mots, Xavier se leva, jeta deux bûches dans le poêle et remonta le mécanisme de l'horloge pendant que sa femme s'emparait de la lampe à huile et se dirigeait vers leur chambre à coucher.

Le lendemain, à la fin de la matinée, un ciel gris chargé de gros nuages noirs et menaçants accueillit Xavier et Antonin, prêts à se rendre à la petite cabane à sucre construite deux ans auparavant.

—J'ai peur que ça ait pas coulé ben gros depuis hier, dit Antonin en chaussant ses raquettes au moment où ils pénétraient dans le bois. Ça a pas gelé cette nuit.

— On va ben voir, répliqua Xavier en l'imitant.

De fait, l'eau d'érable n'avait pratiquement pas coulé et les deux hommes rentrèrent à la maison quelques minutes avant que des bruits assourdissants d'explosion leur apprennent que les glaces venaient de commencer à céder sur la Nicolet. La pluie se mit à tomber et ils s'empressèrent d'entrer dans la maison.

Après avoir jeté un coup d'œil à l'horloge, Xavier demanda à son homme engagé d'aller atteler la *sleigh*.

— Est-ce que tu veux aller voir comment les glaces descendent proche du pont? demanda Antonin.

— Non, il mouille pas mal, mais je dois aller chercher ma belle-mère à côté.

Son employé et ami ne posa aucune autre question. Il sortit et se dirigea vers l'écurie. Quand il revint en conduisant le cheval par le mors, Xavier demanda à sa femme si elle voulait l'accompagner pour aller chercher sa mère à la ferme voisine. Elle s'empressa d'endosser son manteau et confia Constance à Antonin.

Peu après, Cyprien, le visage fermé, vint ouvrir la porte avec une certaine réticence au couple de visiteurs. Il leur fit signe d'entrer, mais sans les saluer alors que la maîtresse des lieux s'avançait déjà vers eux pour leur souhaiter la bienvenue.

— Pourquoi vous avez pas amené la petite? demanda Laura à sa fille et à son gendre.

— Parce qu'on avait des affaires plus importantes à régler avec vous, madame Benoît, lui répondit Xavier, l'air sérieux.

Marie-Rose n'avait pas quitté le banc sur lequel elle était assise et elle avait à peine levé la tête à l'entrée de sa belle-sœur et de son beau-frère. Quand Laura Benoît lui avait appris peu après le jour de l'An que Catherine attendait un deuxième enfant, elle s'était montrée encore plus amère.

— La vie est bien mal faite, belle-mère, avait-elle laissé tomber. Les femmes malhonnêtes ont toutes les chances pendant que les autres endurent, avait-elle ajouté sans la moindre retenue.

Bien sûr, elle faisait allusion à Constance, l'enfant illégitime que Catherine avait eue en dehors des liens du mariage.

— C'est quoi ces affaires importantes là ? osa demander Cyprien, l'air faraud, en se campant au centre de la pièce.

— Ça te regarde pas pantoute, lui répondit abruptement son beau-frère. Ça regarde ta mère et c'est à elle que je parle.

— Tu viendras pas faire la loi dans ma maison ! s'écria le fils de Laura Benoît, furieux, en serrant les poings.

— Si je me trompe pas, c'est pas ta maison, mais celle de ta mère... répliqua calmement Xavier.

Puis il tourna carrément le dos à son beau-frère pour s'adresser à la mère de Catherine et Cyprien.

— Madame Benoît, Catherine et moi, on n'aime pas bien la façon que vous êtes traitée ici. Votre fille et moi, on pense que vous seriez mieux chez nous. Nous autres, on vous brassera pas.

La mère de famille regarda tour à tour sa fille et son gendre. Leur proposition la prenait au dépourvu et elle garda un long silence.

— Toi, Beauchemin, tu te mêles encore de ce qui te regarde pas, déclara sèchement Marie-Rose en quittant son banc pour se rapprocher de son mari.

Xavier ne tint aucun compte de son intervention, attendant patiemment la réponse de sa belle-mère. Par ailleurs, le fils et la bru de celle-ci semblaient soudainement espérer que Laura Benoît parte et leur laisse tout, mais ils ne disaient rien.

— On n'a qu'à aller ramasser vos affaires dans votre chambre, m'man, intervint Catherine, et dans dix minutes, vous pourriez être installée chez nous, tranquille.

Ces dernières paroles parurent décider sa mère. Elle se leva et prit la direction de l'escalier qui menait à l'étage. Sa fille, heureuse, la suivit.

Xavier, seul face à Cyprien et Marie-Rose, surprit le petit sourire de contentement apparu sur leur visage.

— Faites-vous pas trop d'illusions, tous les deux. La maison et la terre vous appartiennent pas plus parce qu'elle restera plus avec vous autres. Elle peut décider de la vendre ou de la louer à des purs étrangers et alors, vous aurez pas le choix de ramasser vos guenilles et d'aller vous faire voir ailleurs.

À ce moment-là, Catherine apparut dans l'escalier pour demander à son mari de venir l'aider à descendre les affaires de sa mère qui avaient été mises dans des taies d'oreiller.

— J'aimerais bien emporter mon rouet, mon métier à tisser et mon dévidoir, dit Laura, sur un ton légèrement suppliant, au moment de partir.

— Il y a pas de problème, madame Benoît, on est venus en voiture exprès au cas où il y aurait des grosses affaires à transporter.

— Et moi, qu'est-ce que je vais faire sans rouet et métier à tisser ? s'enquit Marie-Rose, réalisant tout à coup la perte qu'elle allait subir.

— Tu te débrouilleras, répondit sèchement sa belle-mère.

Xavier transporta avec l'aide de sa femme tous les bagages de sa belle-mère. À l'instant où il franchissait la porte de la maison pour la dernière fois, Cyprien s'avança vers lui, l'air menaçant. Laura et sa fille avaient déjà pris place dans la voiture et attendaient.

— Toi, tu vas me payer ça un jour, lui dit-il.

— Ça fait deux ans que tu me le promets, rétorqua Xavier, moqueur et pas du tout impressionné. Je te l'ai déjà dit et je te le répète : n'importe quand, n'importe où. Là, tu peux pas savoir à quel point tu me ferais plaisir. J'ai ben envie de te sacrer tout de suite la volée de ta vie juste pour te faire comprendre qu'on ne lève pas la main sur sa mère ni sur personne, maudit sans-cœur.

— Elle, je veux plus la revoir ici.

— T'oublies encore que c'est sa maison et qu'elle va y revenir n'importe quand pour venir chercher ce qu'elle veut. T'es mieux de te rappeler aussi qu'elle peut te faire jeter dehors, toi et ta noiraude, demain matin si elle veut.

Sur ces mots, Xavier lui tourna le dos, claqua la porte et alla rejoindre les deux femmes. Moins d'une heure plus tard, Laura Benoît était installée chez sa fille.

❧

Finalement, au grand étonnement des anciens, la débâcle se passa sans causer trop de dégâts, malgré l'épaisseur des blocs de glace enchevêtrés qui descendaient le courant à une vitesse folle. Plus d'un avait prédit un embâcle à la hauteur des moulins et du pont, mais il n'en fut rien au plus grand soulagement de Constant et de Thomas Hyland. Il y eut bien quelques éboulis du côté du rang Sainte-Ursule, mais ils furent minimes.

Cependant, les quatre jours de pluie forte qui accompagnèrent la libération des eaux de la Nicolet marquèrent la fin de la période des sucres. La montée de la sève dans les érables se produisit au début de la semaine sainte et les cultivateurs durent se résigner à ranger les seaux et les chalumeaux et à fermer leur cabane à sucre.

— J'aurais bien continué à faire du sirop une semaine de plus, déclara Emma, un peu déçue.

— Sacrifice, on en a fait plus que quinze gallons, répliqua Rémi, c'est déjà presque deux fois plus que l'année passée et...

Des coups frappés à la porte coupèrent la parole au maître de la maison et l'incitèrent à aller ouvrir à son voisin et beau-frère qui venait veiller avec Célina.

Celle-ci s'empressa de retirer son tablier et vérifia son chignon du bout des doigts. Emma, l'œil moqueur, la regarda allumer une lampe à huile, prête à passer au salon. Pour la taquiner, elle lui murmura :

— Ce serait peut-être pas une mauvaise idée de jouer aux cartes à soir, qu'est-ce que t'en dis ?

— J'ai rien contre, Emma, vous pouvez le demander à Hubert, répondit l'orpheline.

— Mais non, je te taquinais.

Hubert entra dans la cuisine et déposa un morceau de fromage sur la table avant de retirer son manteau. Le regard qu'il adressa à Célina ne laissait aucun doute : il était très amoureux de la jeune fille. Il salua sa sœur et embrassa son neveu et ses deux nièces. Depuis que leur oncle venait veiller trois fois par semaine chez les Lafond, c'était le signal de l'heure du coucher pour Flore, Joseph et Marthe. Célina et Emma montèrent les enfants à l'étage pour les mettre au lit malgré leurs récriminations, laissant les deux beaux-frères échanger des nouvelles. Maintenant, il n'était pas rare que Hubert trouve un prétexte dans la journée pour venir parler quelques minutes à la jeune fille qu'il convoitait.

Ce soir-là, le fromager ne s'attarda pas dans la cuisine à parler avec Rémi et Emma. Il désirait discuter de choses beaucoup plus importantes avec Célina.

Dès qu'ils eurent pris place sur le canapé, l'ancien frère de Saint-Joseph aborda le sujet auquel il n'avait pas cessé de songer depuis plusieurs jours.

—Célina, comment t'aimes ça ici dedans? demanda-t-il à la jeune fille alors qu'elle venait d'entendre Rémi ou sa femme déplacer sa chaise berçante de manière à surveiller ses fréquentations.

—J'ai pas à me plaindre, répondit-elle à mi-voix. Les enfants sont fins et je m'entends pas mal bien avec ta sœur.

—As-tu le goût de retourner à Sorel, à l'orphelinat?

—Non, pourquoi tu me demandes ça?

La jeune fille ne faisait rien pour l'aider et ne semblait pas deviner où il voulait en venir.

—Ben, on se connaît déjà depuis trois mois, dit-il, apparemment mal à l'aise.

Elle hocha la tête.

—J'ai une maison et une fromagerie qui marche ben.

—C'est vrai, reconnut-elle.

—On se fréquente depuis un bon bout de temps.

—Depuis la mort de ta mère, laissa-t-elle tomber. Ça fait juste un mois.

—Bon, ce que je veux te dire, c'est que j'aimerais que tu deviennes ma femme.

—Tu trouves pas que c'est un peu vite? s'étonna-t-elle avec un grand sourire.

—Je le sais ben, mais je veux pas attendre que la supérieure de l'orphelinat t'envoie chercher un beau matin pour te placer ailleurs.

—Ça me surprendrait, je vais avoir vingt et un ans au mois d'octobre, répliqua Célina.

—Mais c'est pas certain qu'elle le fasse pas.

—T'as raison, reconnut-elle.

—Est-ce que t'accepterais d'être ma femme si je te le demandais? Est-ce que tu m'aimes un peu? fit-il, la voix tremblante, sans lui donner la chance de répondre à sa première question.

Elle hésita un long moment sans rien dire pendant qu'il la regardait avec inquiétude.

—Oui, je t'aime et ça me ferait pas peur de devenir ta femme, avoua-t-elle en rougissant légèrement, mais...

Hubert ne la laissa pas finir sa phrase. Il l'embrassa fougueusement sur une joue et elle le repoussa doucement en lui montrant l'entrée du salon où Rémi était à demi endormi dans sa chaise berçante.

—Je le sais que c'est pas mal vite, dit-il en retrouvant son calme, mais je pourrais aller en discuter avec monsieur le curé cette semaine pour lui demander conseil.

—C'est une bonne idée, reconnut-elle avec un charmant sourire.

—Il pourrait écrire à la supérieure de l'orphelinat et nous dire quand ce serait convenable de nous marier.

—C'est certain. Ta pauvre mère est même pas encore enterrée et, en plus, ta sœur Bernadette est supposée se marier à la fin du mois de juin.

—Moi, j'avais en tête qu'on se marie l'automne prochain, poursuivit-il, ce qui me donnerait le temps de finir de meubler la maison.

—Ce serait parfait, accepta-t-elle. En attendant que monsieur le curé nous donne son avis, on ferait mieux de pas en parler. Qu'est-ce que t'en penses?

Hubert acquiesça et, dès le lendemain soir, il se présenta au presbytère pour connaître l'opinion du pasteur de Saint-Bernard-Abbé sur ses projets matrimoniaux. Le prêtre l'écouta attentivement, mais il ne lui cacha pas qu'il trouvait le tout un peu précipité.

—Pour toutes sortes de raisons, je ne suis pas pour les longues fréquentations, lui déclara Félix Fleurant, mais là, je trouve ça un peu court. En si peu de temps, vous pouvez pas vous connaître assez ben pour songer à fonder une famille.

—Je veux bien le croire, monsieur le curé, mais le mariage serait juste pour l'automne prochain.

—Je comprends tout ça, mais on placera pas la charrue devant les bœufs. Je vais d'abord écrire à la supérieure de l'orphelinat pour qu'elle accepte de laisser ta Célina chez ta sœur jusqu'à l'automne. Si elle accepte, il sera toujours temps de penser à votre mariage.

— Vous avez l'air de penser qu'elle pourrait refuser, s'alarma le jeune homme.

— Si elle croit que la vertu de la jeune fille est le moindrement en danger, elle n'hésitera pas une seconde à l'envoyer chercher. De toute façon, ça te sert à rien de t'inquiéter, tu vas avoir la réponse la semaine prochaine, dit le gros prêtre en se levant pour le raccompagner jusqu'à la porte.

Ce soir-là, Hubert communiqua la nouvelle à Célina et dormit très mal. Les jeunes gens eurent de la difficulté à ne pas aller chercher du réconfort dans leur entourage, mais ils gardèrent leur secret pour eux.

～

Les jours saints arrivèrent enfin, offrant ainsi un répit d'une semaine aux élèves des deux écoles de la paroisse. Camille dut accompagner son mari et ses enfants à la confession du jeudi saint et ils assistèrent en rechignant à la longue cérémonie qui eut lieu en soirée. Duncan essaya bien d'esquiver l'office du vendredi saint en prétextant des maux d'estomac, mais à la vue des médicaments préparés par sa mère, ses maux disparurent comme par enchantement.

Le dimanche de Pâques 1873 fut une journée absolument lumineuse. Les femmes étaient toutes tirées à quatre épingles et, à voir le regard joyeux des gens rassemblés sur le parvis, il était évident que le fait d'avoir passé au travers des quarante jours du carême n'était pas étranger à cette bonne humeur.

À la sortie de la chapelle, Eugénie demanda à Emma si Célina ne pouvait pas venir l'aider à préparer le souper de fiançailles de Bernadette.

— On va venir toutes les deux, promit Emma, mais j'espère que t'auras eu le temps de commencer, ajouta-t-elle, se doutant bien que sa belle-sœur n'avait pas dû cuisiner grand-chose pour l'occasion.

En fait, Emma et Célina découvrirent à leur arrivée chez Donat qu'il n'y avait qu'un gros jambon en train de cuire dans le fourneau et qu'un seul gâteau avait été fait la veille par la fiancée elle-même. Les deux visiteuses se mirent au travail, bientôt rejointes par Camille et Ann au début de l'après-midi.

Le souper fut une rencontre des plus agréables et on taquina beaucoup Bernadette et Constant. Bien sûr, la présence de Marie Beauchemin manquait à tous, mais chacun faisait bonne figure. Au moment du dessert, Constant offrit une petite bague toute simple à Bernadette et, sous les encouragements bruyants des convives, il y eut l'échange traditionnel d'un chaste baiser entre les deux fiancés.

Hubert et Célina, assis côte à côte, les enviaient ouvertement.

Chapitre 25

Une disparition

Comme chaque année, la deuxième semaine de mai était synonyme du début des premières chaleurs, les champs étaient devenus le centre de beaucoup d'activités. Les clôtures avaient été redressées et on achevait déjà l'épierrage. Les animaux paissaient tranquillement dans les enclos, profitant de l'herbe tendre du printemps. Bref, la belle saison était enfin arrivée, à peine troublée de temps à autre par un meuglement ou le cri d'un fermier.

Les maîtresses de maison n'avaient pas encore emménagé dans leur cuisine d'été, mais elles avaient planté leurs couches chaudes cultivées avec soin depuis plusieurs semaines. Les tulipes étaient sorties de terre, et le temps où les lilas allaient embaumer l'air ne tarderait pas.

Hubert avait facilement trouvé à louer aux fils de Conrad Boudreau la terre qu'il avait achetée à Tancrède Bélanger, ne conservant pour lui que les enclos, les bâtiments nécessaires à ses bêtes ainsi que sa maison et les remises servant à la fromagerie. Son travail de fromager l'occupait toute la journée. La plupart des cultivateurs de Saint-Bernard-Abbé lui livraient maintenant leur surplus de lait chaque matin et son homme engagé devenait de plus en plus débrouillard. Une seule chose l'inquiétait: la supérieure de l'orphelinat de Sorel n'avait pas encore répondu à la lettre du curé Fleurant.

— Ça fait un mois à cette heure que monsieur le curé lui a écrit, il me semble qu'elle a eu le temps de répondre, se plaignait-il régulièrement à Célina, qui n'était pas moins inquiète que lui devant ce retard inexplicable.

La roue du moulin à farine de Constant s'était remise à tourner, imitant ainsi celle du moulin à bois de Hyland, de l'autre côté de la rivière. Pour sa part, Bernadette aspirait de plus en plus aux vacances estivales qui mettraient fin définitivement à sa carrière d'institutrice. Donat, président de la commission scolaire, lui avait appris la veille que Télesphore Dionne, l'un des deux autres commissaires, lui avait demandé s'il avait une objection à ce que sa fille enseigne l'automne suivant à la petite école située en face du magasin général.

— Vous oubliez qu'Angélique fait la classe surtout aux Irlandais et les gens du rang Saint-Jean seront pas de bonne humeur si on oblige leurs enfants à marcher jusqu'au rang Saint-Paul pour aller à l'école, avait-il répondu.

Évariste Bourgeois, l'autre commissaire, l'avait approuvé. Il ne pouvait être question de déplacer une vingtaine d'enfants pour faire plaisir à la jeune institutrice… et la chose avait été entendue, même si elle avait dû déplaire souverainement aux Dionne qui cachèrent mal leur dépit.

À la fin de la première semaine du mois de mai, le curé Fleurant intercepta Bernadette au moment où elle quittait la chapelle après avoir participé à la récitation traditionnelle du chapelet qui avait réuni dans les lieux une bonne centaine de paroissiens.

— Mademoiselle Beauchemin, si vous avez une chance, pourriez-vous prévenir votre frère Hubert et Célina Chapdelaine que j'aimerais les rencontrer demain avant-midi?

Bernadette lui promit de leur transmettre le message le soir même. Quelques minutes plus tard, elle demanda à Constant d'arrêter son boghei chez Emma, certaine d'y trouver son frère et son amoureuse.

—Je sais pas quel scandale vous avez fait tous les deux, les aborda-t-elle au moment où ils quittaient la balançoire avec Flore et Joseph pour venir au-devant d'elle, mais monsieur le curé veut vous voir absolument demain matin, leur annonça-t-elle, sérieuse. Je vous dis qu'il avait pas l'air de bonne humeur.

Constant ramena sa fiancée chez elle. Lorsqu'elle descendit de voiture, il ne put s'empêcher de lui demander pourquoi elle avait raconté que le prêtre avait l'air mécontent du comportement de Célina et de Hubert.

—Ça leur fera pas de tort de se faire un peu de sang de cochon, lui répondit-elle, espiègle.

Le lendemain avant-midi, Hubert et Célina, peu rassurés, allèrent frapper à la porte du presbytère en tenant Flore par la main. Bérengère Mousseau vint leur répondre.

—Seigneur, vous êtes de bonne heure, vous autres, dit-elle aux jeunes gens en les faisant passer dans la salle d'attente. Monsieur le curé vient à peine de sortir de table.

—C'est lui qui nous a demandé de passer, expliqua Hubert.

Peu après, le gros prêtre les invita à pénétrer dans son bureau et à s'asseoir. Il sembla apprécier qu'ils aient songé à se faire accompagner par la fillette de cinq ans pour éviter les commérages.

—Bon, j'ai enfin reçu la réponse de la supérieure de l'orphelinat, leur annonça-t-il sur un ton joyeux. Il paraît qu'elle a été retardée parce qu'elle a passé deux semaines à la maison mère.

Célina et Hubert n'ouvrirent pas la bouche, impatients de connaître la décision de la religieuse.

—Elle accepte que vous vous fréquentiez pour le bon motif. Comme Célina aura déjà vingt et un ans l'automne prochain, elle me laisse juge de la situation.

Le visage réjoui des deux jeunes gens apprit au curé de Saint-Bernard-Abbé qu'aucune nouvelle n'aurait pu leur faire plus plaisir. Il se leva et les raccompagna à la porte.

—Est-ce que je me trompe, mais il me semble que je vous vois pas trop souvent à la récitation du chapelet depuis le début du mois?

Les joues de Célina rosirent et elle balbutia:

—C'est pas par manque de piété, monsieur le curé. Je reste chez les Lafond pour les aider et ils ont trois enfants. Il faut que je m'en occupe. Mais soyez certain que je récite mon chapelet chaque soir.

—Je n'en doute pas, la rassura le prêtre sur un ton bon enfant en ouvrant la porte.

À leur sortie du presbytère, l'air ne parut jamais aussi pur et aussi agréable à respirer aux deux jeunes gens.

❧

Deux jours plus tard, Agénor Moreau reçut pour mission de son curé d'aller prévenir les membres du conseil de fabrique qu'il aimerait les rencontrer le soir même, au presbytère.

—Qu'est-ce qui lui prend? demanda Donat, mécontent d'avoir à s'endimancher après une longue journée de labourage. C'est ben la première fois qu'il convoque lui-même une réunion.

Un peu avant huit heures, il retrouva Hormidas Meilleur, Thomas Hyland et Samuel Ellis à la porte du presbytère. Personne ne semblait connaître la raison de la convocation.

—Dites donc, fit Hormidas Meilleur, il manque juste notre notaire.

—Le père Moreau m'a dit qu'il était passé l'avertir à matin, déclara Hyland, mais il paraît qu'il était pas à la maison. Son voisin a dit qu'il l'avait pas vu depuis une semaine.

—Je suppose que, même s'il est pas là, la réunion va se faire quand même, intervint Ellis.

Après une courte attente, ils virent le prêtre sortir de la chapelle, son bréviaire à la main, et se diriger vers eux.

— Entrez, messieurs, les invita-t-il. Je vous retiendrai pas longtemps.

Félix Fleurant leur laissa à peine le temps de s'asseoir dans la petite salle de réunion avant de reprendre la parole.

— J'aurais pu attendre que monsieur le notaire convoque la réunion habituelle, mais je vous aurais privés de toute une nouvelle, annonça-t-il aux marguilliers tout en remarquant l'absence d'Eudore Valiquette.

Les marguilliers s'adressèrent des regards interrogateurs, incapables de deviner de quoi parlait leur curé.

— J'ai reçu une lettre de monseigneur, hier, poursuivit-il. Imaginez-vous qu'il a décidé de faire un beau cadeau à Saint-Bernard.

— Un cadeau ? répéta Samuel Ellis avec l'air de ne pas y croire.

— Tenez-vous bien, reprit le prêtre avec enthousiasme. Monseigneur a décidé de nous faire don de la cloche que monsieur le curé Désilets avait achetée sans la permission du conseil. Si j'ai bien compris, la fonderie Louis Dupuis l'a offerte à monseigneur qui a trouvé que ce serait une bonne idée de nous la donner.

— Sans que ça nous coûte rien ? demanda Donat Beauchemin, incrédule.

— Si je me fie à la lettre que le secrétaire de monseigneur m'a envoyée, on n'aura même pas à payer l'installation, précisa Félix Fleurant. La cloche devrait arriver samedi et Dupuis nous l'envoie avec une équipe d'hommes qui vont l'installer dans le clocher la journée même.

— *Shitt* ! J'ai de la misère à croire que dimanche matin on va entendre les cloches annoncer les messes pour la première fois depuis que Saint-Bernard existe, déclara Samuel Ellis, ravi.

— Et ça, sans avoir à payer une cenne, conclut Thomas Hyland, toujours chargé des finances paroissiales.

— On devrait le dire à tout le monde de Saint-Bernard, fit Hormidas en déplaçant son chapeau melon verdi sur la table. Je suis sûr qu'ils vont être intéressés à venir voir installer cette cloche-là.

— Pourquoi pas, répliqua le curé de la paroisse. Mais, d'après moi, le plus important est que chaque marguillier signe la lettre de remerciements que je veux envoyer à monseigneur. Elle est déjà écrite. Je vais la chercher dans mon bureau.

Quelques instants plus tard, tous les marguilliers présents avaient signé avec application la missive. Le curé, Hormidas et Hyland avaient écrit leur nom alors que Samuel et Donat s'étaient contentés d'apposer un « X » au bas de la feuille. Félix Fleurant compléta le document de sa belle écriture ronde en inscrivant le nom des deux analphabètes sous leur « X » pour valider le tout.

Évidemment, la nouvelle du don fit rapidement le tour de la paroisse et près d'une cinquantaine de curieux se massèrent sur le parvis de l'église le jour où arriva la fameuse cloche qui avait entraîné le départ du curé Désilets.

La demi-douzaine d'employés de la fonderie Dupuis venus à Saint-Bernard-Abbé se mit à l'œuvre dès son arrivée devant la chapelle et, à la fin de l'après-midi, la cloche pesant près de quatre cents livres était en place dans le petit clocher de la chapelle. À la plus grande joie du curé Fleurant, Agénor Moreau put sonner l'Angélus pour la première fois depuis la fondation de la paroisse. Le son cristallin de la nouvelle cloche se répercuta fièrement sur la campagne environnante, appelant les paroissiens à cesser tout travail pour rendre grâce à la Vierge. La plupart s'agenouillèrent et tournèrent la tête vers le village.

Les derniers paroissiens demeurés sur les lieux pour regarder les travailleurs à l'œuvre se dispersèrent et ren-

trèrent chez eux. Ensuite, à la suggestion du prêtre, Bérengère Mousseau, qui avait préparé un véritable repas de fête
pour les ouvriers, les invita à entrer dans le presbytère pour
se restaurer.

En entendant la cloche sonner pour la première fois,
Bernadette, émue, ne put s'empêcher de dire à Eugénie :

— C'est m'man qui aurait été fière d'entendre ça.

❧

Les derniers jours du mois apportaient avec eux les belles
journées de la saison. La classe de Bernadette s'était vidée
de moitié, comme chaque année à cette période, parce que
les parents avaient besoin de l'aide de leurs enfants. L'institutrice, malgré la fatigue accumulée par une année d'enseignement et surtout par l'obligation de compléter rapidement
son trousseau, éprouvait une certaine nostalgie à la pensée
qu'elle ne reviendrait plus jamais enseigner dans sa petite
école située sur le bord de la rivière. Dans quelques semaines,
elle allait être mariée.

Les examens étaient maintenant terminés. Ann Connolly
avait obtenu des notes remarquables, pour la plus grande
fierté de Camille. En remerciement pour tout le soutien que
sa jeune sœur lui avait apporté durant l'année scolaire,
Camille faisait en sorte que son aînée continue à fréquenter
l'école pour l'aider à s'occuper des plus jeunes élèves qui
allaient demeurer en classe jusqu'à la troisième semaine de
juin.

Il n'en restait pas moins que Camille avait conscience
qu'un autre combat l'attendait, celui de persuader Liam de
laisser son aînée fréquenter le couvent l'année suivante.
Pour le moment, elle bénissait le ciel de pouvoir compter
bientôt sur l'aide de l'adolescente pour s'occuper de ses
frères et de sa sœur.

❧

Le lundi après-midi suivant, les habitués du magasin général entouraient Paddy Connolly en train de commenter la nouvelle indiquant qu'on venait d'inaugurer le collège de Trois-Rivières et une nouvelle église à Nicolet. Durant les minutes précédentes, les hommes présents sur la large galerie du magasin ne s'étaient pas gênés pour s'en prendre aux unions ouvrières, qui venaient d'être légalisées. Ils n'en revenaient pas qu'elles osent revendiquer des journées de neuf heures de travail pour les syndiqués.

— C'est encourager la paresse, avait conclu un nommé Lefebvre.

Plus d'un sursauta en apercevant Tancrède Bélanger immobiliser son boghei dans la cour commune que se partageaient Évariste Bourgeois et Télesphore Dionne. C'était la première fois que le gros homme remettait les pieds à Saint-Bernard-Abbé depuis son établissement chez son fils à Saint-Zéphirin.

L'homme âgé descendit péniblement de sa voiture et s'approcha de la galerie en soulevant sa casquette pour essuyer la sueur de son front avec un large mouchoir. Poliment, on lui demanda des nouvelles de sa santé et de celle de sa femme, même si le couple ne comptait guère d'amis dans la paroisse.

— Dites donc, finit par dire l'ancien habitant de Saint-Bernard, est-ce qu'il y a quelqu'un parmi vous autres qui a vu le notaire Valiquette? J'essaye de lui mettre la main dessus depuis presque une semaine. Il est jamais chez lui.

Les gens se regardèrent et tous hochèrent la tête en signe d'ignorance.

— C'est vrai que ça fait un maudit bout de temps qu'on l'a vu, déclara Hormidas Meilleur. Je peux même dire qu'il a trois lettres dans sa boîte. Il y en a une, en tout cas, que j'ai mise là il y a plus de deux semaines. J'ai dans l'idée qu'il est parti à Trois-Rivières ou à Montréal depuis une couple de semaines au moins.

— C'est drôle pareil, cette affaire-là, intervint Télesphore Dionne. Il vit tout seul. Avez-vous pensé à demander à celui qui prend soin de ses deux vaches et de la maison? C'est Wilbrod Leclerc qui fait ça depuis qu'il a loué la maison de son neveu.

— Je vais tout de même aller voir, fit Tancrède en quittant le groupe pour remonter dans son boghei et prendre la direction du rang Saint-Paul.

Il revint au magasin général une demi-heure plus tard où il retrouva presque les mêmes personnes.

— J'ai parlé à Leclerc, leur apprit-il, le front barré par un pli d'inquiétude. Il m'a dit que Valiquette lui avait vendu ses deux vaches avant de partir.

— Et pour la maison? lui demanda Paddy.

— Il était pas au courant de rien.

— C'est pas normal pantoute, ça, fit Samuel Ellis. On devrait peut-être demander à notre maire d'aller jeter un coup d'œil dans la maison. Il est pas jeune pantoute, le bonhomme. On sait jamais, il est peut-être mort en dedans. Il faudrait aller voir.

Ellis accompagna Bélanger chez Hyland et lui expliqua la situation en quelques mots.

— T'es le maire, Thomas, lui rappela son ami. C'est à toi d'aller voir ce qui se passe chez Valiquette.

Le propriétaire du moulin à bois rechigna bien un peu devant le dérangement, mais il monta avec les deux hommes pour se rendre chez Eudore Valiquette. La porte d'entrée de la petite maison grise fut forcée et ils pénétrèrent dans la demeure assez mal tenue du notaire.

— Il y a pas de senteur spéciale, fit remarquer Ellis en reniflant fortement.

Ses compagnons ne se donnèrent pas la peine de lui répondre. Tous les trois firent le tour de chacune des pièces, tous les tiroirs étaient vides, comme si l'occupant avait décidé de ne jamais revenir sur les lieux.

— On dirait ben que le petit notaire est parti avec l'idée de pas revenir de sitôt à Saint-Bernard, constata Thomas Hyland d'une voix égale.

— Ça se peut pas ! s'écria Samuel Ellis, qui avait confié toutes ses économies au notaire.

— Ça a pas de maudit bon sens, cette affaire-là ! renchérit Tancrède Bélanger, un peu essoufflé et le visage soudain très pâle. Comment je vais faire pour avoir l'argent qu'il a placé pour moi ? Comment on va savoir où il reste à cette heure ?

— Il a ben dû dire à quelqu'un de la paroisse où il allait, dit Thomas sur un ton rassurant. Vous êtes pas les seuls à lui avoir donné votre argent. Je sais que ça arrive que des notaires disparaissent avec tout l'argent qu'on leur confie, mais pas Valiquette. Il est conseiller municipal et président de la fabrique. Il peut pas avoir fait ça. On va faire une réunion à soir devant la chapelle pour essayer de savoir où il est passé.

— Lui, la chenille à poil, quand je vais lui mettre la main dessus, il va me payer la peur qu'il me fait, promit Samuel Ellis, en colère.

⌒

La nouvelle courut dans Saint-Bernard-Abbé aussi rapidement qu'un feu de forêt et déclencha une véritable panique chez tous ceux qu'Eudore Valiquette avait persuadés de lui confier leurs économies. Donat Beauchemin et Constant Aubé se rappelèrent alors la mise en garde du notaire Letendre l'hiver précédent. L'homme de loi avait fait mention de rumeurs qui couraient sur l'honnêteté un peu douteuse d'un notaire montréalais disparu récemment avec l'argent de ses clients.

— Je veux pas dire que c'est le notaire Valiquette, avait-il pris la précaution de préciser, mais le portrait qu'on m'en a fait ressemblait pas mal à celui du notaire de votre paroisse.

Ce soir-là, la réunion tenue sur le parvis de la chapelle fut passablement tumultueuse, mais elle n'aboutit à rien. Personne n'avait entendu parler de l'endroit où pouvait être Eudore Valiquette.

— Il nous a volés comme au coin d'un bois ! s'écria le fils du bedeau, Delphis Moreau, qui s'était, lui aussi, laissé attirer par les taux d'intérêt alléchants promis par le nouveau venu.

— Mais il l'emportera pas au paradis, reprit Antonius Côté, blanc de rage. J'avais pas grand-chose, mais c'était tout ce que j'étais parvenu à ramasser les dix dernières années.

— À cause de lui, me v'là dans la misère noire ! osa s'écrier Cléomène Paquette. Demain matin, je vais être poigné pour quêter sur le chemin.

— Entre nous autres, Paquette, ça fera pas un gros changement, fit un loustic dans la petite foule. C'est pas mal ce que tu fais déjà depuis des années.

— En tout cas, le fromager va avoir affaire à cacher son fromage en grains, ajouta un autre habitant de Saint-Bernard-Abbé, soulevant quelques rires autour de lui.

Puis, durant de longues minutes, ce fut une pluie de lamentations et de récriminations d'un bon nombre des clients lésés par le petit notaire.

— L'enfant de chienne ! il m'a pris tout ce que j'avais, affirma haut et fort Télesphore Dionne, qui semblait avoir vieilli de dix ans depuis qu'il avait appris la disparition de l'homme de loi.

Quand toutes les personnes supposément lésées eurent exprimé leur rage, le maire prit la parole d'une voix qui se voulait rassurante.

— Là, je pense qu'on s'énerve ben vite sans savoir. Si ça se trouve, Eudore Valiquette est juste parti régler des affaires en ville et on va le voir revenir à Saint-Bernard dans une couple de jours. On devrait lui donner jusqu'à la semaine prochaine. Il y a une réunion de la fabrique et aussi une réunion du conseil de la paroisse. Je trouve que vous lâchez les chiens ben vite après un notaire qui nous a rendu ben des services. Oubliez pas tout ce qu'il a fait pour Saint-Bernard depuis qu'il est arrivé dans la paroisse...

— En tout cas, vous ferez ben tous ce que vous voudrez, s'écria Dionne, qui ne désarmait pas, mais, moi, demain matin, je vais aller porter plainte à la police de Sorel et ils vont ben finir par le retrouver!

— S'il était juste parti passer un bout de temps chez de la famille ou voir des clients, on va avoir l'air fin en désespoir quand il va remettre les pieds dans la paroisse, ne put s'empêcher de faire remarquer un nommé Gélinas.

— En tout cas, il y a personne qui va me faire accroire que c'est normal. Il s'arrêtait presque tous les jours au magasin général, il aurait pu me dire qu'il partait deux ou trois semaines, intervint Télesphore, les dents serrées.

— Et sa maison... ajouta Tancrède Bélanger, qui était demeuré à Saint-Bernard-Abbé pour assister à la réunion.

— Ça a jamais été sa maison, Tancrède. Je te l'ai dit tout à l'heure, fit Blanchette. Il l'a louée à son neveu.

— Bon, ça sert à rien de discuter jusqu'à *amen*, déclara finalement le maire. Télesphore est ben libre d'aller prévenir la police si le cœur lui en dit, mais, moi, je suis d'avis d'attendre un peu avant de prendre le mors aux dents.

Étrangement, Paddy Connolly, les traits décomposés, ne dit pas un mot durant toute la réunion. Il fut même l'un des premiers à quitter les lieux. Il revint chez son neveu, dans le rang Saint-Jean, au moment où Camille faisait rentrer les enfants qui s'étaient amusés dans la balançoire en bois une partie de la soirée. Liam se berçait à ses côtés et admirait paisiblement le coucher du soleil sur les eaux de la Nicolet.

Le couple vit passer le retraité devant la maison, le visage impassible, et poursuivre son chemin jusqu'à l'écurie. Liam se leva et regarda son oncle dételer sa bête et la faire entrer dans l'enclos. Il revint ensuite vers la maison sans se presser en cette chaude soirée de juin.

— Puis, est-ce qu'ils ont retrouvé le notaire ? lui demanda Liam au moment où son oncle posait le pied sur la première marche de l'escalier.

— Non, mais je trouve qu'il y en a dans la paroisse qui s'énervent ben pour rien, déclara Paddy. Dionne veut déjà aller voir la police à Sorel demain. Je pense que Hyland a raison de conseiller aux gens d'attendre, ajouta-t-il, avec une mine faussement confiante. Il y a rien qui dit que Valiquette reviendra pas dans une couple de jours.

Sans trop s'avancer, on pouvait supposer que l'homme d'affaires montréalais était probablement celui qui avait confié la plus grosse somme à Eudore Valiquette puisqu'il ne s'était jamais caché de lui avoir remis tout l'argent tiré de la vente de ses maisons, de son commerce de fer ainsi que ses économies. Si on ne mettait pas la main au collet de celui que l'on soupçonnait d'être un escroc, il allait se retrouver sans moyen de subsistance. Un notaire qui levait le pied avec tout l'argent de ses clients n'était pas un fait rare, mais la somme volée par Eudore Valiquette semblait des plus conséquentes.

— Ça a pas l'air de vous inquiéter pantoute, mon oncle, fit le mari de Camille, surpris par son calme.

— On voit que t'as jamais été dans le monde des affaires, fanfaronna l'homme. Il faut avoir les nerfs solides. Moi, je me suis toujours fié à la tête du monde, et Valiquette, à mon avis, est quelqu'un d'honnête.

Paddy pénétra dans la maison et monta se coucher sans ajouter un mot. Une fois la porte de sa chambre refermée derrière lui, il se laissa tomber tout habillé sur son lit. Il était assommé par la nouvelle. Selon lui, à moins d'un miracle, il n'y avait plus guère d'espoir de récupérer le moindre cent de sa fortune. De plus, il allait sûrement être le plus démuni des gens spoliés par Eudore Valiquette. Il avait voulu se raccrocher à l'espoir du retour du notaire, tel que l'avait laissé supposer le maire, mais il n'y croyait absolument pas, pas plus qu'à la chance de la police de Sorel de mettre la main sur le voleur. Depuis qu'il avait appris la nouvelle, il avait rassemblé toutes ses forces pour faire bonne figure. Il aimait mieux faire envie que pitié.

Est-il nécessaire de préciser qu'il ne ferma pas l'œil de la nuit, imaginant toutes les tortures qu'il ferait subir à Eudore Valiquette s'il avait la chance, un jour, de lui mettre la main dessus ? Au lever du soleil, un fait était clair : il ne lui restait plus que son vieux cheval et son boghei. Pour tout arranger, ce jour-là était le jour de la semaine où il devait payer sa pension à Camille.

À midi, il mangea sans appétit et attendit que Camille soit seule avec Ann en train de laver la vaisselle sale pour lui dire sur un ton emprunté qu'il aimerait lui parler dès qu'elle aurait une minute de libre. Surprise, sa nièce par alliance se borna à hocher la tête.

Quand Ann quitta la cuisine d'été pour aller s'occuper de Damian qui venait de s'éveiller dans son berceau, Camille se tourna vers l'oncle de son mari pour lui demander ce qui se passait.

— Tu te rappelles que j'avais placé tout mon argent chez le notaire Valiquette ? fit-il, la voix embarrassée.

— Oui, mon oncle. Inquiétez-vous pas, on va attendre qu'ils le retrouvent ou qu'il revienne pour parler de pension, ajouta-t-elle pour le rassurer.

— T'es ben fine, dit-il, reconnaissant.

❧

Une semaine plus tard, Paddy Connolly fut le premier à apprendre la nouvelle dans *La Minerve* et il faillit avoir un malaise. Tous ses espoirs de recouvrer son argent étaient anéantis. Quelques jours plus tôt, des cultivateurs avaient retrouvé le corps d'un voyageur dans un fossé, sans papiers et sans bagages. Les policiers, appelés sur les lieux, avaient finalement mis la main sur une vieille carte d'identité donnant une fausse adresse à Montréal. On avait émis un avis de recherche, mais personne ne s'était manifesté et l'homme avait été enterré dans une fosse commune.

Le retraité relut plusieurs fois le compte-rendu avant d'atteler son cheval à son boghei et de prendre la direction du magasin général, le journal enfoui dans une poche, pour aller communiquer la mauvaise nouvelle aux gens qu'il trouverait chez Dionne.

— On dirait ben que la police de Québec a retrouvé Valiquette il y a quinze jours, si je me fie à ce que je viens de lire dans le journal, dit Paddy, que ça fasse notre affaire ou pas.

— Enfin ! s'écrièrent quelques personnes, on sait où est-ce qu'il était passé.

— Je pense qu'il nous reste juste à faire le deuil de notre argent, annonça-t-il aux gens présents en adoptant un ton de voix résigné. Même si on sera jamais certains que c'était ben lui parce que le corps était pas mal magané, ajouta le vieux retraité. Il paraît qu'il s'était fait voler tous ses bagages et qu'il a été enterré dans une fosse commune, précisa Paddy.

— Pauvre homme ! ne put s'empêcher de dire une jeune cliente.

— Moi, j'ai ben de la misère à avoir pitié de lui, répliqua Paddy. Il me reste plus une maudite cenne de ce que j'ai ramassé durant toute ma vie. Je suis pas comme la plupart de vous autres, poursuivit-il. Il me reste même pas un toit sur la tête. J'avais confié à Valiquette tout ce que j'avais ramassé dans ma vie. L'argent de mes cinq maisons de Montréal que j'ai vendues l'hiver passé et toutes mes économies.

— Moi, je te comprends, affirma Télesphore Dionne, qui n'avait pas cessé de clamer haut et fort depuis la disparition d'Eudore Valiquette qu'il avait perdu une grosse somme aux mains de l'homme malhonnête.

— Tu peux pas vraiment comprendre, le rembarra sèchement l'oncle de Liam. Là, je reste chez mon neveu qui a déjà de la misère à faire vivre cinq enfants. C'est ben humiliant de demander la charité, rendu à mon âge.

Sur ces mots, Paddy quitta péniblement l'un des grands bancs en bois installés sur la galerie du magasin, salua de la main les personnes présentes et monta lentement dans sa voiture. Ce coup du mauvais sort l'avait profondément atteint.

Après son départ, la réaction des gens fut beaucoup plus mitigée qu'on aurait pu s'y attendre. À croire que la plupart des investisseurs spoliés avaient déjà fait le deuil de leurs économies.

À son arrivée à la maison de son neveu du rang Saint-Jean, tout était calme. Les enfants étaient partis cueillir des fraises sous la supervision de leur sœur Ann alors que Camille équeutait celles cueillies durant la matinée. Malgré la chaleur infernale qui régnait dans la cuisine d'été parce qu'il fallait bien chauffer le poêle pour cuisiner les confitures, l'oncle prit son courage à deux mains et s'assit à un bout de la table pour parler à sa nièce par alliance.

— Comme tu vas l'apprendre ben vite, ils ont retrouvé le notaire Valiquette.

— Quand ça?

— Il y a deux semaines.

— Qui l'a trouvé?

— La police de Québec.

— Comment ça se fait qu'ils nous ont pas prévenus?

— On n'est pas absolument sûr que ce soit lui, mais dans le journal ils écrivent qu'on a découvert le corps d'un homme mort dans un fossé pas loin de Québec. Apparemment, il y était resté un bon bout de temps et il était méconnaissable. On lui avait volé tous ses bagages et tous ses papiers. Après avoir cherché qui il était pendant plusieurs jours sans résultat, ils ont fini par l'enterrer dans une fosse commune. Ça fait que je pourrai plus te payer ma pension. Je vais partir demain matin, conclut-il, la voix enrouée, en se levant.

— Attendez, mon oncle, lui ordonna-t-elle, il y a pas le feu. Je vais d'abord en parler à Liam.

Ce soir-là, la jeune mère demanda à son mari de venir faire une courte promenade avec elle sur la route, après le souper. Liam commença par refuser, alléguant la fatigue d'une dure journée de travail.

— Il faut qu'on se parle, déclara-t-elle sur un tel ton qu'il devina que c'était important.

— Envoye, qu'on en finisse au plus sacrant, calvaire! jura-t-il en rangeant sa pipe après l'avoir vidée sur le talon de l'une de ses chaussures.

— Ton oncle m'a parlé à midi, fit-elle.

— Puis?

— Il m'a dit qu'il avait perdu tout son argent avec la mort de Valiquette. Il a plus une cenne. Il lui reste plus rien.

— C'est ben de valeur pour lui, laissa tomber Liam sans manifester la moindre trace de commisération. Je suppose que ça doit faire ton affaire, ajouta-t-il. Tu lui as toujours reproché de jamais rien donner aux enfants et de se conduire comme un roi à qui tout était dû ici dedans.

— C'est vrai, reconnut-elle en faisant demi-tour avant d'arriver chez Donat et Eugénie. En plus, j'ai jamais aimé avoir à me battre pour lui arracher sa pension chaque semaine.

— Bon, si je comprends ben, tu veux que je le mette dehors tout de suite parce qu'il aura pas une cenne pour payer sa pension.

— Non, pantoute. T'es le maître chez nous, mais je trouverais pas ça chrétien de jeter sur le chemin un homme de cet âge-là. Qu'est-ce que tu dirais si on le gardait avec nous autres pour rien? Mais il faudrait lui dire qu'il devra donner un coup de main dans la mesure de ce qu'il est capable de faire, par exemple. Qu'est-ce que t'en penses ?

Liam prit le temps de réfléchir avant de répondre à sa femme.

— Je te trouve trop bonne, après tout ce qu'il t'a fait endurer depuis un an et demi, lui fit-il remarquer.

— Tout a bien changé maintenant qu'il a plus une cenne, précisa-t-elle. Là, on n'entendra plus parler d'héritage.

— Ouais, et c'est ben de valeur, fit Liam en entrant dans leur cour. Je vais lui parler pas plus tard que tout à l'heure, promit-il.

À la fin de la soirée, Liam révéla à sa femme que son oncle s'était montré extrêmement reconnaissant de leur générosité et avait promis d'aider sur la ferme autant qu'il le pourrait. En se mettant au lit, les époux étaient satisfaits de leur décision et s'endormirent la conscience tranquille.

Le lendemain matin, le retraité fit preuve de bonne volonté en se levant à la même heure que tous les habitants de la maison. Il participa au train et au nettoyage de l'étable. Bref, ce fut le début d'une transformation complète du comportement de celui qui se désignait auparavant comme un simple pensionnaire pompeux et fainéant.

❧

Cette année-là, la procession de la Fête-Dieu eut lieu dans le rang Sainte-Ursule et le reposoir fut installé chez les Ellis, pour la plus grande fierté de Bridget qui fit des prodiges avec des bouquets de lilas et de pivoines. Les marguilliers n'avaient eu aucun mal à persuader le curé Fleurant de ne pas descendre la côte abrupte. Une douce température transforma cette manifestation de piété annuelle en une promenade agréable ce dimanche-là, après la grand-messe.

Chez les Beauchemin, on préparait maintenant fiévreusement le mariage de Bernadette qui allait avoir lieu le samedi suivant. Pour sa part, Constant avait effectué un grand ménage dans sa maison avec l'aide de son employé et il avait été décidé que le jeune couple irait en voyage de noces à Québec, chez le frère du marié, pour la plus grande joie de la cadette des Beauchemin qui n'avait jamais pris le train. Emma, Célina, Camille et Catherine avaient promis d'aider à la préparation du dîner de noces qui allait être offert sous les érables à l'arrière de la grande maison en pierre construite par Baptiste.

Hubert et Célina n'en avaient pas encore parlé aux membres de leur famille, mais ils avaient décidé de se fiancer à la mi-août et de se marier le dernier samedi du mois d'octobre.

— Le rang Saint-Jean sera peut-être jamais le cœur du village de Saint-Bernard, comme le voulait tant le père, déclara Donat, mais il va y avoir assez de Beauchemin pour en faire le rang le plus important.

— Et nous autres, on n'est pas des cotons de blé d'Inde, blasphème ! intervint son frère Xavier en posant une main sur le ventre de Catherine dont la grossesse approchait de son terme. Tu vas voir que même si on reste à l'autre bout de Sainte-Ursule, on va en prendre de la place, nous autres aussi.

❧

Une surprise inespérée attendait tous les clients d'Eudore Valiquette à Saint-Bernard-Abbé, une semaine plus tard. Ils reçurent tous à trois jours d'intervalle des nouvelles pour le moins rassurantes.

Selon toute apparence, le petit homme retrouvé dans un fossé près de Québec n'était pas le notaire disparu. Dans la missive que les clients reçurent, estomaqués, il s'excusait d'avoir eu à quitter rapidement la paroisse à la suite de graves problèmes de santé, mais précisait qu'il avait eu la prudence de confier tous leurs avoirs à maître Gustave Corriveau, un confrère de Sorel en qui il avait toute confiance. Ce dernier lui avait promis d'entrer en contact avec chacun d'eux dès le début du mois de juillet.

De fait, quelques jours plus tard, Hormidas Meilleur distribua de nombreuses lettres à l'apparence officielle. Très vite, les sourires réapparurent sur les visages de nombreux paroissiens de Saint-Bernard-Abbé. Paddy Connolly était de ceux dont l'humeur avait rapidement changé après le passage du père Meilleur. Néanmoins, à la grande surprise de Camille et Liam, le retraité choisit de persévérer dans sa nouvelle conduite.

—Vous étiez prêts à me garder pour rien. Je n'oublierai jamais ça! leur déclara-t-il. Si on a retrouvé mon argent, on va s'en servir, je vous le jure.

Quant au curé Fleurant, il était heureux que le bonheur, la joie et l'entraide soient revenus dans sa paroisse, mais il n'était pas naïf au point de croire que l'arrivée des chaleurs de l'été et la beauté des eaux de la Nicolet qui bruissaient entre ses deux rives en étaient l'unique cause.

Sainte-Brigitte-des-Saults
juillet 2010

Table des matières